乱世生涯

# 声闻于天

阮班鹤 著

陕西新华出版传媒集团
太白文艺出版社

图书在版编目（CIP）数据

声闻于天 / 阮班鹤著. -- 西安：太白文艺出版社，
2018.3（2022.3重印）
（乱世生涯）
ISBN 978-7-5513-1432-9

Ⅰ．①声… Ⅱ．①阮… Ⅲ．①长篇小说－中国－当代
Ⅳ．①I247.5

中国版本图书馆CIP数据核字(2018)第006479号

# 声闻于天
## SHENG WEN YU TIAN

| | |
|---|---|
| 作　者 | 阮班鹤 |
| 责任编辑 | 史　婷　汤　阳 |
| 封面设计 | 可　锋 |
| 版式设计 | 张亚娜 |
| 出版发行 | 陕西新华出版传媒集团<br>太白文艺出版社 |
| 经　销 | 新华书店 |
| 印　刷 | 三河市腾飞印务有限公司 |
| 开　本 | 787mm×1092mm　1/16 |
| 字　数 | 337千字 |
| 印　张 | 20.75 |
| 版　次 | 2018年3月第1版 |
| 印　次 | 2022年3月第3次印刷 |
| 书　号 | ISBN 978-7-5513-1432-9 |
| 定　价 | 62.00元 |

# 鹤鸣于地，声闻于天

## ——阮班鹤长篇小说《声闻于天》序言

### 韩怀仁

　　和班鹤兄相识，是 2012 年 8 月 29 日在我校举办的"洪庆文友诗文书画展示会"上。他是和书画家王季庆、铁路运输学院教授蒲宏、"西北虎王"阮班超几位兄长一起来的。头一次见面，当阮班超先生向我介绍说"这是我弟"的时候，当班鹤兄把他的长篇小说《西风怀仁》送给我的时候，我心灵的深处不由自主地生出了一声惊叹：临潼阮氏家族真是了不起啊！其祖德何其高厚，家风何其淳良，文脉何其辽远，福祉何其绵长啊！阮氏后辈一个一个都如此优秀、出类拔萃！阮班超是能诗善画、声动京华的"西北虎王"，阮班鹤又是一位教书育人、声名卓著的校长和能够创撰长篇小说的作家！两弟兄的精神气质特立卓异，让人不得不敬佩。班超兄英风超迈，谈吐睿智犀利；班鹤兄则谦逊恭谨，亲切温和。两位仁兄皆是我的知音。

　　班鹤兄既是我的知音、知己，那么，为他的新作写一篇序言，自是责无旁贷的事情。为什么古人能"士为知己者死"？盖情之所至使然也。

　　说实在话，当班鹤兄把这部沉甸甸的书稿送到我面前时，我是十分惊讶的。五年前他才向读者奉献出一部长篇著作《西风怀仁》，现在他竟又捧出这么厚重的一部《声闻于天》。我的惊讶很快就转化成了羞愧：和他相比，我真是有点儿懒惰了，他的勤奋程度实在令我汗颜。

　　言归正传，说《声闻于天》吧。

　　"声闻于天"一词，是班鹤兄从西安鼓楼牌匾上摘录来的。他之所以用这个词做这本书的名字，是因为这部小说写到了一个唱秦腔的民间戏班子，戏班子里的人不仅戏唱得好，而且人品戏德亦令人敬重，无论声望还是音调，均有"响遏行云"之势态。

　　作为先睹为快的读者之一，在读完全书之后，我脑海里忽然就涌出了

"鹤鸣于地，声闻于天"八个字来。为什么？因为这是作者班鹤深入民间底层，根植人民大众，从大地深处汲取营养，用心血凝结而成的一部散发着浓郁乡土气息的长歌。这支很接地气的心灵交响曲，是一只志在高天而立足大地的"鹤"所发出的激越鸣唱，这鸣唱具有极强的穿透力，所以声闻于天乃势所必然。

这支"长曲"值得称道之处很多，我这里概要举出三点：

其一，故事有趣，引人入胜。和当今许多散文式的小说相比，《声闻于天》仍遵循中国传统小说的规律，首先要给人讲一个有趣有味的故事。班鹤兄以民国年间流传于西安东府一带的一首民谣为引子，引出了被俗称为"窝子班"的一帮秦腔艺人。通过对这个民间业余戏班各色人等命运遭际的铺陈，给读者讲述了一个又一个既源于生活又带有传奇色彩的生动故事。尤其是以该班社核心人物孙狗娃为主要线索讲述的故事，始终牵动着读者的心，让人欲罢不能，非要读完全书了解个究竟不可。孙狗娃为了替父报仇，经历了许多坎坷，最后在慰问中条山抗日军队的征程中，高吼着慷慨悲壮的秦腔，抱着一个日本鬼子跳进黄河同归于尽。在他跃入黄河的那一刻，令人热血沸腾、荡气回肠的秦腔自然而然"声闻于天"。起伏跌宕、回环曲折的故事情节，具有引人入胜的艺术魅力。

其二，人物形象，性格鲜明。尽管有一个时期，"旗帜树立，新花乱放"的文艺理论界曾有人倡导所谓的"三无"（即无主题、无情节、无人物）小说，而且在很短的一个时段内还曾成为一种时尚。但我一直认为，好的小说，不但要给读者讲述一个曲折动人的故事，更重要的是要在讲述故事的过程中塑造出栩栩如生、呼之欲出的堪称艺术典型的人物形象来。相较于编织故事，塑造人物的难度更大，因而意义也更大，境界也更高。那么《声闻于天》在这方面做得如何呢？我认为，班鹤兄在这方面是成功的。读完全书，心地善良、生性耿直、疾恶如仇、敢作敢为的孙狗娃，信奉"心地纯洁、品德高尚的人才能精于学问，才能更注重志向，才能修身齐家治国平天下"的泮池爷，"戏包袱"高贵生，"风趣幽默脑瓜灵，说出的俏皮话能笑死人"的三麻子……他们个个有血有肉，其音容笑貌、举手投足皆跃然纸上。他们虽性格各异，但都展现出中华民族勇敢、善良、勤劳、忠厚、自强、自重，智慧而不狡诈，宽宏而不愚蠢等传统美德，散射着感动人心的道德光芒，充溢着满满的正能量。作者塑造的这些人物形象完全可以称之为艺术典型。

其三，描述风土人情，如诗如画；介绍历史掌故，有史家之风。班鹤兄从事教育事业，大半生奋斗在农村基层教育第一线，先当小学老师，后任小学校长。他与社会各界各色人等交往密切，尤其与农民群众朝夕相伴，以其为师，与其为友。几十年间从农民朋友那里搜集的大量的生活素材和民间故事，形成了他的一个材料宝库，并在民俗风情方面有他自己独到的见解和积淀。当他进行文学创作的时候，这些宝库里的宝贝便都自然而然地闪耀出了光芒。在这部长篇小说里，除了不离主线地围绕主人公的人生轨迹讲述故事之外，他还常常张弛有度地插叙一些陕西关中的风土人情（比如婚丧嫁娶的礼节礼仪，满月、堂会的风俗讲究，过庙会的场面，设赌局的阵势等），以及历史上的风云变迁。这些风土人情的介绍和历史背景的陈述，不仅让读者开阔眼界，增长知识，如同观赏美景一般得到阅读的快感，而且也为人物性格的形成和故事矛盾的展开做了很好的铺垫。比如，孙狗娃在上松云岭华严寺赶庙会时碰到野赌场那一节文字就写得格外生动。且看他对那主持赌博的"轱辘客"（亦称"宝官"）外在形象及语言的描绘："狗娃抬眼望了望那个轱辘客，只见他穿着件破旧的长衫，倒八字眉，留着几根老鼠胡须，脚底下放着个小竹笼，吆喝起来像豺狗子在叫，声音'咯喳咯喳'地响……"这些文字，真让读者如见其人，如闻其声，真有身临其境之感。类似这样精彩生动的描绘，书中比比皆是。在说到刘镇华的镇嵩军进犯陕西、"二虎守长安"这一重大历史事件时，作者这样写道："民国十四年，北伐战争方兴未艾，吴佩孚东山再起，自封为十四省讨贼总司令，刘镇华被任命为讨贼联军陕甘总司令……由于吴佩孚没有财力为其提供军饷，就一纸手谕让刘镇华军饷自筹。刘镇华提出了'就地征发'的办法，以'打到陕西去升官发财'号召官兵。镇嵩军本是一群乌合之众，从官到兵不是打家劫舍的土匪，便是杀人放火的草寇。这帮家伙进了潼关之后，便露出了其强盗本性。他们自制法令，明抢暗夺、横征暴敛、蹂躏妇女，无恶不作。镇嵩军所到之处，百姓涂炭、庐舍为墟。他们长驱直入，如入无人之境……"文笔简练，语势铿锵。几句话就把一个重大历史事件的背景交代得既清楚又生动。史家之风，令人叹服。

全书以"窝子班"的几个秦腔艺人为主人公，自然少不了对秦腔知识的介绍。在"懂家子"（即在某一行当中造诣颇深的人，相当于专家、权威等）田满囤因不服高贵生有"戏包袱"之称而专程来"盘戏"（有意习难的"考查"）时那一大段描绘叙述，简直就是给读者开了一次非常生动的普及秦腔知识的讲座。比如田满囤给高贵生说："秦腔戏中人物最多的是《龙凤呈祥》，也叫《大回荆州》，那是亮箱戏。一个戏班到得一个地方，通常在头一晚上上演，为的是让观众见识一下剧团的衣箱和行当。秦腔剧中人物最少的是《红梅阁》，一生、一旦、一净，其余都是配角；生角最多的是《火烧葫芦峪》，只有一个旦角，还是司马懿假扮的……红生最多的戏莫过于《破宁国》，四个红生、一个黑生，人说'四红加一黑，必是《破宁国》'就是这个道理……"

这些戏曲知识，对于当今的青年读者来说，无疑是极其珍贵的。在当今社会，有很多人对中国戏曲不了解，不熟悉，更谈不上热衷与挚爱了，甚至戏曲专业的队伍也已经出现了青黄不接的现象。为了改变这一现状，中宣部、文化部、教育部、财政部近日联合出台了《关于新形势下加强戏曲教育工作的意见》。在这样的文化背景下，《声闻于天》对于秦腔魅力的渲染，关于秦腔知识的介绍，无疑具有十分积极的意义，亦可谓"有裨于当世，遗功于后人"的一件功德之事。

班鹤兄倾注心血凝铸而成的这部长篇小说，可圈可点可评可赞的地方非常多，读者在阅读的过程中自可从不同的角度领略其美，无须我絮絮叨叨、指来点去地啰唆，颂赞之语暂且打住吧。

班鹤兄在退休之后仍笔耕不辍，立足于中国传统文化的大地而放声高歌。在年近七旬之际为读者奉献的这部长篇小说，的确是一部很有文化价值和社会意义的作品，"鹤鸣于地，声闻于天"。我必须向作者表示由衷的、崇高的敬意。

2017 年 6 月 4 日

# 引 子

文武盛地
声闻于天

——摘自西安鼓楼牌匾

光绪二十三年半，
高俊杰全了个娃娃班。
"女子娃"的旦角、三麻子的丑，
木匠红的须生，贵生的走，
德娃子的大净不用吼。

——民国年间流传于西安东府一带的民谣<br>（摘自《临潼县志》）

　　高俊杰的戏班子名叫"魁庆社"，当年也曾走州过县，着实火了一阵子。后来他两口子都抽开了鸦片烟不说，高俊杰还嫖起了女人，迷上了"宝场"（赌钱）。尤其在赌钱上，高俊杰像着了魔，他不惜花钱四处投师，精心钻研，把赌钱玩到了极致。转骰子摸雀儿要几是几，缺什么牌补什么牌，平平常常的骰子落到盘子，他闭着眼睛也能听出是哪个点子落地……可谁又知，强中更有强中手，到头来，好大一个家业被他踢腾了个叮当光。为还赌债，高俊杰卖了庄子房、碌碡场，连同魁庆社的戏箱道具都卖了个一干二净，魁庆社像掐了头的蝇子，紧跟着就树倒猢狲散了。剩下那些吃"张口饭"的，谁不是上有老下有小，婆娘娃娃一大堆？碌碡掀到半坡子，闪得前不前后不后的。这可咋办呀？他们在一起长吁短叹，耍了半辈子丑的三麻子把腿一拍说："尿咧！难怅啥哩？事是死的，人是活的嘛，咱不能在一棵树上吊死！"于是大家一合计，就推举孙全德牵头成立了个名叫"得胜班"的坐班乱弹。由于得胜班大都是高俊杰当年的原班人马，因之被当地人称为窝子班。起初他们小打小闹，开不起粉墨挂衣的本戏就唱折戏、小戏，有事跟事，没事回家种地。他们跟的是婚丧嫁娶、爷庙开光、堂会祝寿、买卖开张、庙会上的许愿还愿、生娃满月……

坐班乱弹也叫"自乐班"，以自娱自乐的形式，在关中流传繁衍了好几百年，那些从属于它的戏子们的艰辛生活和曲折境遇，多少年从未被人提及，在这里或许还可以窥探到当年的蛛丝马迹……

# 一

永乐塬上有个南孙堡还有个北孙堡，据说他们的祖上是大明洪武年间从山西洪洞县大槐树下迁来的。初来时只有弟兄两人，到后来就形成了今天的南北两个堡寨，现如今大约有三四百口人，宗祠就设在南孙堡的城门外。孙姓人厉害，周边哪个村也不敢惹，原因是孙姓人在衙门干事的人多，生意人、大粮户有名望的人也多，还有那些行伍出身当官的、跟着刀客胡钻的，总之"鸩的咬的，飞的跑的"都有，黑红不惧，在当地确是一门望族。他们的祖坟被称为"龙骨堆"，坐落在距南北二堡七里之遥的骊山北麓。南北二堡虽说同宗、同姓、同一个祠堂，可每年清明祭祀却是依据族规一年轮换一次，轮到哪个堡子，就由哪个堡子推选出本堡德高望重的人主持祭奠。他们之间对外虽团结一致，可背地里却明争暗斗，为的是把每年的祭祀排场摆弄得红火，唯恐被对方小瞧。今年轮到了南孙堡，主持祭奠的自然是南孙堡的族长泮池爷了。

过罢寒食是清明，南孙堡的孙全德前几天就安顿婆娘蒸好了白腾腾的贡馍，买来了上好的香蜡纸表和"金山银山""聚宝盆摇钱树"纸扎，一家大小穿戴得整整齐齐要去龙骨堆上坟。

清明时节雨纷纷，前几天落了场春雨，到了清明这天却风和日丽、蓝天白云，苍翠的骊山之麓已呈现出春意盎然、草长莺飞的景象，湿漉漉的风吹在脸上，令人不胜惬意。孙家的祖坟——松柏掩映的龙骨堆亦被碧绿的麦苗和金黄的菜花映衬得更加滋润绵软。

孙全德两口带着儿子狗娃来到龙骨堆时，南北二堡已有好多人先他而至，龙骨堆前的石牌坊下熙熙攘攘，早已摆放了许多纸扎和祭礼，周围的树枝上挂满了一串串雪白的纸钱。因同是一个孙姓，彼此之间也都熟悉，大家见面后论辈分该叫叔的叫叔，该叫爷的叫爷，相互热情地打着招呼。名扬四方的德娃子谁不知晓，老少爷儿们哪个不熟？他刚一走近，老远就有人和他打招呼，有的还握住手问这问那。

德娃子是孙全德的乳名。他自小爱唱戏，人称"一声雷"，后来成了誉满三秦的唱家子。德娃子最拿手的是净角、红生戏。他的声腔激越铿锵、刚中有柔，不但吐字清晰，且嗓音宽广浑厚，夜深人静之后十里路外都听得见。全德早先学的是小生，后因嗓子倒仓被戏班淘汰，没事干就到姐家帮其操持家务。一次在井边绞水，他对着井喊了一声，没想到嗓子又出来了，且不是小生的声腔，而是一副满腔满调的大花脸的声腔。从此德娃子暗暗对井练声，后来高俊杰把他请到了魁庆社。德娃子悟性好，努力刻苦，再加上内行的点拨，没几年就唱红了。他肯动脑、爱揣摩，把个《黑叮本》《下河东》《苟家滩》《满床笏》演活了，御河两岸、骊邑、咸宁两县谁不知道"活包公""真匡胤"，官宦和商家不知给他披过多少红，封过多少赏。

再者，德娃子之所以受人欢迎，也和关中人的习俗分不开。自古以来，秦人喜好秦声秦音，到了近代，愈发痴迷得不可收，"桄桄乱弹"便是关中人对秦腔的俗称。在号称文武盛地、十三朝古都的关中，凡是有人的地方就能听到秦腔，少吃缺穿不打紧，没有秦腔是绝对不行的。

庄稼人是世上最苦的人，尤其在这块平原上，出生时落草在黄土炕上，死了被埋在黄土堆下。秦腔是他们大苦中的大乐，当他们在田野里累得筋疲力尽时，立在犁沟里大喊大叫一段秦腔，那心胸肺腑、关关节节的困乏便一股脑儿都荡涤尽了。他们走路干活哼着秦腔，红白喜事唱着秦腔，茶余饭后议着秦腔。即使在"赤地千里，一街九棚"的灾荒年间，那些蓬头垢面吃"舍饭"的，在舍饭场喝一老碗稠苞谷糁糁之后，躺在阳坡里晒暖暖时也忘不了哼上几句"吃饱咧，喝胀咧，跟他财东一样咧！"关中人幽默张扬、诙谐俏皮，挖苦调侃人时都离不开秦腔戏里的词句。他们把那些不争气恨铁不成钢的少年子弟戏为"娘的儿"，把一生坎坷不济、命运多舛的人称作"实可怜"，还把成年人输给了小青年谓之"苟家滩吃了娃的亏"。秦腔是顶顶世俗的，它陪伴着秦人一代一代打发着清清贫贫、朴朴素素的日子。难怪西安鼓楼上的匾额这边题着"文武盛地"，那边便是"声闻于天"……

孙全德多年都未上过坟，大家见他来了，心说，今儿好了，祭奠完毕兴许还能听他吼几板乱弹。那些与其年龄相仿的戏迷们，围过来嘘寒问暖、打趣聊天，把他围了个密不透风，孙全德也满脸赔笑忙不迭地向老少爷儿们点头问候拱手行礼。

正说话间，忽然从人群外传来一句厉声的质问："德娃子，你干啥来了？滚！你给我滚！"这声音如同钟磬撞击，带着一种金属般的喉音，虽说声音不高，可是能传得很远。紧跟着一个花白胡须的瘦高老人走了过来，他分开众人，一把揪住孙全德的领口就往外掀。大家定睛一看，原来这不是别人，正是主持今天祭奠的孙姓族长泮池爷。泮池爷身穿藕色丝质长袍，外罩黑缎团花马褂，脚蹬一双黑冲服呢双梁千层布底鞋。只见他满脸怒气，花白的胡须乱颤，脸上的肌肉不住地抖动，大声斥责孙全德说："滚！滚远点儿，你凭啥到这儿来？打先人的脸来了，是不？"

孙全德冷不防被推了个趔趄，才要发作，待看清了是泮池爷，便忙不迭地鞠躬作揖，尴尬地赔着笑脸解释说："呵呵……是您……三爷，您老身子骨好！我今天没事在家，就领着娃娃……"泮池爷排行为三，村里人大都称他三爷。没等孙全德说完，泮池爷不容分辩地说："悄着！这儿没你说话的份儿，回去！马上给我走人！"说着又推了两下。孙全德的脸一下子红到了耳根，尴尬地站在众人面前，羞得无地自容。他唱了半辈子的戏，在舞台上饰演的不是关云长便是包文正，哪个不刚正节烈、气薄云天，哪个不疾恶如仇、豪爽侠义。而此时的他却似乎变成了一只惶恐的羔羊，哑了一般，怯懦地站在一旁发了瓷，在场的人也没一个站出来替他圆场说话。

刚才还满面春风与人打招呼的狗娃妈（全德媳妇）吓得发了蒙，看见丈夫在泮池爷斥责下的狼狈相，早已乱了方寸，想上前劝说又没有底气。她的脸红一阵白一阵，怯怯地上前拦住丈夫，又转身低头朝着泮池爷嗫嚅地说："三爷，这我知道……他死后是不能进祖坟的，我们这是……"泮池爷目光炯炯，银须飘飘，不怒而自威，一看是孙全德媳妇，立马满脸不快，提高了声音说："凡是'下九流'，活着也不能到祖坟来！今儿个是祭先人，不是羞先人来了！"一句话说得狗娃妈满脸通红，浑身不自在，羞得她恨不得找一个老鼠窟窿钻进去……

十二岁的狗娃子正和一群娃娃在野花丛中逮蛾子，忽然一个小伙伴跑过来说："狗娃子，那边有人打你大哩……"狗娃子一听啥也没说，一溜烟跑了过去。老远看见人丛中一个老头正推搡着自己的父亲，他怒不可遏地冲上去抱住那人的腿张口就咬。只听泮池爷"哎呀"一声弯下了腰。大家低头看时，原来是狗娃紧抱着他的腿不放。泮池爷见是个十岁左右的娃娃，也不知是谁家的孩子，既不忍心打，又不敢用脚踢，样子十分狼狈。这可把孙全德吓坏了，上前就扯，哪知狗娃啥也不顾，只是咬住不放。狗娃妈急了，一把捏住了狗娃的鼻子，狗娃透不过气才松了口。在场的人忙招呼泮池爷，这才发现泮池爷的裤子都被咬烂了，挽起裤脚，小腿上的牙印已渗出了血……不得了，这是冒犯族规的事呀！孙全德自知摊上大事了，他不知如何是好，一巴掌扇了过去，随着一脚把儿子踢出老远，这才回身跪在地上抚摸着泮池爷的伤口……狗娃妈见儿子挨了打心疼极了，把儿子拉到怀里，后悔没挡住丈夫的那一巴掌。再看狗娃子，只见他半边脸通红，嘴角被打出了血，可他依然双目圆睁，不但没有丝毫的惧色，还蹬脚扬手地挣扎着要往上冲。

孙全德见儿子不知好歹的样子，真的生气了，抡起胳膊还要打。这时，坐在地上的泮池爷忽然大声说："住手！不能打娃……"说着在人们的搀扶下慢慢地站了起来，他撩起袍角一步一步地来到狗娃子跟前。狗娃子似乎还不解气，嘴里哇哇叫着，还挣扎着用小脚乱踢，幸亏他妈紧紧抱着不放，才没有再闯祸。泮池爷似乎并不生气，他把狗娃上下打量了一番，忽然笑了，爱抚地摸了摸他的头，伸出大拇指赞赏地说："碎崽娃子，好样的！爷爱的就是这号烈倔人。"这时，站在他身后的祭祀总管孙满——一个身体壮实、三十七八岁年纪的人笑着凑过来对泮池爷说："这就是我曾给你说过的狗娃子，去年夏天他一把将一个碎娃从牲口蹄子下拉了出来……"泮池爷随之一笑，又摸了一下狗娃子的脸蛋，不无赞赏地说："就是他？碎崽娃子……"说罢，理了理袍服和胡须，抬起头庄严地说："各位听着，执事者各执其事，收拾场面，摆放祭礼，乐人就位，正午时准时放炮祭奠！"说毕回过头来，态度明显好多了，敦促孙全德说："娃娃留下祭奠，你必须离开这儿！"

晚上，孙全德一家闷闷不乐，连晚饭都没吃，孙全德怨恨泮池爷不给面子，也暗暗地恨自己。他知道唱戏就是穿"将相衣"、吃"下贱饭"的行当，属下九流，死后是不能进祖坟的，却万没想到活着也被从祖坟赶了出来。可他又一想，不干这一行干啥？偷人咱不会，抢人咱不敢。凭良心说，干这一行又不少挣钱，自己的日子虽说比不上村里的大户，但在南孙堡也不算赖。再说了，"官打民不羞"，泮池爷是族长，又是长辈，揍打自己两下也没啥。想到这儿，孙全德不生气了。

儿子今天的举动明明冒犯了泮池爷，当时真的把孙全德吓坏了，"冒犯族长"这可不是件小事，更何况是在稠人广众之中。泮池爷是谁？他是南北二堡的族长，当地有名的乡绅，连衙门的人见他都点头哈腰的。然而令他不解的是泮池爷不但没生气，反而赞扬了狗娃，还说他就爱这种烈倔人……孙全德把这事翻来覆去地想了又想，泮池爷从不轻易称赞人，在南孙堡凡受过他老人家欣赏赞扬的无疑是一种荣耀。想到这儿，孙全德心里舒坦了许多，一句话，扯平了……这时，狗娃已经睡着了，孙全德上前抚摸着儿子的头发，欣慰地望着这个并非亲生的儿子，心说，自己平时不常在家，很少和小家伙沟通，碎崽娃子烈倔着哩。没看出，这家伙还不是个平地卧的……

# 二

狗娃有狗娃的经历。四年前中秋节那天晚上，身怀六甲的全德媳妇正在烙月饼，忽听门外村巷里一片乱哄哄的喊叫声："不好了！快看，快看，天狗吃月亮了……"不一会儿，就传来一阵击鼓敲锣的声音。全德媳妇心中一惊，挺着大肚子一摇一摆地出了大门，只见街上的人都惊恐地望着刚升空不久的月亮。她仰头一看，天空没有一丝云彩，可月亮的边上却出现了个黑影。此时村外还传来枪声和放火铳的声音，只听有人喊着："吃了，吃了，开始吃了，鼓劲儿敲，声一大它就吐出来了……"那晚，各村堡寨的人疯了一般，一边呐喊，一边敲打着手里的响器。过了一会儿，天狗终于把月亮吐了出来，人们这才松了口气……那天夜里，全德媳妇做了个梦，她梦见一头怪物从空中直向她扑了过来，那怪物张牙舞爪，浑身长着金黄色的卷毛，狮子不是狮子，狗不是狗，张着个血盆大口，十分怕人。吓得全德媳妇战栗不已，出了一身冷汗，待她醒来时，只觉得肚子疼痛，赶天明就生了个男孩，一家人高兴得不得了。因孩子出生在中秋节，一家人盼着他将来有出息，能给孙家带来荣耀吉庆，于是就给孩子取名孙金龙。

人说小娃娃"三翻六坐九爬扑"，这话不假，小金龙黑黑的头发，圆圆的眼睛，大大的耳朵，刚够上六个月就能用两只胳膊撑起身子向前爬了，一家人别提有多高兴。可谁知人有旦夕祸福，忽然一天孩子发起了烧，一连几天浑身潮红，呼吸急促、高烧不退，求医问药、扎针念佛都不中用。到了第六天，孩子浑身出了许多小痘痘，家人才知是天花，可无论怎样请人调治，把精都成遍了，就是退不了烧，第七天晚上就没气了。这件事对孙家来说如同塌了天一般，一家人都崩溃了，尤其是全德媳妇，疯了一样，披头散发地跑到村外的土塄上，高举着双手，撕心裂肺地呼唤着孩子的名字。扶她劝她的人都陪着她流眼泪，一家人连同亲戚邻居都把精力集中在安慰和护理她的身上。

全家人食不甘味，一想起孩子就掉眼泪，凄凄惨惨、恍恍惚惚过着日子。就这样熬过了一个月，忽然有一天，全德他舅从灞桥那边领来了一个八岁左右的男娃娃，说是孩子他妈和丈夫拌嘴，为了一句话想不开跳井死了，孩子没人管才送人的。他舅想到了全德家的情况，就把娃娃给领来了。大家一看，这才怪了，这孩子黑黑的头发，圆圆的眼睛，大大的耳朵，和殇了的金龙一模一样，只是稍微有点儿瘦。亲戚邻居和全德一家高兴得跟什么似的，都说这娃是天生来补这个缺的。特别是全德媳妇，高兴得不得了，一把把孩子搂到怀里，又是亲又是疼，单怕别人再领走了。全德依照舅舅的吩咐给人家十块大洋外带五斗小麦，留下了孩子。自从有了这个孩子，全德媳妇就把所有的爱都倾注在了这个孩子身上，谁要说这孩子是抱养的她就跟谁急。在给孩子取名时，全德他舅说，那个娃娃的名字有点儿大，金龙，咱背负不起！全德媳妇忽然想起了生金龙的那天晚上"天狗吃月亮"的事和后来做的那个梦，想了想说："狗娃，狗娃，就叫狗娃吧，越贱越好养。"从此这孩子就取名狗娃，全德媳妇也就被村里人称作狗娃妈。后来不知怎的，兴许是这里人读四书五经太多的缘故，读顺口了，总爱在人的名字后面加上个"子"字，除了孔子、孟子、老子外，还有麻子、瞎子、跛子、二流子和老妈子，还有叫马娃子、牛娃子和羊娃子的，于是村里人有时就把这娃娃叫狗娃子了。

狗娃子性子倔，哭起来声特别大，可非常机灵，圆圆的眼睛骨碌骨碌地转动，好像会说话一样。他黑黑的头发，头顶长着三个旋儿（发旋儿）。人常说："一旋软，二旋硬，三旋打捶不要命！"随着狗娃一天一天地长大，一家人都看出这家伙真正是个冷怂。十岁那年，他和一帮孩子在村东河湾边拔草，在土塄上的草丛中发现了个黄鼠狼窝。那个黄鼠狼窝有三个出口，为捉黄鼠狼，一个名叫四狐子的大孩子叫大家拾柴火，他把其中一个出口用土堵死，准备在另一个出口点着火用烟熏，安排狗娃用手堵住留下来的那一个出口，并叮嘱他黄鼠狼一出来就用手抓。烟火点着了，四狐子把自己的衣服脱下来使劲儿把烟往洞里扇，一会儿狗娃子这边就闻到了淡淡的烟味。约莫有一袋烟的工夫，狗娃没留神，"欻"的一声，一只棒槌长的黄鼠狼冲出来跑掉了。四狐子急了，骂狗娃道："你能弄个锤子！"狗娃也气得憋红了脸，双手拢在一起罩在那个出口上，聚精会神、目不斜视。待第二只黄鼠狼刚露出头时，他一把就攥住了黄鼠狼的肩部。黄鼠狼吱吱叫着，回头一口咬住了狗娃的中指，两个门齿深深嵌进他的指骨。疼得狗娃眼前一黑，可他咬紧牙关，硬是没有松手。黄鼠狼捉到了，可狗娃中指的皮肉被黄鼠狼咬得抹了个套儿，连指甲盖都被拽了下来，那只黄鼠狼也被他捏得奄奄一息……从此，小伙伴们不叫他的名字了，给他起了个绰号叫"冷三旋"。

村里的娃娃们都知道狗娃尿得高，他尿尿的时候稍一用力，就能尿六七尺高。狗娃撒尿时，好些娃娃嘻嘻哈哈地从他尿尿的弧圈下钻来钻去，狗娃因这事不但挨过父亲的打，还挨过先生的板子。

狗娃子还有个毛病，喜欢喝酒，他自小就爱闻酒的香味，大人不在家时常偷偷地把他大的酒抿上几口。有一次，全德打了几斤酒准备请客待人，狗娃发现之后高兴极了，没人时偷偷抿一小口，可总觉得不过瘾。一天，他大外出唱戏去了，他妈在菜园子拔草。狗娃子把四狐子等几个朋友叫到家中，不大一会儿把一瓶子酒喝得精光，而狗娃一个人就喝了半斤。四狐子他们几个醉醺醺地回家去了，狗娃子觉得浑身燥热、天旋地转，昏昏沉沉地醉倒在自家的柴房里。到了晚上，狗娃妈村里村外都找不到儿子，还以为他跑到村外的苇子园玩耍被狼叼去了，急得她坐在地上放声大哭，邻居们知道之后也帮她呼叫寻找。折腾了半夜，直到孙全德回来，才在自家的柴房里找到了烂醉如泥的狗娃子，那一年他才九岁。虽说狗娃子只有十二岁，可南孙堡的人只要一提起他，没有不夸赞的，这其中的缘由还得从他在塾馆念书说起。

要说南孙堡的塾馆，还得从泮池爷说起。泮池爷自小刻苦读书，加上他才思敏捷，后来进士及第当了知县。可由于性情刚直耿介，在官场上不会来事而屡屡碰壁，因此还差点儿送了性命，后来干脆辞官回乡务了农。回乡之后，他看到村里大部分人对子女的读书识字很不重视，贫苦人家早早地就把娃娃当作劳动力使用，只知让自家的娃娃拔草拾柴、喂猪放羊干家务，似乎读书识字、习文明理与他们无缘。泮池爷心情非常沉重，心想，这怎么能行？这样下去只会愈发愚昧，越过越穷。经过反复忖思，他决定办一个学馆，他要叫南北二堡的孙姓子弟读书学习、识字明理。泮池爷自己花钱请了个先生，把孙家祠堂的东厢房打扫干净作为学馆，让村子里所有的学龄儿童读书习字。学馆一开，孙全德就把狗娃子送去念书了，狗娃子聪明灵醒也爱读书，毛笔字还写得不赖，深得先生的赞许。可聪明归聪明，在学馆淘气捣蛋却是出了名的。

　　孙家的祠堂建于清乾隆四十六年，坐落在南孙堡东城门外大约半里路之遥的大路旁，坐南面北，背依骊山，面向渭水，距今已有好几百年了。祠堂五间宽窄，占地一亩五。祠堂的门楼用水磨青砖砌就，筒瓦脊兽，四檐飞起，门前左右各有石鼓一面，门槛特别的高。大门两旁有砖雕的篆字对联，上联是：源远流长乐安郡；下联为：根深叶茂富春江；门上的横额写着：兵家之祖。进了大门是一面青砖影壁，影壁上雕有"忠孝"二字，影壁后面对着祠堂正殿的是座小巧玲珑的戏楼。绕过影壁，院子两旁都修有厢房抱厦，门窗上有吉祥雕花。东边厢房敬着历代列祖列宗，西边厢房镶嵌着《孙氏家训十则》和当年修建祠堂的碑文记载。院内甬道两旁合抱粗的柏树各三株。正堂是五间，斗拱结构，飞檐凌空，中间三间是一个敞庭，两旁的明柱上挂着黑底金字的木雕堂联，上联写着：十三篇用兵如神，有文经必有武备；下联书就：千金方活人无算，能治国亦能齐家。楹梁上悬有"富春堂"三字匾额。院内偏屋常年住着一个无儿无女的孙姓孤老，负责看管清扫祠堂，也负责给塾馆打扫卫生，给先生烧水做饭。

　　塾馆的先生姓严，平时不苟言笑，对学生们很是严厉，那些娃娃有谁不好好读书写字，就用戒尺打手。有一次，一个叫三秃子的孩子在厕所尿尿，给另一个娃娃尿到了脸上，严先生一气之下叫几个大一点儿的孩子把三秃子的裤子抹下来，把屁股都打青了。孩子们哪个不怕，背地里给他取了个绰号"老阎王"。一次，塾馆先生因事外出，后晌才能回来，他安排好了孩子们的功课，叫学长王天喜——一个外村的大孩子看管着大家读书习字。先生不在，学馆里的娃娃翻了天，尤其是三秃子、四狐子他们，哪里把天喜放在眼里。照先生的安排布置先是写小楷，再写大仿，写完后开始逐个背书。可小楷还没有写完，狗娃子就捏住鼻子先"喵呜——"学了一声猫叫，紧接着教室内就开了锅，天喜哪能制止得了。狗娃子那天不知怎的特别张狂，他装模作样走上讲台，学着先生的神气满脸严肃地说："喂——肃静了！肃静了，今日跟我学背一首诗：天子重英豪，文章教尔曹，万般皆下品，唯有读书高……"他学着先生平时的神态，摇头晃脑，抑扬有致，还不时用手做着捋胡子的动作，逗得大家哈哈大笑，教室里立马成了一窝蜂。天喜大喊："好了，不要闹了！"被压抑久了的四狐子开始发泄了，他走到天喜跟前一掌把他推了个趔趄说："没毛飞了四十里——你算个啥虫样，管起我们姓孙的来了？避远！"在四狐子和三秃子的教唆下，好多学生都七嘴八舌地把矛头对准了天喜。

天喜一看敌不过人家，只得退到墙角不敢言语，他拉着哭腔对狗娃说："你们这样闹，老师回来咋个办呀？"狗娃说："玩一会儿，玩一会儿，玩够了再写字好吧，老师一时半会儿回不来。"这时，四狐子大声说："咱玩'抬马王爷'好不好？"没料想大家齐声说："好。"四狐子拿起先生桌子上的笔，膏饱了墨给狗娃子的额头上画了一只眼睛，又把先生坐的圈椅放在桌子上，把狗娃子扶坐在圈椅上。狗娃子刚坐好，忽然说："我先给咱来段《黑虎坐台》好不好？"大家伙儿哪个不想瞧热闹，齐声拍手叫好。狗娃子于是拿捏起来，他学着父亲的样子摆扎了几下之后，做了个霸王托鼎之势，运起丹田之声一声箭板："哎嗨嗨——半空中啊嗨嗨嗨——霹雳响——明光闪闪哎——"一声高八度的嗓音震人耳膜，接着又转为慢板："云头上打坐着黑虎玄坛。缠海鞭拨云头向下观看，我一见三霄妹十指心连。东南端黑云起半明半暗，太上爷骑青牛夜过玄关。盘古氏开天地一处修炼，罗浮洞兄修得……"

唱着唱着忽然停下了，说："忘了，记不住词了……"秃子骂骂咧咧地说："羞咧先人了，记不下么就吹牛皮哩！来！装马王爷……"于是六七个学生抬着桌子大呼小叫地满教室里转悠。狗娃子坐在圈椅上，模仿着黑虎庙赵公明塑像的架势直眉瞪眼，他还学着神汉神灵附体时的动作，浑身颤抖、手舞足蹈……一时之间，呼喊声、嬉笑声、拍手声、尖叫声，把一个教室弄得人声鼎沸、尘土飞扬，如同过庙会一般……

正玩得醋畅，忽然几个学生咚的一声扔下桌子不抬了，圈椅哗啦一下子从桌子跌落下来，狗娃子被重重地摔在地上。他坐在地上捂着摔疼了的屁股才说要骂，猛一回头，这才发现严先生满脸怒气，一动不动地站在门口……

所有的学生都蒙了，吓得一个个呆呆地站在那儿不知如何是好。沉默了好久好久，先生厉声说道："归位！"所有学生才回到了各自的座位上。经过先生的一番追查，大家都供出了这次起哄是狗娃带的头。先生一怒之下，也照着那天惩罚三秃子的样子抹下裤子打了狗娃的屁股。先生本想，打狗娃不过是杀鸡给猴子看，只要他一求饶也就免了。哪知狗娃和三秃子不一样，三秃子被打时杀猪般地号叫，回话求饶叫个不停，可狗娃子的屁股被打得青一道红一道的，打到底不哭也不求饶。先生气得不得了，拿出一本书一连翻了几页指着对狗娃子说："就是这几页，给我背，背过了再回家吃饭！"心说，叫你张狂，谅你也背不过，饿到天黑，看你还嘴硬不！哪知没有一个时辰，先生正安排其他娃娃放学，狗娃子拿着书来到先生跟前要给先生背书。先生满脸疑惑地把狗娃子看了又看，不耐烦地说："没看我忙着！站那儿等！"直到先生送走了最后一个学生，才过来坐在圈椅上，拿过水烟袋，点燃了煤头纸，深深地吸了几口，长长地喷出了口烟雾之后，才接过狗娃手里的书，跷起二郎腿听狗娃背书。狗娃子端端正正地手背后站着，低着头也不看先生的脸，还没等先生翻开书就瓦沟里倒核桃似的背开了：

天对地，雨对风；大陆对长空。山花对海树，赤日对苍穹。雷隐隐，雾蒙蒙；日下对天中。风高秋月白，雨霁晚霞红。牛女二星河左右，参商两曜斗西东。十月边塞，飒飒寒霜惊戍旅；三冬江上，漫漫朔雪冷渔翁。河对汉，绿对红；雨伯对雷公。烟楼对雪洞，月殿对天宫。云叆叇，日曈曚；蜡屐对渔篷。过天星似箭，吐魄月如弓。驿旅客逢梅子雨，池亭人俋藕花风。茅店村前，皓月坠林鸡唱韵。板桥路上，青霜锁道马行踪……

狗娃子蹙着眉头，两只眼睛望着自己的脚尖，一字一板，不疾不徐，从容铿锵。狗娃子的记忆背诵能力让先生震惊了，他惊讶得不得了，万万没有想到这么短的时间这家伙就记了这么多，而且背得如此的自如。先生的脸上露出了笑容，从头至脚把这个小家伙看了又看，而狗娃子哪能理会先生此时的心态，依然低头背书：

山对海，华对嵩；四岳对三公。宫花对禁柳，寒雁对江龙。

清暑殿，广寒宫；拾翠对……

"好了好了，不背了！回去吃饭，往后再不要淘气了！"狗娃子这才如获大赦似的收拾了一下自己的书本文具，背着书包回家了。后来，塾馆的严先生心中充满着骄傲，把这件事当成了个新闻，首先告诉了泮池爷，告诉了自己的同行，当然也告诉了南孙堡村的人，以示自己教育有方。大家无不夸赞狗娃子的聪慧，那是后话。

# 三

一天，狗娃子背着书包出了祠堂门一蹦一跳往回走。正行走间，忽然听见一阵丁零零手摇铃的声响。抬头一看，通向堡子的大路上，柳荫深处不远，一个手拄竹杖，肩上搭着捎马的佝偻背影在前踽踽而行。那人邋里邋遢，穿着件皱巴巴的藕色僧袍，脖子上挂着串珠，说是僧人打扮，却在头上梳着个发髻，说和尚不是和尚，说道士不是道士，不伦不类。那人肩膀上的捎马子里面放着些杂七杂八的东西，用手中的竹杖摸索着探路。狗娃子仔细一看，心说，这不是算卦的杨瞎子嘛，这人有意思，他就好奇地跟了上去。

狗娃猜对了，这人就是杨瞎子。杨瞎子不知是哪里人，只知道他一年到头在御河两岸走村串乡给人掐八字算卦，方圆几十里老的少的都认识他。由于他视力不佳，人们便叫他杨瞎子。狗娃子清清楚楚地记得，那一年杨瞎子来到了南孙堡，他们一伙娃娃跟在后面看热闹。杨瞎子走累了，坐在堡门口一棵柳树下，一边轻轻地摇着铃铛一边摇头晃脑给孩子们教儿歌：

因果分明定不差，古来种豆岂生麻。善恶如无罪福报，圣贤岂肯信服他。山上青松山下花，花笑青松不如它。有朝一日严霜降，只见青松不见花。恶是犁头善是泥，恶人常把善人欺。铁打犁头年年换，未见田中换烂泥。恶恶恶，叫他恶，如不恶，钢刀白铁哪里落？骗骗骗，要他骗，如不骗，世上牛马无人变……

声闻于天／

12

狗娃子和一伙子娃娃也一边拍手一边跟着他学，那些顺口溜狗娃至今还能背过。

杨瞎子算卦准，这里的人都知道，可最让南孙堡的人惊叹的还是民国三年五月十三那件事。

南孙堡和北孙堡两村之间有座老爷庙，殿宇壮观，香火也特别盛。御河两岸的老爷庙大都是一间庙堂，也有两三间的，且都没有道士照看，常年锁门的多，只是到了祭祀的时候才把庙门开开，有的破败不堪，成了乞丐的居所……可南孙堡的老爷庙宽五间有余，院有三进，几丈高的主殿掩映在合抱粗的松柏树间，左右偏殿亭榭台阁，碑碣画廊。每年的五月十三是关老爷磨刀的日子，老爷庙过会，也是这儿最热闹的时候。这年五月十三，那些耍社火的、摆摊卖小吃的、卖水果的、卖农器家具的、倒贩牲口的、打把式卖艺的、说书劝善的，应有尽有。这天，魁庆社在老爷庙对面的大戏楼上唱《古城会》，饰演关羽的自然是闻名遐迩的红生孙全德了。杨瞎子也来赶热闹，他手中的竹杖上挂了个布幡，布幡上写着两行醒目的字：来人不张口，便知休咎事。

南孙堡有个孙天耀，也在会上转悠，这人一辈子嘴硬不服人，好事坏事都敢做，从不敬畏鬼神。他是南孙堡的能人，勤劳吃苦，庄稼活一把好手，只是吝啬执拗、好占便宜，说话有点儿刻薄。天耀从心里厌恶鄙视那些游方的道士、化缘的僧尼，认为这些人都是些懒于劳动、不务正业、骗吃骗喝的人。他喜欢在人面前论理显能，说话奇刻，不留余地，常使人下不了台。就要收麦子了，天耀在会上买了把新扫帚，夹在腋下转悠瞧稀奇，正巧碰上了杨瞎子。

他站住脚，望了望迎风飘动的幌子，笑笑说："哈哈——杨瞎子，又到这儿混饭来了！"杨瞎子愣了一下，似乎知道他是谁，没有搭茬儿，只是轻轻地摆了摆手，双手合十闭目稳坐。孙天耀见杨瞎子无动于衷，以为杨瞎子胆怯，又故意提高声音说："好挨尿的吃，看你这身打扮，佛不佛道不道的，还能给人算卦？"杨瞎子依然没有说话，只见他正了正身子，面无表情摆了摆手说："哦，哦……走路，走路……算卦，算卦……不偷，不抢……吃饭，吃饭。"孙天耀好像故意和杨瞎子较上了劲儿，他反而停下了脚步说："杨瞎子，不要装聋卖哑，这世上的事，我们亮眼还有许多不懂，你连路都看不清，一天三顿饭都不知在哪儿，还给人算卦哩，哈哈——讨饭就讨饭，何必装腔作势拿假话骗人！"杨瞎子头也不抬，眯着眼睛，答非所问地说："对，对……我痴，我呆，我聋，我瞎……这都是前世的孽缘，任谁都难改变！你走你的路，我算我的卦，人生在世各有不同，你不信也就罢了，何必当着这么多人取笑于我？唉——孤陋寡闻，孤陋寡闻呀……"孙天耀还想说什么，忽见杨瞎子扬起右手摆了一下，左手猛地举起，凌空一抓，然后手掌一伸说了声："咄，走——"只见一只黄雀从他的手中扑棱棱飞了出去，过往看热闹的人一下子围了过来。这时杨瞎子才问孙天耀说："这位居士，听声音你也是个能行人，我问你，元始天尊有几个弟子，你知道不？"这还真的把孙天耀问住了，他哪里懂得这些，张口结舌才要找个借口反驳，杨瞎子又发话了，"我告诉你，总共一十二位弟子，其中四位弟子五龙山文殊广法天尊、普陀山慈航道人、九宫山普贤真人，还有夹龙山惧留孙都皈依了佛门，佛道佛道，佛道实为一家呀！你要知道这世上万物，非佛即道。你走你的路，管我是佛是道……"不知怎的，平时说话黏黏糊糊的杨瞎子这会儿说出话来却头头是道，着实叫人难解。

杨瞎子的话还没落音，孙天耀高声打断他的话说："你别拿小戏法蒙人，我就是看不惯你们这些人！我只相信读书识字、经商做买卖才是出路，庄稼人种好庄稼才是正道。你用那些八卦玄学骗吃骗喝，试问，这世上哪有你说的阴阳轮回、善恶果报？要有，孔圣人怎么没说？"这时围观的人愈来愈多，杨瞎子镇静自若、不疾不徐地说："六合之外，孔圣人只是不论，而非不存也，圣人不以鬼神说教，不是圣人不懂……"只见他向周围拱了拱手，求助似的说："在场的诸位，大家可想，天下亿万庙堂，若还没有灵应，谁肯信它？"又对孙天耀说，"这位居士，我也不和你多说，说得再多你也不信。我眼不好，虽说瞧不清楚你的面容神态，但我知道你手里拿了把新扫帚，我还知道这把扫帚用了九九八十一根细竹扎成，不信你数数看！"还没等孙天耀回过神来，旁边一个瞧热闹的后生一把拿过扫帚说："这有何难，叫我数……一五、一十、十五、二十……"数完后他大声叫着说，"这还奇了怪了，真的是由八十一根细竹扎成的！"周围的人叽叽喳喳，惊叹不已，孙天耀依然不信，说："那是碰巧了！谁人不知，扫帚本就是七八十根细竹扎成的嘛！"杨瞎子又说："不信？好，你能不能过来让我摸摸你的左手？"

孙天耀说："这有何难。"说着一步走到杨瞎子跟前把左手伸了出去。杨瞎子双目紧闭攥住孙天耀的手，把他的手心朝上只是来回摸了一下，说："居士，你手纹断掌，八字硬着哩！你命中克父克母，因之父母早早故去。还一件事，我本不想说出，为罚你对佛道不敬，不得不说出来，你静心听着。五年前你买牲口借了一个朋友的钱，没有半年，你那朋友坠河而亡，他婆娘向你讨债，你说你已还给了他，是不是？我还要告知你，命中注定，你百年之后只有一个儿子给你送葬……"孙天耀一听，脸一下红到了耳根，他恼羞成怒，就要上前撕扯，身旁一位中年人挡住了他，劝道："乡党息怒，这就是你的不对了，大路朝天各走一边，人家坐在一旁算卦求食，你平白无故地招惹人家，又是你伸出手叫人家算的，人家算卦的只是说说而已，有没有你心中明白。好好好，散了吧，散了吧！"周围的人你一言我一语，都说孙天耀多事。孙天耀依然不服，一边骂一边拉着一个小伙子过来说："你满口胡叨，我还能做那样的事？再说了，我明明四个儿子，你咋能这样胡说！这是我同村的，不信你问他。"那小伙子笑说："先生，这个你还真的说错了，人家齐齐整整四个儿子这一点儿没假。"杨瞎子说："我只是说将来只有一个儿子为他送葬……"在大家的劝说下，孙天耀就拉着那小伙子骂骂咧咧地走了……

周围有好些人都知道孙天耀的身世。孙天耀六岁离了父母的确是真的，在舅家住了八年也是实情，村中三十岁往上的都知道，大家无不佩服杨瞎子说得准。那杨瞎子觉着周围熙熙攘攘，知道身边的人不少，便向周围作了个揖说道："孽缘，孽缘呀！其实，那人推崇'修齐治平'没有不好，可不能亵渎我们佛道两家呀！各位都知道，儒家讲究以文治道，可是大千世界万流百川，哪一条都会流入海中。大道如同宇宙，周流万世，高耸于九天，渊深犹如汪洋，岂是一种学术可以包罗的……"周围的人无不惊讶叹服。果然两年不到，杨瞎子的话真的应验了，孙天耀的大儿子被拉了壮丁一去不返，二儿子给人盖房从架上跌下来摔死了，老三患了个绞肠痧不治而亡，只剩了一个儿子。于是人们无不佩服杨瞎子，说他的卦准。

狗娃子爱看杨瞎子算卦，也喜欢听他说顺口溜，便加紧脚步跟了上去。走着走着，狗娃子忽然听见后面有人大喊："快！快！快闪开，骡子惊了——"狗娃猛一回头，就看见不远处一头紫红色的驴骡带着风声裹着黄尘，四蹄腾空发狂般地向这边飞奔而来。一个壮汉紧在后头追，边跑边大声喊着："让开！让开！牲口惊了——"骡子还拖着一具铁犁，一起一落，哗啦作响，把路面劖开了一条沟痕。可走在前面的杨瞎子似乎一点儿也没觉察到，依然缓步而行。狗娃子心中一惊，快速奔上前去，使出浑身的力气一把把杨瞎子抱住，一起倒在了路边的水渠里……

没几天，狗娃子救杨瞎子的事在南孙堡被传为佳话，大家都夸这家伙机智勇敢有出息。

狗娃子受到了村人的赞扬，狗娃妈自然心里得意，可她是个心高气傲爱面子的妇人，尽管儿子为自己长了脸，可她并不满足。她心里希望儿子将来能出人头地干大事，为他们家争光。丈夫孙全德虽说唱戏出了名，可毕竟干的是个被人瞧不起的行当，清明节那天的事确实让她丢尽了脸，一直耿耿于怀，好些日子她的心情都无法平静。不管那天泮池爷怎样夸狗娃，也不管狗娃在父亲的熏陶下多么喜欢唱戏，可在她的心目中，儿子再也不能走这条路了。狗娃妈尽管是一个平平常常的村妇，可她和社会上许许多多的农妇一样，虽然不吃斋不念佛，也未皈依什么宗教，但她相信因果，一生遵循一个"善"字。她的祈盼和追求就在一年一度祭灶仪式之后的一声叹息之中。

每年的腊月二十三是祭灶的日子。祭灶，这对关中人来说是一件大事。村里的老一辈人说了，灶神是一家之主，他替玉皇大帝看管监督着这家人，这家人一年来的善善恶恶他都知道，他要在腊月二十三日上天，向玉皇大帝汇报这一家人的一切情况。但家家祭灶不一样，富汉有富汉的祭法，穷汉有穷汉的祭法，只要人善心诚，灶君爷是不计较好歹的。这年腊月二十三，狗娃妈端了个碟子，放了一块豆腐，还有一片新鲜的菠菜叶和几片茶叶，另外，又掐了几根麦秸秆，三五下就编成了一个竹马送给灶君爷乘骑……三拜九叩之后，狗娃子才说要起来，他妈硬是按着儿子的头，要他在灶君爷的像前磕头发誓，说是今后就是穷死饿死也不唱戏。她回过头满面笑容地对儿子解释说："唱戏的被人称作下九流，和媒婆走卒、吹手盗娼、剃头修脚的是一等子货，就是挣金疙瘩咱也不去唱，乖娃娃，听话。"

狗娃子听后"呼"的一下站了起来，拧着眉毛睁圆了眼睛望着母亲，他不这样认为，他自小耳濡目染从骨子里爱戏。狗娃子爱戏是有原因的，他自七八岁起就随跟着父亲看排戏、唱戏，时间愈久愈钟情。舞台上七品县令的黑袍乌纱、美髯须眉，三关元帅的金盔红蟒、粉底皂靴，还有文武小生的潇洒自如、风流倜傥，曾引得他想入非非，梦想着将来也穿靴着蟒在舞台上摆来走去，那是多么的风光；憧憬着有一天能公堂高坐，明镜高悬，为民除害，该是何等的痛快！由此平添了对父亲他们的爱戴和崇拜，也想着将来像父亲一样成为一个人见人爱的戏把式。于是在闲时他也背唱词、学台步，像大人一样练把式。狗娃子清楚地记得，去年有一次窝子班排戏歇息的当儿，他忽然不知高低地对高贵生说："叔，叫娃也来一段。"父亲磕着烟锅说："碎娃家凑啥热闹，一边玩去！"不知谁说了一句："娃灵醒着哩，灌耳音也灌了这么长时间，试试，试试！"那时，他也不知从哪里冒出来一股傻气，没有征得父亲的同意，就糊里糊涂地唱了一段《杀庙》。大概也是大家与全德关系好的缘故，狗娃子的演唱竟然受到了在场人们的喝彩。还说狗娃子像模像样，把韩琦作难时的心情都唱了出来……

今天突然间见母亲平白无故地不叫他唱戏了，心里一急，猛一下挣脱了母亲的手，直直地站起来，睁圆着两眼吼道："跪个锤子！要唱要唱就要唱！"狗娃妈狠狠地在儿子的后脑勺上扇了一巴掌，骂道："跟你先人一样，天生你这'生蹭冷倔'的种！"

# 四

孙全德他家在村南的石头坡有七八亩旱地，年成好了一亩地打三斗五斗的，要是老天爷和人作对，那就不好说了。还好，他太爷当年在村东河沿上置了一亩二分水地，在地头盖了间草庵，靠着地中间一口四季不涸的水井支一架辘轳，经营起了一个小小的菜园。人常说"一亩园十亩田"，那可是真的。到了全德手上，凭着妻子的勤快和聪慧，起鸡啼熬半夜，领着孩子莳弄些四季鲜菜，把一个小小的菜园莳弄得风生水起。还真个应了三麻子的话："正月里菠菜满地青，二月闪上羊角葱，三月韭菜搭了镰，四月莴笋上秤称。"孙全德呢，除了唱戏挣些零钱贴补家用外，闲时莳弄庄稼或者在菜园子帮老婆扳辘轳灌园、务菜、卖菜。一家人日子过得倒也滋润。

不想今年八月，本村的魏志虎不知为啥却看中了这个菜园子，他三番五次托人找全德商量，好说歹说要买这个园子，就是价钱高些他也不在乎。孙全德心中明白，这园子是老辈人怕后人饿肚子留下的业产，无论多钱决不能卖。为这事魏志虎急得转圈圈，他找遍了有头有脸的说尽了好话也未成事。

魏志虎是南孙堡的人尖子，也是南孙堡唯一的一户杂姓，一家人平时住在县城，村子里的庄院老挂着锁。他在县城开着典当铺，在西安城还有古董行，按说，不务庄田，吃喝不愁，可为啥却非要买这个菜园不可？原来，这其中有个缘由，只是魏志虎一个人知道，不好告诉他人罢了。提起来倒还有一段故事呢。

魏志虎本名金三，他家在旗，人老几辈都是西安满城里专司杀人的刀斧手，在他父亲和祖父手上被砍头的罪犯和革命党不在少数。金三自小就见过杀人，还跟着父辈赶过"红场"。金三丈人家姓钮祜禄，一家人信佛，媒人与钮家提起这门亲事时，钮家因金家世代是刀斧手不情愿这门婚事。直到后来金三在巡捕房做了巡捕，钮家才将女儿嫁给了他。金三家虽居满城，可地位并不高，和那些官宦富户人家不能比，在满城也有一院房产，但不怎么宽敞。光绪年间，城里的旗人兴起了在周边各县购置房产的热潮，金三爷爷和几个朋友也东倒西借，在城东浐河畔的米家湾买了座宅院。于是他们家依据节令，有时住在城内，有时闲居乡间。

辛亥年八月，武昌起义爆发，关中城乡间到处流传着"不用掐，不用算，宣统只有两年半"的歌谣。那时，西安满城内外，南北两院的旗人和清政府官员惊恐不安、人心惶惶。果然，到了农历九月初一，革命党人领导的新军在西安城举旗起义，起义军很快占领了城内的军装局，接着控制了城内的制高点钟鼓楼，并分兵攻陷了巡抚、府台各衙署。在西安驻防的旗兵将军文瑞从咨议局逃回满城，仓皇布置兵力和起义军对峙。其他清朝官吏，有的逃到商民家中隐匿起来。紧接着巡防营也宣布起义反正，市内学生、店员及袍哥们纷纷剪去辫子，臂缠白布以为响应。九月初二，起义军向满城发动进攻。当时在满城驻防的旗兵有五六千人，可他们虚冒顶替的多，且兵老不退伍，按清廷惯例刚生下来的小孩就领一份口粮，也算作数目。加上那些懒洋洋的享有特权的八旗子弟虽曾受过军事训练，但毕竟早已没有了当年入关时的威猛气势和作战能力，因之，在起义军的强大攻势下纷纷弃械，或逃或降，一触即溃。那文瑞一见大势已去，遂投井自杀。

革命军攻打了一天一夜，满城终于破了，士兵如潮水般从南面和西面涌入。革命党为了壮大力量，联合了哥老会和刀客，这些人大都是些流落在城镇的社会流民和破产的手工业者，成分复杂，他们企图不一、利益有别，带有盲目的破坏性和极强的复仇心理。这些革命军冲入满城之后，将城内所有居民视为敌人予以攻击和杀戮。一直到了第七天，革命军才下了停止屠杀的命令，城区渐安。

　　就在革命军攻打满城的那会儿，金三一家住在米家湾，只有他爷爷一个人住在城里，事后连尸首也没找见。由于他们平时不与当地的村民往来，人们亦不知道他家是旗是汉，于是乎也就躲过这一劫。"反正"不久，金三他大金贵见局势平静了，实在按捺不住，想去城里看看，顺便找找父亲，于是他也剪了辫子随着乡间人进了城。

　　人说"击石原有火，不击乃无烟"，这世上的万事万物不知怎的都遇得那么的巧。这里还得从狗娃他爷说起。

　　狗娃他爷名叫孙清泉，是个有名的"勺勺客"，凭着做得一手好菜在大差市的来福楼掌勺，一有空闲就在城里城外闲转。几年前八月的一天，他和一个蓝田厨师在东门外转悠，忽然瞧见好多人都顺护城河往北走，说是哪儿处决因犯。那时西安府处决犯人大都在东门外的护城河边。孙清泉见不得那个场景，正要走，无奈那个厨师想瞧热闹，硬拉着拽着他去了刑场。蓝田厨师还说，有个刽子手名叫金贵，杀人如同变戏法，动作麻利，名闻古城。这金贵就是魏志虎他大，因其长得身长腿短，人们给他取了个绰号"板凳狗"，是个以杀人为乐的刽子手！孙清泉被拽到了刑场，见护城河边一溜跪着七八个死刑因犯，有强奸杀人、谋财害命的歹徒，有密谋造反、推翻清政府的革命党，一个个背上都插着斩标，上面写着罪行和被朱笔打叉的名字。孙清泉见了这个场面，早已心慌意乱，欲看不忍，欲罢不能……三声炮响之后，行刑开始。只见坐在一旁的监斩官扔下几支行刑火签，一个书记官模样的人走到几个死囚面前，一一问了姓名，验明正身之后，两个刽子手向前，抡圆了臂膀挥刀砍了下去。霎时，喷涌的鲜血，滚动的头颅，脸上身上溅满了血迹的刽子手，骚动叹息声和死囚亲眷撕心裂肺的哭叫声……孙清泉哪见过如此惨烈的场景，他的心突突乱跳，仿佛要窒息了，不由得闭上了眼睛。这时，忽然那个蓝田厨师用胳膊肘撞了撞他悄声说："快看，快看！板凳狗来了。"孙清泉睁眼一看，果然看见一个身长腿短个子不高的刽子手出来了。板凳狗做活就是不一样，他不用鬼头刀，用的是骊邑县出的一种三尺长两寸多宽的官山刃子。他将那把磨得锋利无比的关山刃子反手握着，刀身在胳膊后面，站在远处的人根本看不见。当行刑的指令一发，他快步向前，将刀刃挨着囚犯的脖子，只是将右臂轻轻一拉，胳膊拐朝上一挑，右脚跟向外迅速一蹬，那人当即栽倒在地。他也猛一偏身，就势蹲下，身上连一点儿血迹也没溅着，整个动作麻利干净令人叹服。孙清泉像吃了只苍蝇，一种不可名状的痛苦折磨着他的心灵，路上一句话都不说，步履沉重地回到住处。之后，他好几个晚上都睡不着觉，一闭上眼，那喷涌的鲜血、滚动的头颅、鬼头刀、撕心裂肺的哭叫，立马就浮现在他眼前，回响在他的耳际，甚至连板凳狗的身段长相、走路的姿势及他杀人时游刃有余的动作都挥之不去……

西安"反正"半个多月之后的一天傍晚，孙清泉没事在街上转悠，来到一家茶馆门前。猛然间，他发现一个熟悉的背影在茶馆坐着喝茶，那人短短的腿、长长的身子……刹那间，孙清泉明白了什么，他几乎叫出声来："板凳狗——"他立即进了茶馆仔细一看，还真的是他，只是今天穿了一件乡下人的衣服，辫子已经剪去。孙清泉一见这个杀人恶魔，不禁怒从心起，心说：如今清政府都被推翻了，这狗日的还逍遥法外！他猛地上前一把揪住了板凳狗的胸襟，大声喊道："来人呀！这就是杀人不眨眼的板凳狗——"随着"哗啦啦"一声，几个提着刀在街上转悠的袍哥闻声进来揪住了板凳狗，五花大绑拉着走了。

袍哥把板凳狗拉到驻地严刑拷问，要他交代哪里还有旗人。板凳狗为了保住家人的性命，他咬断了自己的舌头，袍哥一怒将其用钢铡铡了。再后来，金三通过人打听到了父亲被害的消息，也知道了抓他父亲的人是来福楼的孙清泉，还知道他是骊邑县人，家住南孙堡。金三流着眼泪，暗暗把仇恨记在心里，咬牙切齿地说："此仇不报誓不为人。"

不久，革命军发布了不准滥杀无辜的命令。本已经风平浪静了，可忽然在一个晚上，有几个复仇心切的旗人偷袭了革命军在南院的总部，杀死了十几个革命军的人，其中六个是哥老会的头目。这一下子惹恼了哥老会首领张云山，他不顾革命军的训令，一声令下，四处张贴布告，要把西安周边所有的旗人赶尽杀绝。

躲过了一劫又是一劫的旗人得到了这个消息，不敢在家中待，他们白天躲在庄稼地里，晚间扶老携幼四处乞讨，其情惨不忍睹。金三带着老婆娃娃经过一番颠沛流离，辗转来到了骊邑县境内，先是躲在深山中。一年之后，情况好转，为安全起见，金三改名魏志虎，千方百计地在南孙堡买了座宅院，一来有了定居之所，二来是找到孙清泉为父报仇。哪知到了村里一打听，得知孙清泉去年已经过世，儿子孙全德两口带着几个娃娃过活，心里很不解气。可他看到村里人都是清一色的孙姓，勤劳善良、民风淳朴，且在族长泮池爷的教谕下团结互助，一片祥和，他是个外来户，深感势单力薄，力不从心，不敢妄为，只好忍着。

魏志虎这人不好说，有时还差不多，有时做事就离了谱。民国初年关中大旱，饿殍遍地，他家也曾向粥棚捐过粮、赊过钱，得到过乡党的赞许。可随着境遇的改变，他就显得有点儿不安顺，做些人们不待见的事。那年腊月，一个从商州过来卖灶糖和香蜡纸表的小贩来到了南孙堡叫卖，那人挑着担子，一头挑着货物，一头还挑着个三四岁的娃娃。他把担子摆在了魏志虎家门口叫卖。这天气温突降，寒风带着哨儿呜呜地吹着，行路的人大都缩着脖子、抄着双手行走。那箩筐中的娃娃鼻涕眼泪腌臜不堪，饿得蜷缩在箩筐内的烂套子里瑟瑟发抖，谁见了都觉得凄楚。村里人责问那小贩，这么冷的天，不把孩子放在家里带出来干啥？孩子还小呀！那小贩不说话，只是流泪……魏志虎老婆钮氏见那孩子恓惶，甚是同情，就告诉那小贩别走，她转身回家，准备把自家娃娃的一件小棉袄拿出来送给那孩子穿，再给他拿点儿吃的。就在这时，娃娃喊着要拉屎，商州人连忙把孩子抱出来，大家一看，那孩子上身只穿着件破得不能再破的棉袄，腿上的一件单裤已烂得不像样子。孩子不住地颤抖，还没等把他放在地上，孩子就拉了一大堆。恰巧魏志虎回来了，见那孩子把屎拉在了他家门口，非常生气，张口就骂那商州人。那商州人不住地给他回话道歉，又张罗着给他收拾。魏志虎不依，说是年关将近，给他家带来了晦气。那小贩急了争辩说："孩子拉的，叫我咋办？你还讲理不讲理了！"魏志虎见一个外乡人竟敢在众人面前顶撞自己，一气之下就砸了那人的摊子，还踩坏了人家的货物，那个外乡人抱着孩子放大声哭着离开了南孙堡。他老婆出来问清了情况之后，气得两手发抖，怀里抱着吃食、小棉袄追了好远好远……从此村里人叫他"贼魏虎"。魏志虎本就不是个庄稼人，有暗财，自定居到南孙堡之后，常在江湖上走动做生意，开当铺，和乡党邻里很少来往。在外面，上交的是官府衙门、粮户名绅，下交的是五王八侯、青皮烂娃，前年还让人打通关节给自己刚中学毕业的儿子在县民团弄了个文书。他的儿子叫魏明禄，待人接物和他大不一样，大凡接触过他的人都夸这孩子懂事，连泮池爷都说了，这娃娃不错。

一天，魏志虎在街上转悠。忽然遇到了一位多年不见的朋友。这人是个"五国贩马"的手儿，跑江湖"吃四方"，自称熟读风角六壬、奇门遁甲，精通风水堪舆，走南蹿北给人择阴阳宝穴，且有一口的好说辞，"把死人说活，把活人说死，把凉水说得能点着灯"，魏志虎对他的朋友崇拜得五体投地。一天，那朋友和魏志虎来南孙堡转悠，他指着村外的一块地说："这地儿左面是一条河，右边是一道梁，正应了左青龙右白虎的说法，加上面朝御河，背靠骊山，风水极佳。若在这儿修一座宅院，定能子孙兴旺、富贵平安，一代更比一代强。"而他说的那块风水宝地，正是孙全德菜园子的那块地方。

# 五

不想朋友的话真的打动了魏志虎的心，原因是魏志虎在儿女上吃过大亏，他心中有个伤疤，在别人面前从不愿提起。

魏志虎老婆一共养了三男四女七个娃娃，其中一男一女，没出月就得"四六风"死了；一个儿子又不慎掉进井里，捞上来后已经没了气。几年之后老婆又生了个儿子，因之魏志虎把娃娃看得比自己的命还金贵。那时宣统爷还在位，他们一家人住在满城。他老婆钮氏知道金家祖辈都是刀斧手，杀人太多，怕是现世报，因之她经常到寺院布施许愿，救赎超度那些被金家夺走了性命的亡灵。每逢初一十五她都去慈恩寺、荐福寺或者罔极寺听经诵佛。后来钮氏也吃了斋信了因果，很是虔诚，为的是能保子孙平安。魏志虎对这些全然不信，常说他老婆没事寻事。钮氏也不理会，依然吃她的斋念她的佛。

那一年三月初一，钮氏悄悄领着十岁左右的大儿子，抱着四五个月大的小儿子，在门口叫了辆洋车，去东门外的罔极寺进香礼佛。就在母子三人拜佛上香完毕走出罔极寺，在炮坊街等洋车时，忽然间阴云密布，狂风大作，天空霎时像黑了一般。关中人把大风称作黄风，那可是场几十年没见过的趸窝子黄风。那黄风呼啸着刮折了树木，刮倒了行人，把街上卖吃食的摊子席棚连根拔起，灶具锅盆和杂物哗啦啦满街乱滚。一时间黄尘翻卷、遮天蔽日、飞沙走石，行人不要说走路，连眼睛都睁不开，被风刮倒站都站不起来，街上妇女娃娃呼爹喊娘……

这可吓坏了钮氏，她一手扯着大儿子，一手抱着小儿子弯着腰紧贴着一堵砖墙来到一个靠门楼的拐角。钮氏坐在地上埋着头紧紧地把两个娃娃搂在怀里。风越刮越大，越刮越猛，丝毫没有停歇的样子。就在这时，头顶的门楼上吧嗒一声响，从檐上掉下来一块瓦片，这瓦片不偏不倚，准准砸在了大儿子的头上。那孩子一声尖叫之后，立马哭得闭住了气。钮氏睁眼看时，只见娃娃头上砸了个一寸多长的口子，鲜血直流。她吓坏了，忙把怀里的小儿子放在身旁，撕下自己的头巾一边替娃娃包扎，一边呼叫他的名字。当她把大儿子唤醒之后，再回过头看时，小儿子早已被风刮得不见了踪影……自此魏志虎又没了小儿子。

老天爷好像看准了他，专门在子女上和他过不去，这期间，有些事情离奇恐怖，想都不敢想，更不愿意对人提起，唯恐别人说他祖上没积阴德。他想忘却那段经历，可不知怎的总是忘不了，而且还记得格外清楚。

西安"反正"那年，魏志虎和妻子钮氏带着大小四个孩子逃出了哥老会的抓捕，流落到了骊邑县，在承福寺避难时遇到了西安府台胤升的第三房老婆郭夫人。一家人就随郭夫人一起到山背后的翠林湾，在丫鬟楞铮家避难。在那儿，魏志虎也曾仗义做过好事，曾给楞铮家帮了大忙，还得到过楞铮一家人的感激和赞许。

事情是这样的，一天晚上，钮氏挡好柴门安排孩子们睡了觉，心里想着往后的事情难以入眠。不料刚刚迷糊，忽然听全村的狗咬了起来。钮氏推了推身边的丈夫说："外面好像出了啥事，我觉着不对，你出去看看！"魏志虎不耐烦地说："睡你的觉！他革命军还能到这深山背后找咱……"一语未落，忽然听见崖畔上一片杂沓的脚步声，伴随着狗咬，大呼小叫地下来了六七个人。接着就听见呼喊声、脚踏门扇声、农器家具的撞击声和哞哞的牛叫声响成一片。一会儿楞铮的父亲和爷爷好像与人撕打纠缠在一起，楞铮爷爷大声呼喊："来人呐——土匪抢牲口了——"这声音恐怖凄厉，在寂静的山谷里回响，令人不寒而栗。原来这是一伙青皮烂娃，早就看中了楞铮家的几头大牛，前些日子来到楞铮家假装买牛，故意把价钱压得很低，楞铮爷爷没卖，今天晚上就是为着抢牛来的。

魏志虎一骨碌爬起来，把老婆娃娃往窑洞后面一推，抱了些柴草挡住了他们，然后在行囊中抽出了蛇形皮鞭。这皮鞭大约有五尺来长、八九斤重，牛皮编成，用油浸过，鞭鞘是狗皮做的，伴随魏志虎已有二十多年了。魏志虎九岁随人习武，练的就是牛皮鞭，十五六岁就能把一条皮鞭舞得像模像样，虽不敢说出神入化，可也是指哪儿打哪儿，鞭鞘无论挨到人的哪个部位，准会皮开肉绽、鲜血淋漓。只是到了三十岁之后再没怎么玩过，这次逃难出来为防不测带在身边。魏志虎手握皮鞭，轻轻地推开柴门，借着朦胧的月光，只见几个人正从窑洞里朝外拉牛，几头牛也似乎预感到了什么，使劲儿朝后曳着不愿意走。楞铮他大和楞铮爷爷抱着那几个人不放，正在撕打纠缠……魏志虎大喊一声："焦叔放手，我来了！"随即一跃而上，胳膊只是一挥，就听见一个强人一声惨叫，捂住了脸蹲在地上。紧接着另一个人"哎哟——"一声也放了手中的牛缰绳。其余几个手拿长矛铁链的人起先不知是怎么回事，待看清了之后，呼啦一声，手执器械朝这边走过来，把魏志虎团团围在中间。这些人都是山后村子里的地痞流氓、青皮烂娃，晚上聚在一起抽大烟耍钱，过足了瘾之后，想着到这里抢几头牛还赌债抽大烟，没承想遇到了捕快魏志虎。他们哪是魏志虎的对手，不大工夫，一个个鬼哭狼嚎地带着伤逃跑了。

　　魏志虎打跑了这伙强人，楞铮一家感激得跟什么似的，把魏志虎围起来，又是磕头又是感谢。楞铮爷爷还张罗着支案点香，要和魏志虎结拜弟兄。之后，他们把魏志虎一家当神来敬，说实话，还真的怕这家人离开他们家。

　　人说，东吴虽好不是久居之地。魏志虎一家人老几辈在城里生活，日常的米面油盐酱醋茶及各种菜蔬日用都取之于市，连吃的水都有人按时从甜水井送来，哪能过惯山里人的日月？不说别的，光从沟底往上挑水都够魏志虎受的。魏志虎也常去山外打探时局的变化，时间不长，听说西安逐渐恢复了平静。可他心中还不踏实，心说，那哥老会莫非是布下圈套，坐等他们旗人入网？于是他横了心决定，西安城是万万不能回去的，就在骊邑县附近买一座宅院住下。后来，听说南孙堡有一座宅院出售，正合他的心意，于是他就买下了这座宅院。

　　魏志虎和钮氏来到新买的宅院一看，好不气派。院子大约有四间宽窄，水磨青砖门楼，进门一面影壁。走进院子，是东西厢房，青石台阶，再后面是上房，格子门窗。上房旁边的一个月亮门可进入后院，后院是一个小花园，当年曾栽花种草，还有一方池塘，池塘边有座小小的茅亭，倒也不错。只是宅院荒废太久，檐下门窗蛛网尘封，院里杂草丛生，甬道上尽是苔藓。钮氏见西边厢房无锁，便上前轻轻推开房门，忽然一只黄鼬冲门而出，把他俩吓了一跳。上房内的粉壁上还有几道星星点点的污渍，魏志虎看了看似血渍，也没多想，便向后院去瞧。后花园长满了齐腰深的杂草，水塘早已干涸，那座茅草亭已坍了一角……他们叫人整整收拾打扫了半个月，才搬到了南孙堡居住。这才终于在骊邑县有了个自己的家。

魏志虎两口带着四个孩子，老大是个儿子已经十三岁了，三个女儿，一个十一，一个九岁，最小的一个只有四岁多。钮氏把大儿子安排在东厢房，让两个大点儿的女儿住在西厢房，他们两口和小女儿就在上房起居。

一天早上，魏志虎送大儿子去县城上学，钮氏正在扫地抹桌子，忽然，格子门咣当一声开了，只见大女儿仙平衣衫不整、披头散发，满脸惊恐地跑了进来。她一边哭着一边摇着母亲的肩膀说："妈呀，我俩今晚不在下边睡了，我害怕呀！"钮氏不知发生了啥事，大声斥责着女儿说："咋了咋了？这么大的姑娘了，看你咍样子，成何体统！"没想到女儿"哇——"的一声哭了出来，并说出了一件令人恐惧的事情。仙平说，今早，妹妹尚未醒时她就醒了，那时天麻麻亮。她抬头半迷半醒地望了望窗，好像有一个披散头发的女人趴在窗子外面朝里张望，吓得她赶紧用被子蒙住了头，不敢动。仙平恐惧地睁圆了眼睛，两只手使劲儿地拽着自己的头发，浑身不住地颤抖。钮氏给女儿壮胆说："胡说啥！那是你眼睛花了！"自此以后大女儿仙平便老是神不守舍、恍恍惚惚的样子，大白天也不敢离开母亲一步……

谁知，还不到一个月，又出了一件事。那是在中秋节的晚上，月亮刚刚升起，洒了一地的银光。钮氏端出了几样水果和自己做的月饼，放在院子里的石桌子上，和几个孩子围坐在石桌旁说说笑笑，等丈夫回来一道品尝赏月。这时二女儿仙铃去后院上茅房，不一会儿，后面院子里传来二女儿一声凄厉的惊叫，接着就再没有了动静。吓得钮氏和几个孩子魂飞魄散，不知道发生了什么事。钮氏慌慌张张地拉着大儿子一道去后院察看，月光下，只见二女儿仙铃直挺挺地在池塘边那棵槐树下躺着。钮氏急了，扑过去把女儿抱在怀里，孩子已嘴脸乌青气息紧闭。钮氏用指甲使劲儿掐着女儿的人中，大声呼叫着她的名字，忽然哇——的一声，孩子哭出声来。这时他们闻到了一股臭味，钮氏仔细一看，原来仙铃把一泡屎拉在了裤裆里，臭不可闻……

仙铃从此大小便失禁，一见人就捂眼睛不敢朝脸上看，寻医问药都不中用，一个月之后就死去了。不久，大女儿仙平无缘无故地跳进了院子的水池，等到捞出来早就死了。魏志虎觉得这个宅院不宜居住，于是就锁了门，住进了骊邑县城。

七八年时间过去了，魏志虎的生意做得风生水起，在骊邑县也扎住了根。加上他会来事，不管南孙堡过庙会还是春节忙罢唱戏，他又是捐款，又是跑路，受到了泮池爷点头首肯。前年，他又花了一百块银圆，给孙家祠堂挂了块金字牌匾。魏志虎在南孙堡是没得说的，在骊邑县，他还交了不少朋友，儿子魏明禄又在保安团做事，很是红火。

魏志虎听朋友说孙全德的菜园子是块风水宝地，为子孙计，他下决心要把这块地买到手，再修盖一座庄院。他心说，凭自己眼下在南孙堡的地位，又出的是高价，他孙全德是不会不给面子的。于是就又打发人去找孙全德说话。

# 六

说话人换了这个换那个，都碰了一鼻子灰，反说正说都不中用，最后反把孙全德惹躁了。他气得浑身颤抖，指着来人的鼻子说："去去去！还叫我把你往出赶是不？不卖就是不卖，吃屎的还把屙屎的箍住不成！谁打发你来的你回去告诉他，钱多少都不卖！看谁把我能咋个样！"于是一秋没话。

转眼到了冬天，腊月初二周家湾一个大户人家过事，窝子班受邀去唱堂会。清早起来，孙全德像往常一样收拾好家什正要出门，忽然大门哐啷一声，吵吵嚷嚷地挤进来几个人，说是他家菜园的草庵里头有个死人。孙全德一听害怕了，几个人急忙跑到园子，见栅栏门开着，孙全德几步走进草庵。一看，妈呀！只见一个衣衫褴褛，脸上脏兮兮、头发乱糟糟的妇人死在了他家的草庵内。

孙全德心里明白，漫长的严冬是穷苦人最难熬的日子，更是北山上那些无家可归的乞丐难过的鬼门关。这个草庵不但能避风，土炕上还有一条破毡，一定是那妇人有病在身实在支撑不住，为躲避寒冷冻死在这儿的。他不敢怠慢，赶紧找到甲长述说了这件事情。本来这是件平常事，只要有村里的乡党做证，由孙全德出钱葬埋也就是了。于是孙全德请来了甲长和邻里长辈，大家一商议，着孙全德给那人买了身衣服，用一领新芦席卷了，又请了几个相好的帮忙，叫狗娃妈做饭吃了，准备抬到乱葬坟埋葬。谁知几个人挖好了墓要下葬，县警察局来了几个人，不容分说一条麻绳把孙全德捆了拉着就走。说是邻村一个绰号叫"铁指甲"的到警察局，告发孙全德头天调戏了这个女人，说这女人死得不清不白。孙全德有口难辩，平白无故地就被关进了警察局。

狗娃妈哪里遇到过这种事，心中没有主意只是个哭。有人告诉她，警察局就是阎王殿，进去了不死也得脱两层皮，得赶紧想办法先把人捞出来。于是狗娃妈东挪西借，变卖了家里所有值钱的东西四处托人求情，一来警察局副局长是魏志虎的结拜弟兄，二来孙家的"靠山"和财力都有限，一直折腾了好几个月，都没有着落。狗娃妈也找了泮池爷，并诉说了魏志虎要买她家菜园的事，只是没有证据证明这件事与魏志虎有关。泮池爷对这件事非常气愤，进城跑了好几次，他还找到了魏志虎。魏志虎也说，一村一院的，谁还没有个三灾六难的，表示他一定帮全德这个忙。几天之后，魏志虎回到了南孙堡，在泮池爷家一边叹息一边说："唉，那挨刀子的铁指甲一口咬定他亲眼见全德把那个妇人扯进了菜园。我还找了那位局长弟兄，他说，人命关天，他这个当局长的也插不上话呀。我看这难办。"泮池爷又在县里找了几个朋友，说话送礼，花了不少钱，警察局也不说放也不说不放，只是说案子正在调查取证。几天之后，泮池爷来到孙全德家一边摇头一边对狗娃妈说："娃呀，爷当初看走眼了，魏志虎不是个好的，可人家究竟做了啥，那是暗的，咱谁也没看见。唉！世道叫'鬼'把人拿住了，爷这个脸太碎，人家不给面子。"

一个多月之后，听说孙全德在监里病了，这可把狗娃妈急坏了。她去泮池爷家借钱给全德看病，泮池爷一边叫人给她取钱一边说："拿着给全德看病，不要操心着还钱，救人第一呀！有了人就啥都有了。"临走，老人家长叹了一口气对狗娃妈说："全德家的，我看魏志虎他们不是为钱来的，咱哪儿痒痒往哪儿挠吧。"于是，狗娃妈咬了咬牙，搬人说合，把那片菜园卖给了魏志虎，给警察局又交了些钱之后，孙全德才被放了出来。

孙全德脸黑个子大注重德行，他虽然在戏台上唱的都是硬扎戏，可从没与人红过脸。他一生信天命，更注重德行，他实在想不通，好人咋没好报应呀！自己因"调戏妇女"被收了监，这可是个被人下眼观的事啊，自己以后咋个有脸见人呢？当他从一个狱警的口中得知这是魏志虎在背后捣的鬼后，孙全德一下子就昏了过去。他越想越想不开，生了一口气吃不下喝不下，后因恶气攻心在监里得了个鼓胀病，出监后睡到炕上就再也没有起来。

为救丈夫出监狗娃妈求人借贷，为给丈夫治病她又挖东补西，不但花完了家里所有的积蓄还欠了一屁股的债。她不得不给刚满十六岁的大女儿找了婆家，又把十四岁的二女儿卖给人做了童养媳。狗娃子刚上了几年的私塾，非但上不成了，还要给自家地里干活，家中就指望他了。

狗娃妈心里明白，若没了孙全德，这个家也就完了，因之她砸锅卖铁也要把丈夫的病医好。人说哪个大夫医术高，即就是黑天半夜、刮风下雨她都去请；哪里能买到好药，她不吃饭不睡觉隔山渡水也要去把那药抓来。可是狗娃妈费心熬成的药仿佛泼到了石头上，全德依然腹胀如鼓、脸色青黯，眼看着一天不如一天，吓得她不由得胡思乱想。她的头发愁白了，身子佝偻了，面容也一天天地憔悴了。

一天狗娃妈去县城抓药，见城隍庙门口好多人在围观什么，她走近一看，原来是杨瞎子在那儿给人测字算卦，她不由得心里一忖，便放慢脚步走了过去。只听有人说，他叫杨瞎子，肯定双眼瞎，给人推八字算卦尚可，眼睛看不见咋给人测字？可这杨瞎子确有过人之处，手感灵敏得令人难以置信，他一摸谁的口袋准知道口袋内的钱数，一触摸谁的手，便能知晓谁的父母子女及性情身世，摸一指便知其余十指的斗箕。他给人测字，只需这个人用树枝在地上写出字来，他一摸便知。狗娃妈很是信服他的。

只见杨瞎子靠墙盘腿坐着，画着八卦的红布上放着签筒，前面已围了好几个人，他身后的挂布上写着"一笔落地，便知休咎"几个大字。只见一个身穿崭新的黄呢子军装、足蹬马靴军官模样的人对杨瞎子说了几句什么，然后用树枝在地上画了个"一"字。杨瞎子问："长官所问何事？"那军官说："就问仕途官运。"杨瞎子伸手轻轻地在地上摸了摸那个"一"字，两手相互轻拍了几下之后，将着胡须闭眼沉思了一会儿说："好好，这'一'字可是个好字，'人'有它乃'大'，'大'加它乃'天'！再者，长官将其写在地上，这'土'加上'一'即为'王'也。前途无量，前途无量……"说得军官十分高兴，掏出一块银圆放在卦摊上走了。

狗娃妈踌躇了一阵之后，凑上前怯怯地说："先生，我也测个字，问一问男人的病情。"杨瞎子的脸上没有一点儿表情，沉默了一下，点了点头说："好的好的，这位居士，你就用这根树枝随便写上个字，让贫道摸摸。"狗娃妈诚惶诚恐地拿起了树枝，停在了空中，自己本就是个"睁眼瞎"，该是怎样个写法？情急之中她想起了那位军官写的"一"字，被杨瞎子说得那样的好，自己何不也写个"一"字试试，兴许还能听到些好话，于是她用颤抖着的手也在地上照着画了个"一"字。杨瞎子伸出手眯着眼睛从左至右慢慢地抚摸，又眯着眼睛吃力地看了看，仿佛医生给病人诊脉探病那样仔细。摸完之后，他抬头闭目一动不动，好长时间没有言语，仿佛睡着了一般。忽然间，他长叹了一声摇着头说："唉！这可不是个好字呀。从这个字看来你丈夫已病入膏肓、危在旦夕了。你看这'一'平平地躺在地上，你丈夫肯定不能下床，再者这'一'字乃'生'字之尾，'死'字之头，也就是说他已是风中之烛来日无多了，再不要给他花钱了，不然人财两空呀……"狗娃妈听后只觉脑内一片空白，脸色十分难看，连钱都忘了给，跌跌撞撞地离开了卦摊……狗娃妈回到了家，不忍心将道士的话告诉儿子，只是背地里流泪。

狗娃子知道父亲的冤屈，恨不得放了铁指甲的血，可为了不让母亲再受惊吓，也为了早日医好父亲的病，他强压住怒火，装作没事的样子给父亲洗脸洗脚，替母亲操家理事。一天，全德他舅来探望，还带着个专治膨胀病的药方，说这是西安城一个名医开的处方，已经治愈了好几个人，让全德吃几服试试。狗娃子如获至宝，连饭也没顾上吃立马就去斜阳镇抓药，斜阳镇药铺的药不全，他又马不停蹄地赶到县城。没想县城药铺还差一味草药，说是第二天一早才能到，可狗娃等不及。抓药的伙计说河北的玉津镇的药全，那儿肯定有，只是路有点儿远。狗娃哪顾得了许多，又急急地渡船过河去了玉津镇。天遂人愿，狗娃终于抓齐了药。当他急急地赶到家时，太阳已经落山了。狗娃提着药掀开门一看，见他父亲跟前围了好几个人，母亲正用手在父亲的胸口上下摩挲，父亲的脸色发青，口微微张着喘气，两眼直直地望着屋顶，仿佛有什么话要说。他见儿子来到自己跟前，眼泪从眼角流了下来，艰难地拉住狗娃的手指着门外，从嘴里吃力地挤出了几个字："魏……魏……"一句话没说出来就咽了气……

狗娃妈双手拍打着炕沿撕扯着自己的头发哭叫着："死鬼呀，你不能走哇，你把这个烂摊子给我一个人撂下咋办呀……谁能明白你的心嘛……呜——不得好死的、挨刀子的魏志虎呀……呜——"狗娃子手中还提着药包，傻了一般站在那儿一动不动，也不知道哭。忽然，他仿佛明白了，"哇"的一声扑到父亲的身上大哭起来，在场的人都陪着流泪……

这一年，狗娃子十五岁了。

# 七

孙全德死了，天气也忽然变了，还呼呼地刮起了北风，浓浓的黑云随风而来，像一口锅在天上扣着，压得人喘不过气。到了晚上又淅沥淅沥地下开了小雨。这风刮得奇怪，虽已是春三二月，可吹在身上还觉得有些瘆人。

南孙堡孙全德家土门楼旁的墙上挂着一串用白麻纸剪的招魂纸幡，被风吹得左右摇摆，摇得人心慌。纸幡下面挂着讣牌，这是用白粗布做成的，上面写着"讣闻"两个大字。往左写着：

不孝男孙狗娃罪孽深重，侍奉无状，不至陨灭，祸延家严。

孙府君（讳）全德，不幸于民国九年二月初九寿终南孙堡寓内，终年四十四岁。不孝男孙狗娃等侍奉在侧，亲视含殓、遵俗改服，谨遵母命定于本月十三日殡出，遵礼成服，凡我亲、友、族人，不敢劳赐吊唁，哀此讣闻。

　　　　孤子孙狗娃　　泣血稽颡

　　　　孤女孙齐整　孙西样　泣血稽颡

　　　　期服侄　　　扱泪拜

　　　　功服侄　　　顿首拜

孙家有了丧事，亲戚朋友来了，乡党邻里来了，窝子班的木匠红、高贵生、三麻子、谢东生他们都来了。狗娃大声哭着吵着闹着要找魏志虎报仇，在场的人拦都拦不住，好几个人连说带哄才将他拉进里屋。

这时泮池爷来了，大家一见他老人家到了，连忙问候让座。泮池爷挥了挥手，阴沉着脸来到停放孙全德的房子里，静静地站在那儿一语不发，好久好久……忽然他听见狗娃一个人在屋子里哭，他过去摸着狗娃的头，替他擦了擦眼泪，平静地说："别哭别哭，小娃娃家有些事还不懂。你说报仇，报的啥仇？凭啥报仇？今天，再大的事也没有安葬你大要紧，不准胡来，听我的！葬埋了你大，我还有话要对你说。去，给你大守灵去！"泮池爷是一族之长，也是这个南孙堡最有地位最受敬重的人，他的话谁敢不听？狗娃子果然不闹了，到灵堂给他大坐草去了。之后，泮池爷安排管家孙满领着狗娃挨家挨户磕头，请大伙儿帮忙执事。

提起孙满，南孙堡没有不喜欢他的，他是泮池爷家的管家，也是南孙堡的"执事头"，村子里红白喜事无论大小都由他来牵头。他五十左近年纪，长得五大三粗，浑身有使不完的力气，说起话来瓮声瓮气，是个热心肠人，无论谁家有了事都离不开他。孙满虽说姓孙，但不是南孙堡的孙，他十六岁上到南孙堡后在此定居，这其中还有一段有趣的故事哩。孙满本是富平塬上人，自小身高膀圆，饭量大还有力气。那年关中大旱，富平塬上百草干枯颗粒无收，十六岁的孙满随着父母逃荒来到骊邑。听人说南孙堡孙家需要个干活的，他大想让儿子有个吃饭的地方，就打发孙满去了。当年泮池爷家收长工，头一条要求就是比吃，一顿吃不了二斤白面的锅盔别想在他家做长活。孙满一见比的是吃饭，心中好笑说，这才好了，我正饥着呢。他当着众人的面，一口气吃下三斤半白面烙的锅盔，喝了两碗臊子汤，还抹着嘴说："将就着就算饱了，我不能把东家吃怕怕了。"有人说了，别是个草包虚大汉，能吃不能干的。伙计头说，走着瞧。孙满人高马大身子笨拙，锄麦扬场、剥玉米、淘井、拣花生，这些庄院活一点儿也做不来。可装满麦子的辕车断了轴，他一只手就能扳得起；下雨收场，他一个人扛三麻袋麦子。闲了无事，他站在土台上，能把碾场的石碌碡一个一个地摞得老高，谁瞧着也取不下来。伙计头嫌孙满手拙身笨饭量大，要赶他回家，泮池爷知道了说，已经招来了，再撵他不好，也不见得一点儿用处没有。这年景，北塬上饿死了不少人，像他这饭量，回去饿死了，也是咱的罪过。于是孙满就被留了下来。哪知一语成谶，果真在一次事件中他救了泮池爷的命，那是后话。

孙满爱看孙全德的戏，平时也和他走得近乎，很敬重他。全德的遭遇他自然同情，愿意帮忙。当大家伙儿安好了全德的灵堂，给狗娃穿上孝服，在门口挂起了服牌和纸幡时，已经到了亥时。

孙全德的去世对狗娃一家来说无异于塌了天，狗娃妈为救全德出狱和给他治病，变卖财产不说，把家里的所有积蓄都花了个叮当光，孤儿寡母的要啥没啥，这可咋办呀？狗娃妈没有了主意，只是个哭泣，狗娃则呆呆地跪在他大的灵堂前发了瓷，一动不动……

棺材是人死后的阴宅，无论贫富贵贱到头来都要用它，自古以来人们对它非常重视也非常讲究，关中人更是如此。官宦人家和豪门大户在他们的长辈还健在的时候，子女们就开始为其张罗制作棺材，他们把这件事和做寿连在一起，所以棺木也称作"寿枋"。关中人最讲究吉祥利好，他们把棺材看作是"官财"，请木匠做寿枋大都选在农历的闰月，说是在闰月里做寿枋，斯人将更加健康长寿。传说最好的棺材料是金丝楠和阴沉木，可除过皇上娘娘谁见过？民间最好的莫过于柏木"四页瓦"，其次就是松木"十大块"和"十二圆"了。一般老百姓死了啥木头都能凑合，但棺材两头的"档"（即封棺材两头的木板）必得用柏木做成。传说地底下有一种动物，在土里畅通无阻专吃死人的脑子，据说一闻到柏木的味道就绕着走了。可穷人埋人用一领芦席卷了，拿草绳一捆两头用麦草一塞也是常有的事。

董家湾有个专做棺材的木匠铺，掌柜的姓严，和木匠红是姑舅老表关系。第二天，木匠红就领着狗娃子去了他家。狗娃一见严掌柜就扑通一声跪倒，不说话只是个哭。棺材行是赚死人钱的行当，经常以劣充好，只要油漆上细些也可冒充柏木墩子出售。哪家办丧事都是昏了头，认为棺材价越高越对得起亡去的人，谁还顾得上辨真假。大概是棺材铺的掌柜也自知经常亏人损阴德，为了良心补偿，往往穷苦人只要磕头乞求他，他十有八九愿意将就成全。何况这次还是表兄引来的，就收了两块大洋给了口柳木的非常薄的棺材。后来严掌柜听说死者是唱戏的德娃子，并知道了孙家的冤屈，叹息了一阵后，又让徒弟取了一身寿衣，打发人将棺材和寿衣一并送去，狗娃子又是一通磕头作揖。

孙全德的人缘好，帮忙的来了不少。执事头孙满已安排好了所有事宜：报丧的报丧，打墓的打墓，搭棚的搭棚，做饭的做饭。人常说"死人不张口，一天得三斗"，家里再穷，帮忙的乡党和亲戚都得吃饭，这是老一辈的规矩。吃饭就少不了米面，孙满在孙全德屋里转了一圈只找到半口袋谷子和两三斗玉米。他一边摇头一边叹息，向泮池爷述说了孙家的情形，泮池爷长叹了一声说："唉！去吧，到我家就说我说的，取八块现洋，灌上五斗麦五斗苞谷叫伙计送着来，不够了咱再说。"

第二天傍晚，窝子班所有的人都来了。他们胳膊上戴着孝，像给大户人家执事一样带着板胡、三弦、边鼓、勾锣来了。大家一个一个含着泪给孙全德上香，"戏包袱"高贵生还呼哧呼哧地哭出声来。上香行礼完毕，窝子班的同行挚友要给这位一生以唱戏为业，曾和大家相依为命、在风雨中奔波求食的老伙计献上几出戏，祭奠祭奠，以表心意。大家流着泪，心说，老伙计生前爱啥戏咱就唱啥戏，让这个苦命人临走时也得到些安慰和满足。

院子里，孙满早已着人借来了桌椅凳子，搭好了席棚，安排了唱戏的地方，窝子班一班人没有一个人说话，他们围坐在一起，拿出乐器，支起了边鼓、勾锣。木匠红心里憋屈难受，还没等弦索对好音调，一声高昂苍凉的紧叫苦腔"荆州王——"震惊了整个院子，他叫起了板，来了段《大祭灵》。孙家院子里所有的人都停住了手中的活计，转过了脸把目光投向了这里。

哎——满营中——三军齐挂——孝，风摆白旗雪花飘。白人
白马白旗号，银弓玉箭白翎毛。文官臣头戴三尺孝，武将官身穿
白战袍。因甚事王将孝服套，为之为桃园恩难抛……

木匠红边唱边回忆着为了糊口和自己在一起搭档唱戏，朝夕相处了近二十年的孙全德。唱着想着，想着唱着，他不由得鼻子一酸，眼泪在眼眶内打旋，当唱到"为只为桃园恩难抛"一句时，他忽然抑制不住，老泪纵横，泣不成声。那些拉板胡二胡的、弹三弦吹笛子的，一边抚弄乐器一边用手擦着眼泪，有的甚至哭出了声。

就在这个时候，只见正在灵前坐草的狗娃猛地站了起来，涨红着脸，哗啦一声推倒了灵堂里的凳子，怒冲冲地冲进灶房摸了把菜刀就往门外冲。

木匠红见状，知道不是好事，忽地上前一把攥住了狗娃子的手腕，另一只手重重地按在他的肩上。木匠红身架大又是武生出身，只轻轻一用力，就夺下了狗娃手中的菜刀。他用沉重的语气斥责说："崽娃子，你干啥？还能不能叫人放点儿心？"狗娃子的脸憋得通红，一句话没说出来"哇——"的一下失声痛哭。当大家知道了狗娃子要去找魏志虎报仇时，不由得长吁短叹了一番。高贵生性子柔和，他上前握住狗娃的手说："娃

呀，叔知道你的苦衷，叔也知道我娃的秉性，魏志虎的事只是个隔耳传声的话，也没有个人证物证，你报的是个啥仇？再说了，报仇也不是这个报法，就凭你这一把刀，恐怕见不了他的人把你的碎命先折了。"

木匠红接着劝道："老侄呐，你到哪里报仇？人家一家人住在县城，南孙堡只是个锁着门的空宅，你要砸他的门还是点他的房？你就不怕左邻右舍的房也跟着着了火？听叔说，你大死了有大家帮衬哩！听话，好好过日子，千万不敢生事。有道是'君子报仇十年不晚'，有他魏志虎怕你的时候哩。"

满腔积愤的狗娃被人拉着，"哇哇"地在那里放声大哭，冷不防他从地上拾起那把菜刀大吼道："此仇不报我孙狗娃誓不为人！"说罢，一刀剁掉了左手的食指。场面霎时乱了，大家惊呼的惊呼，叹气的叹气，埋怨的埋怨，包伤的包伤，找刀剑药的找刀剑药……

这时，坐在一旁一语不发的泮池爷说话了。他颤抖着胡须并有些自责地叹了一声说："唉，天作孽犹可恕，人作孽不可活呀！我翻来覆去地想了，那个铁指甲和全德无冤无仇的，咋能一口咬住全德不放？这里面有戏呀！我后悔当初让那姓魏的落脚到咱南孙堡，知人知面不知心呀！孙满，把娃劝一劝，把事看着安顿好，有啥需要尽管打发人来，爷走了。"一边说一边摇着头走了。

天黑之前，将孙全德入了殓，再把棺木移入灵棚。关中习俗，大凡谁家死了人，不管贫富、无论贵贱，均按当地的风俗行事，接灵、迎饭、守灵、哭祭，还有晚上的按更次下"献饭"。灵棚里的供桌上供奉着孙全德的牌位，上面写着"孙府显考孙全德之灵位"。两边有狗娃子买来的金童玉女，两个女儿买的金山银山、金斗银斗、摇钱树、聚宝盆……窝子班这一帮子弟兄还租来了"二十四孝"的画图挂在灵棚四周，虽说简陋却也齐备。狗娃子姐弟几个披麻戴孝坐在灵前的麦草上，关中人谓之"坐草"，只要有人前来吊孝，孝子就得陪着哭丧。自古以来父亲死了就是"天塌了"。为留乡党们在家吃饭，狗娃妈和手上带伤的狗娃不知作了多少揖、磕了多少头，可除了外村的亲朋和本村几个专门寻饭的单身汉外，南孙堡的乡党爷儿们吃饭时都各自回了家，他们帮忙归帮忙，却不愿在孙家吃饭。直到第三天"过夜"，大家才留下吃了顿过夜面。

骊邑一带，大凡长辈去世葬埋之前都要"过夜"，穷有穷的过法，富有富的过法。大户人家"过夜"不亚于过庙会、过忙罢和正月十五闹元宵，孩子们哪有不愿意看的。狗娃记得前几年邻村景县长埋他大时那才真正叫"过夜"，景家堡子村里村外都搭着席棚，一街两行的挽联纸花，白蛇钻天、玉龙摇尾，香火氤氲、鞭炮不绝，十里八村的人都赶来看热闹。和尚道士、尼姑喇嘛诵经之声此起彼伏，前来吊孝的队伍排成了一条龙，大戏、皮影、自乐班，还有不请自来的社火队，像元宵灯会一样热闹，只是遍地白花、四处哀乐，伴随着哭声而已。

"过夜"，也叫"迎三"或"送三"。据说一般人去世三天之内，并不知晓自己已经死去，他的灵魂还在野外四处游转。那些生前有着至善至德的人去世之后，早早就有金童玉女接到天堂去了，普通人死后家人就在这几天请来僧人道士诵经超度，替亡人广行功德，以资赎罪，只有这样，那人下辈子才不至于转生为牲畜，或者不下地狱。

葬埋孙全德那天，好端端的天气忽然变了，先是刮风，后来淅淅沥沥下起了小雨，村里人说老天爷流泪了。没有请和尚诵经，没有请"八挂五"的吹鼓手，在众多村民的簇拥下，乡党们抬着孙全德的棺轿，狗娃和姐妹披麻戴孝被人搀扶着，"扶灵"和"路祭"之后，端着"纸盆"送葬，三步一哭、五步一拜……在凄风苦雨中把孙全德安葬了。孙全德走了，他没有进祖坟，在一个荒凉的坡坎前留下了个孤零零的坟茔。风陡然增添了一股寒意肆意刮着，雨也无声地落着……

孙全德首七那天，狗娃和他妈、姐姐姐夫一家人到坟地给新坟全了山（即圆坟）烧了纸。关中规矩，三七过后，就该给那些帮过他们忙并操过心出过力的亲戚朋友谢孝了。谢孝礼是每人一封点心，一斤烧酒，钱是狗娃妈咬牙卖了二亩地才凑到的。首一个拜谢的是泮池爷，因为他是族长，威望又高，年龄又长，且在葬埋全德时资助了他家钱粮。从泮池爷家出来，又去了执事头孙满和几位孙姓的本家家。

第二天，狗娃他妈就打发狗娃子去拜谢窝子班的那些伯伯叔叔，并叮嘱狗娃说，这些人都是你大的生死之交，可不能忘了他们。他妈叫狗娃先去高城寨，首一个谢承他贵生叔。

# 八

贵生姓高，是窝子班挑大梁的。他善良心细、为人忠厚，不光戏唱得好，肚子里的"饸饹"也多。秦腔的数十本大戏，不管是哪一本，不管是人物、场次、唱词、对白、唱腔、武打动作，都在他肚子里包了本，人们送他了个绰号叫"戏包袱"。无论在哪个社班，高贵生都吃得开，三十多岁就名扬西安东府一带。

贵生小时家穷，十三岁就跟他舅——著名旦角毕麒麟在秦梦社学戏，正旦、花旦、武旦都学。在这期间，他比别人下的功夫大，吃的苦多，练唱练白从不马虎，十五岁时他的《花亭会》《小放牛》就唱红了。高贵生的功底扎实、台步规范，舞台上走路犹如水上漂，所以人们夸赞说"贵生的走、德娃的吼、三麻子出来没有丑"。后来高俊杰重金把他聘到了魁庆社，一时间，魁庆社声名大噪。外地的一些戏班专门来魁庆社"偷戏"，不为看戏，只为学贵生的演技。贵生演《黄河阵》琼霄下山为兄报仇时，一阵打击乐段过后，他在"抱锤"声中出场，如同猛虎下山，急切奔向台口，瞪目一观战马，一个秦琼背铜式的亮相，戛然扎在那里，这一奔、一瞪、一扎不知引来了多少掌声和喝彩！在《红梅阁》"救裴"这出戏中，当他唱到"平章老贼巧安排"的"贼"字时便戛然而止，手指像剑一样指了出去，充分地发泄了一个下人对贾似道久积心中的仇恨，然后才唱"巧安排"三个字。后来各地戏班都采用了这个唱法。就因为背了"戏包袱"这个名，在圈子里就有好多人不服他。

有一年，西府有个懂家子来找他盘戏。恰巧那天贵生不在，那人就坐在门口等他。贵生一进堡门，见自家门口石头上坐了个人，还以为是请他唱戏的，就笑嘻嘻地上去打躬问候。谁知那人哼了一声，把贵生从头看到了脚之后问："你就是高贵生？高得很嘛！你自称戏包袱，凭啥？"高贵生见这人有四十八九岁年纪，长自己十多岁，瘦高个儿，板着个脸说话有些冲，他心里明白这是圈子内的人，是找碴儿来的。他没生气，笑呵呵地说："这位老哥，别急别急。屋里坐，屋里坐，有啥话咱慢慢说。"那人一边随他进屋一边高喉咙大嗓子地说："你知道我是谁？眉县田满囤！我们西府那么多名家都没敢胡张，你精尻子撵狼——胆大不知羞，竟自称戏包袱！""啊呀——"高贵生不禁吃了一惊，原来这是西府名家——人称"戏母子"的田满囤来了。他连忙打躬作揖，握住了他的手说："您是田老，天呐！稀客稀客！坐坐坐。"说着一边用袖子擦板凳一边赔着笑解释说："啥戏包袱？这都是人家起的绰号，揶揄小弟哩，借给我个胆我都不敢胡轻狂！"说着又是取烟又是沏茶，"天呐，请都请不来的客呀！田老远道而来，先歇歇脚。"田满囤虽然坐了，可脸上依然没有笑容，也可能长途赶路口渴了，他接住了高贵生递给他的茶杯，抿了几口之后劈头就问："高贵生，你号称戏包袱，我倒想问问，这秦腔戏中有多少个'悔路'？"高贵生笑说："田老是考我来了，那我就照实说，《忠义侠》的'周仁悔路'，《法门寺》的'赵廉悔路'，还有《八件衣》里的'杨廉悔路'……"贵生的话还没落音，田满囤紧接着又问："秦腔'十大本'是谁写的？剧名都是啥？"贵生红着脸回答说："这是渭南孙仁玉老先生写的，八部本戏是《春秋配》《白玉钿》《香莲佩》《紫霞宫》《如意簪》《玉燕纹》《万福莲》《火焰驹》，两个折子戏是《四叉稍书》和《玄玄锄谷》。"田满囤停住不说话了，贵生给他茶杯续了水反过来问他说："老兄，既然来了，咱都是唱戏的，互相切磋嘛，老弟还有许多事情要向田老请教哩。"

田满囤知道这是高贵生想考问自己，就坐在椅子上跷起二郎腿，满不在乎地边啜着茶边说："不客气。"高贵生一边吩咐婆娘给客人做饭，一边说："田老懂的肯定比兄弟多，您老也别掖别藏，三国戏《逍遥津》中的一折叫《白逼宫》，是咱们戏班子常唱的戏，这我知道。那么《黑逼宫》《黄逼供》《蓝逼宫》《红逼宫》又都出于哪几本戏来？"田满囤不由得笑了，他胸有成竹，瓦沟里倒核桃似的说："啊呀，唱了一辈子戏还能白唱了！《黑逼宫》是本戏《庆阳图》中的一折，也叫《斩李广》，说的是周赧王错斩了大将李广，其弟李刚逼宫之事，戏中李刚勾黑十字脸所以称《黑逼宫》。《蓝逼宫》也叫《打金砖》，说的是汉马武因光武帝酒后错斩姚期，上殿愤逼光武帝刘秀之事，剧中马武勾蓝花脸，才叫《蓝逼宫》。《红逼宫》是司马师逼魏武帝曹芳，《黄逼宫》为杨广弑父……"

高贵生笑了笑说："田老果真见识广博，说得不错，说得不错！但田老你还不太完满，你说的《黄逼宫》是杨广弑父，其实还另有一个《黄逼宫》，那就是老本秦腔的《始皇搜宫》，也叫《大郑宫》，说的是秦始皇之母赵姬与假宫人嫪毐有私，居于雍州大郑宫，私生二子意欲反叛。始皇查知，诛杀二子，囚母后于冷宫之事。再者，还有一个《黑逼宫》也称《少逼宫》，又名《怀都关》《收子都》，说的是春秋时期郑武公有两个皇子，长子寤生不得父母喜爱，在郊外练兵；次子共叔段多得宠爱常侍宫中。武公生病，段妻以毒药鸩杀武公，与母后姜氏立段为王。寤生闻变，以颍考叔为将，段命子都迎战，子都投降，迎寤生入都。寤生杀死共叔段夫妇，逼母出宫，这段戏也叫《黑逼宫》。另外，还有一本戏叫《醉陈桥》，说的是赵匡胤陈桥兵变黄袍加身取代了后周恭帝柴宗训的故事，因赵匡胤是红脸，也叫《红逼宫》……"田满囤听了高贵生的一段说辞，惊叹地睁大了眼睛，不得不从心里佩服眼前这个只有三十岁的后生。

　　见田满囤不言语了，高贵生心说，既然你来了，我就要叫你从心里服我。这时贵生婆娘做好了饭用木盘端来摆在炕桌上，面条、扁豆麦馍馍，没有菜，只有油泼辣子、盐和醋。二人盘腿坐在炕上，边吃饭边谈。贵生婆娘见他俩顾不上吃饭光说话，剜了贵生一眼埋怨说："没成色的！人家大老远地来了，能不能吃罢饭再说话？"贵生摆了摆手让她出去，接着又谝了起来。

　　"田老，你说咱桄桄乱弹最有名的人是谁，是谁让陕西的桄桄戏名扬四海了？"田满囤不由得眉头一皱停住了筷子，可这人机灵，心说，不能把人丢在这儿，他立马随机应变以守为攻地笑着说："贵生呀，这本是我考你的，你却拿来问我，岂不成了笑话？那你就给咱说说吧！"贵生这时也放开了，心说，田满囤呀田满囤，你把黄河看成一条线了，我六岁看戏、十二岁学艺，挨打受气，也是弹棉花的娶老婆——不是一弓（功）来的。便放下筷子，望了望田满囤不疾不徐地说："田老，要说把秦腔名扬四海的人，非一代宗师魏长生莫属。乾隆年间，魏老先生率秦腔戏班两次入京，观者如潮，致使京腔旧本置之高阁，六大班子无人过问。他老人家擅长花旦、彩旦和武旦，乾隆四十四年，他的一曲《滚楼》在京城引起轰动，让各路剧种为之叹服。我的启蒙先生毕麒麟说过，当时的礼亲王昭梿在他的著作中说道：'魏长生甲午岁入都，名震京师，凡王公贵族，以至词垣粉署无不倾掷缠头数千百，一时不得识交魏三者，无以为人。'后老人家又率咱三秦戏班到苏州杭州演出，这才使咱们的桄桄戏名扬四海。"

　　田满囤见贵生说得鞭辟入里、头头是道，不禁睁大了眼睛，对这位后生心悦诚服。贵生觉得自己的话多有点儿不妥，心想，人家毕竟年长，便提出让田满囤给他讲些戏剧方面的知识。田满囤也拉开了话匣子，他对贵生说："秦腔戏中人物最多的是《龙凤呈祥》，也叫《大回荆州》，那是亮箱戏，一个戏班到得一个新地方，通常在头一晚上上演，为的是让观众见识一下剧团的衣箱和行当。秦腔剧中人物最少的是《红梅阁》，一生、一旦、一净，其余都是配角；生角最多的是《火烧葫芦峪》，只有一个旦角，还是司马懿假扮的；旦角最多的是《大破天门阵》，也叫《杨门女将》。而以唱功多少说为《软玉屏》，以道白多少说为《草坡面理》，红生最多的戏莫过于《破宁国》，四个红生、一个黑生，人说'四红加一黑，必是《破宁国》'就是这个道理……"临了，田满囤说："这秦腔戏里头的名堂多着哩，三天三夜都说不完，咱也不多说了。"

下来高贵生又给田满囤讲了戏曲身段的"子午相"，他说："台上唱戏特别讲究子午相，有人把子午相叫'姿舞相''子母相'，这都不对，子午子午，指的是时辰，一阴一阳形成对立，戏曲上正是借'子午'二字比喻身段的阴阳面。"接着他又说，"舞台上的一戳一站都有讲究，必须有阴有阳，动中有静、以动显静，不懂子午相，难成为一位好的戏把式。"

为了让田满囤开眼，高贵生当面表演了一手当年学得的"吃糠"绝技。"吃糠"系《琵琶记》中赵五娘专用。高贵生的精彩表演更令其名冠秦中，多少人慕名前来拜师学艺，高贵生总是不传。为了不使田看出其中诀窍，他把田满囤领到院子，令其坐在院子距他六七丈开外观看。他临时披了件青衣长衫，端了一个小碗轻盈地走了出来，煞有介事地跪在那儿。在苦音慢板的过门中，他一边用手拣着碗中的杂物不时用嘴吹扬，一面将"糠"入口中，先入少量慢吃，然后大量快吞，边吃边唱。演唱的时候，随着口腔中的喷口音将糠随字喷出，一句唱完，基本把过门吃的糠全部喷出。然后于下句过门中继续抓糠入嘴，如此反复，边唱边喷。

田满囤看得如同傻了眼一般，忽然站起跑到高贵生跟前紧紧地握住贵生的手，一边扇打着自己的脸一边作揖说："小的不自量力，心眼太小，小瞧人了，天外有天呀！"立时非要拜高贵生为师不可。自此以后，戏包袱的名声就更大了。

树有高低人有长短，高贵生本是一个和气善良的人，可成名后挣了些钱却因生活不俭约抽上了鸦片烟，惯成了个懒身子，时间一长，难以控制。后来烟瘾愈来愈大，即使化好了装就要出台，开场的锣鼓都敲响了，他还得抽一口。就这样，挣的钱哪能够花？没几年，日子就倒塌了。为了抽大烟他卖了庄子卖了房、卖了碌碡卖了场，甚至连婆娘的陪嫁都卖光了。没钱买棒子时就打婆娘，婆娘哭哭啼啼好说歹说都无济于事，瘦得像个活鬼，过着吃了上顿没下顿的日子。七八年前的一天，婆娘看日子实在没法过了，撇下个女儿，跟着个转村的货郎跑了。婆娘跑了之后，特爱面子的高贵生见到了这般光景，自觉没脸，经常囚在家中不出来见人。

高贵生人不傻，他心里明白，这一切怨不了旁人，全怪自己不争气。为了拉扯大女儿，为了叫人瞧得起自己，他暗暗地发了誓，决心一个月不出门，戒了这口大烟！然而说着轻松，真正要戒掉烟，对一个吸食鸦片成瘾的人来说，确实是件非常痛苦的事，不下狠心是不行的。那天，高贵生尝试戒烟，他先让女儿水莲去了姑姑家，然后把家中所有的烟土都扔进了茅厕。到了中午烟瘾犯了，他尽量克制自己不去想它。可他乏困无力，软瘫了一样，胳膊腿都在颤抖，打着哈欠，淌着眼泪，流着清鼻涕，浑身上下像万千个虫子在噬咬，实在忍不住他大声喊着，难受得在地上滚来滚去，把自己的浑身都抓烂了。实在忍不住了，他怕人看见，趁着天黑，像一个幽灵偷偷地来到本村一个卖烟泡的人家过了个瘾。回到家后，高贵生越想越悔恨，他狠狠地打了自己几个耳光，一边打一边骂着：高贵生，你不是人，羞了你八辈子先人了！随后睡在炕上捂着被子呜呜地哭了起来……

一天，一个朋友对他说，邻村一个名叫刘老五的，家境特别好，因为抽上了大烟，把一个好端端的家当都踢蹬光了。后来他下决心戒烟，每天到承福寺听三师父讲经，随三师父坐禅，时间不长，就轻松地戒掉了烟瘾。高贵生心说，那还不好办，他刘老五能行，咱也能行。于是他安排好女儿，背上吃的和铺盖行囊，去承福寺找三师父戒烟去了。

承福寺在骊山西麓距斜阳镇不远的一个叫插翅岗的台塬上，三师父是承福寺的住持方丈。相传隋朝末年，唐国公李渊从长安回山西太原时路过这个地方，曾在承福寺小憩；杨广派人半路截杀，秦琼救驾的故事也发生在这里，承福寺也因之名传天下。说书人绘声绘色的渲染、演绎，把一个承福寺说得金碧辉煌、松柏掩映、殿堂高耸、雄伟无比。也不知隋唐时承福寺究竟咋样，如今的承福寺乃是一座非常简陋的寺院，只是年代久远罢了。同治年间的"回民起义"，承福寺被烧得只剩下了三间破房，此后不久，一个云游的行脚禅师来到了这里。那禅师法名果成，用自己化缘得来的银子把承福寺重新恢复修缮，承福寺又渐渐地有了香火。果成禅师道法尊严，威望颇高，把一个承福寺管理得井井有条。他有好几个弟子，大都不怎么样，唯有第三个弟子，继承了果成的遗风，当地百姓颇为敬重，都称他为三师父，甚至忘了他的名字。后来果成染病，一天不如一天，其他弟子受不了佛门清苦，有的游散四方，有的还盗走了寺里的财物一走了之。唯有三师父不离不弃，诵经礼佛一丝不苟。承福寺终于香火逐渐旺盛，果成圆寂之后，三师父自然就成了承福寺的住持。三师父不辞辛苦云游四方，托钵化缘，后在他的主持下承福寺扩建庙宇、栽植松柏、重塑金身，周围的百姓无不称赞，来承福寺布施礼佛的人络绎不绝。可三师父矜持自重，为人不坠宗风，没有大刹知客的市井气，也没有法座禅师的娇贵气，依然戒律精苦，即使去很远的地方也是打包步行，从不乘车骑马。地方官吏或豪门富户到禅寺布施礼拜，他毫无谄媚之气，待客之礼无加；芸芸百姓前来进香许愿，无论布施多少，待客之礼依然无减。禅诵之余，唯端坐一室，人们走进承福寺，唯闻钟磬之声缭绕，如同没有人一样寂静。三师父一生善心如海，乐于助人，每逢灾年，承福寺都搭棚舍饭，赈济灾民，全活人命无数；闲时还常常为百姓宣讲佛法、解惑救难。大家无不称赞三师父道行清高，尊其为表，甚至将三师父的承福寺看作是当地的一方净土。

三师父是泾阳县人，据说早年曾是一个杀人不眨眼的刀客，历经了一番大波大折之后才皈依的佛门。

# 九

泾阳县地处关中腹地、泾河下游，古来乃南茶北上的必经之地。自唐代起，"官引茶"在中原集散。官茶到泾阳，另行检做，制成茯砖茶后，才沿丝绸之路销往西北各地乃至中西亚各国，遂形成加工制作输运中心枢纽。泾阳有着自己独特的自然环境，水质极优，所产砖茶能生出金花，世间少有。因之，宋元以来，直到明清，泾阳便成了我国北方茶叶贸易的集散地，商贾辐辏，经济繁荣，清代尤甚。咸丰光绪年间，泾阳县城及周边的茶行、茶庄、作坊、商号林立，热闹非凡。

同治年间，泾阳北门外有一户石姓人家，户主名叫石万荣，开了一家名叫"恒泰和"的茶厂，雇有十来个茶工杂役，专门制作黑砖茶。石万荣为人忠厚诚信，生意如日中天，虽不算多么富裕，却也颇有资产，按说也就该心满意足了。可人说"家有万贯金，难得满人心"，令石万荣心烦的是他老婆一连生了七个女儿，却没有一个儿子。老汉本打算挑个精明能干的女儿招一个上门女婿，继承了这个家业。可他本家的几个子侄知道此事之后，心中便恼恨起来。他们说，姓石的产业怎能让与外人，这么多的侄儿也能把自己的叔父养老送终。于是他们三天两头过来聒噪闹事，搅得石万荣心烦不已。石万荣心中明白，几个侄子哪个不是为家产而来？他感到万分厌恶。与人磋商之后拿定主意，在四十八岁那年又娶了个小老婆，一心要生个儿子。也是老天赐福，那小老婆娶来不到一年半，就生了个白白胖胖的小子。石老汉五十得子，别提有多高兴了，就给儿子取名高兴。不知不觉间高兴已经两岁大了。

石万荣自有了儿子之后，心欢意畅，一心扑在了生意上，经常在外采办经营，十天半月都不回家。加上他已年过五十，精力减退，对房事没了兴趣，晚上一回到家倒头就睡，把一个正值青春年少、性欲旺盛的婆娘冷落一旁，那婆娘为此多有怨恨。人常说"老年莫娶少年妻，最终还是人家的"，石万荣娶的小婆娘比他整整小了二十六岁，且是一个水性杨花、不守妇道的人，因之不久就起了事端。

石家有一个姓卢的管家，二十八九年纪，精明伶俐、能说会道，长得白白净净一表人才。那婆娘心烦意乱之时，常以过问生意为名与卢管家搭讪，经常眉来眼去、顾盼生风，时间一长，两人便勾搭上了。他二人明来暗往做些苟且之事，时间一长，你恩我爱如胶似漆，有时甚至胆大妄为，连孩子也不避忌。日子一天天过去了，一天，两个人在一块儿云雨之后，那卢管家说："我觉得总是这样偷偷摸摸，不能天长地久，也不是个事。"那婆娘也有同感。人说"善恶在一念之间"，姓卢的和那婆娘怨天恨地，迁怒于人，心中逐渐起了恶意。后来一拍即合，便萌生了害死石万荣、霸占其家产的想法。就在那年冬天，石万荣去西安城办事，在回来路过御河滩的时候被人劫持，抢走了身上的钱物不说，还把他杀死扔在了芦苇荡中。石万荣死后"三年"还没过，那婆娘就和卢管家成了亲，卢管家自然也就成了恒泰和的东家。

这卢管家颇有心计，他把高兴当作自己的亲儿子抚养，待石家的亲友胜过自己的亲人，又花钱买通了左邻右舍，方方面面以平息大家的议论加上其经营也有一套，没有几年，恒泰和的生意愈发的好了。尽管这样，纸终归包不住火，石万荣的死因，还有他二人的是是非非仍是人们背后议论的话题。可说归说，没有证据，谁也不能把他们怎样。

春来秋往，转眼高兴已经十四岁了，在一家私塾读书，那婆娘也为卢管家生了三个孩子，一家人和和睦睦倒还不错。人常说"十人九不同"，石万荣虽然一生谨小慎微、为人和善，可儿子石高兴却生成了一个刚烈、桀骜不驯的性格。高兴自小身体结实，膂力过人，不喜学习，喜好拳脚枪棒，在学校经常与人打架斗殴。有一次，他和一个同学嬉戏玩耍，一语不合，挥拳打在那娃娃的鼻子上，打得他满脸是血。那同学比高兴大几岁，知道他家的糗事，张口就骂说："狗日的在我跟前耍歪哩，有本事咋不给你大报仇去？"哪知说者无心，听者有意，高兴上前一把揪住他大声问道："皮干啥呢！我大咋？我大咋？你说，不说今儿非把你的皮揭了不可！"

经过一番打探，石高兴终于知道了自己的父亲是被害身亡的，而且害死父亲的不是别人，正是自己的生母和当今的养父。起初，他还有些不信，便悄悄地走访了几个上了年纪的邻居，又把同父异母的几个姐姐叫到一起询问，她们几个只是哭泣不肯说起。高兴跪在地上只是磕头，额头都出了血，最后姐弟几个抱在一起哭成了一团。高兴的心碎了，他咬烂了钢牙，他为有这样一个母亲而感到耻辱。后来，高兴又遇到了父亲生前的一位挚友，那人见这娃娃气得浑身颤抖，紧握双拳、咬牙切齿，唯恐出了事情，安慰他说："娃呀，遇事要忍，千万不能莽撞胡来，要知道你还是个孩子呀！身单力薄的，弄不好连你自身都没命了！"那人给他比方着讲了许许多多的道理，最后说，"君子报仇十年不晚，切记，切记……"

自此，高兴失去了笑容，不言不语把仇恨深深地埋在心中。后来，他听说东府有个闻名关中的刀客，绰号白翎子，此人侠肝义胆、乐于助人，便萌生了在白翎子跟前学些本事，伺机为父报仇的意念。

刀客，在关中是一个妇孺皆知的行当。自秦以来，天下豪杰多聚咸阳，始有游侠之风，历代相传，流为风气，清代尤甚。这些人大多投师拜友，学技击、练拳术，携利刃游于同辈之间，义气交往，侠义相助。清代后期，刀客的临时行业通常有三类：盐客、镖客、赌博客。他们在自己的行当中很讲信用，绝不输打赢要。他们经常携带一种骊邑县官山镇所造的"官山刀子"，那刀形制特别，极为锋利，因而百姓称他们为刀客。刀客各有自己的首领和地盘，他们行侠仗义，扶危解困，不求功名利禄，甚至不惜鲜血和生命。他们大都继承了关中人性格中的生、蹭、冷、倔和刁、野、狂、鲁，白翎子就是其中之一。

高兴不辞而别，步行一百余里来到了一个名叫官路镇的地方，找到了白翎子，要拜他为师。白翎子见他尚是一个孩子，起先不愿接纳，可高兴跪在门前不走，整整在白翎子的门前跪了两天一晚。到了第三天一早白翎子出门时，高兴向其哭诉了自己的身世，白翎子深为感动，便收他做了徒弟。高兴随白翎子练功刻苦认真、一丝不苟，技艺长进很快。两年之后，十七岁的他就能把一个七八十斤的锁子石玩得像转风车一般。他手握官山刀随便缩个花子，三五株胳膊粗的杨树就会齐刷刷地断为两截。

一天，高兴对师父说他想回家看看。师父应允之后，他就回了泾阳。

半个月之后，泾阳县就出了一个骇人听闻的凶杀案——恒泰和茶厂卢掌柜在一夜之间被人灭了门，全家大小五口无一幸免，目前还不知凶手是谁，官府尚在查询侦破之中。

谁也不会知道，这是石高兴为报父仇，手刃了杀父仇人卢管家和自己的生母。那是一个电闪雷鸣的夜晚，高兴是第一次杀人，在他手刃了养父和母亲之后，他的脸上身上溅满了鲜血。三个同胞弟妹被这恐怖的一幕吓傻了，蜷缩在一起浑身打战。一道闪光过后，几个孩子发现杀人的竟是自己的哥哥时，惊恐乞求的目光一齐望着高兴，用颤抖的声音叫着："哥哥，哥哥……"高兴满脸杀气，他头都没抬，把刀刃在鞋底子上抹了抹，拧过身准备出门。哪知他刚走出房门几步，忽然停住思忖了一下，反身回来一刀一个，那三个弟妹也倒在了血泊之中。高兴连夜溜出了泾阳县城，他浑身的血迹和泥巴，白天不敢行走，就睡在庄稼地里晚上赶路。高兴心情沉重压抑，虽然躺在庄稼地里，却怎么也睡不着觉。他心里好像有两个孩子在争吵，一个说，高兴，你个没良心的东西！卢管家是你的仇人，杀了他就算报了仇，为什么连你的母亲也杀死了？另一个说，她虽是我的母亲，可她背叛了丈夫，和奸夫合伙害死了自己的丈夫，已经丧失了做妻子和母亲的资格，活该！她死有余辜！一个又说，虽说她有罪过，可她毕竟把你从一尺五寸抓养成人，没有功劳也有苦劳，没有她哪来的你呀！就是该死，也不应该死在你的手中。再说了，那三个弟妹犯了啥罪，他们和你是一母同胞，自小哪个不爱你？哪个没喊你哥哥？你怎忍心将他们杀死？你不是人，你是畜生呀！另一个怯怯懦懦地说，杀父之仇不共戴天，虽是母亲，可她密谋杀父在先，而我报仇杀人在后，至于那三个弟妹，他们毕竟是仇人的孩子。

石高兴浑浑噩噩像失了魂一样，他忘记了时空，忘记了饥渴，白天栖息在庄稼地里，晚上赶路，跌跌撞撞，在第三天晚上回到了师父白翎子家。他进了自己的房间，衣服也没脱倒头就睡，直到第二天中午还没起来。师父白翎子知道高兴昨晚回来了，这般时候了还没起来，觉得有些奇怪，就来到高兴房间。一进门，只见高兴斜躺在炕上，上半身蒙在被子里，两条腿耷拉着，连被泥浆糊了的鞋都没有脱，带着血的关山刀子胡乱撂在地上。白翎子上前揭开高兴的被子，一股血腥味直冲鼻子，再一看，他浑身上下手上脸上都是血迹和泥巴，不由得吃了一惊，一把拉起他问出了什么事情。

高兴睁开眼，见是师父站在面前，他一骨碌滚下炕，扑通一声跪在地上，抱着师父的腿放声大哭。他竖起左手，一边哭一边语无伦次地说："呜呜……师父呀，娃我……娃我杀，杀人了，五，五个人，杀，杀父之仇终于报了，报了，哈哈哈……"说毕又流着眼泪笑了起来，笑完又呼哧呼哧地哭了。白翎子见高兴成了这个样子，心中一下子明白了。他面无表情地站在那里厉声说："看你这尿样，起来！站起来说，慢慢说，杀死的都是啥人？"高兴这才站起来双手捂着脸说："姓卢的，我妈，还有三个弟妹也捎带上了。"白翎子吃了一惊问："真的？连你三个弟妹都杀了？"高兴避开师父那严厉的目光低下头压低声音说："真的，全都杀了。"白翎子听罢，怒不可遏，一巴掌扇了过去，骂道："混账东西！为啥事先不告诉我？你你你，你滥杀无辜！你是我的徒弟呀！人要知道了，叫我白翎子的脸往哪儿搁！"白翎子逼人的目光把高兴上下扫视了一番后，思忖了一下，随手拔出腰间的匕首哐当一声扔在地上，恨铁不成钢地说："崽娃子，草菅人命，你这是胡闹呀！臭行当有个臭理性，该咋办你是知道的！"

高兴先是一愣，随后忽然清醒了许多，他沉思了一下，弯腰拾起匕首坦然地说："师父，我知道了，光棍犯法，自绑自杀，你只说要活的还是要死的？"白翎子闭紧了嘴不说话，石高兴一咬牙从自己的腿上割下一块肉扔到了院子，恰好一条狗过来叼着走了。白翎子神色凝重，没有丝毫怜悯的意思，只是叫人取来刀剑药，敷在高兴的伤口上，用布包扎之后，把药瓶扔给高兴说："从今天起咱们的师徒情分已尽，你走吧，走得越远越好，不要叫衙门抓住了。对人不要说是我的徒弟，也不要让我再看见你。记住，三天换一回药，滚……"说着拧身走了出去。

高兴带着尚未痊愈的腿伤一跛一跛地离开了官路镇，渡过御河，向西来到了灞河沿岸的蓝川，那里虽没有渭北平原坦荡，却是青山绿水、鸡犬相闻，俨然又一番景象。他一心要远离故地，于是溯源而上沿着蓝关古道翻过了秦岭，沿途打工乞讨又往南走了些时日，来到了汉江江畔，改名换姓做了一个拉船的纤夫。做纤夫也好，虽说苦些，却能吃饱饭，挣些苦力钱，还能和众纤夫喝酒赌钱逛窑子，倒也畅快如意。哪知第二年春上，不知怎的，高兴开始觉得身上奇痒，长了好多水疱，一抓就烂，黄水直流，流到哪儿染在哪儿，不到半月时间周身上下长满了毒疮，大家说他得的是杨梅疮。船帮帮主怕传染给其他人，给了他些钱，以治病为名将他赶出了船帮。高兴离开了船帮，到处找人医治，总是不见好，没有多少日子，身上的钱就花光了。他的身体也一天不如一天，没有吃的，只得沿途乞讨。半年之后，他流落到褒城县一个名叫板垭村的地方，栖居在路旁的一座破庙里。他的病越来越重，身体越来越弱，直到浑身溃烂，肮脏腥臭无比。出门讨饭时，人们像躲避瘟疫似的躲避着他。村里好心的大妈即使给上些吃的，也怕传染给自己，远远地放在一旁让他自己来取。终于，高兴走不动了，奄奄一息躺在了破庙檐下的台阶上，身上盖了片草席，嗡嗡的苍蝇与其为伴，他连赶苍蝇的力气都没有了。周边村里有几个吃斋念佛的老太婆悯其不幸，这个送来一块馍馍，那个端来一碗稀饭，可巧的是苟延残喘的高兴却没有死掉。

人说"贫无达士将药赠，病有高人说药方"，也是石高兴命不该绝，就在他奄奄一息之际，有一个云游的僧人来到这里，这个人不是别人，正是骊山脚下承福寺的住持果成禅师。果成禅师在附近化缘，听说土地庙有一个即将病死的乞丐，就来到土地庙找到了他。高兴躺在那里像死人一样一动不动，周围苍蝇乱飞，不过尚有一丝气息。禅师见这是个年轻后生，顿生恻隐救助之心。他摸了摸高兴的脉搏，双手合十口中念道："南无阿弥陀佛，一叶浮萍归大海，人生何处不相逢。孽也，缘也。"遂将所带的行李衣钵放在一旁，把高兴扶起，解开他的衣裳看了又看，口中喃喃地说："阿弥陀佛——患得患失，耿耿于怀，陷入孽缘难以自拔呐。"当晚，果成法师也就住在了土地庙，他要为高兴治病，渡一渡这个陷入红尘不能自拔的后生。

第二天，果成禅师没有去化缘，他上山采来许多草药，为高兴煎服，用硫黄为高兴擦洗全身，又在山间的溪水中洗净了高兴的衣物，喂高兴吃饭喝水，闲暇之时，给高兴讲经诵佛。二十多天过去了，高兴的体力渐渐地得到了恢复，身上的疮疤也慢慢开始痊愈，很快结痂脱落。再过了些日子，高兴浑身上下的皮肤光洁如初，又变成了过去的高兴。高兴心中明白，自己一个人远在异乡，举目无亲，濒临死亡，是老禅师把自己从鬼门关上拉了回来，发自内心深处的感激使他热泪盈眶。一天，高兴猛地跪在了果成禅师面前，两手抱着老禅师哭道："师父呀，您是我的救命恩人、再生父母，没有您就没有我石高兴，叫我怎样报答您呀！我的后半生就由您老安排吧。"果成禅师一手搭在高兴的肩上，一手擎在胸前，微闭着双目，平静地说："阿弥陀佛，一切都在缘中。灭却心头火，剔起佛前灯，你哪里都不要去了，随老衲化缘去吧……"自此以后，高兴就背起了果成禅师的行李衣钵，随着老禅师一起诵经一起化缘。半年之后，他们一起回到骊山脚下的承福寺，高兴削发为僧，受了沙弥戒出了家，法名了空。自此他跳出三界，了却尘缘，随果成禅师潜心学佛。这些，都是三十多年前的事了，他就是如今承福寺的三师父，高贵生戒烟找的就是他。

## 十

高贵生一心要戒了毒瘾，他安排好了家里的事情，买来香蜡纸表，背着米和面来到承福寺拜见了三师父。他向三师父述说了自己的职业和身世及人生的痛苦，并把由于自己吸食鸦片导致妻子撇下女儿离家出走的事情，以及自己对生活的绝望一五一十地告诉了三师父，要三师父帮他戒掉毒瘾，以求脱胎换骨重新做一个好人，说着说着他流下了眼泪。三师父本就大慈大悲，见贵生虔诚自爱，真心真意地求助于自己，他双手合十念道："阿弥陀佛，魔障难除，命也，缘也。"接着对贵生念了几句偈语：

"修行容易遇师难，不遇明师总是闲。自作聪明空费力，盲目修炼也徒然。"于是把他留了下来，当下与他约法三章，令其每天准时坐在禅房听他讲经说法。贵生见三师父有心教化自己，心中万分感激，自然心无旁骛，专心听三师父讲经说法。

在承福寺听经说法的人大约有十多个，有男有女，有的是已出家的和尚，有的是听经礼佛的居士。这一日，三师父专给高贵生讲经，那些人也来聆听。高贵生也照着他们的行为举止，在一个麦草编的蒲团上盘膝而坐，双手手掌向上自然垂放腿上，微闭双眼，洗耳恭听。三师父跌坐在蒲团上，眼睛微闭，说法时声音不大，不紧不慢，可庄严肃穆，字清句晰，娓娓动人："每一个人都有一颗善良的慈悲之心，慈悲的维摩诘和屠夫剑子手的本性相同。世间到处都有合乎自然的真正生活情趣，富丽堂皇的高楼大厦和简陋的茅屋没有什么区别。可惜人心经常为情欲所封闭，因而就使真正的生活情趣错过。施主精神空虚，吸食鸦片，靠鸦片支撑着自身的精神世界，这种情欲封闭、蹂躏着你的身心，无法自拔……你不能排除杂念，虽然只在咫尺之间，但实际上已相隔千里了……但这并不可怕，要知道禅的经验是一种自觉，自他不二的自觉，所以'唯我独尊'的'我'并非差别、对立的我，而是与天地一起、万物同根，平等自由、自他不二的我。佛道即宏明自我之道，禅者称之为'宏明己道'。能够认到这个'独尊佛'的真正内涵，谁都是释迦牟尼……人人都有佛性，东家儿郎、西家织女、斜街曲巷的艺人，都可成佛，包括施主你自己——高贵生。世俗人心的千差万别，都是欲念、分别心所使然，乃是虚妄之见。今日跟贫僧参禅，必须破除此妄见，致力于从内心提升人的尊严……佛告阿难：吾涅槃后，法欲灭时，五逆浊世，魔道兴盛。魔作沙门，坏乱吾道。着俗衣裳，乐好袈裟、五色之服。饮酒啖肉，杀生贪味，无有慈心，更相憎嫉，你须好自为之……"

三师父深出浅入，字字珠玑，高贵生倾心领悟，心有所触。他把三师父的话再三反思，字字斟酌，觉得每一句话好像都说的是他自己。之后，每次听经时他都全神贯注，闭了眼睛静静地听，慢慢地悟，三师父的话振聋发聩："做人处事，'忍'是一种巨大的力量。然而'忍'是很难的修养，所以我们要忍辱精进，在'忍'的修持中去争取成功，亲近佛缘……披上件蓑衣、戴上顶斗笠未必是渔夫，支根山藤坐在竹边饮酒未必是隐士高人。追求形式的本身未必不是在沽名钓誉，就像想明白自己的心性灵智，不是只在自己冥思苦想时才知道……"

　　为此，三师父还讲了个故事。他侃侃道来："'猛兽易伏，人心难制'，提到这个，尘世上只想到自己的人，殊不知最难制服的是他自己。人常说勇在敢为，勇在无畏。有人问慧玄大师：'请问，有什么解决生死这个大问题的办法吗？'慧玄闻后大喝一声说：'慧玄这里无生无死！'贫僧的老师大灯国师曾入于丐帮中，后得禅道。他的一条腿有疾，不能结跏趺坐。临圆寂之际，他对病腿说：'以前我听你的，今天你得听我的。'随即折断病腿，端正禅坐，立刻入化了……"

　　在承福寺整整住了七天，其间高贵生的烟瘾犯了几次，他都咬牙忍着。后来，他实在忍不住了，浑身不自在起来，清鼻眼泪都流了下来，他长长地伸了个懒腰。三师父看到后口里念道："阿弥陀佛，善哉善哉。施主，我劝你还是回去吧，你要戒掉这个烟瘾，难呐！"高贵生一怔，似乎明白了什么，他长长一揖，道别了三师父，离开承福寺回到了高城寨。

　　回家之后，贵生谨记着三师父"猛兽易伏，人心难制"这句话，心中暗暗地下了决心。一天，贵生依然叫女儿去了姑姑家，又请来本村的几位相好，让他们用麻绳将自己紧紧地捆在后院的椿树上，然后锁上大门，并叮嘱左邻右舍说，在自己戒烟这几天内，家中无论发生啥事都不要管，即使是冻死饿死也不要有丝毫的怜悯和迁就。果然当天晚上，高贵生的烟瘾犯了，"妈呀大呀"地又哭又号，一直闹活了一晚，天快明了才没了声息……到了第三天，大家开了门，看见高贵生确实不像个人样子了，捆他的麻绳已经松了，他死了一样软瘫在树下，浑身的衣服被撕得破烂不堪，胸膛和双手被自己抓得满是血口子，头上和脸上到处是被蹭破的伤。高贵生三天三夜水米没有沾牙，鼻涕眼泪的，毒瘾发作时的痛苦折磨着他，可他胜利了，三师父教他战胜了心魔，从此彻底地戒掉了大烟。然而他却像患了场大病似的身体有些虚弱，他不出门见人，一个人在家待着，尽量克制着自己。他喜欢喝酒，闲暇无事常抿几口酒岔心慌。虽说戒了烟，喝酒却成了嗜好，经常醉醺醺的，为此也没少和女儿拌嘴。

# 十一

　　狗娃提着点心和酒来到了高城寨。

　　高城寨依塬而建，城墙显得特别高，名字也由此而来。出得城门要下一个慢坡，这坡大约有一丈多宽、八九丈长，全部由旧磨扇铺就。坡下有一个一亩方圆、七八尺深的大涝池，涝池边上砌着青石台阶，栽满了杨柳树，周围郁郁葱葱，莺燕呢喃，池内碧波荡漾，鸭鹅戏水，俨然一道景观。关中的乡村大都有涝池，每到雨季，村子里的雨水全都排进了涝池，村民们更离不开它，他们用涝池里的水和泥盖房、饮牲口、沤麻浇地，婆娘女子们经常在涝池边漂洗衣物。

　　狗娃来到高城寨村口，才说要上坡进村，忽听涝池边传来一阵喊叫和惊呼声，回头看时，远远望见一个小孩掉进了涝池，吓得几个在岸边洗衣的妇女尖叫呼喊，不知所措。狗娃见状拔腿跑了过去，他看见那小孩的两手在水中乱扑乱抓，渐渐地离涝池岸边越来越远。狗娃正想着怎样个救法，忽地从涝池旁边的树林里跑出来个年轻女子，手里拿着根刚折断的杨树枝，连梢大约有八九尺长，她麻利地把树枝伸向了那孩子的手中，那孩子一把抓住了树枝，两只手换着朝前拉，终于，那孩子被拉到了岸边。狗娃心中不由得赞叹，这才抬头看那女子，只见她高挑个子，大约有十六七岁，穿着件枣红上衣，葱绿色的裤子，腰间系着个靛蓝色的印花布围裙，袖子挽得老高，似乎还有些面熟。见孩子得救了，狗娃也就走了。

　　进了高贵生家的大门，狗娃见上房门开着，就径直奔了上房，怯生生喊了声"贵生叔"，没见动静。他掀开麦秆编的草帘又喊了一声，才听屋里应道："是狗娃吧？进来，快进来！"

　　一进屋，只见贵生坐在一把破圈椅上，身旁一张小方桌，桌上摆着一小碟花生米，正跷着二郎腿自斟自饮。狗娃说完了他妈教他的那番感谢话，才说要跪下磕头，被贵生一把拖起："好崽娃子，我知道你要来的，咱爷儿俩这道门儿就免了！坐坐坐，捏花生，捏花生！"说罢拉过来个草墩，接着说，"头一回到叔这儿来，也没啥招呼你。别笑话，这几年挣的钱全让你叔吃喝光了。"

见大名鼎鼎的戏包袱如此随和可亲，狗娃也就不怎么拘谨了。他把礼品放在小桌上，抬头瞄了一眼四周，空荡荡的屋里一盘炕就占了半间房，炕上铺的芦席有些焦黄，炕头放着卷薄薄的旧被子，也看不清是什么颜色。靠山墙摆着个漆皮剥落的板柜，板柜上只有一面插屏镜和一个小银箱，还有一把描着蓝花的耀州粗瓷茶壶，板柜前面放着条凳。大概是三百六十行，无祖不立的缘故吧，板柜上常年摆放着香炉和蜡台，墙上供奉着"桄桄戏"（秦腔）的祖师爷——庄王李存勖，那图像被烟熏得又黄又黑。不过屋里屋外却也收拾得干净整洁，柜子上的所有摆设都擦得锃光瓦亮。

高贵生今天的心情好像特别好，对狗娃说了些安慰话之后，拍着他的肩膀说："娃呀，远亲不如近邻，把村里的乡党谢一下就行，给叔花这钱干啥？你大和叔几十年的老交情了，他对叔的好几天几夜也说不完。"说到这儿，他叹了口气又说，"唉，咋说呢，你大一辈子虽唱的都是烈倔戏，可为人却太软了。人善被人欺，马善被人骑，唉，不说了，不说了……娃呀，还别说，兴许是咱爷儿俩的缘分，那么多娃娃叔光爱你！干咱这行的，没人看得起，不兴串门，你没事常来家里坐，叔心里就舒坦。"

"大，是谁来了，还谝得这么热闹的！"说话间，随着草帘掀起，一个清脆、带着水音的女儿声飘了进来。狗娃抬头一看，正是刚才在涝池边救孩子的那个女子，喔，原来是她！猛然间，狗娃想起来了，他不由得心慌意乱，浑身不自在起来，低下了头再也不敢抬起。真是冤家路窄呀，霎时，五年前的一件事浮现在了狗娃的眼前……

那年邻村的一个大户人家给老人过寿，请窝子班唱堂会，附近村里的老老少少都来看戏，狗娃也和一帮子娃娃赶去了。就在戏班子吃饭歇息的时候，许多娃娃凑在一起都趑摸着想动一动靠在一旁的大刀长矛。狗娃记得就是这个女子看着那些道具和乐器，她双手叉腰威严地站在那儿，不叫村里的孩子乱动。狗娃当时虽然只有九岁，可数他淘气，他趁那女娃娃拧过身，偷偷地拿起小铜锣当当地敲了几下。才说还要再敲，就被那女子一把夺了过去，还在他的后脑勺上狠狠地打了一巴掌。狗娃吃了亏，直直地望着这个比他高了足有多半头的女子，只见她麦色的皮肤，长胳膊长腿，一双又黑又细的丹凤眼，辫子差不多够着了屁股。她生气时的样子非常好看。狗娃心中不服，想报复她，但怕吃亏就转身走了。后来他悄悄地绕到那女子的身后，拽住她的辫子使劲儿地拉了一下，把那女子拉了个趔趄。没承想那女子特别厉害，一直追到村外抓住了他，在狗娃子的脊背上狠狠地砸了几拳……

狗娃万没想到那女子这会儿就站在面前，他心中突突直跳，觉得非常尴尬，低下头唯恐她认出自己。可又一想，反正已到了她家，再不好意思也还得受着。于是他红着脸抬起头来用眼中的余光扫视了一下，哪知几年没见，这女子出落得越来越漂亮了，窈窈窕窕的身材，麦粒色的肤色，梳着齐齐的刘海，一条黑油油的辫子依然垂在腰际，眼角朝上翘着，虽是单眼皮，眼睛却分外明亮，忽闪忽闪透着友善的光芒。

贵生见狗娃有些不自然，忙说："狗娃，这是你水莲姐，不认得？"

狗娃不好意思地站起叫了声"水莲姐"，脸一下子红到了耳根。水莲到底大些，似乎也认出了狗娃。她笑了笑，放下手里装衣物的竹篮，大大方方地按着狗娃子的肩膀叫他坐下。当她低头看到小方桌上的礼品时，顺手拿起酒瓶笑着不尤数落地说："人呀，尽都是你的好事！咱家的烧酒还没喝完，嗟，狗娃又给拿来了！人家大老远地到咱家来了，你还坐着不起来，光知道个喝酒！"

"哎，你看这娃说的，狗娃头回来咱家，大就不能陪人家抿两盅？"

"谁都像你，人家狗娃才不喝酒哩！"

狗娃笑了笑，心说，好我的水莲姐哩，我不喝酒，我不往饱里喝！只是今天不能喝而已。

见他们父女俩顶起来了，狗娃起身要走，高贵生一把拉住他的袖子笑呵呵地说："老侄，你坐你的，你水莲姐就是这，为抽烟喝酒整天在我跟前弹嫌哩！弹嫌归弹嫌，可她给人纺线挣下钱先给叔打酒。"说到这儿，贵生叔还有点儿扬扬自得的样子。

"好我的大呀！咋还把你抬举上去了？咱有言在先，只要你不抽大烟，给你灌几两酒岔一岔也就是了，你要再这样说，以后有钱也不给你打酒了！"

"那从今儿起大就把酒戒了。"

"说得轻松，你要戒了酒，我和狗娃把你抬到西安城夸一圈去！前几天咱家没酒了，你背着我赊账打酒当我不知道？"

高贵生听了哈哈一笑，说："这就叫唱戏的瞒不过打板的，大做的再仔细也瞒不过我女儿。是这，不打酒也行，你把你纺线的钱给大，你麻子叔结婚咱总得上个份子吧!"

"说这话还差不多,三叔娶媳妇那还有啥说的,咱就是穷死也不能落到后头!"

狗娃听了这话思忖了一下说:"麻子叔娶媳妇,这么大的事! 大叔,你看看,我们家这半年净是事,忙忙乱乱的,你们大家还有俺三叔也没少操心,我妈这几天叫事情弄昏了,恐怕也不知道三叔娶亲的事。既然我知道了,我回去告诉我妈,到时一块儿热闹热闹。"

三麻子大名叫卢新琴,排行老三,长得有些贫气,尖尖的脑袋,瘦缩的身材,个子不高,倒八字眉,说起话来老是一只眼睛闭着。因小时出水痘脸上留下了几颗白麻子,故而大家叫他三麻子。不想他出名之后,"三麻子"倒成了他的艺名,叫得更响了。三麻子人虽长得不咋地,可心肠善良,丑要得好。每次魁庆社到哪儿唱戏,只要他往台上一站,就立马引来一片笑声。无论是《烙碗计》中的保柱,《辕门斩子》的穆瓜,还是《柜中缘》里的淘气,他都能表演得顺时应景、惟妙惟肖。他一会儿瓮声瓮气、生蹭冷倔,一会儿调高声柔、满面春风,常常引起观众的哄笑和喝彩。三麻子之所以能把每一个角色演活,一个是得益于他天生幽默、诙谐的性格和自身的悟性,以及其在舞台上随机应变的能力;一个是他能紧紧地掐住"戏眼",能把握住一个戏剧人物在剧情中的心理状态,火候拿捏得当,甚至还能临场扭转意想不到的失误。有一次魁庆社在西安城唱《黑叮本》,三麻子在剧中饰演赵飞,当他演到剧中奸贼李良将太后和小王斩断水火囚禁深宫欲夺王位,侍郎官杨波派义子赵飞出城搬兵一折时,三麻子以夸张的动作和滑稽的神态把翻山越岭、过河渡水时的情状表演得令人赞叹,又把他对太后和小王的同情以及替大明江山的担忧、急切焦灼的心情表现得恰到好处,紧紧地扣住了观众的心弦。可就在这个时候,由于他的动作过大不慎把帽子弄掉了,按理说这是一个失误,弄不好观众要喝倒彩的,可三麻子灵机一动,一屁股坐了下来,一边骂奸贼李良一边替他干爸和徐彦昭鸣不平,骂着骂着悲声大放。他慢慢地把帽子拾起来,两只手把自己的眼泪一掬一掬地往帽子内掬……不想引来了一阵满场的喝彩,后来各地的戏班也都模仿增加了这一段的表演。

三麻子敢说敢为,敢怒敢笑敢骂。还有一个恶作剧的笑料,虽说有点儿刻薄,可听起来令人捧腹,大觉解气。那时他才起步学戏,刚刚到一个戏班,由于家穷衣着寒酸不整,人长得瘦小,又有些猥琐贫气,加上他那时还没出名，难免被人瞧不起。有一个唱须生的，当时已小有名气，十分傲慢，从心里看不起他，经常颐指气使把三麻子当小伙计使唤，有时还骂骂咧咧的。三麻子心中不服，总想找个机会报复一下，出出这口恶气。那时的戏班子由于人手不多，反串角色是家常便饭，有一回唱《葫芦峪》，饰演诸葛亮的演员忽然肚子疼痛不能上场，班主就让三麻子临时戴上髯口，穿了诸葛亮的剧装上场顶替。那一段剧情是诸葛亮安排马岱去魏延麾下卧底，恰好那位须生演的就是马岱。三麻子灵机一动，心说，好好好，出气的时候到了。他端坐在太师椅上，轻摇羽扇，依照剧情念着台词说："哪是马岱？"那须生应道："末将在！""附耳过来。"于是那"马岱"迈着方步走到"诸葛亮"跟前，把耳朵凑近。三麻子对着那人的耳朵一字一句地说："滚一边去！"那须生大声应道："得令！"……那人受了羞辱，事后不依，经人调解，三麻子花钱在馆子请了客才算了事。

　　三麻子心肠好，与人为善，同情弱者，喜欢帮助人，窝子班无论谁家有了事，他常倾其所有予以帮助，窝子班的上上下下都喜欢他。可三麻子命苦，他大是个浪子，吃烟耍钱把好端端的一个家当踢蹬得一干二净，他妈被气死了，他小时受尽了恓惶，后来才学了戏。二十岁上大家凑钱给他娶了个媳妇，没承想第二年坐月子时死了。后来他姑父又从北塬上引回来个寡妇与其成了家。一次他不在家，那妇人绞水时被辘轳把儿打到井里淹死了。这些事谁听了都心酸，谁知道都同情，今天听说他娶媳妇，哪个不高兴！

　　说着话，狗娃朝窗外一看，不经意间一个多时辰已经过去了，他站起来告辞要走，说是还要到党家湾木匠红家。贵生听罢立马就起来，披上棉马褂说："好好好，我也找他有事，咱爷儿俩一块儿去！"狗娃说："叔，前边你先去，我还得回去拿礼品，这回葬埋我大多亏了你和'木匠红'伯伯牵头哩。"

# 十二

狗娃拎着礼品来到了党家湾木匠红家时，已是傍晚了。一进屋，果然戏包袱贵生在那儿坐着，正和木匠红喝茶拉呱。狗娃子一见木匠红，一声伯伯没叫出来，眼圈先红了，随即就要下跪。木匠红一把拉起狗娃说："来了就好，来了就好，我娃不跪，我娃不跪！"就拉了个长凳让狗娃坐下。

木匠红家虽然不多么富裕，倒也是一个小康之家，比起他们两家来真正是天上地下。堂屋正中摆着八仙桌子，靠墙一个紫红色的大衣柜，两边柜扇上用金粉描着画图，一边画的是"白娘子水漫金山"，一边是"刘元普双生贵子"。两边各放着一把太师椅，一幅"千里走单骑"的四条屏年画挂在墙上。炕上的被子虽也有补丁，但叠得棱棱整整，堂屋地上扫得干干净净。显然，三麻子娶媳妇的事他们还没议完，只见贵生问："甘亭兄，交割了礼钱才算是头一步，啥时过门？反正要快，免得夜长梦多。"

"三六九，往上走！定的是九月初九重阳节，靠的是斜阳镇姚家的轿子。姚掌柜那人仗义，一听说是三麻子娶亲，价钱对折不说，凤冠霞帔红花绣球还分文不取。眼目前三麻子正在借结婚那天穿的袍褂礼帽，请执事先生哩。说麻子手里没一点儿钱那是哄人，反正媳妇一过门那家伙就得'借着吃打着还'。"

"不瞒老兄你说，这几天我手头也紧，水莲纺线挣的钱，咱一个铜子儿不剩全拿给麻子过事，大不了兄弟我把口忌了，不喝（即喝酒）还不行？"

"哎，你别说，鳖人还真有鳖福！眼目下就有个红事，我揽下了这个差事，连唱三天戏，唱得好还给封赏哩！这一回麻子多少还能挣几个钱，然后把咱窝子班所有的份子钱都给麻子，你反正爱喝酒，到时光喝酒就行！"贵生向空中作了个揖说："麻子命大着哩，能混上个第三房就得感谢老天爷！就说那妇人带个女子娃娃，那怕啥？干咱这行，谁还有本事娶第三房？再说麻子穷得那尿样子，谁领着娃娃往火坑跳？"

说到这儿，贵生自觉有些失言，转身看了一眼狗娃又对木匠红说："今儿个来你这儿还有个事。你看，如今全德走了，丢下了寡妇娃娃一大堆，我看狗娃这娃自小爱戏，又念过书……"沉默了好长时间，木匠红叹了口气说："不是我说丧气话，咱干这事是牛曳到半坡子——没退步了，现时的年轻人谁肯弄这号事！人家娃念过书，前程大着哩。"

"话倒是实话，可如今这世道，一个大男人都难养家，叫他妈一个寡妇可咋办呀？今儿个狗娃在当面，让他回去和他妈商量商量，要是愿意，就跟着他伯他叔学，不管挣几个铜子，不添斤也能添两嘛！"

狗娃自小喜欢戏，虽没正式唱过，却爱得出奇，可今天贵生当面问他时，他立马想起清明祭祀的那一桩事，嗫嗫嚅嚅地说不出话来。高贵生起先怕木匠红不悦意，如今木匠红同意了，狗娃却不爽快，于是他提高声音问道："你家还有啥？旱地水田？高骡子大马？你还嫌你妈不苦是吧？虽说唱戏不是个好行当，可咱走得端、行得正，凭本事吃饭，有谁说的啥？"狗娃虽然只有十五岁，这几天忽然长大了许多，他心里明白，家里卖了园子卖了地，为父亲看病把家里所有的积蓄都花光了，眼目前自己确实没有别的路走。心里翻来覆去思忖了半天，猛地提高了声音说："叔、伯，能行！就这样定了！"

回到家，狗娃把这事给他妈说了。听了这话，他妈先是一愣，还没开言眼圈就先红了。狗娃妈心里难受呀！自去年出了事，家里如同嫩苗儿遭了黑霜。为把丈夫从监里掏腾出来，为了治好孙全德的病，她不知跑了多少路，看了多少脸，流过多少眼泪。为这个家她嫁了大女子、卖了二女子，一想起这事她的心就像刀戳一样。

开始，狗娃妈准备让儿子去西安的买卖铺子当相公，可这一要有人引荐，二要吃得了那种苦，耐得住掌柜的打骂，听说还要签"生死文约"，学徒期间，生死东家不负责任。去给大户人家熬活（扛长工），儿子只有十几岁，吃不消。但她一想到走丈夫唱戏那条路……不能，她曾在灶王爷面前发了誓的呀！想到这儿，狗娃妈的眼泪像断线的珠子一样落了下来。狗娃看妈作了难，慌忙安慰说："妈，你不高兴咱就不干，我也长大了，啥苦我也能吃。"

狗娃妈撩起围裙擦了擦眼泪，思忖了一下暗想，没法呀！一家人张嘴要吃饭哩。再说，儿子和木匠红、高贵生那些人在一起她是一百个放心呀！静了一会儿，狗娃妈眼里噙着泪对儿子说："娃呀，妈现在想通了，一句话说出去了，那事人家干得咱也干得！虽说咱娘儿俩给灶火爷发过誓，可话说回来，咱挣下钱也为的是年根祭奠他老人家嘛！"

第二天一早，狗娃高高兴兴地赶到高城寨，把妈同意他学戏的事告诉了贵生叔。贵生高兴地一拍大腿说："行！只要我娃能吃这个苦，叔把全身的本事给你教了！走，找他们几个去！"说罢勾上鞋就往外走。水莲正在偏屋纺线，听到有人说话，走出房门看时，父亲拉着狗娃正往外走。水莲拦了一下没拦住，生气地埋怨说："大呀，人家娃进门连一口水都没喝，你这是咋啦？"

在贵生的引荐下，狗娃妈引着狗娃一一拜见了窝子班的成员，还说了许多让大伙儿提携照顾的话。大伙儿哪个不认得狗娃，更知道他家的难处，都说这是好事。可到了木匠红党甘亭那儿，木匠红却并不咋高兴，他冷冷地对狗娃说："老侄呀，这行当是个苦差事，不是谁想干就能干。你想想，你都会啥？能拉还是会唱？咱不能总是叫人家提携。听伯伯的话，从明天起，早起准时练功吊嗓子，刮风下雨不能中断。"说到这儿，他思忖了一下又对贵生说："你、我、麻子、东生咱几个一人一个月轮着教，谁也别想清闲，谁叫咱和孙全德是拜把子哩！"

说到这儿木匠红仿佛想起了什么，长叹了一声说："娃呀，学戏就得吃苦，我们小时学戏那不叫学戏，叫打戏。天不明就起来练功，师父手里拿着个棍子，见你练错了或是不卖力，不问青红皂白劈头盖脸就是一棍子，你还敢哭？头上淌着血还得练！"木匠红越说越激动、越说话越多，"给你老侄说，也不怕你笑话，当年我在戏班学戏时，有一年排《伐子都》，师父让我顶盔扎靠做云里翻，我一翻跟头，头盔就掉了，师父二话不说只是个打，把身上都打青了。可我发现师父做示范时，头盔帽总是好好的，我问师父，但他总是不说。后来我动了个心眼，一有空就给师母干家务活，不是挑水、扫地、抹桌子，就是抱娃、烧火、劈硬柴。时间一长，师母对我有了好感，说话也随便了，我说起翻跟头掉头盔的事，师母轻轻一笑说，那不过是'一咬牙'的事嘛！我一下子明白了。后来我翻跟头时，一咬牙头盔就稳稳当当的了。"说到这儿他哈哈大笑，"老侄呀，'师父引进门，修行在本人'，这句话你一定要记住了！"

高贵生见班头说了这么多，一颗悬着的心终于放下了。他接着木匠红的话说："狗娃子学戏我看行，他比咱强。好赖人家念过几年书，我听他唱过几句，还不错，用不了几年就出来了。是这，狗娃子学戏包到我身上，拿我个'戏包袱'就不信调教不出个好生角。"他停了一下，扳着指头一算对狗娃说："好了，记着回家告诉你妈，待你大的'五七'一过，也就是四月初一，一早准时到我家来，正式学戏。"

四月初一这天，高贵生天不明就把院子打扫干净，让水莲早早地烧好茶水，等狗娃子来家学戏。哪知他左等右等，太阳都老高老高了，也不见狗娃子来。眼看都到了饭时，水莲把饭都做好了，还是不见狗娃子的踪影。贵生不禁有些生气，心里嘀咕说，这碎崽娃子，说得好好的，该不是变卦了？唉，到底是个娃娃没有正性。他胡乱吃完饭，给女儿招呼了一声，就马不停蹄地去了南孙堡打问情由。谁知见了狗娃妈，狗娃妈却说：前天后晌他还在家，恍恍惚惚地好像心中有啥事，问他他也不言语，一个人喝完了半斤烧酒之后，不言不传地走了，也不知去了哪里，到今天还没回来，还以为到你那儿去了。高贵生听了，心中不禁一震，他深深地吸了口气说道："这才怪了，那还不赶紧找！"

# 十三

狗娃失踪了，一连好几天没有音信，这可急坏了狗娃妈，也急坏了木匠红高贵生他们。大家四处寻找打探都没有结果，从心里同情这个命运多舛的家庭。狗娃妈越急越胡思乱想只是个哭，吃不下喝不下睡不着觉，连脸都不洗，她披发跣足跑出跑进哭着说："呜——完了完了，我儿子完了，孙家完了！孙全德，我对不住你呀。"

谁知半月之后的一天，忽然一个人风尘仆仆地来到南孙堡，说他是县东马南镇人，前几天马南镇的乌大夫收治了个断了一条腿的半大小子，说是你们村的，名叫孙狗娃。乌大夫替那娃娃接好了断腿，如今正在用药，伤势已经平稳了。大家一听狗娃有了消息，都非常高兴，只是不明白狗娃怎么能到了五十里外的马南镇，又是如何断了一条腿？村里人问那人究竟是咋一回事，那人说他只是来报信的，其中缘由一概不知。

这消息像一阵风传遍了整个南孙堡，泮池爷知道后也来了。他说只要娃有了下落就好，乌大夫这个人他认识，是个有名的接骨匠。再不要多问，人家远远地来了，先给乡党做饭吃。说罢，他又叫来了孙满，附耳说了几句话之后，安排他带着几个人先去把狗娃接回来。临走还叮嘱说："记住，见了乌大夫先要感谢人家，再问花了多钱，就说南孙堡的孙泮池打发你来的，这娃娃是他的孙子，说我回头见了一定感谢他。"孙满一边点头一边带着人接狗娃去了。

当天下午，孙满他们赶着一辆驴车来到了马南镇，在乌大夫那里见到了狗娃。只见他脸色苍白，闭着眼睛躺在炕上，没穿裤子，左腿被夹板固定着，肿得不成样子；他的上衣都撕烂了，满是星星点点的血迹。孙满遵照泮池爷的吩咐，先问乌先生医疗费用的事，没想到乌大夫摇了摇手说："这你不用管，把人接回去就行了。"孙满几个当晚在马南镇住了，第二天一早给车上铺了厚厚的一层麦秸，把狗娃抬上了车。乌大夫听说这娃娃是泮池爷的孙子，有些惊恐，又给带了几服中药。当孙满他们回到南孙堡时已是正午时分了。

狗娃妈一见儿子成了这个样子，心疼得不得了，泪珠子断线似的往下掉，伏在儿子的身上抚摸着他的脸，要狗娃说出事情的缘由。狗娃叫了一声妈之后，说："你看你，哭啥哩！没有事的，过几天就好了！"说罢侧过头再也没有吭声。在场的人都不说话，一个个摇头叹息。听说狗娃回来了，村里的人都来到他家探望，问这问那。泮池爷见是这般状况，知道里边肯定有难言之隐，他了解狗娃的秉性，于是挥了挥手对大家说："大家都回去吧，让娃歇息歇息。"

待人们都走了以后，经过泮池爷的开导，在高贵生和木匠红的再三追问下，狗娃才咬着牙对大家述说了事情的来龙去脉。

在塾馆读书时，狗娃和一个名叫王天喜的同学很是要好，王天喜比狗娃大几岁，懂的事也较多。后来王天喜不念书了，家里送他到县城的一家当铺做学徒。转眼几年过去了，一天，当他得知狗娃的父亲蒙受不白之冤去世之后，狗娃因家庭困难也辍学了，很是同情和怜悯，多次来狗娃家探望问候。再后来，天喜隐隐知悉害死狗娃他大的人就是自己的东家魏志虎时，更是气愤不过，牙咬得咯咯响。听人说若把仇人的名字写在纸上扔进茅厕，那人就会生病甚至死亡，他就对狗娃说了这个办法。两人找来纸笔把魏志虎的名字写了好几张纸，扔进了大车店最脏最臭的茅厕，可魏志虎依然还是那个样子。天喜时常去看狗娃，发现狗娃提起父亲就伤心落泪、耿耿于怀，并誓言要为父报仇。王天喜是个热心人，他读过《隋唐演义》，他羡慕秦琼的为人，他知道虬髯公的故事，心说，自己虽不能为朋友两肋插刀，但决心一定要替他做点儿什么。

前些日子，王天喜忽然来到南孙堡，那天恰巧狗娃妈不在。天喜一看没有别人，悄悄地告诉狗娃说，他所在当铺的东家就是狗娃的仇人魏志虎。他已打听准确了，每天早晨太阳冒红的时候，这老家伙准时在骊山东麓的女娲谷一个名叫饮鹿台的地方练功打拳，除雨雪雷电之外，从不间断。王天喜还说魏志虎个头矮胖，常穿着一身白色的练功衣。若想报仇须提前做好准备，在魏志虎清早上山的路上，从身后突然出手置其于死地，那肯定是个极好的机会……天喜的话还没说完，狗娃不由得鼻子一酸流下了眼泪，他想起父亲咽气的时候拉着自己的手，艰难地手指门外。那口眼难闭、催人泪下的场景，他至死也难以忘怀。狗娃心中一阵激动，呼哧呼哧地喘着气，扑通一声跪倒在父亲的牌位前哽咽着说："大呀，您老安息吧！报仇的日子到了！此仇不报，我就不是您的儿子！"狗娃觉得王天喜够朋友，非常感激，忙从柜里拿出一瓶烧酒，捞了一碟子酸菜，两个人对饮起来。他们俩毕竟还是个不谙世事的孩子，哪里知道权衡利弊、分析优劣。几杯酒下肚之后，狗娃的心中早已形成一个充满幻想的复仇计划。第二天，他找到了饮鹿台的确切位置之后，准备了一晚上，把早已备好了的一把匕首磨了又磨，口袋里揣了几个馍馍。天一亮，带着喝剩的半瓶烧酒，不辞而别，悄悄地离家而去。

太阳还没落山，狗娃和天喜来到了饮鹿台。饮鹿台坐落在骊山东麓两峰之间一个名叫女娲谷的地方，这里林木苍翠，清泉飞溅，传说用五色石补天的女娲娘娘曾在这里生活过。也有人说唐玄宗李隆基宠爱杨玉环，扩建了华清宫，在骊山上大兴土木，在这一带放养着许多梅花鹿。半山上有个十多平方丈的青石平台，便是当年的饮鹿台。饮鹿台背依绣岭，旁临深谷，一个当年饮鹿的石槽还躺在青石台上，另一个石槽不知怎的被推下平台，横架在饮鹿台下方的崖坎上。

狗娃和天喜踏勘了周围的地形和路径，选择了距饮鹿台不远的一孔废弃的窑洞，又抱来些干草打了个草铺晚上栖息，准备第二天一早刺杀魏志虎报杀父之仇。天喜到底年长，他给狗娃买来了吃的，叮嘱狗娃该注意的事项，并指认了事成之后逃跑的路径。他又捡来一堆石块堆在窑洞口让狗娃防身，还掏出一盒洋火递给狗娃说，狼来了就把干草点着，狼一见火就跑了，野猪和獾子来了就用石块打，并说他等着狗娃的好消息。之后天喜就回去了。天黑之后，狗娃躺在窑洞里翻来覆去地睡不着觉，他心乱如麻不由得胡思乱想，父亲、母亲、贵生叔、木匠红、泮池爷、魏志虎、三麻子、水莲姐、算卦的杨瞎子，还有好多好多的往事不时浮现在他的脑海，这些人和事交织在一起，有的斥责，有的称赞，有的叹惋，有的耻笑，有的顿足懊悔……实在睡不着觉，他起来走出了窑洞。这是一个晦日，天黑得像倒扣了一口锅，女娲谷沟底的溪水哗哗淌着发出单调的声响，四周的山林和荆棘灌木黑森森的令人望而生畏。站了一会儿，狗娃觉着露水打湿了自己的衣裳，这时，起了风，他不禁打了个冷战，顿时感到身上发冷，这种冷似乎沁骨入髓，狗娃硬撑着没进窑洞。猛然间，不远处的林木中传来了一阵鸱鸮凄厉的狞笑声，还有狐狸、獾子的追逐撕咬声。沟那边母狼唤子的哀嚎声时断时续，凭空增加了几分令人恐惧的气氛。狗娃心说，明天要刺杀仇人，今晚一定要养好了精神。于是他又进窑洞躺了下来……

狗娃心中有事，迷迷糊糊一夜都没睡实，天还没明就早早地醒了。他走出窑洞揉揉眼睛一看，启明星还没有落，天依然是黑的，只是东方有些隐隐发亮。他摸了摸怀里的匕首，顺着一条小路下到谷底，用溪水胡乱把脸抹了，顿时脑子清晰了。他吃了天喜给的两块锅盔，掬了几口清水喝了，一仰头又喝完了怀里的半瓶烧酒，活动了一番筋骨，又打了一套洪拳，这才上去，钻进饮鹿台西边的一处灌木丛中守候。

天渐渐亮了，狗娃静静地趴在灌木丛中，露水把他的衣服打得湿漉漉的，山风吹在身上有点儿发瘆。他眯起眼睛从灌木的缝隙里，目不转睛地盯着从山下盘旋而上的石径，望得眼睛都发酸了，就是没有人上来，心中不免有些焦急。他想让眼睛歇息一会儿，就闭目养神，用耳朵静听，也可能是酒劲儿发作了，狗娃脸色微红心中还有些冲动。正在这个当儿，忽然听到远处传来一声轻微的咳嗽声，他立马睁开眼睛，影影绰绰地看见一个人沿着盘旋在山间的石径向上走来。由于天还没有全亮，那人又是低头行走，怎么也看不清楚他的面目。狗娃从那矮胖敦实的个子和一身白色的练功衣断定那是魏志虎。仇人相见分外眼红，狗娃浑身的血液似乎都沸腾了，心中仿佛揣着头小鹿在突突乱跳，牙齿咬得咯咯响。攥着匕首柄的右手有些微微颤抖，他竭力控制住自己的情绪，屏住呼吸，耐心地等待着杀父仇人魏志虎的到来。

时间一分一秒地过去了，只见那人来到饮鹿台上，面朝东方的山涧立定身子，先做了个深呼吸，气沉丹田，然后一手朝前、一手向后拉开了练功的架势。就在这时，早已沉不住气的狗娃猛地冲出了灌木丛，手握匕首向前扑去，他使尽平生力气，照着那人的后背就是一刀。谁知那人异常灵敏，感到后面有响动，侧过身子猛一回头，扬起右臂只是一挡，就重重地挡在了狗娃的腋下。狗娃只觉浑身一震，匕首也同时刺中那人的肩胛，鲜血当时就流了出来，那人雪白的练功服上立马满是鲜红的桃花。那人到底是一个经常练功的人，非常轻巧，只见他旋即抽回身子，一只手捂住伤口，只一个扫堂腿，就把狗娃打翻在地，紧接着他一脚踩在了狗娃的身上。低头一看，见是一个十三四岁的毛孩子，不禁吃了一惊，大声斥问道："你是谁家的孩子？你要干什么？"

　　狗娃生就一个吃软不吃硬的性子，他奋力反抗，挣扎着要站起来，手指着那人的脸，高声叫骂着魏志虎的名字。那人见状，不敢放开，那只脚只是在狗娃身上轻轻踏着，狗娃却怎么挣扎也无济于事。狗娃急了，抱住那人的小腿狠狠地咬了一口。只听那人"啊呀——"一声收回右腿，狗娃一个鲤鱼打挺站起，弯腰拾起掉在地上的匕首，又冲了过来。那人阻挡不住，本能地抬起腿，只是轻轻一弹，踢得狗娃噔噔噔朝后退了几步，一个屁股蹲儿坐了下去。哪知他的身后就是饮鹿台的边沿，狗娃一屁股坐到了空中，重重地摔了下去……

　　一见狗娃摔下沟去，那人说声"不好！"忙跨前一步朝狗娃跌下去的地方望去。天已完全亮了，这时才能看清那人原是一个大约五十多岁矮矮胖胖的和尚。练功的人陆陆续续地来了，他们发现那和尚捂着肩膀，衣服上满是血迹，甚是惊恐。大家口称三师父，问他究竟发生了什么事。待那和尚简要地说出了事情的原委，并说了掉下去的孩子指名道姓骂魏志虎时，在场的人都感到莫名其妙。魏志虎也在其中，听这话不禁一怔，心中暗自纳闷，他平时结交的都是些头面人物，怕在场的人瞧不起自己，笑了笑说："哈哈，骂我？怪事！好好好，救人一命胜造七级浮屠，先给娃治伤，待娃好了我还要和他聊聊呢！哈哈，骂我……"

　　原来，王天喜替狗娃探听到魏志虎每天在此练功习拳不假，只是被狗娃刺伤的人并非仇人魏志虎，而是承福寺的三师父。三师父不但佛学渊博、道行高深，且有一身武功，好多人随其诵佛习武，今日在饮鹿台上遇到的狗娃哪里是他的对手！

大家见三师父身上有伤，要给他包扎，三师父摆了摆手说："阿弥陀佛！止住血就行，赶紧下去救那个娃娃，出了人命罪过就大了！"当大家把狗娃从饮鹿台下面抬上来时，发现他的衣裳被荆棘和树枝挂扯烂了好多，脸上、身上到处是被山石和荆棘划烂的伤痕。不幸中的万幸是他正好落在了半山的那个崖坎上，若掉到谷底那就没命了。可令人遗憾的是，狗娃子的左腿恰巧磕在悬横在崖坎的饮鹿槽上，他的左腿被石槽磕断了，骨碴子把皮肉顶得老高。狗娃子脸色苍白，双目紧闭不省人事，那把匕首还紧紧地握在手中。三师父说："今天不练了，救人要紧！先给这孩子治伤。"于是狗娃被大家抬到了山下的承福寺，魏志虎也跟着大家一起去了。魏志虎心眼多，又会来事，他帮着把那娃娃送到承福寺，假装着帮三师父看护，把那娃娃看了又看，他心中有鬼，琢磨着该不是孙全德的儿子……之后就回了家。

<h1 style="text-align:center">十四</h1>

在南孙堡定居之后，魏志虎悄悄地取回了当年埋藏的银子，又出售了米家湾的房产，家产也颇为可观。魏志虎这人心大，心说，如今太平了，凭自己的本事不如搏他一下，只要运气好，或许也能成为骊邑县的首富，于是征求钮氏的意见。钮氏说他一辈子没摸过锄把儿镰把儿，种地做庄稼根本就是个外行，她娘家是开当铺的，她自小就知道开当铺的门道和利润，还是做生意的好。恰好骊邑县西门里一家当铺倒闭往出转让，她建议丈夫盘下这个当铺。后来在钮氏的经营下果然挣了钱。魏志虎心眼多，后又在西安城开了个古董珠宝行。一天一天过去了，渐渐地魏志虎也膀大腰粗了，不敢说在骊邑县大有名气，起码他一感冒好多人都得跟着发烧。

钮氏这人一生吃斋念佛，深信因果，心地又善良，她常常叮嘱丈夫要心有敬畏，做事不能过分，要方方正正做人。自家人丁不旺，她知道那是上天的报应，为子孙计，每逢灾年或青黄不接之时，她都让魏志虎给粥棚送钱送粮，多行善事，给承福寺多捐些香火钱。魏志虎不信那些，为了安慰妻子，又听人说习武诵佛能延年益寿，于是便给承福寺布施捐物，自己也随三师父习武诵佛。

从承福寺回到家，魏志虎把早晨发生的事告诉了老婆，他老婆眯起了眼睛想了半天，百思不得其解地说："这事怪了，一个小小的娃娃，和咱结的哪门子冤仇？是不是你做了啥不赢人的事？"魏志虎大声说："看你说的啥话？一辈子不相信我！同名同姓的人多了，小小的娃娃，我哪里亏了他！"嘴虽这样说，可他似乎心里想到了什么，嘿嘿笑了一声说："我估计这家伙十有八九是咱村孙全德的儿子，听说那小子人小鬼大有心劲儿，在背后还骂过我，不然谁和咱有这么大的仇气？"说到这里他不言语了。钮氏不解地问："孙全德前阵子不是得病死了，我还叫德昌送去了份子钱。再说了，记得咱买他的园子，我曾叮嘱过，只要全德愿意，多给些钱也就是了。难道说你把钱没给人家？他大，无论办啥事情，不能光好一头，要两头都高兴，只要咱做事对得起良心，我就不信那娃娃会和咱结啥仇。"原来，魏志虎买孙全德的菜园子的事钮氏虽然知道，但他背地里做的手脚钮氏却全蒙在鼓中，一丁点儿都不知晓。老婆这样一问，魏志虎连忙打岔说："好了好了，我回头问问，这家人怪可怜的。"可他心中一笑说，那件事办得那么严密，若还真的是那小子，老和尚倒替他挨了一刀。可他又纳闷，难道说事情露馅了？他思忖了一会儿后对钮氏说："是这，明天你去买些东西到承福寺看看，一是表表善意，二是打听打听到底是不是那小子，若还是，怪可怜的。乡里乡党的，咱还要问问这到底是咋回事，该不是闹误会了？"

第二天，钮氏买了香蜡纸表和一些吃的东西来到了承福寺，她给佛殿上了炉香之后，打听到那娃娃住在偏院的僧舍，就提着篮子去了。南边偏院有一溜单坡厦房，是承福寺的伙房，平常住着几个小沙弥。钮氏一进门，见一扇门半开着，远远望见僧舍的炕上躺着个孩子，一个小沙弥正在门外烧火煎药。小沙弥见她进来忙摇手示意让她不要高声说话。钮氏将小沙弥搋到门外说："听说一个娃娃摔伤了在这儿住着，我是他的亲戚，是来看他的。"随后又问了一些孩子的伤情。那小沙弥哭丧着脸告诉钮氏说："这娃娃不知是哪搭人，狗日的性子真硬，浑身的伤，腿都跌断了，不呻吟也不叫疼，直到今天不吃不喝，连一句话都不说。平白无故的，他戳伤了师父，师父不但不责怪他，还替他治伤，好话能说一筐篮，今早才吃了些斋，现在刚刚服罢药睡着了。听师父说，他的断腿摔零干了，师父给他复了位，给他服止痛药，这家伙不识好歹，紧闭嘴巴硬是不吃。师父说要送他去马南，那儿有一个有名的接骨匠，请他为其医治。"听了这话，钮氏心中更是惊奇，她侧身把篮子放到桌子上，到了床边揭开那娃娃的被子。只见那娃娃闭着眼睛，穿着一件宽大的僧衣，身上到处都是划烂的伤痕，没穿裤子，腿肿得老粗。钮氏不看不说，一见这种惨状，不禁心中一震，顿生同情怜悯之意，口中直念"阿弥陀佛"。她又仔细一看，心说，这孩子好生面熟，乌黑的头发，麦粒色的皮肤，好像在哪儿见过，瞬时一种说不出的感觉一下子涌进了她的脑海。她下意识地拨开了孩子的头发，狗娃头上的三个发旋一下子把她惊呆了。钮氏仿佛触电了一般，猛地缩回了手，头脑一阵空白。沉思了一会儿之后，她再仔细地端详着那孩子的脸，又掐指算了算什么，接着不动声色地撕开了孩子身上的僧衣，抬起他的胳膊，看了看他的腋窝。钮氏一下子发了呆，抬头看着天空，很久很久，接着她又从头至脚看了看那孩子。猛然间，钮氏神经质地站了起来，双手合十自言自语地念道："阿弥陀佛，天呐，冤孽呀！"转身快步走出房门，篮子都没带走，掉了魂儿一样出了寺院的大门，跌跌撞撞地向回家的路上走去……在门外煎药的小沙弥不知发生了啥事，连忙起身赶了过来，站在山门外茫然地望着钮氏的背影。

钮氏满怀心事低头疾走，也不与人搭话，心中腾腾直跳，她断定这孩子不是别人，正是自己丢失了十三年的儿子。她不知道该高兴还是难受，心里乱七八糟，恨不得一步并作两步，把这个石破天惊的消息告诉自己的丈夫。她脸色凝重，神情恍惚，脑海里搜索着儿子小时的音容笑貌，一边回忆着十多年前那丢失儿子的经过……

可偏偏魏志虎出门不在，一连好几天都没回来。待第三天晚上魏志虎刚踏进门，屁股还没落到椅子上，就被钮氏拦住，一五一十地把这件事告诉了他。

钮氏的话还没说完，坐在椅子上的魏志虎就"扑哧"一声笑了，说："简直是做梦！你怕是想儿子想疯了吧？"一句话把钮氏说急了，平日矜持内敛的她一边擦着眼泪一边大声吼道："头上的旋、身上的记，还能有假？我是他妈，我生的我管的，年龄、模样，能认错？你当父亲的还有心肺没有？"魏志虎见妻子恼了，不由得一阵不安，可是他依然有些怀疑，从椅子上起来安慰说："别急别急，听我把话说完嘛。你们这些女人家总容易犯浑，这哪儿能呢，真是！"说罢，背着手走出了房门，只不过最后一句话魏志虎的声音低了，刚走了几步，他忽然又回过头问了老婆一句："你说的都是真的？不可能！""不可能什么？那是真真正正的，平时给你说你总嫌我唠叨，平生不做皱眉事，世上应无切齿人呐！"钮氏还要说什么，魏志虎的眉头皱了起来，打断老婆的话说："好了好了，我知道了，你没事干，一天净给人添乱。"

魏志虎走出门之后，钮氏沉思了一下，连忙沐手整衣来到里屋的佛龛前，从香筒内拈出几根香点燃后跪倒在蒲团上，她闭目合十口中念道："南无阿弥陀佛，现世报呀！大慈大悲观世音菩萨，菩提心可保我们免于轮回的孽报……"她的心潮难平，她知道因果即是佛法，佛法即为因果。三师父说得对，"因缘而起，因念而生，种瓜得瓜，种豆得豆"，这都是孽缘孽报呀！钮氏闭上了眼睛想着。霎时，当年一家人逃出西安的那段惨苦凄凉的经历又浮现在她的脑际……

# 十五

西安"反正"之后，张云山曾下了一道杀尽旗人的命令，于是袍哥到处追杀旗人。金三为了躲过这场灾难，想着去渭南塬投靠一个朋友，慌忙把米家湾家中一些积蓄挖坑埋了，和老婆孩子随身带少量银钱，准备路上使用。为了防身，他把自己练功的一条丝鞭缠在腰间，还在绑腿上别了一把匕首。一家五口不走大路，趁着夜色顺着田间小路向东行去，涉水过了浐河，后半夜时分来到了灞河岸边。灞河桥上有持枪把守的袍哥，没办法，一家五口人又顺着灞河向东走了几十里路，好容易到了一个渡口。这是一个平平常常的渡口，用石头砌成的河沿下面拴着只小船，离河沿不远有一个草庵，里面传出了齁噜齁噜的酣睡声，肯定是船夫无疑。金三抬眼望了望，南面是黑黝黝的荻花塬，塬下有零零落落沉睡在黑夜中的村庄，偶尔还传来一两声狗吠，北面是川流不息的灞河。他动了个心眼儿，看准了附近的一个冢疙瘩，冢疙瘩前还有一通石碑，也看不清石碑上的字，就胡乱刨了个坑，把他两口身上带的银子埋在石碑后面，只给身上留了十几块龙洋。然后后退了几步，向南望了望夜色中莽莽苍苍的荻花塬，暗暗地记下了这里的方位。金三叫妻子和孩子们藏在远处，自己悄悄地来到了那个草庵前，唤醒了尚在酣睡的船夫，让其将他们一家送过河去。那船夫知是非常时期，又是半夜渡河，觉着有利可图，就为难地说，革命军发过通令，他不敢私自渡人过河。金三好说歹说，塞给船夫五个龙洋，那船夫才把他们一家送过了河。可刚过了河没走多远，忽听后面有人呐喊，原来是那个船夫和另外两个人追上来了。他们拿刀架在脖子上抢走了金三身上所有的银圆，吓得几个孩子抱住母亲颤抖着不敢哭泣，气得金三浑身软瘫，坐在地上一动不动。倒是钮氏明白，安慰金三说："阿弥陀佛，财去人安，财去人安，只要咱家五口人能保住命就好！幸亏刚才把那些都埋了，要不就光光净净了。"他们不敢走大路，也不敢贸然去村庄，一家人躲躲藏藏沿着洪庆塬上的山路逶迤前行。两天之后，来到了骊邑县境内，躲藏在荒山沟内一个废弃的窑洞里，藏了三天不敢露面。到了第四天，他们吃光了所带的干粮，孩子们饿得直哭。钮氏心说，饿死还是个死，实在没有了办法，就带着孩子到后山的农家讨些吃的。一个老奶奶给了她几个馍馍之后告诉她说，你带着几个孩子可怜见的，离此不远有个承福寺，那儿的三师父乐善好施，不知救助过多少落难的人，你们到了承福寺，三师父肯定会收留你们的。钮氏一听这话，打听了去承福寺的路径，就一个人先到那里看看，没想一到承福寺，她一眼就认出了三师父。原来西安城周边的大慈恩寺、荐福寺、香积寺和大兴善寺年年举行法会，常请三师父宣讲佛法。钮氏常去寺院里礼佛听法，和三师父早就认识。于是当晚，他们一家人躲进了承福寺。

那时，清政府刚刚瓦解，新政权还未建立，军阀袍哥各自为政、无法无天，哪里还有秩序，哪里还有王法？袍哥和革命军每天都在各村各户抢收税费，搜寻漏网的旗人。他们看谁不顺眼就抓，抢走随身的财物，好的放你走人，若你还有丝毫反抗顺手就是一刀。乡间的土匪也伺机而动，明目张胆地抢劫杀人，甚至连过路的行商都不放过。民间的一些强人也不甘寂寞，他们趁着乱世，白天在田地里干活，一到晚间，三人一帮、五人一伙，绷绊索、打闷棍，杀人越货……一时间，关中一带胆小善良的百姓，在太阳还未落山时就早早地关门闭户，哪还敢轻易出门！承福寺的三师父在寺院收留了不少流落避难的人，这些人大都是妇人孩子和老弱病残者。三师父把所有的男女分别安顿在寺院后面的两孔窑洞里，每天叫小和尚做两顿小米稀饭，就着黑面饼子和咸菜给大家吃，并告诉大家白天不能随便出去走动。这些人自然感激不尽。

钮氏和金三领着孩子到了承福寺，三师父叫人把金三安排在东边一个住着几个男人的窑洞，一个小和尚把钮氏和孩子领进西面一孔窑洞。进得窑洞，昏暗的光线下，只见靠边的地上打着草铺，已经住了七八个妇人娃娃。钮氏早就跑累了，拣了个空地方坐了下来，长长地出了一口气。身旁的小女儿这时哭着喊肚子饿，她搂着孩子一边流泪一边说："别哭，别哭，等一会儿小师父就会送吃的来！"这时，旁边一个妇人从自己的行囊里塞塞窣窣地摸出了一块面饼，递到了孩子手里说："吃吧，孩子，可怜呐，谁还没有个难处。"钮氏才说要谢，听这人的口音有点儿熟，她抬起头，借着门窗透进来的光线一看，只见那妇人有四十岁左右，虽然面色憔悴，头发凌乱，衣衫不太整洁，可从她那说话时的举止神态语言之中，透出了她超乎常人的气质。只见她怀里搂着个三四岁的孩子，跟前还坐着一位姑娘。钮氏再仔细一瞧，她忽然低声惊叫道："天呐，郭夫人！怎么会是你呀！"那妇人忙伸手示意让她小声，转身把钮氏仔细端详了一遍，忙握住了她的手说："缘分呐！金三家的，没想到在这儿遇到你了……"正说着，小和尚送斋饭来了，大家不敢怠慢，狼吞虎咽地先吃了饭。那天晚上钮氏和那个郭夫人挤在一起，说了好多好多的知心话。

原来这妇人不是别人，正是关中道台胤升的第三房夫人，人称三夫人。三夫人复姓郭洛，大家为尊重她，就省了个"三"字，称其为郭夫人。郭夫人和一位名叫楞铮的丫鬟带着一个五岁的孙子，从后院的一个水道爬了出来，才保住了性命。这位楞铮姑娘是骊邑县山背后人，十三岁就到胤府做了郭夫人的贴身丫鬟。郭夫人本是个菩萨心肠，对楞铮姑娘很是体贴关爱，楞铮姑娘自然也很敬她。他们三人那晚逃出胤府之后，只见大街上有持枪的革命军，有拿刀的袍哥，一拨一拨的，大呼小叫，来来往往。楞铮姑娘领着郭夫人和孩子钻进一个倒塌了的茅草房，才没有被人发现。天渐渐地亮了，郭夫人早已吓得乱了方寸，不知去哪里躲避，只是个流泪。倒是楞铮姑娘镇静，她扶着郭夫人安慰说，她有个表姑在青龙巷居住，于是他们几个就到了楞铮的表姑家躲了两天。可她表姑的公公胆小怕事，一是怕袍哥知道了连累自己，二是三个人要吃饭，总是催他们赶快离开，后又设法把他们三人送出了城外，打发去到楞铮老家暂避。

钮氏和郭夫人都信佛，而且经常一块儿在寺院里布施礼佛，很是熟悉，一同信了因果吃了斋，现如今又流落到了一起，患难之中相逢自然万分亲密。她们口中念着"阿弥陀佛"，都认为这是自家的灾持和劫数，也是两个人的缘分，是怨不了旁人的，劫数尽了自然就会太平的。晚上，她二人挤在一起有着说不完的话。

　　她二人坐到了天明，这时有些逃难的人寻找自己的妻女，有走的，有来的。金三也过来见了郭夫人，叹息唏嘘了一阵，说是既然遇到了一搭，就是他们的缘分，就是死也死到一块儿吧。郭夫人一行只有一个丫鬟和一个小孙子，她知道金三曾在巡捕房做事见多识广，觉得有个男人在一搭也有个安全感。在承福寺住了几天之后，外面的风声渐渐地松了，他们商量说，与其住在承福寺这样耗着，不如找个地方安家度日。楞铮姑娘说："我家就在骊山背后，有四五十里路，不如大家先到那里住几天，等局势稳了再作打算。"金三皱了皱眉头说："我家五口，你们三口，一共八个人，楞铮家小家小户的，这么多人到了她家，不说吃饭，光居住都是个事。"不想心直口快的楞铮又说："我家院子大，有好几孔窑洞闲着，住下来不成问题。至于吃的，只要勤快，咱们在山上随便开些荒地就行了，等来年打下粮食还了我家就是。"他们几个苦涩地笑了。

　　商量定，第二天一早，金三一行告别了三师父，一行人越过了几道沟，又翻过了几道岭，日已偏西才来到一个名叫翠林湾的村子。楞铮家依着土崖而居，大小有十几孔窑洞，没有院墙，窑洞前面是一个偌大的打麦场。一家人善良勤劳，虽然不怎么富，但也算得上个小康之家，养着五六头牛，十几只羊，还种着几十亩山地。山里人虽然爱亲戚，可楞铮爷爷心小，知道郭夫人是楞铮姑娘的主人，住在他家自不必说。见还有另一家五口人，不由得心中纳闷，一时不知如何应对。金三发现老人家面有难色，便拿出了几两碎银，谎说有仇家追杀，哀求暂住几天，时局一稳立马就走。楞铮爷爷是个善良朴实的老人，听金三这样一说，又看见那妇人领着大小三个娃娃，一个个用惶恐失落、充满乞求的目光望着自己，加上郭夫人和楞铮又说了些好话，于是就把一孔放柴草的窑洞简单收拾了一下，就地铺了些麦草，安顿金三一家人住了。

　　山里人厚道，加上楞铮的爷爷和父亲曾经去过胤府，郭夫人对他们的热情招待和对自家女儿的关爱令他们一家人很是感动，于是他们见了郭夫人非常稀罕敬重，又是烧火做饭，又是清扫整理窑洞，金三两口亦欣慰不已。多日来的流浪和颠簸，吃不饱睡不好，如今有了安顿之处，郭夫人和钮氏两家人的恐惧和不安顿时解除，他们自然感激不尽。钮氏从手腕上抹下来一只银镯子递到楞铮爷爷手中，流着眼泪说："老人家，我们一家人遭了难流落到这里，亏得你们收留，我们感激不尽。这东西您老留着，我们一家大小五口在这里吃饭也就能安心了。"老人家说啥都不肯收，钮氏一见，一把拉着金三跪倒不起。老人家颤抖着双手把他俩扶了起来，说："啊呀呀！起来吧，我知道你们都是些贵人，谁还没有个三灾六难的。好好好，我替你们收着，我替你收着。"郭夫人也从头上拔下来个金钗递到了老人家的手里。

　　数日之后的一天晚上，郭夫人对钮氏说："亲人呐，我虽是官宦出身，可毕竟是一个妇道人家，家中遭了劫难，而今举目无亲，咱们能遇到一起，真正是咱们的缘分。正应了'一叶浮萍归大海，人生何处不相逢'那句话呀！我翻来覆去地想了，咱们住在这儿终归不是个长远之计，总得有一个窝巢，总得有一个生存之计。患难之中见情谊，今天我就给你们两口说了实话吧。前多年，我家官人积攒了一些金银，埋在道台府的花园里，我还把一些衣物藏在房间的夹墙内，咱们有机会把它取出来，找个地方购置些房屋家产，以后也就有了着落。"金三听了这话心眼一动，一下子来了精神，他睁大了眼睛，可立马又思忖了一下，深深地吸了口气说："行，行，还是郭夫人看得远。可我以为如今的时局还不大安宁，咱们还是暂缓一步，容我安顿计划一下，选一个吉祥的日子取回来就是。有了这些东西咱啥都不怕了，不过还得谨慎小心为是。"郭夫人叹了口气又说："唉，命中有时终须有，命中无时莫强求。咱们去看看，兴许还在。"金三想了一会儿说："这几天西安城内还不太平，再者，我还要找个朋友，等时局稳定了再说吧。"郭夫人说："也好。"第二天，金三就去找朋友了，四五天之后，金三回来了，他说城里已基本恢复了平静，于是他们把孩子托付给了楞铮照看，金三两口就和郭夫人一起去了西安城。

# 十六

　　清政府被推翻之后不久，秦陇复汉军发布了命令，禁止乱杀乱抢，街上的门面字号又开张营业了。西安城尽管已失去了往日的繁华和升平，满目都是烧杀抢掠留下的遗迹，可终归恢复了平静。郭夫人和金三两口进了东门，一眼望见曾经居住过的满城早已墙倒屋塌成了一片废墟，房子被烧，瓦砾满堆，被杀死的人还没清理完毕，尸臭味依然随风飘散。还有一些衣着褴褛的闲人在废墟里翻腾，期冀能找一些有用之物。郭夫人和钮氏睹物伤情，想起了自己一家人的遭遇，不禁潸然泪下，止不住心中一阵阵的难过，差点儿哭出声来。金三见了，连忙安慰制止，可一想起自己一家的遭遇，忍不住也流出了眼泪。

　　他们到了五味什字的道台府门口时，连郭夫人都认不出她的家了。大门烧了，一直烧到庭前，厦檐坍塌了，仅剩下些破椅折床，都是被烧去了半截，就这能拽起的也被拽着走了。又走到仪门里，上房门外虽没被烧坏，门窗已被尽情拆去。看到这些，郭夫人不由得一阵悲痛，失声哭了出来，钮氏也跟着哭了。金三一见急了，忙制止说："好我的姑奶奶哩，再难过也不能在这儿哭。行了，行了，千万别叫人看见了。"正劝说间，一个老妈妈从已经坍塌了的厨房里走了出来，只见她蓬头垢面，衣服蹭得脏兮兮的，手中端了一摞青花瓷碗，倒把他们几个吓了一跳。郭夫人看那人面熟，走近仔细一看，喔，原来是曾在她家帮厨的冯妈。原来"反正"期间，秦陇复汉军烧杀抢劫了城内官府衙门和旗人的庄院和住宅。烧杀抢劫一毕，城里城外的穷人纷纷来到废墟捡拾遗留下来的零碎财物、家什，还有因此发家的。冯妈知道胤府富贵多财，自胤府遭劫之后，她天天在这儿搜寻，没想到今天遇到了郭夫人。郭夫人一见冯妈不禁落下泪来，冯妈虽是胤府的下人，可毕竟是她离乱之后头一回见到的故人。她拉住了冯妈的手，流着泪说："冯妈呀，您老不认识我了？"冯妈定睛一看，眼前站的竟是郭夫人，不由得吃了一惊："我的奶奶！你这些日子躲在哪里？叫老身为你操心呐!"原来郭夫人性情和善,平易近人,对下人很是包容,冯妈在胤府做事,曾受过郭夫人不少恩惠,因之她对郭夫人颇有好感。冯妈忙把手中的碗放在地上,不顾身上的灰尘,一把抱住郭夫人,把她看了又看,说:"天呐!这还不是郭夫人您积的德,人家好儿好女都没保住命,夫人能这样浑浑全全地回来,也是夫人您一生行好,没伤了天理。"于是,她们在破屋的石台阶上坐了下来,说了许久许久的话。金三站在一旁单怕郭夫人说漏了嘴,发生意外,于是催郭夫人说:"夫人,已经是这个样子了,哭也无益,咱们走吧。"郭夫人这才一把鼻涕一把泪地告别了冯妈。他们一起来到南城墙根儿的一家面店,一人买了一碗面吃了,准备到晚上再去胤府。

好容易到了晚上,金三买了一把铁锹和一把斧头,三个人在后半夜又悄悄到了胤府院里。他们先在上房夹墙里找那些衣服首饰,一看早已被人拿了个精光,郭夫人连叫倒霉。金三安慰说,没有就没有了,也不必难过。随后他们又到了后院的花园,在东边太湖石下,刨开一层土,掀起一块石板,石板下面埋着一个不大的瓷坛,瓷坛上面盖着个生铁斗子,揭璧斗子,只见瓷坛里面放着满满一坛白银。郭夫人一一取出检查了一下,白银下面还有金子,大约有四五百两之多,还有几件衣物。喜得三个人手忙脚乱。金三早已预备好了一个皮箱,又从土坯内拽出了一床破被,用破被包了一半放在箱内,其余的一半三人趁着月色缝在了腰间。

他们几个拿了东西,趁着天还未亮,夹在那些赶着马车、拉着牲口、扛着农具到城外耕种的庄户人中间一起出得城来。几人也不说话,顺着偏僻小路只是疾走,待太阳出山的时候,已到了一个叫牛家湾的地方。这牛家湾离西安城大约有三十里路,南靠荻花塬,北临灞河。金三仔细一看,就是前些日子他们一家晚间走过的路径,虽然偏僻,可对金三他们来说,却是个求之不得的地方。他们一晚上都没休息,水米都没有沾牙,加上又赶了这么多路,金三不说,郭夫人和钮氏早就累坏了。钮氏看到路旁荒崖下有一孔废弃的窑洞,窑门口长满了树木和荒草,提议暂时进去休息休息,于是他们一行进了那孔窑洞。窑洞曾经住过人,里面有盘土炕,炕上铺着柴草。郭夫人和钮氏也顾不上干净与否,就在炕上坐了,金三三两下把皮箱塞进了炕洞。

所谓"人见财帛黑了心",这话一点儿不假,金三自从挖出了这么多银子和财物,就起了不良之心,一心想把这些财物占为己有。他想方设法要把自己的意思告诉老婆，可又怕老婆不允，一直不敢开口，一个人左思右想坐卧不宁。过了一会儿，郭夫人到外面树丛间方便去了，金三忽然对他老婆说："这些财物，要不是咱们俩，郭夫人是取不出来的，按说咱们应该和郭夫人各分一半……"他的话还没说完，钮氏顿时变了脸色生气地说："阿弥陀佛！天呐！都到了这步田地你怎还能说出这样的话来？打住！千万不要再提这话。"金三见老婆变了脸，笑着解释说："不是那话，我是说郭夫人一个寡妇人家拿着这些东西咋能成哩？要是遇着个没良心的，别说她，恐怕连孩子的命都不保了。"钮氏生气地大声斥责金三说："住口！这话轮不到你说……"正说着郭夫人进来了，钮氏对丈夫说："你去到附近的村子买些吃的来，咱们休息一会儿打个尖再走。"于是金三出去买吃的去了。这时，天阴了起来，也起了风，还淅淅沥沥地落起了小雨。

金三出了窑洞上了一道坡坎，远远望见前面有一片柿树林，柿树林后面两三里之遥的塬底下住着几户人家。他想穿过柿树林到那儿弄点儿吃的，于是他摸了摸腰间的丝鞭和匕首，便顺着坡坎上一条曲曲弯弯的小路向前走去。这是一片阔大无比的柿树林，合抱粗的柿树枝叶繁茂，一棵挨着一棵遮住了光线，加上天阴得又重，压得人有点儿喘不过气来。

眼看着就要走出柿树林了，只见远远走过来一个人，那人手中拿着个三截棍，后面还跟着一条黄狗，金三躲避不及，只好硬着头皮向前。谁知那人走近金三，忽然大声说道："啊呀，这不是金三兄嘛！"说着一把拉住了金三的胳膊说："天呐，还真是你。找不到碰到了，现如今'反正'了，不知老兄在哪儿发财？"金三吃了一惊，抬头仔细一看，原来是和自己一起在西安府巡捕房供过职的过街鼠范七。金三心说不好，连忙拱了拱手说："哎哟，怎么是你？造化，造化，范兄最近在哪儿公干？"范七见金三慌里慌张，又见他腰中好像装有沉重之物，就装作关心的样子问他如何逃出命来，现如今又住在哪儿。金三知道范七这个人"五国贩马"、奸诈有余，不是个正道上的，就说："空宅子里还有些破破烂烂的东西，弄了出来变卖着度日。'反正'之后，被袍哥抢了多次，唉！"说着话就要离开。过街鼠凑近金三，猛地在他身上一摸，立时变了脸说："伙计，如今清朝已被推翻，我虽在巡捕房干过，可毕竟我是汉人，你金三的底细我范七知道得一清二楚。你若说了实话，咱看在兄弟情分上留个人情，若还在我眼里打渣子，那就跟我到革命军那里走一趟。"金三一看实在掩盖不住了，就把他遇到了郭夫人和在她家取了银钱的话照实说了，又把自己要去弄些吃的话告诉了范七。一提到银钱，过街鼠范七立马心里起了坏，他冷笑了一声说："见一面分一半嘛！那好，咱们到前面的住家户里，弄些吃的喝的给她们送去再说。"于是他二人在附近买来了些干粮馍馍和一瓦罐稀饭，范七附在金三的耳旁如此这般地说了许久许久，并说了自己如今的住处，安排好之后这才走了。金三的脸上白一阵红一阵，不知是高兴还是难受，浑身不自在。这时，已过了未时，风越刮越大，天阴得更重了，雨点也越来越密了，打在柿树叶上噼里啪啦的，惹得人心烦……

郭夫人和钮氏等金三不来，又见天下起了雨，忧心如焚，正在担心，金三拿着几个饼子来了，她俩才放下了心。几个人凑合着吃罢，觉着有些口渴，金三走出窑门抬头看了看天说："这会儿下起了雨，咱们也没法走了，今晚住在这儿，连个门都没有，遇到了歹人怎么办？我看咱们还是花些小钱，到前面哪户人家住了，叫给咱们做些饭吃也好。"郭夫人和钮氏到底是妇道人家，相互看了看，只得依允。

他们三人走了三四里路，来到了荻花塬下的一户人家。这户人家只有一夫一妻，三十多岁，也没见个老人娃娃。金三掏了块龙洋放在男人手里，他们乐得什么似的，又是杀鸡又是擀面。郭夫人和钮氏一人吃了碗素面，金三一个人把那只鸡给吃了。饭罢之后，暮色下来了，天空还扯着雨丝，那家人安排郭夫人两个住在一个房间，把皮箱放在炕头，安排金三住在柴房。金三叫她们俩歇着，说是自己有一个朋友好像住得离这儿不远，找到他啥都不怕了，让他出去打问打问，兴许能找着。郭夫人和钮氏说，去问问吧，在这儿有个熟人也好，要早去早回。金三就出去了。

外面的雨停了，只是刮着飕飕的冷风，金三禁不住打了个寒战。他叹了口气，缩着肩膀，满怀心思朝前走着。他本想与钮氏和郭夫人携银逃走，可一想，一来这里人生路不熟，二来半夜三更雨路泥泞，还有两个妇人，怎好行走？加上过街鼠已知这是一块肥肉，这家伙心狠手辣耳目又多，肯定有所防范，若再被他截住，后果更是不堪设想。想到这儿，他只好按照过街鼠的交代，一步一步地向五里路外的过街鼠的住处走去。

过街鼠范七住在荻花塬畔的半坡上，那里只有三几户人家，距离村庄较远，专门图了个僻静，半夜三更做那些事方便些。这时，范七早已炒好了菜、烫热了酒在家点着灯等他，忽听狗叫，过街鼠迎出门来，把金三让进小屋坐下，叫婆娘倒酒。金三说："咱先不要吃，商量着今晚如何下手。"原来这过街鼠范七久在衙门里做捕快，多年来就和盗贼土匪勾结在一起，"反正"之后，巡捕房干不成了，务不了农又经不了商，便又和这些歹人钻在一起为非作歹。他一听说郭夫人有这么多银子，金三又盗出了钗环衣物，高兴得手舞足蹈，站起来对金三说："按道上的规矩，取这宗财有两样取法：一是'善取'，一是'恶取'，只要做得巧妙，就算是大本事。"金三深深地吸了一口气，随即又静了下来问："怎么是善取？怎么是恶取？"过街鼠说："若要恶取，现如今世道混乱，没有王法，今晚我就叫'草里蛇'王五来，带几个兄弟，明火执仗，踢开门把郭夫人拉出去砍了，扔进枯井，上山去再把她家孩子卖了，财产大家平分，你我多得一半。郭夫人本是旗人，她丈夫又是清朝官员，杀了不亏，加上她没有族人亲戚，日后就说是叫土匪害了，谁能知道根底——这就是恶取。"金三的心里不禁打了个寒战，暗说，这也太损阴德了，于心不忍。思忖了一下说："依我说，这样不好，你说怎么个善取法？"过街鼠范七笑了笑说："善取也好。趁着三四更天，下着雨又没有月亮，叫我的儿子过来，只用一把火把那家人的麦草垛子点着，一声呐喊，说是土匪来了，你带着她们一起逃走。我和儿子也不追赶，只在后面吆喝，丢几块石头也就是了。咱一块儿将那银子藏了，日后说被贼劫去了，连你也落了个好人。下次相见，情愿让你一半，剩下的和你三七分，你说这计如何？再说了，善取其财，还不伤天害理，岂不两全其美！"金三一听，说："好着哩，好着哩！既然说到了这儿，我前些日子弄的那一包袱钗环衣物，现在徐杨村龙王庙中神像后面的暖阁上藏着，今晚事成之后，咱们一块儿去取来分了，谁叫咱兄弟一场哩！"

商量定，过街鼠范七叫来了自己的儿子。只见他二十出头年纪，身材魁梧，直眉瞪眼，一看就不是个良善之辈。金三告别了过街鼠，怀着沉甸甸的心情回到了那户人家。金三见了老婆和郭夫人，心中有愧，始终没敢抬头正眼看她二人，只说是没有打听到那个朋友，让她们早点儿休息。他自己一个人躺在柴房里难以入睡，心中像猫抓一样，辗转反侧，忐忑不安。

大约三更时分，郭夫人她们忽然听到外面响声大作，接着看见窗外一片红光，大约是门外的麦草垛子着了，风卷着火苗呼呼作响，噼噼啪啪，耳中还传来人的呐喊声："快！快！上去，不要叫他们走了……"这时听见金三大声喊叫："不好！土匪来了——"吓得郭夫人和钮氏一下子乱了方寸，不知如何是好。幸亏她们和衣睡着，急得胡乱穿了鞋，出了房门，不顾高低，一步一跌，只往黑暗处乱走，也不知金三哪里去了。只听一片喊声说："别叫跑了，赶上去抓住人再说。"吓得她们顾不了许多，伏在一片蒿草苦艾窝里一动不动，只听得"乒乒乓乓"一阵砖头瓦块扔了过来。这时，一个砖块正好打在了钮氏头上，鲜血直流，钮氏一只手捂着伤口一只手搀着郭夫人，来到了河崖底下一片树林中伏在一堆。直到五更时分，狗不咬了，火也不亮了，人也不喊了，天渐渐地亮了，她俩也不敢回那里去，还担心着金三的死活。

正慌乱间，远远地似乎是金三找她们来了。钮氏望见，轻轻地叫了一声。金三听到之后放声哭着过来，仰起头哭诉着说："不睁眼的老天爷呀！还叫人活不活了……"他一步走到郭夫人的面前，跪倒在地，一边磕头一边说："完了，完了，光光净净了！连我身上的银子也被弄走了，郭夫人，金三对不起你呀！"说毕又哭。郭夫人两个人被蒙在鼓里，见他这样伤心，反而安慰金三说："阿弥陀佛，灾呐！有什么办法，也莫要过于难过，命中不是咱的，带在身上也没有用，弄不好连命也贴赔进去了，只要人没吃亏就好。"他们三个又去了那户人家，只见门前的麦草垛子早已化为灰烬，三间草屋乱得不成样子，连被子也没有了，所有值钱的东西被打扫得干干净净，皮箱更没了踪影。郭夫人与钮氏相互流着眼泪，骂那天杀的土匪，暗中庆幸自己没有受到凌辱。还好，她俩那天晚上藏的碎银尚在腰间。三个人一商量，又回到了楞铮姑娘的家中。

在楞铮姑娘家住了几天，金三一心想着与过街鼠瓜分钱财，便对钮氏说："东吴虽好，但不是久居之地，人家郭夫人是楞铮姑娘的主人，可以在这里久住。咱家大小五口，要吃要喝，终究不是长久之计。不如叫我去到山下，找一处安宁僻静的地方，买上一院房产，咱们一家暂时住着，之后再做长久打算。"钮氏一想也对，就说："那你去吧。"金三得到依允，立马下山大踏步地去找过街鼠范七分钱财去了。

# 十七

　　且说过街鼠那天晚上与儿子把那皮箱里的几百两金银扛回了家，打开一看，黄灿灿白花花的金银足有四五百两，高兴得跟什么似的。他又在第二天晚上和儿子一起去了徐杨村龙王庙，神不知鬼不觉地拿回了那一大包袱钗环衣物，解开一看，有郭夫人自己的首饰衣服、金簪钗环，还有她丈夫的官衣和貂鼠披风两三件，少说也值几百两银子。过街鼠得了这股大财，高兴地对他老婆说，这真是老天有眼，得到这些东西不但没费多大的力气，还不显眼，出力下苦一辈子也挣不下这么多。他们两口子悄悄地把这些金银分开装进两个瓷坛中，用一个木箱放着衣物，挪进后院的红薯窖里，又把窖口用柴草遮挡了。他婆娘眉开眼笑着问过街鼠："你说这是他金三叔和你一块儿做的买卖，难道不分给他些？全部放在咱家，他不依咋办？还是留给他些，省得弄得不好又落了个不和气。"过街鼠的儿子眼一瞪说："说的啥话！好容易钱财到了咱们手中，再分给别人，脑子有病是不？若是犯了事，各人是各人的罪名，人家能替咱不成！"

　　商量了半天，过街鼠给金三留下了一个包袱，是胤道台的一些官衣，一套是天蓝云缎圆领，八蟒五爪蟒袍，绿缎衬衣；一套是怀素纱圆领，没有补子，月白纱衬衣。又有一件旧潞绸豆黄女袄，一件紫丝绸女衫；两个裹头手帕，内包一对金裹头簪子，两个银掠儿。还要再拿几件，他儿子一伸手拦住大声说："够了，够了！别人家的财帛，难道是他金三血汗挣来的？有谁能做证他给了咱？他自个儿打了牙——只能往肚子里咽，敢对谁说？如今盗了人家的财物，革命军还正追杀他们那些旗人。他若还敢声张，首一个办的是他金三，才能轮到我们。依我看，这几件衣物给他，已经便宜了他。说得好便罢，若还略有些闲言碎语，先给他个下马威。这乱世里，哄到没人处，给他个绝户计，他老婆还不知道她男人是咋死的哩！"过街鼠范七摸了摸下巴，深深地吸了口气说："好吧，咱稳坐钓鱼船，看他怎样撑篙。"儿子的几句话，倒点出了过街鼠的杀人之心。

经过一番奔走，金三来到了徐阳村龙王庙附近，等到太阳落山之后，他悄悄地潜入庙中，本想先取了那一包袱钗环衣物挑些值钱的给自己留着，哪知上到神像后面的暖阁一摸，空空如也，什么也没有了。他知道肯定是过街鼠取走了，后悔自己嘴不牢，告诉了这个挨刀子的。他气哼哼地赶往过街鼠家，希望与其三七分了那些财物。

过街鼠见金三来了，叫儿子灌了几斤烧酒，还杀了一只鸡，又在附近集市上买了些羊肝羊肚和腊汁肉，摆了张小炕桌，把金三让到炕上。他也上了炕，对面坐了，叫儿子一旁斟酒，你一杯我一杯相互劝敬。吃喝了一会儿，过街鼠让儿子关了门，笑着对金三说："他金叔，你没来时我就把这事翻来覆去地想了，如今'反正'了，西安城里那几家山西人开的票号早被袍哥抢得一干二净，现如今尚没恢复，散碎银子还好零用，这一百多两金子少说也值两千多块银圆，谁敢拿出来使用？我思量着咱兄弟俩用这些钱做本，在西安城开上个布店，一个去到青岛、汉中采买，雇船顺御河运回西安，一个坐店开张。用不了几年，咱弟兄俩就发了。这绸缎布货行的利润是算出来的，一不怕放坏，二不怕霉烂。"

金三的心终究不在这里，他想的是立马分了钱各走各的，想了想迎合着说："老兄说的也对，东大街老九章，南院门的福瑞祥，哪个不是经营布匹丝绸发了财的？不过……""不过啥？我只要你一句话，咱做还是不做？"金三给过街鼠敬了一杯酒，一仰头自己先喝了后，叹了口气又说："我们两口为活命领着三个娃娃逃出西安城来，身上一丁点儿钱都没有带，眼下这也一天天地冷了，还得买些布头棉花给孩子做衣服穿。不知那包袱里有没有可穿的衣物，想取来看一看，再看看能不能取些零碎钱买些米面度日。"

人说"不是一家人不进一家门"，过街鼠范七本就是个见利忘义、势利阴毒的小人，他婆娘更是个眨眼无情的泼妇。金三和过街鼠说事的时候，过街鼠的婆娘从头至尾都在一旁听着。她一听金三开口要东西，当时就骂出了口："哎，我说他金三叔，站着说话不腰疼是不？谁是你家的奴才，替你收拾着包袱？你三更半夜打门叫户，领了我儿子和男人去了，也不知干了些啥不赢人的勾当，到头来还到我家要啥包袱行囊？你家的包袱怎么到得我家来，你这是凭空讹人不是？"气得金三脸色焦黄，可他始终没有高声，劝慰着说："嫂子不要这样说话，这事盐里没你，醋里没你，是我们男人间的事，你莫要插言。凡事要讲个良心，要有个天理哩……"

那婆娘不饶人，接过话茬儿说："要有良心、有天理就不做这事了！"

过街鼠好像有些过意不去，上前挡住婆娘说："滚远！给我悄着，这儿没有你说话的份儿！"那婆娘出去了，过街鼠接着又转过身对金三说："龙王庙里的包袱是我取回来的，若是这话，今晚咱就先拿出来分了。至于那些硬货，咱改日再议好了。他金叔，你也不要过于小心，放在我范七这儿比哪里都保险！"说着，他叫儿子从后屋取来一个包袱，递到了金三手中。金三打开，只见里面包着几件官服、两三件旧绸小袄、两支银簪、八九两碎银，统共值不了十几两银子。金三暗暗地咬着牙心中愤愤地说：过街鼠呀过街鼠，我要这些东西干啥！我把清朝的官服穿上满街走，不是脊背背鼓——招打嘛！过街鼠呀过街鼠，你真阴毒呀！想一口吃个灯笼架——把这几千两银子拿嘴说了去！金三心中虽这样想，可他又一想，不行，如今和他翻了脸，他只是个不认账，我又不敢上告打官司，到哪儿与其论理？不如还是好哄，能哄多少算多少，以后不再和他往来就是了。金三正要开口，过街鼠婆娘进来，给过街鼠和儿子使了个眼色，三个人就都出去了。一会儿回来之后，过街鼠对金三说："他金叔，从你的言语和口气来看，我觉得这合伙的生意难做。是这样，你也别不放心，那东西我藏在离这儿十二里路的荻花塬老鸹沟的山神庙里，保险得很。记着，到了十月初八，你到那儿去，咱把那些东西分了，以后咱各走各的。"说着假惺惺地叹了口气说："唉，好人难做呀！"尽管过街鼠说了这话，金三心中仍有些不放心地说："老范，你看，今天兄弟我已经来了，隔山渡水的也不容易，你多少先叫我捎带些回去，省得……"过街鼠范七见金三心怀疑虑，他一手指天一手拉着金三大声赌咒说："给你说那东西现在老鸹沟，不在这儿，你咋不放心人？谁要负了良心，天地不容，谁先死了！十月初八晚星星出齐时，你只管来老鸹沟山神庙拿你的东西。"金三抬头一看，只见过街鼠的儿子站在一旁双拳紧握、横眉怒目的样子，心中不禁打了个寒战，再不好说什么了，拿起包袱起身告辞，连夜离开了他家。

金三又回到了山后翠林湾，他老婆悄悄对他说，她已把他们两个缝在身上的碎银还给了郭夫人，为了能在这儿多住几天，又给了楞铮家几块龙洋。金三听罢心中不悦，说："把你身上带的给了人家，也就不说了，怎能把我身上带的也给了她？这兵荒马乱的，咱一家四五口喝风屙屁呀？这一回我去城里收账，老诚人还好，虽说没收到，还能说两句好话；有些没良心的比咱还歪：清朝都打倒了，你个旗人还想翻天哩是不？没有还是没有，你看着办！唉！你真是，咋能全给了她？"他老婆劝金三说："不管咋说，是咱的咱拿着，不是咱的咱就不能拿！生死有命富贵在天，好人终归是会有好报的，我做的没错。再说了，咱一家大小一个不少，要不是遇到郭夫人，咱一家还能安安宁宁地住在这儿？郭夫人一个寡妇又带个娃娃家，多可怜呀！"金三知道自己老婆的为人，也没再多埋怨她。他一心想的是十月初八去过街鼠那儿瓜分那些大宗金银，那点儿银子也不算个啥。

# 十八

　　晚上，金三哪能睡得着，心里老想着如何与过街鼠瓜分那些金银，盘算着这宗金银到手之后怎样使用，不禁心之一阵欢快，甚至忘记了自己目前的处境。想归想，然而过街鼠儿子那副凶神恶煞的样子，还有过街鼠婆娘说的那些薄情寡义的话，让他禁不住打了个寒战。这种人对郭夫人能"善取"，难道说对他金三不能"恶取"？再看他们一家三口，哪里有一个良善之辈？对了，人为财死，鸟为食亡，防人之心不可无。我金三一定要想个法子，不能中了他过街鼠的诡计，弄个死无葬身之地。猛然间，一个干瘦干瘦、刀条脸、倒八字眉的形象浮现在金三的面前，这人不是别人，正是与过街鼠常在一起做事的草里蛇王五。

　　金三和草里蛇王五是光绪二十八年认识的。

　　那年冬天，他刚转到西安府的巡捕房做了捕快，专事西安城及周边的治安管理和盗贼缉拿。那时，城东南荻花塬上流窜着一小股土匪，匪首名叫黑脊背，他们时常在塬上塬下骚扰百姓。不但在风高月黑之夜破门入户，拉牛背包袱，为非作歹，甚至有时在光天化日之下拦路抢劫过往行人。一个月之内造成了五伤三亡，闹得荻花塬人心惶惶。有人告到关中道台衙门，道台责令巡捕房限期缉拿贼寇。可贼寇气焰嚣张，仅凭巡捕房那几个捕快根本对付不了。道台胤升一怒，急饬西安续备防军中旗统领率弁勇驰往剿办，巡捕房仅做协助。续备防军那些兵勇久不上战场，硬仗打不了，一听说剿灭民间匪患，顺便还能从中捞些外快，能不高兴？二三百兵勇趁夜晚上了荻花塬。他们通过线人找到了土匪窝子，土匪头子黑脊背带着几个人从暗道跑了，只逮了十几名小匪，还有十多个与黑脊背有牵连的嫌疑人。续备防军中旗统领完成了剿匪事宜之后，将所有案犯交到了巡捕房手中，巡捕房头领一声令下，责令所有巡捕押送人犯往城北大牢。当时金三在巡捕房供职，他们押着人犯正在行走，忽然一个骑着马的兵弁赶来说，一个匪徒藏在一棵树上，被当地的百姓发现扭送来了，叫缉捕司过去领人。缉捕司头领手一指就派金三拿着签子去了。金三不顾疲劳，气喘吁吁地反身又上了荻花塬，从兵弁手中接到的是一个二十七八岁左右，干瘦干瘦、刀条脸、倒八字眉的土匪。那人已被打得鼻青脸肿，反捆着双手一走一瘸，被拉牲口似的用麻绳牵着。

金三把签子交给了那个兵弁，接过了他手中的绳子，目送着那兵弁走了，回过头才说要走，那土匪忽然"扑通"一声跪倒在地，一把鼻涕一把泪地哭诉着说，自己是个本本分分的庄稼人，家中穷得叮当响，前几年妻子患病没钱医治扔下四个孩子走了，还有一个六十多岁老母亲瘫在炕上，是土匪黑脊背胁迫他做了坏事。如果这一回被抓，自己一死不要紧，家中老小五口只剩下死路一条。说毕放声大哭，跪在地上一个劲儿地磕头，哀求金三放了自己，并说："你老放的是我一个，救的却是六条性命。救人一命胜造七级浮屠，放了我你就积了天大的阴德呀！还有，我做土匪时偷偷积攒了几十块龙洋，就埋在前面不远的地方，咱们一块儿取了孝敬给你。"他说得悲切凄惨，铁石人也会流下泪来。恻隐之心人皆有之，金三一听那人说得恓惶，不知怎的，心中一动，顿生怜悯之情。

金三之所以能到缉捕司做事，是他老婆钮氏的安排。钮氏早就说了，他们金家世代为职业刽子手，虽是为国行刑，毕竟是个造孽的事，往后要多做些善事，多积些阴德，方能赎回万一。金三尽管不信佛，可灌得耳音多了，也稍微知道些因果。他一想，放了这人，一来能得到些银圆，二来还能积了阴德，岂不是一举两得的事？于是他和那人议好，在那人的指引下来到不远的一片乱葬岗内，在一棵歪脖柏树下刨出了七十块银圆。金三那会子不知怎的，心里起了善念，还给那人留了十块，放那人走了。回到巡捕房，金三造了个谎说，他拉着那土匪正在行走，路过一口枯井旁边，冷不防那土匪跳进了井中。他把巡捕房的人领到塬上的一口枯井跟前，往下一看，黑洞洞一望无底，一块石头扔下去，半天才能听见"咚"的一声闷响。听人说荻花塬上的井少说也有三十丈深，谁敢下去？事情就这样不了了之。哪知时间不长，一天，过街鼠范七告诉金三说："你做的事我知道，你放的那人是草中蛇王五，他是一个惯匪。老实说，你得了他多少钱？多少给咱弄点儿，咱永不提起这事，要不然……"金三一听十分害怕，为了堵过街鼠的嘴，给了过街鼠三十块龙洋才没事了。半年后的一天，金三和几个巡捕在街上巡逻，从西安东大街一个面馆门前经过，猛然间看到一熟悉的背影在面馆吃饭，他上前扳过那人的肩膀一看，正是草中蛇王五。王五抬眼一看，面前站着几个虎背熊腰的带刀捕快，不由得脸上变了颜色，张口结舌不知说啥才好。而金三心中一忤，反而和颜悦色地说："呀哈！老弟，原来是你，好久不见，如今在哪儿发财？"草中蛇王五一下子松了口气，他早就认出了这就是去年放他的那个捕快，也不知名姓，随即一把握住金三的手说："哎呀老兄，兄弟背时背命，家穷没法，如今在御河上拉纤曳船哩。"此后他二人成了朋友。

　　金三知道草中蛇王五的家就在蓝川王家崖，只是嫌其是黑道上的，不想与其有染，这回没有办法，只能求助于他了。于是他去了蓝川王家崖寻找王五，想让他也掺和进来，自己宁愿少分些钱，起码他过街鼠不敢胡来。哪知王家崖的人一听说找王五，各个言辞闪烁，对他敬而远之。后来他终于找到一个王五的远房兄长，从那里得知草中蛇王五打家劫舍、做贼抢盗，名声极坏，乡党们如同躲避瘟疫一样躲避着他。加上王五作恶多，对头也多，他行踪飘忽，本本分分的人谁会找他？金三给了那人两块龙洋，终于在第二天晚上见了王五。他把自己和过街鼠这一次交往的经过以及银两衣物的事一五一十地对草中蛇说了。王五听后很是同情，大骂过街鼠不仁不义，坏了道上的规矩。金三劝住他说："兄弟，银两首饰不说，光那些金子就能折合两千两银子，他过街鼠亲口说的三七分成，你去把这事给咱说合了，最少他得给咱八百两，咱弟兄一人一半。我敢说，这八十里蓝川，家有六七百两银子的财东不多！有了这些东西，兄弟你买房置地娶老婆生娃，安安生生过日子，再不干那提心吊胆的事了，你看好不？"草中蛇一听心中乐开了花，想了想，一口应承道："老兄，你想从猴手里叼针哩？妄想！过街鼠那货见财忘义谁不知道！只要老兄能信得过我姓王的，我去把这事给摆平了，他范七敢不给面子！告诉老弟，他说啥时候在啥地方分货？""十月初八日晚，星星出齐之时，在老鸹沟的山神庙见面。"草中蛇王五听罢轻蔑地笑了笑，胸有成竹地说："老兄尽管放心，我就不信他过街鼠能翻过我草中蛇的手心！"

人说生死有命富贵在天，金三果然找到了个替死鬼。就在十月初八那天晚上，过街鼠范七和儿子把草中蛇当作金三打死在了老鸹沟。再后来又听说过街鼠不知怎的露了财，父子俩又被另一个强人夺去了性命，那是后话。


# 十九


狗娃被接回家后，村里的乡党来了，亲戚朋友们来了，窝子班的长辈也来了。他们带来了吃的用的东西，带来了热情的问候和深切的关爱，并希望知道到底出了啥事，以便说些安慰的话。可狗娃睡在炕上紧闭双眼一语不发，他的心像狂风暴雨中大海的波涛，一会儿被狂风掀到空中，猛然间又被扔下来摔得粉碎，汹涌澎湃，不能自已。他不知是自责还是在感慨，不断地反思着自己的莽撞和轻率，他对自己的幼稚和头脑简单造成的失误感到悲伤可笑，更恨自己的无能。总之，狗娃心乱如麻，觉得对不起父母，对不住三师父，对不住所有操心、关爱他的人。他不愿意说出这件事的起因和经过。妈妈抚摸着儿子受伤的腿，流着眼泪问他是被别人打断的还是自己不小心摔坏的，狗娃只是淡淡地回答说："妈，你不要问了，过几天就会好的。"

世上没有不透风的墙，狗娃刺伤了三师父的事没几天就传遍了整个县城，传遍了永乐塬上的村村寨寨。大家都莫名其妙，弄不清楚狗娃和三师父有什么过节儿，一个十五六岁的娃娃那么心狠手辣，竟然刺伤了深受大家爱戴的三师父！

狗娃睡在炕上，回忆着这些天来的情景。

那天，狗娃从饮鹿台上摔下，觉得一阵撞击之后，眼前一黑就失去了知觉，后被大家抬着送到了承福寺。三师父查看了狗娃的伤情，立马为其接骨疗伤，并亲自为狗娃煎药喂药，还给他擦拭身子，为他敷药。狗娃在承福寺住了整整三天，那三天里，三师父像对待自己的孩子一般精心呵护着狗娃，没离开他半步，还和狗娃说了许多知心的话。一开始，狗娃紧闭双眼，面无表情，一语不发，且没有丝毫感激和谢意。即使在三师父为他断腿复位的时候，疼得他脸色煞白，浑身虚汗，指甲都掐烂了自己的手心，他依然是咬紧牙关忍着疼痛一声不吭。三师父并不介意，他照常替狗娃换洗衣物，擦拭伤口，煎药喂药无微不至。这一切在狗娃的心中是清清楚楚的，他从内心觉得惭愧和不安，觉得对不起这位老师父，他都不好意思睁开眼睛看三师父的面容。而三师父也为这个娃娃刚强的性格和坚忍的毅力而惊叹，渐渐地，他从心中喜欢上了狗娃。

一天早晨，狗娃刚刚醒来，听见门外传来三师父问小和尚的声音："他醒来了没？"狗娃一听赶紧闭上了眼睛。三师父进来了，他静静地站在那儿，望着狗娃，他早已看见狗娃紧闭着的眼睛两旁流出的眼泪。三师父开口说给狗娃听："人世间有那么多忧愁和烦恼，需要用各种各样的法门来对付。人生在世如身处荆棘之中，心不妄动人不妄动，不妄动则不伤；如心妄动则人妄动，误伤其身痛彻其骨。成佛成魔皆在一念之间。你就说出来吧，哭出来吧，丢掉烦恼，跳出苦海。孩子，仇恨不但能伤人且能伤己，说出来为的是将其忘却！有句成语叫化干戈为玉帛……"

一开始，狗娃听不进去，甚至对三师父的有些说法不以为然，渐渐地他似乎有所感悟，后来，竟被三师父春风雨露般的佛心和超乎常人的大慈大悲感动了。真乃佛法无边，顽石点头，狗娃终于流着眼泪向三师父道出了自己的身世和心中的积怨。三师父听后念了声阿弥陀佛，并发誓为其保密。

疗伤期间，三师父那宽阔的胸怀和如海的善心令狗娃感动，一闭上眼睛狗娃就反复琢磨着、体会着三师父的教诲。这天晚上，明月如昼，三师父坐在院子里的松树下给几个小和尚宣讲佛法，房间的门窗敞开着，狗娃一动不动，仔细聆听三师父的说教。三师父说：

俗云"猛兽易伏，人心难降"，一提到人心难降大部分人只能想到他人，岂不知最难降服的是自我。人常说，勇在敢为，勇在无畏。其实并不是说所有敢为与无畏都是真勇，都是可以作为人生依凭的大勇。齐国有一个叫北宫黝的人就敢为。他肌肤被刺，可以毫不颤动；眼睛被戳，都一眨不眨；即使受了一点点侮辱，不管对方是国君还是普通人，他都敢于回击。他把刺杀大国的君主看成是与鞭打卑贱的人一样容易的事。这种敢为之勇，就称不上大勇，而是一种庸人之勇。这种勇，只要豁出去了，情急之中，傻子也能做到。常言说，兔子急了能咬人。但兔子终归是兔子，若不被逼急，这敢咬人的兔子见了老虎，大约还是要快快地缩回它的洞子里去的……

人生有命各不相同，你可以任意而为。你想拼命追求，没有人会阻止你，也没有人会反对你。谁知道为什么他会那样？日出日落各忙各的，说到底，这都是命呀！或许你并不这样认为，可你要听我讲。命，这冥冥中的力量，谁也无法证明它的存在和不存在，但人习惯用自己的人生经验对它进行猜想和反驳。事实是这样的：当一个人身处逆境时，他常常相信命运；当一个人身处顺境时，他往往忘记命运。命运就对那些相信命运的人发生效力。孩子，命运是什么？命运就是一个人的心理承受能力，是一个人的选择。一个人做了些什么，他就会成为一个什么样的人，命运不会欺骗他。相信自己的人，常常把命运当成一个较量的对手，他需要一个对手来证明自己的力量。相信命运的人，则常常把命运当作一个救世的菩萨，他需要一个菩萨怜悯自己的软弱。结果相信自己的人，他从搏斗中享受到了无限的乐趣；不相信自己的人，就成了命运的奴隶，他从祈求中滋生了无限的哀怜。相信自己的人敢想敢干，就就业业，奋发图强，大有所为；相信命运的人，画地自狱，悲天悯人，畏葸不前，毫无作为……

临了，三师父走进小房，抚摸着狗娃的头说："孩子，老衲知道你在听我说法，我之所以未在佛堂说法，是专门为了让你听的。这番话，你可能有的不懂，有的还不以为然，甚至还会觉得我的话前后矛盾，可你千万要记着，以后会懂的，慢慢会懂的，一定！"

三师父想起了马南镇有一位治骨伤的名医乌先生，为了狗娃能早日得到康复，第四天一早，三师父就着人将其送到乌先生家。乌先生听说是三师父送来的患者，对其敷药疗伤很是细致周到。哪知到了第二天，他的态度发生了极大的变化。他说三师父的复位不正确，要将接好的腿重新弄断再接一次。狗娃听乌先生的话，忍着疼痛就又重新接了一次。

尽管和三师父只相处了短短几天，但自离开了承福寺，狗娃没有一天不想起他。狗娃觉得从三师父那里冥冥之中懂得了好多事理。三师父的慈悲胸怀和他的音容笑貌令他永生难忘，三师父如雨如露的教诲使他茅塞顿开。自此之后，狗娃觉得自己长大了许多。

# 二十

伤骨动筋一百天，不知不觉间两个月过去了。也是狗娃正值年少，他的腿渐渐地痊愈了。在这期间，窝子班、他舅爷都去感谢过乌先生，不但付给了他足够的酬金，泮池爷还以南孙堡孙姓的名义为乌先生挂了一块匾，匾上写着"功同良相"。乌先生也甚为满意。

三麻子最爱狗娃，当狗娃还是个小娃娃时他就常到孙家来，一进门就把狗娃抱到怀里，又是疼又是亲的。狗娃懂事之后，他常常领着狗娃出去买好吃的，狗娃自然也喜欢他麻子叔。全德的遭遇最让三麻子难过，并从心里为孙家叫屈。狗娃出事之后，他三天两头去探望，冀其早日痊愈。狗娃最喜欢麻子叔的到来，原因是三麻子虽为长辈，却没有个长辈架子，一到来就嘻嘻哈哈、没大没小地和狗娃谈这说那，论古论今，有时还抡上几句"野砖头"。他一来狗娃的心情就好，今天他又来了。

这天天气好，太阳红红的还不热，三麻子一进门，见狗娃一个人闷闷不乐地躺在炕上。他知道人的心情与病情关系很大，心情一好，病自然就好得快些。三麻子有个毛病，未说话先挤眼睛，当狗娃谈到泮池爷因乌先生救了自己，给乌先生挂了匾的事时，三麻子笑了笑说："挂屄哩挂匾哩——别提那些看病的，都是些舔肥尻子咬瘦屎的货！见了当官的，有钱有势的，恨不得趴下叫个爷，见了穷汉架子大得狰狞……"说到这儿他不由得想起了一个有关医生的故事，就嘻嘻哈哈地给狗娃子谝了起来。

他说，从前有个大夫先生给一个娃娃治病，一服药就把人家的娃娃吃死了。娃他大不依，扯着先生要去见官。那先生苦苦哀求，见那娃娃和自己儿子一般大小，就把自己的儿子赔给了人家。后来这个先生又把另一户人家的仆人给治死了，没办法，就又把自家的仆人赔给了人家。一天深夜，忽然有人来敲门说请他出诊。先生没敢搭茬，就让他老婆问说："你们家谁生病了？"那人在门外说："我老婆生孩子患了病，麻烦您到家给看看。"那先生回过头悄悄怒斥妻子说："是不是你这个骚货昨天搽脂抹粉在大街上招摇？"妻子说没有，先生气愤地说："还没有！你哄谁？那这个家伙咋看上你了？"狗娃端着碗正在喝水，"扑哧"一声把一口水喷了出来，他一边拍打着麻子的肩膀，一边笑着说："三叔呀，人说是十个麻子九个怪，这话真没说错！"见狗娃高兴了，三麻子朝窗外一看，院子里洒满了阳光，他仰头看了看说屋里太阴，不利于体能的恢复，要扶狗娃到院子里去晒晒太阳。狗娃整日闷在屋里，也没下地活动过，心说，也该活动活动了。便高兴地答应了。

哪知三麻子和狗娃妈把狗娃扶起来一看，天呐！乌大夫把狗娃的腿给接偏了！只见狗娃的左脚朝外偏着，走起路来一拐一拐非常难看。三麻子跺脚直骂："你看你看，咋成这个样子了！我说先生没好货，这乌先生眼没瞎就是心瞎了！这一走一瘸的，今后咋个唱戏呀？"狗娃妈一看也傻了眼，立马跑出门告诉了泮池爷。泮池爷过来看了之后，直接打发三麻子和孙满去马南镇把乌先生叫来。

狗娃的腿接偏了的消息不胫而走，一时传遍了南孙堡，连窝子班的人都知道了。到了后晌，好多人都来到狗娃家探望，有的搓手叹惜，有的跺脚不平，有的大骂乌先生丧了良心。泮池爷来了看了之后，问了狗娃在乌先生那儿的就医经过。狗娃告诉泮池爷说，他初到乌先生家时，乌先生给他敷药疗伤很是细致周到，态度也非常友好。可到了第二天，乌先生却说三师父当初把腿接得不好，要弄断重新接一次骨，就……泮池爷听罢，气得脸色发青，坐在那儿不抽烟不喝茶，翘着胡子板着脸一句话也不说。太阳将要落山的时候，三麻子和孙满带着乌先生风尘仆仆回来了。

在场的人一哄子上去把乌先生围了个严，你一言我一语，纷纷质问他这究竟是怎么回事？狗娃妈一边哭一边指着乌先生的脸质问说："乌先生，做事要讲良心呀！你过来看，这就是你给我儿子接的腿！我们没少给你钱呀！"狗娃妈一发话，在场的人都乱哄哄地骂开了，有几个性急的人控制不住情绪叫喊着："还不打狗日的！叫把钱吐出来！""还挂匾哩，挂个屎哩！"

这时，坐在椅子上半天没有说话的泮池爷站起来咳嗽了一声，大家立时安静了许多。他的脸上没有一点儿表情，胡子微微颤抖着，盯着乌先生冷冷地问："乌先生，我们钱没少给吧？南孙堡的老少爷们儿还给你挂了匾，也是实的吧？"他忽然提高了声音厉声说道："姓乌的，今儿个你当着大家的面把这事说清！你这明明是欺负我们南孙堡的人哩！明给你说哩，你开的那个门脸，南孙堡的人叫你开你就能开，要把南孙堡的人惹急了，别说你挣钱，你娃的碎命保住保不住还说不定呢！"

不知是乌先生赶了几十里的路累坏了，还是被群情激愤的场面和泮池爷的话吓坏了，他望望这边，看看那边，忽然"扑通"一声给泮池爷跪倒了，双手左右扇着自己的耳光，用颤抖的声音说："三爷，是小的一时糊涂，我对不住您呀，您老宽宏大量就饶了我吧！小的也有难言之隐呀！"泮池爷似乎明白了什么，说："喔，我知道了，拿人钱财，替人消灾，是不？"泮池爷顿了一下，用右手指着空中说："举头三尺有神明，你就不害怕造孽损了阴德？"乌先生拉着哭腔哀求说："泮池爷，我也睡不着觉呀！有些话不方便说，这不，您老打发人一叫，我就来了，我来专门……"

这时，泮池爷提高了声音说："别的话暂且不说。"他指了指坐在炕上的狗娃问："你先说孩子的腿咋办？""那只有一个办法，小的使出看家的本事，用最好的药物重新接治就是了。"我的妈呀！一听要把狗娃的腿重新弄断再接一次，在场的人都惊呆了，不由得深深地吸了口冷气，觉着周身发瘆。狗娃妈听了这话，立马脸上变了颜色，她一把护住儿子呜呜地哭着说："不，不，不能啊！"

这时，狗娃说话了。他坐起来搂着母亲的肩膀满不在乎地说："妈，那有啥呢，看把你害怕的！就是再断一次腿嘛，能有多疼？好了我还想唱戏哩。"接着他又提高声音说："乌先生，多余的话不说，你光说能不能接好？"乌先生站起来内疚地望着狗娃说："没麻达！只要你不怕疼，我保你好了之后和从前一模一样。"狗娃冷冷地说："只要能和以前一样，我怕个锤子！"说着从炕头柜里摸出了半瓶烧酒，拔了塞子，咕嘟咕嘟一口气灌完了。只见他抬着屁股挪到炕沿，扶住了母亲的肩膀要下来。大家不知道他要干啥，就有人过来帮扶他。在大家的搀扶下狗娃一瘸一瘸地走到房子门口，他推开扶他的人，猫着腰把左腿慢慢地伸进门槛底下。他妈一边拍着他的肩膀一边问他要干啥，只见狗娃双手扶着母亲，整个身子往上一抬，右腿猛一用力，只听得"咯嘣"一声，用门槛别断了自己的左腿。狗娃当时瘫倒在地，满脸煞白，浑身冒着虚汗……

南孙堡有几个好事的人要打乌先生，说这不是狗娃一个人的事，这是欺负俺南孙堡的，把狗日的腿也打折了，给厮教个乖。问问这个主意到底是谁出的，敢欺负咱南孙堡，瞎了他娃的狗眼！后来，在泮池爷的说和下，乌先生又赔了情，送来了些钱，也就不了了之了。

# 二十一

当门前大槐树上的喜鹊叽叽喳喳地叫起来时，泮池爷就早早起来了，这时天刚刚放明。他依照多年的习惯洗罢脸、漱完口，挂着拐杖，走出了南孙堡东门。他喜欢迎着早晨的微风，漫步在村外田间的小路上，踏着朝露，呼吸着湿漉漉的清新空气，欣赏着路旁的庄稼，瞭望着远处的山峦。多半个时辰之后，这才回家用早茶早膳。时逢六月天气，地里的苞谷、谷子已经一拃高了，绿莹莹的十分喜人。芝麻有的已开了节节白花，起了嫩荚。勤快人早已下了地，不是锄草，便是薅苗，指望着今秋有个好收成。

泮池爷走到一片谷子地头，见一男一女带着一个娃娃正在给谷子薅苗。那男的抬起头看见泮池爷过来了，连忙站起来打招呼说："三爷早！"泮池爷停住脚步望了望绿油油的谷苗高兴地说："四喜呀，你这片谷子还长得不错，好好莳弄，薅好苗，再锄两遍草，透穗之后戗一次壮土再浇上一水，那就更好了，今年有得米吃！"那个叫四喜的听泮池爷夸自己的庄稼，高兴地说："托三爷的福，待收了谷碾好米，一定先叫三爷尝尝！"说罢两个人哈哈大笑。告别了四喜，泮池爷又来到另一户人家的地头。只见一个五十岁左右的人正赶着牛犁地，那人头发散乱，穿着一件破旧的粗布衫子，胳膊肘露在外面，一条靛蓝色的大裆裤也烂了裤脚，腰上勒的布腰带像条油绳。那人似乎有病，面色泛青，吃力地扶着犁拐，一边咳嗽一边吆喝着赶牛。一个面色憔悴的妇人怀里抱着个瓦盆，跟在后头溜种子。泮池爷站在地头上喊着："孙老七，人家的庄稼都长得这么高了，你咋才犁地哩？"那人抬起头，见是泮池爷在问他话，立马紧张起来，一时结结巴巴不知如何回答才好，只是呵呵傻笑着说："呃——呃——三爷，您老起得早，在这儿转悠哩。"他支吾了半天才又接着说，"嗯，嗯……是这，开始，咱也，也没个牲口，加上我有事耽搁了，这才……"泮池爷板着脸说："没牲口耽搁了？恐怕没牲口是真的，耽搁了是假的！看你咻样子，人不人鬼不鬼的，你把洋片烟咋没耽搁？"那妇人见泮池爷发了话，随手把种子盆放在地上数落着自己的丈夫说："三爷你看，好端端的一个家，叫他抽完了。"说着又转过头埋怨说："人家的田禾都长得这么高了，咱今天才下种，你不嫌丢人我还嫌丢人哩……三爷你说，这日子咋个过呀……"泮池爷回头劝说道："好了好了，老七家的，不说了，不说了，只要他能到地里来就好，浪子回头金不换嘛！往根子里说，'礼义廉耻，国之四维'，只要老七知道了羞耻就好了。"说到这儿他打岔说，"按节令种苞谷和谷子是赶不上了，今天你们这是种啥呀？"那妇人说："昨儿从我娘家回来，娃他外爷说了，种荞麦还来得及，我就弄了斗荞麦种子。不弄不行嘛，一家老老小小张口要吃饭哩。"那个孙老七自知没脸，低着头一句话也不说。泮池爷对老七婆娘说："把他往正路上吆嘛，唉！好好的一头犍牛叫他卖的吃了洋片烟。以后若用牲口，只管到我家来，给孙满说一声就行。"说着一边摇头一边叹息着走了。作为族长，村子里所有孙姓人的家长里短、吃烟赌钱、忤逆不孝、做贼偷盗、男女私事结仇、宅界地畔结怨，泮池爷都得管。凭着自己的厚道和为人，凭着自己的身份和地位，也凭着自己熟读孔孟、尊崇礼仪，冥冥之中，泮池爷觉着似乎自己有一种责任，唯恐老先人留下的传统道德和文化礼仪在自己这一代中断，告诫自己绝不能让孙家这门骊邑县的望族衰落在自己的手里。

泮池爷是晚清进士，很有学问。据说他光绪年间曾做过甘肃省龙德县的知县，因其性格耿介，爱护百姓，疾恶如仇，喜欢以理服人，所以官运很不如意。在与人交往上他一贯循规蹈矩，不会察言观色阿谀奉承，处理事情常常倾向着百姓，不能令上司满意，因之在官场上处处碰壁，上司不爱、同僚排挤。加上他实在看不惯清政府的腐败和各级官吏对百姓的盘剥欺压，思之再三决定弃官不做，回乡在家赋闲。骊邑县虽然不小，可像泮池爷这样曾经做过知县的人却是绝无仅有，他家是当地少有的大户，泮池爷更是闻名遐迩的绅士。泮池爷对子女下人要求严格，他的家人从来没有干过那些为人不齿的事情。到了民国，泮池爷又被推选为骊邑县的参议员，南北二堡的孙姓人依然推举他为孙姓族长。他经常利用孙家祠堂聚会之时，给大家讲些做人的准则和修齐治平的道理。老人家的言传身教影响了整整一代人。他平时不苟言笑，身为族长，村子里的年轻人都有点儿怕他。那些衣衫不整、戳是弄非、不孝敬公婆的妇人看见他就远远地躲开了。有些人忌恨他有钱，骂他多管闲事，可泮池爷并不计较这些，依然我行我素，仿佛维护传统礼教和传播儒家文化是他一生的职责。谁家有个三灾六难，他常予以帮助和周济，批评人也不留情面。倘若哪两家之间有了解不开的恩怨，他常常会从中调解并直面批评理屈的一方，绝不姑息。在人们的心目中泮池爷是一个非常令人敬畏的长老，大家打心眼儿里觉得若没有了老族长，其他地方不说，南孙堡非乱了套不可。

泮池爷回到家中，闷闷不乐地坐在堂屋的太师椅上，一个跑脚丫鬟早已端来了茶壶，斟了一杯送到老人家手中。哪知他刚刚端起茶杯，送到嘴边，忽然孙满进来说："三爷，那个瘫子又来了，还骂骂咧咧的，我就想打狗日的……"泮池爷摇了摇手说："别，别，还是照老样子，给几个钱打发走算了。"泮池爷一事没想完又出来一事，想着自己一生怀才不遇，到处碰壁，好像尘世间容不得自己似的。他觉得这世道好像一条即将腐朽的航船，江河日下，人心不古，实难驾驭。今天堵了这里，明天那儿却漏了水，按下葫芦浮起瓢，防不胜防。现如今世风成了这个样子，南北二堡也成了这个样子，他从心底感到力不从心。"唉！"他不由得长长叹了口气。

提起那个瘫子，泮池爷的心里就有一种说不清滋味的纠结，一想到此事他就感觉到悔恨、难受、愤懑、同情，甚至棘手，弄得他无所适从，精神疲惫。老人家一生喜欢帮助穷人，最爱扶持弱者，在他处理过的事情上都是以理让为本，以道德为荣，不偏不倚，经得起推敲，无不为乡里和村民所称道，偏偏地就在这一件事上却出现了败笔。想起来，那已是四年前的事情了。

南孙堡有一个名叫孙治兴的，年轻时在西安城银匠铺学过手，他人灵醒，心窍也好，做得一手好银活，是一个远近闻名的银匠，后在骊邑县开了家银活铺，日子过得不赖。可手艺归手艺，孙治兴的为人却不地道，还有一个瞎瞎毛病，就是好色、刻薄。南孙堡有一个寡妇，名叫翠花。按理说已经死了丈夫，你要么跐一步另嫁人，要么明媒正娶重新找人入赘，可这翠花眷恋着这个小康之家，不愿离去，一时也找不到合适的人入赘。她常去城里银匠铺做银活，一来二去，不知怎的与孙治兴勾搭上了，不免做些苟且之事，之后孙治兴身不由己常去寡妇家里鬼混。开始还怕人知道暗来暗往，到了后来竟然大白天也去她家。寡妇的本家人知道之后，非常气愤，论辈分孙治兴把寡妇翠花要叫奶奶。本家的长辈怕被人耻笑，叫近门的一个嫂子前去规劝，说是只要她改了就不追究。哪知翠花矢口否认不说，竟然不知好歹还把那个嫂子骂了出去。几位本家愤愤不平，商量了一下之后，在一个雨夜里安排了几个后生守候在翠花家周围，眼看着孙治兴进了翠花家门，等到三更之后几个小伙子破门而入，一举把他们抓了奸，告到了族长泮池爷跟前。人说好事不出门，坏事一溜风。南孙堡出了事，而且还是有伤风化的事，作为孙姓族长的泮池爷哪能回避得了？村里的男女老幼还有那些因琐事记恨泮池爷的想瞧热闹，都睁大眼睛等着看泮池爷如何了断这桩事件。

　　第二天傍晚，打扫得干干净净的祠堂大院里已站满了南北二堡的孙姓男女老少，还有居住在本村的几户杂姓人，他们被通知来到这儿，一是聆听三个月一次的孙氏族规和既定家训，二是看族长泮池爷当着所有各位孙姓花户的面，对翠花和孙治兴行使族律家法。院子里人虽多可没有一人高声说话，大家按顺序一个个坐在早已摆放停当的长条凳上，静静地等待仪式的进行。妇女们都把孩子紧紧地揽在怀里，不让他们乱跑嬉戏。祠堂大殿前厢房两旁，各站着六个年轻力壮的族丁，一个个端端正正，目不斜视。滴水檐下的供桌上，一边一支棒槌粗的蜡烛，蜡烛上的火苗忽闪跳跃，蜡烛之间的香炉内刚刚点着的檀香冒着青烟。族长泮池爷头戴六合一统黑缎瓜皮帽，帽子正中深绿色的玉饰熠熠发光，他穿着只有祭祖时才穿的玄色丝袍，外罩起着福字团花的古铜色闪缎马褂，黑色冲服呢双梁千层底布鞋。他长须垂胸面色凝重，一语不发。作为祠堂聚会会场司仪的孙正为——一个四十多岁留着黑胡须身着长袍马褂的中年人，上前整顿好秩序说了几句话之后，领着所有的人先祭拜祖先，三拜九叩上罢香之后，他双手捧着一本《骊邑孙姓族规族法》，递到了泮池爷的手中。泮池爷向大家凝视了片刻，缓步走上台阶，左腮上的一块肌肉动了一下，清了清嗓子说道："各位孙姓子弟儿女，今天把大家召集在这儿，为的是整顿一下我孙姓的家规家风。在这里，大家先聆听一段《族规祖训》。"他的声音不急不缓，铿锵有力。这时，一个族丁把老花镜递到了泮池爷的手中，泮池爷颤颤巍巍地戴上眼镜翻开族法书念道："《易》曰：蒙以养正圣功也，凡子弟无论智愚贤否，均当以读书为上。即或赋质不齐，亦须为之谋成，立慎择术，以为久远计。断不可溺于姑息，听其放浪形骸。盖人惟年幼，每令人怜，偶有过失，恒以无知恕之。不知中人之性成败无常，若不预加防微，则骄奢淫逸，鲜有不为俗所染者，其致寡廉鲜耻、无所不为，不大贻祖父羞哉！须知水随器而方圆，影视形而曲直。有父兄之责者，可不慎欤……"

念完《族规祖训》之后，泮池爷这才抬起头沉痛地说："我孙泮池身为族长，无德无能，上对不起祖宗，下对不起族人，身负重任，未能尽职尽责教化孙姓后人，致使南孙堡出现一宗乱伦淫荡之事，今日实难启齿。还有的忤逆不孝、吃烟耍钱、做贼上盗，本人身为族长，没有管好他们，实在愧对祖宗呀！"说到这儿，泮池爷的声音哽咽了，不说话了，只见他缓缓地脱下了自己身上的长袍马褂。在场的人开始骚动开始议论了，他们不知泮池爷要干什么。负责管理会场的孙正为连忙走到泮池爷跟前扶着他问："老族长，三爷，您要干什么？"泮池爷老泪纵横，激动地说："我，我没有当好这个族长，我要在祖宗面前受罚呀！"说罢，他取过摆放在台阶上的一把酸枣刺，递到孙正为手里说："你负责祭祀处罚，先打我，然后才能惩罚他们。"说着艰难地跪倒，脊背朝天趴在地上大声命令孙正为说："正为，打呀——"

　　在场的老老少少这才明白了泮池爷的举动，大家哗然了。这时，人群中有几个老者走上来要扶起泮池爷，他们被泮池爷的行为感动了。其中一位六十岁左右，头上包着粗布头巾，扎着腰带，衣裤缀满补丁，头发胡子花白的长者扶住泮池爷的肩膀，哽咽着说："老族长，不能，你不能！怎么能打你呀？要打就先打那两个狗男女！"说罢他回过头对大家说："大家说对不对呀？"院子里沸腾了，在场的人无不感动，齐声叫着喊着："打！打！驴日的羞先人哩，把驴日的皮剥了！"泮池爷似乎也激动了，他甩开那几个老人伸过来的手，双眼含着泪花声音颤抖着命令孙正为说："正为，你这是替祖宗行刑呀，不要顾虑那么多，打呀！"孙正为最了解泮池爷的秉性，他劝那几个老者离开。可那几个老者就是不走，一个个"扑通扑通"，齐整整与泮池爷跪在一起，说："老族长，这只能怨世道，不能怪你呀！要说咱哥儿几个都有责任呀！好吧，要罚，咱们哥儿几个都该受罚，孙正为，施家法吧！"泮池爷回过头，他把几个长者揽在怀里，忍不住放声大哭说："老哥哥呀——我的老哥哥呀——兄弟的心，只有你们才知道呀！"几个老者抱在一起，放声哭在了一起。泮池爷忽然一口气没缓上来，闭住了气晕过去了。一时间，孙家祠堂的大院里乱了场面，呼叫的呼叫，掐人中的掐人中，有个懂些救治的老妇人取下衣襟上的缝衣针，上前照着人中穴位就扎……

　　孙家祠堂一下子乱了套……

　　本来，按照泮池爷的安排，按照祖宗的家法，把孙治兴在祠堂好好地整治一顿，叫他当着众人检讨悔过，画押签字不再与那婆娘来往，再罚些钱款了事。至于那个寡妇翠花，叫几个妇人将她除去外衣，用酸枣刺打上一顿，择个去处嫁了出去也就毕了。可泮池爷这么一晕过去，几个长者又要惩罚自己，一时群情激奋，大家把所有怨恨都发泄在了寡妇和银匠身上。几个愣头青气愤不过，把早已绑在远处的寡妇翠花和银匠孙治兴拉了过来。

孙治兴开始还不服。有个小伙子一脚踢在他的膝盖窝，踢得他跪在地上，大家群情激奋，叫着骂着，拳头耳光雨点般地落下，孙治兴被打得鼻口流血。寡妇翠花也被一群婆娘压在地上，她们口中骂着"母狗娼妇、淫货贱人"，手里用枣刺条抽打。就在这时，寡妇翠花的小叔子秤锤站在一旁，他想起死去的哥哥，又想起了翠花的不贞，想打嫂子翠花，下不了手，气得他脸上红一阵白一阵，浑身颤抖。这时那个被翠花骂过的嫂子说话了："你这个没血性的东西，还在那儿看啥？还不打狗日的。"那秤锤没有去打嫂嫂，气愤不过，把一腔的怨气都发泄到了银匠孙治兴身上。他一激动，不知从哪里取出了一把匕首，上前分开众人，恨恨地说："叫你胡跑胡钻，叫你胡钻！"只是两下，就挑断了孙治兴脚后跟上的懒筋，孙治兴惨叫了几声后躺在那儿不动了……

直到第二天中午泮池爷才清醒。当他从孙正为的口中得知秤锤割断了银匠的脚上懒筋之事，他的手在炕沿上捶了一下说："不得了，这一下坏了！银匠虽然可恶，可犯的是奸淫乱伦之罪，没犯死罪呀！正为呀，你和孙满当时都在场，咋就不制止嘛！这事出在孙家祠堂，作为族长，我浑身是嘴都说不清。这可咋办呀？"泮池爷心中不安，胡须颤抖着，不无埋怨地望着孙正为。孙正为见泮池爷心中不悦，也知道这里边有自己的责任，吓得站在那儿一语不发。孙满嗫嗫嚅嚅地解释说："您老一晕倒，我们都吓昏了，祠堂院子就乱了场面，正为和大家忙着救您，谁知就出了那事。"泮池爷叹息了好久说："唉！现如今怨谁也没用，事出来也无法挽回，只能就事论事，只能这样了。唉，银匠好了还能做银活度日，这秤锤意气用事捅了个'活人命'，卖了家当也赔不起人家呀！"

银匠被挑断了脚懒筋成了瘫子，他把秤锤告到了县府，县府问明了情由，判秤锤支付银匠医疗费用三十块大洋，另外再赔偿银匠十石小麦。秤锤支付了一些医疗费用，给银匠灌了三四石小麦之后再也不闻不问了。那瘫子思思量量觉得气不顺，叫人将其背到泮池爷家门前装死狗、耍无赖，鼻一把泪一把，躺在地上不走。孙满和一帮伙计气愤不过，要教训教训这家伙，被泮池爷制止了。他知道找秤锤没用，秤锤家穷不给也没啥给，就叫孙满灌了小麦套车将其送到县里。哪知瘫子见软处好挖土，隔上几个月就来一次，泮池爷就叫再给拿些粮食，好像泮池爷欠他的，要养活着他一家，几年来似乎成了规矩。孙满气愤不过，好几次都想叫人暗地里把瘫子"做了"，可这个想法不知咋的传到了泮池爷的耳朵，他把孙满叫到跟前说了好久，临了嘱咐说："千万不可胡来，他如今已成了个废人，这就是老天爷对他的惩罚。咱出些粮食，也是老天爷对咱的警示。谁的罪谁受，最公平不过了，这还有啥说的？你有那个想法都是罪过，再不能犯错！记准了，举头三尺有神明，他就是再胡闹，咱也不能做那些不仁不义的事，这是为人处世的原则。他来就来，无非是给些粮食嘛，他家就那几口人，我不信他把咱能吃穷了！"

# 二十二

泮池爷的故事，三天三夜也说不完。他祖父道光年间曾做过山西临汾县令，一个叔父还做过耀州同知，是官宦人家出身，也是骊邑西乡一带的大户人家。泮池爷自小就聪明过人喜好读书，四五岁时就能背诵《三字经》和《千字文》，并开始临帖习字。八九岁时他的字就已经写得像模像样了，且能把唐诗宋词倒背如流。开始他在骊邑县学习，到了十二岁，父亲将他送到三原宏道书院就读。十四岁时回乡参加三年一次的童子试，头一次就考了个案首。参加考试的考生很多，不少人已经过了而立之年，参加过多次会考，还未取得秀才资格，他们做梦都想取个功名。大家见一个只有十四岁的娃娃取了案首，心中不服，再一打探，这娃娃是个富户人家的子弟，还有官宦背景，怀疑其买通了考官。在一个姓侯的考生撺掇下，几十个考生联名写了一纸诉状，把主持考试的骊邑县令告到了西安府。

西安府接了诉状不敢怠慢，原因是：自清代雍正以来，各代皇帝对科考和知识分子极为重视，唯恐考官们受贿舞弊引起知识界对现实的不满。

当年雍正皇帝曾因科场舞弊腰斩俞鸿图就是一例。乾隆皇帝也曾下过一道圣旨，凡是各地考生闹事，首先追究的就是当地主政官员。西安府将此事报知了陕西督抚衙门备案，督抚衙门抽调了几位闲住的候补官员和几位师爷来到骊邑县，拿出了孙泮池的试卷和其他试卷详细研读观阅对比。他们见孙泮池的试卷字迹娟秀，文理清晰，举例充分确凿，论证见解精辟，果然写得不错。所有参与审理此案的官员师爷，一一将试卷传阅完毕，都说不错，没有一个人提出异议。

骊邑县令这才放心了。他把大家请到华清宫东面一家名叫东花园的酒楼议论此事，茶上来之后，拱了拱手说："诸位来骊邑一次都不容易，穷乡僻壤招待多有不周，还望包涵。今天下官在这儿请客，一来坐在这儿能观赏到骊山的石瓮飞瀑、秀岭翠色，二来把这件事也做个结论，为在下说个公道话。"其中一个四十多岁、眯缝眼、留着山羊胡，老是一脸笑容的潼关同知端起茶杯抿了一口，笑了笑说："在下先给大家说个故事，再谈我的看法如何？"在座的都说好。那同知说道，记得去年一天他饭罢无事在西安东大街闲逛，走到东门口时，远远望见一个人一边拍手一边唾沫星乱溅高声吆喝着："快来看，快来看！人头狗，人头狗，三个钱一看，三个钱一看……"他抬头看时，见那人跟前有一个用芦席围成的不大的席棚，旁边有一个入口，入口前站着个人，跟前放着个木盒子在收钱。好些人为看稀奇，往盒子里扔下三个麻钱，进去了一会儿又出来了，出出进进，络绎不绝。那些走出来的人，有的笑着，有的嘟囔着，也不知说的什么。他自己好奇心切，也扔了三个麻钱，进去一看，连呼"上当"。什么人头狗，原是将一张狗皮筒在一个小孩子的身上，把小孩的脑袋露在外面，取名人头狗哄着骗钱哩。那同知笑了笑说："如今社会人心不古，泥沙俱下，什么稀奇古怪的玩意儿都有，咱还是把那姓孙的娃娃叫来，面试一下，把咱的手洗干净了为好，出了事谁能担当得起？"在座的都说，对对对，应该这样，应该这样。

小泮池到底是个孩子，压根儿没把这次考试当回事，令人羡慕的案首似乎和他一点儿关系都没有，做完了功课之后照常玩耍。那天，小泮池正和几个孩子在院子里支着筛子捕麻雀。当父母亲把他拉回去洗手洗脸急急火火换衣服时，他才知道县上来了帖子，让他速去东花园面试。他父亲叫伙计套上轿车，摇摇晃晃足足走了一个时辰，才来到了东花园酒楼。

饭罢，几位官员和师爷正坐在那儿喝茶闲聊，见一个孩子怯生生地走了进来。大家举目一看，这孩子清清瘦瘦，满脸稚气，头戴一顶黑色红顶的小瓜皮帽，身穿雪青色起着暗花的袍子，外罩一件紫色镶着淡黄色边子的提花马甲。可能是他父母着急间疏忽了，忘了换鞋，还穿的是刚才玩耍时的千层鞋，上面满是泥巴。大家见这个娃娃眼睛忽闪忽闪环视着周围，好像在猜测什么，不禁笑了。骊邑县令首先说了话："你可是孙泮池？"孩子点点头说："就是。"县令说："孙泮池，按说今天见了在座的各位都得跪拜行礼，今年童子试你考了案首，你就是秀才了，下跪也就免了。今日把你传来，本官当着这么多老爷问你，今年参加童子试的考卷是你做的还是请人代笔的？要如实回答，不得有丝毫隐瞒。"那孩子忽然笑了，说："这么远把我叫来就为问这事？考试的卷子全是我自己写的，叫人代笔，岂不羞死人了！那考间就我一个人，谁能进来？"

县令听罢提高了声音说："问你有无代笔替考，哪来的这么多闲话……"待他还要说什么，一个胖乎乎的官员伸手止住了他说："看来这娃娃说的是实话，问他也没有用，要知晓他的学业水准，咱不妨出几道题当面考考他，如何？在诸位当面恐怕不会有人代他回答吧？"大家一听都说这最公正。一个曾做过潼关县同知的官员跃跃欲试首先发了话说："小子，不说了，咱们对句如何？我说出上句，你对下句好了。"小泮池忽闪了一下眼睛说："对句？行，那你说吧。"那同知捻着胡须想了一会儿说："凤落梧桐梧落凤。"小泮池立即答道："珠联璧合璧联珠。"一位师爷深深地吸了口气说："这下句我好像在哪儿听过，不行，换一句。"然而，小泮池并不在意，只见他皱了皱眉思忖了一下说："舟随浪潮浪随舟，如何？"

"高高下下树，叮叮咚咚泉。对吧。"那同知脱口而出。小泮池笑了笑说："老爷，这个对联是杭州九曲十八涧路亭上的对联，是现成的，下联是：重重叠叠山，曲曲环环路。对吧？"

那同知才要再说，一位抽着水烟的师爷觉得小瞧了这娃娃，忍不住挥了挥手说："行了行了！那太简单了，听我的。栀子牵牛耕熟地，听准了没？我这个联句中可都是中草药的名字，你的对句也必须是中草药。"小泮池皱着眉挠着脑袋思忖了一下说："有了！将军打马过常山，行不？"

"白头翁，持大蓟，跨海马，与乌贼草蔻战百合，旋复回朝，不愧将军国老。"

这个上联有点绕口，在字词要求上也有些难度，小泮池上前一步作了个揖问说："大人，'将军'是大黄，这我知道，敢问'国老'是哪样药材?"那师爷笑说:"国老乃甘草的别称。"小泮池"喔"了一声之后皱起眉头右手把辫梢捻了好大一会儿,忽然眼睛一亮说:"红娘子,插金簪,戴银花,比牡丹芍药胜五倍,苁蓉出阁,宛若云母天仙。如何?"

在座的都是些文人,不禁一片哗然,对小泮池的即情应对甚觉有趣,从心底叹服这个小子果然才思敏捷。这时,面试就变成了一个文字游戏。骊邑县县令说:"听说这娃娃六岁就能通背《笠翁对韵》和《声律启蒙》,十一二岁把唐诗宋词都读精了,这样考他不行。"这时,一个修身美髯五十岁左右的官员,也是这次审查组的主管,他半晌一语不发,这时说话了:"我观了这娃娃的相貌和言行举止,他不是一般小孩,方才又听了他对的句子,在下认为你们这样试他考他,弄不好反叫他把咱们给考了。是这,在下今天出一个难一点儿的题考考他的文才功底,如何?"一个师爷问说:"如何个难法?"

那主管思忖了一下说:"既然有司将此事托付给咱几个审查了解,咱们就得认真负责,一丝不苟,经得起上司的审查。骊邑县令也说了,这娃娃熟读唐诗宋词,咱就来一个'揣唐摹宋'。咱就说李白、杜甫、贺知章、贾岛、韩愈、苏轼几个古人千百年之后,从天堂又回到了长安旧地重游,这些文学巨匠聚在一起饮酒吟诗,感叹沧海桑田之变化,时光流逝之仓促,他们根据各自的心态抒发情怀。既然说这娃娃精通唐诗宋词,咱便令其模仿那些名家的诗词风格和性情特点作几首诗,令其在诗作中透出各位古人名家的影子,如何?有一点点都行!"在座的有的颔首,有的摇头,有的觉得这有点儿故意刁难的味道,说就是叫在座的动笔,恐怕也很难完成。不过大家都觉得主管既然说了这话,也费了一番心思,还想看看小泮池的才思究竟如何,也没人提出异议。骊邑县令为了自己的清白,更想让小泮池在这儿出出风头,就一锤定音说:"好,就这样办!"于是,那主管就叫骊邑县令准备笔墨纸砚,他把自己的要求和想法详细地告诉了小泮池,令其依照六个古人的诗词风格和特点作出几首律诗来。这时来人说饭菜成了,于是他们把小泮池安排在一个小房间作诗,让他一个时辰后交卷。

哪知吃罢饭,大家刚刚落座,小泮池就拿着作好的诗进来了。骊邑县令一看,不由得惊奇地睁大了眼睛,只见整整七首律诗早已完成,娟秀整齐的蝇头小楷跃然纸上:

### 揣唐摹宋诗（李白）

八百年前旧酒楼，鸟啼花落又生愁。
人间有日桑田变，天上无声河汉流。
蜀道万山风雨夏，夜郎一月古今秋。
茫然犹忆长安肆，醉倒谁家白玉瓯！

### 揣唐摹宋诗（王维）

青青芹韭两三畦，小雨初晴沙净泥。
花落疑是蝶醉舞，柳眠不住晓莺啼。
人家隔水遥闻犬，坞里炊烟午唱鸡。
贪看好风南苑转，一时行到小桥西。

### 揣唐摹宋诗（贾岛）

长安道上暮秋初，万树斜阳木叶疏。
人叹清官骑瘦马，我当和尚跨跛驴。
已闻铸像真身化，犹记焚诗每岁除。
却为"推敲"一个字，老衲几犯大夫舆。

### 揣唐摹宋诗（贺知章）

风卷杨花不肯屯，春风骑马入青门。
此生未减疏狂病，再世还留落泊魂。
空有文章传亘古，更无面目到如今。
会当重把诗肠洗，吸尽长江一口喷！

### 揣唐摹宋诗（苏轼）

杜鹃啼起故乡愁，蜀客西风又下楼。
两赋到今传赤壁，一官投老谪黄州。
文章死后凭谁护，山水生前任我游。
多少踪迹旧亭院，乱蝉高柳暮天秋。

## 揣唐摹宋诗（韩愈）

自古长安是帝乡，御沟柳色近荒凉。
已惭诗得江山助，敢说文争日月光。
佛骨竟从天竺迓，臣身直会藏潮阳。
蓝关秦岭今犹在，暮雪朝云意转茫。

## 揣唐摹宋诗（杜甫）

五月南风大麦屯，奉先曾宿小西门。
一生未种三生福，万死谁招九死魂。
旧种菊花枝冷落，新醅竹叶酒温存。
穷愁今古消难尽，下笔浑是墨使喷！

　　骊邑县令把小泮池的诗从头至尾看了一遍，连呼："天呐！真是少见！"他一边把诗笺往主管手里递一边说："大人看看，这娃娃不得了！"那主管是老花眼，他用左手接过诗笺往远处移了移，右手捻着胡须，刚读了几句，他捻胡须的手就停住了。他惊奇地抬起头把小泮池从头至脚看了一番说："若果真是他写的，这娃娃简直就是个神童呀！服了，服了。"他站起来拿着诗笺遍视在座的各位，接着又说，"别说娃娃这次童试是骊邑县的案首，就是当了这个陕西的案首也不奇怪。"一会儿，大家议论纷纷，齐声称赞，有的还悄悄地说，只是熟读唐诗，没有体会揣摩，没有对那些古人诗作风格深入细致的了解钻研是不会写出来的，就是在座的各位也不一定能写出这样的诗句。有一位看完小泮池的诗作之后，赞叹之余，还有些激动，用指头点着诗笺说："把孙泮池在这次面试过程中的对句过程及内容，还有这些诗作张榜公布贴到街上，叫那些不服的人看看，别说他们写不出来，他爷来了依然写不出来。"

　　待大家静下来之后，那个主管说道："骊邑县孙泮池取得案首一案，大家都知悉清楚了，在下看今日就写出结论，连同这份诗笺一同呈交督抚衙门。如果在座的没有异议的话此事就到此完结，大家喝茶聊天吧。"话刚落点，这位谨言慎语的主管又加了几句："大家等着看吧，几年之后，这个孙泮池在科场一定会一鸣惊人，取得品级之后定会官场得意。"

# 二十三

后来，还真应了那位主管的话，泮池爷后来果然金榜题名做了官，可是他在官场并不得意，反倒是处处碰壁，最后终于遭人陷害不得已辞官，赋闲在家。

光绪二十一年，泮池爷参加科考，乡试中考得二甲第三十二名，皇上殿试赐进士出身。报录人骑着快马报至骊邑县府。这是骊邑县近二十年来没有的事，泮池爷为西安府和骊邑县挣回了面子。骊邑县正堂何家祯好不风光，他差人敲锣打鼓来到南孙堡，举乡沸腾。那几天，南孙堡像过庙会，大戏楼上一连唱了好几天大戏，泮池爷家搭棚结彩，摆了三天的流水席。无论远近亲疏、贫富贵贱，不管谁来了都可入席吃饭。这可好了那些四处流浪的乞丐，他们不知从哪儿得到的消息，都来到南孙堡，吃饱饭看戏，或者躺在村外阳坡上晒暖暖，到了饭时再去坐席。何家祯还制作了黑底金字的牌匾，亲书"进士及第"四个大字，敲锣打鼓送来，如今还挂在泮池爷家。

泮池爷被授予正七品官衔，按当时的规矩凡在吏部候选待职，吏部根据职位、资格、班次每月抽签一次发至某省听候委用，但也有个潜规则，可出钱免于抽签，自行指定到某处候任。泮池爷不懂这个也不愿意使钱，一直候了两年。到了第三年，吏部将一纸公文发到骊邑县，泮池爷被放为甘肃省平凉府龙德县正堂。

泮池爷当年只有二十四五岁，血气方刚，一心想在事业上有所作为。龙德县处在陇山腹地，地方苦寒贫瘠，一些没吃没穿的山民常啸聚山林劫持过往客商。泮池爷家里不放心，安排了孙满、孙盈和一个厨子随他而行。这孙满、孙盈是泮池爷家的伙计，孙满力大无比，忠诚可靠；孙盈精明能干，勇武过人。他们收拾好了公文包裹和盘费，套了一辆骡车，孙满在前赶车，孙盈骑了头骡子跟在后面，一行四人就上了路。一开始从咸阳到礼泉道路还较平坦，过了邠州就开始上塬，上了塬之后，一坡黄土，满目荒凉，只能看见路旁草丛中狐兔乱窜，蓝天上鹞鹰盘旋，连一个人影都瞧不见。又走了几天，气温明显下降。过了邠州就是长武，下了长武塬，才进了甘肃境内的泾河川。他们这才发觉，这儿和陕西关中有着天壤之别。关中的原野一片翠绿，而这里，黄土裸露、草木稀少，似乎没有一丝绿色，而且愈行愈甚。半个月之后，一行人终于来到了平凉府。

　　在平凉府，孙泮池拿着公文拜见了平凉府尹庞殿楹。庞殿楹是陕西韩城人，一个厚德饱学之士，为官清廉，在百姓中口碑极好。他对官场的尔虞我诈深恶痛绝，几次借病陈请辞职。照惯例，新任官员凡到一处，上司要为其举行个接风宴，一者了解新来官员为人处世的风格，二是介绍一下当地的风土人情、人文历史及应该注意的事项。庞大人尚节俭，这晚，他只叫厨子弄了几个菜，在家请泮池爷吃了个便饭，喝的是当地产的糜子酒。他见孙泮池英姿勃勃，气质不凡，待人接物有礼有节，稳重而内敛，对其颇有好感。再加上又是陕西的乡党，便想帮助于他，就告诉他说："按官场礼仪，虽然你比我年轻许多，但我得称你为孙大人，可今日，我称你为'年轻人'，你不介意吧？"孙泮池见庞大人把他当自己人对待，很是高兴，红着脸连忙站起来边作揖边说："庞大人，哪能呢，哪能呢？无论您老的年龄还是资历，做在下的长辈都是绰绰有余的，何况在下本就是个年轻后生嘛！"庞大人示意他坐下说话，接着说道："从你的言谈之中，我发现你学问不错，文章通达，且一心想为朝廷出力，干一番事业，你唯一欠缺的是在官场和社会上的历练。按说做官的宗旨就是'为官一任造福一方'，干任何事情都得老老实实为百姓着想，兢兢业业为朝廷出力。可实际官场上并不是一般人想象的那么容易，官场上啥人都有，这其中有君子也有小人。尽管你一心奉公做的是对百姓有益的事，可不一定会得到支持和赞许，甚至有可能遭到有些人的猜忌和报复。任何事情都有可能发生，这些事情是不以人的主观愿望为转移的，'如履薄冰如临深渊'，说的就是如今的官场。本官见你雄心勃勃、胸怀高远，大有干一番事业的志向，才决意与你谈谈。你且说说，你准备怎样做好这个县令？"

　　孙泮池站起来给庞大人施了个礼说："庞大人，孔圣人说过'君子坦荡荡，小人长戚戚'，君子怀德，小人怀土，君子怀刑，小人怀惠'。清者自清，浊者自浊。朝廷令吾辈到一个地方为官，这是赋予吾辈的重任，也是对吾辈的信任。在下认为，做官只要胸怀坦荡，心中装着老百姓，能做到武将不怕死、文官不爱钱，我想这样总是不会错的吧？在家时我已想过了，在下到任做官只把握住两条：一是义安百姓，寒有衣饥有食；二是绥靖地方治安，刁棍恶霸无论穷富贵贱犯事罹法到了在下手里只是个死，有这两条百姓还造反？再者，一定要严于律己，把握好自己，做人就得做君子。我也知道君子和小人乃一念之差，执性修德者即为君子，贪利乱性者就是小人，生而为圣贤者能有几人呢？只要自己能执性修德、不贪利乱性，我想是不会错的。"

庞殿楹抬眼望了望孙泮池，叹了口气说："你的话我明白了，你是说只要自己有一腔热情，严于律己，不贪不腐为国尽力，那就一定会把事办好。唉！你把当官也看得太容易了。"他叹了口气接着说，"现实与你想的恰恰相反，平头百姓朴实善良最是好管，而给你使绊掣肘的却往往是你的同僚和手下。这些，本官我就深有体会。当好一个地方官真不容易呀！"说到这儿庞殿楹停住了，他觉得对一个不太熟悉的人似乎说得有点儿多，他笑了笑说："话只能说到这儿，对于你我也就了解了大半。不过我要告诉你，你可记好了，龙德县处于陇山之中，是天下穷县，乃苦寒贫瘠之地，又是一个回汉杂居的地方，百姓的生活清苦和贫困绝非关中可比。那里的人性情刁野、尚武轻生，为了生存，为了活命，为了一丝一毫的利益，啥事都敢做！再说，衙门里的吏卒衙役，手下的地方豪绅，都不好对付，纵是你心怀坦荡，廉洁务实，手下人却不一定那样，借你之名敲诈百姓也是常有的事。到那儿之后你一定要审时度势，好自为之。再者，从去年三月到现在，陇山那边滴雨未落，龙德县又是重灾区，百姓们度日如年、嗷嗷待哺。年初，赈灾粮款已拨了下去，你到了那儿首一件事便是赈济灾民……"这天晚上，他们两个谈了好久好久。

在平凉府住了五天，泮池爷起程上任了。按当年的规矩，上任的官员一般不是骑马就是坐轿，可从平凉府到龙德县全是崇山峻岭，他们只好在当地雇了几头毛驴，泮池爷骑了一头，另几头毛驴驮着东西，其余的人步行。庞大人为了能使孙泮池顺利到任，委派一位同知带着几个精干的衙役陪同前去。一番准备后，泮池爷一行告别了庞大人离开平凉。

他们一行七八个人，白天赶路，晚上住在驿站。沿途黄沙漫漫，稍一起风便黄尘蔽日，无一丝绿意。逃荒要饭的百姓背着毡片、挂着木棍，扶老携幼，络绎不绝，一个个衣不蔽体蓬头垢面，看着让人心酸。泮池爷叫孙盈问了问，大都是龙德县的，他心中不禁一震，半天低头不语。一行人在崎岖的山路上经过整整四天的跋涉，终于翻过了东陇山，来到了龙德县境内。

庞大人在他们尚未动身前，就把泮池爷即将到任的公文送到了龙德县衙。龙德县前任县令三年前已因病去世。只因这里穷山恶水、干旱少雨，加上回汉械斗，盗贼太多，百姓太苦，在这儿做官难，没人愿意递补，近年来龙德县的一切行政事务暂由一个县丞代理。

那县丞是当地人，名叫薛善。自代理了龙德县令之后，想方设法搜刮百姓，巧立名目为自己捞钱。一听说新任县令到任，连忙安排了一下，带着县府衙役、地方乡绅，还有好些百姓，出城迎接。

按照规矩，泮池爷快到龙德县城时，就在驿站换了官服。他头戴红缨帽，拖着一根蓝孔雀花翎，项挂深紫色檀香朝珠，身穿崭新的深蓝五蟒鹓鸂补服，足登黑冲服呢白底朝靴。他没有骑驴，和大家一块儿边走边观察这儿的自然环境。穿过了几道沟，走过了几道岭，远远地望见龙德县城门，城门前面还扎了个松柏牌楼。快到牌楼时，只见好多人迎了过来，随着几声火铳响过之后，后面的锣鼓队立马就敲响了，唢呐也吹了起来。一个四十多岁身着一身八品补服的人带着几个随从走上前来纳头就拜，并自报家门说他就是代理县令八品县丞薛善，口称"孙大人莅临有失远迎"。随行的那位同知宣读完圣旨之后，泮池爷把他们一一扶了起来。泮池爷没多说话，几步走到旁边一群衣衫褴褛的百姓跟前，握住一位花白胡子、身上裹着破毡的老人的手，反复看了又看，在场的人立时鸦雀无声。

"老人家！"泮池爷庄重地说，"我奉命来贵县任职，一是要安抚好这儿的百姓，清理一下这儿的粮款税收，以便发展生产，叫百姓有吃有喝安居乐业；再就是清理龙德县近年的积案，教化此地的百姓。"他转过头，看了看前来迎接的那几个人说："人说新官到任三把火，我要查一查近几年来龙德县的收入和支出，还要看看今年朝廷放赈救灾的五百石黄米是否真正吃到了老百姓的口里，查一查各地有没有让百姓受屈受冤的事……"他的话还没说完，围观的百姓已是雷鸣般欢呼鼓掌，泮池爷的脸涨红了，他连忙抱拳连连作揖，继而又微笑着说，"我孙泮池不耐热闹，方才说的本是分内的事，现在大礼已成，请各位父老、各位乡绅自便，我到县衙和薛县丞还有要事商量。"说罢一挥手抓住薛善的手就朝县城那边走去。

薛善忙说："孙大人，天大的事也不在这一时，有好多百姓都想瞻仰新知县的风采，依我说咱不要冷了百姓们一片仰慕爱戴的心。"泮池爷说："兄弟初来乍到，受到这样的欢迎爱戴，无功而受禄，我心里不安呀！"薛善笑着说："既是这样，接官厅那边还预备了接风宴，孙大人一路辛苦鞍马劳顿，为大人洗洗尘总是应该的，免得大家失望。"泮池爷笑说："我不吃宴，就失了官望；我不招摇显摆，就冷了百姓的心。你们这里的风俗真有意思。"说着，他回头告诉随从说："在县城随便哪家饭馆买点儿吃的就成。"薛善和身旁的师爷相互看了一眼没再坚持，回头对大家说："所有吏员立即先回，各自归衙照常办差。"

第二天，泮池爷同平凉府委派的同知正式从薛善的手中接管了龙德县的一应事务，一连三天他没有说话也没有做任何事。他听说舍饭的粥棚设在城隍庙前的大场子里，在第四天，穿了便服来到舍饭的场地。

城隍庙的大场子用芦席搭了一溜子粥棚，棚下支了四五口大锅，许多面黄肌瘦衣着褴褛的饥民携儿带女在那儿等饭，他们有躺着的，有坐着的，还有十多个远路而来的饥民手持饭碗怯生生地朝饭锅跟前靠拢，指望得到点儿什么。一个维持秩序的棚丁手里拿着鞭子，一边把那几个人往远处赶一边斥责道："站远站远！早饭已过午饭未到，吃舍饭咋不来早，往这儿挤啥？"那几个人朝后退去。这时一个瘦得皮包骨头的妇人拉着个七八岁的孩子走了过来，那孩子面色发青，两眼深陷，手里端着个小木碗，眼巴巴地望着饭锅，妇人哭着对那棚丁说："老爷，听说城隍庙舍饭，我娘儿俩赶了五十里山路来了，您老行行好，看里面有刷锅剩下的米粒，给我娃弄上些，我和娃娃三天没见过米面了。"那棚丁不耐烦地说："走走走，走远！有吃的谁能到这儿来？过两个时辰再来打饭！"那妇人搂着娃娃嘤嘤地哭着说："我怕到时我娘儿俩身单力薄挤不到跟前。"泮池爷看到这一幕，不由得心中一阵酸楚，他转过身对孙满说："把那妇人领到府衙，我要问话。"

那妇人和孩子来到府衙，泮池爷叫孙盈去问灶房还有吃的没有。孙盈过来说饭没有了，昨天吃剩的煎饼还有几张，还有些剩菜。泮池爷叫他赶紧拿来。孙满把煎饼刚端上来，那娃娃真的饿极了，什么也不顾，一把就抓了三张煎饼折叠在一起，张口就咬。可能是吞得过多的缘故，那煎饼在嘴里回转不开，把娃娃的小脸憋得煞白。泮池爷见状，心中一阵难过，忙上前一边拍着孩子的肩背一边说："别急，别急，小心噎着，还有的，还有的。"他又叫人端来开水，看着母子俩吃着煎饼，还叮嘱那母子俩说："记住，饿极了不能多吃，吃多了会伤人的。别怕，走时给你们再带些。"

看着母子两个吃饱了，孙盈指着泮池爷对那妇人说："你知道叫你母子俩吃饭的是谁？他就是新到任的知县孙大人。"那妇人听后，吓得连忙拉着孩子跪倒在地磕头不止，说："民妇饿昏了头，不知是孙大人，还望大人饶恕。"泮池爷扶起那妇人说："起来起来，不知不为怪，何况你们母子又饿成了这个样子。快起快起，我还要问些乡间的事情。"随后泮池爷就向那妇人详细地了解了当地的乡村状况，并从那妇人的口中知道了龙德县县丞薛善开设粥棚赈济百姓，仅仅只做了个样子，粥棚开了不到三天就关闭了。薛善的妻弟主管赈济事宜，他克扣救灾钱粮，高价倒卖救灾粮物，龙德县的百姓怨声载道，敢怒而不敢言。

自去年春上至今将近一年，甘肃陇山左右域滴雨未落，庄稼颗粒无收，龙德县处于陇山腹地，灾情十分严重。平凉府将灾情上报陕甘总督衙门，总督衙门又上报朝廷。朝廷一道旨意，从甘肃未遭灾的府县和陕西那边急调了八千石谷物救灾，给龙德县分配黄米（糜子米）五百石。平凉府采用以工代赈的方式，召集灾区各县灾民从邠州长武一带，顺着泾河车拉船载、人背驴驮，把五百石黄米运到了龙德。哪知龙德县主管薛善把这些视为私有财物，自以为自己舅舅是甘肃巡抚的亲信，胆大妄为，把二百石黄米卖了高价，一百五十石放在库中，只在几个乡镇用一百五十石赈济百姓。主管赈济的是薛善的妻弟，他的妻弟又从中挖窖掏瓢，盗取黄米。还有那管舍粥棚的棚丁、管伙的大师傅又吃又拿从中窃取，老百姓只能喝些带着沙粒的清汤。就这，才舍了不到十天的粥。龙德县大量的百姓离乡背井，逃荒讨饭，留在家中的大都是老弱病残。有些积蓄的庄户也早被强人抢光了。他们吃绝了草根，剥光了树皮，吃完了牛羊和鸡犬，还是饿死无数。这次粥棚舍饭，薛善不过是做做样子给新到任的知县看的。

泮池爷听后不禁为之一震，心说，怪不得没人来这儿做官，怪不得庞知府告诉他说好官难做！可泮池爷毕竟是一个饱读经史、满腔热血的年轻人，自小就有一种"为官一任造福一方"的志气，他要为朝廷做事，他下决心要为这些穷苦百姓们做主。泮池爷叫人给那妇人灌了一斗黄米，给了些零钱打发他们母子走后，他坐在那儿盯着屋顶一言不发，这一夜泮池爷失眠了……

# 二十四

　　第二天一早起来，泮池爷就叫人把薛善的妻弟——主管全县赈济的那人叫来，说是要一同去粥棚看看。他们一道来到了城隍庙前的舍饭场，抬眼望时，场子里里外外早已聚满了饥肠辘辘的百姓。那些赶来吃舍饭的一个个灰头土脸、面带菜色，穿着脏兮兮破烂不堪的衣服。他们三个一群五个一伙，有坐的、有躺的，有的跟前放个带着豁口的碗，有的端着葫芦瓢，筷子就是两根小树枝，挨挨挤挤，娘哭娃喊，眼巴巴地等着开棚舍饭。泮池爷一行来到粥棚，见灶底已架起了火，几口大铁锅已热气蒸腾。一个头目模样的人正在指挥棚丁维持秩序，见泮池爷一身官服带着衙役走了过来，故意高声喊道："粥棚的执事们听着！今天县老爷驾到，都把眼睛长上！水烧开，米下足，把饭熬好，叫咱乡党们吃好了——"在场的人听了，都把目光移了过来，看着这位新来的县太爷。

　　泮池爷没有答话，低头进了粥棚，来到堆放黄米的麻袋旁伸手抓了一把仔细看着。这是陕西长武邠州一带所产的糜子米，光光的，亮亮的，黄灿灿的，甚是好看。他把米放进麻袋，令人把主管粥棚的理事叫到跟前。那理事见是新来的县老爷到了，就要下拜行礼，泮池爷止住了，问他道："你主管县城这块儿粥棚赈舍，可曾统计过在这儿吃粥人的数目？这几天每天多少米下锅，多少人吃饭，平均每人每天多少定量？每顿饭做几锅粥，每锅下多少米？"那理事平时哪操心过这些，被泮池爷问得慌乱局促，满头是汗。他挠了挠头说："老爷，这饥民流动量大，吃了一碗还想吃两碗，乱挤乱占，放谁也摸不清这个数。按上面规定每人每天半斤黄米，一天开两次饭，能舀到头也就不错了。"泮池爷没有说话，他思忖了一下，板着脸说："今天是我首一次见你。你看，朝廷让我们赈济百姓，每天每人给半斤黄米，这些百姓一顿一碗粥饭，也就是说，一碗粥饭要下四两黄米，但我听人说你们放的舍饭仅是能照见人的清汤，就是新增添了饥民也不至于此。以前的事咱就不说了，从今天起，给吃舍饭的百姓把分量给足，不能从中克扣，若还……"说到这儿泮池爷打住了，他盯着那理事的眼睛补充道，"下面的话我就不说了，把差办好，我有重赏，要办砸了，那……"那理事鸡啄米似的点头说："爷说的是，爷说的是。"泮池爷并没有离开，他要亲眼看着伙夫们把米下到锅中。

正说着，有一口锅水开了，泮池爷威严地站在一旁，目不转睛地看着伙夫称米下锅。那理事见泮池爷不走，大声对伙夫们说："听着！一锅二百斤水，三十斤米，秤称准下足，谁要从中捣鬼，我可饶不了他！"只见一个伙夫拿出秤称足米，眼看着倒进了锅中。正在这时，一个衙役急急火火地跑了过来，对泮池爷说："老爷老爷！有两个人打起来了，拉拉扯扯地来到大堂要找老爷评理哩！"泮池爷问："啥事？"那衙役说："我也不知道，反正一个被打得满脸是血，另一个还骂骂咧咧的。"泮池爷说了声"走！"便离开了粥棚。

回到大堂一问，原来是一个人在摊上买了三个馍馍，正给卖馍的掏钱，猛不防馍被旁边的一个人一把抓着跑了，买馍的回身就追，卖馍的在后头喊着要钱。抢馍的边跑边吃，买馍的赶上了抢馍的，抡起拳头一顿饱打，抢馍的脸都被打出了血，可他既不拦挡也不还手，双手抱着馍馍只是个吃，还给剩下的馍馍上吐口水，直到被买馍的撕扯到老爷大堂……听完了买馍人的叙述，泮池爷看了看跪在地上的那个抢馍的，他头发散乱，瘦得像个骷髅，被打得鼻青脸肿，脸上还淌着血，身上的衣服又脏又破，光着脚跪在那儿不住地发抖。泮池爷看了不觉心中一阵酸楚，叫人把剩下的两个馍馍拿上来，仔细一看，这哪是馍馍，是两个用燕麦面掺着粗糠蒸成的团子，芒刺外露，又黑又丑，要在关中狗都不吃。泮池爷叹了口气沉思了会儿对那买馍的说道："你是原告吧，你听我说，他抢了你的馍馍，犯了抢夺罪，本该要给他治罪。你追上他要回你的馍馍也就是了，该打该罚那是官府的事，你不该把他打得满脸流血。况且你的馍馍还未付钱，尚是那位卖馍人的东西。见你是出于气愤做了错事，也就不罚你了。"买馍的点头称是，正说之间，那抢馍的放声大哭，边哭边说："老爷呀！小人家住在苦水岭，已经整整五天揭不开锅了，家中还有七十岁的老母卧病在床。小人听说城隍庙舍饭，才来到县城，小人实在是饿极了呀，我犯罪我知道。"一席话说得在场的人无不动情流泪。泮池爷说："好了好了，买馍的钱我着人送还，这两个馍馍你拿去吧。"接着回过头对一个衙役说："把这人领到粥棚，着粥棚理事称上十斤黄米，令其报上姓名及籍贯住处，签字画押拿回家供养老母。"

判完此案，泮池爷心中压抑，一种无名烦闷折磨着他，才说要回房歇息一会儿，忽然孙盈急急地走了进来，凑近泮池爷的耳边悄悄地说："三爷，我刚才发现了个秘密，好狗日的，渠渠道道多得很呐!"泮池爷说："啥秘密?"于是孙盈说出了下面一件事。

原来泮池爷离开粥棚之后，孙盈并没有走，泮池爷安排他装成个老百姓的样子领一碗粥饭回来让他尝尝。孙盈早就听说过那些伙夫偷米的事，决定一探究竟。他悄悄地绕到粥棚后面，远远地看见一个伙夫从冒着热气的大锅内端出了个五升瓦盆，转个身就把瓦盆端进了后面的院子。他又悄悄地跟了过去，只见院子里铺着好几张芦席，芦席上晾着不少才从水里捞出来湿漉漉的黄米。孙盈觉得奇怪，正要转身离开，猛听后面骂道："哪来的野毛光棍，在这儿看啥? 滚远!"紧接着背上就挨了一鞭子。孙盈回头一看，见一个棚丁站在他的身后，一边骂一边抢鞭还要打。孙盈本就不是个省油的灯，加上他自小练功，身手极好，哪能吃这个亏? 只见他拧过身左手虚晃了一下，右手上去一个扳腕就夺下了那棚丁的鞭子。那棚丁大声喊道："反了反了! 这还了得!"他才说要呼喊着叫人，孙盈的右手轻轻地使了点劲儿，那棚丁便"哎哟"一声疼得跪在了地上。孙盈用左手把他扶了起来，低声说："我是平凉府的捕快，听说你们龙德县克扣盗窃灾民粮米，孙大人令我来这儿查访。不要声张，跟我走一趟，保你没事。"那棚丁仿佛明白了什么，把孙盈打量了又打量之后，跟着他来到了衙门。

泮池爷问那棚丁来了没，孙盈走到门外一招手，那棚丁就怯怯地进来了，"扑通"一声跪在地上不敢抬头。泮池爷沉默了许久许久，忽然大声说道："我乃新到的县令孙泮池! 尔等丧尽天良从灾民口中夺食，实乃死罪，平凉府着我来查，今日犯到我的手上，不杀几个不足以平民愤! 孙满孙盈，击鼓升堂，大刑伺候!"孙盈走到门口，向院子喊道："行刑衙役，准备刑具，大堂动刑!"接着哗啦啦一阵响，签子、板子、鞭子、拶子扔了一地。那棚丁见了，吓得浑身颤抖，结结巴巴地说："大人息怒，大人息怒，小人是个下苦的，偷米的事实与小人无关，请大人宽宏大量，你问什么小人全说就是。"泮池爷看了看孙盈说："既是这样，叫书办拿笔纸过来，记录在案。先从你的籍贯姓名说起，并把你所知道的所有盗窃克扣灾民粮米事宜以实道来。若有半句假话，定斩不饶，连你的家人也得跟着坐牢。"

那棚丁还真的害怕了，他把粥棚理事盗窃米粮的事和伙夫、棚丁挖窑掏瓢的事一一说了出来，还把主管全县赈济的薛善妻弟贪污粮款的坏事糗事都抖搂了出来。他详细地说出了今早那些伙夫怎样当着泮池爷和理事的面盗取粮米的方法，令泮池爷震惊不已。原来伙夫们在给饭锅里添水之前，早已将一个五升瓦盆放在了锅中，这时微微举火，水面升腾着蒸汽，无论谁站在锅前，也看不清锅底放着的瓦盆。伙夫当着大家的面，给每口锅所下的黄米称足分量，当着在场人的面把米下到锅里。可大家哪里知道，这四十多斤黄米已有近二十斤下到了那个五升瓦盆内。待他们一走，伙夫们只需把瓦盆提上来就行。孙盈所看见的后边院子里芦席上晾晒的湿米就是这样来的。

那棚丁交代清楚、签名画押之后，泮池爷叫人把那棚丁押进牢房候审。三天之后，他组织了衙役突然检查粥棚，抓了个人赃俱获，先把那理事和伙夫头入了监。经过细审之后，令其签名画押。接着，把龙德县的救灾情况和薛善盗卖救灾粮米以及他们贪污克扣粮米的事，核实写明呈递到平凉府，平凉府又呈递陕甘总督衙门。

陕甘总督杨宝山一见勃然大怒，一纸公文，着两位候补官员带一帮人来到龙德县查办，并责令审查周边各县的救灾情况。他们走访了龙德县所有的赈济点，经调查核实，将薛善及其妻弟抓捕归案，同时抓捕了与此案有关联的吏员共计四十八人。邸报上登出了这个消息，整个西北为之哗然。同时又责令孙泮池另行委任组织赈济人员，重新招募伙夫，全县所有粥棚的舍饭立马稠了许多。老百姓欢呼雀跃，奔走相告，无不称颂新县令的清明廉洁。泮池爷觉得自己为老百姓做了件好事，亦颇感欣慰，更是谨之又谨，慎之又慎，一心一意做好自己任上的事。

哪知好景不长，一天晚上，龙德县的几个粥棚在一夜之间被土匪放火烧了个精光，打死打伤了好多棚丁和伙夫，还抢去了所有的救灾黄米，整个龙德县的救灾工作戛然而止。这件事就像一记棒子重重地击在了泮池爷的头上，他在把此事上报州府的同时，又派孙满孙盈带着衙役分头赴各地巡查破案。谁知七天之后，孙盈在回县府的路上被一帮土匪截杀，孙盈奋起自卫，砍伤了几个土匪之后，因寡不敌众被土匪抓住。土匪恼羞成怒，竟然当着几个衙役的面，把孙盈活活砍死，放回了其他的人。孙盈的殉职，对泮池爷刺激很大，他悲痛欲绝、心潮起伏，知道孙盈是因他而死，非常痛心，顿感做官的不易。第三天早上，泮池爷起来走出房门一抬头，发现一把匕首把一张白麻纸扎在门扇上，麻纸上写着几行字："无故你惹我，官府把我捉。我在牢里坐，你把美名落。来日要报仇，将你人头割！"泮池爷一看不禁吓了一跳，心说，不好，得罪人太多，有人要报复了。

总督府得知龙德县发生的事件之后，急饬平凉续备防军中旗统领率一标兵勇赴龙德县剿匪，经过了一番周折和几昼夜的奔袭围剿，抓住了抢粮的匪首。哪知这是一股从陕西一带流窜过来的惯匪，全是关中口音。在平凉府审讯这个匪首时，这家伙一口咬定，他们是孙泮池带来的，这次抢粮也是孙泮池的主意。

焚毁抢劫救灾粮物在大清律例中是死罪，泮池爷第二天就被囚禁了，他有口难辩，把土匪威胁他的那张字条拿出来都不中用。按说在自己的管辖之内，唯恐把事情干不好，哪有自己叫人在自己的辖区捣乱作案的？就是傻子也不会这么做的。可是，匪首的供词明明白白地写着，而且还画了押。尽管平凉府主管此案的官员也觉得难以置信，可没有得力的证据，谁敢替他说情？在没有详细查清案情以前，照例还得关押他。

"孙老爷被收监了！""清官没有好下场呀！"这个消息像一阵风传遍了龙德县的山山水水、村村寨寨，在百姓中激起了波澜，人们忍不住了。那天，有好几千百姓扶老携幼聚集在龙德县县衙门外，群情激愤，连县府里的衙役都一起呐喊着："孙老爷受刑，还有什么天日！""都是薛善驴日的栽的赃！我们反了！"还是泮池爷戴着枷锁出来，向四周的百姓拱手作揖说："诸位乡亲父老，大家回去吧！虽说是人有人情，可要知道国有国法呀，我希望大家不得有违王法宪令，要是爱我，就请大家散去吧！"大家这才散了。泮池爷做官时没人送东西，而在他坐了班房之后，这个送来了羊肉，那个送来了新毡，还有人送来了衣物。那个受了泮池爷米粮救济的妇人的娘家哥哥是一位秀才，他写了一道万民折替泮池爷鸣冤，把薛善他们的贪腐情况予以直陈，并组织了近一千人在万民折上签名画押。陕甘总督杨宝山见了万民折之后，知道了老百姓闹事的情况，他也觉得其中必有蹊跷，就一纸公文命平凉府继续调查此案，着泮池爷监外待查。于是泮池爷和孙满又乘着那辆骡车辗转回到了骊邑县南孙堡老家。

一年半之后，陕甘总督将一纸公文行到骊邑县，说是龙德县案情业已查清，原是薛善他们用重金买通土匪栽赃陷害，有司上报朝廷，洗清了孙泮池的冤情。皇上龙颜大喜，为表彰孙泮池的清廉和忠勇，为其加官一级，将泮池爷放到了武都府台，并送来朝服冠戴着其在两月之内赴任。

泮池爷隆重地接待了县老爷和总督府派来的官员。酒席间，他以自己有病为由婉言谢绝了吏部的委任。那官员劝他说："孙大人的才学和为人，本官最是知晓。您这次蒙受冤屈，上司已经查明，禀报朝廷还了你清白，为嘉奖你，吏部把您的官职擢升一级。今日与您初次见面，更是敬佩有余。我知道足下的心事，您是看不惯当今社会的风气，嫌官场贪腐，尔虞我诈，一是觉得好人难做，二是怕玷污了自己的清白。呵呵，大可不必，大可不必！在本官看来，就您恃才傲物这一点，下官我敬佩不已。像您这样的人，只要屈一屈身子，活泛一下何愁不能升迁！就算官场黑暗，可浊者自浊，清者自清，'沧浪之水清可以洗吾头，沧浪之水浊亦可濯吾足'嘛！"

泮池爷连忙作揖，给二人又斟了杯酒，笑了笑说："大人说得好，大人说得好！怎么说呢……"泮池爷停了一下，欲言又止，那官员见泮池爷不说话了，忙笑说："不妨不妨，今日这是酒场，也是朋友，哪儿说哪儿撂！直说不妨，直说不妨！"泮池爷这才说了话："唉！骨鲠在喉不得不言，那就恕在下直言了。我想了，如果单是'清浊'二字，官场也不必畏，二位想一想，到了官场先要把人的'常性'剥掉，喜怒哀乐先要看上司的脸，然后再去'承色'。上司喜，你就是把娃娃叫狼叼着走了，也要满脸赔笑，装个欢天喜地的模样；上司恼，你就是今日娶媳妇儿，也得装成死了娘老子的模样去奉承他……"说到这里，泮池爷自觉不妥，忙打住话作揖劝酒说："好了好了，失言失言，在二位大人面前竟然说了这么多犯上的话。"不想那官员大笑着拍手说："好，好！我还爱听您说，您说的还都是些荡气回肠的肺腑之言，和孙大人在一起，下官还真开了眼哩！正所谓'摧眉折腰事权贵，使我不得开心颜'，哈哈哈……"这时，县老爷夹了一口菜说："否，否，我以为不能一概而言，泮池兄还是看得偏了些。自古忠臣孝子、烈夫烈妇，上忠于社稷君王，下耽于民生疾苦，处庙堂之高虑江湖之远的忠志之士还是有的。十年寒窗一朝得中，匡君扶民而荣宗耀祖还是有的，大丈夫出将入相，为国效命，也是一生的事业。"他抑扬顿挫，说得振振有词。

泮池爷看二位和自己交心换心地议了起来，便拆开了心中的藩篱，起身给他们又斟了杯酒，离开座椅，背抄着手踱来踱去说出了自己的看法："足下说的有理，可您说的是远古三代以下的盛世，可自汉代以降，这种君臣际会、匡国扶民、善始全忠的愈来愈少，风气也愈来愈下。"泮池爷低头踱步，心事重重，不胜感慨："不是我孙泮池自私，也不是因我自己受到了伤害，真的，齐威王屈尊趋士，士可以傲君王的，现时绝乎没有了。晋文公受先轸唾面之辱，奖其忠而不计小过，现在没有。绛侯周勃立了多么大的功，封为威武侯，又为丞相，秉国四十三年，一遭谗言即为阶下囚，连奏章都递不上去，要走狱卒的门路。郭汾阳平了安史之乱，再造唐室，功盖天下，可每接朝书胆战心惊……这似乎有点儿远了，咱说近一些，二位大人听着，就拿本朝来说，名相如索额图、明珠、熊赐履、高士奇，名将如鳌拜、图海、周培公，对了，还有年羹尧，都曾在明君麾下建功立业，可到后来，一个一个地倒了。这不是皇上不英明，也不是他们没本事，不忠诚，我看这是气数。人活在这个'气数'里，再精明再聪颖，再忠心耿耿，都逃脱不了气数的捉弄和制约。《红楼梦》中有一句话，'才自清明志自高，生于末世运偏消'，真乃是勘透人生、洞彻世事之言。"他停了一下继续说，"这些开始我也不明白。自前年我被革职回来之后，一面读书，一面思考，后有幸结识了承福寺住持果成禅师，他告诉我说，要除却妄念，静下心来读书做善事，只有心地干净了方可读书。那是为什么呢，那是因为一个心地纯洁、品德高尚的人才能精于学问，才能更注重志向，才能修身齐家治国平天下……好了好了，见笑了，不说了。"

泮池爷的一席话，听得县老爷和那官员如痴如醉，那官员拍着手说："高，高，听君一席话胜读十年书，真的真的。"县老爷也高兴地说："早就听说您孙泮池是个饱学之士，只是耳闻，今日只恨相见为晚。"泮池爷站起来一揖到地谦虚地说："二位大人过奖了，以在下这个性格，实不宜为官，真怕干得不好，误了朝廷大事，还请二位大人多多为在下美言周旋，就说在下有病在身，当感恩不尽，永记二位的好处。"二位听罢扶起泮池爷说："既然孙大人说到了这里，我们也就不为难你了。至于如何给上司交代，本官自有办法。"县老爷和那位官员饭后与泮池爷又谈了将近两个时辰，直到夕阳西下，才依依不舍地离开了南孙堡。泮池爷从此就再也没有涉足过官场，开始了他向往的田园生活，也没有离开过生他养他的永乐塬。

声闻于天 /

113

# 二十五

　　几个月过去之后，狗娃奇迹般地痊愈了。在这期间，泮池爷和窝子班的长辈们为其讲了不少道理，还拿来了许多书送给他看，让他学到了很多知识。狗娃也开始了新的生活，在高贵生家，他照着老规矩在几位前辈的指拨下，点蜡焚香，三拜九叩给"庄王爷"行了礼，就这样正式入了局子——开始学戏了。

　　自此后无论刮风下雨，狗娃每天天不明准时到高城寨，认认真真地跟着高贵生练功、拔筋、吊嗓子，有时晚上不回家，吃住都在高家。贵生也把他没当外人，水莲更是把狗娃当作自己的亲弟弟看待，经管他吃饭、洗脸、换衣服。一开始，高贵生根据狗娃的年龄特点、个子大小，给他教了几折配角戏，如《三娘教子》中的薛乙哥，《斩秦英》中的秦英，《法门寺》中的傅鹏，这些配角大都有几句道白和唱词，但不多。在调教的过程中，高贵生对狗娃扮演的每个戏剧人物的心态表现、台步动作、唱腔道白，一字一板、一招一式都要求得特别严格，甚至有些苛刻。他还把每本戏的故事情节和故事发生的历史背景，以及人物当时的心理状态都详细地说给狗娃，让他体会在戏台上如何发挥。练功时，高贵生手中常拿着一个细竹棍，遇到狗娃的动作不到位或偷懒时，"啪"的一下立马就是一棍子，狗娃身上胳膊上经常青一块红一块的。有一次，高贵生一竹棍打到了狗娃的头上，把狗娃的头打了个血口子，鲜血立时流了下来。水莲看见了气得跟什么似的，她一边替狗娃擦血敷药，一边埋怨父亲下手太重。谁知她父亲却板着脸说："这就叫打戏，戏把式哪个不是打出来的？"狗娃摸着自个儿头上的伤口，甚至产生离去之意。后来三麻子知道了对狗娃说："那有啥，你贵生叔还不是为了你好？我们那会儿学戏，谁还有你这个待遇，头上流血也不准擦，一边哭着一边唱，还得把一连贯的动作做完。娃呀，不苦哪来的甜？你叔也想把你调教成一个像你大那样的大把式。你不但要学好唱戏，还得学会一两样乐器，咱这一行就是这样，下了台不能闲着。"

狗娃明白了贵生叔的好心，加上他自小就知道好把式是打出来的，也就不在意了，以后暗下决心，不管贵生叔在不在，就照着他的安排该怎样练就怎样练，一招一式从不马虎。

半年之后，狗娃子第一次出门挣钱了。头一次，狗娃就遇到了个大主顾，要给方圆数十里赫赫有名的王汉臣祝寿。

王汉臣是御河北白莽塬兴隆堡人，不说旱地，光"泾惠渠"能灌溉的水地就有四百多亩，长年伙计六七个，大骡子大马十多匹，不但西安城里有房产，儿子还是靖国军的旅长，财大气粗，指头缝缝里掉下的渣渣也够小户人家吃喝半年。那天，兴隆堡像过庙会一样，村里村外搭满了席棚，方圆十几里的人都过来瞧新鲜，卖吃货做小生意的商贩也赶着来凑热闹。王家的门楼子被彩绸鲜花装饰一新，唢呐阵阵、鞭炮声声，人来人往、你迎我送，祝寿的牌匾条幅一个挨着一个，花团锦簇，十分热闹。

八月十九的事，窝子班十六就到了，他们巴不得来得早，早一天就多一天的份子钱。王家把窝子班安排在村外的打麦场上，场上搭着席棚，摆着桌椅板凳，桌子上摆放着瓜子花生、茶壶茶碗、旱烟水烟。窝子班摆好了场面之后，就叮叮咣咣打起了开场。狗娃只学了些配角戏，木匠红就安顿他端茶倒水、点火递烟干些零碎活，并叮嘱他不但要脚勤手勤，还要眼勤。这样忙活了两天，不算封赏每人挣了一块银圆。那时一块银圆真是不少，一块银圆折二百三十个铜圆，能量二斗半大米，能置一分半旱地，娶个媳妇从头上买到脚上都用不完。狗娃只得到了几十个铜圆。尽管如此，当他从木匠红那儿把铜圆捧到手里时，激动得眼泪都下来了，这毕竟是他自己挣来的钱呀！

也是事有凑巧，王汉臣两口多年前曾看过魁庆社的戏，当他得知魁庆社几个把式都在这儿，就非要看木匠红和戏包袱的"挂衣戏"不可，老太太还亲自点了高贵生的《赵五娘吃糠》和谢东生的《安安送米》。窝子班没有戏箱道具，他儿子王旅长叫人从不远的三原县借来了戏箱道具。这正合了木匠红的心意，他为了把窝子班的名声唱出去，当晚就在兴隆堡的戏楼上隆重登场了，没想到一下子就唱红了。

高贵生的"吃糠"让所有在场的人叹息不已，而谢东生和狗娃的《安安送米》更是催人泪下。当演到七岁的小安安在饥寒交迫之下，把每天在学馆里省出的米积攒起来送给母亲，庞三娘对儿子的孝心感动至深，可又怕儿子的米来历不明，追问儿子时，狗娃以满口哭腔诉道："小安安心不忍母亲受难，思娘泪每日里湿透衣衫。瞒婆婆哄父亲暂住书馆，每一日三合米分为三餐。稀米汤强哄得腹中温暖，存七合要与娘充饥御寒。叫母亲你打开米袋观看，儿不敢做贼盗母亲容宽。"唱到这儿，狗娃想起了自己家中的悲惨遭遇及为生计艰难度日的母亲，不禁一阵酸楚悲痛涌上心头，霎时真的泪流满面。谢东生早已进入了角色，他撩起衣袖，一把把狗娃搂到怀中痛声唱道："见米粒将娘的心疼烂，尽都是杂碎米样样斑斑，我儿七岁还未满，怎忍我儿受可怜！今日积来明日攒，颗颗粒粒血涟涟……"二人唱得如泣如诉，催人泪下。这时狗娃实在控制不住，搂住谢东生失声痛哭，发自内心的感情流露、精湛到位的演艺技巧抓住了所有观众的心。在场的大娘大婶流下了眼泪，老爷子感动得直抹眼睛，一辈子吃斋念佛的老太太甚至哭出声来……当晚，老两口又给窝子班封了赏，还着人专门把饰演安安的狗娃叫到里屋。

狗娃一进屋才说要作揖问候，老太太一把拉住他的手从头看到脚笑眯眯地说："好，好，我娃叫啥名字，哪里人，多大了？"狗娃子心眼多嘴也甜，忙说："奶奶，我叫狗娃，骊邑县人，今年十五了。"老太太笑说："这娃年龄不大，唱得还蛮好。都说戏是假的，我娃今日把戏演成了真的。"说罢回头望了望老爷子。王汉臣笑呵呵地说："这娃行，真哭真笑，把看戏的人都惹哭了，不简单不简单！哪个把式教的？"一提起"真哭"，狗娃心里不禁一阵酸楚，他抬眼望了望老人家说："我大原先也是个唱戏的，您老恐怕都知道。今儿个的《安安送米》是娃我跟我高叔学的。"

"你大是谁？来了没？""我大，我大……"一句话没说完狗娃的眼泪流下来了，在场的人莫名其妙。幸亏木匠红在场，他把孙全德的遭遇和狗娃摔断了腿及其家中的境况一五一十地说给了王汉臣夫妇。老太太听了不由得心中一阵难过，擦了擦眼泪，念了一声"阿弥陀佛"，随之一把把狗娃搂到了怀里。

原来这老太太不是别人，正是胤升府的郭夫人，她起初住在翠林湾楞铮家。当年魏志虎打退了那股偷牛贼，那伙人怀恨在心，招来山匪把她的小孙子绑了票诈钱，后因救赎不及，不但被撕了票，楞铮一家也遭了劫掠。郭夫人痛失亲人，悲愤无比，她离开了翠林湾回到了西安城，孤身一人住在南院门的宅院。那时王汉臣刚殁了老婆不久，也是好人终有好报，经人说合，郭夫人便依附了王汉臣。自郭夫人到得王家，王家的日子蒸蒸日上不说，王汉臣的儿子还升了旅长，加上郭夫人处世为人温良恭俭，对上对下和善可亲，相夫教子有自己的一套，所以王汉臣一家老小对她敬佩有加。老太太今晚一见狗娃，立马想起了自己的孙子，不由得心中一阵痛楚，若孙子还在，正和面前的狗娃一般大小。老人家不禁鼻子一酸，一把将狗娃揽在怀里哭出声来。她哽咽着说："好可怜的娃娃，你要不嫌弃，做我的干孙子吧！"说着回头看了看身旁的王汉臣。王汉臣忙笑着说："行，行！我就爱这娃娃。"

狗娃忽然心中一亮，立马就趴在地上给老两口磕头："爷爷奶奶，狗娃给你们磕头了。"说着从怀里掏出那几十个铜圆捧在手中说："今天是我爷的寿诞之日，娃我也没有个啥啥，这是我这几天唱戏挣来的身俸，就算是给我爷的生辰之礼。"二位老人笑得眼睛都眯住了，又是一阵夸奖和赞叹。

狗娃是王汉臣的干孙子了，这个消息像长了腿一样在南孙堡一带传开了，好多人羡慕不已。有人在背后说，别看狗娃年龄小，这人小鬼大，他不光是认了个干爷，王旅长自然也就是他的干叔了，今后南孙堡谁敢欺负他？后来这话传到了狗娃的耳朵，狗娃却说："笑话，人活在世上，要行得端走得正，自己的日子自己过。干爷是干爷，我是我，大家都瞧着，我孙狗娃和我大一样绝不会做那些仗势欺人的事。"

狗娃一心想把戏唱好，依旧每天去高城寨练功学戏。贵生家虽穷，可父女两个待他特别好。也可能是高贵生喜欢男孩的缘故，每逢狗娃在他家时，他总是叫水莲想方设法做点儿好吃的。水莲也像个大姐姐似的疼爱狗娃，时常帮他洗洗涮涮、缝缝补补，当看到狗娃和父亲在一搭喝酒时，也总是不客气地数落他。

狗娃一回到家他妈就对他说："娃娃勤，爱死人。在你贵生叔家别光知道学戏，要眼勤手勤，见饭就吃，见活就做，不要叫人不待见。"狗娃记住了妈妈的话，不但常帮水莲姐干些家务，闲时还到地里替贵生叔做些农活。

那是一个麦收季节，天气异常闷热，连一丝风都没有。狗娃和妈妈掇好了自家地里的麦个子叫晒着。也不知怎的，几天不到高家去，总觉得心里像猫抓似的，他一看天色尚早，一溜烟地来到了高城寨。一进门，见水莲正在灶房擀面，贵生叔好像才从地里割麦回来，拿着把蒲扇坐在树荫下的躺椅上眯着眼睛乘凉。狗娃子溜进灶房，见灶上架着火，水莲正在弯腰擀面。他向水莲做了个鬼脸，忙坐到锅前的木墩上搭火拉风箱。水莲见狗娃来了，自然十分高兴，嘻嘻笑着告诉他说："今天刚刚叫麦客把东沟里的三亩地割完，这不，才把麦客打发走。大忙的天你来干啥？你家麦子割完了没？"狗娃一边拉风箱一边说："我家的麦子昨日刚割完，还在地里没拉回来，我们好几家合伙一个麦场，我妈说麦场太小，等人家碾上几场之后再把麦子拉回来。"说到这儿，他抬起头给水莲做了个鬼脸，嬉皮笑脸地说："嗯……再说了，兄弟我也想水莲姐了。""滚！胡说啥哩，看我不把你的嘴撕烂。"说着回过身用面手在狗娃的脸上抹了一把，狗娃的额头和眼帘鼻梁上顿时白了一片，水莲看了笑得直不起腰，一边喘气一边笑说："叫你嘴贫！白眼窝，白眼窝，不偷人都像个贼。"

说话间，忽听高贵生在外面急急地叫水莲说："水莲，不好，我咋看北岸子黑云上来了，像是要下雨了。是这，你赶紧先到东沟，把地里的麦个子垒起来，万一下了雨麦子长了芽咋办？你先去，我下面吃了就来！"狗娃和水莲走出灶房一看，果然北方一片乌云翻卷着过来了，还呼呼地刮起了风，风刮得院子里的柴草在空中乱舞。水莲知道他大还是早起吃的饭，这会儿肚子正饿，也顾不了许多，拉着狗娃就要出门。不想狗娃犹豫了一下，甩开了水莲的手，好像不愿去的样子。水莲万万没想到狗娃竟会这样，气不打一处来，说："不去拉倒！人没尾巴比驴都难认！"说着一个人就往外跑。狗娃见水莲走了，思忖了一下，紧跟着追出了大门。贵生叔在后面大声喊着："哎——戴上草帽，戴上草帽，你看这娃……"

这时，风带着呼哨，愈来愈大，刮得尘土和杂物漫天飞扬，墨色的云遮黑了北边的天空翻滚着向南涌来，天像倒扣了一口铁锅，暗得令人恐惧。刚才还热乎乎的身子，这会儿被风一吹，感到一阵阵的瘆冷。那块地在村东大约有一里多，狗娃紧跟在水莲后头小跑着赶路。到了麦子地，两个人也顾不上说话，只顾着把麦个子一捆一捆地码起来。那风越刮越大，刮得人喘不过气，当他俩码到快一半的时候，忽然一道闪光，照得周围一片惨白，紧接着"轰隆隆"一阵雷声，铜钱大的雨点儿就像蝗虫般滴落下来。水莲看雨大了，麦个子早已被雨浇透了，码不码一个样，就钻进一堆麦垛中避雨。狗娃虽已淋得像落汤鸡，可他还继续顶着风雨跌跌撞撞地垒着麦子。水莲大声喊着："喂——狗娃——快来避雨！不弄了——"尽管水莲扯破嗓子在喊，可这声音在疾风暴雨中显得是那样的微弱。这片地的东边是一道沟，忽然一阵劲风，靠沟边有几捆麦子被风刮着翻到沟里去了。狗娃看见了，顺着沟沿"哧溜"一声溜了下去捡那几捆麦子。水莲远远望见，知道不好，站起身来一边呼叫一边往那边跑去。这是一条两丈多深五六丈宽的天然沟道，从骊山北麓一直通到这儿，水莲知道平时沟里没水，一旦遇上下暴雨，周边的雨水都汇入这条沟流进御河，水流很急。前年村子里的几个娃娃在沟里割草，正好下了白雨，那几个孩子还没顾上爬到沟沿，洪水就下来了，一个被水冲下来的石头砸死了，两个被冲进了御河。狗娃为了几捆麦子，竟然下到沟底去了，洪水下来了可不得了……

果然，狗娃刚刚下去，远远就看见翻卷着白色泡沫的山洪挟带着树枝泥沙和杂物呼啸着向下游滚滚扑来，狗娃一看不好，回身朝上爬。虽然说沟坡并不陡峭，上面还长满了荆棘和杂草，哪知沟沿的泥土早已被雨水泡软了，加上从上面流下来的雨水，他的手和脚都使不上劲儿。水头下来了，狗娃左手紧紧地抓住了一股裸露出来的构树根，将身子紧贴在坡壁上，才没有被水头冲走。可随着水位的上升，渐渐地洪水已漫上了他的膝盖。狗娃尽管年轻力壮，可此时他已没有了力气，觉着左腿有伤的地方隐隐作痛。他口中喘着粗气，尝试借着水的浮力爬上沟顶。就在这时，翻滚的洪水中带下来了几棵柳树，恰好冲到了狗娃的脚下，狗娃心说踩住树干正好。哪知还未踩稳，又有一棵杨树被浪头翻卷过来了，两棵树的枝条绞缠在一起，把狗娃的脚连鞋夹在了中间。洪水愈涨愈高，淹没了狗娃的腰部，还在不断地升高。狗娃使劲儿想把脚抽出来，可手中的树根却松动了。正在这时，水莲赶到了，她弯下腰一只手紧紧抓住沟沿的那棵构树，另一只手伸向狗娃，使出了平生的力气把狗娃拽了上来。他二人刚刚爬上了岸，"哗啦"一声巨响，身后那块土崖连带着棵碗口粗的构树坍塌到了水中，白花花的洪水溅起老高。吓得水莲一声尖叫，用湿淋淋的身子把狗娃紧紧地搂在了怀中……

事后回到家中，水莲和狗娃都发起了高烧，贵生赶紧请先生开了两服桂枝附子汤给二人服了，再捂上被子发了汗，没几天就退烧了。水莲没事了，可狗娃却因冷水的浸泡，受过伤的那条腿又红又肿，疼得不能落地。狗娃妈知道之后，要把狗娃接回家调养，可高贵生父女说什么也不答应，好说歹说才把狗娃留了下来。事后狗娃告诉水莲，下大雨那天，他家的麦子也在地里，他犹豫不决的那会儿正是左右为难，不忍心母亲一个人去地里收拾麦子。水莲听罢，心中不禁一阵难过，知道是自己误会了人家，还骂狗娃"人没尾巴比驴都难认"，她深感内疚。狗娃在水莲家足足住了有半个月，这期间狗娃的吃饭、熬药、洗洗涮涮、用药酒洗腿，都是水莲一个人的事。她细心周到，把狗娃当作小弟弟，将自己的一片心都送给了他，狗娃心中自然热乎乎的。

高贵生最喜欢男子娃，把狗娃当成了自己的儿子，常常扶着他到院子，给他说戏讲戏论古今，隔三岔五还和狗娃抿上一口。自戒了烟之后，贵生除好喝酒外，还真没有什么毛病。他是个张扬性子，热情好客还穷大方，只要家里有好吃的东西，谁来都能品尝。狗娃最爱贵生叔的人品，闲时喜听他和朋友们说些新鲜事，还喜欢听他父女俩拌嘴，一来二去，渐渐地爱上了他们父女二人。

# 二十六

几个月之后，谁也没想到出了件蹊跷的事。一天，那个诬陷全德的铁指甲忽然提着点心和酒来到了孙家。那家伙一进门，"扑通"一声跪在狗娃妈的面前，又是磕头又是作揖，嘴里喊着狗娃妈说："大婶，救救小子吧，娃我也是受人指使，身不由己呀！"狗娃妈愣住了，仔细一看，这不是当年诬陷全德强奸妇女的铁指甲嘛。一看到这货，狗娃妈立马想起了死去的丈夫，心中不由得一阵伤痛和恼怒。她气得浑身颤抖，指着铁指甲骂道："你是谁？嘴里胡呲些啥嘛！出去，给我滚出去！"

铁指甲并没有起来，磕头像捣蒜一样带着哭腔说："好我的婶子哩，娃今天是给你请罪来了。当初全都是为了几个钱，娃才做了那损阴德的事。只说是全德叔坐几天监就回来了，后来的事娃我蒙在鼓里啥啥都不知道！早知事情成了那样子，打死我也不敢呀！您老人家大人不记小人过，抬一抬手娃我的碎命就保住了。"说着接连扇了自己几个耳光。狗娃妈不容其分辩，骂道："你铁指甲是谁？啥事你不敢做！当初害人的时候你咋没这样想过！"说到这儿，她颤抖得更厉害了，站都站不稳，伏在门框上呜呜地哭了起来。虽说是狗娃妈恨不得把铁指甲千刀万剐，可今天却被这家伙突如其来的举动弄蒙了。她并不知道在王旅长的干预下，县警察局到处张贴布告捉烂娃铁指甲呢。这铁指甲痛哭流涕，又是打自家的耳光，又是指天发誓，又说他上有老下有小，求饶的话能说一笸篮。狗娃妈到底是妇道人家，心肠软，见铁指甲一把鼻涕一把泪，反而一时没了主意，挥了挥手说："走，滚远！离了我的眼。"

正在这时候，狗娃回来了，一进门他愣住了，看看地上跪着一个人，又抬头看看母亲泪流满面，不知发生了啥事。当他弄清楚了事情的原委后，知道眼前的这个人就是当年诬陷他父亲的铁指甲时，不由得怒从心起，回身从门背后捞了根竹棍，嘴里吼道："好狗日的，今日送上门来了，打死你都不亏！"随手抡起竹棍劈头盖脸地就打。铁指甲挨了几竹棍，抱着头大呼小叫地跑了，狗娃不解气，还要追赶，被母亲拦腰抱住才没有追出门外。事后，邻居们知道了这件事，大家都高兴，都说狗娃这个干爷没白认。王旅长是谁？人家一跺脚骊邑县这边就得打战。

又过了一段时间，一天晚上，魏志虎忽然托人送来了五十块大洋，并说了许多道歉的话，还说要退回孙家的菜园子。狗娃一脸不悦地告诉那人说："你这是干啥？收拾走人，我大的命就值这几个臭钱？你回去告诉他姓魏的，我要我大哩！"那人并没有生气，反而笑着劝狗娃说："别、别，你看这娃，你先别发火，凡事要往远处看，有理还得有情嘛。听我说，这里边还有事情呢。"不想这句话反把狗娃惹躁了，他把银圆"哗啦"一声撒到门外，圆睁双目吼道："看我家穷，没见过钱是不？回去给姓魏的说，我孙狗娃不仗别人的势，谁的事谁拿着，要把这事扯平，一命还一命！"

后来，那人背着狗娃又几次找狗娃妈圆成这事，好话说尽，翻来覆去地打比方要了结这桩恩怨。狗娃妈心地善良，也筹思得长远，想着自己就这么一个儿子，平平安安就好，不能和人结怨呀，这世道不怕贼偷就怕贼惦记。有一天她打定主意对狗娃说："娃呀，妈把这事也翻来覆去地想了，冤家宜解不宜结，咱得席就坐，免得站着。虽然魏志虎为那园子把你大日弄到了监里，可菜园子毕竟是人家掏了钱买去的。再说了，你大是害病死的，又不是人家杀的。如今，园子人家也不要了，还不要咱退钱，得饶人处且饶人呀！再说妈就守了你这一个儿子，咱也不是大门大户，你若有个啥事，妈就不得活了。"谁知狗娃却不这样想，他替母亲抹去了脸上的泪痕，把她扶坐在凳子上解释说："妈呀，您咋这么糊涂，他那是做贼心虚！小时您经常说'男儿十三夺父志'，如今我已长大，以后家里的事您就听我的。您尽管放心，我也不靠旁人，儿子会给咱家出这口气的。将来儿子还要为您养老送终呢。"见儿子不听她的，狗娃妈只有无语，然而儿子最后那句话却叫她心中暖烘烘的。

狗娃是个犟脾气，第二天他就过河来到兴隆堡，客客气气地对干爷王汉臣说，感谢他叔王旅长的帮助，还说那事已处理得非常满意，请干爷告诉他叔不用再过问了。后来魏家果然放弃了孙家的菜园子，可狗娃又是个犟种，自己发誓不进园子去，也不要他妈进去耕种。村里人知道那是块是非之地，也知道孙家狗娃有靠山，无不刮目相看，也没人敢去种它，不长时间园子里就长满了杂草。

在贵生他们的调教下，狗娃一天比一天出息了，一年不到，就能像模像样唱几折小生戏了。在功夫上他学会了前空翻、后空翻和许多舞台表演的要领，三麻子还教会了他弹三弦吹笛子，狗娃的身俸随之也有了增加。三麻子却经常敲打狗娃，笑着说："娃呀！还嫩着哩，就这再练三年能不能出师还难说，弹棉花的娶个老婆——那可不是一弓（功）来的。"后来，大家又给他排了《悔路》《花亭相会》和《激友》几折小戏。尽管这样，狗娃心里明白，要真正能拿得出手，仍得出几身汗，仍得按时去水莲姐家练功练嗓子。

几场春风，几番秋雨，转眼又是两年过去了，忽然一天狗娃听说水莲要出嫁了，他的心仿佛被什么东西重重撞击了一下，不知为啥总感到有些失落和恼火。大家伙儿当然高兴，公推三麻子牵头凑份子钱。窝子班有窝子班的规矩，多少年来无论谁家有个红白喜事，虽说大家的日子都不咋地，可他们没一个哭穷，出力出钱更不在话下。三麻子大字不识几个，就叫上狗娃做他的先生。

人说"十个麻子九个怪"，三麻子天生是个怪才，他风趣幽默脑瓜灵，说出的俏皮话能笑死人。关中人把说俏皮话叫"日白嘴"，三麻子就是个日白嘴的货。虽说是个长辈，可没大没小，常和狗娃打闹逗趣，且乐此不疲。狗娃妈常说："你麻子叔要不是这样，早都忧愁死了。"三麻子虽不识字，可他悟性好，总有说不完道不尽的乐子，不但这样，他的肚子里还装着看不到头的"古今"，什么十八国斗宝临潼山、刘秀遭难走南阳、黄三太镖打窦尔敦，他都能娓娓道来，说得有声有色，《三侠五义》《三国》《水浒》诌起来更是拿手。他啥都懂，啥都知道，拉到哪儿都是一溜一串的，譬如有关天气的谚语，他能像瓦沟里倒核桃边说边讲，什么"早看东南，晚看西北，云朝东一股风，云朝南水漂船，云朝西水急急"，什么"五月二十六滴一点，耀州城里买大碗，买上大碗吃米饭"，什么"重阳不下看十三，十三不下一冬干；八月十五不见月，正月十五雪打灯"。他的肚子里也装了不少"屹膝盖以上，肚脐眼往下"的那种酸溜溜的故事。木匠红说了，三麻子若还识文断字，凭他的材料做个知县也是绰绰有余的。因此狗娃特别爱和他在一起。

三麻子为人做事豪放仗义，拿他的话说，为朋友虽不能两肋插刀，也能豁出命整。无论是窝子班或乡党邻里谁家有事都离不了他，他的大号叫卢新琴，可大家都喊他三麻子，狗娃却把"麻子"俩字省了，称呼他三叔。在窝子班，除戏包袱贵生外，就要数麻子离他心近。

二月初，他们顾了个大事领了份子钱，路过斜阳镇，狗娃硬将麻子拉进馆子。狗娃早就想请这个客，无奈平时手头老紧，今天发市了，不请还行？他们要了一碟花生米，一碟油炸豆腐干，一盘猪头肉，坐在靠墙的桌子旁对饮起来。三麻子虽说爱喝酒可量不大，一喝就上脸，一喝就来话，越喝脸越红，越喝话越多，三杯下肚，他的话果然多起来。

三麻子有个毛病，说话爱挤眼睛。他挤了挤眼睛说："唉，老侄呀，你叔命苦，不到四十岁结了三回婚，头两房都是来讨账的，那是叔上辈子欠人家的。不瞒你老侄说，以前叔打的是'烂仗'，没娶这一房时，一天两顿酒，现如今不行了，一领上钱先要交给你婶子，家里要用呀！干咱这一行的打光棍最好，自己吃饱灶火爷都不饿。"

狗娃知道麻子叔结婚不到三年，他老婆肚子就没闲，不算她带的那个女子，到麻子家又生了俩女子，现如今肚子还怀着一个。为娶媳妇麻子拉了一屁股的账，一年打的粮食仅仅能吃到第二年初，交上二月就盆干瓮净了。家里虽添了口，可炕上还只有那床薄薄的破被子，连炕席破了都没钱换。狗娃怕他伤心，笑说："别胡说，光棍有啥好的？等到老了连个送埋的都没有。看你如今好几个娃娃，哪个将来不孝敬你！""快别说这话，干咱这一行是养小不养老，有朝一日你老了，唱不成戏了咋办，喝风屙屁？何况你婶给我养的都是些赔钱货，要是有个儿子娃那还有说的啥！"

"儿子娃能顶个屁，我倒是个儿子，我大还不是被人冤死了，连棺材都是党伯伯带着我下跪磕头求来的。"为了不让麻子伤心，狗娃故意把话引开。

三麻子抿了口酒摆摆手说："这咋能怪你？那年你只是个十四五岁的

娃娃，还不能顶门立户呢。""可我现如今是个大男人了，想见上魏志虎一面都不容易。"一提起魏志虎狗娃牙咬得咯咯响。"瓜锤子，上次魏志虎托人送来银圆你咋不收？"

"叔，当初我大死了，我杀人放火的心都有。自误伤了三师父后，我明白了，报仇不是拿嘴说哩，凭的是天时地利和足够的实力。你不知道，我曾发过誓不倚权仗势，我要亲手宰了魏志虎和他那个当团长的儿子！'君子报仇十年不晚'，这是你说的嘛！"三麻子不由得吸了口冷气，心说，人不可貌相，水不可斗量，没看出这崽娃子心劲儿大着哩……

又喝了几盅，狗娃一看时候不早了，便扶着三麻子离开了馆子。

眼看距水莲出嫁的日子不远了，三麻子和狗娃用收到的份子钱扯了一床起着牡丹花的直贡呢被面，剩余的钱买了面插屏镜和一个黄铜洗脸盆。狗娃好些日子都没见过水莲了，他知道水莲姐不情愿这门亲事，每当提起这事哭得泪人似的。可怜呐，平时挺厉害的一张嘴，可一牵扯到终身大事，就真正应了"父母之命，媒妁之言"了。

虽说是来来往往去她家的人不少，可此时谁都不愿意说那些不该说的话。狗娃更不愿意见到水莲，不知为啥，一看见水莲姐他的鼻子就酸溜溜的，只想流眼泪。高贵生这几天因嫁女事情多，叫狗娃在他家帮着干些零碎活。为了给女儿缝陪嫁的被褥，贵生还请来了本村几位针线活好的大妈大婶，且都是有儿有女的全福人。零零碎碎狗娃从她们嘴里知道了水莲婆家的一些底细。

水莲的婆家姓牛，他们家在御河北的高陵县开了个铁匠铺子。要说家境，高贵生哪敢和人家比。水莲的公公叫牛继汉，比贵生大两岁，是他的一个远房表哥，两个人自小在一块儿玩耍而且关系特好，还拜过把子。牛继汉得儿子那年贵生娶了水莲妈，后来水莲妈怀孕了，他们俩指腹为婚，若水莲妈生的是女子，哥儿俩就做亲家。

牛继汉不姓牛，他本来姓常，也是个穷出身，十几岁就在铁匠铺学打铁。他干活舍力心窍也好，手艺学得快，没几年就能掌钳了。牛继汉不但勤快，还活泛会来事，有空常帮掌柜老婆做些打狗支桌子、吆鸡关后门的零活。一来二去，老两口看上了继汉，就托人做媒把自己的女儿许配给了他。就在牛继汉成亲的先一年，掌柜的儿子得了个绞肠痧死了，掌柜两口就将他招赘过来继承了那份家业，他也就改姓牛了。贵生当年常去河北唱戏，一有机会就去铁匠铺坐坐，牛继汉绝不怠慢。后来魁庆社倒了，牛继汉的铁匠铺却越来越红火。再后来贵生抽上了大烟，日子越过越穷，妻子跟人跑了，他觉得没脸面，就再也没到牛继汉家去过。

谁知半年前，窝子班在高陵县顾了个事，贵生在一家酒馆遇到了多年不见的牛继汉。牛继汉一见面，就对贵生发了一通脾气，他不但开了酒钱还非要贵生去他家不可。当牛继汉知道贵生家里的境况之后唏嘘不已深表同情，临走还给贵生带了不少吃的用的。后来有一次他过河来看贵生，见了水莲赞不绝口，不由得又提起了那段亲事。贵生见牛继汉虽然有了身份但仍没忘他们的兄弟情谊，很是感动，就一口应允了这门亲事，并接受了牛家的彩礼。

几个月后，牛继汉又来到高城寨，高兴地对贵生说，前些天他请阴阳先生给俩娃娃合了八字，说他们俩是个难遇的"龙凤姻缘"，他连娶亲的日子都选好了。牛继汉高高兴兴地把一张大红的龙凤帖交到贵生手中，帖上写着"牛四喜高水莲之婚乃天作之合，瓜瓞绵延，仅择本年三月十六日迎娶大吉，谷旦"。高贵生看了，还能怎样，只能说好。

事已言妥，吉日已定。那一天见过了未婚女婿，高贵生才发觉大事不好：那个女婿瘦得皮包骨头不说，且面色发青，像鬼捏住了一样，站没站相坐没坐相，放个屁气劲儿都不够使，还别说别的。他当面问了亲家，牛继汉才吞吞吐吐地说了实情，原来这小子自小患有痨病，牛继汉还真没少花钱，一个算卦的告诉他说，娶个媳妇冲冲喜就没事了。

水莲知道真情后，在炕上睡了两天两夜，不吃饭，眼泪把枕头都泡湿了，贵生心里咋能好受。退了这门亲事吧，眼前浮现出了牛继汉可怜巴巴乞求的目光，又想起他那句揪心撕肝的话："好我的兄弟哩，银钱是个啥？你要是救了娃这一命，我的就是你的，你的就是我的！哥来世变牛变马都要报答兄弟你哩。"一想到这儿，贵生的心不知咋的就硬不起来了。君子一言驷马难追，他高贵生一辈子放屁都砸个坑，何况是一句话撂出去了！

为了给儿子冲喜，牛家不惜花大钱租来了当地最好的花轿，请来闻名遐迩的泾阳安吴的婚典仪仗。迎亲队伍赶天明就过了御河，离高城寨还有几里路就吹吹打打地奏起了乐，整个南孙堡的婆娘女子娃娃，一街两行看热闹，都说贵生攀了个有钱的亲家。那一天，狗娃亲眼看到哭得跟泪人似的水莲姐被人扶上花轿，鲜红的盖头盖住了挣扎着不愿离去的她，喧天的锣鼓和鞭炮声淹没了她那撕心裂肺的哭喊声。狗娃的心里难过得不得了，浑身颤抖着流下了眼泪。

水莲被抬走了，狗娃一个人来到了御河滩，他心里憋得慌，他无奈，他想不通，两只手把胸膛都抓烂了，对着一望无际的芦苇荡，狗娃流着泪声嘶力竭地大声吼着："老天爷呀！这究竟是为啥嘛！"狗娃被气傻了，他心中憋气难受，无处倾诉，脑子仿佛是一团乱麻，他紧握双拳的胳膊颤抖着，嗷嗷叫着往回疾走。猛抬头，他看见滩涂上谁家瓜地里用几根椽子和芦席搭成的茅庵。狗娃左看右看不顺眼，来到瓜庵前，双手一用劲儿，便掀翻了那个瓜庵，还使劲儿地踏了几脚。回到家，狗娃倒头就睡，妈叫他吃饭他也不理，问他话他也不吭。

第二天一早狗娃拿了几个馍馍，一句话也不说就离开了家。他妈追出门问他要干什么，他像没听见一样，闷着头只是个走，他也不知道要去哪搭。气得他妈干瞪眼，一边往回走一边骂："这是咋了？聋了还是哑了？"

狗娃装满心事沿着一条田间小路低头朝前走着，他既无心思欣赏周围的景致，也懒得抬头看过往的行人，这样，无意识无目的地走了大约有一个时辰。蓦地，"扑啦啦"一声，一只被惊飞的野鸡展开灿烂的翅膀拖着漂亮的雉尾从路旁的草丛中"嘎嘎"叫着飞了起来。这一惊，狗娃才回到了现实中，他抬起头向四周一看，发现不知不觉间他已行了二三十里路，来到了去他外婆家的那条山路上。他外婆家在玉山县灞河源头的清源镇，距离他家七十余里，顺着这条山路翻过骊山，过了金山镇，再翻过几道岭就到了。狗娃有一年多没去过舅家了，决定去舅家看看，一是想去看看外婆，二是因水莲的事心中纠结，想顺便散散心，于是他加快了脚步向前走去。

# 二十七

金山镇东南有个松云岭，松云岭上有个华严寺，华严寺又名云盖寺。据说唐时有一个名叫李通玄的人，曾在此潜心钻研易理，后又专攻佛典，潜心华严，八十岁时译成《华严》。李通玄在译经期间，每天早晨只食枣子十颗、柏叶饼一块，人称枣柏大士。当年李通玄曾在这儿宣讲佛经半年之久，后人为纪念李通玄大士，就将云盖寺更名为华严寺。农历三月二十八日，是李通玄大士圆寂的日子，每逢这一天，华严寺都要举行水陆法会。水莲三月二十六出嫁，狗娃子二十七上山，他在清水沟歇息了一晚，第二天来到松云岭脚下。那天，正好是三月二十八。

狗娃看到好多香客络绎不绝朝松云岭那边走，心中好生奇怪。这时，恰好一位白发苍苍的婆婆领着一男一女两个娃娃从他身旁经过，狗娃问说："婆，你们这是到哪儿去呀？"那位老婆婆疑惑地望着狗娃，满脸不悦地说："瓜娃娃，华严寺过会哩，我就不信你不知道！"狗娃赔着笑说："婆，我不是这当地人，我真的不知道。"老婆婆自头到脚把狗娃打量了一番说："瞧你这神色，肯定心中有事。去！到那儿磕个头，烧一炉香，佛祖就会保佑你啥事都顺顺当当的。"那婆婆说完头也不回地走了。狗娃听说过华严寺，可从没去过，今日路过这儿，倒想过去看看。再说了，这么大的水陆道场，说不定三师父也会来的，好几年都没见过他老人家了，见了他说说自己的委屈也好。于是他站起拍了拍屁股上的土，跟随着那位老婆婆去了松云岭。

虽是初夏，可走的是山路，狗娃还是出了汗，觉得又饥又渴，一问，离华严寺还有好几里路。沿途看见路旁有饸饹摊子、凉粉担子，狗娃摸了摸口袋，不好，因走得急只带着十来个铜板，抬头一看天色尚早，心说，先忍一忍，就咽了咽口水继续前行。正行走着，忽然听见路旁树林里传来一阵宝盒子的响声，他停住脚步低头往里一看，树林深处有好几个人在赌钱。他心中一想，何不赌上一把，说不定还能赚几个。想到这儿，便猫着腰钻进了树林。这是一块一丈见方的空地，四周绿荫环绕，五王八侯地围了一圈人，有的站着，有的坐着，有的圪蹴着，有的腰猫着。中间地上铺了块四四方方的旧油布，每人的面前放着一小堆钱，有铜板也有银圆，几个人正在纳宝赌钱。那个手拿宝盒子的宝官见又来了个耍家，眼睛一亮，提高了声音喊道："来了来了，赢家来了！坐坐坐！"随手就有人给狗娃搬来块石头放到了他的屁股底下。狗娃抬眼望了望那个轱辘客，只见他穿着件破旧的长衫，倒八字眉，留着几根老鼠胡须，脚底下放着个小竹笼，吆喝起来像豺狗子在叫，声音"咯喳咯喳"地响。周围那几个赌钱的，只有一个衣着还算整齐，另几个穿得没眉没眼，还有一个头发常年不剃精着身子，胳膊上文着花，好像是赢了钱非常兴奋。那宝官见狗娃坐下后，两眼直直地瞅着那个宝盒子不动也不吭，便干咳了一声大声吼道："哎——狼胆大，虎胆小，不押宝赢不了！押了绸子押缎子，押了金子压玛瑙，掏钱！"

狗娃一心想弄几个钱，看了看那几个，又瞅了瞅宝官，略一思忖，先从怀里掏出了七八个铜板，一溜溜放在自己面前。那宝官见钱不多，觉得有些好笑，不屑地看了狗娃一眼，可终于没说什么，奸笑了一声扯着他那干喳喳的声唱道："哎——听着，穿绿的，挂皂的，先来的，后到的，骑着红马放炮的，你说几？"原来摇宝的规矩是：宝官按顺序依次摇，摇到谁的时候，如果谁的点子最大，谁就将桌面上压的钱全部拿走。狗娃知道这是叫他报出自己摇宝的顺序，他看了看周围共有五个人，心说，反正豁出去了，一跺脚报说："五经魁首，五马夺槽，我就报五！"另外几个赌徒有的摸着脑袋，有的眯着眼睛，根据自己以往的经验和心里的揣摩，依次报出了次序之后，那宝官庄重地双手捧起了那铜质的宝盒，眯起了那三角眼，一动不动，仿佛睡着了一般，而狗娃和那几个参赌的却眼睛睁得大大的，目不转睛地望着那神秘的宝盒。猛然间那宝官裂帛穿石的一声喊："走州的，过县的，提个篮篮胡转的；当官的，要饭的，腰揣闲钱几串的；想房的，想地的，骊邑长安种地的。南山下来一伙猴，今日的状元豹子头哇——"他使劲儿地摇了三摇接着说，"走哇——二四七八九，红五疙瘩六——看开——"就这样反复唱着歌诀，大家的眼睛也随着宝官手中的铜宝盒上下左右转着……

一圈子下来狗娃竟然赢了个全满。他高兴极了，把油布上所有的铜板都揽在了自己的怀里，足足有六七十枚。待他把这些钱装在了自己的口袋后，那几个赌徒又从身上掏出了多少不等的赌资，还要来第二次。人心哪有个满足，狗娃见没费劲儿就赢了这么多钱，也有了底气，心说，来就来！他留够了自己的本钱，取出五十多枚铜板摆在自己的面前。那几个要家见狗娃掏了五十多，也都掏出了自己的本钱，一一放在各自的脚下。宝官一见心中暗喜，随即嘴里又唱着口歌依次摇了起来。狗娃万万没有想到，这一回还是全赢。他兴奋极了，一猫腰把那两百多铜板和三个银角子拢在一起，抓了一把铜板放在宝官面前，把其余的钱揣在怀里起身就要离开。

可他刚一站起，那个胳膊上扎着花的精身子，一把把狗娃拉了个趔趄说："咋！走呀得是？净想的好事，没门！"其余的几个也都跟着站起来，指着狗娃的脸鸡一嘴鹅一嘴地说："臭行道有个臭理性哩，狗日的抓一把就想跑，想得怪诞的！""日他妈——还没见过这号野毛光棍，赢了就走，看你走得成走不成！"还有一个脱了衣裳要打架的样子，说："哎呀天大大呀，我就不信了。"说着一把揪住了狗娃的胸襟。狗娃一看这阵势，心说不好，知道这钱是拿不走了，与其和这些人纠缠不如一走了之。于是把刚才赢的钱都掏出来扔在油布上，拱了拱手说："各位老兄，把钱都还给你们，我不玩了，我还有事，要走了。"这时，那宝官发话了："小伙子，听说过没，'彰仪门——好进难出'，既然来了就算入了局了，要走，把你身上所有的钱掏出来放到这儿，再走人。"一听这话狗娃真的急了，说："哎——你这不是打抢人嘛！把钱还给你们还不行！"那宝官立马变了脸，扯着豺狗子的叫声说："要走也能行。"说着，从那片油布下面抽出一把刀子说："我们这儿的规矩是要钱不要命，要带着钱走能行，那得留下一条胳膊或一条腿。"说完把刀子往狗娃面前一扔，恶狠狠地瞅着狗娃不言语了。

林子里的空气似乎凝固了，出奇的静。这时，那个精身子仗着他们人多，猛地一只手攥住狗娃的右手腕，另一只手就在他的身上乱摸。他一把捏住了狗娃的钱袋，随手就往外拽。这一下真把狗娃惹恼了，只见他忽地腾出了右手，抡起胳膊就是一拳，把那个精身子打得踉踉跄跄地退了几步，一屁股坐在了地上。那宝官没想到狗娃先动了手，心中一急，说："啊呀，没见过，狗比狼还恶，没离这金山镇还乱了脚步不成？上，打！把驴日皮腾了。"话还没有落音，那几个家伙就一齐扑了上来。

狗娃这几年的功没有白练，又逢年轻气盛，而这几个大烟鬼，都是些镶矛子白铁刀——中看不中用的货。狗娃一怒，把跟木匠红学的洪拳亮了出来。只见他手脚并用，指东打西，见招拆招，伺机出手，犹如兔起鹘落，极是干净利落，三下五除二，便把那几个打得倒的倒爬的爬，干叫唤不敢上前。狗娃子见没有伤人，心说，三十六计走为上，趁机回头一溜烟钻出了树林子。

狗娃多了个心眼，他出了树林之后并没有远走，瞅着路旁一片茂密的灌木丛一侧身钻了进去，趴在地上静静地观察了一会儿。他见那伙人朝山下追去了，心说，先去华严寺，那地方人多或许就没事了。于是，他就加快脚步朝岭上走去。狗娃是因水莲的出嫁憋着一肚子气出走的，哪知到了这儿又和人打了架，窝火而又烦躁，加上赶路又饥又渴。他在路旁的山泉里掬了几口水喝了，又前行了一会儿，终于来到了松云岭的华严寺门前。

松云岭是秦岭支脉骊山上一座普普通通的峰岭，只是这座峰岭高于四周的土山，雄伟险峻很有气势。岭上松柏苍翠，飞泉流瀑，四周雾霭缭绕。华严寺并不大，坐北向南修建在松云岭顶峰的一片空地上，寺前有一个较大的场地，通过场地往上数十级台阶便是华严寺的山门。今日举行水陆法会，华严寺山门口的空地上早已搭满了席棚，近处的善男信女和远道而来的香客，骑驴的、挑担的、坐滑竿的、步行的出出进进，熙熙攘攘好不热闹！场地周围的树荫下，相面的、算卦的、说书的、劝善的、穷的、富的、着长衫的、穿短袄的，蓬头垢面讨饭的，卖香蜡纸表和各种小吃的，都在这里做生意。周边的松树上挂着的五颜六色的信物和彩带，随风飘拂。狗娃停住脚步朝四周瞅了瞅，见不远处席棚下有一个卖荞面饸饹的摊子，就一屁股坐在矮凳上，也不问价，要了一窝饸饹和几个蒸馍大口地吃了起来。

　　吃饱之后开了钱，狗娃抹了抹嘴，看见一群人进寺上香，他两三步赶上去夹杂在人流中，踩着一层层的青石台阶进了华严寺的山门。进得山门，只见寺院里几棵合抱粗的柏树遮天蔽日，院子两旁几间僧房，左右两边的小木楼上这边悬着钟，那边挂着鼓，虽说楼不甚高却小巧玲珑。院子正中的一座铁铸鼎炉足有半人高，袅袅升腾着紫色的香烟。再往前看，青石台阶上雕梁画栋的大佛殿扑面而来，大殿上悬着一面蓝底金字的匾额，上书"大雄宝殿"四个金字，好不庄严！狗娃随着人流不疾不缓漫步而行，又上了几个台阶之后才进了佛殿。佛堂左右两侧各有十多个和尚身披袈裟趺坐，合十诵经，贡台上燃着数十支蜡烛，照得殿堂雪亮，贡桌前一个小沙弥正拿着一把剪刀修剪灯芯，以防灯花崩落。狗娃抬头细看，宝殿正中释迦牟尼丈六法身垂手屈指披着新装，垂目悲悯宝相庄严。观音、普贤、文殊、地藏四大菩萨伺立左右，也都体态庄重慈祥微笑。正面壁画绘着五百罗汉，有的慈眉善目，有的开怀大笑，有的面目狰狞，有的沉思不语，工笔彩绘栩栩如生。再看两侧，绘的是目连救母的故事，狗娃哪里懂得。但见一堂贴画满目流云，宝旌、璎珞、云车，天神们手执华盖、琵琶、降魔杵、九环锡杖、流云宝瓶，种种无常鬼判、难人、炮烙、油鼎、骷髅，或金碧辉煌，或阴森可怖。所有进得宝殿的善男信女或跪拜礼佛，或俯首诵经，梵音绕耳，宝磬回响，甚是庄严震慑。

　　随着众香客上香礼拜，狗娃跪在人群中，不时地左顾右盼环视着周围的僧众，以冀在那些身披袈裟的人丛中找到三师父的面容，可偏偏都是些生面孔。狗娃大失所望，他悄悄起身溜出了佛殿，来到偏院讲经的坛场又是逐一细看，后又到了伙房，凡是有僧人的地方都找过了，始终没有看到三师父的踪迹。

没有找到三师父，狗娃有些失望，满脸的惆怅，一步一步地出了华严寺，依旧来到刚才吃饸饹的摊子前。那卖饸饹的认出了狗娃，一边招呼他坐一边舀了碗饸饹汤放在狗娃面前。荞面饸饹汤味道不错，只是有点儿烫，狗娃一口口地啜着，低头不语，似乎在想着什么。忽然听见身后一阵嚷嚷，狗娃回头看时，只见从华严寺的山门口出来了好几个人。前面是两个仆人样的随从，一位五十上下的妇人在一个侍女的搀扶下徐徐地走下台阶，一个白胡须的老和尚正与其作揖道别。看那妇人，只见她身着一领石青色大襟缎子上衣，玉色镶边，下穿一件雪青色的绣着金丝梅花的百褶裙子，只是好像没缠过脚，天足穿着一双绣花软缎鞋子，头上的银簪在阳光的映照下熠熠生辉。一看就是有钱人家，不是许愿便是还愿。再看下山的路旁，一溜溜摆着两副带着遮阳篷的滑竿，几个抬滑竿的杠夫在一旁候着。狗娃见不得这些装模作样的富人，鼻子哼了一声继续喝汤。

没想那卖饸饹的打开了话匣子，他一边揉面一边对狗娃说："乡党，你认识这人不？我给你说，这是魏夫人，是北岸子骊邑县人，每年三月二十八都来这儿礼佛。她昨晚就到了华严寺，光贡品就驮了三四驮子，咱穷人也上香哩，一把香、几个贡馍，羞死了！你看人家的贡品，那才叫真正的上香！银圆、白米、细面、清油，哪一样也够咱穷汉人家吃上一年半载的。今早听寺里看门的小和尚说，魏夫人昨天就来了，做完了道场，诵了一夜的华严经，今天趁大批香客还没来就要回去了。老太太是个大善人，家大业大，经常帮助救济穷人，听说昨天来时，沿途给穷汉人家散了好多铜圆。"旁边一个卖炒凉粉的也帮腔说："听寺里的小和尚说，他们家有钱不说，势还大得狰狞，好事都往一块儿凑哩，人家骊邑西安都有字号不说，儿子还是骊邑县保安团的团长。"

哪知说者无心听者有意，当狗娃听卖饸饹的说到骊邑县时，就停止了喝汤，后来又听说她儿子是保安团团长时，他手里碗也放下了，仿佛思考着什么。猛地，他站了起来，连招呼都没打就大踏步地走了。嘴里不住地念叨着："魏志虎，魏明禄，哼！团长，锤子团长，我就要你认得我姓孙的哩，咱走着瞧！"

# 二十八

魏明禄是魏志虎的大儿子，也是他唯一的儿子，自小聪明好学有志气，魏志虎爱得不得了，十三四岁就送他到西安城去读书。可这个魏明禄，不知吃了啥药，总是不安分，与他父亲的想法老不合辙。

民国八年的一天，在西安城读中学的魏明禄忽然背着铺盖卷回到了家里。这不逢节不逢假的，有吃有喝有钱花咋就回来了？夫妻俩一问，原来是他在学校不好好念书，被校方开除了。

魏明禄当年十八岁，在西安三秦中学读书。民国八年的春末夏初，北京的学生、市民、工商人士罢市罢课上街游行，反对《巴黎和会条约》，提出"外争国权，内除国贼"，要求废除"二十一条"，群情激奋，如火如荼。学生们冲进了曹汝霖的家，还痛打了章宗祥。跟着，西安的学生也组织起来游行，声援北京的学生，三秦中学也闹起了学潮，领头的就是魏明禄。事情过后，魏明禄因领头聚众闹事被学校点名开除，便回到了骊邑家中。

魏志虎骂儿子这么好的条件不好好念书，胡生"六枝指"，吃饱了撑的。儿子不但不领情还反唇相讥说："这是个锤子世道，你看好，我还想把它砸散伙哩！运气还不错，要不是校长替我求情，我早都蹲了监了！"魏志虎见儿子不听话，依然这样顽劣，气得直跳脚。可骂归骂，儿子终究是自己亲生的，人常说"宁叫气死，莫叫想死"，这话却是真的。

一个十八九的小伙子整日待在家中，魏志虎觉得不是个事情。恰巧骊邑县地方武装扩充，保安团招人。魏志虎一想，不如让儿子在保安团谋个事，一是能把他引上"正路"，根据这娃娃的秉性，也适宜干那个事情；二是保安团有了自己的人，对自家也有好处。魏志虎不怕花钱，于是他请客送礼又经过多方周旋，替儿子报了名。那天省里来人面试考核，魏明禄不管是应答对话还是单杠、双杠、跑步、木马，都名列前茅，加上他读过中学，能写一手漂亮的字，于是魏明禄就在保安团当了文书。

有道是"处处绿杨堪系马，家家有路通长安"，就是这个保安团，却给了这位思想激进、不安现状的热血青年提供了一个施展才华的机遇。

　　魏明禄到了保安团第二年，骊山深处骊邑和玉山交界一带出现了匪患，一股土匪经常趁晚间打家劫舍，抢夺当地富户的财物，闹得当地人不能安居乐业。骊邑县民团几次派兵围剿，可那些山匪都在暗中，队伍一到就不见了踪影，拔脚刚一离开就又出来了。弄得骊邑县民团焦头烂额不说，还死伤了好几个团丁。这年夏天，魏明禄的一位同学来骊邑玩耍，那同学是玉山县人，无意中从他口中得知，那股山匪的头头是他的一位远门表兄，姓齐，小名升子。升子家穷，他大曾给那同学家里扛过长活。升子他大老实勤快，那同学父亲又善良豁达，一来二去，两个人关系处得很是要好。那同学父亲每年给升子大多开工钱不说，还从其他方面给他家许多恩惠，每到过年，两家人还互相来往。那年升子他大死后，升子当了土匪，干着打家劫舍的事，名声不好，那同学的父亲便辞退了他，这几年两家才疏于来往了。那同学叹了口气，以不无同情的口气给魏明禄讲了升子当土匪的无奈。

　　升子的老家本在商州，他爷因一件人命案携家外逃，几经周转才举家搬迁到金山镇一个名叫牛槽的小山沟里，他们在山崖上掏了孔小窑洞住了下来，想安安稳稳地过日子。起初，升子爷爷带着升子大开荒种地，日子尚能自给。升子他大长大之后给金山镇一个商号做佣工，有些收入，日子逐渐有了起色，也娶上了媳妇，没几年，生下了升子姐弟几个。后来升子爷去世了，升子姐弟也长大了，升子被他大送到城里一家皮匠铺当学徒，升子大带着婆娘女儿在家里种庄稼。哪知，事情就出在了升子他姐的身上。两年前，升子姐已与岭南村一个小伙定了亲，说的是当年就要迎娶，可偏偏地男方的爷爷生病死了。当地的风俗，家中有了丧事，三年内不能迎娶，升子姐只好暂时待在娘家。升子姐十七岁，出落得如同天仙似的，红是红白是白，水灵灵的，浓眉大眼、身材匀称，走起路来像风摆柳，村里人称她"赛娘娘"。可在那个社会，穷苦人家姑娘的相貌过于出众并非一件好事，加上升子家是外地来的，独门独户居住，无依无靠家中又穷，因此常受到一些不良之辈和地方上那些恶势力的觊觎和欺负。

　　三年前，在一个风高月黑的夜晚，升子在皮匠铺做学徒不在家，一个山匪头带着几个小匪踢倒了他家的窑门，拿枪逼着抢去了升子姐，升子大拉着不让走，被山匪头照腿上打了一枪（后来那山匪收升子姐做了压寨夫人，还托人送来了一百块大洋的彩礼，给升子大提酒疗伤，就算认了这门亲，那是后事）。升子大自从那晚女儿被抢之后，不但右腿被枪打断了，还吓得得了个"稀屎痨"，不自觉间常常把稀屎拉在炕上和裤子上。虽说是后来治好了腿伤，可半年不到他就离开了人世。升子家自此便一蹶不振。

数年之后，升子长大成人，一想起这事就心中不痛快，他一心要报这个仇。经过了反复的筹思准备，一天，升子怀里揣着一把割牛皮的尖刀，假装去探望姐姐和姐夫，来到那股山匪盘踞的巢穴华胥寨。说是一股土匪，其实只有五六个人，而且只有那匪头有枪，手下的几个喽啰只有两杆装火药的土枪。那山匪头认为既结了亲戚就是一家人了，压根没有防备，最根本的一点就是没把升子放在眼里。升子进了姐姐居住的窑洞，见了那山匪头，先是一笑说道："既然你娶了我姐，你就是我姐夫了，往后我还要依靠你哩。"那山匪头头脑简单，也客气地做了解释，说自己打他父亲那一枪实属万不得已，现在心里还后悔。土匪头心说，我已给了他家钱，还替他大治了伤，毕竟我娶了他的姐姐，他一来也增加了我的力量。寒暄了一阵之后，就回过身给升子倒茶。就在他回头倒茶的当儿，升子猛地抽出怀中的尖刀，使尽全身力气照着山匪头的后背连着刺了十几刀，最后还拉长劐了几刀。那山匪头震颤了几下之后，连一声也没哼就倒地死了。随后升子拿起挂在墙上的短枪，再后来，他就代替那强人做了这股山匪的头领……

听了那同学的述说之后，魏明禄心中有了底。他读过书，也年轻气盛，跃跃欲试地总想干一番事业。这天晚上，魏明禄经过了一番筹思之后，做了个大胆的决定：让这位同学牵线，他以二百块大洋相许，愿意与升子见上一面，并交个朋友。他们编好了理由，说魏明禄是一个搞写作的文人，非常敬佩升子的胆量和豪气，愿意把升子的传奇经历写一部像《三侠五义》那样的小说在社会上流传。商量好了之后，魏明禄写了一封信连同一百块银圆让那同学带给升子，并说事后再付一百块。升子接到信和钱之后，起先不信，以为这是政府使用计策捉拿于他。后经过他的那位表弟再三解释和从中斡旋，加上升子在西安东关做一家皮货店相公时，闲时常常听说书人讲《三国》《隋唐》和《三侠五义》，对古人的做派和为人很是赏识。在那同学的一番解释和缠磨，并拍着腔子承诺升子提出的条件后，魏明禄终于和升子在玉山深处一个名叫三官庙的地方见了一面。两个人见面之后，从古至今，从鬼到神，从官场的腐败到民间的疾苦，从个人的命运、人生的机遇和世途之险恶说起。二人分析、辩论，各抒己见、推心置腹，有时开怀大笑，有时反唇相讥；有时所见略同，有时各不相让。总之很是投机。他们俩一见如故，魏明禄当晚没有回去，就在山里住了下来，他和升子同吃同住，喝酒品茶，促膝相谈，无话不说。

在一个凉风习习的夜晚，升子招待魏明禄喝罢汤之后，两个人并排走在山间的一条小径上。这是一个非常美丽的初夏的夜晚，一旁是如墨如黛的山峦，一旁是曲曲折折的山径，半圆的月亮悬挂在天空，山涧里的水流声动听悦耳。微微的山风迎面吹来，湿漉漉的空气弥漫空中，不胜惬意。起先，两个人都没说话，走着走着，魏明禄不由得叹了一声说："好一个美丽的夜晚啊！"升子听了之后，偏转了脸，望了望身边这个留着西洋头、一身学生装、满身书生气的身影，那微微翘起的下颌，高挑的身材挺拔而有风度，在月辉浅光浮影中煞是好看。不过升子对他的那句话却不以为然，心说，你是家有余粮心不慌，皇上他妈拾麦子——不为度荒为散心来。就笑了笑说："唉！有吃有喝、不愁柴米油盐的人欣赏的是景色，你知道今天晚上有多少穷苦人家在熬煎明天没米下锅，多少百姓在忧虑无钱看病，普天之下有多少百姓被人欺凌而怨天恨地？"

魏明禄猛不防被升子问得愣住了，可他毕竟是胆识过人、能言善辩的魏明禄，他回过头莞尔一笑，解释说："老兄说的对极了，咱中国数千年来受封建压迫，最穷苦的是庄稼人。他们祖祖辈辈面向黄土背朝天，一生任人宰割，至死衣不蔽体、食不果腹。如今虽说推翻了清朝，老百姓怎么样？还是那样穷，依然受封建军阀的压迫和剥削。"说到这儿他话锋一转又接着说，"兄弟说句大不敬的话，老兄莫要见怪，刚才你的话还没说完，我为你补充一下。百姓们受官府和佃主盘剥不说，还要受那些为富不仁的恶霸的欺侮。你们这些山匪打闷棍、使绊索，明火执仗打家劫舍，也是百姓们不能安居乐业的原因呀！"说到此处，升子如同被芒刺扎了一下，猛然从腰间拔出了手枪，对准了魏明禄的胸膛厉声说："你到底是谁？你要干什么？不说实话，明年的今天就是你娃的周年！"

皎洁的月光洒在这静谧的山间小路上，月光下，魏明禄清楚地看见升子那股充满了杀气的目光，他不屑地微笑着摊开双手，仿佛什么也没发生一样说："老兄别慌，也甭害怕，这荒山野外就咱们两个，你手中有家伙，我手无寸铁，我又能咋样呢？"说着轻轻地推开了升子手中的枪，转过身一个人朝前走，来到一个塄坎前，他站住了，朝对面的山坡上静静地望着。隔着河谷对面是一家农舍，隐约间有忽明忽暗的灯光，偶尔还传来几声犬吠。

升子并没有放下手中的枪，他依然如临大敌，一句话也不说。见是这样，魏明禄笑了笑说："你若问我的来历，那我告诉你吧，要说我是来和你交朋友的也对，要说我是来采访你的也对。既然咱二人交了心，无论是你还是我，就不能再相互猜忌了，你说对吧，升子哥？"升子似乎明白了什么，点了点头，拿枪的手缓缓地垂了下去，可他依然没有放松警惕，嘴里蹦出了几个字："你说，继续说。"魏明禄见场面有所缓和，接着说道："咱们既是朋友，就得坦诚相待，既然话已经赶到了这里，我不妨告诉你老兄。首先一个咱们是朋友，我是以一个朋友的身份来与你交往的，绝不会做伤害你的事情，这不含糊，你放心；第二，我不瞒不哄，我叫魏明禄，是你表弟的同学，官面上的身份是骊邑县保安团的上尉文书。因为我十分敬佩你老兄，才到这儿来专门拜访你，与你交朋友的。"听到这儿，升子不禁身子一震，他心中明白，自己做的两起案子都是发生在骊邑县境内，而且还与骊邑县保安团交过手。其间，他带着手下与之周旋，飘忽不定，弄得骊邑县保安团狼狈不堪不说，还死伤了好几个团丁。想到这里，升子的心中又不安起来，又慢慢地举起了手中的枪。他用枪指着魏明禄说："既是这样，咱明人不做暗事，你就照实说，你要干啥？"魏明禄仰面朝天笑了笑说："哈哈，看来你并不是我想象之中胆识过人的英雄，就这么个气量！我多方托人结识你，为的是想让你走上正路，再不要做哪些骚扰百姓、不为人称道的事了。"升子还是不以为然，为自己辩解道："既然你说到这儿，我可以指天发誓，我齐升子虽啸聚山林、打家劫舍，却从没做过伤天害理的事！我虽是土匪，可我祖祖辈辈都是受人欺凌的穷苦人，我不欺侮穷人，我所抢劫的都是那些为富不仁的有钱人。"

魏明禄拍了拍巴掌哈哈一笑说："好好好！我就是喜欢你这样的气魄和坦诚，就是喜欢你这样的性格。放下枪，咱们兄弟二人深入聊聊不是很好嘛，不放心的话你把枪拿着，咱们边走边谈。"升子手中提着枪走上前来，与他并肩而行，只是右手的食指依然没有离开扳机。

月亮在白云间穿梭，时暗时明，山野静得出奇，二人的呼吸声仿佛相互都能听见。魏明禄说："升子哥，我是以我个人的名义来找你的，没掺杂一丝一毫的不敬，更不会加害于你的。我知道你们家所遇到的不幸和你心灵所受的创伤，你憋屈，你愤懑，心中充满了仇恨，你要报复社会，你有一股复仇抗争的心理。再加上你背负着人命，时刻得防备仇家的追杀和官府的缉拿，你的处境我是知道的。可你不该良莠不分，抢劫伤害良善人家，闹得普通百姓不能安生。听说上次你在豹子沟打抢了一户人家，抢去了人家的财物，打残了一个人不说，还伤害了一条人命，这又怎么解释？"

升子静静地听着，他沉默了好长时间，忽然说："兄弟，你说的都是实情。"他的声音有些悲凉，似乎在按捺着自己炽热的烦躁和煎虑，他抬起手中的枪指了指月光下那条曲曲折折、闪闪发光的河流，继续说道："你和我之间就像隔着这条河，你在河那边，你有你的身份，你有你的地位；你不愁吃，不愁喝，不愁衣穿，要啥有啥；你名正言顺在官场干事，且能呼风唤雨，你的话也在情在理。我在河这边，河这边的事你未必就能知道。我是个啥？我没爹没娘，没庄子没房，是个烂娃，一个人要活命，做个老好人就得处处受人欺负。"升子惨笑了一声，在寂静的山野里，这声音听起来令人恐惧："我给手下约法三章，绝不许欺凌穷人，我们专做有钱人的'活'。你说得对，上次在豹子沟，打残了一个，打死了一个，那也是万不得已。我若不打死他，我就要被那人用铡刃劈死。事情到了那一步谁也没有办法，哪个愿意这样做？就像去年有一次，我带领弟兄们劫持了南山的一帮行商，虽说是些穿草鞋扎缠子、背着背篓的穷苦人，打劫伤害他们是造孽犯罪，可我们好几个月没有钱花了，眼看着就断了顿，难道等着饿死？再说了，既当了土匪，就得在刀刃上舔血。"

魏明禄从兜里取出一盒香烟，抽出一支递给升子，替他点着火，把另一支叼在嘴里说："升子哥，看来你说了心里话，可你说的都是土匪的话，你说的都是些梦话，听起来蛮有道理，其实大错而特错。你以为你强势，你以为你厉害，是不？你往这尘世上看，有哪个土匪是能善终的，又有哪个土匪能延续自家的香火？在咱关中的堡堡寨寨，哪个村子没有荒芜的宅院？这些没人居住、杂草丛生的庄院都是些歪人、厉害人、横行霸道的人丢下的。他们哪儿去了？死了。不是早早患病死了，就是被仇家花钱雇人弄死了。而惜事的人，能忍能让的人，也就是大家说的'鳖人'，虽有酸甜苦辣，可却一代一代在这世上活着。哥呀，弄事不是这样个弄法！那些靠坑蒙拐骗得到不义之财的主户们自有天谴，咱不去说。那些贩夫走卒，求人看脸筹集些资本做个小本生意赚几个小钱，还有那些庄户人家，凭祖祖辈辈辛苦勤劳省吃俭用积攒些钱粮，而你们，却仗着有枪在手，不思劳作，坐享其成，强归己有。那些特别有钱有势力的你们绕着走，专拣软柿子捏，专拣那些住在深山，老实、善良、刚刚解决温饱的人欺负，把个山里的老百姓搅闹得不得安宁。要知道，冤有头债有主，欠人的迟早是要给人家还的。升子哥，你要记住'千夫所指，无疾而亡'这句话呀！"

这几句话果然刺到了升子心中的痛处，他沉默了好久好久，舔了舔嘴唇说："你说的话情理当然，我何尝没有想到这些！"说着他把枪揣到了怀里，接着说，"说心里话，你和我天悬地隔，我们之间隔着一条河，我的遭际和我的想法你是永远也不会明白的。走这条路我也是万不得已，谁愿意放着平安日子不过堕入地狱？这边人的苦楚你又怎能得知？唉！土匪也是人呀，也有难以告人的苦处。就像我，如今都三十三岁了，尚未成家不说，还身背数条命案，早晚是个死。我的姐姐和姑姑都还健在，还有我曾经学手的皮匠铺掌柜，他们对我恩重如山，我不仅不能报答他们，还不敢前去探望，只能在梦中与他们相见。"说着，升子用手背揩了揩眼睛，吸了几下鼻子。

升子的声调中带着凄楚、愤恨、忧伤和无奈，月光映着他那苍白的毫无血色的脸，似乎在苦笑，直愣愣地看着魏明禄。他有些颤抖，几乎站不稳身子，像一个走投无路的孤魂在荒坟里呼吁和哭泣。自打生在这个世上，魏明禄还从来没有听到过如此悲怆的绝叫，使人心寒透骨，他禁不住伸开双臂抱住了升子的肩膀，颤声说道："升子哥，请你不要灰心，我可以帮助你，成全你，我可以带你走出低谷，并且要叫你有个体面的事干，让你忘掉那段经历，重新仰起头做人。"说罢，魏明禄握住了升子的手说："升子哥，咱俩就在这儿结拜为异姓兄弟吧！""结拜？"升子若有所思，他仰着脸看了很久很久，猛然间他攥紧了魏明禄的双手说："好兄弟！只要你不嫌弃我就行！"于是二人跪倒在地，拈草为香，对着早已偏西的月亮拜了三拜。

……

魏明禄凭借着自己的胆识和魄力只身入山，没费吹灰之力平息了骊山深处的那股匪患。地方政府很是赏识，并将此事报到地方行政督察区。之后，督察区提升他做了骊邑县保安团副团长，后来又升了团长。再后来，骊邑县保安团新增添了一位连长，姓齐，据说这位连长就是升子。

# 二十九

钮氏老太太是一位虔诚的佛教徒，她最敬仰和崇拜的就是唐时的李通玄，一生喜诵华严。自定居在骊邑县之后，每逢三月二十八她都要来华严寺，上香拜佛做道场，且每一次都是先一天入寺礼拜，诵一晚的经，在第二天过会时回家。儿子魏明禄孝顺得不得了，为防不测，母亲每一次去华严寺进香，他都会派一个班的团丁护送。可老太太最讨厌的恰恰就是这个，她说自己一生吃斋念佛乐善好施，能出个啥事？即便有个事也是因果所致。她嫌儿子这样做扎眼，说，我是拜佛去呀，又不是和人打仗去呀，这样做是折我的寿哩！好几次都把那些背枪的赶了回去。魏明禄虽然口中应允，可他心里害怕，他知道自己身为保安团团长，为一方治安经常和土匪干仗，黑红的杆子都撞过，交恶太多，结下冤家对头不在少数。那些亡命之徒啥事不敢干？万一母亲被人绑了票，要钱不说，自己的脸往哪儿搁？所以每次他都安排一个班的团丁装扮成老百姓远远跟着，暗中保护母亲。

钮氏老太太离了华严寺，和一个贴身丫鬟坐在两副滑竿上，翻过了几架岭，又越过了几道涧，那滑竿一闪一闪的倒也舒服。这时已经过了午时，日头渐渐偏西，钮氏心软，总觉得那几个抬滑竿的杠夫辛苦，不时地叫他们歇息喝水。可这几个杠夫倒无所谓，他们说这算个啥，只要吃饱，再给几块钱零花，力气就又出来了，这路比他们老家的路好多了。原来，这几个抬滑竿的是安康人，去年魏明禄到西安城给自卫团招兵，在绥靖公署碰到了一个同学，说是有几个哥儿们在老家犯了事，没个去处，叫魏明禄收留了，给口饭吃就行。魏明禄就把这几个人领回来了，这些人也就成了他的朋友。这次母亲要去华严寺上香，魏明禄就派他们几个护送。这几个人在保安团整日无事，巴不得外出逛逛，钮氏叮嘱他们注意安全，他们几个笑说："大婶尽管放心，我们几个在老家常干这事，包您老人家坐着滋润舒坦。"一个爱说爱笑的后生还说："大婶，您坐好了，听我们给您唱几句曲子开开心！"于是他们几个边走边闪，一前一后地就唱开了，那些微带着蜀地口音的山歌听起来还真的不错。

前面领头的唱道：

肩上抬滑竿呐，

后边几个紧跟着：

有吃又有穿呐！

滑竿提起来，

要把贵人抬。

烂草鞋，

提起来！

龙抬头，

往上游。

幺二拐，

两边甩。

墩子路，

有步数。

抹斜坡，

慢慢梭。

天上鹞子飞，

地上屎一堆。

这儿坡儿陡，

上去就好走！

前面有个妹子家，

莫打野眼把心花！

花儿身边有条狗，

不要惹它绕道走！

……

两副滑竿，一副精致，油漆彩绘，盘花金丝藤藤椅，两边编着极其精致的扶手，座椅上还有丝绵做的坐垫和靠背，是钮氏老太太坐的。另一副只是两根竹竿绑着个藤椅，没有铺丝绵坐垫，自然是那个侍女彩绒坐的。为了防晒，两副滑竿上都有遮阳的顶篷和四周的围纱。刚才从华严寺下来就要动身时，那个名叫彩绒的侍女忽然尿急，跑到没人处小解，几个人都站在那儿等她。哪知彩绒自知耽搁了大家行路不好意思，红着脸一来就急急地上了滑竿，情急之中上了老太太的滑竿，几个抬滑竿的想瞧热闹，也不提醒只是抿嘴笑。彩绒见大家笑，一看上错了，脸一下子红到了耳根，赶紧下来，可老太太已端端正正地坐在了彩绒的滑竿上，笑说："还不一样，你就坐在那儿！"彩绒哪有这个胆子，她一边把老太太往下扶，一边红着脸解释说："老夫人，刚才，刚才也不知咋的，就……"钮氏老太太说啥也不下来，她笑呵呵地一边给彩绒整理着被风吹散的头发，一边说："无妨，无妨，那有什么？佛说，我本万物，万物皆可成佛。都是滑竿，你坐我坐那是一样的。好了好了，彩绒你就听我的话，坐过去吧，反正我是不下来的。"彩绒见老太太没有下来的意思，站在那儿还不敢坐，等了好大工夫，实在没有法子，只好又坐上去了。

抬滑竿的小伙子不敢与老太太开玩笑，就和彩绒逗上了，抬彩绒的那两个加快脚步把老太太落了好远好远。他们把个滑竿闪得老高，还一甩一甩的，弄得彩绒晕头转向。她双手紧紧抓住两边的扶手，一边咯咯地笑着一边求饶地说："哥呀！慢点儿，慢点儿，把人都摇散活了。"那两个抬滑竿的一边甩着一边取笑说："好我的妹子哩，累的是我俩，舒坦的是你，拿钱也买不来的。"说着还唱起了酸溜溜的曲子。

那个在前面的吆喝道：

　　　　镇长的烟袋保长的腿，

后面那个接着唱：

　　　　婆娘的闲话学堂的匪。
　　　　前门进来个董达董，
　　　　穿的皮袄绾的领。
　　　　两山夹一缝——哈哈，
　　　　林下有一洞——呵呵！
　　　　远来的大雁独脚伙，
　　　　本地的雀雀帮手多！
　　　　弯弯——我弯弯拐，
　　　　甩甩——我甩三甩！
　　　　……

他们几个嘻嘻哈哈边唱边行，两副滑竿一前一后大约相距半里路之遥。盘峰过涧，穿山越水，终于临近了骊邑县境，顺着那条波涛翻滚的山溪来到了一处高高的坡崖下面。走了半晌，抬滑竿的觉得有点儿累，脚步也慢了，话也少了，那个领头的回过头高声用安康话吆喝着说："哎——弟兄们，打个尖，歇个脚，吹个呼哨放个臊——"后面的两个也高声应道："要得——"于是他们便放慢了脚步想物色一个平坦阴凉处准备歇息。正在这时，猛然间听见身后的山坡上"轰隆隆"一阵响动，领头的抬头一看，只见旁边的山上滚下来好几块巨石，直奔着他们而来。他吃了一惊，随即站起身大喊一声说："啊呀不好！还不退后！"随即将搭在滑竿上的双臂朝后使劲儿一拽，往后倒退了几步，前边的那个杠夫被拉得踉踉跄跄地退了几步之后，一屁股坐到了地上，滑竿被甩得翻了个个儿，坐在滑竿上的彩绒被甩出了藤椅。也就在同时，一块巨石正好砸在了他们的前方，翻滚了两下之后落在了河里，把河水溅得老高。要不是他们俩退得快，那块巨石正好砸在彩绒坐的滑竿上。两个抬滑竿的才说要去扶她，接着又是一阵响，又是几块石头朝彩绒滚了过来，一块石头撞中了彩绒的腿，只听彩绒"啊呀"了一声，两只手抱住腿就躺倒了。那个领头的仰头一看，影影绰绰好像有一个人在上面往下掀石头，心说不好，立马意识到，有人在这儿设伏，不是抢劫财物，而是要杀人。那领头的向山上望了望，吩咐那个伙伴去搀扶保护彩绒，自己将右手的食指和拇指放到口中，猫着腰使劲儿打了三声呼哨，接着大声喊道："各位听着，山上有歹人，留两个人保护好老太太，其余的随我抓人！"随即从腰间拔出一把短枪就往山上冲去。这时，不知从哪里又来了四五个人，他们一边放枪一边大呼小叫着向山上冲。

领头的没有猜错，设伏袭击钮氏的不是别人，正是孙狗娃，他要杀死钮氏老太太为自己的父亲报仇。本来，狗娃在三师父和泮池爷的开导下，已懂得了一些道理，他知道目前自己还没有替父报仇的实力。他清楚地记得那次行刺魏志虎不成摔断了腿，母亲曾凑到他跟前一把鼻涕一把眼泪地劝说："好我的小祖宗呢，咱们是穷家又是单传，事事不如人，咱能惹得起谁？这世道不怕贼偷就怕贼惦记啊！"母亲乞求和哀告着，只差没给儿子跪倒。狗娃望着妈妈那乞求的目光，从心里流了泪，也明白这个理儿……可这一次水莲出嫁的事深深地刺痛了他的心，他不明白老天爷为啥事事与自己作对，事事不让他孙狗娃舒心，这究竟是为什么？他要请教三师父，没有找到。今天在林子里明明自己赢了钱，可那几个家伙反而输打赢要把钱拿走了不说，自己还挨了打。狗娃心中窝火憋气，他想打人，他想泄愤，他苦于找不到发泄的机会。碰巧仇人魏志虎的老婆和自己遇到了一起，他一时激愤，心说，找不见碰见了，机会难得，今天非出了这口恶气不可。就浑浑噩噩地做出了决定。狗娃断定，坐在前面那副豪华精致的滑竿上的肯定是魏志虎的老婆，于是抄小路跑到了前面，选了个他们必须路过且比较有利的地方，设下埋伏，要用滚石要那老太婆的命，然而却又是一次阴差阳错。

魏明禄派来的那七八个团丁都是筛选罗过挑出来的，个个精明强悍能打能拼，他们一见出了事，一齐号叫着向山上冲去。狗娃怎么也不会想到路上那几个背背篓、吆牲口的都跑过来抓他，而且手里都抄着家伙，心说不好，就顺着身后的草坡溜了下来，顺着一条山路撒开脚丫就跑。他小时去舅舅家常从这儿经过，知道沿途都是陡峭的石山，植被较少无处藏身，也知道只要不离这条山路出了谷口就是玉山县境，地形他特别熟。魏明禄派来的那几个团丁也是些亡命之徒，他们一是要在魏明禄面前邀功讨好，二是一心要在人前显示自己的本事，领头的那个远远地瞄准了狗娃的背影，一边放枪，一边紧追不舍。在山路上行走的山民一听枪响都吓呆了，以为是土匪之间发生了火并，一个个战战兢兢地躲在路旁不敢乱动。领头的团丁扯着安康口音喊着："喂——喂——前面的，挡住龟儿子，挡住啰——"过路的山民见枪打得"叭叭"响，吓得心慌腿颤，哪个敢上前拦挡？

狗娃在前面奔跑，不时地回头瞭望，只想说他们跑累了就不追了，谁知这几个都是些咬透铁锹的二货，死命地追赶还想抓活的。狗娃心中有底一点儿也不慌乱，凭借着自己的体力，始终与那几个团丁保持着距离，心说，想要追到我，妄想！我还要逗你们的乐子哩。他不时地跑跑停停，故意气那几个。眼看就到了谷口，出了谷口头一个村就是天喜他姑家。他知道再往前拐过弯，路旁就有个石洞，只要钻进洞里就啥事也没有了。当地人把那个石洞叫长虫窝，是一个天然的石洞，很深很深，在山那边还另有一个出口，有一年天喜带着他到姑姑家玩了几天，他们俩还钻过那个石洞，进去拐了几个弯之后，从后山的一个出口出来了。

虽是这样想，狗娃子却丝毫不敢大意。他气喘吁吁地在前面跑，过了一户人家，又绕过了那几棵大栗子树，眼看着离长虫窝近了，这时，迎面过来了五六个人。后面带头的团丁一边招手一边呐喊着："喂！前面的乡党听着，这家伙拦路抢劫，下手挡住狗日的！逮住了有赏——"那几个人听见呐喊声，抬头看时，只见一个小伙子满头大汗地在前面跑，几个人拿着枪在后头拼命地追。这几个面面相觑，不知所措。就在这时，其中的一个有着豺狗子一样嗓音的人忽然高声喊道："哎！快看，这不是今早踢了咱们场子的那个家伙？还不上，抓住狗日的报仇……"

真是冤家路窄，迎面来的这几个人不是别人，恰恰就是在树林子设赌场和狗娃打架的那几个家伙，为首扯着豺狗子叫声的正是那个宝官。他们几个弄钱不成反被狗娃踢了场子，下午在华严寺吃了饭，从另一条路下来准备回家，刚走到这儿就碰见了狗娃。仇人相见分外眼红，那几个轱辘子客扔下手中的东西，"哇哇"叫着向狗娃扑去。尽管年轻力壮，但一路的奔跑，狗娃真的筋疲力尽了。好汉还怕四只手，这几个人又是以逸待劳，狗娃被这几个人抓住扑倒，结结实实地按在了地上。那几个团丁上来一顿拳脚之后，五花大绑着把狗娃拉走了。大约晚上掌灯时分，狗娃被押解到了骊邑县保安团，关在了一个黑房子内。

三十

当钮氏知道路上出了事，彩绒的腿被砸伤了，吓得她浑身哆嗦直念佛，她以为是那些占山为王的强盗为了弄钱使的坏。唯恐再伤了人命，老太太对几个手下人叮嘱说："穷寇勿追，赶跑了就行，赶跑了就行，千万不可伤了人命。"

领头的团丁不敢怠慢，小心翼翼地将老太太和彩绒送回了家，随后赶紧回到团部。恰巧魏团长因事去了西安，他就把路上发生的事给连长升子汇报了。升子纳闷地说："这家伙吃了豹子胆了，先把他关起来，等魏团长回来后再动刑审问。"

老太太心烦意乱地回到了家，她想把路上的事告诉丈夫魏志虎，家里人说，老掌柜外出还没回来，她就啥也没说。吃罢晚饭之后，歇息了一会儿，赶紧又去看彩绒。这时候请的先生已经来了，那先生看了看彩绒的伤情，说是骨头受了伤，不太要紧，主要是受了些惊吓，用药酒洗一洗，再吃几服中药调理一段时间就会好的。钮氏这才放下了心。她坐在彩绒跟前安慰了一会儿，看着她睡着了，就进了里屋的佛龛前，上了一炷香，跪在袱墩上双手合十默诵祷告，也不知说些什么。

夜深了，一个侍女来给老太太扫炕铺被，言谈中说是把那个投石害命的凶手抓住了，有人认得他，那家伙好像是南孙堡的。钮氏一听这话，仿佛被什么东西猛击了一下，头脑一阵晕眩，立马站也站不稳了。她伸手好像要扶住什么，没有扶住，一下子跪在了地上。这可吓坏了那个侍女，连忙上前把她搀扶起来，一边替老太太拍打着身上的土，一边将其扶坐在椅子上，轻轻地问："老太太，您这是咋了，哪儿不舒服？"钮氏坐稳了，念了声"阿弥陀佛"之后，嘴里轻轻地说着："冤孽，冤孽呀……没事，没有事，一会儿就会好的。"说罢，对那侍女说："我不要紧，你这会儿啥都不要干，立即去把管家许德昌给我叫来，说是我有要事商量。"

管家许德昌是甘肃省人，早年间在西安城的一家京货铺做相公，那时他只有十三四岁。一日早起给掌柜的收拾房间时，失手打碎了一个玉石花瓶。据说那花瓶是掌柜的祖上传下来的，值好多银子，掌柜的一怒之下，叫人将他捆在开间的明柱上用藤条抽打。恰好钮氏从门口经过，听到许德昌撕心裂肺的哭叫声，见一个孩子小小年纪被绑在柱子上抽打，顿生恻隐之心。她停下来叫人问明情况，说了几句好话之后，打发人从家中取来了一百两银票赔了那掌柜的，随手把许德昌领回了家。自此以后，许德昌就成了魏志虎家的小仆。许德昌心存感恩，一心一意替魏家做事。钮氏见他老实能干还挺有眼色，就认他做了干儿子。西安"反正"时，魏志虎一家在米家湾，留许德昌在满城老屋照门，革命军攻破满城烧杀抢掠时，许德昌藏在一个窨井里才保住了命。事后，西安城的旗人被追杀得四散逃命，许德昌打听了七八年都没有找到东家。三年前的一天，在骊邑县城，许德昌无意中碰到了钮氏，二人相认之后泣不成声。相互述说了离别的经历之后，许德昌又来到了魏家。之后，魏家的日子蒸蒸日上，需要个管事的，钮氏看中了许德昌。钮氏在魏家可说是一言九鼎，她不管魏志虎愿意与否，就叫许德昌当了管家。许德昌也不含糊，把魏家的生意打理得井井有条。在魏家，他最尊重的就是钮氏老太太，从来把钮氏的话当作圣旨。

许德昌来了之后，钮氏念了一声"南无阿弥陀佛"，就把当天发生的事告知了他，并说凶手大概是南孙堡的人，现押在保安团部……钮氏的话还没说完，许德昌便咬牙切齿地说："干妈，得是那个孙狗娃？当年行刺我干大误伤了三师父的那个，我估摸八成是他。驴日的这一回犯到了咱手里，不给尿个下马威，他还不知道马王爷有三只眼。好办，我立马就去。"说罢就要往出走。"慢着！"钮氏一声低喊，瞪了许德昌一眼，不无嗔怒地在他的胳膊上拍了一巴掌，说："你看你看，请裁缝哩把狗叫着来了不是，我叫你把破布往浑里缝呢，不是叫你往开扯哩。慢慢地，甭言语，听妈把话说完！"钮氏盯着许德昌的眼睛，不疾不徐一字一句地说："唉，你们这些人呐，叫我咋说哩！不懂佛法，即为愚顽，有些事给你们讲说，你们悟不出理，反觉得人家不对，那是你们懵懂，跟着我学以后就会慢慢明事理的。佛说，一啄一饮莫非前定，万事万物皆是因果，今天发生的事我也不与你多讲，可你要记准了：'念厚如春，念刻如冬。'这句话的意思是说，念头宽厚的如春风煦育，万物遇之而生；念头刻忌的，如朔雪阴凝，万物遭之而死。记得承福寺的三师父那年宣讲佛法曾说过这样的话：'忍一句，祸根从此无生处；饶一着，切莫与人争强弱；耐一时，火坑变作白莲池；退一步，便是人生修行路。'你要知道，妈今天就是叫你做这样的事，今天你若做好了，咱魏家好，你也好，大家都好。"之后，她叮嘱许德昌说："今晚这事必须你亲自去，到得保安团，就说魏家老太太要亲自审问那个凶手，然后把那人提出来，送到县城郊外放他回家。切记，啥话也不要问，啥话也不要说，办好你就回来，妈在这儿坐等你的回话！"许德昌见干妈一字一板说得认真，他满脸茫然，疑惑地望着钮氏，既不敢问也不能问。钮氏见他还没有领会自己的意思，稍稍提高了声音说："咋还没明白？啥话也不要说，啥事也不用问，就这样办，不得有违。"

狗娃挨了一顿打，被五花大绑着拉了回来，扔在了保安团团部后面那间堆放着杂物的黑屋子里。狗娃大骂不止，把一个小头目骂烦了，随手拾了一疙瘩麻绳塞进狗娃嘴里说："骂嘛，咋不骂了？都死到临头了还狂得不行！"说罢又在他屁股上踢了两脚。狗娃从早到晚没吃没喝，浑身像散了架，仿佛一具死尸似的躺在地上。在门口站岗的那个小团丁进来，扳起狗娃的脸，用油灯仔细照了照，他吃了一惊，又反复看了一遍，心说，这不是窝子班唱娃娃生那小子嘛？没麻达，就是他。这个小团丁是吕家堡人，他看过狗娃的戏，认得他，只是不明白这家伙咋被关到这儿来了。他把狗娃嘴里的麻绳拽出来，悄悄问狗娃说，你犯了啥案子被关到这儿来的？狗娃只看了他一眼，然后紧闭双目一句话也不说。那团丁端来了水，给狗娃喝了几口，又拿来两个馍馍让他吃。狗娃吃了喝了仍旧不理睬他。

那小团丁见狗娃不识好歹，又把那疙瘩麻绳塞进了他的嘴里，还踢了一脚骂道："真不识好歹！南山的核桃——砸着吃的东西！"狗娃灵醒着哩，他不说话一是不知道小团丁的底细和用意，二是他确实连肠子都悔青了。他不是后悔仇报得不对，而是后悔自己一时冲动太莽撞了。他想起了麻子叔说的话，干任何事都不能不自量力，自己今天既不知己又不知彼，真的是瓜了，瓜得实实的。完了，这一下完了。可他又一想，完了就完了，头割了碗大个疤，二十年后又是一条好汉。话虽这样说，可他觉得对不起窝子班的爷儿们，他又想起了年纪还未到五十就满头白发的母亲，此时他心如刀绞。还有，水莲这次的订婚为啥要把他蒙在鼓里，还没有顾得上问哩。接着他又想起了许许多多的事情，不禁从心里埋怨自己，边想边骂：孙狗娃呀孙狗娃，你也枉是个男人，你羞了先人了……

想着想着狗娃睡着了，当一个团丁把他踢了一脚，边骂边把他拉起来的时候，狗娃才一阵震颤，立马意识到：坏了，魏志虎的儿子趁半夜三更要自己的命哩！顿时，自己一生的坎坷经历，世间的万事万物，所有的亲朋好友，所有的恩仇因缘，父亲、母亲、魏志虎、魏明禄、泮池爷、三师父、水莲、三麻子，还有窝子班那些长辈的音容笑貌和言行举止在脑海里上下翻腾，他挥之不去，欲哭无泪。忽然，狗娃似乎又想明白了，心中坦然了：锤子咧，死就死，怕啥哩？他想起了《斩单童》中那段酣畅淋漓的唱词："呼喊一声绑帐外，不由英雄笑开怀。某单人独骑把唐营踹，马踏五营谁敢来？敬德不能把头借，二十年后某再来……"狗娃精神一振，挣扎了一下，想高声唱上一板，可身子被捆绑着，嘴里还塞着麻绳，哪能唱得出来。

狗娃被两个团丁从房子里拉了出来，这时一个人来到跟前。黑暗中，只能看见这人戴着瓜皮帽，穿着长衫，看样子不像是保安团的人。只见他附在一个团丁的耳朵上说了些什么，然后从团丁手中接过绳子，只是说了一句："跟我走！"

这时，忽然起了风，还淅淅沥沥地下起了小雨。就要去死了！狗娃不禁打了个寒噤，一种不可名状的凄凉和惆怅使他放慢了脚步，不是在感情冲动的时候谁愿意去死！拉着狗娃的那个人在前面走，后面跟着两个端着枪的团丁，见狗娃走得慢，推了他几把说："走快些，磨蹭啥哩？原来的张狂劲儿到阿搭去了？"前面的那人带着西路口音说："不急不急，黑灯瞎火的，慢点儿好。"来到了城门口，一个团丁给管城门的说了句什么，他们一行就出了城。到了城外，那人好像给两个团丁塞了些钱，又耳语了一阵就打发他们回去了。狗娃觉得奇怪，又走了不到半里路，那人忽然站住了，解开了狗娃身上的麻绳，取出了塞在他嘴里的东西，又拍了拍狗娃的肩膀，用浓浓的西路口音问他说："小伙子，如果我没猜错的话，你就是南孙堡的孙狗娃，上次行刺魏掌柜误伤了三师父的就是你吧？"狗娃听罢，不由得深深地吸了口气，他吐了口唾沫，摸着自己被捆得发麻的胳膊，没接那人的话。狗娃跟着三麻子也学着长了些心眼，他不能不警惕，沉默了一下说："老兄，不是的，恐怕你把人认错了吧，我是山背后人。"那人没事似的笑了笑说："不是就不是，小伙子，没事了，你回去吧。"狗娃像是在做梦，简直不敢相信自己的耳朵。他又摸了摸被捆得发麻的胳膊，看了看站在他面前的人，黑暗中也看不清他的面容。狗娃满腹狐疑地问："啥？叫我回去，把我放了？你是哪位？大名……"那人用他那浓重的西路口音说："啥都别问，再不走兴许真的走不了了。对了，他们都不认得你，今天这事回去对谁也别说。你身上没伤着，歇息两天该干啥还干啥。"说罢在狗娃的肩膀上推了一把说："别磨蹭，还不快走！"狗娃略一思忖，随即迈开脚步，一会儿，就消失在茫茫的雨夜之中。

# 三十一

谷雨前后，连着下了几天雨，天放晴了，是关中地区种棉花的时候了。有牲口的主户前几天就开始种了。高贵生家没牲口，加上窝子班也没揽上事，每天喝两盅之后就睡在炕上不想动弹。自从去年水莲出嫁之后，他的心情极度不好，从心里觉得对不起自己的女儿。真是怕怕处有鬼，水莲结婚刚刚一年，牛继汉的儿子果然死于痨病，水莲年纪轻轻就守了寡。高贵生把自己恨得什么似的，几次想悄悄地结束了自己的性命，可他又丢不下苦命的女儿。于是他破罐子破摔，整天喝得醉醺醺的，糊里糊涂地混日子。

这天清早，贵生刚起来，水莲就急急地走到他的房中，说："大，快起快起！我问好了隔壁三伯的骡子，明天咱就把村南那二亩地种了棉花吧！前些日子你说了，‘谷雨前不种棉’‘枣芽发种棉花’，这会儿谷雨也过了，枣芽也发了，你咋还不想动弹？”贵生转过身坐在炕沿上伸了个懒腰，不紧不慢地说：“种种种，你光知道种，还管不管？到伏天不下雨，咱地里也没个井，还不旱死了？”

“你看你，光咱家没井？光咱家不能浇水？那人家老的少的都拼死拼活地种棉花哩，人家不是傻子！三伯说了，不管咋样先种上，人家拾五捆花咱拾三捆还不行？今年拾些棉花我还想纺线织几丈布哩，不种明年穿啥？”

“我说不过你，可种花总得俩人，一个人摇耧子一个人溜种，你还要在家做饭。”高贵生不愿意违了女儿的令，想了半天挠了挠头说：“我看咱把狗娃叫来吧！我爷儿俩把那块地种了。”其实，贵生真的想叫狗娃到他家来，目的是试探水莲对狗娃有没有那个意思。

自从去冬牛继汉的儿子死了，水莲搬回高城寨以后，狗娃几乎天天到贵生家来练功学戏，遇到饭吃饭，碰到活干活，可贵生总觉得这家伙有些不大自然，心里总有些恍惚。只要狗娃在，水莲就格外地勤快，话也多，也格外高兴。狗娃呢，只要是水莲给他安排的活路，没有不尽力干的，好像有使不完的劲儿。

“叫他不叫他，那是你的事，问我干啥？”说完水莲拧身出去了。

吃罢早饭，贵生就去了南孙堡。

南孙堡是个有着四五十户人家的大村子，城门口有个杂货铺，也是窝子班平时揽活的联络点。杂货铺掌柜姓苏，是个山西人，忒会做买卖。铺子门口的树荫下摆着条凳，铺柜台上放着旱烟水烟和火绳，是个闲话场子。乡党们在这里谈收成、论天气、撒气骂娘，当然也少不了流传在乡间的那些逸闻趣事。

高贵生是谁，各村堡寨老的少的哪个不认识？他还没走到村口，老远就有人打招呼，贵生一边笑着点头拱手一边走进杂货铺。苏掌柜见贵生来了，忙倒茶让座，贵生和苏掌柜边寒暄边接过茶杯坐了。还没喝几口，只见一个人手里拎着几个用马蔺叶串着的油饼走了进来，贵生眯住眼仔细一看，吆嗬！是三麻子！

三麻子一看见贵生，乐呵呵地说：“啊呀高兄！找不见碰见了，寻不着遇着了！才说一会儿去你家找你，没想你就在这儿。”这边话还没说完，三麻子又转过身嘻嘻哈哈地和苏掌柜逗趣了："掌柜的，铁匠炉里火星溅，银匠炉里把铜掺，卖膏药的凭嘴谝，卖油糕的和烫面，都忙活着哩！"苏掌柜满脸堆着笑说："十个麻子九个怪，他叔，叫嘴歇歇吧。"说着招呼麻子挨贵生坐了，回身倒茶去了。贵生知道三麻子心情一好话就多，便问："兄弟，昨晚挖金窖了？看把你高兴的。"

三麻子顾不上回答，顺手拽下一个油饼递到贵生手里，挤了挤眼，小声对贵生说："前天河西（灞河以西）那边来人叫兄弟跟了个事，兄弟的《捉鹌鹑》把驴日的西路给震了，挣了一块现洋不说，还收了几十个铜板的赏，咋还有不高兴的？"他两口吃完了油饼，又倒杯茶喝了几口，把嘴一抹说："谁说油饼没'皇上馍'（玉米面馍馍）好吃！要不是屋里几张嘴要吃饭，谁冒着雨隔河渡水出外跟事哩！"

真是，自从三麻子媳妇嫁过来，肚子就没闲过，三年两个，满炕都是娃娃。麻子又种庄稼又唱戏，闲时还偷偷地背着窝子班捞些外快，可一家人还是吃了上顿没下顿。这回挣了几个钱，偷偷地买了几个油饼在外面躲着吃，权当过生日哩。

三麻子有个毛病，不挤眼说不出话。他挤了挤眼睛说："早知道婆婆娘受这份罪，把那家具割下来扔了算屌！"一想到家里的状况，一想到自己的艰辛，三麻子的脸上立马没有了笑容，调皮话也不多了。"那就割下来喂杂货铺的猫，苏掌柜肯定还得念你的好哩！"贵生为岔过话题，让三麻子不想那些揪心的事，知道一谝到肚脐眼以下、髁膝盖以上那个地方，三麻子定来精神。

"哎，净谝闲的，我差点儿把正事给忘了。"说到这里，三麻子眼一亮，眉毛一扬说，"昨日去木匠红家，他说二军的钱师长给他妈过寿，手下的一个管事专门找他，说是由钱师长出头借戏箱，在他家唱几天'挂衣戏'。党兄说了，这一回咱把力气鼓圆多挣几个。我这不是来告诉狗娃，然后再去你那儿，不想在这儿碰见你了。""啥时候，日子定了没有？""还得些日子，木匠红说咱先得有个准备，到时再提前告诉你。高兄，今儿你来南孙堡干啥？"高贵生于是说了叫狗娃帮他种棉花的事。二人随后告别了苏掌柜，一起去了狗娃家。到了狗娃家，贵生先把明天叫他种棉花的事说了，他和麻子正与狗娃妈拉闲话，狗娃就连跑带颠地去了高城寨。

一进院门，狗娃子就喊了声"水莲姐"，话还没落音就跑进了里屋，水莲正坐在炕上给父亲补一件褂子，门一响她就知道是狗娃，故意不抬头也不说话。狗娃憋不住劈头就问："水莲姐，没听见是不？叔说种棉花，今儿还是明儿？"水莲这才仰起头缓缓地说："哟——原来是你，我还以为是谁家的牛娃子惊了，看把你着急慌忙地干啥呀！明天，今儿个天刚晴，地里霈，明天种刚好。"水莲停下了手里的活计下了炕，拉了个凳子说："坐稳了，看你那豁脚扬手的样子，总是长不大。你还没吃吧？姐给你做碗'炉齿面'，一吃就暖和了。""好是好，若还有肉臊子那就更好了。""肉臊子？看把你美的，能吃顿面条也就高抬你了！"

狗娃回过头看看没人，嬉皮笑脸地说："好，那就吃水莲姐的舌头肉吧！"一句话说得水莲的脸红到了耳根，她佯装恼怒，用指头在狗娃的额头上狠狠地戳了一下，说："平时瓷的，今儿个这是咋咧？胡说个啥，没大没小的！"

狗娃也觉得有些失口，傻乎乎地笑了起来，可他似乎从内心里感觉到，在每次自己说了这样的过头话时，水莲姐的"打骂"里总带着几分赞赏和鼓励。而水莲姐那似嗔非嗔的"恼怒"并不让人感到胆怯和害怕，她的眼中往往流露出某种热辣辣的期盼和渴望。猛然间，他想起了贵生叔给他新排的《藏舟》戏中，田玉川和胡凤莲在小舟内，从相救到相怜，继而相悦相爱的一段朦朦胧胧的情爱，狗娃子在心里吟唱着："我为她抱不平身遭大难，她为我顾不得男女避嫌。我二人真乃是共同患难，倒不如结亲眷相好百年。"

前些日子，还是在水莲家，早起练完功，贵生叔歇息喝茶去了。狗娃来到厨房帮水莲烧火，水莲正在擀面，狗娃子"噗噗"地拉着风箱。猛然间水莲问狗娃："你属啥的？今年多大了？""十七了，属鸡的。水莲姐你多大？""我比你大三岁，属马的，那我就是你真真正正的大姐。"狗娃眼睛骨碌一转调皮地说："我妈说了，'女大三抱金砖'，我将来找媳妇一定要找个和你一样属马的。"说罢吐了吐舌头。水莲听了，用沾着面粉的手指在狗娃脑勺上敲打了两下，似怒非怒地斥责说："叫你胡吣！叫你嘴胡吣！"狗娃丢了风箱拐，双手抱头边笑边说："好我的姐哩，别打了别打了，把我打死了你没了兄弟咋办呀。"

自从水莲死了丈夫回到娘家，狗娃就似乎有一种说不出道不明的想法：高陵县那个痨病鬼根本配不上她，是拴红线的"月下老"瞎了眼。这下好了，水莲姐又来到了他的跟前。几次他都想把自己的心事表明，不知为啥总有些胆怯，张了好几次口都没有说出来。狗娃知道，贵生叔那边没说的，只怕水莲姐嫌自己"命硬"妨了她。两个人虽然心有灵犀，但总是还没点透，只是说说笑笑做好了饭。

第二天，狗娃帮着贵生叔种完了那二亩棉花。

# 三十二

窝子班的"挂衣戏"这一回在西安城真的唱红了。

木匠红的唱念做打使他的《伍员拆书》悲愤激越、高潮迭起，三麻子的幽默风趣把个《捉鹌鹑》表演得妙趣横生，而高贵生在《杀裴生》中的吹火特技则让在座的观众惊叹不已。然而，谁也没有想到，狗娃在贫生戏《苏秦激友》中饰演张仪，把被挚友苏秦羞辱之后的恼怒愤懑之情表演得出神入化，一声箭板"无银钱——一时把英啊——雄难倒——"立马就迎来了雷鸣般的掌声。

窝子班是在小满之前进的城，一进城就住在钱师长家，在钱家整整唱了三天三晚的戏。钱家老太太最爱看戏，她不光是个戏迷，还是个懂家子，老太太把城里的戏看腻了，指名要看骊邑县魁庆社的戏。可老人家不晓得魁庆社已经散了多年。钱师长至孝，为了满足母亲的心愿，听人说窝子班就是原来魁庆社那一帮子把式，于是托人请来了窝子班，还从城里的戏班借来了戏箱道具，没想这一回倒成就了窝子班。

钱家的亲朋好友大都是社会名流，还有军界的朋友，西安城的一些商号和有钱人听说钱旅长的母亲过寿，也都前来巴结祝寿。钱家所居住的吉祥巷彩棚逶迤，车来轿往，钱师长站在门口，满面春风拱手迎客。钱家内外欢声笑语，好不热闹。

戏台就搭在前院里，过寿那天，未到午时戏就开场了。老太太坐在前排正中的藤椅上，钱师长和夫人在两旁陪着，周围都是些女眷。按祝寿的规矩，头一场戏都是《大拜寿》。木匠红饰演汾阳王郭子仪，高贵生演夫人，他们两个凭着多年娴熟精湛的表演技艺，珠联璧合，配合得十分到位。幕布徐徐拉开，一个硕大的金色"寿"字出现在舞台正中，两位堂候站好之后，一个高声诵道："天上神仙府，地上侯王家。"另一个念白说："今日是王爷和夫人寿诞之日，命我设席挂画，安置一毕，王爷夫人来也——"随着一阵优雅又铿锵的丝弦和鼓乐声，"郭子仪"头戴信子盔，身着黄色蟒袍，足蹬朝靴，"夫人赵氏"身着凤冠霞帔迈着台步亮了相。两人相揖之后，走到了舞台正中。夫妇二人仪态轩昂上前一步念道："天增岁月人增寿，春满乾坤福满门。""二十年来战不休，保主江山除君忧。列位王侯爵禄厚，荣华富贵乐悠悠！"几句话把个钱师长和老夫人说得心畅意舒、眉开眼笑，老夫人连忙摆手叫人挂红封赏。

唱罢《大拜寿》，紧接下来是《大升官》。贵生在剧中饰演的是李艳娘，当演到千岁徐彦昭要求皇太后给侍郎官杨波升官加爵的时候，"戏包袱"贵生灵机一动，回转身走到台口，对着紧坐在台前的钱师长比画着唱道："我封你太师和太保，外加天官爵位高。辈辈有个乌纱帽，子子孙孙在当朝……"

尽管这样明显地违反了剧情的程式，然而却极大地迎合了钱氏母子的心意和台下客人巴结讨好的心态，霎时迎来了一片叫好声，随即又有人挂红封赏。

最后是丑角戏，三麻子诙谐逗趣、滑稽幽默的《捉鹌鹑》和其字正腔圆的道白功底又把老太太和满场的观众笑得前仰后合。

钱师长的母亲特别爱看生角戏，午间戏唱罢之后，老太太问："听说有个人称木匠红的，不知他来了没？"大家说，来了来了，就是刚才唱《大拜寿》中的"郭子仪"，您老人家还给他封了赏呢！老太太笑说："那太好了！听说他的红生戏好，就点木匠红的《伍员拆书》，今黑就唱，唱好了再封赏！"

党甘亭唱的是生角戏，能拿出手的戏不下二十多出，老生戏有《烙碗记》《大报仇》，正生戏有《出棠邑》《八义图》……在《殷桃娘》中扮演楚霸王项羽时，他巧妙运用红生行当的特点，吸收花脸的念唱和工架，在化妆、髯口、服装方面做了改进和创新，加上嗓子又好，一唱就唱红了。开始人们叫他"活霸王"，由于他是木匠出身，后来大家又称其为"木匠红"。

按说在钱旅长家唱《伍员拆书》是真正的犯忌，可老太太坚持要点，钱师长便依了她，还专门让请来的僧人念了经，又放了几声火铳逼了逼邪气。木匠红这个人好奖，一听说老太太专门要看他的戏，非常高兴，立马粉墨化装。只见他着白靠白蟒衣、头戴信子盔，腰挎宝剑，戴三绺须随着鼓点声走上舞台，伴着"嗒嗒嗒"边鼓声的骤停，英武的一个亮相，念道："家住楚国在当阳，保主临潼赴会场。校场举起千斤鼎，哎——吓退一十七国王——"

当"王"字长长的拖音刚要结束时，他又猛地向上一扬，立即招来一阵震耳的喝彩声。《伍员拆书》的特点是人物内心的感情丰富、浓烈、刚劲，动作粗犷。随着剧情一步步地深入，当木匠红演到拆信、念信及看信一连几次的感情爆发，大骂平王说："伍老爷为了你家江山，东挡西杀，南征北战，渴饮九头血，倦了马上眠，伍老爷未必与尔肯死乎！"随即在"擂锤"中左手搂须，右手扎"单膀"式，身向左斜，向左看；右手搂须，左手扎"单膀"式，身向右斜，向右看。起三锤，左手抓蟒袖右手握拳，身体侧左蹲坐，双手端椅前进一步，面向左侧，左手翻袖，右手握拳蹲于右膝盖，摆须瞪眼亮相。他的道白铿锵有力，动作漂亮潇洒，立即招来了满堂的掌声喝彩。那木匠红一丝不苟，把浑身的解数都使了出来，斟酌剧情，"咚咚咚"连连挪动座椅，站起身猛地坐了下去，没承想这把椅子不太结实，党甘亭的个子大身量又重，一下子把椅子压得散了架，自己也跌了个屁股蹲儿。他重新站起，后台连忙换了把椅子，他又接着唱道："明真情气得人两眼冒火，设奸计害忠良用心险恶。我伍门为楚国功劳不小，忆往事不由人怒火中烧！"唱到这儿又是一起一坐，没防又让一把椅子散了架，虽说是把戏"演砸了"，没承想得到的掌声反而更加热烈。后来圈子里传说得更加玄乎，说木匠红唱《伍员拆书》坐坏了三把椅子，使其名声震陕甘。

在钱家足足热闹了三天三晚，也确实给钱师长长了脸，钱师长一高兴，不但给了窝子班每人双份的身俸，还把借来的戏箱送给了窝子班。那些商贾同僚为巴结钱师长，不断给演员挂红封赏。这样一来，窝子班挣得钵满盆溢。大家才说要在省城玩两天，可又有人来请他们唱戏，一来二去，在西安足足住了近二十天。

过了小满，四声杜鹃的叫声不绝于耳，再加上从秦岭上吹来的下山风，关中平原上的麦子一天天地变黄，眼看就要光场收麦了，大家都惦记着自己地里的庄稼。就在窝子班就要动身回家时，这天，木匠红的侄子来了，他告诉他们千万不能回家，说是刘镇华领着十万镇嵩军开进了潼关，此时已经过了华州。还说镇嵩军沿途经过的地方拉夫拉差、烧杀抢掠、奸污妇女，无恶不作，弄得鸡飞狗上墙，百姓们苦不堪言。骊邑一带的百姓已开始埋粮食藏财物，好多人已携家带口逃进深山里去了。一开始，大家还不相信，第二天，就有一溜扶老携幼的难民来到西安，他们边诅咒边说，镇嵩军已过了渭南，正向骊邑进发。

这是民国十四年，北伐战争方兴未艾，吴佩孚东山再起，自封为十四省讨贼总司令，刘镇华被任命为讨贼联军陕甘总司令。刘镇华曾当过陕西省省长，陕西人民对他恨之入骨，刚被陕西人驱除不久。他得到委任后十分高兴，便在豫西召集了散在各处的镇嵩军旧部、土匪、红枪会、大刀会，把这些乌合之众武装起来。刚过罢年，国民第二军在鄂受到围攻，退到豫西后又遭到刘镇华的截击。当时，陕西军务督办李虎臣带兵到河南援应二军，也被刘镇华击溃，李虎臣化装逃回陕西。由于陕西精锐部队在河南被消灭殆尽，再加上关中地区守军成分复杂，兵力分散，驻同州的麻老九和驻蒲城的猴保章趁机迎刘入陕。

由于吴佩孚没有财力为其提供军饷，就一纸手谕让刘镇华军饷自筹。刘镇华提出了"就地征发"的办法，以"打到陕西去升官发财"号召官兵。镇嵩军本是一群乌合之众，从官到兵不是打家劫舍的土匪，便是杀人放火的草寇。这帮家伙进了潼关之后，便露出了其强盗的本性。他们自制法令、明抢暗夺、横征暴敛、蹂躏妇女，无恶不作，镇嵩军所到之处，百姓涂炭、庐舍为墟。他们长驱直入，如入无人之境，很快过了华州、占了渭南、血洗骊邑，直扑西安。杨虎城和李虎臣驻守西安，率领陕西军民殊死抵抗，被几万镇嵩军团团围在西安。于是乎，在关中演出了一场历史上少有的围攻西安八个月的残酷战争。

# 三十三

虽说是西安城池坚固、深沟高垒，可仍然人心惶惶，这几天城里城外的军队也开始布防了。大约过了两天，隐隐约约地听到了枪炮声，继而枪炮声越来越近，越来越大，越来越激烈，有几发开花炮都打到了东城墙上，把城墙炸了几个窟窿。街上有队伍站岗巡逻，老人妇女搂着娃娃守在屋里不敢出门。

窝子班前几天在东岳庙唱戏，谭道长把他们安顿在东厢房里。木匠红告诫大家，不要到外面乱跑，枪子儿不长眼，出了事没法向他们的家人交代。他和谭道长商量好了，吃住就在庙里，每天照常起床练功吊嗓子，打扫庙院，擦拭门窗桌椅。东岳庙后院还有二三亩空地，种着庄稼和菜蔬，木匠红安排大家在地里帮着干些农活，静等局势的变化。

局势越来越紧张，开始城里的驻军只有李虎臣的四个团、卫定一的两个团，后来虽说杨九娃（杨虎城）又带来了三个旅，总共加起来还不到一万人。而人家刘镇华的队伍有十万之众，明摆着寡不敌众，百姓们都发起熬煎了。可熬煎归熬煎，仗还是打起来了，先是在东关打起了地道战，紧接着又在小雁塔开了火。起初，窝子班若想要走，从西门还能出去，可大家知道，城外到处都是镇嵩军的兵，毕竟城里头还要安全些，因之他们都没有离城。哪知到了四月初四，镇嵩军把西门也给封了，西安城彻底与外面失去了联系。城里的军民无不义愤填膺、热血沸腾，大家誓死要守卫西安城，哪个不诅咒镇嵩军和刘镇华！连孩子们都唱着："刘镇华日你妈，你把百姓给得扎！上红场挨头刀，把个镇嵩军煮成糟！点灯呀，熬油呀，杀了刘雪亚喂猴呀……"

为了对付刘镇华的镇嵩军，靖国军大力宣传，发动全城的百姓团结起来守卫西安。百姓们行动起来了，他们有的给守城的兵士们送水送饭，有的往城墙上搬运弹药砖石。木匠红领着窝子班给守城的将士们唱戏，三麻子还编了快板鼓舞大家的士气。他们还修补城墙，运送弹药，抬送伤病员。所有的人都拧成了一股绳，他们要坚持到底，打退镇嵩军那伙子坏尿。

镇嵩军为了攻下西安，围城一周挖了宽、深各六米的堑壕，并加筑了一道围墙。因地形关系，东关始终是镇嵩军进攻的重点。镇嵩军在城外设置炮兵群，炮轰陕军阵地，并在城外挖掘地道企图炸毁城墙。杨虎城的一个营担任东关的防务，他们针锋相对，在城下挖掘堑壕，专防镇嵩军的地道偷袭，多次挫败了敌军的阴谋。刘镇华还派出精锐部队围攻城南的小雁塔，双方激战多日，镇嵩军先后占领的小雁塔均被李虎臣部夺回。

镇嵩军想尽了办法围城不下，刘镇华猴急了，在炮兵的掩护下，组织了敢死队由东北城墙架云梯攻城。攻城那天，云梯上挂着的白布上非常醒目地写着"第一名赏洋一千元，第二名赏洋八百元，第三名赏洋五百元"。重赏之下，必有勇夫，于是镇嵩军拼死攻城，甚至一度有十余名镇嵩军爬上了城墙，短兵相接，用大刀和守城将士展开了肉搏，战况十分惨烈。在反击敌人的进攻时，守城士兵又巧动心机，把手榴弹结成串，制作了一种极具杀伤力的"麻辫子炸弹"，给镇嵩军造成了极大的威慑，他们好些日子不敢攻城。

　　时局越来越紧，流言越来越多，城里的百姓们也越来越不安。一天，镇嵩军在古城东北角发起了进攻，守城部队为了加强防备，安排窝子班支差。狗娃子、三麻子和谢东生还有新来的王天喜，他们几个负责给城墙上运送弹药。麻子叮嘱大家说："把眼放亮，一个跟一个猫着腰走，到城墙上不许朝外看，枪子儿不长眼！"他们扛上去了几箱手榴弹和子弹，又抬下来了几个伤兵。就在他们肩扛弹药箱第三次顺着马道就要上去的时候，只听见"轰隆隆"一阵巨响，几发炮弹落在了城墙上，一霎时火光冲天、尘土飞扬，什么也瞧不见了。待土雾散去之后，他们看到城墙被炸开了个豁口，垛口的城砖倒了一地，十几个满身是伤的士兵横七竖八地躺在地上。他们几个冲上去才说要抢救伤员，忽然，狗娃子发现城墙的豁口处伸上来个梯子，紧接着冒出了个匪军的脑袋，这匪军往周围扫视了一下，又迅速地把头缩了回去。狗娃急中生智，他双手高高举起了块城砖，待那个脑袋再一次伸上来时，他用尽气力狠狠地砸了上去，那家伙只是"哼"了一下就滚下去了，紧接着就是一阵排子枪朝这边打了过来。大家见状，隐蔽在城垛间拿起城砖和石块往下只管乱砸。忽然又是一阵枪响，只听见谢东生"啊"的一声倒下了，三麻子随手抱住了他。就在狗娃子回身扶谢东生时，一个手执马刀的匪兵顺着云梯爬了上来。那匪兵一上来，挥马刀向狗娃就砍。王天喜一看狗娃有险，握着颗手榴弹冲过去照着那匪兵的头就砸。可惜天喜只是个十六七岁的孩子，年幼力薄，没有经验，哪是匪兵的对手。只见那匪兵手中的刀往外只是一翻，一回刀砍在了王天喜的脖颈上，一股鲜血立马喷涌出老高，溅了匪兵一脸。这家伙是一个惯匪，也是个杀人不眨眼的魔王，刀法极娴熟，他杀红了眼，没有丝毫的迟疑，随手绾了个刀花，转身又朝狗娃砍来。狗娃见天喜倒下，不禁一阵恐慌，来不及躲避，眼看着匪兵手中的刀带着风声落了下来。就在此时，一声枪响，匪兵的脑袋开了花，后边的援兵赶到了。狗娃过来看时，谢东生的胸膛和肚子上几个枪眼，肠子都流了出来。再回头看王天喜，只见他脑袋偏在一边，只有一点儿肉和肩膀连着。狗娃疯了一般扑在谢东生的身上，回过身又抱住天喜的尸体大哭，忽然他拾起那把刀"呀呀"叫着在那个匪兵的身上一阵乱砍。赶来的援兵是靖国军的一个排，那排长首先命令在残缺的城墙豁口上架好机枪，安排一部分兵士占据有利位置加强防守，命令剩下的几个救助伤员。回过身来，看狗娃还在抱着天喜的尸体哭泣，他沉痛地弯下腰，拍着狗娃的肩膀安慰他说："小伙子，不要哭了，你心里难受我知道，把仇记在狗日的刘镇华的身上。好了，把他们抬下去吧。"排长的话不但没有止住狗娃的哭，反而使他更加悲痛，他拉着排长的手哽咽着说："长，长官，该死的是我呀，他是为了救我才挨了那一刀呀！呜呜……"那排长语重心长地劝道："唉，这时候了还说那话，你们哪个也不该死。"他指着倒在一旁脑袋被打得开了花的匪兵，又指了指手中的匣子枪说："要不是我的那一枪，这家伙第二刀劈死的就是你呀。好了，不哭了，不哭了。"狗娃这才忆起了方才的一幕，"喔……"他一下子明白了，要不是眼前这位老兄一枪打死了那个匪兵，自己早已和天喜一样成了那匪兵的刀下之鬼了。他赶忙握住了排长的手，语无伦次激动地说："我……谢谢长官，喔，这位长官你贵姓？叫我怎么……"他的话还没说完，枪声又响了。那排长说："你名字叫孙狗娃，是窝子班唱戏的，我看过你的戏，我认得你。我姓赵，不说了，不说了，快！赶紧先把人抬下去，该治的治，该埋的埋。"说着，他转过身顺着城巡查去了。

埋葬了谢东生和王天喜之后，大家的心情十分压抑和悲痛。回到住处，只要一瞅见谢东生和王天喜曾经睡过的床铺，没有一个人不掉眼泪。一连几天，窝子班的人都拉着脸，一句话也不说。每次吃饭，饭都凉了就是没人动筷子，连平常最爱说笑话的三麻子这几天也成了哑巴。最揪心的要算是木匠红和狗娃了，木匠红担心的是谢东生家有四个孩子，还有一个七十岁的老母亲。作为窝子班的班头，回去咋向他老婆交代？狗娃更是寝食不安，王天喜参加窝子班是他介绍的不说，这一回进城来唱戏，是他把天喜叫来的，为的是叫他多挣几个钱。哪知，头一回出门就……

木匠红见大家情绪低落，觉得这样下去不行，便告诉大家说："刘镇华打进了陕西，咱关中道的人都遭了灾，驴日的烧杀抢掠，拉夫拉差，害死的人何止千万！守城的子弟兵把头别在裤腰带上拿命抢，哪天不死几十个人？打仗不死人，那不成了笑话？咱们的东生和天喜死了，他俩是为保卫咱西安城牺牲的，死得值！谁没有妻子儿女，谁没有父母兄弟。"说着他自己也流下了眼泪。他用手背抹了抹眼泪接着说，"哭有啥用？难受有啥用？咱把这个仇要记在狗日的刘镇华的头上，保住西安城，打败狗日的镇嵩军，为他俩报仇。只要有一口气，咱就要支援守城队伍，帮助队伍。看你们这个尿样子，这咋行？打起精神来！咱窝子班也要为坚守西安城出一份力，只要能打败刘镇华，要我党甘亭的命我也舍得！拿起精神，怕个锤子！"

经木匠红这么一说，大家想通了，重新打起了精神。守城部队隔三岔五让窝子班支一次差，大家憋着一口气，每次都能按要求圆满地完成守军交给的任务。木匠红和高贵生为了大家的安全，给窝子班立了规矩，若没有支差任务，就是白天没事，窝子班的成员只能在东岳庙院子内活动或者睡觉，不得走出庙门半步。一天，狗娃心中瞀乱，实在睡不着觉，他没言语，一个人装着上茅房悄悄地出了东岳庙。

红红的太阳当头照着，这会儿是作战双方歇息的时候，街面上很少有过往的行人。远远地不时传来几声零星的枪炮声，只有那些被炮弹炸毁的民居及被火烧得不像样子的房屋，才让人觉得正在打仗。买卖铺子和饭馆大部分没有开张，冷清清的，偶尔有一队扛枪巡逻的士兵迈着整齐的步子从街上走过，街上寂静得令人恐惧。

东岳庙门前有座牌楼，尽管狗娃已经在东岳庙出出进进住了多日，可平时只是匆匆路过，从没有仔细观赏过它。这一回，他停住了脚步站在街上，由远及近、自上而下反复细看、观赏浏览，心中不由赞叹和佩服古人的精湛工艺和鬼斧神工。这牌楼大约有三丈多高，是一座三间四柱七楼的黄绿彩琉璃瓦牌楼，木质彩绘、斗拱出檐，甚是雄伟壮观。牌楼下部为城台状，砖石砌筑，左右两侧各有一门，券洞由青砖发券，四面有青石角柱，每根柱下皆被长三尺、厚一尺五、高五尺的夹杆石环抱。上为歇山顶，正楼和次楼的正脊两端饰螭吻，楼顶正中饰火焰宝珠，正楼和次楼的大小额枋间皆饰卷草琉璃图案。正楼左右两面各有一石匾，左书"秩祀岱宗"，右题"永延帝祚"。可惜，前几天镇嵩军的几发炮弹打来，炸毁了牌楼左边的歇山屋顶，琉璃瓦的碎碴和斗拱的残片落了一地，只剩下一个光秃秃的石头楹梁。

好端端的一个西安城被刘镇华整得民不聊生，好端端的一个日子被弄得有家难归，好端端的一座牌楼被镇嵩军炸得面目皆非，狗娃子不由得气上心来，更增添了他对镇嵩军和刘镇华的愤怒与仇恨。这东岳庙侍奉的是东岳大帝，三麻子说，东岳大帝就是泰山君、泰山神、五岳君，掌握着人们的魂魄，主管世人的生死、贵贱和官职，主宰着阴曹地府的十八层地狱。狗娃愤愤地朝东望了一眼，在心中诅咒着刘镇华和他的镇嵩军，心说，东岳大帝为什么不把灾难降临到这群强盗的头上？

# 三十四

　　"喂——这不是狗娃嘛！喂！狗娃子——"

　　正在这时，狗娃忽然听见远处有人叫自己的名字，他转过身一看，一个身穿军装斜挎武装带，腰间别着手枪的军官面带着微笑向他走来。那军官带着一队巡逻的士兵，只见他一挥手，那队巡逻的士兵没停歇，继续朝前走了。那军官走近了，狗娃仔细一看，立即高兴地喊道："万才叔，原来是你！怪不得……"话还没说完，就几步跑上去握住了那军官的手。那军官把狗娃揽在怀里，看了又看，说："这兵荒马乱的，你咋到城里来了？"狗娃子说："前些日子钱师长他妈过寿，我们窝子班给她祝寿来了，谁知道刘镇华驴日的也跟着来了。这不，回不去了，我们戏班子就住在东岳庙。叔，听舅爷说你不是在外地吗？"那军官没有直接回答狗娃的话，笑了笑说："喔，你们来城里唱戏来了，你如今也学唱戏了？"狗娃点了点头。那军官忽然想起了什么从怀里掏出了两块钱塞到狗娃手里说："叔原来是在外地，前一向回来了，就在李虎臣师长手下吃粮。叔知道你在这儿就好，不说了，叔还有事，先走了！"那军官走了老远之后，回过头喊道："狗娃——记住，枪子儿不长眼，出入一定要小心！喔，对了，叔在西城根儿武尚门驻防，有事到兵营找我，问陈连长就行。"说罢小跑着向前撵自己的队伍去了。原来，这军官不是别人，正是孙全德的表弟，狗娃他舅爷的儿子——灞桥柳花村的陈万才。狗娃把遇到表叔的事高兴地告诉了大家，暗中庆幸守城的队伍里有自己的亲戚，而且还是位连长，一下子也觉得脸上有了光彩。

　　过了几天，表叔陈万才忽然来了，说是有个事情要找狗娃。木匠红和高贵生见是陈连长，什么也没说就叫狗娃去了。陈万才把狗娃带到了城墙西北隅的武尚门队伍的驻地，先把狗娃领到伙房饱餐了一顿，然后来到一个僻静地方。他向四周看了一下，见没有人，就小声告诉狗娃说："叔把你叫着来，是有个事想和你商量一下，不知你愿意不？"狗娃子一听"扑哧"一声笑了说："好我的表叔呢，你叫娃办事还有个愿意不愿意的，你把娃我看成啥人了？"陈万才没有笑，他略一思忖，满脸正色地说："是这样，这儿有个秘密任务叔想交给你去完成，不知咋样？"狗娃才要问是啥任务，还没等他开口，陈万才就抬起手止住了他说："别多问，听我说，我今晚负责将你送出城，你只要把一件东西交给护城河那边的一个人，就算完事了。办完这件事自有你应该得到的好处。"狗娃性子直，他不知道究竟是为谁做事，干的是啥事，他不喜欢这样挤眉弄眼、咕咕哝哝的事，他抬起头大声问："万才叔，到底是啥事嘛，你就直说了，黑塌糊涂的人干起来没劲儿，一明白心里也就坦然了。咱爷儿俩，你是谁，我是谁？我舅爷给我家操的心还少？我报答还报答不过来呢！只要有你表叔一句话，老侄子就是折了这条命也没说的。"

陈万才见狗娃一定要问个明白，况且说的也在理，他知道狗娃已十七八了，不是小娃娃了，若还不对他说明白，恐怕他心中有疑惑。陈万才仰起头思忖了半天，才吞吞吐吐地告诉狗娃说："嗯，是这个样子，你看刘镇华围住西安城和二虎（杨虎城和李虎臣）相持了好几十天了，镇嵩军打不进来，国民军也冲不出去。嗯，不是，刘镇华驴日的真不是东西……反正不管咋说遭殃的是老百姓。前几天我打听到了镇嵩军里有我的几个拜把子弟兄，都是咱陕西人。我把这事汇报给了李虎臣师长，李师长知道之后很高兴，他叫我尽量联系这几个人，让他们做内应，我军计划在哪一天夜晚挥师出城，突袭镇嵩军。这一次派你去是和那几个内应接头……"狗娃还没听完就高兴地打断了他表叔的话说："行了行了，万才叔，不说了，只要是打狗日的镇嵩军，我去哩！我啥都不要。"

那天晚上，陈万才拿来了一双旧布鞋叫狗娃换了，然后趴在狗娃的耳朵上如此这般地叮嘱了几句。午夜过后，陈万才领着狗娃，来到城墙的西北隅，顺着马道上了城墙。几个站岗巡逻的士兵看见陈连长来了连忙立正敬礼，说："陈连长好！"陈万才笑着从口袋掏出了香烟，给他们每人发了一支后说："弟兄们辛苦了！今晚我带班，替大家站岗，你们几个下去歇息歇息。"那几个士兵口里连说，谢谢陈连长，谢谢陈连长，便高兴地顺着马道下去了。支走了几个士兵之后，陈万才跟一个守城的士兵耳语了一阵，那个士兵不知从哪儿取出了一根麻绳和一个竹筐，把狗娃从城头上放了下去。狗娃下来之后，遵照表叔的叮嘱趴在一堆树丛中一动不动地静等。忽然，听见城墙上传来了一阵整齐的脚步声，他知道这是晚间巡逻的队伍。他听见一个人大声问说："啊呀，陈连长亲自站岗值班了，好好！这才叫身先士卒。"只听表叔谄媚地迎合着说："曹团长都带队查哨来了，站个岗算啥，应该的，应该的！"接着听见那个曹团长说："只要能守住西安城，赶走镇嵩军，咱豁出去了！李旅长说了，眼下是有些困难，只要大家心往一处想，劲儿往一块儿使，狗日的刘镇华蹦跶不了几天。"过了一会儿城上就没有了声息。

那天晚上是个晦日，没有月亮，周围黑得伸手不见五指，夜也静得出奇。狗娃子仿佛能听见自己的心跳，他竖起耳朵静听。忽然"呱呱"，护城河对面传来一阵青蛙叫，于是他也照吩咐学了一声猫叫，随即护城河那边又是一声青蛙叫，接着"腾"的一声，那边就有人把一包东西扔了过来，狗娃随手也把自己左脚上的布鞋脱了抢了过去。他回身低头摸到那包东西，觉得特别的重。他迅速把那包东西揣到怀里，又坐着竹筐回到了城墙上。那天晚上，陈万才给了狗娃十块银圆。

第二天，狗娃子回到了东岳庙，他遵照万才叔的吩咐把这事给谁都没说，只等着守城军队哪天偷袭成功，有好消息传来，那也是自己为守城做了贡献。哪知，几天之后，不但好消息没有传来，反而是镇嵩军夜袭了守城部队，差点儿攻进了城内。听说那晚有一个内鬼杀死了几个看管城里武尚门的陕军弟兄后，打开了城门，埋伏在城外的镇嵩军怪叫着拥进了城。要不是一位受伤的弟兄鸣枪报警，要不是曹团长带着巡逻队及时赶来，要不是隐蔽在一家商铺二楼，对着城门洞架着的那挺重机枪，后果真是不堪设想。后来听说陕军以死伤一百一十七人的代价赶出了镇嵩军。这个消息，震动了整个西安城，震动了守卫西安城的陕军首领杨虎城和李虎臣。

狗娃得知这个消息后，心中不禁为之一震，觉得怎会发生这样的事情，是不是有了内鬼？他的脑海中起了波澜，不由想起了万才叔，仔细地回想起了那天晚上的事，这其中有蹊跷。不可能，绝对不可能。可他忆起了万才叔那不阴不阳、吞吞吐吐的样子，以及那欲说还休、心神不宁的神态，狗娃不由得往那里想。那晚的事，万才叔的行为，支走了哨兵，自己还把一包重重的东西……不好，那是一大包银圆。狗娃猛地坐了起来，他摸着万才叔给他的那十块银圆，心中不禁战栗起来。既是为了打镇嵩军，那么多军人，为啥偏要找我？再说了，就是让我送个情报，也是我分内的事，怎么会给我这么多的钱？十块银圆，那可是小康人家半年的生活费呀！难道说万才叔昧了良心出卖情报私通镇嵩军？那自己不也犯了同样的罪嘛！不会不会，狗娃又否定了自己的判断，心说，舅爷一家子世世代代都是穷苦的庄稼人，咋能做出这号事情？可是越否定狗娃越害怕，越想越觉得自己被人利用了。那天晚上狗娃失眠了，他辗转反侧难以入睡，快到天明的时候，才迷迷糊糊地入了睡。

狗娃正睡得香甜，忽听门外有人叫他，他听着耳熟，一翻身跑出门外，只见远处有一顶红色的轿子，向这边款款移动而来，轿子后头还跟着许多戏里跑龙套的、吹吹打打的乐人。令他奇怪的是，这轿子怎么没有人抬却飘飘悠悠地朝前行走？当那顶轿子到狗娃跟前时，狗娃隐隐约约地听见有人叫他的名字，他抬头四周寻找没有找见。这时，轿窗上的帘子忽然被风吹起，一个人从轿窗里探出头来和他打招呼。喔，原来轿子里坐的不是别人，正是他万才叔。狗娃高兴极了，一边叫叔一边加快脚步向轿子走去。待走近了定睛看时，妈呀！哪是表叔，只见是一个长着狼头的人坐在轿内，一张又粗又长的黄瓜嘴大张着，獠牙外露，吐着红红的舌头，还滴答滴答地滴着口水。狗娃一阵恐惧害怕，拧回身就跑，忽然那狼又变成了万才叔，狗娃惊恐得喘不过气来。这时，轿子和万才叔忽然都不见了，狗娃发现腰间的钱袋眼看着大了起来，而且越来越大，接着钱袋像爆竹般的炸开了，万才叔给他的那十块银圆从钱袋蹦了出来。哪知银圆一落地，就变成了十个青面獠牙的厉鬼，一齐怪叫着向他扑来，叠罗汉似的压在他的身上，压得他喘不过气来。他觉得恐惧极了，想喊喊不出声，想动没有一丝力气，喉咙里发出了"呃——呃——"的声音。直到睡在身旁的贵生叔把他推了一把，说："这崽娃子，梦魇住了吧！"狗娃这才醒来，他呼哧呼哧地喘了几口气，才知道自己做了个噩梦，而且梦境里的场景依稀还在眼前。

这时天刚麻麻亮，大家都还没醒来，狗娃一骨碌坐了起来，他心事沉重一句话也不说，不知道自己该怎么办。坐了一会儿之后，狗娃猛地翻身下了床，连脸也顾不上洗，急急火火地就向外走。高贵生见狗娃慌忙的样子，拉了一把问道："你要去干啥？"狗娃只是说了句："这会儿来不及了，回来再给你说！"说着把褂子披在身上，一边伸袖子一边往外跑。庙门口两个扫地的小道童不知道发生了啥事，莫名其妙地望着狗娃远去的背影。

# 三十五

　　狗娃一口气跑到了皇城门口，被司令部门前两个站岗的士兵用枪挡住了，狗娃子上气不接下气地说："老……老总，我……我，我要找司令……部、部长官。"那两个站岗的看他那样子觉得好笑，斥责他道："避远，避远！没看这是啥地方，是你来的？"狗娃用手推开枪说："老总，我有重要事情汇报。"那两个站岗的不等狗娃把话说完，推了他一把说："叫你走远听见没？再不走就不客气了。"狗娃急了大声骂道："就站一个烂尿岗么，张狂啥哩！还不是一个'吃粮的'！真是阎王好见小鬼难越。"那两个士兵见狗娃把他们叫"吃粮的"，还骂他们是小鬼，"哗啦啦"一拉枪栓对着狗娃，又朝院子里的一间小屋喊道："狗日的还骂人，来人，先把这二货绑了再说。"瞬时，从大门里闪来了几个士兵，拧胳膊的拧胳膊，拽头发的拽头发，一边叫骂一边动手绑狗娃。狗娃也不失仗，一边挣扎一边跳着脚喊："绑个尿哩！放开，放开！我要见你们长官。"

　　这时，一位腋下夹着公文包的军官从后面院子里出来了，他见几个士兵正和狗娃撕扯，当即厉声说："住手！"于是，那几个士兵抓住狗娃的胳膊不动了。那军官问狗娃说："小伙子，你是哪里人？这儿是司令部，你到这儿干啥来了？"狗娃如同遇到了救星，他抬起头望了望那位军官说："长官，我有重要情报向李师长汇报，要紧得很！他们不让进还要抓我。"那军官思忖了一下对狗娃说："这是军事重地，人家在执行任务，你没有公文，凭嘴说哩，怎么能叫人相信？"狗娃觉得那军官说得对，他咽了口唾沫说："长官，我真的有一个重要的情报，若迟了，咱守城的军队要吃大亏的。"那军官一听，对站岗的士兵说："让他登记一下，领进去见值日副官。"于是，在那位士兵的带领下，狗娃进了司令部。

　　第三天一早，三麻子从街上回来，只见他手中拿着张报纸，一见大家就说："驴日的良心都喂狗了！大家看，大家看，咱陕军出奸贼了！李师长手下有个连长竟然私通刘镇华！怪不得前几天武尚门差点儿被攻破了。

大家看，挨刀子的名叫陈万才。"窝子班的人一下子都围了过来，狗娃心里一惊，站起身来一把把报纸抢在手中。展开看时，只见是一张当天的《西京日报》，头版大题目的字足有指头蛋子大，印着《万众一心擦亮眼睛清除内鬼》。狗娃子的手颤抖着一行一行地读着报纸，内容大致是：

  ……刘镇华野心未戢，啸集红枪会匪数万之众长驰犯陕，围攻西安，我陕军为保境安民公推杨李二位将军为守城正副司令，坚守古城已逾匝月，城内军民万众一心各自为战，多次给嵩匪以迎头痛击。然匪首刘镇华贼心不死，勾结城中败类，组成所谓"和平期成会"，暗中活动以图动摇军民之心。在"和平期成会"之企图被广大军民识破并唾弃取缔之后，嵩匪又在我陕军中物色败类，以高官重金相许，企图从我内部突破。现经查明证实，我守军某部连长陈万才与刘匪暗中勾结，出卖情报，坏我城防，并阴谋献城投降，实属罪大恶极、十恶不赦……兹定于本月初八在……

果然不出狗娃所料，表叔陈万才正是那个私通嵩匪的连长。

读着读着，狗娃忽然颤抖起来，只见他呼吸紧促，脸色发白，满头虚汗，一扑塌倒在地上不省人事。这可吓坏了木匠红和贵生，他们连忙把狗娃抬到床铺上，又是掐人中又是捏鼻子又是灌姜汤，折腾了半天，狗娃才睁开了眼睛。木匠红和贵生凑到跟前轻声问："娃呀，你这是咋了？好好的成了这个样子，可把叔吓坏坏了。"狗娃心中如同打翻了五味瓶，酸甜苦辣带着揪心，一肚子的话说不出来，他实在不愿意把这件事抖搂出来，只是说："好了，好了，这会儿不要紧了。我也不知道咋的，忽然成了这个样子。叔，没事没事，你们歇着吧。"

  从《西京日报》上的内容得知，陈万才是守卫西城的一个连长，曾经是李虎臣下属手枪队的队长。去年，李虎臣的部队在河南援救岳维峻被镇嵩军打败之后，陈万才投降了镇嵩军，在镇嵩军贾冀川部当了一名团长，后来退伍回到陕西家中务农。因其是行伍出身，不习惯做庄稼活，便来西安托人说合，又在李虎臣部下当了连长，带兵守卫城西北角的武尚门。为升官发财，陈万才昧了良心，通过手下的一名排长从中牵线，私自下城与镇嵩军师长贾冀川串通。经过贾冀川的一番利诱，陈万才见利忘义，做出了背叛乡里人伦、助纣为虐的罪孽，并做好了本月十八日献城的准备，万幸的是……

初八那天，陕军总司令部暨西安军民在东校场召开"公审私通镇嵩军的陈万才"大会。那天，西安城万人空巷，窝子班的人都参加了公审大会，只有狗娃推说身体不舒服没有去。会上，陕军代表、城内的各界人士义愤填膺，踊跃发言，齐声声讨叛贼陈万才。会后刀砍了陈万才及其手下几个胁从，并将陈万才的人头悬挂在东门城楼上示众，上书"叛贼陈万才"五个大字。在会上，司令部表彰了一个名叫王成义的青年，说是王成义一举揭发了陈万才的阴谋，若不是他的及时揭发，城中军民的损失将不堪设想。为表彰王成义，司令部奖给王成义大洋一百块。可是不知怎的，那个名叫王成义的青年却没来参加会议，大家也没能目睹那位青年的风采。

就在大家参加公审大会的时候，狗娃躺在床铺上双手抱头，他的眼里流着泪，心中像刀子在戳。今日在东校场万才叔肯定死刑无疑，若老舅爷知道了儿子的死讯，他老人家一定会被气死的。然而这一切的一切都是自己一手造成的，狗娃在心中怨恨着自己。但自己若不向司令部汇报，还听之任之……可这不行呀，狗娃不忍心这么多陕西军民死于镇嵩军之手。然而舅爷是父亲最亲的亲人，也是他家的恩人。听父亲说，狗娃爷爷奶奶死得早，是舅爷把十一岁的父亲接到了他家，一直管到十五岁才送回南孙堡。此后，舅爷唯恐外甥受穷，经常扔下自家的农活，三天两头到南孙堡帮父亲照看、经管庄稼，把外甥家的日子当自家的来过。是舅爷给狗娃大娶回了母亲，是舅爷亲自抱来了自己。后来父亲去世之后，还是舅爷，他不顾年老体弱，依然来来往往地操心经管。如今，舅爷的大恩未报，自己却把他唯一的儿子陈万才出卖了。万才叔一死，白发苍苍的老舅爷失去了儿子，老年丧子，他受得了吗？万一……狗娃不敢往下想了。这时，他又想起了万才叔，万才叔尽管罪有应得，可犯的是军法，毕竟没有伤害过自己呀！狗娃清楚地记得，万才叔自小就疼自己，他每次到南孙堡来总要给狗娃带些好吃的。那天在东岳庙门口，万才叔一见到他，先给他手中塞了两块钱……啊呀——丧了良心的你呀！狗娃痛苦地用双手揪着自己的头发。这时，舅爷那慈祥的面容和万才叔那难忘的身影又浮现在狗娃的脑海之中。若还回得到家，他如何面对母亲，面对父亲的在天之灵？狗娃流着泪咒骂自己，在鞭笞着自己的心灵。

正是出于这个原因，狗娃那天在司令部汇报情况时，他的心在颤抖，书记员问他叫啥名字时，狗娃报了个假名"王成义"，没有用自己的真实姓名。他清楚地记得，一个军官模样的人笔录了他的汇报之后，笑着对他说道："小伙子，若你汇报的情报真实，你就为咱西安军民立了一件大功，你是要受到重奖的。"可狗娃心里明白，他心中愧对父亲，愧对舅爷，也愧对万才叔，他没脸去宣扬自己，更没脸去领那份奖金。

# 三十六

坚持了几个月之后，西安城内粮食不足的情况慢慢地显露出来。一天，谭道长神色凝重地对木匠红说："无量天尊，党居士，不瞒你说，咱东岳庙的存粮没有多少了，真的实在没法了，你们还是随便吧。"

听了这话，木匠红半晌无语。他的眼眶湿了，重新打量着谭道长，近乎乞求地说："道长呀，您老大慈大悲，我们在这儿也不是一天两天了，大家会记住您的好处的，实在不行就一天吃一顿饭吧，总不能叫他们饿死呀！我求您了！眼看麦子就上场了，等新麦下来……"木匠红的眼里充溢着晶莹的泪花。谭道长似乎也觉得自己说的这些话有些不妥，他仰起头长叹了一声："天呐，这是造了哪辈子的孽呀！是的，新麦就要上场了，好了，住下吧，住下吧，权当贫道没说。"他一边说着一边摇着头走了。

人说"天造孽犹可恕，人造孽不可活"，就在关中平原的小麦即将搭镰收割的时候，千刀万剐的刘镇华一声令下，匪兵们放起了火，西安城周边即将收割的十余万亩金黄色的麦子，一夜之间变成了灰烬。一连几天，城里城外的空气中弥漫着呛人的烟味，麦草的灰屑漫天飞舞。千辛万苦种成的庄稼没有了，眼看着要吃到嘴的麦子变成了一片火海，庄户人家坐在地头上号啕大哭，他们一边哭一边诅咒着刘镇华，咒骂着该死的镇嵩军，西安城内所有军民的希望也随着那场大火灰飞烟灭。九月，城里出现了饥荒，窝子班只能两天吃一顿稀饭。一天，谭道长不知从哪儿弄来了几坨棉籽油渣，他把一半分给窝子班后，实在没有了办法，提出要与窝子班分灶。

窝子班在东岳庙后院的空地上支了口锅，可锅里没东西下呀！为了节省吃的，为了凑合着多活一天，木匠红把棉籽油渣砸成核桃大的小块，一天只发给每人两小块来维持性命。为了对窝子班所有成员负责，木匠红和高贵生把大家召集在一起，说事情已到了这一步，我们大家就要心往一块儿想，劲儿往一块儿使，要活一起活，要死一起死。他提出把所有人员的私房钱造册登记后集中在一起，用来弄些吃的以保大家的命。木匠红和高贵生到底年长想得长远，他俩一商量拿出几十块银圆，打发三麻子和狗娃趁早到市场上去，看能弄些啥吃的东西。贵生还说，越快越早越好，不要怕价钱高，饿死了要钱干啥？若再迟上一步，恐怕拿着金元宝也换不来吃的了。三麻子和狗娃从市场上转了一圈回来说，市场上啥啥都没有，能吃的东西只有辣面和咸盐了。三麻子动了个心眼，称了五六斤辣面和二十几斤咸盐回来了。

城里的饥荒越来越严重，凡是能吃的东西都吃光了，东岳庙后院的那块地被翻了个过儿，所有能吃的植物连根带茎都被掘净了。守城的队伍连喂马的草都没有了，狗娃亲眼看见，当兵的把从房上拆下来的木料用斧头劈成细丝喂牲口，那些军马一匹匹瘦得皮包骨头，眼看着卧倒在地就再也站不起来了。再后来，当兵的一边哭着一边把与自己朝夕相处的马匹都杀了，连马皮都切成细条条煮着吃了。有位商人把自己家中保存的几老瓮白酒捐给了守城部队。最艰苦的时候，兵士们每天只喝半两白酒充饥。药铺里的中药材都被吃光了，连房顶上瓦沟里长的"瓦瓦棕"都被拔下来煮的吃了……这一年，整个西安城的人都明白了一个道理：贫富贵贱、衣着好赖都不打紧，最令人恐怖难熬的非饥饿莫属。

人常说，"人是铁饭是钢，一顿不吃心发慌"，守城的队伍都是些年轻娃娃，他们也是人，他们也饿呀！一天，果然传来了个令人不安的消息。

说是有位连长带着一队饥肠辘辘的士兵在城里巡逻，他们路过孔家巷，在一家老百姓门前，看见两个娃娃站在门口一人拿着一块饼子在吃。队伍中一个十七八岁的兵娃子见了之后，一屁股坐在地上不走了，"哇——"的一下放声大哭着说："连长，我实在走不动了！我饿呀——忍饥受饿咱为谁来？三天了，没见过米和面。看看人家老百姓吃的啥！日他妈我憋屈呀！"随着，好几个士兵都坐在地上不动了。那个连长站住了，命令他们继续前行，可那几个士兵坐在地上就是不起来，连长也没办法。其实，连长肚子也饿得难受，心中何尝没有怨气，他眼巴巴地望着大家不知说啥才好。站了一会儿，忽然队伍中一个年长的兵油子说："我说，连长，看情形，这户百姓家中肯定有吃的，咱能不能到他家中讨要上两个馍馍，给这几个兵娃子每人掰上一小块压压饥？"连长心中生气，有气无力地说："胡三娃，不要乱出坏点子！上级规定不得骚扰百姓，犯了军法是谁的？"那个叫胡三娃的说："连长，你听清了，我说的是借，不是抢，咋连话都听不明白？"连长生气了，说了句赌气话："胡三娃，你本事大得很！有本事你借去！"话还没落音，那个名叫胡三娃的一转身就进了那家大门。不大一会儿，胡三娃一只手在怀中抱着几个馍馍，一只手还提着个小口袋走了出来。随着一阵撕心裂肺的哭喊声，一个妇人和几个孩子跌跌撞撞地撵了出来，后面还跟着位白发苍苍的老太婆。那妇人一出门，看见这么多持枪的士兵围在自家的门口，吓得"啊"的一声惊叫，遂跌倒在地不省人事。几个娃娃围着妈妈大声啼哭，老太婆抱着儿媳妇呼天抢地。左邻右舍不知发生了啥事，前来观看。一霎时，围观的人越来越多，把一个孔家巷围得水泄不通，吓得那位连长面色苍白不知所措。真是好事不出门，坏事传千里，这件事一传十十传百，惊动了全城的百姓，飞短流长，不明真相的人从心里感到了恐惧和失望。然而，这件事也惊动了陕军司令部的高层，惊动了杨、李二位将军。

为了整饬军纪，维护百姓利益，也为了稳定全城百姓的心，守军总司令部布告全体官兵：严禁进入居民家中搜粮搜物，违者严惩不贷。经查明，那支巡城部队属杨虎城的部下，连长和那个名叫胡三娃的大兵因违反此项军规被判枭首示众。行刑那天，司令部在亮宝楼门前的广场召开了全城军民大会，狗娃和窝子班的人也参加了。那天的天气像人们的心情一样阴沉沉的，天空中还飘落着雨丝，狗娃站在人群中，踮着脚尖向主席台上观望。

当主持会议的一位军人把召开这次会议的原因和目的讲了之后，随着一阵热烈的掌声，杨虎城、李虎臣二位将领走上了主席台。狗娃清楚地记得，杨虎城将军戴着眼镜身着戎装，肩挎武装带，中等偏上个头，身材硕壮魁梧，说起话来声音仿佛是从坛子里发出的，震人耳膜。将军站在主席台上，将这次事件发生的经过做了述说，并代表陕军司令部和守城部队给全西安城的父老乡亲脱帽行礼道歉，责备自己治军不严。为鼓舞广大军民的士气，杨将军以演讲的形式对我国国民革命的形势和这次守城的意义做了深刻的分析。将军一手叉腰一手打着手势，他不疾不徐，从容铿锵，时而凝神敛目，时而慷慨激昂，时而咬牙切齿，时而情真意切。在台下聆听

声闻于天／169

的军人和百姓一个个全神贯注，大家的神色和情态随着将军演讲的内容时而高昂，时而激愤，时而凝重。演讲的大意为：北洋军阀祸国殃民，是人民的敌人，刘镇华是北洋军阀的走狗，抗击刘镇华就是打击北洋军阀，也就是协助革命军北伐。坚守西安也是为西北革命军人争人格，一定要坚持到底，一定能取得最后胜利！万一不幸西安被攻破，守城官兵必坚守阵地，与城共存亡。革命军为的是救国救民，如果不顾百姓死活，怎能算得革命？如果有人违反军规，私自到百姓家中征粮，严重地破坏军民关系，在哪里查出，就在哪里枪毙。会后，将军挥泪下令枪毙了那个连长和胡三娃。杨虎城、李虎臣二位将军将自己心爱的坐骑交给士兵们宰杀充饥。狗娃是首一次也是最后一次见到杨将军，他感动得流下了眼泪。杨将军的这次讲话，永远留存在他的记忆之中。

真是祸不单行，这年的冬天似乎来得特别早，大街背巷到处都有倒毙的尸体，抬都抬不清，埋都埋不完。有些上了年纪的人为救活自家的孩子，自己不吃不喝，穿上早先缝好的寿衣，躺在炕上静静地等死。

道士们在东岳庙的经堂里念经祷告，窝子班的人也跪在那儿，祈求神灵拯救这些受苦受难的人们。真的，要不是谭道长，窝子班的人都非饿死不可。谭道长实在不忍看着这班人被活活饿死，一天晚上，他把木匠红叫到自己的卧室，一句话也没多说，把储藏在地窖里备荒的陈谷子送给了窝子班三斗。木匠红感激地流下了眼泪，他把大家仅有的一百块银圆作为酬金送给谭道长，谭道长摇了摇手，只说了一句话："留着吧，留着吧，救人一命胜造七级浮屠，贫道难道是为钱来着？"就是这三斗谷子连同三麻子买来的那些辣面和咸盐救活了大家的命，窝子班才得以熬到了西安解围。

古城西安的军民永远忘不了这一天——民国十五年农历十月二十四日，冯玉祥麾下孙良诚率部攻破了镇嵩军的合围，西安终于解围了。大家忘不了，那些筋疲力尽的人们跪在地上，面对着苍天哭泣着磕头作揖，他们没被饿死、冻死，他们熬过来了……

西安城又恢复了以往的平静，按说窝子班也该回去给家里报个平安了，家里人挂念呐！可大家不愿意走，他们商议了一下，决定留下来祭奠那些在围城期间战死、饿死的生灵。他们忘不了那些为守卫西安而献出生命的英烈，还有谢东生和刚刚加入窝子班的王天喜。

开祭奠会的那天，西安城内万人空巷，军队、政要和学生不说，参加祭奠的还有东西南北乡的庄户人，城内的百姓、掌柜的、相公娃，连和尚、道士、尼姑都来了。所有的人都胸戴白花，流着眼泪，低头致哀。狗娃子想起了为运送弹药而死的东生叔和王天喜，"呼哧呼哧"地哭出了声。下午，祭奠大会结束了，在木匠红和贵生的提议下，窝子班自愿给烈士们演出了《大报仇》和《灵堂》两出戏。当饰演赵匡胤的木匠红身穿蟒袍、头戴重孝慷慨激昂、满怀悲愤地唱到"众烈士亡灵听根苗，下河东你们命丧了，千古永垂有功劳。有朝一日太平到，把你们个个搬回朝，请来高僧和高道，祭奠你亡灵上九霄"一段时，木匠红痛哭失声，在场的人都跟着掩面流泪……

# 三十七

镇嵩军围城期间，整个西安城的人都在受罪，而离城六十里外的骊邑县的老百姓也不能安生，魏志虎一家更是灾难迭生。

这话又得从头说起。当年魏志虎落脚在骊邑县，先在南孙堡购置了一座宅院。他家人祖辈都住在满城，按大清法规，旗人一生下来就有一份薪银，加上他祖辈又有自己的职业，所以吃喝不愁，从未做过庄稼活。后来魏志虎发现他买的那宅院"不干净"，怪事不断，于是一家人又搬到了县城。魏志虎手中有些银钱，他怕露富还怕人们知道了他的底细，于是就想做个买卖遮掩一下。起先想开粮食店，还想开京货铺，为此踌躇不决，征求钮氏的意见，钮氏张口就说开当铺。恰巧这时，骊邑县西门里的一家当铺濒临破产向外出让，夫妇二人一合计就盘下了那家当铺。

一年一年过去了，在钮氏的指点下，当铺的生意一天比一天好，魏志虎对钮氏很是佩服。钮氏还叮嘱魏志虎说："虽然开当铺来钱快，可必得把利看轻，挣来的钱自己只能花一少半，剩下的一部分要捐给寺院，一部分要周济穷人，这样魏家才能天长地久。"钮氏还说，"我信佛，佛教讲因果，听说我家祖上曾取过不义之财，也曾因此得到过报应。你照我说的去做，将会万无一失。"

钮氏她娘家就是开当铺发了家的。钮氏的太爷爷名叫三官保，因祖上随圣祖爷入关，还有顺治爷颁发的免死牌，很早就住在北京。三官保自小就骑马射箭、打架斗殴，是一个天不怕地不怕的主儿。道光年间，三官保在琉璃厂为了买一只鼻烟壶与人起了纠纷，一语不和，一砖砸死了那人。谁知那人是一位王爷的外甥，王爷告到官府四处缉拿凶犯。三官保为避祸逃到了口外，投在了晚清名将曾格林沁手下，驻守在张家口一带。三官保有着满人的彪悍，精于骑射，作战时把生死置之度外，曾带人打过几次漂亮的伏击战，深得曾格林沁的赏识，并提拔他为协都统，还将自己的一个远房侄女嫁给了他。成家之后没有几年，在一次军事训练中，三官保连人带马跌下悬崖，摔断了一条胳膊一条腿，治好之后落了个残疾。随后曾格林沁给了他一笔钱，他就离开了军营，在张家口定居。三官保念过书，跑过市场，为人机灵聪明，小时他姑姑家就开着当铺，他常听父亲说，开当铺如同"拾钱"，是个一本万利的行当，于是他就请来典当行家坐柜，用官府赐予自己的抚恤金在张家口的鼓楼西街开了家当铺。还不到两年，三官保就发了大财。

　　事情是这样的，当时张家口东门内有一个将军府，其祖上曾跟随康熙皇帝北征噶尔丹，会师后驻守在张家口，到了老年就定居在这里。老将军死后，子弟们不务正业，靠当卖家产维持生活。一天傍晚，有个自称是将军家管家的人带着一幅画来到当铺，说是他家大少爷让用这幅画当些钱来，出口就要三十两银子。当天坐柜的是一位姓谭的把式，本身就是一个典当熟手，经验丰富且城府极深。他拿过画展开一看，断定这幅画是赝品，根本不值三十两银子。但他看到画面上有一片墨竹，竹林下有一头小猪，小猪的头部已钻进竹林。画面上有四字的题款"竹内有猪"，可没有落款和时间。谭把式一眼就看出了"竹内有猪"的奥秘，他不动声色，让小相公招呼那人坐着喝茶，自己进了里屋和三官保沟通了一下，立马让人按当户要价兑付了银子，并开了当票，当期为六个月。当晚，谭把式和三官保一起打开了那幅画，仔细揣摩"竹内有猪"四个字，经过反复观察、敲打，终于发现了秘密所在。原来，一般画轴都是实心，而这幅画轴是空心的，在画轴头有一个塞子，不仔细看发现不了。他们拔出塞子，发现内有用黄绸子和丝绵包着的五颗大珍珠，价值连城。他们看后，按原样放回。说也凑巧，过了不到半年，那大少爷吸食鸦片过量而死，又过了一个多月亦无人赎当，此时当票已过赎期，成了"死当"，三官保自然发了一笔横财。

三官保去世以后，他的儿子从张家口举家迁到西安，定居在当时的满城，与魏志虎的爷爷结识后拜为异姓兄弟，还将自己的孙女嫁给了魏志虎。

魏家的当铺叫"顺和当"，在骊邑县西门内，坐南朝北，因为县东门内也开有一家当铺，人们称其为"东当"，所以人们称"顺和当"为"西当"。可"东当"不管是房屋气势还是装饰派头都没法与"西当"相比，生意也自然不如顺和当。这顺和当墙壁厚实，门窗不多，伸出在外的山墙上用红漆写着个大大的"当"字。当铺的房屋全部用青砖砌就，高耸雄伟，给人一种震慑的感觉，叫人望而却步。进当铺须上八级台阶，一跨进那高高的门槛，就会看见墙上贴的典当须知：虫伤鼠咬霉烂各安天命，失票无有中保不能取赎。当铺柜台很高，站在外面的人要仰起脸和里面的人说话，柜台后面的人有一种居高临下的感觉。魏志虎知道，当铺本就是个乘人之危、高利盘剥的行当，对物品估价有他自己的规矩，往往是打对折，特别是在拍"死当"时，要千方百计地压低当价。当价越低赚头越大，根本不怕当主情愿与否，开当铺的对当主没有一丝一毫的怜恤。当铺本就是乘危打劫，若还没到走投无路、山穷水尽的地步，谁愿意跨进这个门槛？多年来，魏志虎就是用这种手段发的财。

他在西安城又开了个珠宝古玩的铺面，生意也是不错；又在渭南一带购置了不少土地。慢慢地，魏志虎在骊邑一带名声更大了。起初，魏志虎还能遵照钮氏的吩咐，给周边的禅寺和庙宇捐资施舍，做些慈善事情，遇到灾年捐粮捐款，像其他富户一样赈济灾民，也得到了地方百姓的好评。到了后来，魏志虎投靠了官场，对那些慈善事业也不怎么主动了。他背着钮氏还勾结富豪干预官司，甚至包揽讼词，以曲为直诈取钱财，做些令人不齿的事情。钮氏到底是妇道人家，以慈善为本，只知研经礼佛，严格地约束自己和下人，督促家里人学好，对魏志虎的行径并不知晓。魏志虎回到家，则对钮氏言听计从，他家所有的大小事宜都是钮氏说了算。可他一出大门，则我行我素，甚至干些钮氏所不能容忍的事，而钮氏被蒙在鼓里什么也不知道。如是几年之后，魏志虎竟当上了骊邑县商会的会长。

镇嵩军围困西安期间，驻扎在骊邑县的是镇嵩军的第三师，师长名叫莫仁新。莫仁新本就是个红枪会的老大，泼皮无赖出身，杀人越货、奸淫妇女啥坏事都干过。可这家伙颇有心计，尽管他的部下沿途抢劫掳掠、无恶不作，可他一进驻骊邑县，就贴出了安民告示，叫农民安心种地，商人照常经商，责令县城所有商号、各村一应花户按镇嵩军的规定缴纳各种税费。并要求商户不得随意关门，村民不许逃跑流窜。他又暗地吩咐手下在乡间抢钱抢物、征粮征草，且越多越好，只是不得在县城以内胡闹，以示自己的治理有方。他还召集地方绅士、社会贤达定期开会，期冀得到捐助。在一次大会上，莫仁新为了笼络人心，拍着胸膛对大家说，自己为了天下太平，为了老百姓安居乐业才从河南来到骊邑县，并甜言蜜语地要收编骊邑县保安团。

时任保安团长的魏明禄本就思想进步，接受过革命教育，在国民革命军受过训，受训期间，还亲自聆听过杨虎城将军的讲话。他非常痛恨北洋军阀，这次镇嵩军进入关中之后为非作歹残害百姓的罪行他都看在眼里，本想带着保安团予以抗争，可经过请示后，有关人员对他说，镇嵩军来势汹汹，不可硬碰硬，要审时度势，保存实力，配合西安守卫战伺机而行。为了韬光养晦，为保一方平安，也为了骊邑百姓少受折腾，他便与镇嵩军议和，暂时顺从了莫仁新，继续做他的保安团长。

可没过多久，莫仁新就撕掉了面具，露出了豺狼本性。他着人暗中敲诈了好几个大户人家，发了几笔横财之后，得知骊邑县有一个富得流油的魏志虎，不但在县城开有当铺，还在西安城里做珠宝古玩买卖，便想在魏志虎身上打主意。可当他得知县保安团团长就是魏志虎的儿子后，拿不定主意了，经过好几天挖空心思的取舍抉择，他手下的一个副官忽然献上一计，经过幕僚们的几番酝酿密议之后，决定立即实施。

一天早晨，顺和当刚刚开门，坐柜把式指挥着相公娃在门口挂好望子，洒扫庭除，清洁柜台，自己坐在椅子上拿过水烟袋。他刚刚点燃纸煤儿，从烟仓里捏了团烟丝，按在烟锅上，忽听台阶响，一抬眼看见一个非常文气的军官走了进来。这人三十来岁年纪，头戴军帽，鼻梁上架着一副金丝眼镜，穿着一身黄呢子军装，肩挎武装带，外披军用斗篷，两个全副武装的马弁随即站在门口，不武而自威。那人进了当铺，朝铺柜台上斜了一眼，问道："喂，谁管事？"话未落音就一屁股坐在了开间的太师椅上，跷起二郎腿一抖一抖地等着回话。

当时人都说刘镇华的队伍不如土匪，那可是真的。土匪作案大都在月黑风高的夜晚，抢劫的都是大户人家，还讲究兔子不吃窝边草。而镇嵩军抢钱抢粮、抢女人、杀人放火全是在光天化日之下，把当地人都整怕怕了。坐柜的把式一见来人的衣着和装扮，脚后跟先转了筋，站起来点头哈腰赔着笑脸说："啊呀！怪不得一大早喜鹊叫个不停，原来是老总到了。"说着朝里屋喊道："王相李相，老总来了，还不点烟倒茶……"

那军官连头都没有抬，从衣兜拿出香烟，抽出一根叼在嘴角，然后又掏出洋火，"嚓"的一下点着，深深地吸了一口。待那口烟缓缓地呼出去之后，这才有气无力地说："请管事的出来说话。"相公娃哪敢怠慢，才要传话，抬头一看，坐柜把式已从柜台里的内门进到后屋，从后院出来了。坐柜的知道来者不善，不由深深地吸了口冷气，先回头斥责相公娃说："长官到了也不知道沏茶取烟，想找打是不？"然后转过身拱手赔笑着说："啊呀，今天长官能来敝店，真是我们的福气呀！有什么事长官只管吩咐，小的照办就是！"

那军官抬了抬眼皮，没有说话，坐柜的明白了，忙笑嘻嘻地说："里边请，里边请。"回头安顿相公娃说："把炉子捅开，打水烧茶！"说着把那军官让进了一间客房。那军官对站在门口的马弁使了个眼色，马弁上前几步把一个黑皮包双手递给了他，仍旧回身站在了门口。进房坐下之后，茶也上来了，相公娃替那军官斟了杯茶，坐柜把式恭恭敬敬地递到了军官手中。那军官低头不无欣赏地看了看手中那精致的景德镇盅，微笑着点点头，轻轻地吹去了飘浮在水面上的一丝茶叶，呷了一小口之后，一边点头一边把茶盅放在旁边的茶几上，这才慢吞吞地操着河南口音说："我想请你看件东西。"说着从皮包内取出了个四方形盒子样的物件，这物件被一块暗红的丝锦包着。那块丝锦还没打开，坐柜把式的心就先"扑通"跳了一下。待那块丝锦展开之后，坐柜把式这才看清楚了，那是一块绣着团花的锦缎，里面包着个雕花描金的紫檀盒子。那军官示意他打开，坐柜轻轻地揭开盒子一看，一下子傻了眼。

原来盒子里面装着的不是翡翠玉器，亦非金银器物，也不是奇珍异宝，而是卧着的一只比拳头还大的蟾蜍，那蟾蜍仰起头望着周围，眼睛还骨碌碌地转动。起初坐柜把式还以为自己眼花了，以为那蟾蜍是件真宝，但他用手指摸了摸那东西，觉得又凉又软，那家伙似乎还朝一边移动了一下。坐柜把式一下子惊呆了，他抬起头把那位军官望了又望，一屁股坐在太师椅上软瘫了，他迷茫地语无伦次地说："啊呀，好我的爷哩，长官，您这是……"

再看那军官，他的脸上没有一点儿表情，只说了句："就这，估价，开当票。"坐柜把式干这行当都快半辈子了，他一生走南蹚北，在兰州干过事，在成都站过柜，他啥东西都当过，曾收过金银首饰，当过古玩字画，可从没收过这样的东西。面对因生计无着、治病救人或因吃喝嫖赌要当物者，他从来都是盛气凌人，拉长了脸与当主说话，可今日却一反常态，拉着哭腔，近乎哀求地说："好我的长官哩，您，您，您这不是难为小的嘛！您老就高抬贵手，放了我这一马吧！"那军官不言不语一句话也不说，沉默了好久好久。忽然，坐柜把式心里一亮，用商量的口气说："长官，给您弄五十块银圆，您老喝茶去吧……"

"打住！我没见过钱，打发叫花子是不？本人是镇嵩军第三师上校参谋，我们不辞辛苦来到陕西，为国平叛除奸，解救陕西百姓于水火之中，没有功劳也有苦劳！就这，把这东西放这儿，把话给东家捎到，就说莫师长说的，这东西当也得当，不当也得当，叫他看着办。明天我来取当票！"说完，站起身出了客厅，头一摆，带着两个马弁扬长而去……

魏志虎家就在当铺后面的一个名叫安庆巷的小巷子里。他每天天不明就起床。今大晨练完毕之后刚从山上下来，这会儿正在后院的小花园喝茶憩息。此刻，他正在为一件事生闷气。原来，前几年他手中有些闲钱，准备放高利贷，一天，有个朋友告诉他说，渭南长寿塬上一个大户人家有四百亩土地出售，比当地市价低了将近一半。可人家有个要求，就是四百亩地要整卖整走，每亩地价四块大洋，必须一把付清。当地的大户人家较少，谁能一下子拿出那么多钱，所以无人问津。魏志虎想，他家在骊邑，距渭南县七十多里远，何况他根本不懂务农，买它做啥？那人说，这其中有个门道，长寿塬在骊邑县和渭南之间，土地肥沃平坦，适宜小麦生长，乃关中小麦的主产地，这里所产的小麦籽实饱满、质优价高，同样一斗麦子要比其他地方的麦子重过一到三斤，所以关中东府流传着一句老话，"华阴华州水浇田，不济渭南长寿塬"。那人又说了，当地土地价格每亩七块大洋，咱四块买得，无须耕种，只要转手倒卖便能赚钱。魏志虎一想也好，就把那四百亩地买到了手。谁知运气不好，一连几年关中大旱，地价太低难于出手，于是他就把那些地廉价租了出去。几个月前，刘镇华的镇嵩军开进潼关，不顾百姓死活，横征暴敛拿着枪征收地亩税费。魏志虎把收来的所有租金都缴给了镇嵩军不算，还倒贴了一百多块钱。贴了就贴了，镇嵩军哪个敢惹？这些人不讲理，靠的是鞭打绳拴用枪口说话，只能说自己倒霉，怨不了别人。

可没过几天，驻扎在骊邑县的镇嵩军又来到他家，说是他有四百亩土地隐瞒不报，偷漏了军需税费，不但要补交，还要罚款。魏志虎争辩说，我有四百亩地不假，那是在渭南地面，该缴的都缴过了。说罢他拿出渭南那边开的税费收据叫他们看。一个领头的军人一把抓到手中，连看都没看就撕了个粉碎，摔在魏志虎的脸上，操着河南腔说："放屁！你是骊邑人还是渭南人？这是上边的命令，你光说缴不缴？没挨过锉不知道锉涩是不？"一辈子不服人、心高气傲的魏志虎这会儿没辙了，他看见过镇嵩军打人骂人，甚至平白无故地杀人，他知道继续强辩下去肯定没有好果子吃，于是就暂时先稳住了那军人。打发那军人走后，魏志虎立马去了保安团把这事告知了儿子。魏明禄听罢气得浑身一震，把桌子一拍骂道："这些北洋军的走狗竟然欺负到我的头上来了，不给！明天那家伙来了，我派严连长把驴日的装进麻袋塞到井里，叫莫仁新活不见人死不见尸。"一个营长劝他说，目前镇嵩军霸占了咱关中，其势正炽，莫仁新能派人来，他肯定是有准备的。再说了，那军官到当铺肯定有人瞧见。若这样做，叫莫仁新抓住了把柄，那家伙翻了脸，咱保安团能敌过？恐怕你一家性命都保不住。魏明禄冷静下来，他仰起头长叹了口气说："唉！在人屋檐下，不得不低头呀！好，我亲自找莫仁新去。"魏明禄忍住气，好言相劝并对父亲讲述了当前的局势和眼目前的利害。他说："镇嵩军目前不可一世，若还与其硬来，吃亏的必然是咱们自己。"把父亲劝回去之后，魏明禄来到镇嵩军第三师师部，想通过他和莫仁新的一面之交再予以协商。可师部管事的说莫师长参加会议去了，魏明禄给那管事的说了许多好话，那人就是不给面子，魏家只得按四百亩地又缴了一次税费。魏志虎因此憋了一肚子的气。

魏志虎不愿意想这件事，可不知怎么这事光往脑子里钻，他越想越气，恰巧这时，坐柜把式哭丧着脸来了。魏志虎指着旁边的藤椅叫他坐下，他哪里肯坐，一边比画一边把刚才发生的事告诉了东家，并说，那东西能当？这分明是变着法子讹钱来了。魏志虎一听就气不打一处来，忍不住把手里端的茶杯摔得粉碎，愤愤地说："咋咧？狗日的连本钱都不摊，拿癞蛤蟆都想换钱，这不是明抢哩！听我话，不理他，看狗日的咋要这个猴！"那坐柜把式摆了摆手说："东家，我本想给五十块银圆打发他走，可那家伙不依，我看这家伙来头不善，眼前咱还是退让安抚为好，给弄些钱，财去人安嘛！"没想这话反倒把魏志虎惹躁了，他几乎不能自制，大声说："还给钱？说得轻巧，这钱是凭空飞来的捡来的？不是你的钱你不心疼，是不？"一句话呛得那坐柜把式不言语了，接着他又拍着茶几说，"听我的话，不理狗日的，看他还能把屎咬了！"

# 三十八

第二天中午，那军官果然来了，不同的是这回带了五六个人，且都拿着枪。这些人刚一进门，坐柜把式就给相公娃使了个眼色，相公娃立马从里屋叫出了魏志虎。虽然魏志虎昨天说话硬气得很，可那时在气头上。昨晚他辗转反侧无法入睡，思想了一夜，心中想着还是息事宁人的好，他们无非是要钱，给几个钱打发走算了。于是和管家许德昌一出来就笑呵呵地招呼说："长官坐，长官坐，喝茶喝茶。"没想那军官根本没接这个茬，也没坐，他抬起头把魏志虎上下打量了一番，摆了摆手不屑地说："喔，你就是东家，好好好，不用客套，也不要麻烦，你只说当票开好了没？我们是取当票来了。"魏志虎强压着怒气赔着笑脸说："长官能两次驾临敝店实属不易，也是我顺和当的荣耀。今天咱也不过来过去的。"说着回身对管家许德昌说道："德昌，封一百块现大洋，孝敬长官喝茶。"

那军官站了一会儿，觉得有点儿累，一屁股坐在太师椅上取出香烟，许德昌连忙上前为其点着火。那家伙头也不抬，伸出右手止住了魏志虎的话说："一百块，你是打发叫花子哩？你往这儿瞅。"接着伸出四个指头不紧不慢地说："魏掌柜，你若是识时务，往这儿瞧！没有这个数，三师的弟兄们是不会答应的！"魏志虎这回真的急了，他提高声音一边扳着指头算着一边说："老总，我的字号的各种税收和工商费、门面费、治安费、平叛费，对了，还有卫生费和雇佣费哪一样没缴？就这个破当铺你要我四百，还叫人活不活了？"没想那军官冷笑了一声，随即又厉声说："四百？便宜你了！没有四千块银圆，今日就是你的'马下渡'！"

一听这话，魏志虎差点儿气昏了，此时他什么也不顾了，对着那军官吼道："啥，四千？把我杀了算了！"说着用手指着那军官的脸说，"你们简直是一群土匪，光天化日之下要抢人是不？"见魏志虎用手指点自己的长官，一个马弁过来伸出手"啪"的一下把魏志虎的手打了下去。魏志虎本就性如烈火，心说，自己是商会会长，儿子又在骊邑县坐团，镇嵩军也凭儿子的保安团收粮催款、维持治安，他敢把我怎么样？！再说魏志虎在骊邑县也是一跺脚满城人打战，盛气凌人惯了，哪受得了这种侮辱！他一气之下，挥拳向那个马弁的脸上打去。魏志虎年轻时本是个练家子，多年来又随三师父苦练太极拳，加上正值壮年，这一拳正击中鼻子，把那个马弁打得满脸是血，当时就倒在了地上。其余几个当兵的见动了手，"哗啦"一声拉开了枪栓，一起端枪瞄准了魏志虎。魏志虎一看不好，站在那里一动不动。那个被打倒在地的士兵一骨碌站了起来，一边用河南口音骂着粗话，一边把黑乎乎的枪口顶在了魏志虎的胸口。这时，管家许德昌实在看不下去了，他扑上前双手握住了那个士兵的枪管，用身子护住主人，狠狠地照着那士兵的肚子踢了一脚。那士兵哪肯受这一脚，抬手扣动了扳机，只听"叭"的一声枪响，许德昌就胸口流血倒在了地上，可他握枪的手丝毫没有放松。

这一枪惊动了街上的行人，惊动了左邻右舍，没有多长时间，顺和当的门口就围满了人。可当大家一见出了人命，哪个还敢靠近，只是远远地围观。那个当官的一声令下，几个士兵三下五除二把魏志虎五花大绑拉了就走，临走时还在门口放了几枪，顺和当顿时乱成了一锅粥。

钮氏得知情况来到了当铺，她看见许德昌血淋淋地躺在地上，这个一生吃斋念佛，连一个蚂蚁都不愿踩死的妇人，万万没有想到自己家中出了这么大的事，当时就吓昏了。坐柜把式连忙叫当铺打烊，并派人飞快地去保安团给魏明禄报信。霎时，骊邑县的大街小巷流传着"魏团长被镇嵩军抄了家，他大都被绑着走了"的消息。

这天，魏明禄正在团部与几个下属议论时局，忽然顺和当的小相公急急跑进来，一边喘息一边结结巴巴地说："魏，魏团长，不，不好了！出，出人命了！老掌柜叫，叫人家抓走了！"魏明禄吃惊地问："啥事？别急，慢慢说。"那相公娃缓过了气，才把许德昌被镇嵩军打死在当铺，老东家被镇嵩军抓走的事告诉了他。魏明禄接着问："别急，你慢慢说，他们把老爷子拉到哪儿去了？有多大工夫？""我，我眼看着那些天杀的把老东家拉出了西门，八成是去了临时监狱，估计这会儿还在半路上……"

那相公的话还没说完，魏明禄"唰"地拔出了匣枪，从衣架上拿下军装，边穿边往出走，回头对手下的几个哥儿们吼道："狗日的瞎了眼，欺负到老子的头上了！严副官，传令齐连长带一个排，走！没了王法了！"

镇嵩军来到骊邑县后，因抓人太多，没地方关，就在县西门外三里河西岸建了个临时监狱，专门用来关押那些对其不满、与其抗争、不愿缴粮纳款的老百姓。那副官和手下牵着魏志虎，此时刚刚走到临近河东三里的一片茂密的石榴园内，穿过石榴园过了河就是临时监狱。魏明禄和齐升子带着保安团一个排跑步追了上来，反而赶在了那几个镇嵩军的前面。保安团的人埋伏在石榴园，看着那副官带人过来了，连长齐升子一声令下，几十个团丁一声呐喊，从石榴园内冲出来把那副官和几个镇嵩军团团围住，端枪对准了他们。齐升子还用短枪直直地抵在那副官的胸口，大声喊着："站住！把人留下！"

那副官见瞬间几十杆枪对住了自己，一位军官手持短枪满脸怒气地站在他的对面。他先是吃了一惊，可立即意识到大概是个误会，于是不慌不忙地凑近军官的胸前，扶着眼镜仔细一看，见徽章上写着骊邑县保安团的字样，他不禁笑了，仰起头轻蔑地说："哈哈，保安团，你们要干啥？想造反不成？"魏志虎本就性硬，虽被捆绑着，一路上还骂个不停，这时他看清了是儿子带着全副武装的团丁救自己来了，一下子有了底气，不但站着不走，还跳着骂娘。那两个拉着魏志虎的士兵并不知晓站在一旁的满脸怒气的军官是他的儿子，有恃无恐地把魏志虎捆绑在背上的胳膊朝上一抬，使劲儿往前一推，魏志虎打了个趔趄，差点儿摔倒在地，其中一个士兵还在他的脊背上砸了几拳，嘴里骂着脏话。

魏明禄本不愿把事闹大，心想把父亲带回就行，可一见那家伙当着自己的面打父亲，不由得怒从心起。也是年轻气盛，他飞起一拳向那个士兵的面门打去。这一打不要紧，那副官随手掏出手枪照着魏明禄就打，站在魏明禄身旁的齐升子眼明手快，一伸手抓住了那副官的手腕，这一枪没击中魏明禄，却打在了一个团丁胸口上，那团丁当即倒在地上就不动了。

齐升子一看打死了人，猛扑上前把那副官压倒在身底，夺了他手中的枪，众团丁一声呐喊上去缴了几个镇嵩军的枪。其中一个镇嵩军的士兵眼亮，趁乱钻进石榴园逃跑了。也是镇嵩军在当地作恶太多，闹得百姓苦不堪言，那些团丁大都是当地人，早就压抑着心中的怒火，见镇嵩军打死了自己的弟兄，一哄而上，把一腔恶气都倾泻在这几个镇嵩军的身上。他们拳打脚踢，打得几个镇嵩军杀猪般号叫。

那副官到底训练有素，他有恃无恐，没有丝毫妥协退让的意思，心说，今天的关中是我们镇嵩军的天下，杨虎、李虎都龟缩在西安城不敢出来，给你保安团一百个胆，你也不敢把我如何！他一个鹞子翻身起来，一脚踢翻了一个团丁，扑上前就要抢枪。后面一个团丁急了，一看周围都是自己人，就顺势把自己手中的长枪高高抡起，一枪托砸在了那副官的后脑勺上，那副官一声没吭倒在地上，白眼一翻不动了。

此时，忽然一下子安静了，大家低头一看，那副官仰面朝天趴在地上，不停地抽搐，后脑勺已经破裂，红的白的都流出来了。再看另外几个镇嵩军士兵，两个被打得翻了白眼，其余几个躺在地上直哼哼。魏明禄一看，心说不好，他当机立断，命令团丁把几个活的和几个死的拉进石榴园深处，然后带着父亲抬着那个死去的团丁回了保安团驻地。

魏明禄心里明白这个祸闯大了。回到团部，他连忙召集保安团的所有人员，心情沉重地向弟兄们道歉说，自己对不住大家，今天为救父亲打死了莫仁新的副官，把天戳了个窟窿，镇嵩军绝不会善罢甘休放过他魏明禄的，肯定还要连累大家的。为了保命，自己必须要离开骊邑。他告诉大家，他走了之后，镇嵩军若要来报复，请弟兄们把所有责任都推在他魏明禄一个人的身上。说罢，他含着热泪给大家鞠了个躬。

哪知民团的弟兄们大都不这样看，他们一哇声地说："镇嵩军的气我们早都受够了，咱保安团再也不能跟着刘镇华助纣为虐，让乡党们戳咱的脊梁骨了。咱要为陕西人争气，配合杨虎、李虎保卫西安城。再说了，镇嵩军不得人心，也是兔子的尾巴长不了的。"经商议和讨论，大家一致同意把保安团的队伍拉进骊山深处，伺机骚扰镇嵩军，为保卫西安城出点儿力气。大家一合计，抓紧时间收拾枪支弹药、钱粮物资，进入深山老林，保存实力。魏明禄知道这次事件因救自己的父亲而起，他让父亲立即回家，安排家里的人先躲起来，以防不测。

可就在这个时候，有人来报，镇嵩军的两个营已经从新丰鸿门出动，朝县城方向开了过来。情况紧急，魏明禄顾不了许多，一声令下，便带着保安团的五六百人，用驮骡驮着弹药装备和其他军需辎重，顺着丰王沟一条弯弯曲曲的小道向骊山深处开拔。

保安团刚刚过了老鸹沟没有多远，镇嵩军就追了上来。魏明禄指挥大家前边行进，自己带着一连团丁，隐蔽在山沟两旁的山林里打了一个伏击。保安团大都是临时召集来的当地村民，没有受过系统的军训，从未经过阵战，武器装备也落后陈旧，平时吓唬老百姓还行，哪里比得上镇嵩军的火力。一阵枪响之后，就被打死打伤了好几个，镇嵩军也有伤亡。可保安团熟悉地形和路径，在魏明禄的带领下东躲西窜，这儿放几枪，那儿放几枪，或者在山崖上向下滚石头。加上山路崎岖，草深林密，反而弄得镇嵩军疲惫不堪，进退两难，死伤了不少。这时，夜幕已经降临，镇嵩军不敢再追，就撤了回去。保安团则连夜赶了六七十里路，来到玉山县境内，在齐升子当年盘踞的华胥寨驻扎下来。

几天之后，骊邑县方面传来话说，保安团这一回让镇嵩军的莫师长丢尽了面子，这家伙恼羞成怒，次日派兵洗劫了顺和当并放火焚了安庆巷魏家的宅院，街坊邻居都随着遭了殃。冲天大火整整烧了一天一夜，骊邑县城笼罩在了浓浓的黑烟之中。魏明禄家里人四处逃散，只有魏志虎性情执拗，说啥也不肯离开顺和当。他疯了，头发散乱，浑身衣服烂得不成样子，满脸炭灰，声嘶力竭地叫喊着，挥舞着皮鞭打伤了好几个镇嵩军的士兵，后被镇嵩军打死在顺和当的门口。可怜那一生乐善好施的钮氏，也在佛堂悬梁自尽了……

# 三十九

西安城解围了，镇嵩军被冯玉祥、方振武的队伍打得丢盔弃甲，逃回了河南，关中平原终于脱离了战乱，一切都恢复了往常的平静。窝子班的人们回来了。

狗娃回到了南孙堡。他一进门，见母亲端着个簸箕在滴水檐下簸黄豆，母亲低着头佝偻着身子，灰白色的头发从头上垂了下来，沾满了豆蔓豆荚的碎屑。狗娃大声叫了声："妈——我回来了！""啊！是狗娃，我娃回来了！"狗娃妈猛地一阵惊悸和颤抖，手中的簸箕掉在了地上，金黄色的豆粒滚了一地。狗娃见状，快步上前一把扶住了母亲。老人家只是一声"我的儿呀——"就一把将狗娃紧紧地搂在怀里不肯松手，唯恐他又离去。就在镇嵩军围城的那些日子里，只要一听到枪炮声响，狗娃妈就心慌，就熬煎，就胡思乱想，整天提心吊胆吃不下饭睡不着觉。她也曾四处打听窝子班的消息，可得到的消息却是，镇嵩军一直向城里丢炸弹，城里炸死、饿死的人像倒麦个子一样满街都是，没地方埋，在一搭摞着呢。一段时间，狗娃妈精神恍惚，她似乎绝望了。

狗娃把母亲扶进屋里，两人坐在炕沿上，他被母亲紧紧地搂在怀里一动不能动。长时间的沉默之后，狗娃轻轻地仰起头看了看母亲，不到一年，母亲苍老憔悴了许多，脸上增添了许多皱纹，头发已经花白，背还有些驼。母亲才不到四十岁呀！狗娃的鼻子不由得一阵酸楚，眼睛随之湿润了。狗娃听人说过，他大死后，曾经有人劝母亲"再跷一步"，被母亲一口回绝，是母亲艰难地支撑着这个家。想到这儿，狗娃又叫了一声妈，又把母亲搂在自己的怀里，他的眼泪流到了母亲的脸上，和母亲的眼泪混合在了一起。狗娃妈"呜呜"地哭了，她抚摸着儿子的脸颊，心中充满了无限的凄楚和惆怅，她已经没有了丈夫，无论如何再不能没有了儿子。

狗娃妈望着儿子，想起了自己的人生遭遇，觉着浑身发瘆不能自已。狗娃妈姓姚，是骊山后岭人，属蛇，正月生的。关中人自古注重生辰八字，历数一十二属相列出了个"败月"的俗语，说是"正蛇二鼠三牛头，四月猴难抬首，五月兔顺沟溜，六月狗舌长吐，七猪八马九羊头，十月虎满山吼，冬月鸡架上愁，腊月老龙不抬头"。一个人若生在了"败月"，不但自己命运多舛，还会给家人带来晦气。狗娃妈属蛇，又是正月出生，自然是个败月。她出生刚刚九个月，正是山里人采摘柿子的时月，骊山之上到处都是柿树。一场透霜过后，人们把柿子采摘下来，一部分旋皮晒干做成柿饼，一部分拿到山外去卖。剩下那些伤残果子便一层层摆放在绛州瓮里，盖了泥巴密封令其发酵，经过一段时间就能淋出上好的柿子醋来，除供自家食用外，多余的拿到山外换些零钱。狗娃妈家共有二十多棵柿子树，已摘完了十七八棵，就剩下长在北沟崖畔的那几棵大柿树了。人常说"千年的柏万年的槐，不信你问老柿来"。那几棵柿树年代久远，又高又大，个个都有合抱粗。那天狗娃妈的大端着梯子，拿着夹杆上了那棵最高的柿树。这棵树足有三丈高，又长在一面高高的崖畔上，还伸出悬崖老远。眼看着就要摘完了，只剩了树梢上最高最繁的那一股了，她大又爬高了几尺，就在他用夹杆把一股果枝用力拧拽时，没想脚下一滑踩了个空，"扑通"一声从树顶掉到了崖下。这土崖和柿树合起来有七八丈高，狗娃外爷头朝下重重地撞在了地上，连动都没有动一下就咽了气，头都挤进了腔子，惨不忍睹。

　　姚家人如同天塌了一般恸哭不已，事后奶奶硬说是"白蛇进门必得妨人，都是这贼女子克的！"十三岁那年，村里来了个算命的，狗娃外婆叫那人给女儿推卦。那算卦的问过她的生辰八字，掐指一算说，这女子命硬，命中注定要"吃三个井的水"（即要嫁三个男人）。只有把她嫁到'隔山隔水'的地方，再配个属虎的男人，才能躲避这一生的不幸。于是，狗娃妈就被穿针引线嫁给了长她十余岁的孙全德，可谁知丈夫孙全德还是早早地死了。想到这儿，狗娃妈撩起衣襟擦了擦眼泪，她知道自己命苦，也不指望什么，她把所有的希望都寄托在儿子身上。

　　看着儿子一天天地大了，她时刻想着为他占上个媳妇，不能叫老孙家断了香火。一想到给儿子说媳妇，狗娃妈的心里就不是滋味，她知道唱戏这个职业只是文明些的讨饭吃的。她自小在山里见过，那些唱戏的冬天给人唱罢戏没地方睡，就在麦草积子上掏个洞睡了。他们穿的是丑陋的布窝窝（棉鞋），胳膊肘上挂着棉絮，活像牢里出来的囚犯。还有，那些唱戏的吃喝嫖赌啥都干，为一个铜子儿就敢翻脸，骂爹骂娘。幸亏窝子班是个上等社班，有几个关中名角带着，生意好挣钱多，不像山背后那些唱戏的，穷得没眉眼，不偷人都像个贼。木匠红、高贵生和三麻子他们都悉心照顾狗娃，儿子也没开"拐门"，不抽烟、不要钱，虽说好喝几口酒，那也是为了交往，再就是穿得还算干净整齐。一想到这儿，原先埋怨麻子和贵生的想法又都烟消云散了。

　　尽管如是说，可毕竟这一行是被人瞧不起的下九流。自从没了全德，家穷也少有说媒的，不由得她就想起了贵生的独生女儿水莲。儿子经常在贵生家学戏，一年倒有半年都在他家，常把贵生和水莲挂在嘴上，倒像他们家的一口人。狗娃妈也有那么一点儿意思，她看着水莲长大，那女子能干，心肠好，人样也没说的。可一想到水莲比儿子大三岁，还是个寡妇，她的心就凉了。加上水莲结婚一年多，也没见肚子大过，孙家本就是几代单传，若再给儿子娶个不会生养的可咋办呀？她摇摇头："这事，不成，不成啊！"狗娃心里当然清楚，自他大去世之后，妈妈为自己和这个家操碎了心。

　　转眼个把月过去了。这天吃罢早饭，狗娃对他妈说："妈，我和你商量一下，天慢慢地热了，这两年我还积攒了几个钱，改天我去京货铺扯上几尺夏布，给你也缝件夏布衫。那东西轻快透风，咱村好几个像你这年纪的都穿着哩！"

听了这话，狗娃妈的眼圈湿了，她暗自庆幸有了这么一个懂事孝顺的儿子。可她却没好气地说："你有几个钱，扯啥扯！咱凭啥穿夏布衫，省下钱还要给你置地问媳妇哩。"狗娃打趣地说："早呢早呢！咱村二十多岁没媳妇的能拉一大车，着急干啥？我看贵生叔如今一个人还自在，水莲姐伺候得蛮好的。"

说者无心听者有意，狗娃妈的心突然一缩，眼睛一亮心思就跟着来了。她要探探儿子的想法，便说道："娃呀，说到这儿，妈想起个事。你啥时去高城寨打问一下，若水莲还想再跷一步的话，妈这儿还有个好主户呢。水莲大和你大亲如兄弟，为咱家也操了不少心，再说了，水莲如今到了这一步……"一听这话，狗娃似乎不高兴了，一下子提高了声音说："妈，咱不能咸吃萝卜淡操心，人家水莲都没提这事，咱说那话干啥？"一句话戗得他妈不言传了。见儿子一提给水莲寻下家就和她上墙，狗娃妈心里明白了，沉默了一会儿又说："是这，水莲年轻轻地就守了寡，也蛮可怜的！你个大小伙子往后就少往她家跑，省得人说闲话。水莲本就苦命，咱不能给人家再添乱了。"狗娃抬起头直直地看着母亲，再不言语了。

正在这时，只听大门一响，一个熟悉的声音在院子里喊道："家里有人吗？"还没等得狗娃出去看，随着一阵脚步声，三麻子一揭门帘就进来了。他一进来就喊："狗娃子，倒酒倒酒，咱爷儿俩喝上几盅高兴高兴！"狗娃丈二和尚摸不着头脑，笑问："三叔，啥事嘛，看把你高兴的，昨黑挖银子窖了？"三麻子眉飞色舞高兴得跟什么似的，唾沫星乱溅，一只手比画着说："比挖了银窖还高兴！天杀的魏志虎死了，你知道不？真是斑斑降鸠鹈，一物降一物！善恶有报终有时呀！"说罢哈哈大笑。狗娃忙拉了个凳子叫三麻子坐下，于是三麻子就把乡间传闻的莫仁新怎样强收魏志虎二茬税费，怎样用癞蛤蟆在顺和当诈钱，怎样打死了许德昌，怎样把魏明禄的保安团赶进了深山，又是如何打死了魏志虎，逼得他老婆上了吊，还放火烧了魏家的当铺房产的事，像说评书一样告诉了狗娃。

三麻子绘声绘色说得津津有味，非常解气，临了他笑着说："这就叫人不报天报，狗咬狗一身毛！狗日的魏志虎厉害，他在歪人面前比咱还鳖！"三麻子原来是给狗娃报喜的，哪知，狗娃听了这件事之后不但没有高兴起来，反而遗憾地说："哎呀坏了，咋能这个样子，莫仁新真他妈的不是东西！"三麻子猛地站了起来，疑惑地睁大了眼睛看着狗娃说："你看这娃，咋能说这样的话！这叫借刀杀人，镇嵩军替咱报了仇还不是好事？"狗娃不慌不忙，从茶壶里斟了盅茶递到三麻子手里，双手按住了他的肩膀让其坐下之后，若有所思地说："三叔，这话我不赞成。魏志虎尽管遭了报应，可镇嵩军也不是啥好东西。再说了，当初我在我大的灵堂前发过誓，说是要亲手宰了那老家伙的——反倒叫莫仁新抢在了我的前头。这，这不是叫我发了空誓，叫我如何是好？""喔，原来是这么回事，叔咋没想到。"三麻子拍了一下脑袋恍然大悟，他立马感觉到狗娃已不是从前的狗娃了。

叔侄俩说着话，狗娃妈做好了饭，吃罢饭三麻子看没人，把狗娃肩膀一拍说："叔问你个事，那年魏志虎虽说把你家的菜园子弄去了，可自从王旅长过问了那事之后，老家伙就退还了你家的园子。如今魏志虎死了，儿子也没了踪影，趁这机会你收回菜园子也是个名正言顺的事，咋样？"

狗娃听了之后，眉头皱了好大一阵才说："三叔，你的心意我理解，可在这事上我和你想的还是不一样。魏志虎害死我大不假，我说过要报仇也是真的，不过咱报仇要报个名正言顺。虽说魏志虎丧了天良，机关算尽，可那菜园毕竟是人家从我妈手上'买'走的，钱咱收过了。后来王旅长过问了此事之后，魏志虎打发人来说和，到如今菜园还在那儿荒着。思来想去，我觉得我姓孙的不弄这号事，乘人之危嘛！咱不能像他魏志虎那样把事做绝，叫人背后戳咱的脊梁骨。对吧，三叔？杀父之仇不共戴天，魏志虎死了有他儿子在，这事我不希望别人帮我办，我发过誓要自己亲手宰了他，一命还一命，两不相欠。"

三麻子心中一震，他从头至脚把狗娃打量了一番，不禁心中惊叹，这娃行，这娃娃了不得！想到这儿他笑了笑说："好好好，我还真没这样想过，刚才叔说的那些话权当没说，粉牌上的话——擦了。叔今儿个回来，还要和你商量一下那个'玉瓶'的事哩。"

"玉瓶？"狗娃先是愣了，猛然间想起了什么似的把头一拍，笑说："三叔，你不说我还真的忘了呢，那东西你就看着卖了吧！老侄我是一个铜子儿也不要。"三麻子一听急了，瞪大眼睛说："你看你，话咋能那样说？叔又不是那见利忘义的人。啥话都甭说，按叔说的办！"

# 四十

原来，三麻子所说的"玉瓶"的事是这样的。

那次窝子班给钱师长母亲祝寿，几出戏唱得不错，老太太一高兴，给足了身价不说，大伙儿还得了不少赏钱。之后，窝子班在东岳庙住了，木匠红还谋算着让大家多挣几个钱再回家光场收麦子。那时镇嵩军还没影，大家腰包里都鼓鼓的，哪个不喜笑颜开？没事了，有的到城隍庙给女子娃娃扯头绳买耍货，给老人买鞋买袜；有的偷偷地进烟馆子过过瘾；还有人跑到胭脂坑找女人。三麻子舍不得乱花钱，他哪里都没去，啥都不买。一天，他带着狗娃逛了趟八仙庵和罔极寺，在东大街老孙家吃了顿羊肉泡。狗娃自小没吃过这么好吃的饭食，馋得他埋着头只顾往嘴里刨，热得满头大汗。吃罢饭他把碗一推，边吧咂着嘴边笑着说："三叔，这回民家把个泡馍咋弄得这么香，老侄今年十七岁了还真的没吃过这么好的东西。"

一听这话，三麻子兴趣来了，他拿出一副长辈的派头，用食指戳着狗娃的额头说："唉！你看看，光说这没出息的话，'君子谋道小人谋食'，这话是古人说的，还真没说错。你崴娃子就光知道个吃！跟叔走，开开眼，把西安城这花花世事好好看看，让我娃也长长见识。"说着便给狗娃讲开了古今。他指着西安古城东门的箭楼，眉飞色舞地边走边说："泮池爷说的好：八百里锦绣秦川，人杰地灵，俊采星驰；五千年文武盛地，物华天宝，龙御凤助。这可是真真儿的！长安城自古就是个盘龙卧虎的地方，脉气好得狰狞！长安长安，长治久安，你知道不？自周朝算起大小十三个朝代在这儿建过都，要不咱关中人咋能把渭河叫作御河！听老人说，唐代李世民打下了江山之后，委派李淳风和袁天罡各自挑选一块风水宝地作为首府。李淳风遍游天下之后来到关中，他上观天象下审地理，经过一番推算和定夺之后，将一个麻钱丢在地上，然后告诉李世民说，麻钱所在地就是大唐都城的中心。袁天罡后来也来到了关中，他审视堪舆了一番，说这关中东有函谷关，西有大散关，南有武关，北有萧关，中有渭河流过，百二秦关，带砺山河。于是他也选准了一个地方，把一枚绣花针插在地上。后来大家发现，他们两个人选择的是一个地方，袁天罡的绣花针正好插在李淳风所丢的钱眼正中。于是大唐就在那地方修建了一座钟楼，四周筑起了城墙，这就是如今西安城里的钟楼……"三麻子越说越来劲儿，他唾沫四溅、喋喋不休，也没管狗娃是否在认真地听，只是叨叨个不停："古长安八水环绕，出了家门有城门，出了城门有郭门。太平年间这里五天一场风，十天一场雨，城里城外桃红柳绿、银鞍白马、冠盖连陌。不是胡编，自那时起，朝廷的九卿六部、二十四衙门、内宫厂卫，无论是牵马坠镫的，还是皇胄人臣，都有咱陕西人的位子。京师的文武两班，东西行走，哪一门哪一院不是咱陕西人占着？不是吹，没有咱陕西人，皇上哪里去找四梁四柱？"三麻子谝得头头是道，狗娃听得如痴如醉。三麻子咽了口唾沫又接着说，"就拿咱唱的秦腔戏来说，也是咱陕西的千古流传，各路的梆子戏再有名，都是咱秦腔的末末孙子，秦腔是它们的老祖先。不信你往鼓楼上看，这边挂的是'文武盛地'，那边悬着的为'声闻于天'……"

说话间，他俩来到了人市，路旁边许多人带着各样工具眼巴巴地寻活干。狗娃正在左顾右盼，忽然一个人走过来，拍了拍他的肩膀说："乡党，干活不？"狗娃才要答话，三麻子戳了他一下，上前一步搭腔说："不干活跑到这儿上皇会来了？不过要看啥活，工钱咋样。"那人说："甜水井上吆骆驼送水，轻活，只要俩人，钱不少给，干完活随手就给。"狗娃正在茫然，三麻子给他使了个眼色就跟着那人走了。

原来这西安城，人脉、风脉、地脉啥都好，就是水脉不能尽如人意，虽说是八水绕长安，可那八条河都没入城便流到御河里去了。城里城外无论你把井淘得多深，都是苦苦水，唯有西南角留了一股甘甜清冽的水脉，留下了几眼永远也绞不完、汲不干的甜水井。那几眼水井上支着好多辘轳，平日里几十个腰圆膀粗的大汉轮换着绞水，一天到晚不停歇地供应着西安城的甜水。有了甜水井，也就有了人挑、车拉、骆驼驮给各个住家户和字号铺面送水的，自然也就形成了一个送水的行当。

来到了甜水井，人家驮着水箱的骆驼已经在那儿等着了。他俩就在那人的指挥下给水箱装满水，然后照着人家的安排给各主户送水。当他俩第二趟拉着骆驼来到南院门一家铺面门口时，三麻子定睛一看，悄悄地拍了拍狗娃的肩膀说："狗娃你瞧，这是魏志虎家的铺子，知道不？"魏家在省城开着个古董珠宝行，三麻子知道，狗娃年龄小，再加上魏志虎一家住在县城，他只听说魏家在城里有生意，却从不晓得是做啥生意。听了这话之后，狗娃不禁一愣，三麻子再仔细看，再次肯定地说："南院门，顺和行，没麻达！"狗娃一听这话当时就跺着脚说："我羞了先人了！今儿个给仇家送水来了，我不去了，你一个人送去！"三麻子忙拉住狗娃说："你看这娃，话不能那样说，豇豆一行茄子一行，咱是人家雇着来的。"猛地，他眉头一皱眼睛一挤，狡黠地对狗娃说："走走走！看看，这坐台的把式我认得，外号人叫'飞刀嘴'，是我们村的。那家伙的嘴呀，翻来翻去都会说，能把死人说得睁开眼。走走走，看看，长长见识。"狗娃噘着个嘴，不情愿地跟在后面。

狗娃这才抬头仔细地看了看这家商铺，四间宽的庄基，铺面占了三间，左边是个能进车马的大门。青堂瓦舍，富丽堂皇，门面的楹梁上悬着一个黑底金字的牌匾，"顺和玉器珠宝行"几个字熠熠生辉。狗娃正在上下瞅看，只见几个戴礼帽穿长袍的人拾级而上，瞬时一个四十多岁的瘦子迎了出来："啊呀，怪道树上喜鹊叫得欢，原是老买家来了！一看就是通家，想看些啥？请请请！"一回头喊相公娃说："赵相钱相，快给客人倒茶看座。"说着笑容可掬地说："先生看好了，货架上的不如意，里头还有硬扎货。越王剑、吴王钩、商鼎周彝宣德炉、钧窑汝窑的瓷碗盘……啊哈，除了李哪吒的乾坤圈、姜太公的钓鱼钩，要啥有啥……"三麻子指着那瘦子说："看见没，那货就是'飞刀嘴'。"狗娃哪有这个心思，连话也懒得说。

两人来到偏院门口，守门的见送水的来了，"呀"的一声推开了大门。在守门的指引下，他们进了偏院。进得院门，只见院子里有几个人正从一辆马车上往下卸货，地上的大小木箱摆了一摞一摞的。管事的只顾招呼那几个送货的客人，倒把三麻子和狗娃晾到了一边。三麻子大声喊："水来了，接水！"一个相公回过头看了一眼，不耐烦地说："皮干啥呢，没看人忙着，等一会儿不行！""等两会儿都行，别说一会儿，反正我俩身上也没驮水。"三麻子嘟囔着说。

过了一会儿，马车卸完了货，那相公随手关了大门，叫他俩过去卸水。那骆驼挺温驯的，三麻子只是抖了抖绳它就卧下了，接着就揭开水箱盖，一瓢一瓢地把水舀到木桶里，又一桶桶地送进厨房，倒进水缸。狗娃本来气就不顺，故意摇摆木桶，沿路洒了好多水。卸完水，院子里一个人都没有了，他一抬头见院里有根铁杠，一把拿过来高高举起就要捣木箱里的东西。这木箱里装的都是些值钱货，他要叫魏志虎破财，还要叫他心疼。三麻子大吃一惊，一把拉住狗娃的胳膊，压低声音斥责道："干啥，干啥？不想活了是不？"说着一把夺过铁杠扔在墙角。他略一思忖，三下五除二，麻利地把旁边一个不大不小的木箱塞进了骆驼背上的水箱。刚盖好盖子，那守门的从屋里出来了，往地上一瞧大声说："你们这是干啥！洒了这么多水，这要扣钱哩！"三麻子赔着笑解释说："你家的桶漏水，这怪不了我们。好好好，明天多装些，多装些。"随后招了招手，朝狗娃使了个眼色，拉着骆驼就走了。

走出门不远，三麻子牵着骆驼拐进了一条背巷子，狗娃说这路径不对，三麻子狠狠地瞪了他一眼。又拐了一个弯，只见三麻子迅速取出那个小木箱，塞进了路旁的一个柴草堆中，拉着骆驼继续前行。没走多远，忽听背后有人呐喊："喂——送水的，送水的！站一下！"紧接着跑过来了几个人。他俩一看，果然是顺和行那个守门的带着两个人追上来了。他们来到跟前，啥话也没说，只是把骆驼驮着的水箱揭开看了看就回去了。走出了那条巷子，三麻子叮嘱狗娃一个人拉骆驼到甜水井领工钱，他自己一个人走了。晚上回到住处，三麻子把狗娃领到了个僻背处，打开木箱一看，只见木箱的四周被细草塞得紧紧的，里面夹着个古香古色的玉雕炉瓶。

原来，魏志虎的顺和玉器行是个倒卖古董的商行，这玉雕炉瓶是魏志虎花了一百五十块银圆着人从甘肃凉州收购回来的。据行家说，这东西最迟出于宋代，是由一整块和田玉掏膛雕成的炉瓶，已经议好了，准备高价出售给一个西洋人。

围城结束之后，三麻子把那东西弄回家，他请城北将军堡一个名叫白铁锁的古董贩子看了。那人是个懂家子，常年在西安咸阳一带倒腾古董。姓白的一见就傻了眼，惊得张开的嘴巴合不到一块。三麻子是谁？头一拍浑身都动，心里的弯弯谁都比不过，更是个识货的主，自然知道这是个好东西。那姓白的要买这玉瓶，三麻子说："我这东西不是卖的。"姓白的把三麻子的家里打量了一下，笑了，此后，他来了好几次，三麻子一口咬定要一百块银圆。那人深深地吸了一口气说："伙计，东西好归好，但值不了那么多钱。是这，我不少给，打对折，五十块银圆你看咋样？"三麻子心里有了底，顺手拉了一弓，挤了挤眼笑着从那人的手里拿过瓶子，说："好好好，不说了不说了，谁的东西谁拿着！唉！看来你先生不是个识货的，你就留着你那五十块银圆，我留着我这烂瓶子，我摔我砸是我的事。慢走，不送。"

这件事不知后来咋被高贵生知道了。一天，他捎话把三麻子叫到了家里，连一句礼让寒暄话都没说，让水莲拿来酒给三麻子斟了一杯，虎着脸问："兄弟，听说你在西安弄了个好东西，不错嘛，时来运转了哇！"一听贵生的话中带刺，好像还有些不高兴的样子，三麻子赔着笑，一边给贵生倒酒一边说："高兄问的是这事，我还以为问啥哩。我和狗娃那天给顺和行送水，捎带做了个'小活'。"贵生把眼一瞪，把酒盅重重地放在了桌上，压低了声音说："为啥拿人家的东西？这叫偷窃，知道不？狗娃小不懂事，你个当长辈的咋能带着娃娃干这号事情？"三麻子听后，大不咧咧地说："啊呀，高兄，您甭生气，听兄弟慢慢道来。"说着他挤了挤眼，趴在高贵生的耳旁神秘地说："老兄呀，这东西不是别人的，是从狗日的魏志虎手里叼出来的！不义之财，取之何罪？叫那老家伙难受着去！再说了，见鳖不捉，佛爷都见怪哩！"高贵生瞥了三麻子一眼，仍然压住火说："兄弟，话可不能那样说。咱兄弟们干的这一行，虽说被人瞧不起，但咱有咱的祖师爷，'臭行当有个臭理性'，不能在咱的手里坏了规矩。再说了，你这一弄，不是祸移东吴了？因为再没有别的人到过那里，甜水井那帮送水的不是也跟着咱带了灾？"三麻子还要争辩，贵生抬手止住道："你别说了，以后你干啥不干啥我不管，不要把人家狗娃带坏了。"顿了一下，贵生又说，"你俩运气好，没被逮住，若被逮住了，不是被打折腿就是打断腰，我怕呀！我怕的是咱死了没脸见人家孙全德。"

贵生虽然家穷还爱喝酒，可是个遵法守道的人，他坚持做人的底线，拿他平时的话说，穷叫咱穷着，死了甭叫人骂先人。接着他给三麻子讲了许多做人的道理和处世的原则，临了对三麻子说："兄弟，你的为人哥还能不知道？你看的是《三侠五义》《水浒传》那些打抱不平的书，为朋友能倒出一腔热血，这我赞成。"说到这儿，他端起酒杯呷了一小口酒，拍着三麻子的肩膀接着说，"哥对你说了心里话，你也不要见外。你哥我虽然见识不多，却遵奉的是孔孟之道。尽管哥这一辈子没本事，被人瞧不起，抽了大烟，日子也过烂了，但我后来清白了，拔出来了，看好的还是修身齐家、治国平天下这个理儿。我说这话可能要叫兄弟你笑话，穷归穷，可我高贵生不能叫人背地里戳脊梁。"说这话时，贵生眼里仿佛含着泪花。三麻子对他说的有些话虽不以为然，但他被"戏包袱"对他的兄弟情谊和推心置腹所感动。他握住贵生的手说："哥，兄弟明白了，你老兄说得对！是这，我今天还有个事要办，这就告辞了。"贵生要留他吃饭，也没有留住。

三麻子一进家门，就看见那个姓白的古董贩子在院子里坐着。那人见三麻子回来了，笑说："哟嗬，卢兄回来了，今天兄弟专门到府上来，咱就把这事定了，不说那些无用的话，撑死给你再加十块银圆！老兄，一句话，光说卖不卖！"三麻子一看他又来了，心里立马有了谱，他挤了挤眼睛笑着说："也别把我叫老兄了，我把你叫个老哥行不？东西好与坏你心里明得像镜子一样，你就是把鹦哥说得能下了架，把凉水说得能点着灯，少一个子儿都不卖！"那人仰起头思谋了半天，忽然把大腿一拍："能行！君子一言驷马难追，先给你十块银圆的定钱，过几天凑够钱我再来取货。"说罢，掏出了十块银圆塞到三麻子手里，拧尻子出了大门。

# 四十一

春来夏往，狗娃已经十九岁了，由于勤于练功，个子也长高了，身体也壮实了许多，同时也到了谈婚订娶的年龄。

为了延续老孙家的香火，也为了安慰长眠于地下的丈夫，狗娃妈一心想找一个门当户对的好姑娘，体体面面地完成儿子的婚事，于是她背着狗娃四处托人为儿子物色媳妇。可偏偏事不遂心，反馈回来的消息不是嫌他家穷，就是嫌狗娃是个唱戏的。这件事积压在她的心里，久而久之就成了一块心病。一天，狗娃妈心里忽然一亮，想起了狗娃的干爷王汉臣，心说，他儿子当的是旅长，也许能在队伍上给狗娃找个体面的差事干干。到那时，儿子穿着戎装跨着大马，威风凛凛，还愁没有媳妇？可她又一想，立马否定了这个念头。人说"好男不当兵，好铁不打钉"，当兵本身就是个"吃献饭穿老衣"、把头提在手里的差事。再说了，这世道你打我斗，枪子儿乱飞，人们躲都躲不及，谁愿意叫娃娃穿那身灰皮？狗娃妈为难了，她把这个想法窝在心中，左右为难，没有了主意。

一天，狗娃妈拿着根麻绳出了村，准备到地里背些棉花秆回来搭火做饭，无意间在城门口遇到了从田野游转回来的泮池爷。相互寒暄几句之后，狗娃妈往前凑了凑，想说些什么，可泮池爷的威严与冷峻令她失去了勇气，嗫嚅了一下，欲言又止。泮池爷似乎觉察到了，老人家停住脚步笑了，捋了捋胡须说："全德家的，有啥事吗？有啥事你就说吧。"于是，狗娃妈就把自己的那个想法和一连串的顾虑告诉了他老人家。泮池爷抬头望着天空思忖了半晌才说："你想的好着哩，我看这也是一条出路，好男儿志在四方嘛！这事若有狗娃的干爷王汉臣和他当旅长的儿子的举荐，给孩子安排个不上战场的副官干干，那还不容易？当然，你的顾虑也不无道理，可看咋样说哩。虽说是世道乱，可吃粮当兵把事干成的也不少。我觉得，凭咱狗娃的精灵和聪慧，在队伍上是吃不了亏的。再说了，咱穿上了那身黄皮，挣钱不挣钱先放到一边，等找个媳妇成了家，干不干还不是由咱说了算，你说对吧？这是我的想法，真正要去，那还得你娘儿俩自己做主。"

狗娃妈回到家，把这事琢磨了又琢磨，心想，泮池爷说的对，好男儿志在四方，就让他闯荡去吧，怕这怕那就别往这世上生，人在家中坐祸从天上来，往前的路是黑的，谁能知道明天会发生啥事。全德的遭遇就是例子，虽说没吃粮当兵，还不早早地死了？她本想和狗娃商量商量，可是他不在家，于是，狗娃妈心一横，准备亲自过河当面去求王汉臣。

狗娃妈心想，隔河渡水地去求人办事，人家王汉臣又是长辈，咱不能就这么空着手去。可左思右想不知道带什么好。忽然她想到前些日子娘家侄子给送来些核桃，就去隔壁借了个提货笼（关中农村走亲访友时带的一种长方形竹篮），装好了核桃，准备第二天一早过河。早晨起来，狗娃妈出门一看，棉絮似的阴云厚厚地遮掩着天空，飕飕的西北风直钻人的脖子，看样子要下雪了。狗娃妈顾不上这些，她胡乱地吃了些东西就出发了。

南孙堡距离御河渡口尚有十多里地，狗娃妈提着竹笼迈着小脚，一步一蹒跚地上了路。走着走着，那彤云变成了绛红色，愈压愈重，阴沉广袤的苍穹上乌云滚动，黑暗中隐带着殷红。终于，半个时辰之后风停了，一片，一片，又一片，柳絮般的雪花时紧时慢，试探着飘下来，随后渐渐密集起来。没有多大工夫，便是鹅毛乱羽，万花狂翔，把一个秀美无比的八百里秦川裹在了乱蝶阵中。狗娃妈像一个雪人，颤颤巍巍地来到了渡口，渡船刚要起篙，狗娃妈连忙摇手呼叫。船夫看见，忙把已经抽掉的跳板又搭在船头上。狗娃妈刚一上船，渡船就离开了船坞。

过了御河，大地已是白茫茫的一片，狗娃妈这时不知怎的，觉得头有些晕，走路有些不稳。同船下来的一位老乡见她步履艰难，问她是哪个村子的，要去哪里。狗娃妈说她去兴隆堡，王汉臣是她的亲戚。那人一听，随手就接过篮子说，他也是兴隆堡人，那就一块儿走。大雪中他们走了一个时辰，终于来到了兴隆堡王家。

狗娃妈见了王汉臣两口子，先自我介绍报了姓名，老太太高兴得跟什么似的，先叫换衣服吃饭。吃饭间，狗娃妈把自家寡妇娃娃过日子的恓惶和难处，以及狗娃因是个唱戏的说不上媳妇的情由，一五一十地说给了王汉臣。老人家听罢，再看了看狗娃妈，见她一双小脚，五六十里路程，隔河渡水顶风冒雪地来到这里，顿生怜悯之情。他缓缓地说："全德家的，你的难处叔知道了。你回去，把心放宽，给咱娃挑个好媳妇，狗娃的婚事花多少钱大叔我全包了！叔这个人说啥是啥，就这么办。"一听这话，狗娃妈万分感激，也是屋里暖和，顿觉浑身上下都暖烘烘的。可是她却没有什么表示，怯怯地望了望老爷子，嗫嚅地说："大叔，您的好心我娘儿俩领了。有些话我……我说不出口，可不说您老不知道。"老爷子怔了一下，脸上没有了笑容，但却和气地说："全德家的，还有啥难处你就说吧，叔又不是外人。"狗娃妈红着脸不好意思地说："大叔，是这样的，狗娃子的性情您知道，生就个犟牛脾气，他是不会要您的钱的。我今日过河找您，还是背着他来的，是想叫您给大兄弟说说，让狗娃吃粮去吧。"老爷子叹了口气，面有难色地说："唉！全德家的，咋想起叫娃走这一条路来？不去不去！"狗娃妈见老爷子不悦，抬起头用祈求的目光看着他，嗫嚅地说："大叔，你不知道，我是想……""喔——"忽然老人家仿佛明白了什么，眼睛一亮沉思了一下说："也好也好，既是这样，那就依你的，叔捎话给那蠢材，就叫狗娃吃粮去吧。不过，要吃粮当兵，还是给娃娃取个官名的好，总不能老叫他狗娃子。我给他取个名字，就叫孙鹏展吧！"

"孙鹏展"，这名字好！狗娃妈知道老爷子见多识广，取的官名自然不会错，她感激地跪在地上就磕头。王汉臣忙叫人扶起说："今晚就住在我家，天晴了送你回去。"狗娃妈抬眼望了望窗外，见雪已小多了，便委婉地推辞着说："谢谢大叔，谢谢大叔，不用了！家里锁着门，来这儿也没给谁叮嘱，猪呀鸡呀的没个人喂食。雪不隔人，这会儿也不下了，我想今晚还得要赶回家去。"老爷子还想说什么，忽然停住了，沉思了一下说："唉，那好吧，你要回叔也不挡。"说罢回头喊道："松柏，把咱家那头栗色骡子备上，带两个人送狗娃妈过河回家！"狗娃妈感激得不知说什么好，谢了老爷子，当天晚上掌灯时分就回了南孙堡。

回家之后，狗娃妈把这事给儿子说了。狗娃一听直跺脚，说："妈，你这简直是胡闹呀！"他抱怨妈妈事先不和他商量，若要离开窝子班去吃粮当兵，叫他如何面对那些爱过他、帮过他的长辈，咋能对得起大家？再说了，就是去他哪能张开这个口呀！狗娃正要发脾气，可他看见母亲头上那丝丝白发和未老先衰的面容，还有那充满着祈盼和乞求的目光，他的心一软，把已到口边的话咽了回去。是啊，自从父亲出事坐监直到过世，母亲苦苦地支撑着这个家，为了一家人的吃用和儿子的成长不知付出了多少心血，流了多少眼泪，承担了多少痛苦！一想到这儿，狗娃无语了。他怕刚才的话刺伤了老人家的心，连忙搂住母亲的肩膀劝慰着说："妈，你想的没错，只是不能急，这得让我思谋思谋，怎样向木匠红他们几个长辈开这个口。咱不能冷了党伯伯、贵生叔、麻子叔他们的心，那几位长辈为咱家操过不少心呀！不能急，不能急。"狗娃妈点了点头。

当晚，狗娃就去了三麻子家，和他一起去到高城寨，把这件事一五一十地告诉了高贵生，还要和他们一起去见木匠红。确实，辞别那些恩宽义广的长辈去队伍上干，这件事对狗娃来说确实难以开口。没料想高贵生一听这话反而乐了，他笑着说："瓜娃娃，这是好事嘛！人往高处走水往低处流，此乃世之情理，是人都会这样做的。"没等贵生说完，狗娃子就红着脸解释说："不不！高叔，这不是娃我的想法，是我妈的主意，她和干爷为的是让我早早地娶上个媳妇，娃我会回来的。"哪知说者无心听者有意，在一旁立了好久的水莲一听狗娃是为娶媳妇才去从军，气不打一处来，把脚下的一个小凳子踢出老远，大声说："人没尾巴比驴都难认！还叫我烧茶，烧个屁！"一拧身甩着辫子出了门，搞得他们几个莫名其妙。贵生知道女儿的脾气，他也明白其中的缘由，回头看了一眼，像什么事都没发生似的继续说道："麻子你看，狗娃这次从军，和一般当兵吃粮不同，再说难得有他干爷这个后台，王旅长要把狗娃安顿不好回去咋向他大交代？放心！难为不了咱狗娃。"三麻子一听也乐了，挤了挤眼说："只要不上前线打仗就行，咱狗娃这为人、这心眼，混个营长团长也说不定，到时咱也能在人前卖嘴'我大侄子是团长！少骚情！'谁还敢小看咱窝子班？"

说罢哈哈大笑。狗娃没有笑，他咽了口唾沫满怀心思地说："叔呀，再别挖苦小侄了！真的，我离不开咱窝子班，不去，又怕惹我妈生气。是这，先去看，行了好，若还不遂咱的心愿，我就脱了那身黄皮再回咱窝子班唱戏！"

过罢年之后正月元宵节那天，王旅长派人来到了南孙堡，送来一纸盖有西安绥靖公署关防的命令，命令孙鹏展务必三天之内到西安绥靖公署报到。狗娃真的要从军了。

临走的先一天，狗娃妈打了酒炒了几个菜，做了顿臊子面，宴请左邻右舍、亲戚朋友还有窝子班的人。大家都说不唱戏也好，人活在世上谁不想占个高枝！再说了，人不可貌相，水不可斗量，狗娃有这个门路，就叫娃娃去奔自己的前程吧。泮池爷笑眯眯的，捻着胡须不住地点头，并叮嘱狗娃说："娃呀，到了队伍上，上要报效国家，下要爱护百姓，这是做人的宗旨，务必记住，要为咱南孙堡的人争光呀！"接着，他又给狗娃讲了宋代的岳飞和明朝时的戚继光以及清朝的曾文正公，还列举了许多古人为国家和民族不怕牺牲的故事，希望他不负众望干出个样儿来。狗娃给泮池爷和在座的长辈一一敬酒，他控制不住自己的感情，流着眼泪和大家话别。第二天一早，三麻子和贵生把狗娃送到了西安城。

# 四十二

狗娃从军之前，王旅长已被调至凤邠师管区，掌管着关中西部数十个县的兵役和国民军训事宜。狗娃子拿着公文先到西安绥靖公署报了到。几天之后，他被一辆蒙着帆布的卡车送到了凤邠师管区的驻地——宝鸡西虢镇，随即参加了新兵训练。训练无非是出操跑步、单杠双杠、翻越障碍、瞄准射击，再就是课堂讲座，学习总理遗嘱，学习军事知识及战场上的隐蔽常识和作战要领。狗娃在学戏期间本就练过功夫，又念过几年书，领悟较快，加上他自小就喜好读书，笔记也做得详细，受到了文化教官的称赞。没有多少日子，他就掌握了一个士兵应该具有的军事知识和作战技巧，并在每次科目竞赛中出尽了风头，让那些军事教官赞叹不已。王旅长知道之后，还亲自看望了他。

三个月的新兵训练结束了，按规程，师管区要把这些新兵骨干分派到下属的各个连队。可就在这个时候，传来了一个消息。由于日本关东军发动了"九一八事变"，日军占领了沈阳，中日之间的矛盾迅速激化。加上共产党先后建立了井冈山、赣南闽西、湘鄂西、鄂豫皖根据地，国民政府为了清除异己，稳定和巩固后方，动作较大，西安绥靖公署因之要派员对凤邻师管区进行考察。

王旅长这时已升为师长。他听说考察组的头目非常喜欢秦腔戏，为了表现自己的队伍军营气氛活跃，彰显其带兵有方，便责成师部成立了一个由当地青年学生组成的演出团，演一些拥护共和、打倒军阀的歌舞剧目，还专门组织了个临时戏班子。与其说是为了活跃军营气氛，不如说是为了讨好考察组。王师长本就知道狗娃的戏唱得好，就把他分到了戏班子。在考察组还未到来之前，王师长派了一个懂文艺的副官领着，安排歌舞团和戏班子就在西虢镇的兴国中学排练。戏班子请来了一位在当地非常有名的导演主持排练，那导演姓田，他唱了一辈子的戏，啥戏都懂，排戏时也非常认真。

排练是在一间教室里，头一天排的是《蝴蝶杯》。听说这里在排戏，加上锣鼓家伙一响，招引了好多学生扒着窗子看热闹。田导演听说狗娃演过小生，准备让他饰演剧中的田玉川。他把狗娃叫到跟前，才说要给他讲剧中故事的情节，没想到狗娃说："田老师，你先不要给我说，让我先试一试你看行不？"

原来狗娃在窝子班演过《蝴蝶杯》中的《游山》和《藏舟》两折戏，狗娃饰演的恰好是田玉川，只是没有演过全本而已。狗娃到底年轻，也是心血来潮，猛然间就说出了这句话。田导见这小伙子这么不虚心，有点儿生气，于是闭上眼睛说："行，试一试吧！"

狗娃静心沉思了一会儿，调整了一下心态，理了理身上的军装，随手从桌子上拿了本书当作折扇，立马就进入了状态。他抬起两手，习惯性地做了个梳理垂在头饰两侧流苏的动作，眉毛猛地一扬，右手从胸前朝外一甩，清秀的脸上霎时透出一股英气，庄严肃整、器宇轩昂，然后按舞台步子抬脚向前走了两步。虽然尚未粉墨着装，可顾盼生辉，潇洒飘逸，俨然一个风流倜傥的书生出现在大家的眼前。他左手在前，拿着折扇的右手微微背后，几个方步走到中间，双目扫视了一周，接着就是一个漂亮潇洒的亮相，口中吟道："三更灯火五更鸡，正是男儿立志时。庭前多栽栖凤竹，池塘常养化龙鱼。要知古今中外事，必须读尽五车书！"接着他把右手换在了胸前，犹如玉树临风，将手中的书本轻轻地翻了几下，紧接着就是几句抑扬顿挫的道白："学生田玉川，父名云山，两榜进士，于明为臣，官居湖广江夏知县。学生既读诗书，又习拳棒，学就了文武全才。"既而抬头望了望空中，接着念道，"看今日天气晴和，不免去到龟山游转一回……"

"好！好！好——"他的白口还没念完，就招来了一片热烈的掌声和响亮的叫好声。大家定睛看时，原来教室门口早就站着几个兴国中学的女学生，她们边拍手边高声替狗娃喝彩。其中有一个胸前戴着校徽，短发秀目，身穿绲边月白偏襟学生装、黑裙子、长筒白袜、黑色偏扣鞋的女学生。大家的掌声都停了，她还蹦蹦跳跳地拍个不停。田导演也被狗娃的表演惊呆了，他真的没有想到眼前这个身穿军装的新兵竟然如此内行，随即上前握住了狗娃的手问："没看出，没看出呀，真是内行！小伙子，你是哪里的？听口音好像东府……"狗娃见田导如此看重自己，忽然意识到了什么，反倒不自然起来，涨红着脸说出了自己的家乡和经历。当田导演知道了狗娃就是闻名东府的净角孙全德的儿子，而且经常与木匠红和戏包袱在一起搭档唱戏之后，更是惊叹不已。原来这位田导演不是别人，正是那年找贵生盘戏的田满囤。自此以后，田导演特别重视狗娃。也是机会难得，又有凤邠师管区这个招牌，他们要啥东西，王师长总会满足他们的要求，他二人也一心一意为王师长撑面子，把戏演好。没有多长时间，戏班就演了好几出戏，狗娃还成了主演，有时在一出戏中还饰演几个角色。他化装之后穿上剧装，更是相貌堂堂、风流潇洒，尤其是他饰演的文武小生，不管是道白唱腔，还是台步动作，倾倒了无数的观众。他的《蝴蝶杯》和与田导演搭档的《辕门斩子》在当地唱红了，绥靖公署考察组的那位领导，看了他们的演出之后，赞赏不已。王师长一高兴，不但发饷时给戏班子的人多发了几块，而且还隔些日子给他们放一天假。

当时，关中地区的"十八年饥馑"刚刚过去，幸免于难的人们还没有恢复元气，依然处于嗷嗷待哺的状态中。民国十八年那可是一个令人恐怖的年份，据《宝鸡县志》记载："十七年宝鸡一带热风时起，亢旱十二个月，禾苗尽死，秋夏无收，粮价腾飞，人曾相食。十八年大旱，经年无雨，渭水枯竭，车马通行，禾苗枯死，颗粒无收，亩地换下麦一斗，草根树皮食之殆尽。灾民为了生存，拆房卖地，鬻妻卖子，换粮糊口。壮者别处逃生，弱者坐以待毙。乞讨者甚多，饿殍遍野，填于沟壑……"那年月，人唯一的奢望就是能填饱肚子。队伍上的大兵哪个不是来自乡间，哪个不是苦出身？戏班平时在师部的灶上吃饭，每天上顿下顿吃的都是苞谷稀饭就咸菜、糜子面馍馍，很难见到白面和荤腥。大家都觉得饿不死就是洪福。可狗娃虽然也是农家出身，却是南院门的叫花子——嘴馋，他实在吃不惯队伍上的饭。尤其是那糜子面馍馍，吃多了不但肚子胀不说，还导致小便不畅，灼灼地疼。他找医生开药，医生说，那是糜子面吃得多了，吃药也不顶用。

一天傍晚，狗娃实在不想吃灶上的饭，就叫了田导来到街上，找了一家名叫春发生的牛羊肉泡馍馆，一是想换换口味，二来也想与田导叙一叙情谊。狗娃子叫了一盘羊杂、一碟花生米和一盘糖蒜，又打了一斤烧酒，和田导演边喝边聊。他们从秦腔戏的唱腔发展谈到东路梆子和西路梆子的各自特长，还有各个名角的唱腔台步以及他们的表演特色。他们谈到了高贵生令人叹服的"慧娘吹火"，刘继敏的绝活"鞭打靠旗"……想到哪儿说到哪儿，各抒己见，滔滔不绝，直觉得相见恨晚有说不完的话。直到端上来的羊肉泡馍都凉了，跑堂的几次提醒之后才恍然大悟，相对而笑，叫端回去重新热了才开始用餐。

吃罢饭，狗娃站起来才说要掏钱付账，那跑堂的笑着说："不用了，不用了！已经有人给你们结过账了，老总请便！"狗娃觉得奇怪，心说，我在这儿一无亲眷二无朋友，哪有这么好的事？遂掏出钱笑说："开玩笑，怕钱扎手不成？快，收钱，收钱！"那跑堂的上前一步笑着解释说："真的老总，真的开过了！小的哪敢多收。"狗娃蒙了，心说，就是有人开了钱，咱也得知道是谁，要感谢人家才对呀。于是追问说："小伙子，你倒说说，是谁替我们结的账？俺们也得谢谢人家呀！"那跑堂的回身一指说："这不，就是包间的那个留短发的女学生，你们两个正谝得热闹时，是她到柜上问清楚后替你们开的钱。"

狗娃丈二和尚摸不着头脑，更觉奇怪，他叫田导坐着，自己到包间门口往里面一瞧，只见房间里坐着几个兴国中学的女学生，莺声燕语、嘻嘻哈哈地正在吃饭，她们就是试戏那天为自己拍手叫好的那几个学生。她们发现狗娃向这边望，其中一位秀目短发，身穿白色绲边大襟上衣，黑色裙子，胸前别着校徽的姑娘站了起来，一边拍手一边笑着说："啊呀！田玉川来了，田玉川来了，幸会幸会！"其他几个也跟着拍起手来。狗娃笑了笑说："喔，原来是你们呀，请问刚才是哪一位替我们付的账？我这是给你们还钱来了。"他的话还没说完，那位女学生就说："不用还，不用还，权当请你们吃个饭，还什么账，那不叫人笑话死了！"她大约有十六七岁，一笑两边脸蛋上就出现两个小酒窝，十分好看。狗娃笑着解释说："这妹子，话不能那样说，无功受禄，我们当之有愧呀！"那女子站了起来，全不顾忌，直来直去说："有愧，有什么愧？以后咱们就是熟人了，只要见到我们打声招呼就行了。"狗娃再三解释说："车走车路，马走马路，以后见面了肯定要和你们打招呼的，这钱你们说啥也得收。"说着把手中的钱放到了桌子上。狗娃的手还没有来得及收回，那姑娘猛地站起来，双手压住了狗娃的手，用她那双黑黑的大眼睛望着狗娃说："说不要就不要，你咋能小瞧人？大男子主义……"她的话还没说完，旁边一个扎着辫子的姑娘插嘴说："她说不要就别给，她叫郑玉卿，她爸就是师管区军法处的郑处长，有的是钱！"另一个胖胖的一笑就眯住了眼睛的女学生，推了推狗娃的手也插嘴说："快装了你的钱！你是她的偶像，只要有你的演出她都要去看，还要我们几个陪着。知道不？背地里玉卿还拿着把折扇偷偷学你的动作哩，她请你吃顿饭，那是应该的。"叫郑玉卿的姑娘羞得满脸通红，似乎生气了，回过头说："去去去！就你话多。"正在这时，田导演在前面叫了："鹏展，到时候了，咱们走吧！"狗娃不好意思地说："那就谢了，那就谢了！可钱你们还得拿着。"随手把钱扔在桌上拧身就走。郑玉卿迅速站起来，麻利地把钱塞进了狗娃的衣袋里。

自此以后，郑玉卿就成了狗娃的好朋友，隔三岔五地看狗娃排戏演戏，每次还给他带来许多好吃的东西。狗娃劝阻她不要这样，她总是不听。后来狗娃知道了，那郑玉卿是兴国中学的学生会主席，也是演出团的活跃分子，在她的主持下演出团排练演出了许多打倒军阀、拥护共和、要求民主的节目。那天会演，郑玉卿走上了台，她的一曲《松花江上》如泣如诉，肝肠欲断，唱得在场的观众无不饮声而泣，对日寇的仇恨油然而生。狗娃也为郑玉卿的歌声而倾倒，不由得对其敬重有加。自此以后，他二人之间逐渐产生了好感。

那时候人们把当兵叫"吃粮"，一是队伍上特别苦，二是"吃献饭穿老衣"，有随时掉脑袋的危险。那些兵大都是穷苦出身，有的人是卖身当的兵，大部分是被鞭打绳拴抓来的壮丁。可狗娃不然，他家里虽不怎么富裕，但生活吃用上没受过亏。他一年四季在外面顾事唱戏见识广，加上他上过学有文化干净爽利，举止谈吐不一般，待人接物也非普通百姓可比。而今他又穿了一套崭新的军装，看起来挺精神的。一次，郑玉卿又来看狗娃，见他光脚穿着布鞋，第二天就送来了两双袜子。狗娃笑着说："拿这干啥，你看这些当兵的哪个穿袜子？"郑玉卿左手握着右手抿嘴一笑，轻轻地摇了摇身子说："就要你穿，就要你穿！"就这样，郑玉卿今天送个这，明天送个那，还把父亲新买的内衣拿来让狗娃换上，把他脱下来的衣服拿回去洗好熨平再送来。就这样一来二去，狗娃的心中渐渐地有了一种说不出的感觉，几天不见郑玉卿反倒有些不自在。

# 四十三

　　过完年，考察团回去了，师管区组织的戏班子和学生演出队也跟着解散了。狗娃被分到了师部的警备营，还给他委任了个见习排长，每月一块半银圆的军饷。可别小瞧那一块半银圆，在当时一块银圆折合二百三十枚铜圆，能量二斗大米、扯两丈阴丹士林布、三十斤食油。能吃上这么一份"粮"，吃饭穿衣不要钱，大小还是个官，与那些被鞭打绳拴抓来的壮丁比真是天地之别，狗娃当然满意了。警备营属军法处所辖，任务一是负责师部的安全，二是监管和处理军队内部犯了军规军法的军人。狗娃被分到军法处的一个军事监狱，那监狱坐落在距师部十里之遥的一面山坡上。这儿原来是一个大户人家的宅院，只是给周围的墙上架设了铁丝网，在门口布了岗哨而已。宅院依山傍水，周围树木葱茏，景色也美丽宜人。一个姓董的监狱长带着一个班的士兵负责这里的安全。说是军事监狱，可没有关押一个犯人，他们几个整天无事可干，吃饭都由师部的灶夫定时挑着担送来，倒也轻松自在。郑玉卿多才多艺，爱好画画，每到星期天便约几个同学来这儿写生，顺便见见狗娃。那些当兵的一来知道她是军法处郑处长的女儿，二来见郑玉卿年轻漂亮，举止大方，有说有笑，对其颇有好感，不久彼此都成了熟人。

军事监狱里有一个甘肃的娃娃兵，年龄和狗娃不差上下，只是又瘦又小，比狗娃矮半头。那娃娃不知有什么心事，整天愁眉不展哭丧着个脸，不但没有精神，甚至连一丝一毫的欢乐和愉悦都没有。下岗回到铺位，别人都有个嬉笑怒骂有说有笑的时候，可他从不与别人拉话，常一个人坐在那里发愣，有时还蒙在被子里流泪。有一次，这个甘肃娃娃又在一旁抹眼泪，被狗娃看见了，狗娃顿生怜悯之情，就有意和他搭讪，想问问其中缘由，可那娃娃却满脸疑惑，胆怯又惶恐，只是个低头不语。

一个深秋的日子，闲暇无事，狗娃邀那甘肃娃娃一块儿去县城游转，那娃娃以身上没钱为由推辞不去。狗娃说，我身上有钱，也不管他同意与否拉着就走。路上，狗娃问那娃娃说："没钱？那给你发的饷呢？"不提这话还罢了，一提起这话那娃娃忽然浑身颤抖着抽泣起来，"呼哧呼哧"地半晌说不出话来。狗娃替那娃娃擦了擦眼泪，什么话也没问，拉着他进了一家饭馆，掏钱请那娃娃吃了顿羊肉臊子面，又给他买了几个苹果。

回来的路上，狗娃见四野无人，便说："兄弟，人家也吃粮哩，你也吃粮哩，看你那样子，窝囊死了！打起精神活，拿出个男子汉的样子！"那娃娃吸了吸鼻子不说话。狗娃又问，"是不是离家远，想你大你妈了？"一问到这儿，那娃娃忽然又啜泣起来。狗娃生来就是个硬性子，可偏偏看不得人哭，别人一哭，他的心就先软了。狗娃拉住那娃的胳膊，大声说："你看你看，咋了？有话就说嘛，哭啥哩！"

那娃娃本不想说心里话，可人心都是肉长的，他一路走一路想，心说，孙排长没有一点儿架子，兴许是个好心人。他朝四周一瞅没人，回过身来一把抱住狗娃放声大哭。狗娃惊呆了，顺手扶住了那娃娃坐在了路旁的一棵树下，听完了那娃娃一字一泪的述说。

从甘肃娃那泣不成声的叙述中，狗娃终于知道这娃虚岁只有十七，是甘肃裴家川人。他们一家七口，父亲、母亲还有四个弟妹，最大的十三，最小的只有七岁。他们那儿比不得关中，贫瘠干旱，是出了名的苦寒之地，没有吃的不说，连穿的衣服都没有，穷得炕上只有一条破毡。那儿靠天吃饭，由于长时间无雨，家中断了吃的。一天，母亲带着弟妹去山沟里刨蕨根，为保护孩子，不幸被野猪咬伤，没钱医治，溃烂得不成样子。父亲为了挣钱给母亲买药，去给一大户人家做活，偏偏打窑洞时又被塌断了腿。实在没有办法，家里一商量，把他的一个十一岁的妹妹卖给人做了童养媳，得了几块钱。那天，父亲叫他拿着这钱到镇上买些粮食，再抓些药给母亲医伤。他带着钱来到镇上，还没走几步，就遇到了一拨队伍，为首的军官一声令下，不容分说把他绑了拉上就走，一直拉到了二三百里外的宝鸡，那个抓他的军官就是姓董的监狱长。害怕他逃跑，如今都两年了，姓董的还没给他发过军饷，也不许他向任何人讲。

听完甘肃娃娃的叙述，狗娃子的眼睛湿润了，他的心中好像有许多虫子在咬，拳头攥得"咯嘣咯嘣"响，不知说什么才好。他弯下腰替那甘肃娃擦去了眼泪，拍了拍他的肩膀，轻轻地问："唉，小兄弟，你咋不早告诉哥哩？想回家不，哥放你回去。"那娃娃抬起了头，用半是震惊半是疑惑的目光望了望狗娃，连忙摇手说："不，孙排长，我不敢，打死我都不敢！董长官说了，队伍上抓住了逃兵，不活埋也要活剥两层皮。"狗娃搂着甘肃娃的肩膀安慰说："别怕，到时我放你走，路上的费用有我。"他抬头向远处望了望，只见山路两旁黄花铺地，万里长空碧云满天。这时，一只掉队的大雁凄厉地鸣叫着从空中飞过，好像在追赶远去的雁群。狗娃心中一阵哆嗦，手上一使劲儿，把刚才掏出来准备让那娃娃吃的苹果捏得粉碎，苹果汁顺着指缝一滴一滴地流了下来。他咬牙切齿地说："姓董的，你这个畜生！"自那以后，在军事监狱里，那甘肃娃就成了狗娃的贴心知己。

半个月之后，师管区军法处收押了一个人犯，连带一份公函，命令他们将此人严加看管。那犯人头发老长，面色铁青，戴着脚镣手铐，穿着一身破烂不堪的军装，看那样子也是行伍出身，不知违反了哪条法令，被打得浑身是伤。姓董的监狱长告诉狗娃，照规矩，监管犯人的士兵不得与罪犯说话，更不得过问或打探在押犯人所犯何罪与其他情节。狗娃就遵照监狱的规矩叮嘱他手下的几个人严加看管，身旁不许离人，不得怠慢，只是在吃饭和就厕时才能打开手铐。后来，狗娃见那人确实行动不便，身体很虚弱，整天躺在地铺上一动也不动，就叫人为其去掉了脚镣。

第二天，狗娃因事去了趟师部，无意间遇到了那位曾主管戏班子的副官。他从那副官的口中得知，关押在监中的因犯是师管区派驻凤鸣县的一个连长。凤鸣县临近甘肃，甘肃那边驻扎着十七路军的一个营，那个营在不法之徒的策动下扯旗造了反，成立了个什么红军。师管区命令凤鸣县的驻军前去征剿，那连长也带兵去了。谁知那连长在追剿叛军时，不但没有抓到红军，反而让红军将他手下的十几个人连枪都抢走了。他手下一个排长自称知悉内情，回来给营长告密说，那连长把枪卖给了红军，得了一笔钱；还有几个说，他本身就同情共产党，是他专门叫手下的一个排长带人加入了红军。如今师管区正在调查核实此人的情况，看来，这家伙掉脑袋是迟早的事。

听了这话，狗娃心里纳闷了，他不明白这个连长为啥这么傻，咋能把枪送给红军，这可是杀头的事呀！不会，绝对不会的，肯定是他想卖了枪得到一大笔钱，拿着钱远走高飞，但是干得不漂亮，走漏了消息被抓了。连命都保不住了，要钱干啥？唉，真是瓜尻！在返回的路上，狗娃反复地想着这件事。

这天傍晚，姓董的监狱长有事没在，营部送饭的担着担子来了。狗娃一看不对，今天的饭变了花样，不但有白面蒸馍、猪肉豆腐粉条子，还有炒鸡蛋，不过年不过节的，哪来这么好的事情？他问那送饭的，送饭的说："明天要处决犯人了，临上路叫人吃好吃饱，这是先人们留下的规矩，你们看管人员也跟着沾些光。你当排长哩，咋还不懂这个码子！""喔！"狗娃一下子明白了，不知怎的，他怎么也高兴不起来，心中反而莫名其妙地产生了一种不安。他对送饭的说："啊，呵呵，知道了，知道了，好的，好的。"送饭的走了之后，狗娃沉思了好长时间。之后，他叫来了看管囚犯的那个兵娃子，说："那伙计明天就要上路了，唉，怪可怜的，把钥匙给我，今晚你休息，我想陪着他喝两盅。"那个士兵忙把腰间的钥匙解下来，递到狗娃手里。

狗娃心情沉重地回到房间，拿出自己喝剩下的半瓶酒和两个酒盅，提着饭菜，还叫那甘肃娃娃拿着张小炕桌，来到监房门口，掏出钥匙开了锁。一进门，一股腥臭霉湿味扑面而来。狗娃先把炕桌摆平放好，然后把饭菜和酒瓶都摆在了炕桌上。他抬起头望了望，只见那人面朝墙睡在草铺上，一动不动。狗娃故意开玩笑地提高声音喊着："老兄醒来，老兄醒来，吃了饭再睡！"那人动了动，没有起来，狗娃走上前拿出钥匙替他打开了手铐，和气地说："老兄，先吃饭，别让饭菜凉了。"说着把那人轻轻地扶了起来。那人慢慢地坐起，一睁眼，见是一个军官模样的人在扶着自己，似乎有点儿受宠若惊，猛地抬起头，和狗娃一个脸对脸。这一看不要紧，那人忽然一惊，用手背揉了揉自己的眼睛说："长官，能不能给我打盆水来？"狗娃说："行，行，那还不好办！"说着回身叫甘肃娃娃打来了一盆水。那人撩起水洗罢了脸，把凌乱的头发理了理，借着房门射进的亮光，两只眼盯着狗娃望了许久之后，忽然，深深地吸了一口气，然后压低声音问："若我没认错的话，你就是孙狗娃吧？咋，不唱戏改吃粮了？"

见那人叫出了自己的名字，狗娃心中一震，不禁大吃一惊，心说，这才怪了，这人怎么知道我的名字？他睁大了眼睛仔细看了又看，只见这人满是伤痕的脸上略有浮肿，头发胡子乱糟糟的，沾满了水珠，他觉得好像有些面熟。狗娃打了个手势，暗示他不要说话，随即命令那甘肃娃娃在门口警戒，自己走出牢房门大声喊道："牛班长！"话音未落，东厢房内走出了一个士兵站直了回答："有！"他接着说："院子的岗哨撤掉，大门外增加岗哨，加强警戒！"他这才转身进门，压低声音问那人说："老兄，你是？""你忘了，我姓赵，那年西安围城，在东城墙上，一个匪兵挥着马刀朝你砍来……"

"喔！"狗娃子惊呆了，他举着蜡烛照着对方的脸再仔细一看，一把搂住了那人激动地说："啊呀天呐！恩人呀！赵排长，赵老兄！想不到，想不到。"说着，他走出房间，向四周看了一下之后，反身回来压低声音说："老兄，犯了啥事？好，不说了，不说了，饭凉了，先吃饭。"他一边说一边按着那人的肩膀让他坐在炕桌旁，手忙脚乱地先斟了一盅酒，递到那人的手中。那人也没客气，接过酒盅一饮而尽，随着就大口大口地吃开了，一边吃一边说："我看今儿怪，又是酒又是肉的，看样子没有好事！"狗娃坐在一旁低着头没说话，直到那个赵排长把桌子上的饭菜都吃光了，他才又斟了一杯酒，双手高高举起。他低着头，不敢看赵排长的脸，心情沉重地说："老兄，你说得对，听说是明天，明天……"说到最后几个字，狗娃终于忍不住流下了眼泪。赵排长仿佛满不在乎，压根儿没接狗娃的酒杯，他抓过桌上的酒瓶咕嘟咕嘟地喝了个底朝天，然后仰起头哈哈大笑着说："好，明天好，明天好！古人说'人生自古谁无死，留取丹心照汗青'。我无愧于天，值，值！哈哈哈！"狗娃子以为赵排长被吓疯了，忙抱住他的肩膀安慰说："老兄，你咋了？不要，不要。唉，你看，我刚这么一说，你就……"

赵排长不笑了，伸出手握住了狗娃的手说："没事，没事，头割了碗大个疤！老兄都死过七八回了！怕死我会放走我们的同志……"猛然间他觉出自己说漏了嘴，忙转过话题。他把狗娃从头至脚看了一番，说："兄弟怎么到得这儿的？不错呀，看这身行头大小还是个官！不唱戏了？"狗娃又起身走出牢房门向四周环视了一番，回来压低声音告诉赵排长说：

"见习排长，监狱长，副的，不过，还能拿些事。你老兄曾经救过我一命，这一回该是我救你的时候了。"赵排长似乎有些为难地摇了摇手说："不行不行，那会连累了你。"狗娃是个吃硬不吃软的人，心里一急，一拳砸在了炕桌上，把碟子碗都震跌了："老兄，这是个啥话！看不起兄弟是不？要不是你老兄，兄弟我不知道早死到哪一国去了！你救过我，我不救你，那还算个人嘛！老兄，你光说咋办。"赵排长见狗娃一腔激情没有半点儿虚假，于是他向牢房门口努了努嘴，狗娃说："门外那站岗的？自己人。"经过赵排长和狗娃的筹划，他二人终于精心设计了一个比较稳妥的越狱计划……

# 四十四

第二天一早，师管区接到报告，说是军事监狱昨晚发生了抢枪越狱事件，一个在押的囚犯不知怎的脱了铐，用砖头砸死了站岗的哨兵，夺枪之后，击毙了姓董的监狱长和一名士兵，与一位甘肃士兵一起逃跑了，副监狱长孙鹏展腿部也负了伤。这件事震动了师部，王师长甚为恼怒，当即责成军法处严查，军法处当下派了马、刘两个副官专门去监狱勘查。二位副官带着几个助手来到了现场，首先详细验了姓董的和死去士兵的尸体，又把临时监狱的里里外外、杀人现场和越狱的路线逐一查看了几遍，并记录在案。然后又验了副监狱长孙鹏展的伤情并询问了当晚的情况，还把其余的几个士兵隔离审讯，让他们各自叙述了事件发生的经过。马副官心中疑窦丛生，他发现，姓董的监狱长和另外一个被打死的士兵都是头部中弹，且一枪毙命，可见那囚犯的枪法不一般，而孙鹏展的枪伤却在腿上。经过缜密的思考和推断，他认为孙鹏展即使不是参与者也可能是事件的知情者。再者，有一个士兵跟着跑了，说明监狱肯定有他们的内应，怀疑与孙鹏展有关系。调查报告一经呈上，军法处甚为吃惊，立即派人监禁了尚在治伤中的狗娃。

狗娃是被两个军人挟扶到刑讯室的。一开始，审讯员就问："你就是孙鹏展？"狗娃说是。"你知不知道为什么要羁押你？""不知道。"审讯员一拍桌子："你犯了死罪还假装糊涂！好了，你如实说说事件发生的经过！书记员，记录！"狗娃说，后半夜他正在睡觉，外面响起了枪声和呼喊打斗的声音，他披了衣服走出房间，没走几步腿上就挨了一枪。"别人都被打在致命处，你为啥只是伤了腿？"狗娃提高了声音说："我死了你们审谁呀？怪事情，没死还倒成了罪了！"那审讯员见狗娃大不咧咧的，有些油滑不好对付，忽然他压低声音说："小伙子，不在你娃嘴硬，过几天我要叫你后悔都来不及呢！"狗娃子笑了笑说："喔，我明白了，你是想叫我说那人是我放跑的……"谁知话还没说完，那审讯官接住他的话茬说："就是要你说这一句话哩。"他抬头对书记员说："书记员，记录！"狗娃知道再辩也是枉然，只会越抹越黑，就说："你们想咋写就咋写么，还问我干啥？"于是他们再问，狗娃都一语不发了。

一天，郑玉卿又去监所那边写生，见这里加强了警戒，站岗的士兵都是些生面孔，她觉得奇怪，才要进去找狗娃，门口的岗哨把枪一伸挡住了她。郑玉卿对那哨兵说："不让进去可以，那你给我把你们的头儿孙鹏展叫出来，我有话要对他说。"不想那哨兵忽然笑了，说："哈哈，姓孙的他已不是监狱长了，我们的监狱长姓邢。要找姓孙的到死牢里去找吧！"一听这话，郑玉卿惊得把手中的画夹都掉在了地上，她不相信自己的耳朵，睁大了眼睛问："真的？好好的为啥抓他？"这时，一个连长模样的人走了过来，那个岗哨连忙立正不说话了。那军官看了看郑玉卿，知道她是师管区哪位长官的千金，过来解释说："真的，孙鹏展私通敌匪，参与越狱暴动，前几天就被抓了，恐怕连命都难保了。""你说的当真？"那人说："人命关天的事我敢哄你？"郑玉卿霎时脑子一片空白，她愣了一会儿，什么也顾不上了，跌跌撞撞地就往回跑。

一回到家，郑玉卿就去了师部，那些站岗的见郑处长的千金满脸怒气，谁也不敢拦挡。她径直就进了父亲的办公室，不顾里面还有两个副官，抱住父亲的胳膊又是摇又是哭。郑处长忙问啥事，郑玉卿一句话都不说只是个哭，弄得两个副官不知所措。郑处长向他们摆了摆手，两个副官知趣地离开了。别看郑处长平时威严庄重，不苟言笑，可是在千金女面前却每次打的都是败仗。他低声说："看你这样子，叫人笑话！别哭了，出了啥事嘛，慢慢说。"郑玉卿不正面回答爸爸的话，只是一边抽泣一边断断续续地问："有事，还是大事，你光说能办不能办？"郑处长笑了："你个学生娃娃能有个啥事？办，办！给我女儿不办给谁办？好，你说说，究竟是啥事？"郑玉卿见父亲放了话，看看周围没人，就问父亲说："那个名叫孙鹏展的到底是怎么回事，怎么好好的就把人家给抓了？"

郑处长一听这话，心中不禁一震。他深深地吸了口冷气，瞬时收敛了笑容，回头看了看窗外，见没有人，便冷冷地压低声音问女儿说："谁叫你来求我的？孙鹏展和你是啥关系？你先把这话说清了，咱再谈这个事。"郑玉卿见父亲神色不对，突然严肃起来了，莫名其妙地说："咋了？谁也没叫我来，是我自己来找你的。他和我在一起演过剧，是个好小伙子。我来这儿，无非是叫你替他说几句好话，把他放了就行。"郑处长这才放松下来，拍了拍女儿的肩膀解释说："瓜娃娃呀，这孙鹏展不是一般的案犯，那家伙的胆子太大了，他不但私放了敌匪，还伙同那敌匪打死了好几个士兵，是个大案呀！目前正在落实，闹不好他的命都难保了。好女儿，这盐里没咱，醋里没咱，咱放的清水不蹚为啥要蹚这浑水哩？回去吧，回去吧，爸今天还有公务哩，晚上再给你详细说。瓜女子……"

晚上，郑玉卿又缠上了父亲，郑处长感到奇怪，问女儿："那个孙鹏展和你到底是啥关系，有必要这么执着地为他求情？"郑玉卿说："他和我曾在一起演过节目，有着很高的艺术造诣，是个人才，他把秦腔小生的表演艺术提高到了一个崭新的境界。再说了，他为我们师管区出过力，我们师管区那次受到绥靖公署的嘉奖是有他一份功劳的。这次监狱出事，他也被打伤了，说他私放敌匪，肯定是有人在陷害他。我们兴国中学演出团所有的同学都知道了这件事，联名请愿，要求释放孙鹏展。看！这是我们的请愿书！"说着，郑玉卿把一纸请愿书递了过来。郑处长看都没看，一把把那张纸推到一边，说："胡闹，净是胡闹！"接着又望了望女儿解释说："这是哪儿和哪儿呀？他犯的是军法，不是你们几个学生娃娃请个愿就能解决得了的。"他点燃一支烟，抽了几口，沉默了好长时间之后，语重心长地对女儿说："卿卿呀，还是不要参与的好，你们这伙学生娃娃书生意气，年轻不懂事，若跟政治扯上了，被人利用，那可就麻烦了。"见父亲丝毫没有通融的意思，郑玉卿生气地说："爸，你光说放不放？要不放我们明天就要上街游行了！"郑处长开始还和颜悦色，一见女儿竟然威胁起自己来了，不由得气上心来，厉声说道："你们还反了不成！要上街，把你们一个个抓起来，看你们嘴硬还是师管区的枪硬。我就不信了！"房子里的空气似乎凝固了，一分钟，两分钟。忽然，坐在那里的郑玉卿不说话了，只见她脸色泛白嘴唇发青，两只拳头紧紧地握着，浑身不住地颤抖，嘴里喃喃地反复说着："不行，不行……"说着一下子软瘫在了椅子上。郑处长一下子慌了，忙上前扶住女儿叫着："卿卿，这是咋了？这是咋了？"接着回头大喊："来人！"郑太太闻声急急地走了进来，一见女儿成了这个样子，她吓坏了，一把搂住孩子问说："你父女俩这是咋了？刚才还好好的。"她一把把玉卿抱到怀里，扶到里间的炕上，让玉卿平躺着，轻轻地拊挲着女儿的胸口，又叫人端来热水，一边喂她水喝一边低声呼唤着她的名字。一会儿，郑玉卿的呼吸平稳了，眼睛也渐渐地睁开了。这时郑太太回过头来埋怨丈夫说："你们争论啥了？她自小就有这个'气死病'，你不是不知道！"

郑处长摊开双手无奈地说："她也管得太宽了，竟然替一个犯罪的士兵求情，叫我咋办？"郑太太丝毫没有让步，接着问："我倒要听听她是要为哪个士兵求情？求的啥情？""孙鹏展！"郑太太猛地一惊，说："是不是那个'田玉川'？他是王师长的亲戚，又是王师长亲自推荐到戏班子来的，谁敢把他抓了？"郑处长吃了一惊，说："王师长？你说的可是真的？我怎么一点儿也不知道！""你咋能知道？你是师管区有名的'书生'，谁不晓得！你一不与人交往，二不会随机应变，三不会讨好上级，整天光知道坐在办公室公事公办，怪道至今升不上去。"郑太太一边数落一边压低声音说："不是我说，在这师管区大院里，我一个女人家知道的事不比你军法处处长知道的少！孩子是孩子的事，这咱不说，若你真的要把孙鹏展办了，王师长的脸往哪儿搁？"郑处长一下子瘫倒在椅子上，他摆了摆手说："这明明是犯了军法，叫我如何宽宥？你先出去，容我安静一会儿。"郑太太这才进了里间。哪知郑处长还没坐稳，忽听太太一阵凄厉的尖叫声："快……快……来人呐——卿卿，傻孩子，你咋能干这事呀？"郑处长觉得事情不好，一个箭步跑了过去。一进里间，看见太太一边哭一边扶着女儿解缠绕在女儿脖颈上的布带，他一下子慌了，忙上前抱住女儿，见女儿脸色发青，尚有微微的呼吸。夫妇俩一边呼唤着女儿的名字，一边喊人去请医生……

第二天，郑处长亲自过来讯问了孙鹏展，令他详细地写出事件发生的经过。狗娃写道，根据自己推断，军事监狱那平时不言不语的甘肃兵，极可能和那姓赵的是一伙的。他们密谋作案，放走了人犯，自己也借机逃走了。于是，郑处长叫孙鹏展签名盖章，宣布孙鹏展无罪。

郑处长把这件事情做得天衣无缝，又把孙鹏展安排在军地医院养伤，两个月之后委任他为上尉排长，调往千陇营管区。临走之前，郑玉卿和兴国中学的几个学生为他举办了一个告别会。狗娃得知郑玉卿搭救他的经过之后，非常感激，他红着脸向郑玉卿表示了感谢，心里也暗暗喜欢上了这个女学生。

# 四十五

人说"命里一尺，难求一丈"，狗娃妈本想让儿子攀附高枝，在队伍上寻个出路，弄个一官半职的，可谁知偏偏遇到了赵排长和那个甘肃娃娃。狗娃伙同赵排长打死了姓董的，还贴钱把那两个放跑了，不光捅了个大娄子，还险些丢了性命。要不是郑玉卿出手搭救，要不是有王师长这个靠山，他的皮早搭到南墙上去了。

去千陇县的路上，狗娃仔细回想着这些事情的经过，越想越觉得后怕，他在心里告诫自己说："娃娃呀！别把运气当本事，以后再也不能意气用事了。"这时候他忽然想起了三师父的一句话："忍一句，祸根从此无生处；饶一着，切莫与人争强弱；耐一时，火坑变作白莲池；退一步，便是人生修行路。"对呀，对呀！狗娃在心里为自己辩解着，三师父讲的话是好话，教人学好，那话原本没错，可，可不打死姓董的，怎么能救得出赵排长？那甘肃娃娃如何能回到家？姓董的他自己造孽他该死！再说了，赵排长曾经救过我的性命，他第二天就要上刑场，自己若见死不救，那还是个人吗？畜生都不如！三师父也说过，"救人一命胜造七级浮屠"嘛。想到这儿，狗娃在自己的嘴上打了一巴掌，自言自语地骂自己说："羞先人了，不要脸！反说正说都由你哩！打死人你还有了理了？""打死人不假，可打死了姓董的，却放生了姓赵的，扯平了——两不相欠。"不知怎的，狗娃的心中好像有两个孩子在争辩。可他又一想，不管咋说，今后遇事须得谨而又谨，慎之又慎，连自己都保护不了，还说什么为国为家。好，好，不为别的，为了家，为了能见窝子班那些爷儿们，为了两鬓如霜的母亲。他暗中警告自己说："记住了！这一回到了新地方闲事少管，万万不能胡张狂，做好自己分内的事情就行了。"

狗娃揣着师管区的调遣公文，在黄土高原的褶皱里辗转，两天之后，终于来到了千陇县。主持千陇管区的是一个姓哈的营长，也是狗娃的顶头上司。当哈营长知悉孙鹏展是王师长的人时，把狗娃看得像爷一样，将他安排在营部办公室，照顾得十分周到，还安排了个兵娃专做他的生活勤务。倒是狗娃子觉得过意不去，心说，人家当营长的把咱看得这么起，咱一个小小的排长不卖力干还算人吗？

自从到了千陇，狗娃像变了个人似的，不多说话，待人接物低调谦和。他除了把自己的一份事情干好之外，还常常替大家拭桌抹凳、打茶倒水，人缘格外的好。

一天清早，哈营长不知为啥，忽然一时兴起，召集来几个连长和副官，在县城一家饭馆办了桌酒席，说是给孙排长接风洗尘。狗娃受宠若惊，实在推辞不过，只得去了。在宴席上，狗娃吓得连一口酒都没喝，只是个感恩致谢，不停地给哈营长和在座的敬酒。哈营长喝得醉醺醺的，他站起来端起酒杯，哈哈地笑着说："孙排长，看你这尻样，像个娘儿们。记住！能来到我手下干事，都是哥儿们兄弟，今后要在一搭里弄事哩！日他先人，你就记住，老哥我就是吃一个虮子都少不了你一条腿！喝，喝！把酒端起，一人一杯，干！"手下的那几个连长和副官也都高声怪叫跟着起哄。狗娃觉得自己初来乍到，没有多喝，只是轮番给那些连长副官一个一个敬酒，说些感谢包涵的话。吃罢喝罢之后，哈营长忽然心血来潮，说是要带大家去县北的山林里打猎。

千陇县紧挨着甘肃，是黄土高原的一部分，境内山大沟深，林木茂密，人烟稀少，生态环境非常好，在那一望无际的密林里常有各种兽类出没。他们一行五六个人只有哈营长和另一个副营长骑着马，三个连长还有个姓邢的副官都骑着自行车。狗娃不会骑车，就坐在一个连长的自行车后座上。在平路或者下坡路上，自行车并不比马慢，可若遇到了上坡路，就只好下来推着前行。

大约走了二十多里地，渐渐进了深山老林，哈营长选了个平坦向阳的地方，安排其中一个人照看自行车，把马放在山坡吃草，其余几个跟着他一起进了山沟。他们走走停停，哼着曲子，这儿放几枪，那儿放几枪，惊起了许多山鸡和禽鸟，也没遇到什么大的猎物，只是打了一头獐子、几只野兔和几只山鸡。哈营长兴致未尽，他一声召唤，又带着大家下到沟底，继续沿着弯弯曲曲的山沟前行，似乎还想得到些什么。

一路树高林密，杂草丛生，十分难行。狗娃到底年轻，脚下快，加上心中好奇，也没喝多少酒，提着一支步枪快步走在前面，把大家远远地甩在了后面。这儿是几个山谷的分岔，狗娃也不知道害怕，端着枪进了其中一道山谷。他警惕地朝前走着，随时准备开枪射猎。正行走间，忽然听见身后"哗啦啦"一声响，接着发现不远处树枝摆动，他顺着声音一瞧，见一只山鹿一样的动物向右面沟内林子深处跑了，狗娃心中一动，就端着枪跟了过去。头顶是茂密的林木，藤萝密布；脚底下杂草丛生，行走起来十分艰难，脸上手上不时被一些带刺的植物拉伤，又烧又疼。狗娃停下来，抽出腰间的刺刀，一是砍草开路，二是怕草丛中有蛇。他把刺刀拿在手里左右乱砍，好容易开出了条路，就在他跨步向前的时候，忽然听见脚底下"刺啦啦"一声，随即一个绳套紧紧地套在了他右脚的脚踝上。

他正要低头看时，又是"刺啦啦"一声，不远处的一棵大树上垂下来一块巨石，随着巨石的下垂，套在脚踝上的麻绳把狗娃头朝下提了起来，高高地悬在了空中。狗娃顿时明白了，糟糕，自己误踩了猎人布下的套子。这可怎么办？全怪自己没有经验，离开大家太远。可狗娃暗暗庆幸，幸亏没有踩中野兽夹子，若踩中了猎人下的铁夹子，他的右脚就保不住了。狗娃扯开嗓子喊了几声，没有人应，又想挣扎着用手去解，够不着，没有办法，只好晃悠在那里等待同伴的救援。

哈营长他们转了半天，觉得肚子饿了，准备坐下来休息，这才发现孙鹏展不见了。他问大家，大家都不知道。都到了日头偏西，还不见他的踪影，这时大家才慌了。哈营长有点儿焦躁，说："日他先人，这才怪了，叫狼叼去了？是这，我在这儿坐镇，大家分头去找，找不到就别回来！还见了鬼不成？"几个连长和那个姓邢的副官哪敢怠慢，分头下到沟中寻找。

狗娃被倒吊在空中，开始还觉得不怎么要紧，半个时辰以后，浑身的血都倒流下来了，他觉得脸、脖子和胸腔渐渐发胀，呼吸不畅，眼珠子都有些憋乎乎的感觉。这时，夕阳西下，山峦和树木把一片重重阴影投在了林子里，略带寒意的山风吹到身上，一阵阵发瘆，一种恐惧和焦虑不安的心情油然而生。他埋怨自己不该一个人乱跑，心说，哈营长他们此时也不知在哪个地方，这可如何是好？忽然，狗娃发现长枪还挂在身上，提溜在半空中摆来摆去的，他灵机一动，两只手把枪一把一把地拽上来，慢慢地拉开枪栓顶上子弹，朝着空中连放了几枪。

枪声在寂静的山谷中传得很远很远，那几个人听到了枪声，顺着声音找了过来，当他们把狗娃从空中放下来时天已经快黑了。狗娃的腿受了伤，在一个连长的搀扶下一跛一瘸地回到了哈营长歇息的地方。为了寻找狗娃，大家一个个筋疲力尽，耽误了吃饭不说，哈营长骑的那匹马脱了缰绳，为了撵马，哈营长还被踢了一蹄子，走起路来也一拐一拐的，他非常窝火。当狗娃被扶过来时，哈营长知道他被猎人下的套子套住了，心里不觉好笑，半嘲弄地说："日他先人，谁吃了豹子胆了，敢套咱孙排长，平白无故的还让老子挨了一蹄子，老子非要出了这口气不可。走，打道回府，明天再说！"其实说心里话，哈营长最害怕的是孙排长出事，这一回若狗娃没了命或者被夹断了腿，他如何向王师长交代？自己好容易混到了营长，又讨了这个肥差，若被王师长撤了，那不倒了八辈子霉了？他啥话也没多说，带着大家赶回了县城。

狗娃的工作是每隔十天半月，下到千乡镇巡视检查各地的治安和当地的团丁训练，倒也轻省自在。半个月之后的一天傍晚，狗娃刚从一个乡镇回来，洗罢脸还没有坐稳，三连的郭连长一推门进来了。郭连长是个瘦高个儿，长相有点儿古怪，颧骨高得两颊都深深地陷了进去。他有个毛病，说起话来老是歪着脑袋，右眼微微闭着。狗娃还没来得及打招呼，郭连长就笑着从上衣口袋掏出了一包带锡纸的卷烟，抽出一支递给了他。狗娃见郭连长右手好像有伤包着纱布，于是问道："这是咋了？"郭连长抬起手笑道："咋了？还不是为了你！"他眯着右眼告诉狗娃说，"孙排长，今儿个把狗日的窝端了，给兄弟你总算把仇报了！哈哈哈！"狗娃丈二和尚摸不着头脑，一脸茫然，说："啥事嘛，把谁的窝端了？我初来这儿，和谁有仇，报的哪一门子的仇？"郭连长拉了个凳子坐下说："别急，孙排长，事情是这样的，听我老郭慢慢给你学说。"于是，他唾液四溅、眉飞色舞地为狗娃述说了他前几天干的一件事情。

# 四十六

　　上次打猎回来之后，狗娃就下乡巡视去了，哈营长和几个连长在一块儿喝茶拉闲，无意中说了句："日他先人，真是倒了八辈子霉，那天孙排长叫套子套了，大家饿了一天不说，老子大腿上还挨了一蹄子，用药酒洗了几天还有些疼。"他弯腰摸了摸自己的大腿笑了笑，接着又打趣地说，"还好，孙排长没事，要真的孙排长有个三长两短，我这个营长就得坐洋蜡。"说者无心听者有意，郭连长两眼一骨碌，立时动了心思，笑了笑诌媚地说："营长，那还不好办，明天兄弟我去东门外收山货野味的货栈打听一下，找找那个下套子的猎户，叫他吃不了得兜着走！狗日的吃了豹子胆，敢套我们的孙排长！"哈营长思忖了一下，眉毛一扬说："你能找见？"郭连长笑说："小菜一碟，吃罢饭兄弟就去！"这时，哈营长却似乎起了恻隐之心，他呷了一口茶皮笑肉不笑地说："那你就去试试。是这，也不要过于难为他，叫他孝敬几个钱就行了，毕竟是咱辖区的百姓嘛。"

　　饭罢，郭连长去了东门货栈，货栈掌柜一看是营管区来的，腰里还别着枪，知道来者不善，心里不由得一阵惶恐。郭连长站在那儿，歪着脑袋眯着一只眼添油加醋地说："山中一个猎户下的夹子把我们一个连长的腿夹断了，哈营长发了怒，杀人的心都有，叫我到这儿问问，恐怕你也脱不了干系。"几句话吓得那掌柜腿都软了，他不但说出了好几个猎户的名字，还给了郭连长几块大洋的喝茶钱。郭连长做梦都没想到几句话就诈了这么多钱，第二天便带着几个心腹，马不停蹄地去找那掌柜说的那几户人家，连哄带吓地打听出了是一户家住草桥坡的姓房的猎户。

　　房猎户本是庄户人家，住在大山的一道褶皱里，靠着一头牛和一头驴经营着二十多亩山地。他心窍好，常在山林下套子套些野物，还有一杆火药枪，农闲时打些山鸡野兔贴补家用，日子倒还滋润。郭连长带了几个心腹找到了房猎户的住处，当他们下了坡岭过了一座小桥，刚刚来到房家屋前时，冷不防冲出两条大狗咆哮着扑了上来。郭连长恼了，掏出腰间的盒子枪，"叭叭叭"，几枪就把两条狗打翻在地，惊得几只鸡乱飞乱跑。这时，只见一位拄着拐杖的老妇人走了出来，身后还跟着个中年妇女和几个娃娃。他们一看自家的两条狗鲜血淋漓地倒毙在地，不禁惊叫起来。可抬头定睛一看，见几个凶神恶煞的军人在面前站着，一个长官模样的人正低着头轻轻吹着短枪管里冒出的青烟，吓得一家老小像筛糠似的打战，瞠目结舌……

一阵沉默之后，郭连长发话了。他大声问那中年妇人说："你家是不是姓房？"那妇人说："是的。"他仰起头眯着眼睛说："把你家男人叫出来，我要问话！"那妇人十分害怕，语无伦次地说："掌柜的，他，他，他不在家。老总，找他有啥事？"郭连长把枪插入枪套，眯着眼说："是这，你男人下的夹子把我们一个排长的腿夹断了，我们找他算账来了！"吓得那妇人结结巴巴地说："老，老总，不，不会吧！当地人用的都是绳套，没人会下夹子。再说了，娃他大今天不在家。老总，你们明天来吧，我叫他在家等着。"郭连长歪着脑袋说："说了个轻巧，我们那个排长如今断了腿，吃药治病哪一样不花钱？你若是个明白人，今儿个先交出六十块大洋，咱啥话不提；若拿不出钱，你男人的命就难保了。"房猎户的妻子听罢放声大哭，拉着一家人跪倒在地，一边磕头一边哀求说："军爷呀，这是要我们一家人的命呀！我们是庄户人，一辈子都挣不下那么多钱呐。"郭连长冷笑着说："咋？杀人偿命，欠债还钱，你们的夹子夹了人，你们不赔谁赔？"这时，那妇人身边的一个女孩子忽然站了起来，气愤地说："我大下套子时我也去了，我们下的是绳套，绝不是铁夹子，老总恐怕找错人了！你们好端端地打死了我家的狗，先赔了我家的狗再说！"说着她拉起自己的奶奶和母亲说："起来起来，没有咱的事！"

郭连长定睛一看，只见一个十六七岁的女娃娃站在面前，油黑的辫子，整齐的刘海，红红的脸膛，丰满的胸脯，穿的衣服虽然补丁连着补丁，却也干净得体。她声色俱厉，丝毫没有胆怯害怕的意思。郭连长怎么也没想到山里的女娃娃还这么厉害，他把这女子从头到脚打量了一番，心中顿时起了歹意。他奸笑着走上前去，想摸摸那孩子的脸蛋。当他的手就要够着那孩子的脸时，那孩子一抬胳膊，拨开了他的手，厉声说："走开！"郭连长笑了说："哟嗬，脾气还这么大的。"随手一把攥住了她的手腕。哪知这孩子性如烈火，逮住郭连长的手下口就咬。"哎呀妈呀……"只听郭连长一声尖叫，手下的几个跟班就要动手抓人，郭连长抬手止住了。他看了看手上被咬的血印，忽然哈哈笑了，说："好好好，本连长就喜欢你这号性子。"可随即他脸色一变，厉声命令几个手下："把这女子带着走！叫他大拿钱来赎。"话还没落音，几个手下上前就要动手抢人。就在这个当儿，那女子猛地一回身，不知从哪里摸出了一把明晃晃的匕首，架在自己的脖子上，大声喊道："来，来！再朝前一步我就不活了！"房猎户的妻子和老太太吓坏了，连忙起来一个抱住孩子的肩膀，一个紧紧地攥住了孩子的手腕。可那女子依然死死地攥着匕首不放，六七十岁的老人放声大哭："老天爷呐——我们造了啥孽呀！""扑通"一声跪倒在地，边磕头边哀告着说："好我的爷哩，你要钱我给儿子说，砸锅卖铁给你们送去。娃娃家不懂啥，你们就饶了她吧！"郭连长闭起眼睛沉思了一下，说："那好，既然这么说了，看在你老太太的面上，我们三五天之后再来。要凑不齐六十块大洋，可不要怪我们不客气。不过，我们这一回也不能白来。"于是他下令灌走了房家所有的麦子，抢走了他们家积攒下来的皮货，并牵走了拴在槽上的耕牛和毛驴，留下的是一片撕心裂肺的哭叫声……

营管区平时干的是训练民团、接送壮丁、去乡间筹粮措款、禁烟和收缴烟土以及平息匪患诸事，那些国军有几个是真心为国效力的？有些原就是青皮烂娃，自认为到了哪儿就是哪儿的土皇上。他们一到乡间就成了老爷，在穷人面前耀武扬威，从富户那里要吃要喝，敲诈勒索以中饱私囊，有的还明目张胆地作奸犯科，做些令人不齿的事。狗娃随着他们下乡，这样的事情见得太多了，他实在看不惯这些人的作为，只是把火气压在心里。当他知道了郭连长以自己被套为名在房猎户家的劣行之后，憋了一肚子的气，心中很不是滋味。狗娃在心中谴责自己，要不是自己胡跑乱窜，哪有郭连长的伤天害理？他悔恨不已，从心里觉得愧疚，觉得对不起那户人家。那晚，狗娃躺在床上一夜都没合眼，他像吃了只苍蝇，又仿佛许多只虫子在不停地啮噬着自己的心灵。哈营长、郭连长这一伙子不是人，他们是一群强盗呀！他恨不得扇自己两个耳光。他几次心中暗暗地冲动，想找机会把郭连长狠狠地教训一顿……狗娃摩挲着自己的胸口，翻来覆去地想了又想，还是把火气压了下去，暗中对自己说："娃娃呀，少轻狂！这社会是活鬼闹世事哩，你看不惯又能怎么样？看不惯还得看。再说了，人家哈营长对你还是不错的。"这时，他又想起了两鬓斑白的母亲，想起了她那充满乞求令人心酸的目光。他警告自己说："孙狗娃呀孙狗娃，你能不能稳重些，能不能叫你妈少操点儿心……"

几天之后，狗娃约了一个平时和自己谈得来的当地的士兵，述说了郭连长所做的伤天害理之事。尽管造孽的是郭连长，可这件事的起根发苗是自己所造成的，房猎户他们是无辜的呀。狗娃还说，他知道了这事之后心情沉重，实感愧疚，他想对那家人有所表示。第二天，狗娃和那个士兵带着他积攒的二十多块银圆，步行了七十多里的山路，去了房家所在的那条山沟，想见一见房家的人，补偿由于自己的过失对他们所造成的不幸。谁知，到了那地方之后，山峦仍然是翠绿的山峦，小桥依旧是狭窄的小桥，溪流也还是悠悠的溪流，而房家的居所已没有了鸡鸣犬吠，只剩下了三间破败的草屋，他们一家老小早已无影无踪了。

　　狗娃站在那儿，望着那废弃的茅屋，右手紧紧地攥着腰间的钱袋，一动不动。他怅然若失，思绪万千，站了好久好久……

　　转眼好几个月过去了。

　　一天吃过晚饭，大家都休息了，狗娃心中烦闷，独自一个人出了营房，到城外面的小路上溜达。没走多远，忽听见后面有人喊，回头一看，是哈营长的勤务兵，说是哈营长请他去营部议事，狗娃随着又返回了。来到营部议事室，还未进门，就听到一片嘻嘻哈哈的说笑声。狗娃走到门口，喊了声"报告"，话没落音，邢副官掀起门帘一把就把他拉了进去，嘴里嘟囔着："都是自己弟兄，还要什么程式？进进进。"进得门来，只见营管区的三个连长和另外两个副连长，早已围着一张八仙桌坐在那里。他们见狗娃进来，都站了起来，满脸堆笑，这个倒茶那个递烟。哈营长热情地请狗娃坐下，笑得眼睛眯成了一条缝，说："孙排长来了，坐坐坐！我想了，日他先人，咱兄弟能凑在一起也算是个缘分，是不？今天咱在一块儿聚聚，喝上几盅！哈哈哈！"尽管狗娃到千陇营管区已近半年，但除了那次为自己接风外，还没见过这种场面。他的职务仅是个小小排长，怎能和营长连长平起平坐？他感到尴尬不知所措，忙站起来立正敬礼说："不敢不敢，怎能这样？营长有啥事尽管吩咐，兄弟遵命照办就是。"哈营长按住狗娃的肩膀，笑说："叫你坐你就坐。今日咱兄弟不论官职，只讲情义，既然你到了咱千陇营管区，就是咱的人了，今后咱们有福同享有难同当。"郭连长和那个姓邢的副官连忙站起来，讨好地说："营长说的是，营长说的是……"他俩的话还没说完，哈营长接着把手一挥，大声说："别啰唆了，上菜！"话刚落音菜上来了，四凉四荤还有烧酒。邢副官给大家

——斟满了酒。哈营长头一个端起酒杯一口就干了，他把军帽往后脑勺一抹，一只脚踩在凳子上，歪着脖子闭着一只眼睛，说："日他先人，今天咱们关上门说话，什么营管区营部，锤子！在这儿我老哈就是掌柜的，千陇县咱就是天！咱哥儿几个说黑就是黑，说白就是白！哈哈哈，弟兄们，干！"哈营长说起话来有个习惯，老是歪着脖子闭着一只眼睛，一口一个"日他先人"。紧接着他回头看着狗娃，说："兄弟，会喝酒不？在老兄手下，不会喝也得喝，这是规矩！"

狗娃自小就好酒，自到千陇县后，时时谨记不喝酒，在酒场中尽量推辞，今天见哈营长提出和他喝酒，便有些按捺不住了。他感到人家能把自己叫来就是没把自己当外人，又听哈营长说"这是规矩"，心说，喝就喝，没见过个锤子！每杯酒上来他一仰头就喝光了，毫不含糊。就这样大约有一个多时辰，这几人已喝光了七八斤酒，狗娃自己也感到晕乎乎的。这时那个邢副官清了清嗓子说："我说两句话，啊，大家边吃边听，啊！哈营长今儿个召集弟兄们到这里来，为的是一桩公事，啊！"邢副官一句一个"啊"，似乎成了他的口头禅，"半个月前，啊，北塬上青阳镇的大财东郝金发被一股土匪打抢了，啊，抢了财物不说，还伤了几条人命。郝金发的儿子告到了陕西省政府督察区，啊，督察区行文至凤邠师管区，师管区命令我们千陇营管区限期剿灭这股土匪。"邢副官顿了一下，压低声音说："咱关起门说话，啊，干咱们这一行的，唯恐世道不乱，越乱越好！乱他个没眉没眼。人常说，啊，枪声一响，黄金万两！弟兄们，好事来了。"这时，哈营长抬起手止住了邢副官，只见他满脸泛红，似乎非常兴奋。他站起来解开衣扣，一只脚踩在条凳上，点燃了一支烟说："好了好了，尽说些没栏杆的话！弟兄们听我说，本营长已着人打探好了，日他先人，那股子土匪为首的姓曹，外号'圆眼大王'，总共有二十来号人，十来杆枪，在周围百十里打家劫舍已有多年。听底线说，不说浮财，光抢的银圆就放了几老瓮。本人已和内应约好，略施小计，日他先人，两个连就他妈搞定了。剿了圆眼大王，给郝金发报了仇，我就不信他姓郝的不给弄几个钱？郝金发的银钱是咋来的，是他家地里长的？他土匪拿得咱也拿得！哈哈哈。"几个连长高兴地连声怪叫，哈哈笑着夸赞哈营长。邢副官竖起大拇指说："咱营长是诸葛重生张良再世，啊，能运筹帷幄之中，决胜千里之外，哈哈哈。"接着又是一阵觥筹交错、猜拳行令的呼叫声，狗娃坐在那儿，看着这个张狂混乱的场景，皱着眉头一句话也不说。

# 四十七

　　几天之后的一个黄昏，遵照哈营长的安排，抽调了两个排的士兵，一人先发了两块大洋，命他们怀揣短枪化装成老百姓，提前出发前往青阳镇。这两个排的士兵悄悄地来到了土匪占据的那个山村，假装挖煤的苦力路过此地，花钱买吃买喝，打探情况。当月亮升起的时候，后续的两个连已将山村包围起来。没费吹灰之力，土匪的几个岗哨就被拿掉了。之后，哈营长安排狗娃他们排负责村子里的警戒，自己率领其余的队伍，去攻打村北圆眼大王盘踞的山寨。狗娃招呼自己的手下在村子里站岗，不许村民出门乱跑，以防误伤了无辜百姓。不一会儿，山寨那边传来一阵激烈的枪声和手榴弹的爆炸声，哭声叫声呐喊声不绝于耳，浓浓的火药味随着刮来的风弥漫了整个山村。村子里的百姓知道队伍前来剿匪，他们惊恐万分关紧门户不敢出门，连狗都蜷缩在窝里不敢咬了。大约过了有半个时辰，枪声渐渐地稀落了，显然哈营长他们已经得手。

　　哈营长不愧是哈营长，他颇有心计。前些日子，就使重金买通了圆眼大王手下的一个得力干将，又指使几个精明能干的手下假扮乡间游匪，在线人的引荐下携枪入伙。整个事情安排得非常周密。而圆眼大王本身就是个四肢发达头脑简单的山野草寇，一心想得到那几杆快抢，结果中了哈营长之计。在线人的引领下，营管区的士兵不动声色地收拾了山村周围土匪布置的暗哨，撞开了山寨的大门。守门的刚一打开寨门，冷不防几个手持驳壳枪的人就冲上前去，没费多大力气就撂倒了几个山匪，紧随其后的队伍随即就占据了山寨大院。营管区只是折了一名排长损伤了三五个士兵。那些土匪大都是些被胁迫而来的贫苦山民，从没有受过训练，哪见过这样的场面，几颗手榴弹就被炸得昏了头。再一看，攻进来的人全都是穿军装的正规队伍，哪敢抵抗，吓得战战兢兢地缴枪投降了。有几个没有缴枪胡钻乱跑的，被哈营长的队伍一阵排枪、几颗手榴弹就解决了。

　　起初，圆眼大王在屋里睡觉，听到枪声后，还以为自己内部起了火并，在屋里骂骂咧咧的。当听到了手榴弹的爆炸声时，他知道不好了，立即带着老婆孩子和几个贴身侍卫，上到了寨子后面的高窑里面去了。这高窑是圆眼大王为自己建造的藏身碉堡。它依山而建，居高临下，一层层用青石箍就，甚为坚固。高窑的墙壁特厚，三面都有枪眼，易守难攻，他做土匪抢来的财物都放在高窑里面。若没有重武器，单凭几杆枪是很难攻破的。高窑后面还有一个暗道和后山相通，万不得已时能出逃转移。

自古兵匪一家，这话不假。哈营长带着队伍来这里剿匪，压根不是为了百姓的安居乐业，也不是想抓捕圆眼大王，他一心惦记的是那几瓮白花花的银圆。那家伙老谋深算，并不强攻，他早已着线人把高窑通至后山的暗道封死，圆眼大王只有缴械投降一条路了。可哈营长丝毫没有活捉圆眼大王的意思，心说，若活捉了他，就得送到师部，送到师部就得审问，若他供出了那几瓮银圆，那自己岂不是白染了这个血手？他皱起眉头思量了一下，把脚一跺，命令士兵们把附近村里和寨院里所有的柴草都搬来，把高窑的门窗堵得严严实实，然后命兵士点燃了柴草。一时间，高窑前浓烟滚滚，火苗乱蹿，哈营长要像"熏獾"一样把圆眼大王熏死在高窑里面。柴草"噼里啪啦"地燃烧着，火焰熊熊，灰屑飞舞，还招来了阵阵的山风，把个寨院照得如同白昼，人们的脸上被映得通红，还有些灼灼的感觉。哈营长嫌火大烟小，他叫士兵拿桶往火堆上浇了些水，顿时火焰下去了，却冒出了滚滚的浓烟，呛得在场的人不住地咳嗽。

正在这时，忽然一个矮矮的个子、被绑着双手的土匪挣扎着跑了过来，"扑通"一声跪倒在哈营长的面前，拉着哭声说："长官，求求你了，把火灭了吧！那里面还有我姐和几个小娃娃哩。他大造了孽熏死了算屌了，小娃娃没犯法呀！"大家低头一看，那只是一个十五六岁的娃娃，只见他一头乱发，脸上黑不溜秋的，像抹着锅墨，只露着白眼仁和一口白牙，泪珠在脸上冲出了一条条痕迹。那娃娃一边哭一边不住地给哈营长磕头，乞求他熄了那堆大火。哈营长问了其他几个土匪，说这娃娃是圆眼大王的内弟。

此时，狗娃已安排好手下的人在村子里巡逻，以防土匪漏网，他来到了寨院，想看看抓住了圆眼大王没有。这当儿，那娃娃土匪正一把鼻涕一把泪头磕得捣蒜似的乞求哈营长，此情此景让狗娃觉得奇怪，不知发生了啥事。他问了问在旁边跪着的一个土匪："这是咋的一回事？"那土匪结结巴巴地告诉他，那求情的小土匪是圆眼大王的小舅子——一个被胁迫入伙的穷娃娃，只因他姐姐长得漂亮被圆眼大王抢来做了压寨夫人。她姐给圆眼大王生了三个孩子，一个六岁，一个四岁，最小的还不到一岁，此时都在高窑里面。那小土匪怜惜姐姐和小外甥，正向哈营长求情。这时，只听那娃娃土匪仰起头朝着高窑，扯着沙哑的嗓子凄厉地喊着："姐呀——可怜的姐呀！都是天杀的圆眼大王造的孽呀——"狗娃听了心中不由得一阵震颤，顿生恻隐之心，心说，圆眼大王纵有死罪，小娃娃是无辜的呀！心想，此时撤火还来得及。他靠近了哈营长，劝说道："营长，我看算了吧，那圆眼大王已是瓮中之鳖，他还能飞了？窑里还有小娃娃哩，这人命关天的……"没等狗娃把话说完，哈营长冷笑了一声，回头满脸不屑地对狗娃说："孙排长，初干我们这一行你还不懂，你这叫'妇人之仁'，'斩草除根'这个词你懂不懂？对我们来说，日他先人，这些都是后患！包括咱面前的这个。"他指了指跪在他面前的那个娃娃土匪。

狗娃的心碎了，他忽然想起了泮池爷曾经在孙家祠堂给孙家后生讲过的一段话："若封疆重镇，操生杀予夺之权。一政善则千百万人受其福，寿可以增；一政不善则千百万人受其祸，寿亦可以减。"想到这儿，狗娃心说，今日此时自己若还不加制止，还算个人吗？他涎着脸又求哈营长说："营长，就算兄弟我求您了，您就发个慈悲……"哈营长显然不耐烦了，狗娃的话还没落音，便从腰间拔出手枪，照着那娃娃土匪的脑袋"叭叭"连打两枪，只听见那娃娃土匪"啊"了一声，脑袋上立马冒出了一股鲜血，痛苦地挣扎了一阵之后，就直挺挺地躺在了地上。这一枪仿佛击在了狗娃的脑袋上，他的心猛地收缩战栗了，他崩溃了……

狗娃从没见过这样的场景，他蒙了，他傻了，他痛苦地闭上了眼睛，一拧身走出了寨门，又回到村子里带着人来回巡逻。约莫有一个时辰，估计那边已经得手，传令兵带来哈营长的命令，让狗娃他们排召集村里所有的百姓，到村口外的大场里集中。狗娃命令自己的手下挨家挨户地叫人，并嘱咐士兵不要高声，要和和气气，不要吓着那些无辜的百姓。

当村民们来到村口大场里时，已是月亮升起、寒露湿衣的后半夜了。大场中间烧起了两堆大火，场畔栽着五六个高杆，每个杆上都吊着个土匪，另外还有七八个小土匪被五花大绑着跪在旁边，周围站满了荷枪实弹的队伍。哈营长身披斗篷站在一个较高的地方，忽明忽暗的火光把他的脸照得一会儿白一会儿红。他让被召集来的村民站在他的对面，老老少少大约有百十号人。百姓们哪见过这样恐怖的场面，他们不知道这些国军剿完了匪还要干什么，吓得一个个惶恐万分，哆哆嗦嗦地挤在一起不敢说话，大场里安静得令人窒息。

过了一会儿，只见哈营长向前跨了一步，向周围拱了拱手，仰起头不热不冷地说："各位父老乡亲，久违了，久违了！今天，我哈某人为了贵地的安宁，终于剿清了这股土匪。百姓安居乐业，是我等的职责，为国尽忠，鄙人敢不效力！圆眼大王嘛，长期盘踞在咱们这儿，为害百姓也不是一天两天了，民不聊生啊！今天终于伏法，也是罪有应得。"说到这里，哈营长回头指了指一旁被俘的土匪，冷笑了一声说，"这些匪徒，长期为非作歹，日他先人，按理应格杀勿论。可鄙人怀有恻隐之心，念其年轻，且大都是本村本土的乡党，本着首恶必究、胁从不问的原则，准备放他们一马。日他先人，这放不能一句话就放了，若上级追究起来，说我和他们串通一气，那还得了！咱是个军人，既然披了这一身黄皮，就得公事公办。尽管这样，可话又说回来了，'救人一命胜造七级浮屠'，积德行善的事嘛我还得做。"此时空气像凝固了一般，在场的百姓们看着周围乌黑乌黑的枪口，一个个瑟瑟发抖，吓得没有一个人说话。哈营长又指了指那些被俘的土匪，说："是这样，为了我哈某人好向上头交代，日他先人，让这些人每人写一纸悔过书，阐述自己的从匪经历，有没有杀过人害过命，然后签字画押，每人再缴三十块银圆的保证金，谁家的人谁领着走。"哈营长的话说完，空气也跟着凝结了，在场的百姓鸦雀无声，他们不知道哈营长葫芦里到底卖的啥药。

夜凉如水，一阵阵夜风裹着寒意吹到人们的身上，更是令人发瘆，连在场站岗的士兵都耸着肩膀缩起了身子，哈营长皱着眉用他那贪婪冷峻的目光，扫视着在场的村民。停了一会儿，在场的百姓们交头接耳叽叽喳喳地议论开了。

就在这时，人群中一个白发散乱、衣衫褴褛的老太婆怯怯地站了起来，她拄着拐杖，颤颤巍巍地走出了人群，手里还拉着个浑身脏兮兮的小女孩。这女孩大约有六七岁的样子，也是头发散乱，衣衫褴褛，把一根指头含在嘴里，惊恐地望着周围的一切。在忽明忽暗的火光映照下，一老一小两个身影愈显瘦小屠弱，谁见了都会起同情怜悯之心。老太太小脚碎步，踟蹰而行，她没有去求哈营长，径直来到了麦场旁边，一把抱住了吊在第三根高杆上的那个土匪的腿，大声哭诉着说："儿呀！你冤枉呀！你是被挨刀子的圆眼大王五花大绑着拉去的呀。儿呀，我苦命的儿呀！你走了之后，你媳妇也被圆眼大王糟蹋了，她没脸见人跳崖自尽了。呜呜……剩下我们婆孙两个咋个过活呀！家里几天都没有吃的了，哪里来的钱赎你呀！"回过头，老人家又艰难地来到哈营长的跟前，拉着孩子"扑通"一下跪倒在地，一边哭一边哀求说："这位军爷，你行行好，放了我儿子吧！我们婆孙俩砸锅卖铁也拿不出那么多钱呀！"老婆婆撕心裂肺的哭声和哀告声，随着一阵夜风，传得很远很远。火堆上的火苗旋了个旋之后，也渐渐地小了，此情此景，在场的人没有不流泪的，有几个妇女还跟着啜泣起来。狗娃的鼻子一酸眼睛湿润了，他一言不发，和大家一样，静等着哈营长表态。

哈营长真是铁石心肠，他无动于衷，看着跪在地上的老妪和娃娃，似乎害怕沾染上了什么一样，向后退了一步，然后低下头鼻子哼了一声说："老太婆，你说得轻巧，自己的儿子当了土匪杀人劫财，还说没有钱，你哄谁？"他抬手指了指人群，接着说，"日他先人，我若把你儿子这么放了，他们要是都说没钱，不交保证金，我咋样向上头交代！俺——"最后一句话他故意提高了声音，好像有意叫大家听见。只见哈营长沉思了一下，忽然一声命令，让几个士兵拽住绳子把老太太的儿子凭空拉起两丈多高，哈营长猛地一声令下："松手！"只听见"咚"的一声，老太太的儿子重重地蹾在了地上，随着一声凄厉恐怖的惨叫，紧接着是老太太和小女孩一阵尖锐的撕心裂肺的哭号。在场的村民把头埋在怀里，不忍目睹这惨绝人寰的场景，连站岗的士兵们都闭上了眼睛。就这样一连蹾了三次，大家的心脏也随着颤抖紧缩了三回，直到老太太的儿子不动也不叫了为止。

狗娃实在忍不住了，他指着哈营长的鼻子高声骂了一声："畜生！我日你先人！"随即拧身走出了大场。他一边走一边用双手捶打着自己的胸脯，仰天高叫道："老天爷呀！我也成了土匪了！哈营长呀哈营长，你狗日的不得好死！"狗娃疯了一般，他一腔激愤，满脑子空白，跌跌撞撞地在村巷里行走。

忽然，一阵吵嚷声将狗娃引回到现实之中。他定了定神，远远看见一家村民门口闹闹嚷嚷地聚集着一伙人，还隐隐听到院子里一个老年妇人声嘶力竭的哀号和叫骂声："造孽呐！你们是打土匪来了还是祸害百姓来了？我孙女才十二岁啊！天打五雷轰的强盗，你们家也有亲姊妹呀……"狗娃不知发生了什么事，上前一打问，才知道那个姓郭的连长以搜查土匪为名，来到这户百姓家里，强奸了这户人家的女孩。女孩的奶奶性子刚烈，扯住郭连长不放，被郭连长打得头破血流依然揪住他不肯撒手。狗娃一见，不由得想起了哈营长刚才的作为，他气得浑身发抖，从一个士兵手里拿过一杆长枪走了过来，郭连长还以为狗娃是来解救自己的，忙说："孙排长，快！快拉开这个老不死的。"没想到狗娃抢起枪托，嘴里狠狠地骂道："叫你狗日的学坏！叫你狗日的学坏！"他使尽全身力气在郭连长后腰和身上一阵乱砸，只听郭连长连声"哎哟"，紧接着倒在了地上。当几个士兵看清了是孙排长时，心中暗自叫好，磨磨蹭蹭也不制止，只是远远地围观。狗娃疯了一般，仿佛要把自己的一腔怨气发泄出来。郭连长已躺在地上不停地求饶，他还是用枪托劈头盖脸地砸个不停，直到郭连长躺在地上一声不吭了。这时一个当兵的上来抱住狗娃说："孙排长，再不敢打了，再打就打死了！"狗娃这才停了手。在场的人都被震惊了，一个个目瞪口呆地望着狗娃，空气仿佛凝固了一般。

一阵凉风吹过，猛然间，狗娃似乎明白过来，回到了现实之中。他扔下了手中的枪，用手在郭连长的鼻子上试了试，思忖了一下之后，嘴里骂道："狗日的装，我叫你装！咱们走着瞧！"他站起身来，对跟前那个当兵的说："在这儿看着，不要离开，我去告诉营长，狗日的欺压百姓，这还了得！"说罢，急急地离开了现场，在黑夜之中向村外走去。到了村口，狗娃站住了，猛然间他在自己的脸上打了一巴掌，狠狠地骂了自己一句："姓孙的，羞了你先人了，尽做这号蠢事！人命关天呐，这可咋办呀嘛！"他思忖了一会儿之后，把身上的武装带和腰间的手枪解了下来。那年月队伍上有个潜规则，若要逃离部队万万不能带走武器，若携带枪支出逃，便是死罪，所属部队就是赶到天涯海角也要将其缉拿归案。这一点狗娃还是懂得的，他又回到村口把武装带和枪交给了一个岗哨，让他交给哈营长。那哨兵不解地问："孙排长，你这是?"狗娃叮嘱说："前面村子有我的一个亲戚，我去问个话就来，这些东西带着不方便。"说罢，一拧身消失在了茫茫的黑暗之中……

# 四十八

　　狗娃当晚就离开了队伍，为防不测，他在路旁砍了木棍拿着防身。不敢走大路，沿着山间的一条小路顺着河流的走向朝东南方疾行。荆棘枣刺拉伤了他的手脸，露水山岚打湿了他的军装，他顾不了这么多，唯恐后面有人追赶，迈开大步疾走，还不时地回头张望。大约一个时辰之后，东方已开始发亮，估摸已行了三四十里路，出了千陇县境。狗娃不敢怠慢，向着东南方向又疾行了半个时辰。这时太阳出来了，忽然，远远的几声犬吠，把他从高度紧张中唤回到现实。

　　狗娃停了脚步抬头望时，只见远远的山坳中有一个小小的打麦场，打麦场不远处，靠着土崖的树木丛中居住着一户人家。犬吠声就是从那里传来的，在清晨寂静的山间，传得很远很远。这时狗娃觉得肚子饿了，在身上摸了摸，连一点儿吃的都没带。狗娃思忖了一下，顺着脚下的一条羊肠小道盘旋到了沟底，过了一条小溪，绕过一块耕地，来到这户人家的门前。这户人家门前有一棵大树，树下有一盘石碾，说是民居，其实只是靠着土崖的两孔窑洞，一孔窑洞顶部正冒着炊烟，伴随着时断时续的拉风箱声。狗娃不敢贸然走近，他轻轻地喊了声："喂，乡党，家里有人吗？"哪知话还没落音，一黑一花两条狗带着风声咆哮着向他扑来，幸亏狗娃手中拿着棍子来回遮挡，两条狗才没有近身，只是围着他狂吠。

　　"谁呀？"随着话音，一位花白胡子的老人走出了窑洞。老人喝住了狗，抬眼把狗娃从上到下打量了一番，见他一身军人装扮，不禁吸了一口冷气，战战兢兢地一边拱手一边问："哦……你是……原是老总到了，有失远迎，有失远迎！老总到我家有何公干尽管吩咐，好说，好说。"狗娃低头看了看自己那一身灰色军衣，一下子明白了，心说，自古道'兵匪一家'，这年月见了兵痞谁不害怕呀！狗娃立即满脸堆笑，一边摇着手一边指着自己的衣服说："喔，是这样啊，大伯不要多心，我是过路的，到这儿来找点儿吃的。"那老人还是不放心，说："那你……好好，吃饭，这就给你弄，这就给你弄！"说着把狗娃让进了窑内。一进门，老人家就端了个草墩让狗娃坐，两眼直直地望着他，坐也不是站也不是。狗娃借着窑窗射进来的昏暗的光线，把窑洞扫视了一眼，只见老人的家中简单得不能再简单了：一盘连锅炕，炕上只铺着张焦黄焦黄的芦席，再往深处瞧，黑洞洞的什么也看不见。不知怎的，他家里没看见一个孩子和年轻人，只有一位白发苍苍的老婆婆在灶下烧火，狗娃也不好问。他知道这世道乱，百姓受尽了欺凌，好人歹人脸上也没刻字，他们不能不防着点儿，正所谓"害人之心不可有，防人之心不可无"呀！

不一会儿，老婆婆端来了热气腾腾的蒸馍稀饭和酸黄菜，狗娃还是昨天午时吃的饭，加上走了百十里的山路，肚子早都饿得摇铃了，哪里顾得上谦让，端起饭碗狼吞虎咽，不一会儿就吃光了放在炕沿上的饭菜和几个馍馍。此时他才发现两个老人站在一旁目不转睛地瞅着他，狗娃连忙致谢，他一把握住了老人的手说："大伯，给你说实话吧，我是从队伍上逃出来的。我是骊邑县人，要回老家去。白天怕他们追赶不敢行路，你就叫我暂时住在你家吧，我不白吃饭，我可以给咱家干活。"那老人见狗娃说了实话，他悬着的心也终于放了下来，这才问狗娃是哪个队伍的。狗娃如实告诉老人家之后，老人家才解释说："这年月，一个当兵的突然闯进百姓人家，如同遇见黑白无常，谁见谁倒霉！他们不是抓人，便是要粮要草，哪有好事？我害怕呀！好了，既是这样，你就在我家藏两天，避避这个风头。是这，先把这一身皮脱了，免得招惹是非。"说着叫老伴取出几件旧衣裤让狗娃换了。真是"好话一句三冬暖"，狗娃的心中一阵感激，不由得眼睛一湿。他从身上掏出了唯一的一块银圆，递到老人手里说："大伯，我是从大难中逃出来的，您这是救娃的命哩，这个您收下，也算是娃我的一片心意。"那老人说："你离家还远，路上要用。"说啥也不收。狗娃也没说什么，悄悄地把那块银圆压在了炕沿的芦席底下。

在那户人家只住了三天，狗娃就急得不行，他告别了老人，问清了路径，踏上了回家的路程。掐指算来，离家当兵刚刚一年，可狗娃觉得这段时间似乎格外的长。这期间，他思念着南孙堡的父老乡亲，思念着泮池爷，思念着木匠红、高贵生和窝子班的同行，还有和他朝夕相处日不离影的三麻子，然而最令他牵挂惦念的还是那未老先衰、满头白发的母亲。狗娃归心似箭，他不敢耽误，经过了几个昼夜的跋涉，从咸阳过了御河，绕过了古城西安，他站在城东十里堡的崖畔上，终于又看到了浐河、灞河，望见了连绵不断的骊山和御河沿岸上那一个连着一个的古堡村寨。

人说"儿行千里母担忧"，此话不假。这不，太阳都快落山了，厢房的织布机依然"咯吱——咣当，咯吱——咣当"不停地响着。狗娃妈踩着织布机的踏板，两只手熟练地接送着梭子。尽管她这几天感到有些眩晕，浑身乏力，可她依然强打精神支撑着，她想赶在麦收之前织完这一机子布，为儿子准备好结婚用的被褥和床单。儿子离她快一年了，老人家无时无刻不在想着自己的儿子。有一天晚上，狗娃妈做了个噩梦，她梦见儿子身上什么也没穿，赤身被绑在一根柱子上。狗娃妈似乎见过这个柱子，就是戏架上绑单童的那根柱子，两个刽子手持大刀就要动手杀他。狗娃妈被吓得魂飞魄散，她想呼叫呼不出声，想动一动浑身没有力气。她猛地一挣扎，这才醒了，方知是在梦中，心中"怦怦"直跳，直到天明都没有合眼。第二天，狗娃妈心神不安，连布都没心思织了，她立即渡水过河去了兴隆堡。见了王汉臣大叔，狗娃妈打听狗娃的情况，还述说了前一晚的梦境。没想到汉臣叔笑呵呵地说："没事，没事，尽管放心，有叔这个老脸在，咱娃是吃不了亏的，大碎还当了个军官。"

虽然话是这么说，可狗娃妈见不到自己的儿子，心中总不实在，空荡荡的，好像缺了个啥。她一早起来就上了织布机，不吃饭不下来，恨不得一天织十丈布，为了儿子累死她也愿意。自古以来，纺线织布是关中妇女必备的一个技能，狗娃妈十二岁就会纺线，十三岁就跟着母亲浆线、经布、引布、翻交、过头，十五岁就学会了织布。随着脚下的踏板一高一低，那把光溜溜的枣木梭子就像一条鱼儿似的，在她两手之间来回游动，她的双手亦如两只鸽子在机面上左右飞舞，令人目不暇接。她目不斜视、脚手并用，是那样的娴熟，又是那样的自如，俨然是一个魔术师，把织布玩到了极致，织布机的"咯吱——咣当"之声不绝于耳。

织着织着，梭子里没有线了，狗娃妈停了下来，用手扳着筒子笼（即装在梭子内缠着纬线的小竹筒）一看，小竹笼内没有一个带线的筒子了。狗娃妈望了望窗外，"喔"了一声，知道自己坐在织布机上的时间久了。她抬起腿正要下机，忽然听见院门"呀"的一声被推开了。狗娃妈以为是对门三牛他妈看织布机来了，她一边捶打着自己酸楚的腰背一边笑说："三牛妈！你真小心眼，我说明天交割，就是明天，你还不放心，后天晌午我帮你把布搭到机子上，看把你着急的。"

推门进来的不是三牛妈而是孙狗娃，他还没进门就听见"咯吱咯吱"的机杼声，进门后又听见了母亲的喃喃细语，他不自觉地放缓了脚步，他听见母亲的话语中无不流露出对儿子的思念和眷恋。狗娃低头看了看自己的这身装扮，不知怎的，他没有勇气进门。隔着窗子，他看见母亲那花白的头发和佝偻的身躯，心里一阵愧疚和不安。自己没有给母亲争气而是闯了祸逃回来的，几百里归家身无分文，一个五尺高的汉子竟然像个乞丐一般模样，想到这儿，鼻子一酸，眼眶湿润了。狗娃手扶着墙站了一会儿，低声叫了一声："妈！"狗娃妈怎么也想不到会是儿子回来了，还以为是大女儿枣花看自己来了，心不在焉地说："是枣花吧？咋这会儿来了？鸡都快上架了，我还当是对门你三牛婶呢。"狗娃这才进了门说："妈，是我，狗娃。"

"啊！"一听是儿子回来了，狗娃妈吃了一惊，倒退了一步，身子朝后一倾，要不是扶住了织布机就差点儿倒下去了，狗娃忙上前一把扶住了母亲。

狗娃妈看见儿子头发蓬乱、衣衫破烂且不合身，脸上脏兮兮的，像个叫花子，这和王汉臣说的已经做了军官的儿子简直是天壤之别。她如同电击了一般，紧紧地抱住儿子问："天呐！咋成了这个样子？"一言未了，泪如雨下。狗娃怕吓着了母亲，连忙扶住母亲的肩膀，安慰说："妈，没事的，好着呢。"狗娃妈用两只手抚摸着儿子的脸，一边仔细地看一边说："不是说你已经升军官了，咋还……"狗娃把母亲扶坐在凳子上，说："妈，别急，您坐着，听我慢慢说。那地方不是咱待的地方，儿子能活着回来看您，都算是您娃的命大，要不然您这一辈子都别想见儿子的面了。"狗娃妈是明白人，听了这话，她一把抱紧了儿子，一边流着眼泪一边说："娃呀，没有你，妈还活啥哩！纵把银钱堆成山，不胜我活宝在面前，回来就好，回来就好。"

狗娃回来的消息如同长了翅膀，东邻西舍都知道了。第三天，木匠红来了，高贵生来了，三麻子来了，泮池爷来了，南孙堡的左邻右舍都来了。

大家都觉得奇怪，狗娃在队伍上干事去了，年轻能干又有靠山，怎么去了还没一年就回来了？弄不清究竟是怎么回事。狗娃换了衣服，洗干净了头脸，边给来人倒水递烟边招呼大家坐。三麻子性急，不喝水也不入座，站在那里笑着问狗娃说："老侄呀，你放的军官不当，跑回来干啥？

苦没受够是不?"其他人也都睁眼望着狗娃,狗娃立马收敛了笑容,站在那儿一动不动,刚才还是满面春风的脸一下阴沉下来。他竭力地控制着自己的感情,一边摇着头一边解释说:"唉!大伯大叔,你们不知道,那地方不是咱待的地儿。"三麻子依然还在取笑说:"嘿嘿,我就不信,别人能干咱就不能干!叔还说我娃当了团长才显摆呀,你却回来了,真是。"狗娃这才跺着脚骂道:"锤子队伍,简直是一帮子土匪!"招呼大家坐定之后,他这才一五一十地述说了这次从军的经历和自己回来的原因。

之后,狗娃又随着窝子班唱戏了,而且尽力把戏唱好,为的是早点儿忘却那一段从军的经历。

# 四十九

水莲自从死了丈夫回到娘家之后,虽然还像过去一样服侍她大,但她的性格似乎变了,话也没以前多了,也不像过去那样撒个娇、开个玩笑什么的,总爱和她大顶嘴抬杠。贵生心里明白,女儿的委屈是他一手造成的,是自己一时心血来潮做了这件蠢事。他从心里觉得对不起女儿,他欠着女儿的债。他十分愿意女儿多顶撞自己几句,那样自己心里也能好受些。

狗娃从队伍上回来之后,依然准时去高城寨练功,去木匠红家排戏,比以前更卖力,比以前更认真。他觉得自己从军本身就是一件荒唐的事,从心里觉得对不起窝子班这些同行和长辈,于是他待人更谦和、更诚恳,感到只有埋头干事、多吃苦、唱好戏才对得起他们。自从狗娃回来之后,水莲也好像换了一个人似的,走路快了,说话多了,有时还一边洗碗一边小声哼着曲子。一有空,就去看狗娃练功,看着看着不知不觉间就停下了手中的活计。

这天,狗娃一大早就到了高城寨。水莲告诉狗娃说,她大有事不在,他留话说让狗娃来了先背《白玉楼》的唱词,下来再练功,饭时他就回来了。狗娃先在菜畦篱笆旁背了一阵唱词,对着井口又吊了会儿嗓子,之后又打了几趟拳，直到大汗淋漓。水莲早已烧好了开水，把茶壶茶盅擦得锃亮，沏好茶送了过来，狗娃这才坐在小石桌前歇息喝茶。水莲见狗娃歇息了，一边纳着鞋底一边走了过来，也围在石桌旁，坐在了狗娃对面。一开始，水莲只是闷着头纳鞋底"哧哧"地拉着绳子，一句话也不说。大约有一袋烟工夫，她忽然鼓起勇气取笑似的说："啊呀！孙排长歇息了，在队伍上这会儿说不定有勤务兵给倒茶递烟哩。"狗娃的脸"腾"的一下红了，他不好意思地看了水莲一眼，笑了笑说："天呐，几天不见，水莲姐倒学会挖苦人了。人说好人不当兵，好铁不打钉，吃粮当兵那是个下三烂的差事，谁愿意去？还孙排长哩，胡叫啥呢？"水莲也嘻嘻笑着说："姐没说错么，那天你妈从河北兴隆堡回来，脸上笑成了一朵花。"接着她调皮地学着狗娃妈的腔调说："我说他贵生叔呀，你也别操心了，嫂子昨日过河去了，见了狗娃他干爷。他老人家说，娃娃你就不用操心了，有叔这个老脸在，谁敢欺负咱娃！你放心好了，听说狗娃如今已是排长了，一个月三块现洋的军饷，干得好了还要提拔。这都是姐亲耳听见的，还会有假？"见水莲这么说，狗娃就也不遮不掩了，他长长地叹了一口气说："水莲姐，当了排长那可是真的，可你兄弟却是个属鸡的——天生刨着吃的命，那个事咱干不了，也看不惯。"于是便把自己初到凤邻师管区的经历和遇到的事情娓娓道给了水莲。狗娃不疾不徐，话语恳切，时而兴致勃勃，神采飞扬；时而情绪低落，俯首叹息；时而满目怒火，咬牙切齿；时而心情沉重，眉头紧皱。开始，水莲像听古今似的听得如痴如醉，脸上的的表情随着狗娃的神态时起时落。可当狗娃将郑玉卿替他埋单并与其结识，以及郑玉卿常常去他所在的监所写生找他玩耍时，水莲似乎变成了另一个人。只见她忽地站了起来，把鞋底子往地上一摔，说："不争气，不争气，真不争气！连这么薄的鞋底子都咬不透了。"说着把狗娃手中的茶杯一把夺了过来，把剩下的半杯茶泼了狗娃一腿一脚，端着茶壶回房间去了。

狗娃不知所措，仰起头茫然地看着水莲的背影，嘴里嘟囔着说："水莲姐，你这是……"思忖了一阵之后，忽然他拍了拍脑门，这才恍然大悟，赶紧追了过去。进了房间，他见水莲满脸怒气，坐在炕沿一动不动，痴呆呆地望着墙上的一幅早已被烟熏得不成样子的年画。那是一幅《十八里相送》图，还是她母亲在时托人从西安南院门接回来的，尚能看清画上穿着剧装的梁山伯和祝英台，但由于年代已久，年画已褪得没有了颜色。

水莲每年春节前都要打扫房间，她之所以没把那幅旧画取下来，是因为在她的内心隐隐地还装着自己的母亲。尽管恨母亲狠心地遗弃他们父女与人私奔，可水莲能感知到母亲的苦楚，父亲当年吸食鸦片使得家中一贫如洗，母亲感到绝望了。狗娃见水莲在擦眼泪，他站了好久才开口轻轻地叫着："水莲姐，水莲姐。"水莲像没听见一样，坐在那儿只是不语，她的脸也始终没朝过拧。狗娃又叫了两声，她还是无动于衷。狗娃见这样不行，他灵机一动，使了个小心眼儿说："水莲姐，你要再这样，那我就回家了。回来告诉高叔，就说我明天不来了！"说罢转身就往外走。水莲见狗娃真的走了，这才回过头大声喊道："孙狗娃，你给我站住！"

狗娃要的就是这个效果，随即转身进来说："好我的姐姐哩，你看你，我只说了个郑玉卿，话还没说完呢，你就吃醋了……"他的话还没说完，水莲就搭言了，她起火带炮地说："谁吃醋了，谁吃醋了？好好好，没说完你就往完里说。一个大姑娘家，疯疯张张地到处找男人玩，还能好到哪里去？"狗娃子忽然不笑了，他拉了条凳子坐下来，一字一板地对水莲说："水莲姐，你是只知其一不知其二，要不是那个郑玉卿，要不是她全力相救，你兄弟我早就吃了开花子弹了，今儿还能和你坐在这儿说话？"水莲吃惊地睁大了眼睛，于是狗娃就把自己如何打死了姓董的，放了赵排长和那甘肃娃娃，又怎样差点儿被判了死刑，把郑玉卿想方设法搭救自己的事一五一十地说给了水莲。临了，狗娃又说："我如今逃了回来，再也没有了郑玉卿的消息，连感谢她的机会都没有了，就是见了她也不敢认了。人家是师长的千金，咱是个啥？戏子——文明讨饭的。"水莲不言声了，她的脸上阴天转了多云，渐渐露出了面颊上的酒窝，抬头望了望窗外的太阳，笑着说："也到饭时了，我大也该回来了，想吃啥？姐给咱做！"狗娃说："早哩早哩，我还得练会儿功。"这时，一阵叽叽喳喳的喜鹊叫声从窗外随风传了进来。

狗娃又来到院子里拔筋劈叉，之后又打了一套洪拳。他的一招一式、腾挪闪躲既潇洒又灵巧，干净利索。水莲和好了面，揉了一会儿，用潮笼布将面团盖严，到菜畦里拔了把芹菜。见狗娃正在打拳，水莲就坐在了石桌旁，一边择菜一边目不转睛地看着，心中"突突"直跳。正在这时，隔壁一个八九岁的小女孩到她家来玩耍，水莲丝毫都不知晓，小女孩悄悄地走到水莲跟前，忽然笑着说："哈哈！姑姑把黄叶没有掐去，倒把绿莹莹的芹菜扔了一地！"水莲猛地一惊，回过神来一看，果然，她只顾看狗娃练功心不在焉，把好端端的芹菜掐断丢在了地上。她的脸不由得红到了耳根，笑着对那孩子说："去去去，别多嘴！姑姑掐菜是要喂鸡哩。"说着，捡起菜进了厨房。

　　打了一套拳之后，狗娃大汗淋漓，索性脱了外衣光着膀子踢了会儿腿，接着练起了前后空翻。这时水莲把刚才那把茶壶重换了新茶叶，又端着来放在了小石桌上，站在一旁看狗娃翻跟头。狗娃露出一身疙疙瘩瘩的腱子肉，随着他动作的变换、胳膊腿的用力，他胸膛、胳膊、肩膀上的肌腱时而隆起时而松弛。水莲痴痴地凝望着，她觉得呼吸紧促胸膛口也随着一起一伏。猛然间，水莲发现狗娃的右肩膀上方和胳膊上，有几道长长的疤痕，虽然早已愈合，可隐约看出曾经被刀子剐得很深，愈合之后隆起了几道红红的肌肉线，很是瘆人。水莲忙喝住狗娃，上前伸手轻轻地抚摸着那几道疤痕，心疼地问："哎，你胳膊上……告诉姐这是咋一回事？"狗娃眨了眨眼笑着说："你问这？哈哈，豹子抓的。说出来能把你吓死！"于是狗娃讲述了一段令人惊怵的经历。

　　狗娃子去到山后探望外婆。他见舅舅家的院子里晾晒着好多草药，有黄芩、白术，有地骨皮还有马勃和大黄。狗娃知道山里人农闲时常采些中草药，晒干后拿到药铺里换些零钱贴补家用，于是他就问表弟："这是谁采的？"表弟只有十六七岁，一见表哥问他，眉飞色舞地说："这是我挖的，一个秋天挖的药材能卖好多钱。"他指着那些草药说，"这些东西都不值钱，去年我挖了一窝猪苓，三斤就卖了一块银圆！药铺账房先生说了，若能采到长着人形的猪苓那就真的发财了！"狗娃惊奇地睁大了眼睛，说："天呐，这么好的价钱，那你就什么药也别采，光挖猪苓得了！"表弟说："这你就不懂了，有的药材虽说便宜，却到处都是，越是值钱的东西越是稀缺难找，猪苓就是这样。浅山的都被人采光了，深山老林里狼虫虎豹多，操不尽的心。就像后山的豹子沟，这会儿正是猪苓成熟的季节，我们村的毛三娃去年去了豹子沟，结果被豹子抓瞎了一只眼睛，为治伤把家里的钱都花光了，得不偿失，谁敢到那儿去？"狗娃自小好奇心强又好冒险，加上在队伍上的那一段历练，有点儿冲动，他使了个眼色撺掇表弟说："怕啥怕啥！明天咱俩走，我就不信了，只要把镰刀磨好了，眼明手快看它啥东西能近了身？"哪知他们两人的话被坐在一旁的外婆听到了，老人家虽说眼不好，可耳朵却异常灵敏，她提高声音说："你俩干啥！给我悄着！胆大得把害怕忘了是不？就咱这个村，十年不到，三个人把命撂到了豹子沟！给我听好了，狗娃明天就回家，好好地唱你的戏去。"说罢又回头骂孙子说："要去豹子沟，看我不把你的皮剥了！"狗娃笑着解释说："好我的外婆哩，我们说着玩哩。好好好，我明天就回，明天就回。"可老人家骂归骂，她一点儿也不知晓，狗娃许下了"带着表弟逛一趟西安"的愿收买了表弟，他们二人背着外婆，第二天就悄悄地去了豹子沟。

　　狗娃和表弟天不明就起程了。他们背着竹筐，筐内装着鹤嘴锄和干粮，还特意磨了两把锋利的镰刀用来防身。翻过了几架岭，又过了几道川，到了豹子沟时已经将近午时了。狗娃抬头看时，只见这里高山耸立，坡上林木繁茂，沟底荒草遍野，果然是个人迹罕至的地方。表弟告诫他，这沟边就够咱们采的了，不要再向深沟钻了，那里面真的很危险，别说狼和豹子，就是碰到头野猪也不是玩的。他们一边走一边用镰刀劈开荆棘和蔓草，不然就没法走路。表弟手搭凉棚向周围的山上瞭望，猛然间他发现不远处的山坡上有一片山茱萸林。山茱萸是落叶乔木，春季开花，秋季果熟，红如玛瑙，价钱也好。虽说树形高些，但站在坡间的土塄上还是比较好采摘的。表弟跑过去，边采边叫着狗娃："狗娃哥，快来快来！光这一片山茱萸就够了，其他啥药咱都不挖了！"

　　狗娃的心不在这片山茱萸上，他一心想找猪苓，听表弟说猪苓生长在阴湿的树林中，他便朝着二里开外的那片郁郁葱葱的树林走去。脚下的荆棘杂草足有半人高，狗娃挥着手中的镰刀，一边砍着脚下的荆棘开道一边前行，渐渐地越走越远。忽然狗娃听见附近坡间传来一阵阵小动物"吱吱吱"的叫声，他站住脚侧耳细听，那声音似乎是从十几丈外的一块突兀的巨石下面传来的。狗娃向那边望了望，远远看见巨石下面好像有一个石窟，黑洞洞的，周围长满了荆棘和野草。他手握镰刀循着声音向前走了几步，脚下出现了一条被动物踩踏出的小径，他低头仔细一看，小径两边的荆棘上还挂着丝丝毛发，直通巨石的下方。狗娃略一踌躇，不敢大意。这时，他想起了队伍上军训教官教给自己的方法，俯身从地上拾起一块料姜石，朝巨石下方扔了过去，没有动静；他又扔了一块，依然没有动静；于是他把镰刀紧紧地握在手中，蹑手蹑脚地走了过去。

　　巨石下面果然是个石窟，这石窟不深却很宽敞。狗娃俯下身子仔细一看，石窟内有一大团细细的干草，干草堆里有四只山猫一样的小动物，相互依偎着拱来拱去，那山猫浑身长着黏糊糊的黄褐色绒毛，浑身沾满草屑，样子十分丑陋。狗娃站在石窟前看了一会儿，才说准备弯下腰把那几个小东西扒拉出来，猛然间，"嗖嗖嗖"，一阵非常疾速的动物奔跑声带着一股旋风自远而来。狗娃猛一抬头，"妈呀！"巨石上面一只五六尺长的金钱豹张着血盆大口呼啸着向自己扑来。狗娃心中一惊，也是急中生智，他迅即将手里的竹筐罩在自己的头上。随着"刺啦啦"一声响，豹子的整个身躯扑了下来，前爪重重地抓在了竹筐上面，狗娃被扑倒在地。由于来势太猛，手里的镰刀落在了地上，他本能地伸出右手阻挡。他头上罩着竹筐看不清楚，不料胳膊这么一伸，恰巧把整个小臂伸进了豹子的口里，豹牙嗑住了狗娃的小臂，立马一阵钻心的疼痛传遍了他的全身。狗娃心说不好，他心中明白，要想把手臂从豹子的嘴里拿出来那是绝对不可能的。然而好就好在右手被豹子嗑得太深，花豹无法吞咬，隐约间狗娃觉着他的手掌已抵近豹子的喉部。那花豹子也感到难受，呼吸困难，无法吞咬，它的前爪乱抓，只是从喉咙里发出"唔唔"的叫声。相持了一会儿，狗娃灵机一动，他一不做二不休，反而使劲儿把胳膊再往豹子喉咙里一伸，使出吃奶的劲儿狠狠地在豹子的喉咙里抓了一把。那花豹一声惨叫，吐出了狗娃的胳膊，回身逃走了，只给他肩上右臂上留下了几道深深的爪痕，红肉都翻出来了。

回到家，狗娃和表弟被外婆骂了个狗血淋头，老人家一边骂一边给狗娃敷上了自己配制的刀剑药。外婆边敷药边数落着说："驴日的不听说，你看看，害怕不害怕！人常说豹子的爪子老虎的牙，要命呐！多亏那个竹筐，要不是那竹筐，脸面就得被豹子揭了去，你要给这竹筐烧香磕头哩！"

水莲张大着嘴巴听完了狗娃的叙述，脸色都变了，惊叫着抱住了狗娃的肩膀，说："天呐！怪不得你有好长一段时间没来学戏，说是你病了，我也没敢多问。"说罢，心疼地用她那修长的手指顺着狗娃的胳膊肘轻轻地抚摸着那几条伤痕，似乎忘记了一切。正在这时，大门"咣当"一声响，高贵生回来了，女儿和狗娃的亲昵场面全被他看在了眼里，他有些尴尬，进也不是退也不妥，故意咳嗽了一声，水莲听见了连忙放开了手，红着脸走进了厨房。

# 五十

　　贵生早就看出了狗娃和女儿有那么一点儿意思，但作为父亲，他又没法探问。之后一段时间，狗娃忽然到他家来得少了，虽说没事，但他总觉得中间有啥原因。起先贵生还以为狗娃因上次和水莲的亲昵不好意思，或者怕他为那玉瓶的事数落他。可他仔细一想，狗娃不是那种小心眼的娃娃。他知道过两天芦花村有个白事，那里指名要唱《哭祖庙》和《祭灵》几段戏，这都是木匠红的拿手戏，可偏偏近几天他感冒发烧嗓子出了问题，贵生和三麻子一合计，就叫狗娃上。狗娃这几年也练出来了，须生唱得还蛮可以的，不过他首一回唱这场戏，台步动作和一些细节还有待提高，需贵生再点拨一下。于是他约好叫狗娃明天到他家来。

　　第二天，太阳都老高了狗娃还没有来，看着女儿正在扫地，贵生便自言自语地说："狗娃也该来了，咋还不到？他跟你说了没？"水莲没好气地说："就为在队伍上打死了人还有那个玉石瓶子的事，你把人家数落了好几次，从头说到脚，人家能给我说啥？别说狗娃不来，麻子叔这几天来过？总好教训人！"其实水莲心里明白，狗娃根本不会把那事放在心上，她故意往这边引。没想贵生一听这话生气了："混账话！随便拿人家的东西还不许说。还有，那郭连长再坏再该死也轮不到狗娃去教训！我是为他好，要为这事装心病，他就永远别登我这个门！"见他动了大气，水莲一边倒茶，一边心平气和地说："人家来了你数落人家，人家不来，你又念叨个不停。狗娃你怎么说他都不会犯病的，可人家麻子叔，和你平起平坐的人，你凭啥在人家跟前要歪？再说了，麻子叔本是个热心肠的人，不管谁家有事他都铺上盖上地帮忙，操心狗娃还操心得少？你却一口一个'别把人家娃娃带坏了！'这话谁爱听？"

　　说话间，院子里忽然传来脚步声，紧接着房门"吱呀"一声响，狗娃进来了。"这几天丢到哪儿去了？你大叔才说'飞帖子'找你呀，这你可来了！"水莲不无埋怨地一边倒水一边说。狗娃笑着解释说："我昨晚到三叔那儿去了，他说为玉瓶的事总觉得在你跟前说不起话。那不怪我三叔！那天一听说是魏志虎的字号，我气不打一处来，进了院子我就要砸了那一堆古董瓷器，要不是麻子叔拦还不知出啥事哩，后来就……"

"怪谁不怪谁咱不说了，反正你听我说，有些事不能耍小聪明，更不能意气用事。万一那天你们被人家抓住了咋办？西安城里的大小字号你不晓得，若逮住个贼，打不死也要打折两条腿！你出了事，我咋向你妈交代？郭连长那件事你真的不应该，这世上该挨枪子儿的人多了，你能管完了？再说，要不是你干爷的面子，人家能零干？恶人造的孽老天爷看着哩，比如魏志虎，镇嵩军打死他虽是'狗咬狗不腥气'，还不是给咱出了气？好了好了，多少年都过去了，陈芝麻烂谷子的事不说了，不说了……"水莲见她大啰里啰唆没个完，弄得狗娃下不了台，顺便圆了个场子说："大，你的话有个完没有？"又对狗娃说："狗娃子，你甭听我大说，他今儿个多喝了几盅酒，话太多。你告诉三叔，就说我大那天喝得多了，才把那事抖搂出来了。麻子叔为谁来？从今儿起再不要提那话了。"高贵生抬头望了望窗外，说："好好好，闲事休提，天也不早了，咱干咱的正事。水莲烧水沏茶，我给狗娃说戏。"于是他和狗娃出了房子，坐在院子的石桌旁，就开始给狗娃说戏了。

"后天芦花村有个白事，他们非要咱唱《祭灵》和《哭祖庙》不可。你党叔这几天冒风了，清鼻眼泪、嗓子哑，上不了台，我和那几个说了，想叫你上。"狗娃嗫嚅了一下，说："那两折戏我倒是会，可从没上台演过，怕把握不好演砸了。"贵生说："那有啥？甭害怕！啥都是人学出来的，只要叔给你指拨一下，你揣摩一下，把握住戏中情节，拿捏好应该注意的要领，肯定不会错的。就拿你前几天唱的《哭祖庙》来说吧……"这时，水莲把茶端来了，往石桌上一放，一边斟茶一边说："大，停一停，先喝两口茶，润润嗓子再说！"高贵生嫌女儿打断了自己的话，望了望水莲没搭茬，接过茶盅啜了一口，接着说道："《哭祖庙》这出戏你体会得还行，开首一句苦音尖板'行来祖庙用目看，用目看'，嗓音还能到位，拿捏得也不错，你能把刘谌当时那种决心以死报国的悲愤而又压抑的心理把握得恰到好处。'一脚踢开门两扇'一句的'脚'字你记住了我的话，没有再拖长，很快地截住落了下来。"他伸出拇指做了个肯定的动作，接着说，"这就好，这就把刘谌那种悲愤的心情体现出来了。"

狗娃端着茶杯一边喝一边目不转睛地看着高贵生，他一声也不吭，生怕漏掉了哪一句话。这时水莲又拿来了水烟袋，装好了烟丝递到她大手里，又把吹燃的纸煤儿给了他。高贵生只顾着说话，把烟袋和纸煤儿接住，根本就没看见纸煤儿在燃着。直到那纸煤儿燃过了多半截，这才低下头就着火吸烟。水莲不无埋怨地说："就知道说话，就知道说话！看火都烧手了，你手不怕烧咱家的火纸还是钱买的呢！"贵生瞪了女儿一眼，将拿纸煤儿的右手朝外一挥，说："去去去！别多嘴，没看我给狗娃说戏哩。"接着对狗娃说："'先皇祖腰挂三尺宝剑'这句二倒板，你要记住，'腰'字一定要吐得低。"说着他低声示范了一句，继续说，"这样才能把刘谌看见先祖灵位时想起众先祖个个英雄一世，而自己的父亲却懦弱无能的那种委屈心理表现出来。对不？"

"'高祖爷不得时江湖游转'，我认为这个'游'字这时应该有一个小波浪发音。接下来两句转阴司板'把一个关祖爷困在土山'，又要悲愤积满，记住了没？"狗娃点了点头。"'曹差来'和'兄得信'是比较特别的地方，行腔要注意把握得当，别叫人喝了倒彩。'一霎时尘土万丈乌云遮日罩满天，站在桥头三声喊，直吓得苍龙归藏，孽龙归天，风吹石栏杆；直吓得曹贼仰面披发，人踏人死，马踩马亡，人马齐伤人逃窜，回营去拿来军册仔细观'，这儿是高潮，是这段戏中难度极大的几句，唱这几句时要突出张飞当年的勇猛和粗中有细以及敌军的狼狈之相，声音要高昂，要响亮，让人听起来过瘾。"

之后，高贵生又手把手地给狗娃纠正了几个动作，把《下河东》中《祭灵》和《赶驾》两场戏应该注意的事项和必须掌握的要领说给了狗娃，足足有一个时辰。临了，他笑着说："好我的老侄子哩，为你，为咱窝子班，你大叔真的是屎巴牛放屁——连壳郎都腾光了呀！"就在这时，传来了水莲甜甜的略带着兴奋的埋怨声："你叔侄俩还有完没完？还吃不吃饭了？"也不知是怎的，狗娃仿佛屁股上装着弹簧，水莲的话还没落音，他一蹦就起来了，径直朝厨房跑去，高贵生会心地笑着直点头。

# 五十一

　　狗娃和水莲情有所钟，贵生看在心里，他喜欢狗娃这是没说的，他更满意将水莲许配给他，想早日促成这桩婚事。可"剃头担子一头热"，他虽这样想，但作为女方，他怕人笑话，总不能自己找人说事。实在没辙，贵生就只好坐在家，等狗娃妈托人来提亲。

　　其实，木匠红也看出了这里边的门道。自从狗娃开始学戏之后，三天两头往高家跑，贵生也没把他当外人，水莲对狗娃更是没啥说的。他也思谋过，狗娃子这娃虽不错，寡妇娃娃过日子，娶个媳妇也不容易。水莲人好心肠也好，干净勤快没有说的，虽说是个寡妇，可结婚还不到两年，也没个孩子，这事若成了，还真是一对好姻缘。他想把这事撮合了，可木匠红这个人想得多，觉得自己找狗娃妈不太合适，想叫婆娘去，可自家婆娘嘴笨递不上话，最后，他把自己的想法告诉了小自己八九岁的三麻子，没想到三麻子一口就应承下来。他拍着腔子说："小事一桩！凭兄弟我这三寸不烂之舌，把这事办不成，我就不姓卢了！"然而三麻子万万没有想到，他到了狗娃家，一提起这事，狗娃妈不但婉转地拒绝了，还说出水莲"命硬克夫"的话来，他还真的碰了个软钉子。

　　后来，狗娃得知了这件事，觉得三麻子为自己的事伤了面子，心里过意不去。一天，他把三麻子请到斜阳镇一家馆子，叫了几盘小菜边喝边聊。狗娃先满满地敬了麻子几杯，说了几句感谢的话后就不言语了。几杯酒下肚，倒是三麻子的话多了起来："有啥谢的？叔和你大也不是一天两天的交情了，事情既然到了这一步，咱就'上山打柴，过河脱鞋'，到哪儿说哪儿。你妈这人犟着呢，一口一个'命中克夫'，枪子儿都打不进去。我看，这事别人再大的本事都不行，非得你自个儿磨她不可。你妈最疼你，又有啥话不能说呢？"狗娃听了皱着眉头直摇手，说："不不不，三叔，我妈那个人的脾气你不知道，她要认准了的事儿，你把皇上叫来都没法，这叫我咋个说呀？"

没想到三麻子挤了挤眼睛，诡秘地望着狗娃，笑着说："办法倒有，只看你敢用不敢用。"听了这话，狗娃眼睛一亮，说："啥法子你就说嘛，咱叔侄俩还打啥埋伏呢。"三麻子嘿嘿地笑着说："这方子最直接了，你就说你们俩都睡到一搭了，水莲这会儿都有了，叫她拿个主意，看你妈咋办？"一听这话，狗娃的脸立马红得像个关公，说："不行不行！我妈听了这话，还不气个半死？再说这主意也太损了！"三麻子夹了口菜，抿了口酒长叹了一声，说："不行，那就没法了，反正叔把肚子里的方子都腾空了。"

就在这时，街上忽然传来一阵铜铃声，一听就知道是游方算卦的杨瞎子。他一年到头在御河两岸走村串乡给人算卦，推八卦算命准得不得了，这一带老的少的都认识他。其实，狗娃也挺佩服杨瞎子的，见过他给人算卦，小时候还和村子里的娃娃跟着他学了许多劝善的儿歌。还有，那一年骡子惊了，要不是他一把将杨瞎子掀倒在路旁水沟里，那可是不得了的事。总之狗娃觉得和杨瞎子多少还有些缘分。想到这儿狗娃苦笑了一声说："我妈谁都不信，就信这个杨瞎子。"听了这话，三麻子一拍脑袋，挤了挤眼睛说："好，好，那如果撞上杨瞎子，请他到你家，把你二人的八字合合，看他咋说。他说行就行，他说不行谁也没有办法！"其实，狗娃不愿问杨瞎子，因他从心里喜欢水莲，唯恐他坏了这个姻缘。他们两人又喝了一会儿酒，天南海北地拉呱了一阵，临走，狗娃叮嘱三麻子说："三叔，我再给你说一句，我妈说的'命中克夫'那话，今后再也别提了，记住！要叫水莲姐知道了，心中不知有多难过！"

转眼一个月过去了。一天，狗娃妈带着狗娃在谷子地里薅草，忽然听见一阵清脆的手摇铜铃声，狗娃妈手搭凉棚往远处一看，好像是算卦的杨瞎子。狗娃妈像千千万万的农村妇女一样，是一个平常得不能再平常的人，她虽然不吃斋不念佛却信因果，一生遵循一个"善"字。她心地善良、任劳任怨，亦憧憬着有一个幸福美满的生活，情愿为丈夫和整个家庭付出自己的一切。狗娃妈信神、信佛、信命，更相信命中注定，否则她热气腾腾的家怎么能一下子就遭了难，门庭不断冷落。与她讲道理她懵懵懂懂，可与她讲神道她就百依百顺。狗娃妈挂着膝盖站了起来说："狗娃你看，那是不是算卦的杨道长？"她从不像其他人一样称其为"杨瞎子"。见妈问，狗娃心里也没了主意，他不热不冷地说："是杨瞎子又能咋？咱也不求他算卦。"

"你看你，胡说些啥？那人可不得了，推演八卦、合八字一说一个准！家里'不干净'他还能禳解，远路上的人还备上牲口接人家算卦呢。你快去请他到咱家，妈有个事想问问他。"这时，狗娃心中真的没有了主意，他叫也不是，不叫也不是，叫了怕他把事说砸，不叫又恐错过机会。于是他半推半就地说："问啥哩问，我不去！有钱咱不能留着花。""你这娃娃咋不听话！你不去我去。"见妈生气了，狗娃赶忙起来迎过去。

狗娃整了整衣服走了过去，他用学馆先生教给他与尊长说话的口气，轻轻地叫了声"杨道长"，然后邀请他为他们家算卦。这时，狗娃妈也过来了，寒暄了几句之后，说出了想求他的意思。杨瞎子面无表情喃喃地说："慢，慢，你听我说，贫道一日只卜三卦，容我先看有没有你们的卦，若没有你们的卦，你就是出钱再多我也不会给你卜的。"狗娃妈听罢茫然地站在那儿，一句话也说不出来，只是拉住狗娃的手抚摸。过了一会儿，杨瞎子忽然点了点头，说："今日有你的卦，好，走吧。"狗娃连忙替他背了装着卦筒和杂物的捎马，和他妈一起将杨瞎子请回了家。

一进家门，狗娃和母亲把杨瞎子扶坐在堂屋的圈椅上，狗娃取烟打火，狗娃妈连忙给锅里添水。水烧开后，她拿过一把青花粗瓷茶壶，取出自己炮制的沙果叶茶，沏好后，赶紧端给了杨瞎子。杨瞎子脸上没有表情，他冷冷地坐了会儿之后，问狗娃妈说："看你母子今天的样子，定是有什么疑难，你就说吧。"狗娃妈的脸一下红了，当时不知从哪儿说起。她矜持了一会儿之后，怯怯地说："哦，哦，我儿子名叫孙狗娃，您就说说他的婚姻吧！"杨瞎子没有言语，闭目沉思了一会儿，接住递过来的茶杯啜了几口之后，放下杯子。他先问了狗娃的生辰八字，转过身又问了狗娃妈的八字，他用右手的大拇指在手掌上掐算了几下之后，半晌不语，忽然抬起头对狗娃妈说："先说你吧。大凡人的一生聚散犹如云彩和浮萍，聚合无常，不是自己能安排得了的。妇人嘛，一生在世更是这样，喜者欲凭夫贵，怨者实为夫愁，从你的八字来看，你的丈夫已过去有好几年了，不知是也不是？"一听这话，狗娃妈心中一阵难过，满眼含泪点着头说："道长说的对，道长说的对！那死鬼扔下我娘儿几个已经六七年了。"

回过头，杨瞎子又拉住了狗娃的手，皱着的眉头一下子绽开了，笑着说："哎，孙狗娃，孙狗娃，没想到今日遇到了你，那一年要不是你，贫道就没命了，你早就与贫道结下缘分了。"狗娃心中一喜，猛然想起了他小时候的那件事。真的，那天若不是他奋力把杨瞎子推到路旁的水沟里，那匹带着铁犁的骡子狂奔过来，还不知要出啥事。他忽然想起了什么，面带笑容问："杨道长，我就不明白，大家都说你老人家料事如神，那天却怎么一点儿也不知晓呢？"狗娃妈见儿子说起了浑话，唯恐有失道长的尊严，她用胳膊肘把狗娃一戳，狠狠地瞪了他一眼，说："一边去，一边去！咱求道长问事来了，哪来这么多的浑话！"哪知杨瞎子并没有生气，他笑吟吟地握住了狗娃的手，说："有道是，天有不测风云，人有旦夕祸福，这就是'料天料地不能料就自己'，天机哪能掌握在你的手中？姜子牙诸葛亮尚且如此，贫道焉能逾越？八九年了呀，我还得感谢你呢。"狗娃妈眼睛笑得眯成了一条缝，连忙圆场说："他是一个瓜娃娃，能懂个啥？老道长，刚才您说的准着哩，您就继续说吧。"

"好好好，准了就好，准了就好。哎，这话咋说呢……"杨瞎子忽然仰头叹息了一声，似乎欲言又止的样子。狗娃妈见状忙说："杨道长，您有啥话尽管说，不妨事的，请您来为的就是……"

杨道长抬起左手做了个停的手势，右手端起茶碗呷了口茶，缓缓地说："你把我请来是想推你儿子的姻缘造化，其实人的造化与生俱在，非大善大恶不能稍作更易。从你和你儿子的生辰八字来看，你属南方丙丁火，你儿子是东方甲乙木，木火并不相克。可你儿子属鸡，从他的八字上看为'笼藏之鸡'，为人一生聪明伶俐、精神爽朗，只是这笼中之鸡命运就薄了一点儿，六亲无靠，所以十几岁就没有了父亲。可你偏偏命中属火，难以扶木。说来说去，还是你的命硬呀！"杨瞎子满脸惋惜，现出无可奈何的样子。

"那可咋办？"狗娃妈仿佛被一桶凉水从头浇下，脸上即刻现出了失望、焦灼的神色，连狗娃都睁大了眼愣了。狗娃妈真的害怕了，她自小就知道自己命硬，出生没有一年就克死了父亲，嫁到了南孙堡才十来年，孙全德又弃她而去。狗娃妈几乎是带着哭腔央求说："老道长，谁不知道您老道行高、法术灵，您就发发慈悲给我们母子想个办法吧！"

"别急别急！请放宽心，我既能推出此种休咎，就有办法化解这般厄运。若您找儿媳妇时，能找到个水命的女人就好了。可这种命的人太少了，难呐！"杨瞎子说到这儿，摸索着拿起烟袋，狗娃妈一见连忙拿来火绳帮他点着。他狠狠地吸了一口，待那口烟慢慢地吐出来后，才说："这木命有多种，有石榴木、杨柳木和松柏木，甲为阳木，乙为阴木，你儿子的木为松柏木属阳木。阳为火，松柏木易燃，所以得找个水命的人为伴才好，水属阴，能滋生木本。水又分为泉中水、长流水、大溪水和涧下水，你儿子要能配上个长流水就更好了，就是人们所说的'松柏树长流水'，你滋我润相辅相成。""咋样的人才是'长流水'呀？"狗娃妈急切地问。

杨瞎子捋着自己的胡子不紧不慢地说："难，这种命的人确实不好寻，因为'长流水'只有马年立夏那天出生的才好，这十二年才轮回一个生肖。你儿子命中火气太旺，宜大不宜小，比他大三岁属马的太难找了！"

一听说马年立夏生的，狗娃妈立马就想到了水莲，因为她早知道水莲属马，是立夏那天出生的。水莲结婚才一年就死了丈夫，不少人家嚼舌头，她气呀！狗娃妈问："老道长，那要是一个寡妇也不妨吧？""这样的人更难找！人常说'女大三抱金砖'，这样的人一过门就死了丈夫，那就是两口子八字不合，命中相克。'长流水'的人守了寡，如果能再朝前跷上一步，配一个木命的人，相滋相润，定能白头偕老，富贵荣华一生。"

终于，狗娃妈一颗悬着的心平平稳稳地落了下来。她也没数，抓了一把铜子儿塞到杨瞎子的手里。杨瞎子说啥也不要，他双手推过了狗娃妈攥着钱的手，静静地说："不用不用，贫道不是为钱来的，你儿子与贫道有缘，加上今天有他的卦，就算回报了他的那次救命之恩吧！"说着起身走了，狗娃妈留他吃饭都没留住。

送走了杨瞎子，狗娃妈回过头指着儿子数落道："都长成大人了，整天光知道吃饭睡觉，不操一点儿心，我说叫他来算算，你还嫌得不行，要是算得早，我也不会得罪你麻子叔了。""妈呀，好好的可扯到我麻子叔了！啥事你把他得罪了？"狗娃故意问。他妈这才把三麻子提亲的事对儿子说了，连说她对不起三麻子，还怕他把"命中克夫"的话传到水莲的耳朵。狗娃听了不以为然地说："没事没事！那都是麻子叔的一厢情愿，别说是贵生叔不知道，他整天和我在一搭我一点儿都不晓得。再说了，我年龄又不大，急啥？"

"还不大，啥叫个大？我像你这么大时你大姐都两岁了。你要叫妈把心操到啥时候才好呀！"狗娃妈边说边从板柜里取出一块银圆，说："眼看忙罢会到了，你到斜阳镇买上二斤红糖二斤烧酒，到你木匠红伯伯家走走，他这几年没少操心咱家。再去你麻子叔家，把他二位请着来，就说我有话说。"

没几天，木匠红和三麻子就正式当了狗娃和水莲的"红爷"，没费神就促成了这桩婚事。狗娃妈心急，说水莲已是结过一次婚的人了，这事宜早不宜迟。她还查了皇历，把结婚的日子选在了九月十八。日子一定，男女双方、乡党邻里和窝子班的爷儿们都跑前跑后地忙活开了。狗娃妈又是叫人修补房子，又是买来苇子芦席叫裱糊匠绑顶棚，还在村里挑了几个"全福人"给儿子缝被褥。贵生更高兴了，他打定了主意，只要水莲高兴，就是把自己苦死累死也要把事办得热热闹闹、体体面面。

　　天快黑了，水莲把鸡赶进窝，在厨房准备给她大弄点儿吃的，她大今天去了姑姑家，把水莲结婚的事通知与她，估摸着也快回来了。水莲抱来了柴火，坐在灶前才说要生火，忽听院子里一阵熟悉的脚步声，不用问不用看，凭声音她断定是狗娃来了。平时狗娃来了水莲也不觉得咋的，可自从他们订了婚约之后，她那寂寞枯萎的心忽然又萌出了希望。无论是谁，只要一提到狗娃的名字，水莲的心中仿佛有一头小鹿在撞，撞得她心神不安，见了狗娃她反倒觉得不好意思。可狗娃却不那样，他喜形于色，真的还拿捏不住了。他蹑手蹑脚地来到厨房，扒着窗子故意压低声音，装作一个老太太的声音问道："女子，你叫水莲吗？你大在家不？"水莲红着脸心中"突突"地跳，她停住了手里的活计，憋住笑说："别装了！不是猫娃子就是狗娃子。"话还没说完，狗娃自己先"咯咯"地笑个不停，一步跨进了屋。

　　水莲冲狗娃瞪了一眼，放下手中的活站了起来，解下围裙，拍了拍手上的草屑，没理狗娃，一拧身出了厨房回到自己的房间，狗娃也跟了进去。一进门水莲先点着了灯，转过身靠在炕沿上，故作严肃地说："吃了'呱啦鸡'了是不？笑，笑，笑！啥事把你高兴的？""啥事？你说啥事，我孙狗娃就要娶媳妇了！"说着，猛地把水莲抱了起来。水莲连忙在狗娃身上乱打，嘴里说："别闹，别闹，让人看见了。"可她却不用力挣脱，反倒搂住了狗娃的肩膀。这无疑增添了狗娃的勇气，他趁机换了个手，在水莲的脸上狂吻。水莲怕家里来人，吓得她气喘脸红，压低声音喊着："快放下，快放下！我大回来了。"狗娃这才松了手。

　　水莲拢了拢略显散乱的头发，借故出了房门，在院子里看了看反身又进了屋里，一进屋就在狗娃的头上狠狠地戳了一指头，说："你今天咋了，犯了哪门子邪？看你张狂的咽样子！"这时，狗娃反倒站在那里不作声。水莲"扑哧"一笑："哎，这是咋咧？浑身的本事这会儿跑到哪儿去了？聋了还是哑了，说话！"谁知狗娃猛地一抬头说："给你实说，我今儿个来是想问问咱俩的事。虽说是有了三媒六证，过了礼，也换了帖子，可我从没听过你本人的话，我心里不瓷实，才来找你的。咱有话说到头里，有香插到炉里，这事你到底愿意不？说心里话！"

这一问，水莲不知怎的却低下了头，木讷着说不出话来。狗娃反倒主动了："你刚才嫌我不说话，你这会儿却哑巴了，你自己心里咋想着你倒是说呀！""你妈……不是……嫌我'命中克夫'嘛，这会儿咋的又不嫌了？"水莲把头拧过去抚弄着自己的衣襟。"谁说的？净胡扯，哪有这事！""你也甭哄我，没有不透风的墙。牛家那儿子他自小就有病，咋能赖我'命中克夫'！""那是以前的话，这会儿又是她自己提出来的。说这话干啥，你和我过日子还是和我妈过日子？"说话间狗娃一抬头，看见水莲的眼里忽闪忽闪地充盈着泪花，他鼻子一酸，抑制不住自己，一扑子过去把水莲紧紧地搂到怀里，两人的脸紧紧地贴在一起，泪水也流在了一起。

# 五十二

再过五六天就是狗娃娶亲的日子了。一早起来，木匠红就和窝子班的弟兄们来到南孙堡狗娃家，看婚事准备得咋样了，还带来了大家凑的份子钱。狗娃妈见大伙儿都替自己操心，感动得一边擦着眼泪一边说："好了好了，多亏老少爷儿们的照看，叫我们娘儿俩咋样感谢大家呐！"水烧开了，狗娃忙招呼伯伯叔叔坐了喝茶。大伙儿你一言我一语谈论着这门亲事，都说狗娃和水莲是上天撮合、门当户对的一对。狗娃站在那里一边给大家续茶，一边傻笑。

正乐和着，忽然门外乱嚷嚷的不知出了啥事。大家才说出门去看，猛然间，从大门外闯进来一个妇人，只见那人披头散发衣着不整，一边哭着一边跌跌撞撞地向这边走来，在场的人只听见她说的一句话："天呐不得活了，那死鬼叫土匪打死了。"话没说完，一扑塌趴在地上哭得闭住了气。大家看时，原来是三麻子媳妇。场面一时乱了，在场的人又是捏鼻子又是掐人中，好大一会儿三麻子媳妇才哭出了声。狗娃妈和几个邻居把她扶到了炕上，待灌了几口姜汤缓过了气之后，大家问她到底出了啥事。麻子媳妇才一边哭着一边诉说了昨晚发生在她家的事情。

三麻子是白家嘴人，这村子坐落在永乐塬底下的御河之滨，原来是个回民村。由于村人都姓白，又有几十亩滩涂像一个鸭子嘴伸进了御河，把御河的走向朝北赶了四五里地，所以人们把这个村子叫白家嘴。同治年间，白家嘴村的白彦虎带领关中的回民起义。后来清政府派来了左宗棠的大军，才得以平息。回民西迁之后，大片的土地撂荒，当地的汉人被回民打怕了，哪敢耕种，这就好了南山的流民。他们压根没经历过，所以无所顾忌，就占有了那些撂荒的土地。三麻子的爷爷卢世宽最先迁到白家嘴，这个人既勤苦又精明，他见这儿土地肥沃，无人耕种，就套上耧子放胆在塬上塬下圈了一百多亩土地。当地人也不过问，心说，叫他姓卢的能么，要是回民打回来了，叫他娃哭都没眼泪！哪承想种了几年之后，回民不但没回来，还风调雨顺，卢世宽家富得流油。卢世宽还把商州那边的亲戚朋友都叫来，又将自己的地租给他们耕种。后来，卢家又撑起了几院子大瓦房，雇用了好多伙计，再后来，卢世宽就成了白家嘴村的首富。

哪知人无千日好，花无百日红。卢世宽去世之后，三麻子他大卢柏兴就当了家。卢柏兴和父亲恰恰相反，他好逸恶劳、懒惰成性，还结交了些不三不四的朋友，吃喝嫖赌样样都占全了。他替人埋单，大包大揽，出手阔绰，丝毫不吝惜，没钱就卖房、卖牲口、卖地，任谁都挡不住，日子倒塌了个快。为抽大烟和还赌债，他把村里的庄院和房屋都折给了债主，实在没处住，就搬到村外一个废弃的窑院里，不久就病死了。到了儿子卢新琴手上，反倒成了白家嘴最穷的人。后来三麻子渐渐长大，开始唱戏了，他母亲才有了指望。三麻子命硬，母亲给他娶了两房媳妇都没落住，母亲也忧愁死了。第三房媳妇一进门，没几年就生了一炕的娃娃，窑院里才有了起色。三麻子的窑院在村东边的永乐塬下，靠着土崖有两孔窑洞，窑洞前面是一圈土墙，在墙上掏了个土门洞，编了一个木栅栏挡着就算是门。

人说"击石原有火，不击乃无烟"，事情的发生还是那个玉瓶招的祸。关于这玉瓶，其中还有一段插曲。

当初那个倒腾古董的和三麻子来了个君子协定，说好先交了十块银圆的定金，五日之内一手交钱一手拿货，五天之后他若不来，货由三麻子自行处理。臭行情有个臭理性。三麻子足没出户在家等了五天，没见姓白的来，又等了几天，还是没有来，两个多月过去了，始终没见那人的踪影。

起先三麻子还不敢胡弄，唯恐那人来了犯口舌。直到有一次窝子班在渭河边的一个村子唱堂会，吃饭的当儿忽听到村外响起了鞭炮声，起先大家以为不是谁家娶媳妇就是盖房上梁。问了村里人才知道，那村有一个人两月前在御河滩被土匪劫了财，打死之后将尸首扔在芦苇荡中。当地人发现了，报到了咸宁县警察局，将尸首暂停在老塄上的河神庙内。到后来大家才知道那人是城北将军堡一个倒腾古董的，名叫白铁锁。今天响鞭炮是他儿子带着人搬尸来了。三麻子听后不由得一怔，连饭都没吃完，说他出去看看热闹，直到他打问清楚了这人就是白铁锁确凿无疑，才长长地出了一口气，叹息地说："可怜呐，天杀的土匪，这不是造孽嘛！"三麻子悬着的心终于放下了，他低着头往回走，心中暗暗高兴说，这可是个省心省力、打着灯笼都难找的好事。

第二天一早起来，三麻子叫老婆给他弄几个荷包蛋吃了，把嘴一抹，从鸡窝里的麦草底下取出了五块银圆，扬扬得意地哼着曲子出了门。

"'你男人又不是瓷锤瓜娃，三六九赶集会能掷能押。这两日学会了三把神拿，能掷五能掐六会拿川花。有一日时运来鱼龙变化，三两场我赢得就要发家。先把那渭南县盐店买下，西安城开当铺咱是东家。兰州城水烟行招牌悬挂，西口外金刚钻咱拿……'哎哟——哎哟！我日他先人……"正走着，他没看路，脚踩在了一摊鲜牛粪上，差点儿滑了一跤。三麻子停住脚一边跺牛粪一边骂道："这谁他妈的不长眼，把屎拉在了大路上。"这时，路旁地里传来了一阵笑声："哈哈哈！麻子叔，你不长眼还是牛不长眼？"三麻子转身一看，原来邻村一个叫石头的小伙子正吆喝着牛耩地，这牛粪肯定是他的牛拉的。那小子一边摇着鞭子一边取笑他说："麻子叔，听说早起踩了牛粪，这一天的运气就特别好，你还得谢谢你大侄子哩……"三麻子在路旁拔了一撮蒿子草，一边擦鞋子上的牛粪，一边笑着说："石头，去你的！你贼驴日的看叔的笑话不是？今儿个这泡粪是牛拉的，咱啥话不说，要是你大拉的叫叔踩了，我非叫他老家伙给我买一双新鞋不可！"说罢嘻嘻哈哈地走了。

三麻子高高兴兴地来到了狗娃家，那时狗娃已从军去了凤邠师管区。狗娃妈正坐在窗前就着亮光纳鞋底，一见三麻子来了，忙从炕上下来，拉过凳子让他坐，接着就要拿烟袋。三麻子一把挡住了她，喜笑颜开地说："嫂子，不用不用！老天赐咱一块金，横财不发命穷人，今儿个好事来了！"说着把手中握着的那五块银圆"啪"的一下放在了柜盖上。狗娃妈看三麻子这样高兴，以为他喝醉了，她瞅着柜盖上的钱，满脸疑惑地问："兄弟，啥事嘛，看把你张狂的，哪来的这钱？"三麻子把狗娃妈扶坐在凳子上，嫂子长嫂子短地把那玉瓶和白铁锁死去的事一五一十地说给了她。临了，三麻子两手一摊得意地说："就是这事，嫂子，咱一没偷二没抢，三没做亏心事，飞到手里的鹦哥还能叫它跑了？见鳖不捉佛爷都见怪哩。"

狗娃妈一听，心中不禁一阵凄婉，心里反倒还同情起了那个倒贩古董的人。可三麻子对她家的好处说不完，实心实意地操心狗娃，她实在不好意思当面说三麻子的不是，就把那钱抓起来塞给三麻子，委婉地说："他叔，你听嫂子说，这钱我不能收，这是你和你大侄子的事，等他回来你就交给他吧。"三麻子说什么也不行，他又把那钱放在炕沿上，转过身疾步走出了大门。狗娃妈一愣，拿过钱一直追到了门外，又把那五块银圆装进了三麻子的衣兜……

后来，三麻子又寻了几个买家。全因三麻子奸心太重，总想五花六花糖麻花，想靠着这件宝物发财。他要价忒高，无论谁出价都不合他的心，总是不肯出手，以至于又是一年多无人问津，那玉瓶就黏在了他的手上。岂知那是个双刃剑。后来好多小道消息传得沸沸扬扬，远近的人都知道三麻子手里有件好东西，值钱不少，因之也引起了一些不良之辈的觊觎。

三麻子媳妇说，昨晚后半夜一家人睡得正香，她忽然听到院子里传来一阵杂乱的脚步声。随着"哗啦"一声响，门被一脚踢开了，黑暗中闯进来几个人。只听见一声低喝："把灯点着！"三麻子媳妇战战兢兢地点着灯，昏暗的灯光下只见面前站了三个汉子，一个拿枪的脸上蒙着黑布，另外两个脸上抹着锅烟子，各握着一把马刀。三麻子还在打呼噜，被老婆蹬了一脚，他刚翻过身，拿着枪的一步蹿了过来，用枪口死死地顶住了他的脑门。几个孩子被吓得哇哇乱哭，一个土匪用刀逼着三麻子媳妇，厉声说："眼放亮，别动！再动把你先拾掇了！"三麻子媳妇吓得打战，像筛糠一样，只好把两个娃娃搂在怀里，拿手捂住孩子的嘴，结结巴巴地乞求："好我的爷哩，咱是穷人，屋里啥都没有的，你看上啥就拿走吧。"那伙人并不理她，三下五除二把赤条条的三麻子拖到了院子里。

不一会儿，三麻子媳妇听见了用绳子绑人的声音，还有一个人说："先把狗日的吊到树上，看他说不说。"接着听到有人咬牙切齿地说："叫你不吭气！"话未落音就传来了三麻子一声凄厉的惨叫。三麻子媳妇胡乱穿了衣裳，走出门一看，妈呀！月光下只见三麻子被吊在院子的软枣树上，一个人正用点燃的木棒在他的身上乱戳，戳一下就是一声惨叫。三麻子媳妇一头扑上去护住丈夫，边磕头边哭着说："爷呀，饶了他吧，你要啥你就说吧。"一个人上来提着三麻子媳妇的胳膊，一把把她甩到一边，对着麻子恶狠狠地说："说不说？再不说把你驴日的腿给卸了！"再看三麻子，只见他闭眼咬牙一语不发。三麻子媳妇思忖了一会儿，猛地明白了，她三两步跑回窑里，从炕洞掏出了那个玉瓶，双手递给了拿枪的。几个土匪拿来灯火，把玉瓶翻来覆去地看了，这才骂骂咧咧地走了。

听完三麻子媳妇的述说，高贵生长叹了一声，说："唉！穷命终归是穷命呐！那瓶子在别人手里兴许是件宝物，到了麻子手中就是个祸害呀！"

大家一议，立马就去了三麻子家。进得门，只见三麻子躺在炕上吸溜吸溜地呻吟，身上腿上好几处被烧得稀烂。大伙儿凑上去问这问那，木匠红摇着头安慰三麻子说："你这货还算命大呀！幸亏都是些外伤，财去人安，财去人安。"没想到三麻子没事一样嬉皮笑脸地说："你们咋知道的？是屋里的叫你们来的？怪道她不见了，我还以为给我买药去了。屄大个事，大惊小怪的！兄弟还想凭这玉石瓶子发家呢，没料想弄了个这事，叫人小瞧咱了！"说完哈哈大笑。他刚要翻身，一不小心弄疼了身上的伤，不禁咧着嘴"哎哟哎哟"了好几声。高贵生笑了说："好了好了，人都到这个地步了，大话还说得不停。发家，发个屄！好好养你的伤！"

"唉！也是，时也命也！"三麻子似乎明白了什么，说，"这一回兄弟真真正正地明白了，'命里有时终须有，命里无时莫强求'啊！他妈的，真是倒霉到家了。哎哟，疼死我了！哎！别说，俺卢新琴还是个福将，说不定还真的能应了'大难不死必有后福'那句话哩！"大家见三麻子都到了这个地步，还一副玩世不恭的样子，虽说心中凄楚，却都哈哈笑了起来。

狗娃来得迟，见麻子叔成了这个样子，心中不免一阵难过。大家走后，他在三麻子的两孔窑里转了转，见米盆面瓮都干干净净的，不由得一阵心酸。他悄悄地回到家，把自己结婚用的那几块银圆拿来，送给了麻子婶，让给麻子叔疗伤，再给家里买些米面吃的。麻子婶不要，说："不不不，我这儿还有些钱哩，请医买药还够。"狗娃说："够个啥？我都看了，盆干碗净的，一家人把嘴封了？婶儿，这钱你拿上。"麻子婶硬推道："叫你三叔知道了非骂我不可，再说了，你结婚正用钱哩。"狗娃二话不说，把钱塞到麻子婶手里，转过身就走，三麻子媳妇含着眼泪把他送到门口。

后天就是狗娃结婚的日子，执事头孙满一大早就到了，他安排乡党邻居砌灶的砌灶、搭棚的搭棚、借桌凳的借桌凳。大家边干活边说笑，孙家院子里一片喜庆的气氛。狗娃妈笑容满面出出进进招呼着大家，孙满和狗娃妈开玩笑说："嫂子呀，今明两天你啥啥都别做，一切事宜有兄弟我来安顿，你只拿捏着咋样当好你的婆婆就行！"狗娃妈的脸上笑成一朵花，可她哪知道，娶媳妇过事的备用钱一个子儿都没有了，狗娃全都给了他麻子婶了。人说"花轿到门前，还得个老牛钱"，过两天就要娶亲了，狗娃手里一个铜子儿也没有了，买东买西的，保不住哪里花钱哩。他没敢把这事告诉母亲，觉得心中慌乱，实在没法。他跺了跺脚，硬着头皮又去找泮池爷了。

# 五十三

泮池爷今年六十四岁了，他是光绪二十三年告别仕途回乡务农的。那时候，兵祸接连，灾荒不断，罂粟泛滥，满目疮痍，地方官员只知敛财，不施仁政，强人占山为寇，频扰百姓。清王朝既无余力抵抗外侮，亦无精英教化子民，积弱成病，已入膏肓。泮池爷深深地意识到，大清的气数尽了，这才萌生了归隐之心。他老人家想仿效晋代的陶渊明，远离喧嚣，务好自家庄稼，完成衙门的课税，与朋友赋诗作画，看庭院花开花落，观天上云卷云舒。可万没有想到，他一回来就被推选为孙姓的族长，一当就是一二十年。族长这个职务，不是谁都能当的，不光是要处理好家长里短，还得有德行让人心悦诚服。村子里的杂事琐事怪事层出不穷，件件都要族长解决。不是这家的牲口啃了那家的庄稼，就是那家犁地拱了这家的界畔，还有做贼偷盗的、借钱不还的、忤逆不孝的、吃烟赌钱的、男女苟且的，等等。村民一有事就来找他，没有一日的清闲。在处理各种纠纷和管教孙姓子民的过程中，泮池爷隐隐地意识到，自己还有一项推卸不了的职责，就是必须以修齐治平、礼义廉耻教化孙姓的后代，教他们读书识字，教他们远离邪恶，教他们辛勤劳作，让家家户户都能过上好日子。总之，族长不好当，泮池爷为南孙堡没少操心，为让村人过上好光景，他老人家想方设法做了各种各样的努力和尝试。

民国八年那年，谷雨过后，一连下了好几天的雨，泮池爷冒着雨从西安城赶了回来。他一回来就着孙满叫来了几位邻居，泮池爷拿出了几包黑色的细细的籽粒，准备叫这几户人家种植。那几位邻居瞅了瞅这黑色的种子，满脸疑惑地问泮池爷说："三爷，这不是烟土种子吗？多年前有人种过呀！后来你还在祠堂召集村人约法三章，严禁孙姓子民种植这东西。好像你还说过，虽说种粮没有种烟划算，可不能种就是不能种，谁要不从，除名族谱，逐出村外，这是我们孙姓人的规矩。"

泮池爷的脸阴沉了下来，沉默了好长时间，长长地叹了一口气，面有赧色地说："唉——那是以前的事了，此一时彼一时也。前些年，我们立村规民约的时候，你往咱村看，老的少的男的女的哪个不吃烟（指吸食鸦片）？哪个人出来不面黄肌瘦、清鼻眼泪的？就咱小小的南孙堡就开有好几家烟馆。有几户人家好好种庄稼的？烟瘾犯了，没钱借钱也得买烟泡过瘾。有的人卖房、卖地、卖牲口、卖家具，再不然就做贼偷盗，有七八家为吃烟闹得倾家荡产，惨呐！没办法我才下了戒烟令，才立了这个村规。此后，南北二堡才有了起色。"泮池爷说着话，眼睛里含着泪花。这时，屋里的空气似乎都凝固了，雨也越来越大……人心里都觉得有些发霉，滴滴答答的房檐水听得人心烦。泮池爷望了望窗外那阴云密布的天空和葡萄架上被雨滴打得不断闪动的树叶，顿了一下接着说："到如今虽说'反正'了，到了民国，这款那款、这税那费没少反倒多了，老百姓的日子还是那个样子。昨天我去了一位朋友家，说是陕西总督陈树藩有一纸通令，只要按规定缴纳税款，鼓励农户种植鸦片。这东西过去咱们种过，我也知道，一亩能顶五六亩庄稼。我准备再立一次乡规民约，凡是孙姓子民只能种植，严禁吸食……唉！把人逼到这一步，没办法呀！我翻来覆去地想了，当年不准种植是为了戒烟，这一回叫大家种它是为了挣钱呀！肯定有人背后议论，孙泮池你这是咋啦？反的正的都会说，吹胀捏塌都由了你了。就这，还得弄！只准朝外卖，不得自己吸食，若孙姓人再要有一个吃烟的，照以前的规矩，严惩不贷！就是这，孙满，吃罢晌午饭，敲锣召集全村人去祠堂开会议事！"

天一放晴，南孙堡的人开始种罂粟了。男男女女，耩地的耩地，溜种的溜种，这东西他们都种过，都是内行，有的人甚至把准备种棉花的地都种上了罂粟。到了春末夏初，南北二堡的周围成了鲜花的海洋，一片片，红的、粉的、紫的、橙的，绚烂多彩，煞是好看。秋季，割烟的时候到了，人们手持篾片，在罂粟茎上劙开一道道浅痕，待其分泌出乳白色的汁液。一个时辰之后，那些乳白色的汁液凝固成了灰白色的膏状物，人们将其收集起来，这就是人常说的"生土"。泮池爷还从河南请了一位熬制烟土的高手，由泮池爷出资，专门为南孙堡人熬制烟膏。那人的手艺确实不凡，在他的手里，一斤生土可以出十四五两烟膏，而一般人只能出十二两。出自他手的烟膏品位明显高于别人的，不但膏质干净细腻且颜色纯正，抽起来也没有其他怪味。因之，南孙堡的烟膏特别抢手，价格也格外的好。那人熬制烟土的秘方对外保密，从不示人。后来，那人因事要回河南老家，泮池爷掏了三十块银圆买来了那人熬烟的秘方，还叫他言传身授教会了孙满。自此以后，孙满便为南孙堡的人熬制烟膏。岂不知那秘方特别简单，一是熬制烟膏必须要用河水，井水出膏率低；二是用铜瓢而不能用铁锅，铁锅容易氧化，而出现杂味；三是得用麦草文火慢慢来烧，一定要掌握火候，其他劈柴不能用，还要不断搅动，否则烧焦了锅底不但影响质地还会减少分量；四是在熬制时要轻轻地刮出浮在水面的杂质……就这样，一连几年，南孙堡的烟膏质优价好，远近闻名，各处的贩子都上门来收购，南孙堡的人果真靠种植鸦片发了财。

泮池爷为了让村里的粮食增产，还自费打发人从河南灵宝换来了麦种，在村里一斤兑换一斤。过于贫穷的人家，就把麦种借给他们——实际是白送。一段时间，南孙堡麦子的产量也明显高于周边村庄，惹得周边的村民寻情钻眼来南孙堡对换麦种，南孙堡的人也获利不少。

人说林子大了啥鸟都有，就算是泮池爷为大家费尽了心思，还是有人对他不满，嫉妒他的威望，甚至有人在背后说他的坏话，暗中使他的绊子。有的说泮池爷利用权势沽名钓誉，有的说他想继续当族长，用小恩小惠收买人心，泮池爷因此还遭受过别人的暗算。

南孙堡有个叫"孙轱辘"的，四十啷当岁，爷爷父亲在世时也算是南孙堡数得上的富户。他爹生有五个女儿，四十八岁上才得了个孙轱辘，老头子一高兴，在其满月时大操大办，花了一百多两银子。老两口老年得子，把个孙轱辘疼得放在掌上怕飞了，含在嘴里怕化了。孙轱辘自小就一肚子坏水，刚学说话就会骂人，他父母不但不管，还在人面前夸奖炫耀，养得那家伙无法无天。一次，有个邻居挑着水从他家门前过，五六岁的孙轱辘从路旁捡起一只死老鼠，扔进了那人的水桶。那人找他妈论理，他妈反说人家没有肚量，和小孩子斤斤计较。孙轱辘要是和别的娃娃闹了仗吃了亏，他妈就找人家大吵大闹。由于父母只养不教，孙轱辘自小就走上了邪路，十五岁就学会了纳宝掷骰子，后又抽开了大烟。父母得孙心切，在他十六岁时就给他娶了媳妇。他不愁衣食，好吃懒做，经常打骂媳妇，谁也管不了他。孙轱辘在赌场耍得大，输多赢少，输红了眼就高利借贷，渐渐地欠了一屁股的赌债。为了还赌债，卖光了婆娘的首饰陪嫁，还背着他大偷偷地押上了自家的地契。一次，孙轱辘要把自家的骡子牵去给人顶债，他大上前阻挡，被其一把推倒，他大气得害了一场病，半年之后一命呜呼。他妈气愤不过，将孙轱辘告到了族长泮池爷跟前。为正族规族法，泮池爷召集孙姓子民来到祠堂，按照规矩令其在祖宗牌位前悔罪自责，后又脱光他的衣服，将他绑在柱子上用酸枣刺抽打。

　　人说积习难改，后来，孙轱辘卖光了家中所有土地，又把他太爷手里花了好多银子建成的庄院也给卖了。为此，他妈又哭着来找泮池爷，泮池爷照他妈的吩咐把孙轱辘又教训了几次。孙轱辘呢，他不但不思过自悔，还渐渐对泮池爷起了怨恨之心。南孙堡还有一个名叫孙巴子的，广有田产。这人刻薄利己、为富不仁远近闻名，凡在他家干活的人既要多干活，还常常被克扣工钱，不按时供饭。他家有个长工，每到年底，他常常寻隙挑剔，克扣长工的工钱。有一回孙巴子叫人锄棉花，一个娃娃一不小心踩坏了几株棉苗，孙巴子气不打一处来，上去就扇了几个耳光，打得那娃娃抱头痛哭。恰逢泮池爷和几个老年人从地头经过，看见此事非常生气，他当着众人斥责孙巴子说："巴子呀，饶着点儿吧！他小小年纪，没小心踩坏了几株苗子，就是成年人干活也是免不了的，咱的娃娃这么大时还在家淘气哩。说说也就是了，你咋能打人家娃娃？"众目睽睽之下孙巴子的脸挂不住了，他铁青着脸，当面没有辩驳，暗中却对泮池爷怀恨在心，总想伺机报复，出出这口恶气。

　　大概是十年前的四五月间，几番南风吹拂，几番黄鹂鸣叫，整个关中的小麦一片金黄——夏收到了。自古以来夏收是庄稼人最忙最苦的季节，特别是大户人家，既要借晴好天气收割碾打麦子，又要不误农时抢种秋季庄稼，还要为棉花除草。村里人人都知道，每到这个时候，泮池爷操的心最大，只要麦子一上场他就搬进场院居住，督促查看，唯恐到手的庄稼遭受损失。一天，孙巴子到自家的地里看庄稼，远远瞧见孙家人正把泮池爷的铺盖往场院里送。孙巴子眼珠子一转，心里立马就冒出了个坏点子。他回家画好了孙家场院的图形，标明了泮池爷居住的房间位置，然后叫来了孙轱辘，给了他几块钱，并如此这般地叮嘱他，让其去骊山背后的疙瘩庙告诉土匪黑脊背，要他们拣一个风高月黑之夜，带人冲进孙家的场屋，绑了泮池爷的票，说定会得到一笔不少的赎金，并且答应做他们的底线。

泮池爷家的场院坐落在村南的土台上，占地四亩之多，场院周围打着围墙，靠西面盖着十几间简易的瓦房，其中几间住人，几间喂牲口，几间放置农器家具。每年夏收，孙家所有的麦子都运到那儿碾打，打完晒干之后才运回家中入库。

黑脊背得知这个消息之后，没有几天就动手了。那天是个晦日，晚上没有月亮。大约在半夜丑时左右，黑脊背的一个手下带着十多名匪徒，踢坏了场院的大门，呼啸着冲进了场院。其中三个惯匪一进门观察了片刻之后，直扑泮池爷住的那间小屋。霎时整个场院一片哗然，临时的帮工和几个胆小的长工哪见过这种场面，吓得四散逃跑，胡钻乱躲。那些土匪疯了似的，抢东西的抢东西，拉牲口的拉牲口，见物就抢，逢人便打。一个老伙计吓得瘫软在炕上，好几个人还钻进了牲口圈的碎麦草中躲了起来。

那天晚上，泮池爷嫌小屋里有蚊子，说是院子里刮风蚊子少，便拉了张芦席和孙满睡在场院靠墙的一棵杨树下。酣睡间，呐喊吵闹声把他俩惊醒了，孙满一骨碌翻身坐了起来。他揉了揉眼睛，知道事情不好，一手把泮池爷推进场边的一堆乱麦草中，又抱来些麦草盖好，叮嘱泮池爷说，无论出了啥事都不要动。说罢，他伸手摸过一把三股桑杈，"哇哇"叫着冲了过去。孙满身高膀圆，力大如牛，他见人就挑，一连挑倒了四五个土匪。有两个小匪刚刚拉着牲口走到了院子，被他一手提一个掼到了场院的水池子里，在里面乱扑腾。那土匪头虽说手中有枪，但黑暗中怕伤了自己人，不敢开枪，只是朝空中放了几枪。孙满瞅准了那土匪头，走到跟前，兜头一插，那匪徒就一声不吭地倒下了。这时，村里人也呐喊着前来援助，其余的几个土匪扔下手里的东西，骑着几头骡子逃走了。

事过之后，泮池爷很是感激，就把他家离村较远的二十亩地连同一个小场院和农具都给了孙满，又把自己一个远房表亲的女儿嫁给了孙满。孙满是个犟牛脾气，他不回家，让他大他妈和妻子在家做庄稼，自己照旧来泮池爷家干长活，再后来就成了孙家的管家。

人说"尺有所短寸有所长，万事都归于命，一点儿不由人"。就说泮池爷吧，虽说他老人家乐善好施，受人尊敬爱戴，在骊邑县闻名遐迩，可老人家命运多舛，在子女方面尤其如此。泮池爷本有两个儿子三个女儿。当年，他专门为儿子请了两位老师，手把手地教他们读书习字，教他们做人。两个儿子聪明好学，无论在学识上还是待人接物方面都很出色，村人为之称赞。哪知天有不测风云，一年初春，十二岁的小儿子因出天花，久治不愈而亡。此事令泮池爷伤心至极，他坐在家中一个多月没有出门，之后，他就把一切希望都寄托在了大儿子的身上。泮池爷坚持着"只读书不做官"的理念，那年，他的大儿子以出色的成绩考取了保定陆军军官学校，泮池爷没有让去，他打发儿子去跟人学做生意。是金子在哪儿都会发光，没几年，儿子就显露出了才华。他极有经济头脑，买入卖出，做啥啥成，生意日日看好。加上他受到父亲的思想熏陶，诚信待人经营有方，不久就在商界声名鹊起。三十三岁时，便在西安和咸阳开了五家字号，两个京货铺、一个粮食店、一个药铺，还有一个棉花店。他给各家字号聘了掌柜和把式经营，自己只是来回调拨跑跑生意。哪知天妒英才，在一次去天水的路上，他被土匪算计，被抢去财物不说，还把人打死抛尸山间。大儿子的手下很讲义气，他们怕泮池爷受不了这个打击，没有把儿子的死讯告诉他，哄泮池爷说大儿子去了南方，依然替孙家精心地做着生意。一年之后，他们才把这个噩耗告诉了他老人家。泮池爷知道之后，没有哭、没有闹，整整睡了三天三夜，不吃不喝。在亲戚朋友的劝慰下，他才下了炕一个人来到了孙家陵园，趴在父亲的坟上放声大哭。儿子的朋友们在泮池爷面前跪了整整一圈，向泮池爷保证店还是孙家的店，人还是孙家的人，他们照常做生意，绝不辜负孙家一丝一毫。泮池爷后来也想开了，年末，把五个字号所有的掌柜、把式和先生请到南孙堡家中，在其主持下立了字据，把字号承包给了那几位掌柜，议定只按年份缴些租金就行。那几位掌柜感激得跟什么似的，趴在地上只是个磕头。幸喜泮池爷的大儿子还留有两个孙子一个孙女，大孙子继宏已经九岁，二孙子继业五岁，几个孙子占住泮池爷的心，让他有了希望。多少年过去了，泮池爷除了经营自家的几百亩土地之外，还凭着那几个字号每年缴来的不菲租金过日子。

泮池爷虽说操心着庄稼农事，那也只操心秋夏两个农忙时节，过了农忙，他就把一应的事宜都交给了孙满。闲暇时间，自己则读读书、吟吟诗、写写字，累了，就去村外田地里转转，和村中的老人唠嗑说笑。泮池爷的朋友多，最常来的是渭北的孙仁玉和西安的吕南仲，他们常在一起品茗论道、谈诗赏画、畅议古今，有时还邀承福寺的三师父下儿盘围棋，聆听禅心佛语，晚年生活倒也充实自得。

# 五十四

天刚麻麻亮，门口老槐树上的喜鹊叫起来的时候，泮池爷就起来了。用人刘四婶早就烧好了盥洗用的热水，服侍他洗脸漱口。盥洗完之后，泮池爷又在后院的花园里打了阵太极拳，这才进屋，穿起长衫马褂，拿起拐杖到村外转悠。出了城门，他首先到孙家祠堂，一是看看管祠堂的老汉把门前和院子打扫干净了没有，二是查看塾馆的先生做好了教学准备没有，然后在祠堂正殿上一炉香，这才漫步到村外的田野里这里转转、那里看看。这是他老人家多年来的习惯。

时令已至九月，略带寒意的晨风吹到人的身上有点儿瘆，泮池爷手扶拐杖来到村南的一个土塬上。由于这儿地势较高，远望四野一览无余，他常喜欢来这儿，更喜欢站到这儿瞭望。到底是上了年纪，走上来之后泮池爷觉得有些气喘，他面朝西北挺直了身子，双手将拐杖撑扶在前面，一动不动。风呼呼地吹着，泮池爷银灰色的胡须和长袍在秋风中阵阵抖动。站在这儿，向南可以看到远处如簇的秦岭和近处连绵不断的骊山；向北则一览无余，依稀可以望见御河沿岸一片片碧绿秀美的芦苇，还有在河面行驶着的大木船，寂静无人之时，还可隐隐听见纤夫拉船的号子声。不过近日降了几次浓霜之后，芦苇已开始枯萎，渐渐变成了一片片黄绿色，芦花也开始变白。"兼葭苍苍，白露为霜——到时候了……"泮池爷不由得一声长叹，他抬起头望了望远方。御河的水面上仿佛起了一层薄雾，茫茫苍苍，难以望透。近处，田野里的庄稼都收完了，只留下一堆堆金黄色的尚未运走的秸秆。麦子地里刚刚出土的麦苗，像一片片浅绿色的绒毡伸向远方，前几天的一次浓霜，路旁的野草有的已枯萎变白，只有塄坎上那不怕寒冷的野菊花，一簇簇争相怒放，展示着它那小小的淡紫、浅黄的花朵。

声闻于天／

255

柿树叶子已开始变红，被风吹落，而满树的柿子却红玛瑙似的显露着它的色彩，煞是好看。许许多多的野麻雀、野鸽子和一些不知名的小鸟，忙碌地啄食着已变软的蛋柿，它们一边啄食一边"喳喳"叫着把鸟粪拉在地上。不远处就是南孙堡，只见周围大路两旁万木凋零，已没有了往日的葱茏，村边的芦苇也失去了往日的苍翠，那些夏天藏在芦苇丛中叽叽喳喳的苇呱呱（生长在苇丛中的一种小鸟）此时也不知了去向，一派颓败萧条的景象扑面而来。泮池爷欣赏罢眼前的秋景，又转过身望了望蜿蜒起伏的骊山，只见秋林如火、叠翠流金。这时，一群大雁变换着队形"嘎嘎"叫着从头顶飞过。泮池爷一阵感慨，不禁想起了一首描写秋景的元曲，他努力地回忆着，已经记不起作者的姓名，只记得是一首《天净沙·秋》："孤村落日残霞，轻烟老树寒鸦，一点飞鸿影下。青山绿水，白草红叶黄花。"不同的是此时在早间，没有落日和残霞而已。猛然间，泮池爷一想："喔——老糊涂了，今天就是重阳节了呀！怪道来，时令不饶人呀！"霎时，自己人生中一件件的往事，一幕幕的场景，一次次的遭际，涌上了心头。他不禁感慨万分，仰望长空吟了一句："风气长空，秋叶下，清寒初透。人世上，几番风雨，几番重九。"他紧闭双目站了一会儿，这才一步步地走下了土塬。

泮池爷一路吟哦着进了村子，过往的村民和他打招呼，他只是笑着点头，唯恐打断了自己的思路。走进书房，他连忙摊开宣纸，一边磨墨，一边琢磨。用人刘四婶见他回来了，忙说："三爷，先用早点吧！我这里茶也烧好了。"泮池爷头也不回地说："好好好，我这就来，这就来！"他磨了会儿墨，慢慢地铺展好宣纸，提起笔，先写了"满江红"三个字，然后一边吟哦，一边笔走龙蛇，写出了一首《重阳·登高感怀》：

　　风起长空，秋叶下，清寒初透。人世上，几番风雨，几番重九。列岫迢迢供远目，晴空荡荡舒长袖。怀当年壮志盼登高，秋知否？

　　天亦老，山应瘦。时已逝，春难宥。念今夕唯有，黄花依旧。岁晚凄凉清照泪，明月偶觉渊明酒。看坡头，老菊绽香寒，空搔首！

泮池爷书罢，把笔握在手中，将自己写的这幅行草从头至尾看了又看，把"清寒初透"的"清"字改成了个"嫩"字，这才走出书房。

见泮池爷出了书房来到了堂屋，刘四婶连忙端来了水拿来了毛巾。在泮池爷洗手的当儿，她用木盘端来了早点。早点是一个蒸馍，一盘焯油菜叶，还有一盘酸黄瓜和一小碟油泼辣子。泮池爷不喝稀饭，他吃罢饭喜欢喝茶。

饭罢，泮池爷要抽几袋水烟。在书房拿了本《资治通鉴》，取过老花镜戴着，靠桌子坐在窗边的藤椅上，就着亮光一边啜茶一边看书。还没看上几页，忽然听院子里一阵脚步声，紧接着一个熟悉的声音低声问："四婶，三爷在家吗？"刘四婶说："老爷刚刚用过早点，这会儿在书房读书，你在这儿等一会儿，我这去……"刘四婶的话还没落音，泮池爷放下书大声说："是狗娃吧？进来，进来！"

狗娃掀起门帘进了书房，怯生生地站着，泮池爷惊奇地说："忙着娶媳妇哩，咋有空到这儿来？"说着指着身边的条凳："坐，坐，有啥事坐着说。"狗娃没敢坐下，他站在那儿红着脸局促地搓着手，嗫嗫嚅嚅地说："爷，我这是，唉，是这，咋说哩……昨天……实在不……"泮池爷笑了："看这娃娃，爷又不是外人，还遮遮掩掩的。甭怕，说，是不是高贵生那边狮子大张口了，要加码？"

"不，不是，是这……"狗娃呢喃了一阵，这才把三麻子的事对泮池爷说了，又说他把结婚的钱都给了麻子婶，眼看着结婚的日子就到了，手中连一个铜子儿都没有了，临了红着脸说："爷呀，娃我这，这实在是没辙了，才厚着脸找您老人家来了……"

听狗娃说把结婚的钱救济了三麻子，泮池爷嘴上没说什么，心里颇觉欣慰，心说，这娃娃还行。他一扬手止住了狗娃的话说："哎哟，就这？爷还当啥事哩，先叫包上十块钱，不够再说。"他让狗娃坐下，可狗娃不敢坐，依然怯怯地站着。忽然，泮池爷喊了声"沏茶！"不大会儿，刘四婶沏了茶来，斟满了两杯放在桌子上。狗娃见泮池爷如此高抬自己，受宠若惊，连忙弯腰躬身对泮池爷作了个揖说："爷呀，娃是有事求您来了，您老这样待我，娃我不敢当呀！"平时一脸正色的泮池爷这时好像想起了什么，忽然笑了。他拍着狗娃的肩膀说："崽娃子，那一年你把爷咬了一口，还记得不？"狗娃的脸一下红到了耳根，挠着头嗫嚅地说："好我的爷哩，还提那话干啥，那时娃我年龄小啥啥都不懂，羞死人了！"

泮池爷却呵呵笑着对狗娃说："就那一次，爷就看中了你，喜欢上了你的秉性。你把结婚的钱救济了别人，在现时社会难能可贵。说到这里，爷还要向你解释个事情哩。"泮池爷坐下来，拿出水烟袋，按了一撮烟丝。

狗娃忙从桌上拿起火镰打着火，麻利地从瓷筒内抽出一支纸煤儿点燃，替泮池爷点着烟。泮池爷深深地吸了一口烟，长叹了一声说："唉——当年把你大赶出祖坟，爷也是不得已呀！爷不是看不起他，按说你大的戏我也是非常欣赏的。不过唱戏的不能入祖坟，这是祖上传下来的规矩，你大到了祖坟，本身就是对祖宗的不敬，作为族长，我只能这样了。"泮池爷思忖了一会儿又吸了几口烟，接着说，"要知道事后爷心里也不是滋味呀！你父亲遭了难，爷多次找人说情，他去世后，我叫孙满尽力帮衬，不瞒你说，这也是爷的一种补偿啊！后来，你也唱了戏，爷虽然心里不悦，可没法子改变。唉！各人的路各人走，这是喜好，谁也没辙。再说了，戏剧本身就是高台教化。我华夏民族的优良传统，老祖先的'孝悌忠信、礼义廉耻'，人世间称颂忠臣孝子，鞭笞奸佞小人，哪个不是靠着戏剧传留下来的？不过，今天爷还得告诉你，以后清明祭祖时你也就不要来了，免得爷作难，这你不会怨恨我吧？"泮池爷语重心长，眼睛里闪着泪花。

狗娃不觉鼻子一酸，他连忙控制住感情，双手握住了泮池爷拿着纸煤儿的右手，说："爷呀，孙狗娃再瓜，也不会瓜到这个地步——不通情理呀！您是我最爱戴的人，我咋能怨恨您呢？不过，爷呀，您今天要给我说说，为啥剃头的、唱戏的不能上祖坟？娃我如果明白了，心中也就服气了。"

泮池爷是谁，他啥事不懂？只见他放下烟袋，欠了欠身子，呷了口茶说："孺子可教呀！好好好，既然你问到了这儿，爷今天就对你讲一讲吧。自古以来，凡是下九流，死后都不得进祖坟，原因很简单，由于他们所干的职业下贱，不但没给祖宗争光，反而有辱于祖宗。就像剃头的、唱戏的、偷儿娼妓、媒婆走卒、师爷衙差等都属于下九流，死后都不能进祖坟……"狗娃皱了皱眉头，打断了泮池爷的话，问道："偷儿娼妓、师爷衙差，这我都能理解，剃头的、唱戏的，一个服务于人，一个高台教化，他们有什么过错，又是怎样辱没了先人？"泮池爷仰面看了看挂在对面墙上的中堂画，说："娃娃呀，这你就不懂了。先说剃头的，自古以来'身体发肤受之于父母'，与父母授之的东西打交道，应该是比较神圣的吧，三国曹操有'割发代首'的故事，就能说明这个道理。这都不算什么，真正剃头匠的出现，是随着满人入关，迫使汉人剃头的一纸诏令应运而生的。清政府为了强迫汉人按照满人的习惯剃头梳辫，顺治爷当年曾在各地州县搭建席棚，勒令过往行人进棚剃头，违令者斩首。这就是所谓的'留头不留发，留发不留头'。此后，慢慢地便有了剃头这个职业。'身体发肤受之父母，不敢毁伤，孝之始也。'这是我华夏民族数千年来的传统理念，剃掉了头发，这是对汉民族莫大的侮辱。你说，剃头匠他怎能进入祖坟？明白了吧？再说唱戏的，这就简单了。戏子在每次演出中，虽为高台教化，可饰演剧中人物，哪怕是忠臣孝子、古今贤良，今天是这个人的儿子，明天是那个人的孙子，今日姓张，明日姓李，此时为老爷，彼时做奴婢，这就叫辱没先人！你想想，这样的人还叫你入祖坟？"

说到这儿，泮池爷发觉狗娃全神贯注双目直直地看着自己，觉得这些话似乎有伤狗娃的面子，他笑了笑扭转了话题说："看啥看，又不是认不得爷！你又不抽烟，喝茶喝茶！尽管把话说到了这儿，可爷依然认为你是咱南北二堡的人才，爷对你还是很赏识的。今后在处世为人方面爷还要叮嘱你几句，就是修身方面的事，在这方面千万不可马虎。在把你们的戏班子搞好、把日子过成之后，闲暇之余，你还得调养一下你的心智。古时研究道术的人，总是以恬静调养心智。心智生成之后却不能用机巧行事，可以用心智来调养恬静。心智和恬静交相调治，因而和谐顺应之情才会从本性中表露而出。德，就是和谐；道，就是顺应。德无所不容就叫作仁，道无所不顺就叫作义；义理彰明因而物类相亲就叫作忠；心中淳厚朴实而且返璞归真，就叫作乐；诚信显著，仪容得体而且合于一定礼仪的节度和表征，就叫作……"

正说话间，大门猛然一响，一个半大小子冒冒失失地进来说："狗娃哥，狗娃哥，还在这儿说闲话哩，你妈叫人打了！屋里闹得不成样子了。"一听这话狗娃蒙了，忙问："你说啥？把谁打了？"那小子心一急反倒说不清了："回去，赶紧回去！那人这会儿还在闹呢！"狗娃心想，自己一没与人结仇，二没做损阴德的事，这是咋了？难道有人欺负咱来了？他不由得怒从心起，告别了泮池爷，拔腿就走。

狗娃一进大门，只见院子里一片狼藉，昨天搭的席棚已被掀倒在地，席棚底下的桌凳横七竖八地躺在地上，新房的门扇被砸得坑坑洼洼，窗棂也被什么东西打烂了，早起隔壁二嫂才贴上的窗花也被撕得稀烂，纸絮在随风抖动，孙满带着几个人正在拾掇地上的杂物。狗娃气不打一处来，才说要发作，一眼望见几位妇人围着个老婆子，劝着、说着、安慰着。那老婆子有六十左近年纪，衣衫褴褛，面容憔悴，一头乱糟糟的白发。只见她坐在地上，双手拍打着地面，声嘶力竭地哭着，叫着，骂着："天打五雷轰的狗娃呀——你咋不死哩——你好了，你结婚了，你结屁哩！还我儿子呀——"狗娃不明白这到底唱的是哪一出，他一回头，发现母亲痴呆呆地坐在台阶上，一语不发，浑身的泥土，脸和手都被抓烂了，衣服也被撕扯得不像样子。狗娃赶忙过去问道："妈，这是咋啦？那人是谁呀？"狗娃妈见是儿子回来了，没好气地说："这都是你做的好事！当初把天喜勾引到城里去唱戏。谁？你说是谁？是天喜他妈！听说你结婚她闹事来了，向你要儿子来了，看你咋个办呀！""啊呀，怎么是她……"狗娃听了这话，不由得长长地吸了一口气，立马站在那儿一动不动了。

王天喜是崖王村人，和狗娃自小在一搭读书，是狗娃最好的朋友，六年前在饮鹿台刺杀魏志虎就是他出的主意。就是那件事，天喜怕被魏志虎知道了，就离开了魏家当铺。后来，他见狗娃唱戏也能挣钱，怪羡慕的，便萌生了加入窝子班的想法。可狗娃说，窝子班的门难进，若没有一技之长人家是不要的。王天喜一想也是，就买了把二胡，到处投师学艺。三年之后，他的曲牌板路拉得蛮不错的，经狗娃的引荐，他进了窝子班。那次在城里给钱师长家唱戏，是狗娃亲自到他家把他叫去的。没料想一去西安就遇上了刘镇华围城，也是王天喜苦命，头一次外出挣钱就把命撂在了西安。天喜家穷，他妈一辈子生了七个孩子，半路都夭折了，四十岁才有了天喜。天喜大死得早，母子俩相依为命过日子。天喜的死，对一个六十多岁的孤老婆子来说无疑是雪上加霜，老太太绝望了，哭哑了嗓子，哭干了眼泪，没办法，只能靠着几个女儿过活。一日，天喜妈得知南孙堡狗娃要结婚了，这件事触痛了她心中的伤疤，她难过，她恼恨，她嫉妒，她要发泄，她拄着拐杖，疯了似的来到南孙堡。她要找狗娃论理。

一阵歇斯底里的哭闹之后，老人家终于精疲力竭了，在众人的劝慰和开导下停止了哭闹。狗娃生就了个生冷蹭倔、天不怕地不怕的性格，可他唯独害怕人哭，若看见人哭，他的心就先软了，也就没了主意。狗娃走到天喜妈跟前，一看见老人家那凄凉无神的双目，既破又脏的宽襟大衫，还有那一头乱发和一双令人怜悯的小脚，不由得鼻子一酸，天喜遇难时的惨状又浮现在了他的脑海。他知道过错全在自己的身上，他自责，他内疚。他慢慢地走过去，"扑通"一声跪在了天喜妈的面前，说："大妈，我就是狗娃，全都是我的错，这几年我也没去看你。"天喜妈睁眼一看，眼前跪的是狗娃，更是怒不可遏，她叫骂着哭喊着，连抓带咬，抓烂了狗娃的脸，咬伤了他的胳膊，在场的人一再劝说阻挡，天喜妈不依不饶只是嘶喊着要儿子。狗娃脸上淌着血，不避也不挡，端端地跪在那儿一动也不动，任凭天喜妈发泄。待天喜妈冷静了之后，狗娃才流着泪，掰开天喜妈的手，把刚从泮池爷那儿拿来的十块银圆，放到了老人家的手里。

在泮池爷的说和下，从这天起，狗娃做了天喜妈的干儿子，并答应常去探望她。此后，每年农忙他都先收种完了天喜家的庄稼，然后才干自家的农活。闲时他常去看望干妈，每次挣来的钱都分一些留给天喜妈，那是后话。


# 五十五


狗娃这家伙命硬，这大概是真的。他和水莲结婚的日子已经定好了，就等着媳妇进门，却还是一波三折的。头一回是三麻子家出了事，他把大家伙儿给他凑的结婚钱接济了麻子婶；好不容易从泮池爷那里借了些钱，天喜妈又来闹事，这又全给了天喜妈。本来他家就没有多少积蓄，前几年为打官司和给父亲看病，欠了一屁股的债，加上这一回和水莲定亲，谢媒请客、买东买西、收拾新房、租赁轿子衣物，还不算置办酒席，走一步路都要钱。狗娃本就好面子，想把事办得洋洋火火的，可这会儿手里的钱又没了，这还真把狗娃难住了，他思来想去觉得再也没脸找泮池爷了。他皱着眉头想了半天，觉得只能把结婚的日子朝后推，等挣来钱再说，于是他把自己的想法告诉了贵生叔和妈妈。没想到二位老人说："这怎么行？事先定好婚期咋能说改就改，还不让人笑话？"可狗娃有他自己的想法，他一心要把这次婚事办得体体面面，让亲戚朋友吃好喝好，让南孙堡的老少爷儿们刮目相看，为苦命的父亲争上一口气。他扳着指头对妈妈解释说："'花轿到门前还得个老牛钱'，这可是您老说的。现如今手头连一个子儿都没有，这租赁轿子衣服钱、过事灌酒割肉买菜钱、到高城寨的买路钱，还有结婚那天的花销拉杂钱从哪儿来？不推迟咋行？"说到这儿，狗娃忽然眼睛一亮，想起了河北兴隆堡他干爷王汉臣，他的倔劲儿来了，一声没吭，拧过身头也不回地出了大门。他妈见狗娃正说话突然间不吭声扭头走了，撵到大门口喊他，可是狗娃连头都没回，怎样叫他都不应声。

太阳快要落山时，狗娃到了御河渡口，恰好最后一班渡船就要离岸，船夫刚解开了缆绳，拉去了跳板，猛不防狗娃一个箭步跳到了船上，把船夫吓了一跳。那船夫抬头一看骂道："二货！都不怕把你的腿栽坏了！上船也不搭个声，掉到河里算我的还是算你的？"他骂他的，狗娃没听见一样一声也不吭。待船到了对岸，还没停稳，狗娃又一步跨上了岸，连船钱也没掏，小跑着走了，气得船夫在后面直骂娘。

掌灯时分，狗娃进了王家大门，在用人的引领下进了堂屋。那年月，小户人家都点清油灯，可王家的堂屋里却燃着几支明晃晃的大蜡烛。王汉臣老两口喝罢汤正坐在那里搂着小孙子玩耍，狗娃一进来趴在地上就磕头，口称干爷干婆说："您二老近日可好，不孝的孙子给二老磕头了。"二位老人猛一愣，也不知下跪的是谁，才说要问，老婆婆忽然发话了："是狗娃吧？我一听就是你的声儿，一走几年，也不过来看看，没良心的东西。"说着回过头对用人说："快打盆水叫他洗一洗，坐着说话。"狗娃心里明白，是干爷推荐他从了军，而自己打死监狱长放了赵连长，后来在千陇又打死了郭连长，给王师长带来了不少麻烦，他心中愧疚不敢来，也没脸来。他趴在地上不敢起来，也不敢正眼看他干爷。

那年狗娃打死了郭连长，这可是人命关天的事，哈营长将此事汇报到师管区，王师长着人调查，调查人员回去后说，情况属实，郭连长强奸幼女在前，孙狗娃打人在后，如今郭连长已死，孙狗娃也没了下落，无法结案。王师长过年回家把这事说给了父亲，埋怨他不该把这些不知根底、无法无天的人介绍来当兵，把自己弄得骑虎难下。王汉臣吃了一惊，说："出了人命？不会吧！我回头找人问问，这碎崽娃子！"王师长说："好我的大呀！你老糊涂了吧，人都跑得没影星了，你到哪儿去问？"王师长还说了，他实在没办法，叫人把郭连长报了个"因剿匪而亡"，才不了了之。王汉臣却翻来覆去想不明白，心说，平白无故地，狗娃为啥要打死这个郭连长，其中必有缘故。老人家总想弄明白其中就里，可一连几年没见狗娃的面，心中也有几分不悦了。今天，狗娃来了，就在他的面前，于是他板起了面孔，不紧不慢地说："起来起来！先洗个脸喝口汤，爷还有话要问你哩。"

狗娃依然跪着没有站起，他怀着一肚子的委屈，将那次随军剿匪的详细经过、哈营长祸害百姓的行为、郭连长奸淫幼女之事及自己一怒之下痛打了郭连长的来龙去脉，一五一十地告诉了二位老人。临了，他又说，那天打郭连长时自己出手狠是实，可他实在没有料到会出人命。他还说，自那以后，自己总觉得有愧于干爷一家人，没及时探望二位老人是自己没脸来呀！说着，狗娃流下了眼泪，膝行向前攥住了干爷的双手："干爷干婆，娃说的都是实话，我也知道给我叔惹了麻烦，娃我的心中也难受呀！要打要骂，二老随便。"在一旁坐着的老太太唏嘘着流下了眼泪，老爷子拍着桌子，大怒说："原是这个样子！起来，起来，我娃没罪！这帮混账东西！莫说打死一个，打死两个也不亏！你要不说爷差点儿错怪了你，我娃做得对，待你叔回来看我怎样收拾他，把兵都带成土匪了，还为国尽忠哩，尽个屁！"狗娃一见干爷动了怒，忙劝他说："这其实怪不上我叔，他在上面，哪能知道下边的事情。再说，世风日下，也不是我叔能纠正得了的。"

王汉臣接着又问了狗娃近来的情况和家中的事宜，狗娃就把这次定亲结婚还有自己把钱接济了麻子婶的事以及天喜妈到家闹事的原因和过程，一字不漏地说给了他。王汉臣伸出大拇指高兴地说："好好！爷当初没把你看错，按理，我娃结婚爷是非去不可的，可自今年春上以来，不知怎的，爷患了个头晕呕吐的毛病，有时好好的就觉得天旋地转的，还晕倒了几次，一家大小不许我出远门。是这，你们家的日子不宽裕我知道，这一回你结婚，花多花少爷我全包了。另外，你借孙泮池的钱我一并替你还了，呵呵！"说着回头大声喊着管家，道："松柏，封三十块现洋，拿红布包着，先叫狗娃带着。"听了这话，狗娃心里一阵温暖，不由得流出了眼泪，可他想了想却回绝了："干爷的好心娃我领了。娃这次只借十块钱，够结婚那天的花销就行，多一点儿都不要！过后我会还的。至于借泮池爷的那些钱您就不用操心了，我是个小伙子，能挣来钱的，用不了多少日子就还清了。"不一时管家拿了钱来，狗娃从中只取了十块银圆装在身上，磕了个头转身就走，二位老人拦都没有拦住，只好一边叹息一边看着他出了大门。

西安自周秦汉唐以来为十三朝古都，历史积淀厚重，故而民间的封建礼仪繁多，忌讳讲究也大。因水莲是个二婚，所以对狗娃来说，娶水莲不叫娶媳妇而叫"办寡妇"，而对水莲来说，叫"再醮"。水莲婚后一年多就死了丈夫，人们都说她命中克夫，迷信人说其夫之魂长随妇身，有娶之者，必受其祟，因而在寡妇改嫁的过程中更有好多禁忌。骊邑一带的风俗，娶寡妇必须走偏门或后门，不但要在夜间迎娶，而且寡妇再嫁的那天坐的必须是没顶子的或是没有围帘的轿子，有的人家还把寡妇拿绳子或者铁索捆了用毛驴驮着回来。

狗娃家没有多少亲戚，他舅爷是唯一的长辈，后因他表叔的事好几年没有上门。狗娃结婚的前几天，他老人家忽然来了。能来就好，亲不见怪，老人家就帮着外甥媳妇料理狗娃结婚的事宜，替离世过早的外甥操心出力。老人家和狗娃妈把迎娶水莲的方式商量了一下，说是准备在晚上迎娶，征求狗娃的意见。狗娃一听这话急了，把脚一跺大声说："那痨病鬼是他自己得病死的，又不是水莲把他害死的，咋能这样整？咱这一弄，不是作践水莲是干啥哩？不行！"狗娃妈见儿子的犟劲儿来了，拍着儿子的肩膀边哄边劝，说："这娃，你别急嘛，听大人说！你出去打听打听，咱周围哪个村子办寡妇不是这个样子？街坊邻居也这样说，还不都是为了你好……"她的话还没说完就被儿子打断了："给我孙狗娃娶媳妇哩，又不是给街坊邻居娶媳妇，我想咋办就咋办！再说了，我们两个的婚姻光明正大，有三媒六证，不是偷鸡摸狗，我要像娶姑娘一样，热热闹闹地把水莲接回来。"

他妈气得不言语，用指头在儿子的额头上狠狠地戳了一下，压低声音说："天生你这犟种，不知好歹的东西，有些话当着人能说，有些话就不能说。你说给你娶媳妇又不是给街坊邻居娶媳妇，这话敢让人听见？那人家泮池爷借钱给你为啥来？你木匠红伯伯、麻子叔还有这么多的乡党邻居来咱家帮忙为啥来？这么大的人了，连个话都不会说！"听了这话，狗娃伸了伸舌头笑了笑说："妈呀，你说这话对着哩，可结婚这事我不能依你，哪怕花多少钱，我也要把水莲体体面面地接回来。"为迎娶水莲，狗娃和母亲争执不下，僵住了。狗娃正无可奈何，忽然想起了泮池爷，他觉得泮池爷是南孙堡最有知识、最明事理，也是最讲道理的人，何不去请教一下他老人家。

# 五十六

当晚，狗娃又去了泮池爷家，把大家说的规矩和自己的想法告诉了他老人家，临了，狗娃眼睛里闪着泪花说："爷呀，叫我好作难呀！不听我妈的话，显得我不孝，她也是为我好呀！若照我妈说的办了，那就伤了水莲的心，这明显是看不起人家。水莲受的伤害还小吗？我不忍心呀！爷呀，您是我最尊敬的人，懂得最多，没办法，我就找您来了。"听罢了狗娃的述说，泮池爷皱了皱眉头，指了指凳子叫狗娃坐下。他捋着胡须思忖了一会儿之后，用他那金属般的喉音一字一板地说："唉！民间的习俗太多了也太杂了，不是一句话两句话就能说清的。既然你来问了，咱爷孙俩就多说一会儿吧。"

泮池爷叫人倒了茶，又从桌上拿过水烟袋，跷起二郎腿，不疾不徐一边抽烟一边说："咱们中华民族上下五千年，有许多传统文化和民间习俗，你们年轻人应该继承和弘扬的很多很多，可这些传统和习俗中也有些迂腐落后不近人情的陋习，应该抛弃的也不少，多年来我就萌生过这样的想法。咱就从儒学谈起吧。春秋时期诸侯争霸，战乱频仍民不聊生，人民生活困苦，孔圣人以'仁'和'礼'为核心创造了先秦儒学，孟子是他的继承人。到了汉代，董仲舒提出了'天人合一'的理论，西汉礼学家戴胜编纂的《礼记》，把早已存在的'三从四德'纳入其中。而'修身齐家治国平天下'也来自《礼记·大学》中的'格物而后知至，知至而后意诚，意诚而后心正，心正而后身修，身修而后家齐，家齐而后国治，国治而后天下平'。到了宋明，程颢、程颐、朱熹，还有咱乡党冯从吾，对儒学又有了阐释创新，其中朱熹的'三纲五常'最为有名。这些观点与西方的民主、自由、平等水火不能容，也不为新学所接受。"泮池爷从书架上拿起了一部用靛蓝色粗布包裹的线装《礼记》，放在桌子上拍了拍，接着说，"从海外留学归来的人，要把中华文化全盘否定，这个我不同意。其实我在年轻时就反思过，儒学有其消极的一面，也有其合理积极的一面。自古以来，由于儒学的强大，无论是域外宗教的传入还是军事的征服，都无法撼动我中华民族的文化，他们最终反被改造或者同化。无论是秦汉时的匈奴、南北朝时的五胡、宋元时代的契丹蒙古还是清代的满人，哪个民族后来讲的不是汉语，穿的不是汉服？中华民族五千年的文化文明得以延续下来的功劳不归儒学又归哪个？不过任何事情都得两方面来看，传统儒学也有其落后腐朽的一面。儒家学说维护了皇权统治，继承了一些早就应该抛弃的东西，这些不可否认。就拿'二十四孝'来说吧，孝顺父母那是人的美德，作为咱们孙姓的族长，若谁忤逆不孝，我是不会饶恕他的。可'二十四孝'故事中的'郭巨埋儿''尝粪忧亲'，还有'王祥卧冰'，我还是不赞成的。"

"再说你娶亲的事吧。世上的人千千万万，对事情的看法也各有所好，人的命运有偶然也有必然，水莲就是个例子。头一个丈夫害痨病那是他自小得的，他在世不会长久，和谁结婚都得死，他的死怎能怨得了水莲？你娶水莲是你自己的决定，寡妇咋？寡妇也是人！只要你自己高兴，咋办都行！"

取得了泮池爷的支持之后，狗娃别提有多高兴了。回到家后，他把泮池爷说的话一字不漏地告诉了母亲，也告诉了所有的亲朋好友。为把喜事办得热闹体面，狗娃租来了附近最好的花轿和凤冠霞帔，请来了迎亲的乐队，又给自己借来了崭新的紫红色起着团花的闪缎长袍和冲服呢马褂，接着割肉买菜，请执事、厨子。他要让大家吃饱喝好，他要让村人们看看，孙全德的儿子争气了！

所有的事情都顺顺当当，可就在结婚的那天，谁也没想到，发生了一件极不吉利的事情。这件事不敢想，更不能深思，给狗娃一家的遭遇和命运埋下了沉重的一笔，且不自觉地让封建迷信的说教再一次找到了借口。

那天，太阳刚刚升起，迎亲的队伍已过了石碓河，绕过了西湾村再走四里地就是高城寨。狗娃今天像换了个人一样，长袍马褂，头戴礼帽，胸佩红花，骑着泮池爷家的那匹枣红马，走在最前面，俨然一个富家少爷。后边紧跟着颤颤悠悠的花轿，伴随着热闹的鼓乐声向高城寨进发。远远地看到了高城寨的城门，这时迎上来几个人，他们依照高贵生的安排，把迎亲队伍领到了村外的一个沙果园。园子里有一间茅屋，水莲出嫁就从这儿上轿。

为啥高贵生要在半路上的果园里嫁女，这其中有个缘由。水莲是二婚，已嫁过一次，还是个寡妇，按当地习俗不能再从高城寨出嫁，要不然对整个村子不吉利。这是老一辈人留下的规矩，谁也不敢违拗，为此高贵生还真的伤了脑筋。为这事狗娃又请教了泮池爷，哪知泮池爷捋了捋胡子，哈哈一笑说，把他家的，活人还能叫尿憋死？野地里有的是瓜棚草庵，我家有个沙果园离高城寨不远，那里就有间茅屋，打扫一下，再在园子里宽宽展展摆几个桌子板凳就行！这话传给了高贵生，贵生拍了下脑袋说，啊呀，人在事中迷，咱咋就没想起！随后他就照泮池爷说的，在沙果园里盘锅搭灶，支起了桌子，茶水小酒、糖果点心一样不少。

经过一番取闹和为难，执事们和妇女娃娃讨要过红包之后，臊子面端上来了。吃罢长面之后，狗娃从茅庵的炕上抱着水莲上了花轿。这时，鞭炮阵阵、火铳轰鸣，迎亲队伍在看热闹的人群和亲戚乡邻的簇拥下，浩浩荡荡地返回了。

高城寨到南孙堡大约有十多里路，有人说抄近路，少走三里多路，可抄近路要经过永乐塬畔一个名叫狐子沟的地方，那可是个当地人都不喜欢去的地方。狐子沟是骊山西麓的石碓河在永乐塬上冲积而成的一条一里宽三里多长的故道。这儿荒草连天、人迹罕至，官府曾在这里处死过囚犯，当地人抓住了土匪毛贼打死之后，常把尸体扔到沟内，周围的村子里死了人没处安葬就埋在这儿，冻饿而死的乞丐也被拉到这里一埋了事。那些尸体常被狼和野狗刨出来，白骨外露，十分吓人。加上沟内衰草连天，是野狼和狐獾的藏身之地，每到晚间磷火闪烁、野兽乱叫，平时很少有人进去。当地民间流传着有关狐子沟的许多传闻，听起来还真令人毛骨悚然。

三麻子曾讲过这样一个故事：某年某日，有两个外地人从狐子沟口经过，远远看见几个人围着一盏风灯掷骰子耍钱。这两个人本就好赌，一时技痒，便也凑在那里玩开了。不觉过了子夜，两人见赢了不少钱起身要走，却被那几个输家拉住，说是臭行当有个臭理性，咋能"抓一把就走"，这不坏了规矩？还得再来。那俩外地人只得继续，还没掷上几圈，周围村里的鸡打鸣了，那几个人忽然面色惨然，呼啦一下子都没有了踪影。这俩外地人心说正好，赶紧把钱装进捎马就走，哪知天明打开一看，赢的都是些冥币和锡纸做的银锞。

因之有人说，狐子沟这地儿"不干净"，咱就绕着走吧。可领队的孙满不吃这一套，他的脚步停都没停提高了声音说："什么干净不干净，净是胡说！来时是空轿，多走些路没啥，回去轿子坐着人，你问问抬轿的，多走三里路谁愿意？"孙满发了话，于是迎亲队伍抄近路来到了狐子沟。

可谁知就在大家刚刚走到狐子沟口时，忽然间从狐子沟里卷起了一股子大黄风。那风来势凶猛出人意料，眨眼间就没有了天空，没有了大地，只有铺天盖地的滚滚黄尘扑面而来。柴草、树叶、杂物被卷得到处乱飞，砂石奔走，漫无涯际。不知是谁喊了一声："啊呀不好，黄风来了，蹲下蹲下……"所有的人立马蹲坐在地上把头埋在怀里，抬轿的几个紧闭着双眼使上了全身的力气压住轿杆。这是关中人常说的黄风，它的猛烈它的强度很罕见，它能把碌碡刮上屋顶，能把水井吹出院子。

孙满此时也慌了，他令人连放了几声火铳都没镇住（注：点火铳用的是火绳，不怕风）。瞬间黄风掀翻了花轿，扯下了轿帘，吹倒了趴在轿杆上的轿夫，接着"呼啦"一声揭起了花轿的顶子，吹掉了水莲头上的凤冠，直吹得那个轿顶子在田野里骨碌碌地跑。孙满见轿顶被风吹走了，赶忙就追，足足跑了半里地，才将轿顶捡了回来。

一会儿，风停了，孙满抬起头望了望天空，嘟嘟囔囔地说："他妈的，好好地这还见了……"一个"鬼"字还没出口，被一位伙计捂住了嘴说："孙满哥可不敢乱说！"孙满连忙吐了吐舌头不语了。迎亲的人们从地上爬起来，揉了揉眼睛，吐净了嘴里的泥沙，拍了拍身上的尘土树叶和杂草，检查了各自手中的物器，重新装好了轿顶，挂好了轿帘，给水莲戴好了凤冠，狗娃也重新上了马。这时，孙满站定，高声告诫大家，包括狗娃和水莲，今天这事，回去后谁也不许向家里人提起。说罢，大家依旧吹吹打打，晃晃悠悠地将水莲抬回了南孙堡。

# 五十七

眨眼间又是几年过去了。

一天，木匠红正和大伙儿排戏，忽觉头昏脑涨，嘴角发麻，胳膊腿不听使唤，他着意向前跨了一步，没想一下子倒在地上再也起不来了。这一下乱了场，大家都围了上去，扶人的扶人，拍土的拍土，几个年轻人还摇着木匠红的肩膀问说："党叔，好好的这是咋啦？"只见木匠红闭着眼睛，嘴角淌着涎水，一声不吭。这时高贵生从门外进来，他一看木匠红成了这个样子，心说不好，忙制止大家说："别嚷嚷，别嚷嚷！好像是中风，不要摇，不要动，先把人平放在炕上。"大家慢慢地把木匠红扶到里屋平放在炕上，高贵生扒开他的眼睛看了看，回过头对狗娃说："不好，你赶紧去斜阳镇请'金一服'来，越快越好，不敢耽误。"

狗娃拧身跑了出去，大约半个时辰才到了斜阳镇，哪知到"金一服"家一问，真是不巧，金大夫一早起就出诊了，还没回来。狗娃顿时蒙了，急得他满头大汗团团转，不知咋办才好。对门是一家木匠铺，一阵阵刨子、锯子和凿子打卯的声音不时地传进他的耳中，弄得狗娃更加心烦意乱。正踟蹰间，忽听木匠铺传来一个娃娃的声音："三师父，你看这个卯眼是凿四分的还是三分半的？""三师父！"一句话提醒了狗娃，他猛一思忖，转过身就跑，他要去请三师父给木匠红瞧病。

当狗娃和三师父到得木匠红家时，已是未时之后。三师父一到，先翻开木匠红的眼皮看了看，问了问情况，便开始诊脉。只见三师父静静地坐在那儿，用右手中间的三个指头搭在木匠红的手腕间，眯着眼睛一动不动，似乎在想着什么。他时而侧耳倾听，时而闭目沉思，周围的人一个个都不敢高声说话。诊罢脉，三师父转过身对大家说："党施主患的是中风，幸亏发现得早，狗娃这小子也来得及时。从脉象上看还不是太重，总是老施主他人闲心不闲操劳过多，故而忧愁抑郁。治法当以祛风化痰为主，用桃红四物汤加入二陈，饭前温服。只消两三剂，使其肾气常和，虚火不致妄动，再扎上几针，这病也就轻了。阿弥陀佛！"说罢，他取出七八根银针，扎在了木匠红的身上、头上。一会儿有人送了笔墨纸砚，三师父取过紫管羊毫膏了墨，边开药方边说："不打紧，只要认药，保管药到病除，贫僧用此方全活人命无数。"开好药方，三师父递给木匠红老婆说："不敢怠慢，立即着人抓药，回来就赶紧服用。"三麻子接过药方，递给旁边的一个小伙子，打发他去斜阳镇抓药了。

木匠红老婆感激不已，张罗着给三师父做饭，三师父竖掌打躬说："阿弥陀佛，我佛慈悲，普度众生，这是应该的，不必不必，贫僧已用过斋饭，若没事我这就告辞了。"高贵生笑着扶三师父在椅子上坐了，把一杯酽茶递到三师父手里，说："师父远道而来，气都没缓一口瞧罢病就走，叫我们心中怎安？歇息一会儿，喝杯茶再走不迟。"他这样做一是尽尽地主之谊，二是想借机问问木匠红的病情。三师父只好坐了下来，呷了几口茶之后，告诉高贵生说："就党施主的脉象来看，这病不是多重，也是你们发现的及时没有耽搁。治这病通常用的是桃红四物汤，它以祛瘀为主，辅以养血行气，方中以破血之品桃仁、红花力主活血化瘀，以甘温的熟地当归滋阴补肝，芍药养心合营，以补血活力，川芎活血行气……先把这几服药服完，用不了几天就会好的，过几天我再过来看看。党施主今后只能以保养身体为主，恐怕再不能登台唱戏了。"在场的人不由得一阵阵叹息唏嘘、点头不已。

　　不知是三师父的医术好还是救治及时，一个多月之后，木匠红渐渐能起来走路了，只是左半边身子没有力气，说起话来左嘴角有些颤抖。他真的不能唱戏了。木匠红也深深地感到自己有病在身，艺术生涯已至尽头，可他依然丢心不下自己经营了多年的窝子班。他多少个夜晚睡不着觉，想着另觅一个人选接替自己。高贵生和自己一样已年过五十，三麻子虽说年轻一些可容易感情用事，经过反复思考和筛选，他觉着孙狗娃还行。一天，他请来了窝子班的几位长老和高贵生、三麻子等，将自己的想法告诉了他们，大家一拍即合都很高兴，觉得狗娃能行。近几年大家有目共睹，狗娃一心扑在了唱戏上，他不但攻克了须生、红生等几个行当，还悄悄地从周边的艺人那儿学到了"喷火""耍牙""三鞭子"这样的绝活，给窝子班发展了好几个年轻人。再加上这几年狗娃经过了这样那样的磨炼，也成熟了许多，他胆大心细，在为人处世上不仅老练稳重而且不乏主见。说到这儿，大家不禁想起了去年的一件事，正是那次孙狗娃亮出了自己的绝活，才使得窝子班又一次声名鹊起。

　　事情是这样的。去年六月，适逢一年一度的骊山古会，各地的香客居士、善男信女齐聚骊山来给骊山老母拜寿，整个骊邑县热闹得如同京城一般。执事会请来了好几个戏班子助兴，有西府周至的，有东府韩城的，来的都是些圈内的名家。会头本身就是个戏迷，最爱看窝子班的戏，他知道窝子班的戏硬扎，于是就将窝子班安排在压轴的第四晚。骊邑人地方观念很强，唯恐东西府的戏班子小瞧了骊邑县，一心想让窝子班一炮打响。庙会前几天，那会头找到木匠红，把自己的想法告诉了他。木匠红也觉得应该这样，心想，这一炮若打不响，窝子班就会名声扫地。于是他与高贵生、三麻子他们一合计，大家都说，这一回就是挣死也要抢个头筹。他问狗娃："几月前跟毛金荣学'三鞭子'学得如何？"狗娃说："场面动作已经基本领会，只是排练过三次，还没有正式登场演出过。""三鞭子"是一场展示挥鞭策马的技巧，多用于战事吃紧、纵马腾飞的戏剧场面，借助焰火的辅助甚为威武雄壮。于是木匠红给高贵生下了任务，令其在这几天加班赶排。经高贵生和木匠红的精心指导以及狗娃潜心刻苦的努力，终于在演出的那晚，《火焰驹》"艾谦传信"那场戏一炮走红。

当一阵紧张急促的锣镲和边鼓敲响之后，一声战马嘶鸣，狗娃饰演的艾谦一声叫板，踏"三锤"而上。木匠红早已准备好了一应的松香道具，睁大眼睛，亲自在后台配合。鼓点越来越紧，随着一声勾锣敲响，艾谦猛地收势回鞭，马头绕一鞭，放一火。马腰里晃一鞭，放一火；马屁股抽一鞭，放一火。三鞭三火，火随鞭而发，马随火而行，既表现出艾谦心如火燎的情绪，又映衬出火焰驹日行千里的神速，更为整个剧情渲染了一层浓烈神秘的传奇色彩。因为前几场戏都是老生常谈，以演员的唱功和表演取胜，而窝子班这一次却以出奇制胜，第一次在舞台使用焰火渲染了剧情，使观众耳目一新，窝子班拔得了头筹，名声再度鹊起。

就在木匠红和大家谈了自己要隐退，举荐狗娃做窝子班领班还没来得及实施的当儿，窝子班平白无故地遭了一场劫难。狗娃在那场劫难中的一系列表现，使大家不得不对其刮目相看。


事情是这样的。

骊邑县有个万寿福京货行，掌柜的吴生荣虽说是富甲一方，可遗憾的是，年近四十了还没有个儿子。头房太太生了四个女儿，后又娶了第二房，这都快四年了，肚子老不见动静。吴掌柜把精成遍了都不济事。后来听人说玉山县水陆庵的送子观音非常灵验，就偕夫人前去祈祷许愿。谁知许了愿还没半年，婆娘的肚子就隆起来了，过罢年就生了个胖小子。吴掌柜别提有多高兴了，为了还愿，他专门请了窝子班到水陆庵为送子娘娘唱戏。

四月初八是水陆庵一年一度的法事盛会，方圆百里的百姓僧众、善男信女都到这里瞻礼膜拜，红男绿女熙熙攘攘，热闹非常。水陆庵的山门前原本就有一座戏楼，可吴掌柜迟了一步，被当地的一个名叫惠秦社的戏班占了。没办法，只好在旁边不远的空地上为窝子班另搭了戏台。旧时的戏班最怯场的就是这种唱法，也就是人常说的"唱对台戏"。那可不是闹着玩的，在演出中间，若被对方拉去了观众或者被喝了倒彩，那么这个戏班就名誉扫地了。老百姓不管那些，谁的戏唱得好，唱得攒劲，就鼓掌欢呼，反之，就喝倒彩、乱起哄。于是，两家戏班子都憋足了劲儿，暗中角力。

农历四月初八已是初夏，早晨还是风和日丽，到了午间，太阳已耀得人睁不开眼。水陆庵前人山人海，万头攒动，各种卖小吃的摊子一个挨着一个，叫卖声吆喝声此起彼伏。卖香的、请表的，抬着食箩还愿的；穿长衫的、披短褂的，绾髻插花的妇人、梳着长辫的闺女。有的长途跋涉，一脸困倦；有的近路而来，精神矍铄。有的地方挤挤挨挨，有的地方稀稀落落……

将近午时，窝子班和惠秦社两家戏班同时拉开了帷幕。初开场，两边台下的观众都差不了多少，两家戏班还没有多大压力。三麻子心中郁闷，唯恐有个闪失，这家伙扫帚把捣屁眼——眼眼多，果然他眉头一皱动了个心眼。他悄悄地打发人买来了红纸，叫狗娃写了几个大字贴在了戏台前：下一场：《伍员拆书》，由誉满三秦的须生木匠红主演。

没想到广告刚一贴出，观众呼啦啦一下子都拥到了窝子班的台前。高贵生见状不由得吸了口冷气，他悄悄把三麻子扯到一边，说："兄弟，你疯了是不，你明知道木匠红生病没来，咋出了这个馊主意？这可叫人咋办呀？"哪知三麻子一点儿也没慌，他双手扶住高贵生的肩膀将其按坐在条凳上，挤了挤眼奸笑着说："我没疯，一点儿也没疯。为啥这样弄？木匠红名气大么！不架他的名气能把人引来？高兄，你就放七十二条心，静静坐到这儿喝你的茶，为弟我自有办法。"贵生依然焦急地问："真是个白日鬼，你有个啥办法？"三麻子说："赶快给狗娃化装，让他演伍员。党兄虽说是名声在外，可台下的观众谁见过？咱狗娃如今也唱得不差，画了脸子，挂上髯口，蟒靠一扎，就说是木匠红，他看戏的谁能辨得真假？"其实，自前年开始，木匠红就把自己那些压箱底的绝活，包括《伍员拆书》和其他几折拿手戏，都一招一式、一字一板地传给了狗娃，狗娃也没黑没明地学，且学得非常认真。只是木匠红未病之前，狗娃因老前辈尚在，没有出台演出而已。高贵生没辙，赶紧为狗娃化装。

《伍员拆书》开场了，狗娃以其铿锵有力的道白、威武潇洒的扮相和随剧情而发的激情，以及苍凉悲壮的唱腔，比之木匠红更有一种张扬和震撼。台下的观众仿佛被狗娃摄了魂一般，随着狗娃的感情宣泄和音乐的节奏起伏，如痴如醉。时而义愤填膺，时而同情唏嘘悯伍员，时而咬牙切齿恨平王。当剧情到了高潮，整个场子上如同大海里起了波澜，掌声、喝彩声此起彼伏，有向台子上扔花草的，有扔帽子的，有抛手绢的，有一个戏迷把自己刚买的一顶新草帽旋上了舞台，还扯着嗓子引领大家整齐地高声呼喊："木匠红，木匠红！"

接下来是三麻子的《荒郊义救》，饰演花仁义的三麻子以他的诙谐机智、滑稽幽默以及超乎现实的夸张表演，逗得在场的人笑得流下了眼泪。在大家的掌声和不断的欢笑声中，惠秦社那边的观众果然剩得不多了。

晚上窝子班演的是《辕门斩子》，仍然由狗娃饰演杨六郎，高贵生饰演佘太君，三麻子饰演穆瓜。狗娃的唱腔轻快明亮、酣畅淋漓，台步动作庄严沉稳、潇洒自如，台下的戏迷无不拍手叫好。这时，到了"见太娘"一段，当剧情进行到佘太君在焦赞孟良的撺掇下救孙心切给儿子跪下了，杨延景大惊失色说："哎呀不好！"急忙离位，取下帅盔在手，跪倒在地。伴随着悠扬的板胡和笛子声，狗娃苦音尖板唱道："见太娘啊——跪倒地魂飞天外——"接着又转为苦音慢板，"吓得儿战兢兢忙跪尘埃，你的儿怎敢当老娘下拜，娘开了天地恩啊——儿才敢起来……"台下的观众被这精彩的表演和酣畅淋漓的唱腔打动了，屏气静心地在听，有的人还跟着低吟。也是夜深人静，那声腔悠扬凄楚，随着灞河川的微风传得很远很远。

哪知正唱到这儿，忽然观众窝里一片哗然，随即，随着一声呐喊，只见三个手持短枪的人，凶神恶煞跳上台来。领头的上来一手就打掉了狗娃手中的帅盔。这时，"叭，叭"从台下一连打来两枪，戏台正中悬挂着的一盏清油灯"哗啦"一声被打得粉碎，盛着清油火捻子的老碗立马成了碎瓷片，连同油点天女散花般地撒落下来。另外两个人扭住了狗娃的胳膊。台下观众一看出事了，大喊着："土匪来了！土匪来了！""哗"的一下散了场。台子上的文武把式被吓呆了，木匠红和三麻子等来不及卸装，忙赔着笑脸围上前询问。那个领头的把枪一挥，厉声说："站远些！少皮干！到时就知道了！"说着拉着狗娃就要走。高贵生心说不好，扑上前拦挡，领头的用手中的短枪在高贵生的额上只是一戳，一股鲜血立马从他的头上流了下来。领头的接着又朝空中放了一枪，骂道："驴日的活颇烦了！找死呀得是？"尽管如此，窝子班的人还是拦住那几个人不放。经过了多年的风雨和磨炼，狗娃也成熟了不少，他知道这其中定有缘由，若硬着来肯定是要吃亏的。于是他皱了皱眉头，平静地劝大家说："伯伯叔叔，你没看今天的这阵势，善者不来，来者不善，你们莫要拦挡，也挡不住。甭害怕，屎大个事，无非是要钱哩么。没事的，大家先回去，过几天我就回来了。"就这样，狗娃被劫持走了。

# 五十八

劫持狗娃的是玉山深处的一股土匪，黑脊背的手下。

黑脊背年轻时起事于荻花塬，被官府追剿，后流窜于骊邑、玉山和咸宁一带的一个人称"三不管"的地方。这儿是秦岭的余脉，山高林密，交通不便，极易隐蔽，地方政府鞭长莫及，难寻踪迹。他们经常在这个县境内作了案立即又转移至另一个县躲藏，打家劫舍、祸害百姓。黑脊背心狠手辣恶名在外，当地的百姓常用他来吓唬娃娃，哪个娃娃若哭得哄不下，只要一说"黑脊背来了"，娃娃立马就不哭了。黑脊背这次踢了窝子班的场子，掳走孙狗娃，和一个名叫蓝玉贵的人扯不开干系。

玉山县蓝川镇有个富户名叫蓝玉贵，因其母亲脊背上生了个疙瘩，这疙瘩是生长在人前胸和后背的一种疮，终生难愈。人说"前痨不算痨，后痨见肝花"，就是这个意思。蓝玉贵为给其母治病，请遍了郎中吃遍了药都治不好，闹得他心中烦恼。一次，一位信佛的朋友对他说："修福就生三善道，造恶就堕三恶道，一啄一饮皆为前定，有些东西是你强求不来的。你要真心让你母亲病愈，就把给你母亲治病的钱布施到水陆庵，求菩萨保佑，一定会好的。我们那里就有人这样做了，灵验得很。"蓝玉贵是个孝子，也有钱，便照这个朋友说的，给水陆庵布施了三百块银圆的香火钱，今年四月初八陆庵法会还特地请来了惠秦社，为其母许愿祈福。可令蓝玉贵恼怒的是窝子班唱败了惠秦社，使他颜面扫地，一怒之下他当天就打发人带着一百块银圆找到黑脊背，让其为他出这一口恶气。蓝玉贵也是荻花塬人，说起来还是黑脊背的一个远房外甥。黑脊背听了来人的述说，又见了银圆，他一声怪叫，说："驴日的活颇烦了，敢和我舅过不去！好了，你回去告诉我舅，今儿黑就是他狗娃的马下渡！"当晚，黑脊背就叫人下山踢了窝子班的场子。

狗娃身上穿着剧装，被五花大绑蒙着眼睛，驮在一匹骡子上，黑咕隆咚地走了三十多里山路，颠颠簸簸来到了土匪老巢，被扔在一孔废弃的窑洞里。黑脊背哪是替舅父出气，他是看在那白花花的银子的面上了。他也知道奇货可居，还想从狗娃身上得到更多的赎金。

已是鸡叫三遍的时候了，狗娃躺在阴湿的地面上，尽管已是初夏，可深山里的夜晚照样寒气逼人，后半夜透出的地气，使他感到彻骨的寒冷。狗娃被捆绑着，也不知道这是啥地方，思来想去，弄不明白到底是谁在后面作梗，这些人究竟要干什么？他躺在地上蹭来蹭去，渐渐地感到捆在身上的绳子松了许多，后来，终于用牙齿解开了捆在身上的麻绳，并撕掉了蒙在眼上的黑布。他揉了揉眼睛，偷偷从窑窗向外窥望，看见窑门外站着个持枪的人，不知是怕冷还是心中有事，站在那儿不停地用脊背朝一棵树上撞着。天渐渐地亮了，借着晨曦，他才看清那是一个娃娃土匪，最多不超过十六七岁。狗娃猛然想起自己的鞋底子上还藏有一块银圆，于是他把那娃娃叫到跟前，把银圆塞到他的手里，连说带哄，悄悄地买通了他，并从那个娃娃的嘴里弄清了事情的原委。狗娃不由得气上心来，心说，我们只不过戏唱得好，也没得罪你黑脊背，你为啥要和我过不去？一怒之下，他的二屎劲儿来了，扒在窑窗上扯着嗓子喊道："黑脊背——我日你妈哩！"这一喊，吓得那娃娃土匪脸都变了，他拉着哭声连劝带威吓说："好我的爷哩，你不想活了是不？这要叫当家的听见了，你就没命了。悄着悄着！"不说这话还好，一说这话反而触怒了狗娃，他那生、冷、蹭、倔的脾气真上来了。他凑近窗口又是一阵大骂："黑脊背，我日你妈，抓了老子不见面，你给我出来！"那看守紧拦慢拦，狗娃又一连高声喊了几遍。

黑脊背正在睡觉，忽然被狗娃的叫骂声吵醒了。他侧身仔细一听，好像有人在指名道姓地骂他，一骨碌爬起来，边勒裤子边往外走，大声喊道："谁在骂人？骂谁哩？得是昨晚那个货？拉过来！"

黑脊背发了话，他的手下哪敢怠慢，没有一袋烟的工夫，两个如狼似虎的匪徒连踢带打地把狗娃架到了黑脊背跟前。黑脊背是个心狠手辣但表面和蔼的人，他下了台阶走到狗娃跟前，把狗娃从头至脚打量了一番，伸手摸了摸狗娃的下巴，冷笑了一声问："唱戏的，你骂谁哩？"狗娃知道眼前站着的就是黑脊背，他仰起头不屑地说："我骂黑脊背，咋了？"

"黑脊背就在你面前，你认得他不？"狗娃本就是个倔货，反而挑衅地说："在跟前能咋？在跟前他还能咬锤子？大不过一枪把我崩了！"

黑脊背不禁深深地吸了一口气，反而冷静下来。他似乎并不生气，脸上依然带着笑容，自上向下把狗娃又打量了一番，冷笑了一声之后摸了摸腰间的枪说："啊呀，我四十八多了，在我这把枪下死伤的少说也有十多个，还没见过你这么大的胆，敢当面骂我！好，好，我也不把你咋，我一不咬你的锤子，二不要你的命，我要叫你碎屃今儿个当着弟兄们的面把我叫爷哩。"话刚落音，他忽然一声高喝："把碎屃衣裳扒了！"

呼啦啦几个手下立即跑过来解绳脱衣，没想狗娃大声说："没见过个锤子！不用麻烦，我自己来！"说着，三两下就把自己脱了个精光。在场的土匪万没想到这家伙是个二锤子货，一阵惊异，呆呆地看着狗娃。狗娃的狰狞劲儿真的来了，他拍着胸膛说："黑脊背，来！肉是你的，骨头是我的，想咋办咋办！"黑脊背心中暗吃一惊，心说，啊呀！看来今儿个我这个"吃生米"的碰到个"吃谷穗"的！老子就不信了。猛然间，黑脊背一个扫堂腿把个赤条条的狗娃打翻在地，接着"嗖"的一下从腰间抽出了一把匕首，只见他弯下腰，手腕只是轻轻地翻动了两下，就听见"哎哟——"一声惨叫，狗娃的右腿外侧和腰间立马出现了几条半拃长的血口子，里面的白肉红肉都翻了出来，不大一会儿鲜血就涌了出来。刹那间，狗娃的脸色煞白，疼得浑身抽搐，他伸出手本能地捂在了伤口上。然而，狗娃却没有丝毫的恐惧和畏缩，他脸上的肌肉抽搐着，紧咬着牙关转过头睁大双眼盯着黑脊背。见狗娃没有失仗，黑脊背弯腰又是一下，狗娃的身上又多了一条血口子，他这才阴笑着说了话："小伙子，疼不疼？是这，你把我叫声爷，就把你饶了，这会儿来得及，叫爷，叫爷呀！"可黑脊背万没有想到，狗娃咬着牙就地一滚翻了个身，圆睁双目，指着这边身子大声说："黑脊背，我日你妈！你把我叫个爷，这边身子你随便劙，劙呀！谁不劙就是驴下的——"这时，那些在场的土匪无不张口结舌瞪大了眼睛。

狗娃的"冷劲"不仅震慑了众多匪徒，也让黑脊背倒吸了一口凉气。自做土匪以来，面对暴力，他从来听到的都是求饶和哀告，今儿个是头一次，这家伙没给自己面子。黑脊背立马感到了一阵难堪和羞辱，他先从精神上崩溃了，有些不知所措。这时，一个四十岁左右的匪徒凑了过来，趴在黑脊背的耳朵边说："这屃是窝子班的孙狗娃，名气大着哩，他有个叔在队伍上当师长，这屃在队伍上曾打死过一个连长。"黑脊背听后，心中产生了顾虑，他深深地吸了口气，尴尬地"噢"了一声，说："啥？你刚才死去了，咋不早说！这，这，这……把他家的，大水把龙王庙给冲了。快快快！扶起来，扶起扶起。"回头对手下骂道，"狗日的都没长眼！还不快去叫郎中！"

当时，黑脊背的手下就动手给狗娃敷药包扎，还请来了当地专治红伤的医生，黑脊背亲自嘘寒问暖。起初狗娃板着脸不搭理他，这家伙又是端水喂饭，又是给狗娃掖被挪枕，恨不得把狗娃叫个爷爷。之后，狗娃才和他搭了话。幸亏都是些外伤，一个多月之后，伤口慢慢地痊愈了。这期间，黑脊背也曾派人带话通知了窝子班，说这都是误会，让大家放心。一来二去，狗娃发觉黑脊背的良心还没有完全泯灭，就把从三师父和泮池爷那里学到的知识说给黑脊背，还给他讲了许多做人的道理和处事的方法，并和他交了朋友。黑脊背对狗娃也无话不说，并告诉他，那年绑泮池爷的票、在白家嘴抢玉瓶都是他干的。之后，黑脊背设宴赔情，还响着鞭炮、挂着红绸用滑竿把狗娃抬着送回了南孙堡。

不久，党家湾木匠红的院子里搭起了彩棚，彩棚下红烛高照、香烟缭绕，各种贡品摆了一桌。高贵生带着窝子班所有的成员，三拜九叩地拜了庄王爷。举行罢仪式典礼，高贵生代表木匠红向所有的来客行礼祝福之后，从木匠红的身体谈起，述说了窝子班更换班主的原因，还说经过木匠红的推荐，大家一致同意孙狗娃接任窝子班班主。接着，三麻子向大家介绍了狗娃的艺术造诣和对窝子班的贡献，以及他尊老爱幼、勇于担当、宽以待人的事例，并透露了狗娃一些富有传奇色彩的经历。最后，当场宣布，自今日起，孙狗娃正式就任窝子班的班主。

接任了班主之后，狗娃自感责任重大，几个晚上他都难以入睡，琢磨着如何重整旗鼓、大胆革新，让人们对窝子班刮目相看。他大着胆增添了好几个新手，给戏班添置了戏箱道具，又增排了几出三国戏。接着，他从西安城购来了全套的铜器铙钹，组成了名冠东府的"窝子班鼓乐"。经狗娃提议，大家商议通过，决定从他当班主的那个月开始，每次从演出收入中扣除一成作为窝子班的"班底基金"，由党甘亭、高贵生、三麻子监管。积累起来的班底基金一是用来购置戏箱乐器，二是谁家遇到了困难或婚丧大事，可作为资助。狗娃还进省城、跑玉山、走咸宁、上三原，托人传话、找人揽活。没多长时间，在西安东府、御河两岸，窝子班的名声大震。

# 五十九

几场春风，几番秋雨，不知不觉间，鱼尾纹已悄悄地爬上了水莲的眼角，掐指算来，她嫁到南孙堡已整整八年了。她为孙家生了两女一男，老大老二都是女儿，一个叫吉祥，一个叫如意，老三是个儿子，狗娃妈请人起了个名字叫天保。他们一家和睦相处，为人称道。水莲勤快且有心计，过日子更是不马虎，屋里屋外，粗活细活全能拿得起放得下。狗娃忙时在家务农，闲时在外挣个零花，婆婆做饭照看孩子，水莲自己下地招呼庄稼，角角不漏。没几年，狗娃不仅购置了三亩水地，还买了一头黄牛。家里鸡鸣狗叫、牛羊撒欢，日子一天比一天滋润，俨然一个小康之家。

不觉间到了民国二十六年六月。一天，忽然传来消息说，小日本和咱中国的队伍在一个叫卢沟桥的地方开仗了。当时，村里的老百姓一脸茫然，一是不知道卢沟桥在啥地方，二是不知卢沟桥离村里有多远。有人甚至说，小日本，鸡巴大个国能招住打！狗娃到底读过几年书，他经常看报，听到这个消息之后，他立即去县城买了份《西京日报》，只见头版赫然印着：

> 本月八日一时，驻扎丰台的日军，借口在卢沟桥演习时失落日军一名，要求进宛平县城搜查。我国当局因时在深夜不允，日军遂向驻在该地的二十九军冯治安师吉星文团，开炮百余发挑衅，我军颇有死伤。我军战士愤日军之蛮横，为自卫计遂开枪还击……

狗娃把报纸一摔，骂道："这小日本也太狂妄了！倭寇在明代就为害中华，甲午年又在海上打，如今还把台湾占着。这，这，这咋又来了？"他心中愤然，越想越气，闷闷不乐地回到家，把在报上看到的事全部告诉了大家。

过了几天，消息流传就更多了。有的说中国士兵作战英勇，用大刀砍死了好多日寇；有的说宋哲元的队伍被打败了，日本人已经占了天津、北平和热河，正向南进军，沿途烧杀抢掠、奸淫妇女，无恶不作，弄得人心惶惶。

　　战事归战事，传说归传说，这日子还得过。一天早上，狗娃告别了母亲和水莲，正要去高城寨排戏，忽然听见村巷内传来了"喤喤喤"的敲锣声。锣声一停，便传来孙满瓮声瓮气的喊叫声："各户村民听着——族长泮池爷传话——吃罢早饭——所有的孙姓子民到祠堂集中——左邻右舍相互转告——不得有误！"接着又是几声锣响。狗娃心说，该不是族里发生了啥事，要不咋会这么着急的？想到这儿，心中一阵凄楚，从自己唱了戏之后，他就没有踏进过祠堂一步，这是规矩，他不愿意让泮池爷难堪，更不想辱没孙家的先人。然而，每次从祠堂门口经过，他的心中总不是滋味，只能站在远处望一望祠堂那高耸的牌楼和松柏掩映的屋顶。狗娃心急，他总想知道发生了啥事，忙跑几步赶到孙满跟前，问："满叔呃，出了啥事嘛，这么紧的！"孙满见是狗娃，停住了脚步不紧不慢地说："你甭问，到时就知道了。""我又去不了祠堂，咋得知道？"孙满才拧身要走，忽然想起什么，转过身来拍了拍脑袋，说："把他家的！你看我这记性，差点儿忘了。泮池爷专门叫我去你家告诉你，说你虽是个唱戏的，如今名声也不小，可这一回事大，泮池爷破了例，叫你一定得去……"狗娃不相信自己的耳朵，不等孙满的话落点，又问了一句："满叔，真的？泮池爷这么说的？"孙满提高了声音说："嗨，这娃娃，叔都半百岁的人了，还能哄你？这不，通知完大家，叔还要专门去你家哩！"狗娃顿觉一阵温暖，一种莫名的感激之情涌上心头，在泮池爷眼里自己终于有了地位，他不由得眼睛湿润了，一把握住了孙满的手，说："好的，好的！满叔，你告诉泮池爷，我一定准时来，一定！"孙满见狗娃一脸的愉悦，他哪能理解狗娃此时的心情，边笑边挖苦狗娃说："叫你去你就去，看你那尿样子……"说罢一边打锣一边呐喊着走了。

　　吃罢饭，狗娃一家人都去了祠堂。一进大门，绕过照壁，见祠堂大院里摆着一行行条凳，已陆陆续续来了好多人，他一眼就望见泮池爷坐在廊檐下摆着的桌子后边。好些日子没见泮池爷了，只见他老人家身穿祭祖时才着身的那件深紫色起着暗花的长袍，外面罩着件石青色绲边短褂，胡须花白，目光炯炯，满脸肃然，黑缎瓜皮帽上那块长方形的小绿玉熠熠闪光。老人家端端正正地坐着，依然那样神采岸然，依然那样衣帽整洁，依然那样不怒自威。狗娃怯生生地走上前去，轻轻地叫了声"三爷"，泮池爷抬起头一看是狗娃，轻轻地点点头，指了指院子里的条凳，让他坐下。此时，北孙堡的人也陆陆续续地到了，祠堂大院里红男绿女熙熙攘攘。孙满大声招呼着来人："管好小孩，不要喧哗，坐在院子的条凳上静等开会。"

半个时辰之后，院子里坐满了人。一位孙姓长老走上台前拱了拱手，做了个安静的手势，说："各位宗亲大家好！今天把大家召集来是我们长老会的决定，国有大事且事关重大，下来由孙姓族长泮池爷给大家训话。"泮池爷慢慢地站了起来，清了清嗓子，低声说："各位乡亲，各位孙姓子民，打搅大家了。今天长老会把大家召集着来，还得请大家谅解。不行呀！中华民族到了这一步，国难到了这一步，实属万不得已。今天，在这里，本人以孙姓族长的名义向大家说一件令人沉痛和不安的事情，倭寇和咱们开战了。"可能泮池爷激动了，那句"倭寇和咱们开战了"的声音特别的大。接着泮池爷继续说道，"可能有的人已经知晓，可有的人整日忙于生计，懵懵懂懂不闻国事，竟然还有人说开战了就开战了呗，'肉食者谋之又何间焉'，与咱百姓何干？没事的，天塌不下来，咱国家有的是队伍……天呐，千万不能这样想呀！这事与咱关系大着哩！今天在这儿，我要郑重地告诉所有的孙姓子民，那小日本和咱是世仇哇！早在明朝时，倭寇就开始骚扰我国，闹得国难重重，民不聊生；光绪二十年，倭寇又和咱在黄海开了战，打败了咱们的北洋水师，从此霸占了台湾澎湖。而今，他们又来了，他们已占领了东北华北的大片土地，正在奸淫我们的妇女、屠杀我们的同胞。"说到这里，泮池爷的情绪有些激动了，他的眼睛湿润了，平时温文严肃的他似乎有些失态。他尽量控制住自己的感情，提高声音说："有的人麻木不仁，咱村有个人还说了，华北离咱这儿远着呢，有黄河挡着哩，小日本他能过来？糊涂呀！倭寇的装备比咱们好多了，飞机说飞过来就飞过来了，我们哪能安安心心地种庄稼？哪能快快活活地过日子？若真的叫倭寇把咱中国占了，咱就成了亡国奴。亡国奴，知道不？就是没有尊严，没有自由，任人宰割，任人鞭打绳拴的奴隶呀！五千年的华夏民族就要亡国亡种了！今天把大家召集着来，就是要告诉大家，国家兴亡匹夫有责，我们孙姓子民要认清形势，誓死抗日绝不能含糊！要支持抗战，参加抗战。我以族长的名义宣布：从今日开始，大家回去告诉所有在外干事的人，任何孙姓子民绝不能购买日货，更不能给日本人做事当汉奸！若发现南北二堡的孙姓子民有替日本人做事的，我孙泮池绝不姑息！"

在场的人鸦雀无声，静静地听着，妇女们停下了手里的活计，把娃娃搂在怀里，男人们磕掉了烟锅里的烟灰，都瞪大眼睛听着泮池爷的讲说。

说着说着，泮池爷指着殿堂上方悬着的牌匾，说："我们的先祖、兵圣孙武就是我等的典范。当年他带着自己著的《兵法十三篇》，去见吴王阖闾，吴王用他为将，他带兵西破强楚、北威齐鲁，战功赫赫，吴王将其封到富春郡。就因为我们是兵圣的后人，因之我们孙家的祠堂就叫富春堂，恐怕有的人至今还不知晓。""喔——"坐在院子里的好多人现在才明白了，他们抬起头反复地望着祠堂上方挂着的牌匾，不断赞叹。

有人送来了一杯茶水，泮池爷接过呷了一口，放在桌上继续说："作为兵圣的后人，我们要为祖先争气，要为国家出力，抗战杀敌不能退缩。听说咱们陕西绥靖公署组建了一支队伍，不久就要打过黄河去，保家卫国，没有国哪来的家呀！还听说带兵的也是一位孙姓的将军，是我们跟前豁口村人，名叫孙蔚如，这是我们孙姓子民的骄傲呀！我们更不能含糊，积极参加抗日救国，有钱出钱，有力出力……"泮池爷深入浅出地又给大家讲了许多爱国的道理，直到日头都偏西了，大家才从祠堂散了。

其后不久，日寇真的推进到了陕西东界的黄河岸边。可听说日寇一见黄河大惊失色，他们从来没有见过这样雄伟的河流，太可怕了，不得不停止了前进。经过一冬的谋划，日寇先用空军对我后方轰炸，想借机强渡黄河。哪知陕西军民严阵以待，日寇的船只多次开到河中时，都遭到我军的迎头痛击，我军用迫击炮攻击敌后阵地，还派了抗日勇士绕道渡河到敌后打击日寇。尽管这样，所有的人都暗暗担心，若日寇真的打过了黄河，咱中国恐怕就要灭种了……

# 六十

虽然日寇没有过河（黄河），可日寇的飞机却飞过了黄河，冷不丁地在西安和周边的县城扔下几颗炸弹，令河这边的百姓们难以安生。学生不能照常上课，商家不能正常做买卖，庄稼人不能安下心来种庄稼，整个关中都沉浸在一片恐慌之中。时局一紧，人心不安，红白喜事大操大办的人也明显少了，窝子班自然也没了戏唱，狗娃他们只能待在家，照看着那几亩庄稼，捎带着排排戏。

一天，狗娃没事，才说要去村东的那几亩棉花地里看看，忽然，隔壁一个半大小子掀开门露出半截身子，说："狗娃叔，我刚从党家湾姑姑家回来，党家爷（木匠红）叫给你捎话，说是饭罢让你去他家，有要事商量。"这娃娃话一落点，一拧身就走了。

木匠红自病愈之后，思维还比较清晰，只是左胳膊没有力气，说话时嘴角也有些点儿不得劲儿。窝子班的爷儿们常去他家探望，狗娃也不例外，隔三岔五地常去陪他聊聊天，一是向其讨教些行当里的处事规矩，二是向其说说窝子班当前的演出情况。尽管木匠红不收，狗娃还是定期给木匠红送些微薄的薪金，感动得他无以言表。听说木匠红捎话叫他，狗娃擦了擦手脸，连饭也没吃，就去了党家湾。

木匠红正坐着藤椅在院子里的大槐树下纳凉，身边小桌上早已摆放好了茶壶茶盅和旱烟，旁边摆着小凳。木匠红一见狗娃来了，指着小桌，让他自己斟茶喝。狗娃是熟人，也不客气，就自己动手倒茶。两杯茶下肚之后，木匠红清了清嗓子，说："今儿个叫你来说个细。最近，日寇和咱打起来了，听说河北一带都沦陷了，你几道不？"自木匠红病愈后，说起话来，常把"知道"念作"几道"，把"事"念作"细"，把"人"念作"银"。狗娃没答话，又喝了一杯之后，才用手背抹了抹嘴，说："宋哲元部在卢沟桥与倭寇打起来后，华北告急，我咋能不知道？你养你的病，操这心干啥？"大槐树最高处有个喜鹊窝，两只老喜鹊此时正归巢而来，为小喜鹊带来了吃的，惹得满巢雏鸟叽叽喳喳乱叫，有的还飞出巢来嬉闹，许多槐树叶随之飘落而下。木匠红抬起头望了望树顶的鸟巢，颤抖着嘴唇感叹地说："看这娃说的，咋不操心！银和鸟一样，都有家呀。几道了就好，如今你已细咱的领班了，对时局你有个啥想法？"说话间，大门"吱呀"一响，高贵生、三麻子还有新加入的陈振民几个也都来了。狗娃连忙招呼大家坐下，叫陈振民倒茶取烟，他望了望大家对木匠红说："党叔，你听我说，这事泮池爷前些日子已在祠堂讲过了，他说得很明白，娃我也想了，今儿个大家都来了，我就说说吧。我想，这国就是家，家就是国，国家太平了，咱百姓才能安居乐业。"他抬起头望了望身后的大槐树，继续说，"就像这棵大槐树，若有朝一日被伐倒了，树上的喜鹊，覆巢之下安有完卵？我们老百姓就像这树上的喜鹊，日寇打过来了，咱就成了亡国奴，咱老百姓哪有好日子过……"狗娃的话还没说完，高贵生插话了："党兄，这些日子晚上睡不着，我翻来覆去地想了，虽说咱是个唱戏的，国家遭了难，咱不能眼睁睁地看着，你说是吧？"三麻子也搭了腔："是，是，老兄，古人说'天下兴亡，匹夫有责'，前线的将士能把颧别在裤腰带上和狗日的倭寇整，咱难道说能坐着看水涨河塌？"木匠红这才高兴地拍着手说："对，对，叫，叫你们几个来就是为说这个细，没想到咱想到一搭了。"

贵生满脸通红，好像喝了酒似的，猛地站了起来，提高了声音说："倭寇，倭寇，狗日的终究是咱的祸害呀！咱这些人，武不能提枪上马，文不能出谋划策，咱就叫戏说话！狗娃，听叔说，从明天起，把窝子班的人都叫来议一议，咱开不起本戏排折戏，唱爱国的戏，《两狼山》《岳母刺字》《戚继光》《击鼓战金山》都能唱，先把咱国人的士气鼓上去再说！""戏包袱"贵生的确有些激动，大家看到这位昔日抽大烟、喝闷酒、与世无争的人都气红了眼，不由得一个个咬牙切齿地恨起了日本人。

一个时辰过去了，已经换了好几回茶，大家议定，窝子班除顾事演出外，农闲时在家种地，遇到雨天或逢三、六、九日，到高城寨高贵生家排戏，所有成员没有要事不得有误。

首一出排的是《金沙滩》，由戏包袱高贵生导演，三麻子做帮手。这出戏已排演了十多天了，高贵生觉得"大佛殿"和"五郎出家"这几场重头戏都演练得差不离了。这天一早，贵生叫人拉着牲口去党家湾将木匠红接来了，想让他过一下目。木匠红到了之后，他们从卯时开始，唱了一个多时辰。木匠红坐在一把圈椅上，一边看一边琢磨，还不时给年轻人说戏。说了一会儿，高贵生见木匠红有点儿累了，就挥了挥手，让大家休息一会儿。

窝子班去年增添了几位新手，其中有一个学旦角的小子最是勤奋。这小子自小喜好唱戏，最崇拜高贵生，一心想把高贵生的本事学到手。他名叫柯旺财，由于家穷，十二岁就跟着龟兹学吹唢呐。这家伙天分极好，又刻苦，十四五岁就能吹一手好唢呐，还能"双吹""倒吹"、用鼻子吹。人们很喜欢他，甚至忘了他的名字，只喊他"吹手娃"。高贵生喜欢吹手娃，特别赏识他的悟性和刻苦勤奋的精神，一有空闲，就给他"偏吃另喝"，在一起说戏、论戏，给他教些舞台动作要领。

大家在屋里休憩喝茶，陪着木匠红说话聊天，猛地，发现不见了高贵生、吹手娃，再一看，连文武场面的几个把式都不知去了哪搭。正在这时，一阵悠然的板胡和笛子奏出的秦腔曲牌和边鼓声从外面传了进来。大家出门看时，只见院子里，吹手娃正水袖长舒、莲步轻移，一声尖板凄声唱道："没来由——犯王法横遭刑宪，放大声——喊冤屈动地惊天，神与鬼却原来不灵不验，日和月又何必昼夜高悬……"

大家注目倾心正待听时，只见站在一旁的戏包袱高贵生把手一挥，说："停！"鼓板和弦索骤然而落。只见他板着脸走上前，对吹手娃说："你听我说，要知道窦娥这会儿不是哭爹哭娘哭丈夫，她的那份悲里头带的是怨和恨呀！试想，窦娥温良淑贤，年轻守寡，孝敬婆婆，她原是一个节妇。你再想，张老汉占了她婆婆，又威逼她嫁给张驴儿，她的委屈里带着无奈和怨恨，她被一步步逼到了死地里，直到上了刑场。这时候的窦娥怒大于悲：我本一身清白，本该是旌荣表彰标名后世，反而遭污罪被杀，老天爷好不长眼，地藏菩萨王法天理都到哪里去了？所以不能用秦雪梅吊孝的心度量窦娥，也不能用李慧娘对贾似道的仇恨去刻意模仿。这几句唱词字字要咬金断玉，句句决绝灭裂，要用悲和恨把每个字都咬碎嚼烂再吐出来，要带真气。你听我唱！"

此时，正是下地的人歇工回家吃饭的时候，有人臂挎草笼、手拿镰刀，有人肩扛农具路过党家门口，还有村里的妇女老人，一听见板胡声都挤进院子来观看。贵生见来了这么多人，一时兴起，想给吹手娃做个示范，也想让大家见识见识。他站出来，叫吹手娃在一旁看着，向文武场面做了个"开始"的手势，随即便拂袖作态，细声引喉唱道："良善人——无辜地身遭大难，该死的作恶人性命保全。怒狠狠睁眼把天怨，（白）天呐——天呐——你不辨贤愚枉为天！地呀——你不分好歹何为地？辜负了苍茫茫绿水青山……"

高贵生一板唱完，依然余音绕梁，众人还在沉思品嚼，他已停板，接着对吹手娃说："收后一句要绵里藏针，把握住分寸，分寸错了就有天壤之别，懂么？她虽有怨有悲有恨，也有个认命的意思在里头。说到底是不服法，临刑许三愿，是针对天和地的，不信天地只管骂就是了，许什么愿呢？"高贵生真不愧是戏包袱，说完了窦娥，他又把狗娃拉到跟前说："过来！顺便也给你说说《下河东》，不能带刘彦昌和田云山的书生气，刚才你练得有些绵软。你饰演的是赵匡胤，是皇上，他御驾亲征，虽然是没有了办法，也是了不起的。他站在台上长须美髯，雄赳赳一丈虎躯，气宇轩昂、威风凛凛，手握盘龙棍，俨然一个活的神道。神道，明白吗？聪明正直就是神，舞台上的赵匡胤不带一般的霸气和儒气，他是一代天子，不是一般的忠勇。你看，他是枣红脸，眉毛被画成龙形，叫人一看就不比寻常，所以演赵匡胤就要演出他的威武、神勇和横扫六合的气概，就是他的'三十六哭'也是惊天地泣神鬼的。"他款款而言，深入浅出地剖析，在场的人执礼静听、恭敬衔命，比下属见了长官还虔诚，在场的众人无不随声附和感叹不已。

不一会儿就吃饭了。吃罢饭已是午后，到了给年轻人讲课的时候了，大家又围在一搭听贵生叔讲秦腔"脸子"（脸谱）的画法。他说："秦腔的脸子分为'整脸''三块窝''四大块脸''五花脸''旋脸''斜皮脸'等。干咱这一行若把脸子画错了，就会被同行笑话。脸子不能随心所欲想咋画就咋画，这里面的门道深得很。譬如包拯的额上必须有个'月牙'，姜维的额上是'太极图'，王彦章的额上是个'蛤蟆'，赵匡胤的眉毛是一条龙，这丝毫都不能马虎，画错了要叫人笑话。"

说话间，忽然听到一阵嗡嗡声，门外有人喊："看呀，看呀！日寇的飞鸡（那时的人把飞机叫'飞鸡'）来了……"大家跑出去一看，只见空中一队日机轰隆隆地向西飞去，那飞机飞得很低，翅膀上的红坨坨都看得清清楚楚。没有多长时间，就从西边传来了一阵阵隐隐的爆炸声。为了安全，狗娃、木匠红和高贵生决定暂停排练，并告诉所有成员立即回家，不要随便离家出走，确保一家人的安全。

# 六十一

没多久，骊邑县周边在西安城做生意的、干零活的，还有当相公的都回来了，说是日寇往西安城丢炸弹，惨得没法说。南孙堡一个在西安南院门丝绸店当相公的小伙子，述说了他的所见所闻，说是在一次轰炸中，他们巷子的几个人都被炸死了。他们铺子南面有一个姓汪的郎中，因年龄大，警报响了跑不动，炸弹落到了他们家的院子中，房子被炸塌了，老两口被炸死了。落在汪家的炸弹皮还飞到马佩良家对门的墙上，和马佩良经常在一起玩耍的一个叫根娃的小伙伴，被炸弹皮削去了半边身子。他还说香米园附近的嗓子坑的一个菜窖被炸塌，闷死了好几个人。他去看时，他们的亲人一边哭一边用手刨，已经刨出了两具尸体，还有一具尸体露出了上半截，是位留着长胡子的老汉。惨哪！那小伙子眼里闪着泪花哽咽着说不下去了……

三四天后，狗娃一家人正在吃饭，忽然传来了两声爆炸声，声音很大很近，把他们家房上的土都震落下来了，窗纸被震得"哗啦啦"响，三个孩子吓得哭了起来。

第二天，传来消息，说是日本飞机给骊邑县城丢了几颗炸弹，孟家巷的一家六口人正在吃饭被炸死了，很惨。还把一颗炸弹丢到了骊山脚下的承福寺，寺院被炸得不成样子，三师父被炸死了，一个小和尚都被炸得粘到了墙上。一听这话，狗娃如五雷轰顶，不由得一阵惶恐和战栗。他坐不住了，三师父，三师父？不会的！怎么会是他？狗娃没有多想，拉起外衣急急火火就出了门，他妈赶到门外在后面喊他说："你看看，饭都盛在了碗里，吃了还不行？"狗娃没听见似的，边走边穿大跨步地向村外走去。

承福寺距离南孙堡大约有八里远，沿着村外的大路过了石碛河，绕过傅家村和景家寨子就能远远瞧见。狗娃快步疾走，一不小心左脚踩进了车渠，身子一歪，差点儿摔了一跤，那个曾经有伤的左腿一阵隐隐疼痛。狗娃停住了脚步，弯下身子用手轻轻地拊挲了一下疼处，刹那间，三师父慈祥的面容和自己与他相处的一段经历一幕幕地浮现在他的眼前……

狗娃那年行刺魏志虎未果摔折了左腿，三师父叫人把他抬到了承福寺。三师父自小习武，学了些跌打损伤的救治方法。他先叫两个小和尚把狗娃放在了床上，开始为他正骨复位。狗娃当时昏迷不醒，一阵剧烈疼痛后他醒了过来。他睁开眼，发现自己被几个人按着，一个人正在拽他的腿。他弄不清这是哪里，这些人在干啥，猛然间想起了早上的事，以为老和尚就是魏志虎。心说不好，怒从心起，一挺身想坐起来，可几个小和尚死死地按着，狗娃只能两眼圆睁，高声叫骂魏志虎。忽然一阵剧痛之后，一位老和尚说："阿弥陀佛，好了好了，接住了接住了。"说着，他转过身来面带笑容地说："娃娃，你弄错了，我不是魏志虎。你的腿断了，我给你治腿，你要听话，千万不要动，动了就好不了了。"狗娃咬住牙关出了一身冷汗，浑身无力，又晕了过去。过了一会儿，他睁开了眼睛，这才发现自己躺在一个干干净净的房间里，那位老和尚坐在一旁看着自己。狗娃只觉天旋地转、头脑发涨浑身不舒服，左腿好像有千斤重量，一动就疼，一直抽到肩膀上。他心中不安，大声叫着："这是哪儿？放我回去！"

　　到了饭时，一个小和尚端来了一个木盘，木盘内放着一碗红豆稀饭和一小碟咸菜。三师父端过饭碗，用饭匙在碗里搅了搅，又轻轻地吹了两口，舀了一勺饭送到狗娃面前，笑着说："娃娃，吓死人了，这会儿好了，千万别动。先吃饭，估计你也饿了，人说'病要挣伤要养'，肚子里有了东西才能尽快康复。来吧。"说着就给狗娃喂。狗娃的二屎劲儿来了，他毫不领情，大声喊道："不吃不吃！这是哪里？我要回家！"挣扎了一下没有起来，一挥手打翻了三师父手里的饭碗，一碗热乎乎的红豆稀饭洒了三师父一身。随着"咣当"一声响，青花瓷碗也摔成了碎片。站在一旁的小和尚被狗娃的无理激怒了，他一边为三师父收拾衣服上的饭一边斥责狗娃说："你是人不？不知好歹的东西！大师父，咱走，不管他了！"

　　哪知三师父并未介意，甚至连一丝一毫不悦的表情都没有，他只是把那件被稀饭污了的直裰脱下递给了小和尚，又接过小和尚递来的手巾擦了擦手脸。擦完之后，走上前还把溅在狗娃衣袖上的米粒和汤渍擦得干干净净，接着又猫着腰把瓷碗的碎片，一片片地捡起来，然后依然用他那慈善的目光看着狗娃说："哎哟小施主，这么大的脾气！你得静下来，伤是要治的，饭也是要吃的。"又回头叮嘱那小和尚说："快去，再盛一碗饭来，不吃饭，靠什么恢复身子。"狗娃的挣扎和过激的动作，使他的腿骨再一次脱了位，一阵钻心的疼痛使他昏了过去。

　　狗娃一连两日水米没有沾牙，他真的饿了，加上腿部的伤痛，身子的虚弱，也真的折腾不动了。三师父不离左右，在他无微不至的呵护和不厌其烦的劝慰下，狗娃那充满敌意和戒备的心终于为之所动，他开始吃饭喝水了。见狗娃已开始吃饭，三师父甚感欣慰。太阳将落山时，三师父来了，他将烧酒倒进一个碗中，用棉花蘸着烧酒轻轻地为狗娃擦拭那受伤的左腿。擦拭过后，三师父叫小和尚端来了热水，为狗娃洗净了脸上手上的血渍和尘土，一边擦拭一边问他："小施主，你是哪里人？老衲与你无冤无仇，你为何要拿刀行刺于我？这么小个娃娃，杀伐之心就这么重呐！"狗娃似乎这才清醒了，他想起了那天清早发生的事情，立马明白了是自己认错了人，心里一阵紧张，只说了一句："魏志虎是我的杀父仇人！"之后，就紧闭眼睛一句话也不说了。

到了晚间，三师父发现狗娃的腿越来越肿，浑身滚烫，他知道自己只是会疗治一些简单的刀伤和红伤，怕把狗娃给耽搁了，立即安排了寺院里的事，雇了辆驴车把狗娃送到了乌先生那儿。其间，三师父亲自给狗娃煎药喂饭、洗衣换药、驱赶蚊蝇，连大小便都是他扶着扛着。狗娃看在眼里，暖在心中，虽未启齿致谢，但却感动得流下了眼泪。一天，三师父又坐在床边为其摩挲伤处，狗娃感动得暗自流泪，直到无法控制，一把搂住三师父放声痛哭，把自己的身世和心中的怨愤一五一十地说给了三师父。三师父安慰狗娃，劝他静下心来勿要多想，说养好伤才是最大的事，还给他讲了许多善恶因果和佛学的哲理。三师父教狗娃摈弃杀伐之心，多存慈心善念，广种福田。直到如今，狗娃还牢牢记着三师父的一句话："念头宽厚的，如春风煦育，万物遇之而生；念头忌刻的，如朔雪阴凝，万物遭之而死。"狗娃当时懵懵懂懂，似懂非懂，他曾经问过三师父："照您说的，杀父之仇就不报了，那我大要我这个儿子干啥？"三师父不动声色，双手合十只说了一句："苦海无边回头是岸，小施主，以后你慢慢就会懂的，阿弥陀佛！"就再也不回答了……

猛然间一声响打断了狗娃的沉思，抬头看时，一只五彩斑斓的野鸡拖着漂亮的尾巴从路旁的草丛中飞向了远方。他思忖了一下，重新回到了现实之中，不由得加大了脚步向前赶路。半个时辰之后，狗娃赶到了承福寺，可眼前的一幕让他惊呆了，昔日庄严肃穆、松柏掩映的承福寺，一下子变得惨不忍睹。山门被揭去了顶盖，佛殿和厢房被炸得只剩下了残垣断壁，昨日烧焦了的椽檩还冒着缕缕浓烟，空气中充溢着一片焦糊腥臭的味道。慈眉善目的佛像及四大天王、哼哈二将、护法天尊等神像的残肢断臂与倒下来的破砖残瓦混杂在一起，院子里的几棵柏树被齐腰炸断，落在地上的树枝有的还正冒着青烟。当地的乡约保正正指挥着人们收拾现场，有的人清理杂物，有的正在废墟中寻找着遇难者的尸体。一位五十左近的老人正埋头清理杂物，狗娃走过去拍了拍他的肩，问："这位大叔，你知道三师父在哪儿吗？他不要紧吧？"那老人慢慢地抬起了头，浑浊的眼里流着泪水，哽咽着说不出话来，只是用手指了指不远处的山冈。狗娃又急急地来到了承福寺后面的山坡上，发现人们刚刚把三师父和被炸死的几个小和尚安葬好，老老少少、男男女女好多人正眼含热泪，跪在三师父的坟前焚纸礼拜。狗娃赶上前去，"扑通"跪倒，一头触在地上好久没有抬起，泪水模糊了他的眼睛。

狗娃揪心呐！那年，他刺伤了三师父，老人家不但没有责备，还精心替他治好了伤，为他煎药喂饭，三师父那胸怀和善心感动了他。三师父教他如何做人，给他讲了好多故事，正是老人家的不厌其烦、循循善诱，终使狗娃顽石点头，使他懂得了人世间许许多多的道理。

狗娃含泪跪在三师父的坟前，望着被日寇炸得不成样子的承福寺，望着那些为三师父祭奠的百姓，愤怒之余他感到无奈，感到茫然，感到苍天的不公。这时，他想起了三师父曾经讲过的一个故事，故事名字叫《一轮明月》：

> 一天夜里，一位禅师沐浴着皎洁的月光，在林间的小路上散完步之后，回到自己住的茅屋时，碰上一个小偷正光顾他的房间。他怕惊动小偷，一直站在门口等待……小偷没有找到值钱的东西，反身离去时遇见了禅师。他正感到惊慌的时候，禅师说："你赶了很远的山路来探望我，总不能让你空手而回呀！"说着脱下了身上的外衣，说道，"夜里凉，你带着这件衣服走吧！"说完，禅师就把这件衣服披在小偷身上。小偷不知所措，低着头溜走了。禅师看着小偷的背影，感慨地说："可怜的人啊！但愿我能送一轮明月给你！"第二天，温暖的阳光融融地洒照着茅屋，禅师推开门，一眼便看到昨晚披在小偷身上的那件外衣整整齐齐地叠放在门口。禅师非常高兴，喃喃地说："我终于送了他一轮明月……"

狗娃回忆着这个故事，想着三师父，这位一辈子受大家敬重的高僧竟然被日寇的飞机炸死了，自己心目中的一方净土也被日本鬼子炸成了废墟。他愤懑地抬眼望着天空，望着那被日本炸弹炸成废墟的承福寺。他恨小日本，更恨那杀了三师父的日本鬼子。他朝着三师父的坟墓磕了三个头之后，愤愤地离开了，口中咬牙切齿地说："狗日的日寇！"

# 六十二

　　民国二十七年的春天和往年似乎没有两样，依旧是不紧不慢地姗姗而来。骊山上的松柏花草，御河两岸的杨柳蒹葭依然碧绿苍翠，随风婆娑，华清池的泉水和廊檐上的乳燕依然上下翻飞，郊野的菜花和小麦依然还是那样的色彩灼人。然而，生活在关中平原上的人们早已无心留意这如诗如画的春景了。西安城连同周围各县的防空警报没日没夜地发出瘆人的怪叫，小日本的飞机蝗虫似的在空中飞来窜去，炸弹像下饺子一样从天而降，落到哪里哪里就火光冲天、房倒屋塌，落到哪里哪里就娘哭娃喊，一片惨状。

　　百姓们为求自保，各村堡寨的人家学着城里人也开始在自家的院子里掏挖藏身的窨子。狗娃和水莲一合计，也下手给家人弄一个藏身的地方。一天，狗娃正在窨子底下挖掘，水莲用辘轳在上面吊土，三麻子忽然来了，狗娃连忙上来，拍了拍身上的土招呼麻子叔坐下喝茶。三麻子没有坐，他告诉狗娃说："孙蔚如将军要率陕军下河东了！""啥？"狗娃好像没听清，大声问道，"三叔，你再说一遍！"

　　"孙将军要带兵下河东了！知道不？有咱的孙将军横刀立马，小日本就过不了河！"三麻子眉飞色舞地挥动着胳膊，仿佛日本人已被赶跑了似的。"孙蔚如？这名字好熟呀。"狗娃挠着后脑勺满脸迷惑地想着，忽然他眼睛一亮，说："哎，三叔，莫不是豁口村的那个孙蔚如，陕西省主席，三十八军的军长？"

　　"对着哩，就是他！还能有第二个？这人我见过，那年豁口村过忙罢我和你大在那儿唱过戏，唱的是《忠报国》。你大演的徐彦昭，你党叔演的杨侍郎，你丈人是李艳娘，我演赵飞。孙将军那天在家，看了咱的戏，伸出大拇指直夸奖，那天还给木匠红和你大披了红、封了赏呢，还说我的赵飞演得不错。孙将军可不得了，这人熟读兵书，用兵如神，有人在八仙庵抽了签，说他是上天派下来救咱陕西的神将，能呼风唤雨、撒豆成兵。"

狗娃硬把三麻子按坐在院子的捶布石上，水莲端来了一碗开水递到他手中。三麻子接过水一饮而尽，用袖子抹了抹嘴，接着又说了另外一个消息："我村一个人在四十七旅当团长，回来对村里人说，十七师师长赵寿山、五二九旅许权中和教导团李振西，早已带兵过了黄河，在雪花口、娘子关和忻口战役中和狗日的日寇干开了，打出了咱们陕军的威风。前些日子，孔从洲又带着独立四十六旅从朝邑过了黄河。再过些日子，孙蔚如就要亲自带兵'下河东'了，听说要在六月十五那天开誓师大会哩。"三麻子掩饰不住脸上的喜悦和兴奋，接着说，"叔心里高兴呀，这不，叔过来和你商量一下，六月十五那天，咱窝子班的鼓乐也去，把咱的'十面埋伏'和'将军令'拿出来，给咱陕军助一助威！"说话间他的眼里仿佛闪出了火花。狗娃早已憋了一肚子的气，一听这话激动得不得了，他把大腿一拍说："三叔，这还有啥说的！后晌老侄就挨家挨户传人，明儿个咱的鼓乐队就开始排戏，涝池里泡蒸馍——能整多大就整多大！六月十五早点儿去，长一长咱陕军的志气，不添斤添两哩！"

　　当晚，狗娃就去了泮池爷家，把窝子班鼓乐队要去参加誓师大会的事告诉了他老人家，平时不苟言笑的泮池爷听了这话高兴得合不拢嘴，他翘着胡子拍着狗娃的肩膀，激动地说："好事好事！打日寇咱南孙堡的人不含糊！我娃牵头，爷当后盾。这不光是窝子班的事，把咱南孙堡的爷儿们动员起来，把咱孙家祠堂的仪仗旗帜打上，这一回把劲儿攒足把事闹热闹！"说到这儿，泮池爷沉默了一下，似乎想起了什么，又恢复了以往的严肃和冷静。他捋着胸前雪白的胡须平静地对狗娃说："天下兴亡，匹夫有责呀！多少年来，小日本把咱中华欺负扎了，谁能忍下这一口气？爷想起了岳武穆的一首《满江红》，不知你读过没？其中有几句是这样说的：'靖康耻，犹未雪。臣子恨，何时灭。驾长车，踏破贺兰山缺。壮志饥餐胡虏肉，笑谈渴饮匈奴血。'我娃记着，只要咱中国人有岳武穆这种志气，团结一致、同仇敌忾，小日本算个屁！爷虽然老了，抗日救国岂能落后！"

　　关中自古民风淳厚，秦之俗，更尚气概，先勇力，仗义轻生，其民厚重质直，笃于仁义，强毅果敢，其心性气质，像秦川牛一样老老实实拉犁干活，又以"关中冷娃"的生冷倔强的脾气，敢拍桌子掀板凳，恨透铁、硬头王、硬到底。他们只要认准一个理，就敢于喷出一腔热血和你斗。今天他们来了，他们要和日寇在血里面捞骨头。

　　六月十五，鸡叫二遍的时候，泮池爷就叫开了城门，他和狗娃一起来到场院。伙计们昨晚就把锣鼓铜器装了满满两车，不大一会儿就套好了牲口。这时，北孙堡的另外几户的马车也都到了，前去赴会的人熙熙攘攘，把场院都站满了。大家一看，车把式穿得干干净净，手中的鞭杆上都绑着彩绸，泮池爷前几天书就的"还我河山"四个大字已经制成一面旗帜，插在首一辆骡车的车辕上，牲口头上也绾着彩绸和红花，精精神神好不气派！孙满指着车尾上一个鼓鼓囊囊的大口袋对狗娃说："你看，还是三爷操的心多，昨天叫家里烙了一天锅盔，这不，今儿个吃的也不熬煎了。"狗娃和在场的人一阵激动，无不对老人家的细心周到和办事认真肃然起敬。

当窝子班的鼓乐队和南北二堡的乡亲们打着旗帜，赶着马车，沐着夏日的晨露浩浩荡荡赶到古城东校场时，天才蒙蒙亮。大家往四周一看，有许多锣鼓队的乡党们已经来了，再仔细看那些旗帜和仪仗条幅，有城北的、城南的、塬上的、川里的，还有昨天从赵寿山将军的家乡户县赶过来的。这些来自乡间的人们，虽然貌不惊人，衣不鲜亮，可手握鼓槌和铙钹，神情肃穆，栖息在墙根或树下，如同战场上枕戈待旦的勇士。

这是一个艳阳高照、晴空万里的日子，西安东校场战马萧萧，刺刀闪亮，奉命率陕西子弟兵东征的孙蔚如将军要在这儿"沙场点兵"，举行渡河作战的誓师大会。

东校场是古人操演军队的场地。汉代以来，两千年的风云跌宕，多少金戈铁马从这里呼啸而出奔赴疆场，多少英雄豪杰在这儿盘马弯弓竞风流，斯人已逝而狼烟未灭。今日，古校场又集结了一支抗击倭寇扫灭狼烟的铁军。

这支军队几乎是清一色的"陕西冷娃"。他们身挎长枪，背插大刀，齐齐整整地列队在古校场上。七月的烈日火辣辣地照在那一张张充满青春稚气的脸上，汗珠儿扑答答地落在东校场的黄土地上，而这些小伙子仍像铜浇铁铸一般岿然不动。卯时刚过，忽然一声冲天炮响，紧接着一阵战马尖厉的嘶鸣，在场所有人的目光扫了过去，只见几位青年军官骑着战马簇拥着一位威武魁梧的将军策马驰入会场。这就是孙蔚如将军，四十岁左右，身材高大，相貌堂堂，他军服笔挺，披着斗篷，脚蹬马靴，骑在一匹枣红马上，眼睛露出一股刚毅的目光，整个校场顿时欢呼起来。

"弟兄们，辛苦了！"孙将军伸出右臂向士兵们挥手致意。"军团长辛苦！"士兵们齐声应答，这声音整齐雄壮，像隆隆的雷声在整个校场上空回荡。孙将军在校场转了一圈之后翻身下马，龙行虎步走上东校场的点将台。点将台用松柏搭成，左边写着"驱除倭寇"，右面书就"还我河山"，横空架着红色条幅，上面写着"国民革命军第三十一军团东征誓师大会"。

一开始是出征授旗仪式，西安行营主任蒋鼎文庄严肃穆地将一面绣有"中国国民革命军第三十一军团"字样的大旗郑重地交到孙蔚如将军手中，孙将军行罢军礼，将旗交与旗手，转过身面对台下官兵。赤色的军旗在烈日下熠熠生辉，孙将军威风凛凛地站在台上，挥动着右臂，用他那浓浓的关中口音首先问道："弟兄们，东洋鬼子已经打到黄河东岸了，欺负到咱家门口了，咱们该怎么办？"将军的话铿锵有力，感召力极强。他的话刚一落点，点将台下顿时响起了雷霆般的怒吼："驱逐鬼子，血战到底！"瞬时，东校场内外，窝子班和所有参加大会的军民几乎同时大声呼喊着举起了拳头："驱逐鬼子，血战到底！"

孙将军左手叉在腰间，举起右手用力一挥，说："好！三秦父老要的就是这句话！年前我就说过，中国人是不怕死的，要我死，他小日本也得拿几条命来换！现在，赵军长、李军长、孔旅长都已经带着弟兄们上去了，几个回合下来，他小日本也没什么了不起的！今天，本军长要亲自带领弟兄们东渡抗日，誓与倭寇血战到底，决不让鬼子犯我黄河，跨入我陕西半步！弟兄们，有这个信么？"校场上此时如同起了一阵狂风，六千将士和数千百姓同时把千万条胳膊伸向空中，伸向点将台，齐声高喊："有！有！有！"独立四十七旅王镇华旅长带领士兵们宣誓："为我中华生，为我中华死……"所有的人都跟着喊了起来。看到这个场景，狗娃的眼睛湿润了。

这时，校场四周响起了一片锣鼓声，如同天空滚过一阵惊雷，紧接着，所有的鼓乐都敲响了。窝子班鼓乐队赤膊的汉子抬着十面大鼓，高举着"还我山河"的旗帜，敲着气势磅礴的《风搅雪》也拥进了校场。走在最前面打鼓的是狗娃、陈振民、吹手娃和另外几名鼓手，擂鼓的汉子将胳膊抡圆了，裹着红绸的鼓槌上下舞动，激情满怀。紧随其后的三麻子，头上扎着英雄结，光身子穿着件白粗布马甲，腰系红腰带，领着数十名手持铙钹锣镲的壮汉，伴随鼓调列队而行。高贵生在最前面对着乐队，双手舞着那杆用五彩丝绸装饰着的指挥软鞭，一抖一动，一起一落，指挥着鼓点，变换着曲牌，时而《十面埋伏》，时而《杀四贼》，时而《风搅雪》……那鼓槌一落一声雷，那铙钹一撞一开花，狂、猛、刚、劲、欢、洒，如闪电，如雷鸣。他们发狠了，他们震怒了，他们陶醉了，他们忘情了，他们不要命了！这鼓声，这锣声，这铙钹声听得人骨也铮铮、血也沸沸。

当窝子班的锣鼓队行进到主席台正前方时，随着高贵生的指挥鞭猛地一压，锣鼓声骤然而息，几个鼓手将五面大鼓迅速地堆叠而起，只见一个小伙子扔下鼓槌一跃而上，站在摞起的大鼓上。这是新入伙的陈振民，唱"黑头"的，只见他倒背双手，仰面朝天："啊……嗨嗨嗨……"一声尖板，身后随即响起了秦腔板胡激扬的旋律。陈振民放开喉咙唱道："啊嗨嗨嗨——擂鼓（啊）三通响天外——白袍将军上马来！十万雄兵威名在，只杀得倭寇痛悲哀哉。杀他个血流成河归大海，杀他个尸骨成山无处埋。将军威名传万代，立马（啊）中条（他）谁敢来！"

点将台上的孙将军看到这个场景，心中一震，脸上露出了笑容，他对身边的王镇华说："《斩单童》，正宗的黑头戏，把词改了，改得好，攒劲儿！"孙将军带头鼓起掌来，紧随着一阵排山倒海的"谁敢来！谁敢来！"喊声和雷鸣般的鼓掌叫好声一波高过一波。

激励人心的锣鼓再次响起，士兵的队列开始向场外走去，围观的百姓自动让开一条路。队伍走过，父老乡亲大妈大婶挤着向前靠近，把手里拎的、怀里揣的、笼里提的鸡蛋、油馍和粽子争相往战士们怀里塞……所有的百姓一直把队伍送到火车站。火车站早已站满了人，大家唱着《义勇军进行曲》，高呼着口号，满怀激情地送东征战士们上了火车。

# 六十三

这一年的冬天来得特别早，过罢小雪的第三天，关中平原就迎来了当年的第一场大雪。按说是"瑞雪兆丰年"，可是这一场雪对南孙堡来说却无异于穿白挂孝。

泮池爷的长孙叫孙继宏，在省城读中学，眼看过年就要高中毕业了，可泮池爷硬是不叫上了，他以毋庸置疑的口气对老伴说："咱继宏不上学了，跟孙将军打东洋鬼子去，把鬼子兵赶出中国再上学也不迟，没有了国家还上什么学呀！"孙继宏已经二十一岁了，像他爷爷一样，高挑的个子，满脸聪慧，一表人才。一听爷爷说让他从军打日寇，孙继宏高兴得不得了，还撺掇了好几位同学一起到三十八军军部报了名。这些学生被编在了新兵预备团，已经训练了一个多月，说是训练一毕，过罢年就要开赴战场。泮池爷非常高兴，他为自己有这样一个热爱国家、深明事理的好孙子倍感欣慰，准备着今冬为其完婚，开年就把他送上前线。

十月二十六日，是泮池爷给长孙孙继宏娶媳妇的日子。

泮池爷给孙子娶亲，那可是整个南孙堡的喜事，村里人谁不高兴。前几天他家就杀猪宰羊，孙满带着继宏挨门挨户地叫人"帮忙"，泮池爷还叮嘱着叫妇人们把娃娃都带来，说是人越多越热闹。其实，"帮忙"是个话，老人家图的是个人气，也是为了叫乡党们在他家热热闹闹地聚一聚，吃几天酒席。他常常耳提面命地对两个孙子说："娃娃呀，记住爷爷的话，备席容易请客难，要知道人活在世上，就是再有能耐、官做得再大，也不能把村里的乡党忘了。你就是再富贵、再有钱，也要看得起穷人。人从村里活，树从根里活。"

一连几天，泮池爷家热气腾腾，人来人往。大家给泮池爷家干活，哪个不尽心尽力？扫雪的扫雪、搭棚的搭棚、做饭的做饭、摆桌凳的摆桌凳，忙得不可开交。泮池爷则穿着崭新的袍褂，满面春风，拄着拐杖笑呵呵地转来转去，摸摸这个孩子的脸蛋，拍拍那个小子的肩膀，不亦乐乎。听说孙继宏娶媳妇，狗娃妈早早就打发狗娃去了，一直忙了三天。就在二十五的晚上，毛河湾的毛金荣打发人来传话，说是获花塬上鹿迷村的庙会就要到了，想请窝子班过去唱两天戏，让狗娃务必明天去他家商量事宜。狗娃有点儿为难，他本想等孙继宏把媳妇娶回来再去，可闻名关中的胡子生（须生）毛金荣的话他不能不当事，就把这事对泮池爷说了。没想到泮池爷把手一挥，说："瓜娃娃！这年月能揽上个事比登天还难，去去去！别耽搁，这么多的人给爷帮忙哩，有你不多，没你也不少，你妈和你媳妇在这儿就行了，你走你的！"他还取出一把卷烟递到狗娃手中，笑着说："把这把卷烟带给金荣，就说我问候他，这家伙好这一口。"

第二天一早，狗娃就去了毛河湾。南孙堡到毛河湾大约四十里路远。十月白天短，又下了雪，当狗娃见到毛金荣时已近午时了。他们商量好了来鹿迷村唱戏的日子和事宜，在毛家吃过饭后，狗娃便告辞回家。毛河湾在荻花寨塬下，而毛金荣家却离村半里，居住在古塬半腰的两孔窑洞里，比村子高了十多丈，站在他家门口无遮无拦可以望得很远很远。毛金荣刚把狗娃送到门口，忽然从西安城方向传来一阵隐隐约约的警报声，他说："不好，狗日的鬼子的飞机又来了。"狗娃站定了，抬起头望着天空，不大一会儿，只见十几架日机自东向西朝西安城的方向飞去。那飞机飞得很低，轰隆隆的引擎声震人耳膜，一会儿就看不见了，接着西安城周边的防空枪炮声也响了起来。荻花塬距西安城仅有二十多里，地势又高，加上才下过雪没有尘埃，站在这儿影影绰绰可以望见西安城区。一会儿，随着几声沉闷的爆炸声，西安方向冒起了一股股烟尘。随着一阵防空枪炮的响起，他们还看见一架日机屁股上冒着浓烟，摇摇摆摆地向东飞了会儿后一头栽了下去。毛金荣说，好像是掉到了浐河岸边的牛家寺村那一块，他姑家就住在牛家寺。剩下的几架日机见状，掉转头向东逃跑了。没有一袋烟的工夫，东边的方向又传来了几声沉闷的爆炸声。

狗娃告别了毛金荣，踏着积雪大踏步地向回家的路上走去。一个时辰之后，当他路过斜阳镇时，听路人说，日本飞机把炸弹丢在永乐塬上的一个村子，爆炸声沉闷巨大，整个村子都被烟尘笼罩了。狗娃的心中有一种不祥的预感，不由得加快了脚步。到了彭家桥，一个噩耗传进了他的耳朵，说是南孙堡有一家人给娃娃娶媳妇，亲戚朋友正在吃酒席的当儿，日寇飞机丢下了两枚炸弹，炸死了好几十个人，惨哪……

听了这话，狗娃如同触了电一般，心中一阵战栗，他不敢细想，撒开脚丫子就向村子飞跑。不知道滑倒了多少次，弄得满身的泥巴和雪末，受伤的左腿还有些隐隐作痛，他顾不上这些，只觉得这五六里路太远了。渐渐地他望见了南孙堡，发现南孙堡的城门楼已被炸塌了半边，耳内传来一阵阵撕心裂肺的哭喊叫声。狗娃的脑子一片空白，他不知道是怎样从城门楼的废墟上爬进了村。

眼前，倒塌的房屋、混乱的人群、白的积雪、黄的尘土和殷红的鲜血搅和在一起。街巷房屋倒塌了许多，有的椽子和檩子上还冒着青烟和火苗，邻村前来救援的人正忙着从废墟中刨人。狗娃傻了眼，一时不知如何是好，泥塑木雕般地站在那儿一动也不动。

他看见泮池爷家的青砖门楼已被炸去了半边，只剩下一边砖墩耷拉着的房脊，院子里的惨状不堪入目。与其相邻的两家也房倒屋塌，弥漫着硝烟和尘土，院子中间被炸成了个深坑。邻村的乡党们在一位保甲人员的指挥下，灭火的灭火，刨土救人的刨土救人。街巷的那头，血淋淋地摆放着大大小小好多残缺不全的尸体，有的苦着芦席和草帘，有的盖着被鲜血浸透的衣物。几个披头散发的妇人趴在尸体上呼天抢地，声嘶力竭地哭叫着死者的名字。

蹰躇间，狗娃远远看见了水莲，狗娃跑了过去，只见水莲散乱着头发，满脸泥土，浑身血迹，疯了一般。她一边凄厉地呼叫着婆母，一边用双手拼命地刨着一堆残砖土坯。她不停地刨，在废墟中寻找着和奶奶在一起的两个孩子，十个手指头鲜血淋漓。当她看见狗娃时，猛地跑过来抱住狗娃，一口咬住了他的胳膊。要不是一旁的人拦得快，狗娃的胳膊早叫水莲咬烂了。这时，有个邻村的人喊道："天呐，这是不是狗娃妈？"大家都聚拢过去，水莲一眼就认出了她，是的，那是婆母。老人家的一条腿已被炸掉了，脊背被弹片穿了个洞，怀里还紧紧地搂抱着自己三岁的小孙子天保，小天保的头紧紧地伏在奶奶的胸口上，两只小手紧紧抓着奶奶的外衣。狗娃见状，悲恸欲绝……

事情是这样的。这天，村里的人大都聚在泮池爷家吃席瞧热闹，泮池爷家摆的是流水席，还在邻家的院子里搭棚摆起了桌凳。早起是臊子面，午后是"八碗一拼盘"，只要坐满一桌子就开席。吃罢早面之后，水莲想起自家的牛还没有喂，就领着二女儿如意回家。给牛拌好了草，觉得还有些时间，就坐在了炕头的纺车前纺起了线。忽然听见一阵阵轰隆隆的飞机引擎声，由于这几年日寇的飞机常常从这里飞过，水莲也没有在意。哪知一声巨响，仿佛天地打了个战，把她从炕上震了下来，紧接着"哗啦"一声，她家上房的山墙向外倒了下去。她听见砖头瓦块像下雨一般打在了房上、门窗上。水莲不知出了啥事，跑出街门一看，东头泮池爷家那边烟尘雾罩、火光冲天，还夹杂着一片哭叫声。水莲心中慌乱，想起了母亲和两个孩子，疯了一样向东头跑去。

哪里还有泮池爷的家？哪里还是南孙堡的街巷？眼前只是一片倒塌的房屋，倒在地上的尸体，炸断的树木和桌椅，鲜血，浓烟，烈火，骇人的残肢断臂。侥幸存活的人，有的浑身鲜血胡钻乱跑，有的瘫在地上大声呼救，有的被埋在废墟下面呼爹喊娘，水莲吓得一屁股坐在了地上不会动了……

一个多时辰之后，保甲人员带着周围好几个村的群众，拿着工具带着水桶来救援了。而被一棒子打蒙了的南孙堡人，这才回过神来，开始呼叫着寻找自己的亲人。水莲到处寻找婆母和孩子，没有他们的踪影，她多么希望大女儿吉祥能带着弟弟到村外玩耍，躲避过这场灾难！忽然水莲发现隔壁院里（院墙早已倒塌）的一棵花椒树上挂着条葱绿色的新裤子，这不是大女儿吉祥的裤子吗？今天村里过喜事，是她今早才给孩子换上的。水莲疯了似的跑过去扯下裤子，只见裤管里掉出了一条腿，脚上还穿着今早才换上的新鞋袜……

狗娃搂着母亲哭了个半死，终于，在人们的劝慰下止住了悲痛，回到了现实之中。他茫然地望着眼前的凄惨景象，不由得想起了泮池爷，一打问，才知道他老人家也没有幸免于这场灾难。

今天泮池爷为孙子举行婚礼，是个喜庆的日子，整个南孙堡喜气洋洋，张灯结彩，锣鼓鞭炮火铳声不断。亲朋好友、邻里乡党来了不少，南孙堡村里村外红男绿女出出进进，好不热闹。不想，这个场景被一架飞往西安的日机发现，这架日机便不离南孙堡上空反复盘旋侦察。泮池爷发现这个情况之后，意识到日寇起了不良之心。他立即传话让所有活动停止，并叫孙满安排大家分散躲避，不要集中在一起，以防不测。

这架日机飞得很低很低，轰鸣声震耳欲聋，连开飞机的机师都依稀可辨，好像在给人们示威。泮池爷觉得这日寇欺人太甚，他怒不可遏，不躲不避，一个人拄着拐杖上了寨子的东城墙，大家伙儿拦也拦不住。泮池爷上了城墙，挑了个最高处站定，他银须飘飘，眼喷怒火，身上的长袍像一面旗帜被寒风吹得霍霍作响，俨然一座威武不屈的雕像。老人家毫无惧色，用手中的拐杖指着日寇的飞机高声斥责叫骂。老人家的一举一动被日机上的强盗看得一清二楚，万恶的日机再一次绕了一圈俯冲过来，随着"嗒嗒嗒"一阵枪响，泮池爷高大的身躯摇摆了几下之后，倒下了，倒在了南孙堡这座曾经阅历了三百年沧桑的古寨墙上，倒在了那一丛丛将要萌发的迎春花和常青藤之间……

日寇的飞机又在村子里丢了几枚炸弹之后向东飞去。狗娃得知泮池爷死去的消息后，跌跌撞撞地来到了老人的躯体旁边，只见老人家被平放在一张门板上，身上盖着一条被单。狗娃跪倒在地，颤抖着双手揭开蒙在泮池爷脸上的被单，只见泮池爷崭新的马褂和袍服上尽是鲜血，老人家张着口圆睁着双目似乎和苍天争辩着什么。狗娃心中一阵战栗，仿佛天塌了一般，他不敢相信，更不忍低头去看，只是用双手捂住了自己的眼睛，任凭热泪从指缝间流出来……很久很久他才睁开双眼，尘埃之中他忽然看见，泮池爷家所有的房屋都被炸塌了，而奇怪的是，上房东边的那座山墙尚未坍塌，依然高高耸立，山墙擎着的屋角上，那只青砖雕成的鸱吻依然迎着凛冽的寒风怒视着远方……

事后，大家说，要不是泮池爷及时安排大家疏散，死伤的人恐怕还会更多。

历史永远记住了这一天——民国二十七年十月二十六日，日寇炸死了泮池爷一家七口、狗娃一家三口，不算伤者，共计死亡三十六口，欠下了中国人民又一笔血债。善良正直的泮池爷死了，与人无争的大伯大妈死了，活蹦乱跳的孩子死了，骊山呜咽，御河饮泣。

一连多天，南孙堡天天打墓，天天埋人，天天送葬，纸钱飞舞，哭声不绝，南孙堡笼罩在一片压抑和悲痛之中。他们各自的亲戚朋友、乡党邻居，帮忙的帮忙，安慰的安慰，做着各自该做的事情，直到埋葬了最后一位遇难者。

时间过去了许久，那个梦魇，那个阴影，那个惨烈的场面在南孙堡每个人的脑海中挥之不去。水莲受了刺激，她忘了做饭，忘了喂牛，整日里恍恍惚惚，忽哭忽笑。每到傍晚，她都会站在村东那个高高的堎坎上，拉着长长的腔调呼唤着："吉祥哟——把天保领回来吧！这贼女子，天都黑了还不知道把娃领回来！"那凄惨瘆人的呼叫声在暮色和秋风中传得很远很远，过往的路人见此情景无不掩面而泣。

然而，死者长已矣，活着的依然还要活，为了治好水莲的病，狗娃找医问巫不敢懈怠，亲自为水莲煎药，经管她按时服药。数月之后，水莲渐渐地恢复了正常，只是神情木讷呆滞，沉默寡言，再也不是以前性情开朗、爱说爱笑的水莲了。


一天，陈振民和吹手娃来到南孙堡，兴奋地告诉了狗娃一个消息，说他们今日去了西安城，城里到处都是"捐资捐款，支援抗战"的标语和口号，抗日的气氛可热烈了！听说前不久，还成立了个"中国妇女慰劳自卫抗战将士会陕西分会"，会长就是孙蔚如的夫人李定荫……陈振民眉飞色舞地说，"分会"在南院门设了个"献金台"，可不得了了！前来"献金台"为抗战捐钱的人多得不得了，有富贵达人，有平头百姓，还有道士和尚。有的富家太太、小姐捐过钱后还把自己的耳环、戒指卸下来当场捐献，有的妇女把平时省吃俭用攒下来的钱、压箱底的钱都拿出来捐了。吹手娃插话说，他听说杨虎城和孙蔚如将军的母亲更不含糊，两位老太太每人就捐了一万多元大洋。李定荫女士还组织了西安话剧歌舞演唱队，准备过河慰问抗战的将士哩……

　　陈振民和吹手娃似乎特别兴奋，连水都顾不上喝，又是比画，又是描述。他们的话激励了狗娃，也触动了水莲，好久没有笑容的水莲，脸上似乎露出了微微的欣喜，她忽然转身对狗娃说："你叫人问一下，看人家要不要咱窝子班。咱没钱捐献，可会唱戏，到前线给将士唱戏，鼓励他们多杀日本鬼子，为咱亲人报仇。"振民心中一阵高兴，仰起头望着水莲笑笑说："好我的嫂子哩，都要唱歌跳舞的呢，咋能不要唱戏的？我从城里回来，在路上都想好了，今儿个专门为这事来的。你只说舍得舍不得让我狗娃哥去？战场上枪子儿可不长眼，说殁就殁了！"

　　水莲的脸霎时变了颜色："振娃子，你这是激嫂子哩？"说到这儿，她的眼里溢出了泪水，她撩起围裙擦了擦眼泪，"谁和日寇仇大？我一家三口都死在日寇的手里，我还有啥舍不得的？莫说叫你哥去，嫂子我都想去哩！我还想亲手宰几个日寇呢！"说着话触动了她心底的伤痛，哽咽了起来。狗娃怕水莲情绪波动，影响病的恢复，连忙给振民使眼色让他不要再说了，又一边笑着把水莲推到厨房让她做饭去。水莲离开之后，他思忖了一下说："是这样，虽说咱是这样想的，其他人还不晓得，我看今晚把咱窝子班的人叫到一块儿说一说。咱明天到县上找救国会开上个函，拿到函就去西安报名，你俩看咋样？"

　　忽然，水莲插话了："振娃子，既然话说到了这儿，你再听嫂子一句。"他们回头一看，不知啥时水莲又站在了后面，她似乎言犹未尽，转过头对狗娃说："当家的你听着！今儿个振娃子在当面做证，这一回你若能去前线，你要不亲手宰几个东洋鬼子你就别回来！"说着她又流下了眼泪。

　　谁也没想到这次报名出奇地顺利，有关部门特准了窝子班参加这个慰问团，只是说由于隔河渡水，戏箱道具不方便带，只能携带随身的伴奏乐器。

　　经过了报名准备，窝子班除了高贵生和几个年龄较大的人之外，包括三麻子在内共计一十三人参加了慰问团。腊月初，他们在狗娃的带领下随妇劳分会带着大量的慰问品去前线慰问，一同从朝邑过河进入了山西境内。同行的有西安的各界人士和东北、平津流亡学生组成的战地演出团。

# 六十四

窝子班随着西安各界的慰问团第一批渡过了黄河，来到了中条山我军的驻地，慰问团把各种慰问品分发到了驻扎在各个地方的驻军。在司令部的安排下，战地演出团划分了数个演出组，分头到各个军营巡回演出，窝子班恰好被分到了指挥部所在地的六官村。

狗娃通过一个警卫营的乡党，认识了军需处一个孙姓的副官，他负责安排窝子班的演出事宜。孙副官也是灞桥豁口人，是孙将军的一位远房弟弟，他一听说是窝子班，狗娃又姓孙，更加高兴。哪知越说越亲，三麻子舅爷家也在豁口村，刨了个底儿，三麻子虽说大了孙副官十岁，可论辈分还得喊他舅爷。孙副官说他曾看过魁庆社的戏，对他们的戏特别欣赏，可听说这次来未带戏箱，他感到非常遗憾。不想第三天晚上，孙副官兴冲冲地来到窝子班所住的窑洞，对狗娃说，他回去请示了军需处，经过了一番周折，托人从当地的戏班借来了一副戏箱，想让窝子班和西安其他几个剧团合唱一本《下河东》。军需处想用这出戏庆祝粉碎了日寇的大扫荡，鼓一鼓抗日将士的士气。大家都说这再好不过了。第二天，由孙副官牵线与其他戏班见面了，由于都是同行人，他们一见如故，当时就在院子里拉开场子排练起来。

大年初一，东延村村东的大场里搭起了简易戏台。在台下第一排就坐的是孙蔚如将军和其他要员，后面整整齐齐地坐着手握钢枪的将士，周围是前来看戏的老百姓。台下万头攒动，一派喜庆气氛。窝子班和其他几个戏班联袂演出的秦腔大戏《下河东》开演了。在这出戏中，狗娃饰演赵匡胤，陈振民饰演呼延赞，其他配角由窝子班和当地戏班搭配演出。狗娃本身就擅长红生戏，他的嗓音高亮宽厚，唱风雄浑苍劲，感情炽热，台风凝重，尤其在对大段唱腔感情起伏的处理上见功底，极易引起观众的共鸣。

戏演到了《赶驾》一场，也是这出戏的高潮。这段戏极难把握，不但要表现出一代君王争夺天下、气吞山河的个性特征，又要把握住其"兵困河东"的特定环境，还要表现出赵匡胤在沙场征战上因用错人造成危机的内心忏悔，其分寸很难把握。可狗娃却做到了，且表演得游刃有余：

> 河东城（啊）困住了（哇）宋王太祖（啊）——把一个（啊）
> 真（啊）天子我昼夜巡营（啊）……黄金铠（啊）每日里（啊）把
> 王裹定，可怜把（啊）黄骠马（啊）难解鞍笼（唉）……赵玄郎不
> 忍看百姓叫痛，手提上盘龙棍（啊）东杀西征（啊）……

这一段酣畅淋漓、慷慨激昂的苦音尖板伴随着激越的板胡音韵响遏行云，直冲霄汉，这声音穿透了层层山峦和密林，在晋南那千山万壑间回响。看台下，已经进入剧情的观众看得如痴如醉，不断鼓掌。

坐在台下的孙蔚如将军、赵寿山将军和李百川秘书长连连拍手叫好，在场看戏的抗日军民欢呼喝彩，高潮不断。这时，陈振民饰演的小将呼延赞"哇哇"叫着要替父报仇，脚步震得戏台咚咚作响，而"赵匡胤"好说歹说怎样解释他都不听。饰演赵匡胤的狗娃看见坐在前排的孙将军、赵将军，还有台下的将士、周围的百姓为他们的表演拍手叫好，便更来劲儿了，表演的台步工架更加循规，唱念做打更加到位，秦腔红生的唱腔更加苍凉悲壮——

> 盘龙棍，打天下，谁不知王的好杀法。下燕京，斩刘化，高
> 平关又把鹞子杀。五王八侯保王驾，个个枪法赛哪吒。高怀德，
> 高怀亮，石龙石信好杀法，个个能杀又能打，乾德王还怕你个小
> 娃娃？

一板流水，唱尽了马上天子的四极气势、八面威风，又迎来了在场军民的一阵阵鼓掌和欢呼。孙将军一边鼓掌，一边笑着对身旁的赵寿山和李百川说："山西自古就是龙争虎斗的大战场啊！高平关一战，赵匡胤杀鹞子一举成名。我军前年就在高平关打了几场恶仗、硬仗，赵兄你虽不能说是一举成名了，但高平关失而复得，打出了我们陕军的威风啊！"

"哪里哪里！为国效力那是我等的职责呀，没有那些舍生忘死的'陕西冷娃'，哪有咱西北军的威风呀！"赵将军谦虚地说。孙将军长叹了口气说："嗯，都是些好小伙子啊！"说到这儿，他扭过头对他的随从副官说："把刚才准备的彩绸拿来，我要给唱戏的披红。"

之后，那位副官上到台上把手一挥，文武场面戛然而止。孙将军、赵将军和李百川秘书长在人们的欢呼和掌声中走上舞台，和舞台上的所有演员一一握手，并给狗娃和陈振民披上了红绸……

几天之后，窝子班一行又来到了孔从洲将军的四十六旅所在地平陆慰问演出。四十六旅的将士大都是陕西乡党，一提起看秦腔高兴地"嗷嗷"叫。

第二天中午，窝子班在城隍庙的戏楼上给久违秦腔的将士们唱了几出家乡戏。首一折是《罗通扫北》中的"盘肠大战"，由窝子班新来的一个武生饰演罗通。伴随着一阵急骤的边鼓声，只见一个白袍银铠的小将翻着跟头出场了，台下的将士和观众一片哗然。而此时台上却出现了身着日军服装的"倭寇"，与白袍将军战在了一起。一个倭寇一枪将"罗通"的肠子戳了出来，那"罗通"咬着牙将流出的肠子盘在腰间，随着梨花枪上下舞动，那几个"倭寇"纷纷倒地。白袍小将跪在那儿，以枪支地接着唱道：

望着那旗幡招展（啊），似飘扬（哎），定有埋藏（嗯），俺这里甚为英勇（啊），今一朝（啊）定把那小倭寇（欸）赶出了家邦（哎）——

随着台下一阵热烈的呼喊和震耳的掌声，三麻子上场了。他那滑稽的扮相，幽默风趣的语言和惹人发笑的夸张动作，把将士们多日来对敌作战的烦躁和压抑一扫而光，引来大家一片轻松愉快的欢笑。最后，三麻子来了个《大实话》，他仰起头冷着面孔唱道："……他大舅他二舅都是他舅，高桌子低板凳都是木头。走一步退一步权当没走……"说到这儿，他右手上下一指，两只眼睛一骨碌，右脚猛地一跺，拉长声音说："天在上地在下，小鬼子你算个屁！"随之所有的士兵都跟着吼了起来："天在上地在下，小鬼子你算个屁！"三麻子都下台了，台下的笑声和喝彩声依然不绝于耳……

# 六十五

一连演了多日，这天在一个小镇休息。由于大家吃腻了队伍上的饭菜，嘴也馋了，听说这街上有一家荞面饸饹很是有名，狗娃和三麻子一合计，就一起去饸饹馆给大家换个口味。

掌柜的见客人来了，满面春风地招呼着说："客来了，里边坐！咱这儿的饸饹有热的、凉的，葱花三鲜的、羊肉臊子的，还有碗饦粉、肉夹馍，几位客官，想吃些啥？"说着把桌子抹了又抹请他们坐。三麻子向四周看看，觉得馆子里收拾得还挺干净，便拣了个板凳坐下，然后对掌柜的说："听说这儿的荞面饸饹有名，我们专门到这儿尝尝鲜，看比得过俺们鼓楼口老马家的不。"掌柜的抬起头把三麻子打量了一下，心说，满口的长安腔，这家伙是个吃家子。他忙指着门口的牌匾，笑着说："啊呀，原是陕西的乡党，咱们秦晋一家亲嘛，关照，关照！这位老兄，你有所不知，光绪二十六年，慈禧老佛爷去西安巡守时曾路过咱这儿，那时我爷卖饸饹，老佛爷吃了我家的饸饹觉得味道美，一高兴，就叫人拿来笔砚，给我家题了这五个字。"大家抬头看时，果然见堂屋里挂着一块黑底金字牌匾，上面有五个金光闪闪的大字——晋南第一家。这金光闪闪的五个大字，尽管已被烟尘熏染，仍可辨出右面的一行小字，前面有"御赐"两个紫色小字，接着是金色小字。狗娃一字一句地念着：慈禧端佑康颐昭豫庄诚寿恭钦献崇熙皇太后御笔。

那掌柜的接着继续说道："咱这儿靠着风陵渡，三省通衢，南来北往的客商哪个没吃过咱的饸饹！只是这几年日本鬼子闹得鸡犬不宁，生意难做了。各位今天来了，来了就好。"接着他朝里屋长喊一声："哎——来了——张相杨相，倒水上茶！搭火烧锅，揉面切菜炒臊子——"他一连串说了许多。陈振民听了，捂着嘴笑，三麻子小声说："山西人做生意都这样，殷勤客气不比一般。"

随着一阵锅碗瓢盆的碰撞声、搭火拉风箱声，紧接着饸饹床子的咯吱声，不大一会儿，一股浓浓的油泼辣子味、葱蒜味和出锅荞面的香味扑鼻而来。随着门帘掀起，跑堂的把热气腾腾的饸饹端了上来，他们几个狼吞虎咽起来。也是醋酸辣子香，一个个吃得满头大汗。

狗娃吃饭快，他首一个吃毕，把嘴一抹站在饭馆门口剔牙。一抬头望见一位衣着时尚的年轻女性从街东头远远地走了过来，狗娃心说，天神！这个穷到家的地方竟然还有如此时髦漂亮的女人，他感到有些奇怪。渐渐地那人走近了，忽然狗娃发现这人的身段相貌和走路的姿势是那样的熟悉，好像在哪儿见过，一时却想不起来。这人约有二十五六岁，清澈而透明的眼睛，白皙的皮肤，梳着齐耳的短发，穿着件阴丹士林旗袍，外罩一件紫红色毛线外套，围着条白色的围巾，白丝袜，黑色偏带鞋。她好像有事，匆匆地向西去了。狗娃急急地进了饭馆，一把将三麻子拉到门口让他辨认，三麻子不知所以，待他揉罢了眼睛那人已走远了。狗娃又向前跟了几步，只见那人进了镇子里的一所学校。

回到了住处，大伙儿又议论起了近日演出期间遇到的趣事。吹手娃说："狗娃哥，三十三团苏副营长见你没？"狗娃眯起眼睛说："哪个苏副营长？"吹手娃说："就是那个走起路来一闪一闪的络腮胡子。那次在三十三团唱完《赶驾》，在后面的树林子小解时遇到了他。他给我说，有人托他打听说，你们慰问团唱红生的小伙子是不是当年在凤邠师管区唱过戏，那人好像看过你的戏，还说你演的田玉川攒劲儿……"狗娃心中忽地一亮，猛地一拍大腿高声说道："嗨！郑玉卿，对对对，就是她，就是她！"吹手娃见狗娃忽然间说起了这些没头没脑的话，莫名其妙地睁大了眼睛。在场的人也觉得狗娃有些异样，都诧异地看着他。忽然狗娃一拍手说："没麻达，就是她！"

原来，吹手娃一提起凤邠师管区，立马唤起了狗娃对那段从军经历的记忆，许许多多当时的人和事浮现在了他的脑海。猛然间，狗娃心中一怔，想起了在街上见到的那个女的，她不是别人，是郑玉卿呀！狗娃不禁一阵激动。清澈而透明的眼睛，白皙的皮肤，满脸的自信，是她，真的是她！狗娃一把拽住了吹手娃的手，拉着他急急火火地出了院子，朝镇子西头的学校走去。

路上，狗娃把自己当年在凤邠师管区的经历告诉了吹手娃，接着又把郑玉卿与自己的认识经过以及她救过自己一命的事也告诉了他。让狗娃遗憾的是，他因打死了郭连长私自离开了队伍，和郑玉卿不辞而别，他从心里觉得对郑玉卿有说不出的亏欠……狗娃思绪万千，边走边想，转眼间，已是十年过去了。到学校去找郑玉卿，可又不敢保那人真的是郑玉卿，是否自己认错了人？若真的是她，她又咋能来到这儿教书……

一转眼到了学校门口，只见两个全副武装的士兵在门前站岗，狗娃不管这些，大踏步地要往里走。两个岗哨一见，用枪挡住了他，年纪稍长的一位厉声说："站住！干什么的？请出示关防手续！"狗娃站住了，他一听那士兵的口音是陕西人，就笑着解释说："我们是慰问团的，昨晚还给你们唱过戏！我们来这儿找个人。"那士兵一听狗娃满口的陕西话，又眯起眼睛把他从头到脚打量了一番，态度一下子变了，笑着说："是不是昨晚唱《金沙滩》的那个胡子生'杨继业'？"狗娃高兴地说："是呀！唱'赵匡胤'的也是我。"那人一听，竖起大拇指说："嫽扎咧，攒劲儿得很！不过……"他笑着解释说，"既然是咱的人，我就实话告诉你，最近军情有些紧张，听说日寇又要进攻中条山，狗日的特务汉奸常常在这儿收集情报，不得不防啊！你要找谁就对我说。"狗娃就把午间遇到郑玉卿的经过告诉了那士兵，还说他亲眼看见她进了学校。

那士兵"喔"了一声说："乡党，你说的对着哩，那女教师就是姓郑，西安女中的教师，和你们一样，也是慰问团的。前几天慰问演出，她出台唱了个歌，台子下面好多当兵的都哭了。"那士兵似乎也动了情，若有所思地挠着头说："那歌子叫啥来？"另一个年轻的士兵插话说："好记性呀！昨天我还给你说了，今儿咋又忘了，叫《松花江上》！"年龄大的一拍头说："对，对，《松花江上》，《松花江上》！郑老师带着个学生歌舞队唱歌跳舞宣传抗日，就住在这儿……"没等他说完，狗娃就央求着说："乡党，既是这样，那就放我们进去吧！"一说要进去，那士兵立马严肃地说："这儿是团部，你想能进去吗？这事由不了我俩，说得再好，没有关防介绍是不敢放你进去的。"

狗娃还要磨蹭，忽然听见后面一声高喊："干什么的？"他们一抬头，见从外面来了一位军官。两名岗哨一见，双脚并拢立正敬礼说："报告长官！这两个人要进去见慰问团的郑老师。"狗娃见状忙上前自我介绍，并说他和郑老师是亲戚，只想与她说几句话。那军官向前跨了一步，解释说："既是咱们慰问团的人，我告诉你，近日军情紧张，上级命令，要先将这一批女学生演出队送回西安，一会儿就要出发。时间较紧，今天可能见不上了，这是命令，谁也不敢违抗。你们回西安后再见吧。"

说话间，身后一阵喇叭响，从镇子外面开进来了一辆军用卡车，停在了学校门口，车上站着七八个全副武装的士兵。那军官掏出一纸公文递给了站岗的哨兵，哨兵看过之后，便指挥着卡车开进学校停在了操场上。过了一会儿，在几位军官的指挥下，郑玉卿带着女学生们从教室里出来了。这些女娃娃面带笑容，活泼可爱，有的哼着歌子，有的说着笑话，拿道具的拿道具，搬行李的搬行李，郑玉卿站在一旁，招呼她们排着队依次上车。狗娃站在门口，远远地看见郑玉卿最后一个上了车，站在车厢的最后面。见演出队都上了车，那军官把手一挥，几个武装护送的士兵也跳上了车。一切就绪之后，站岗的士兵拉开了大门，静等着汽车开出去。谁知，那汽车"嘟嘟嘟"地响了好一阵子，怎么也打不着火，司机只得下车来揭开车头上的盖子寻找毛病。

狗娃却高兴了，他见这是个机会，忙向车上的郑玉卿招手，大声呐喊着："喂——郑老师——你好——你下来——我有话说——"郑玉卿正和学生们说话，忽听有人叫自己，觉得有些奇怪，她手搭凉棚顺着声音的方向搜寻了过去，远远望见学校门口有个人在给她招手。她眯起眼仔细一看，两个人的目光碰在了一起。她心说，这声音和神态好熟悉，他是谁呀？连忙下车跑了过来。当她走到面前将狗娃细细端详了一番之后，先是一愣，随即眼睛一亮，惊喜地喊了一声："啊呀，这不是孙鹏展排长吗？"她一把拉住了狗娃的手，像打机关枪似的一连串问道，"天呐，都快十年了！听说你……后来你去了哪儿？啥都好吧？怎么又到了这儿……"

　　狗娃的心中一阵喜悦激动，夹杂着些微的惭愧和内疚，满肚子的话此时却不知从何说起，自小啥都不怕的他这会儿却不敢正视郑玉卿的眼睛。周围许多人都在看着他们两个，狗娃的脸一下子红了，他低着头结结巴巴地说："我，我，是的，是的。我已不是当年的孙鹏展了，叫……唉，咋说呢，和你一样，我是带着戏班子来的，就住在镇子东边……"没等狗娃说完，郑玉卿又说："你呀，不辞而别，把人找得好苦呀！成家了吧？家中情况可好？"一提到家，狗娃的鼻子一酸，不由得眼眶湿润了，一时哽咽着说不出话来。他紧紧地握了握郑玉卿的手，说："这里不方便，以后有机会再告诉你吧。"郑玉卿依然是那样热情，那样大方，她爽朗地笑着说："哈哈，变了，变了，男子汉大丈夫咋变得这样矫情。咱们都一样，都是来慰问抗日将士的。对了，忘了告诉你，我在后宰门的西安女中教书，回去后到女中找我，行不更名坐不改姓，还叫郑玉卿。"

　　说话间汽车发动了，隆隆的马达声淹没了两个人的声音，那位军官不好意思地催促着说："郑老师，上车吧！咱们六点钟还要赶到茅津渡哩。"郑玉卿好像还有许多话没有说完，握着狗娃的手，摇了两摇，不情愿地上了汽车。随着一阵发动机的隆隆声，汽车慢慢地驶出了小镇，郑玉卿取下她脖子上的白围巾向这边挥舞着，狗娃跟在车后面跑了很远很远……

　　然而，第二天一早，孙副官带来了一个噩耗，他说："慰问团女学生乘坐的汽车，在去往茅津渡的路上遭到了日寇飞机的袭击，死伤了好几位学生和士兵。听说有一位女先生，啊呀，比男的还厉害，为掩护学生献出了自己的生命，了不起呀！"孙副官的眼睛里含着泪花，他低着头，边叹息边哽咽地说着。

　　事后，大家才知道，载着学生的汽车驶出了小镇还不到五十里，就遭到了日机的拦截和轰炸。几名士兵连忙跳下车对敌机进行射击，敌机丢下了一颗炸弹，汽车被气浪掀翻，接着另一架敌机扔下一颗炸弹，五个学生连带三名士兵被炸弹炸死了。郑玉卿一见，带着其余的学生跳下了车，并指挥大家钻进了路旁的一个树林子隐蔽。日机盘旋了一圈之后又俯冲过来，这时，郑玉卿发现一个腿部受了伤的学生一瘸一拐还未进入树林。为了这个学生的安全，郑玉卿跑出了树林，扶着这个学生，并用身体护住她。几乎就在同时，敌人那罪恶的子弹向她扫射而来……郑玉卿——这位美丽的中国老师，为了祖国，为了自己的学生，倒在了中条山那苍翠雄伟、波涛起伏的冈峦之间……

# 六十六

几经辗转，接连又演出几场之后，军情有些紧张，说是日寇要对我军驻地发动进攻。为安全起见，军需处把窝子班安排在一个百姓家里，暂归四十六旅管辖。旅部命令他们不要随便出门，静等上级的安排，随时准备返回西安。他们在当地一个人家的窑洞里，里面打着草铺，没有事干就整日睡觉，定时有队伍上的人送来饭菜。狗娃知道自己的责任重大，他遵照军需处的指示，不允许大家出门走动。

一天晚上，大家睡不着觉，实在无聊，有人建议说谜语解闷，大伙儿拍手叫好。他们规定，从睡在窑门口的头一个人开始，每人说一个，依次轮流。头一个是陈振民，他摸着脑袋想了半天，瓮声瓮气地说出了一个谜语："三页瓦盖个庙，里头坐个白老道……""好了好了，说个难点儿的！三岁娃娃都知道这是荞麦！"他的谜语还没说完，就被二麻子打断了。陈振民红着脸挠着头，憨厚地一笑说："好我的叔哩，你这是赶着鸭子上架，净给娃出些难题，就这还是我婆教给我的。"下来轮吹手娃了，他想都没想就说："四楞八个角，卖的不吆喝，买的模样忧蹙着。"一时间没有人吭声。没想狗娃笑说："哈哈，这难不住我，棺材，棺材。净是些小儿科，说些门道深的，难猜的。"

轮到第三个人，那人的谜语是："不移不动四只脚，移移动动八只脚，八只脚不算多，里边还有两只脚。"这还真的把人难住了，所有的人都不说话了，有个唱老生的瘦高个儿眨巴着眼睛想了一会儿，猛然间他大声说："我猜着了！这是轿子，你想，它放在那里四只脚着地，抬起它的时候四个轿夫那不是八只脚，轿子上坐的人就是里面的两只脚了！""喔！"大家都明白了。

下来轮到了拉板胡的老吴，这人平时木讷话少，但说出话来非常幽默，他一边笑着一边一字一板地说："要难猜的，我这儿倒有个难猜的，大家听着：黄牛尖尖角，能骑不能摸。都猜是啥？谁猜出来了我把他背到西安城夸一圈！"这一下可真的把大家难住了，有的说是铜钟，有的说是金条，有的还说是火焰，但都被否定了，窑洞内一下子沉默下来。这时半晌不吭气的三麻子发了话，说："能么，都能么，咋都不说话了？这谜我猜出来了，老吴你看对不？这女人男人一天一通，你说的是人拉的……屎！你说对不？人可以在上面骑，但绝不会用手去摸的！"说完哈哈大笑。大家一愣之后恍然大悟，随着也笑了起来。

轮到敲边鼓的老罗了，他磕了磕烟袋说："我不会说谜，我给咱讲个趣事，行不？"大伙儿说只要能逗人笑就行！老罗清了嗓子就说开了。说是张员外和刘员外是最好的朋友，两人一个目不识丁，一个是"睁眼瞎"，可奇怪的是他俩却我给你写信，你给我写信，书信来往不绝。有位好事之人甚为纳闷，心说，他俩自小和我一起长大，连一天书都没念过，提起笔手都颤哩，我最知情，咋会写信呢？这才奇了怪了！一天，这人正在地里干活，忽见张家小童背着书袋从地头经过，遂笑着招呼说："小哥，你要去哪儿？"小童说："我家员外让把这封信给刘员外送去。"这人心说，正好。于是他好说歹说，对小童多方承诺后，终于要来了信。打开看时，见信笺上一个字都没有，却是一幅画，画着一个人左手撸着屁眼，右手持着一个酒壶仰头喝酒，这人看了之后一脸茫然，千思万想摸不着头脑，只得封好让那小童去了。太阳压山时，小童回来了，那人又要来了刘员外的回信。打开一看，见信笺上仍然是幅画，画着一个小小的木屋，屋内有一只大大的乌龟，只因木屋的门过于窄小，这乌龟欲出不能，只能挣扎着把龟头伸出门外。这人看了又百思不得其解。为了弄明白答案，这人买了礼品，专门去张员外家求解。张员外倒不瞒不哄，他边将着胡子边解释说："我的信是请刘员外'午后（撸后）喝酒'，他回信说'大概（大盖）不能出门'。"

老罗的话刚一落音，就笑得大伙儿喘不过气来。

按顺序轮到的人出去撒尿了，陈振民提议说："叫麻子叔来一个，行不？"大家齐声说好。三麻子推辞说："按次序还没轮到我呢，不能跳着走嘛。"狗娃发话说："就这说古今，有的人会说，有的还真的不会。三叔，你就给咱说个吧！"三麻子拿捏了半天才说："点兵点将，葫芦朝上！好好好，既然点到我我就来，给咱讲个笑话，行吧？"大家知道三麻子肚子里的"饸饹"多，都说好。

三麻子清了清嗓子说道："一位高个儿的长官来到一个县城巡视，县长想巴结上司请他吃饭，还请来几位乡绅作陪，其中有个人不会说话还喜欢抢话头，引来诸多不快。大家入座之后，相互寒暄了几句，县长问长官贵府哪里？长官笑了笑说：'呃——凉州，兰州再往西，穷地方，穷地方……'那人立即插嘴说：喔——凉州，在兰州西面，没听说'要骑好驴走凉州'嘛，那地方出好驴，个儿大，耐驮。那长官听了很不高兴，忍了忍再没说话，县长狠狠地瞪了那乡绅一眼。一会儿，大家发现那长官时不时地在大腿内侧抓痒，县长问他这是咋了？长官苦笑着说：'唉，不好意思，这儿长了个疮尚未痊愈，偶尔发痒。'话还未落音，那家伙又插嘴说：'那地方的疮叫驴口，难治得很！我儿子当年就害过。'长官本想发急，旋即心中一想，也罢，我可顺便打听一下他儿子是如何治好的，何尝不是好事？于是问道：'请问先生，你儿子的病后来用啥药治好的？'没想那人高声说道：'能好个锤子！驴口还能治好？后来把驴日的活活疼死了。'"说完惹得大家一阵大笑。

正谝得热闹，忽然院里传来一阵急促的脚步声，紧接着有人敲门进来。借着忽明忽暗的油灯，大家一看，原来是管理窝子班的那个上尉。那上尉一进门先让大家安静下来，然后告诉大家说："由于战事吃紧，县城东陲的一个镇子失守，李将军率九十六军军部退到平陆县城，四十六旅临时划归九十六军指挥。司令部原本打算这几天把大家送过河去，可最近局势突变，我们所在的平陆县城已受到日寇的三面合围，日寇近日对黄河渡口封锁太严，咱们这个演出小组暂时不能回陕了。为了安全起见，孔旅长命令我带一个排保护大家，也命令你们不要随便出走，就地待命，随时准备突围。"说完话，那上尉就出去了。大家整理好了自己的行装，走出大门一看，才发现大街上的铺面全都熄了灯，过往的行人也慌慌张张、惊恐不安，又见我军各部调动频繁，仿佛要开仗的样子。狗娃对大伙儿说："我们不要恐慌，不要乱跑，就地待命，大家放心，孔旅长不会扔下我们不管的。"

大约半夜时分，那位上尉来了，他将窝子班领到了独立营的驻地，安排大家跟在独立营的后面行进，不能掉队。狗娃和三麻子把所有的人都重新点检了一遍，一个都不缺。狗娃告诉大家，务必听从指挥，不能私自行动。还叮嘱大家要相互照应，这是在晚间，一定要跟上队伍，不能跑散。

# 六十七

这是一个紧张而又静谧的夜晚，在经历了窝子班所在的独立营和日军的交锋后，顺利地通过了雷区。这时，狗娃才发现窝子班的十三个人只剩下八个了，陈振民和其他几个都不见了踪影。狗娃吓得几乎哭出了声，他对三麻子说："三叔，这可咋办呀？若少了人，我回去咋交代呀？"一阵沉默之后，三麻子说话了："熬煎啥呢？这是天黑又遇到一次战斗跑散了，没事没事，都是有脑瓜的成人，不是三岁娃娃。你心放宽胆放正，该死不得活，该丢寻不着！就是死了也是为国尽忠哩，怕啥？"三麻子的话还真的稳住了狗娃的心，心说，这里是战场，事情已到了这一步，急死也没有用。

东方已出现了鱼肚白，这时，从山沟的一间茅屋里跑出来一个村民，看见了刘营长他们，高兴得不得了。经过一番询问，那人对刘营长说，这地儿叫九龙沟，再往前走有个龙王庙，是鬼子的一处物资中转站。那地方他去过，说那儿大约有二三十个鬼子防守。刘营长又详细地问清了路径和地势，一拍大腿兴奋地说："好，把狗日的连窝端了！"刘营长立马把全营分为两部分，从两面包抄上去。他给窝子班每人发了一颗手榴弹，教给大家使用方法，并对狗娃说："带好你们的几个人，注意保护自己，到了这一步，生在一起，死在一搭，该上的时候就上！"狗娃握着那颗沉甸甸的手榴弹，说："刘营长，你就放心吧，咱们都是中国人，打日寇咱没说的，

声闻于天／

311

死要死到阵上，甭叫死到炕上。"刘营长说："打仗有我们哩，你们跟在后面帮个忙就行了。"

六月天气，酷暑难挨，当两路人马同时出现在龙王庙门口时，只见庙门前的场地上横七竖八地睡着二三十个鬼子，门楼底下的方桌上架着一挺机关枪，机枪手正趴在桌子上呼呼大睡。刘营长把手一挥，两股军人像两股旋风一般呼呼地旋到庙门前的场地上，只听见"噼里啪啦"一阵响，躺在地上的鬼子连哭爹喊娘的机会都没有，就全报销了。一个冲在前面的士兵一脚蹬翻了挡在门口的那张方桌，再一脚踹开了庙门，许多人"嗷嗷"叫着拥进龙王庙。狗娃捡起了一杆带刺刀的三八枪，和窝子班的几个人，跟在士兵们的后头也冲了进去，只后悔自己没有亲手宰杀几个日寇。刘营长命令一连清点所有房间，查看有无活口，二连打开库房门，看有没有漏网的鬼子和枪支弹药。刘营长还说："注意了！这里的旮旯拐角都要搜到，绝不能让一个鬼子漏网。"

正在这时，只见三麻子和吹手娃哈哈笑着用铁丝扭着一名日军，骂骂咧咧地从后院走出来，三麻子边走边用一截铁丝在那日寇的身上抽打。那日寇光着上身，只穿着裤头，一根铁丝捆着他的双手，另一根铁丝拴在他的脖子上，三麻子拽着这边，吹手娃拽着那边，那家伙龇牙咧嘴地"哇哇"直叫。原来，战士们都在清点武器搬运东西时，三麻子和吹手娃一人端着一杆带刺刀的长枪，来到后边院子查看。他们一眼望见靠墙角有一个用芦席搭建的茅房，三麻子有心眼，他没有直接进去，而是蹑手蹑脚地在芦席外面伸长脖子侧耳听了一阵。忽然，从茅坑里传来了一阵阵轻微的呼吸声，借着从芦席缝隙射进的亮光，他发现茅坑边的一堆破席杂物似乎动了一下，他悄悄地走近，照着那堆破席烂草狠狠地扎了几刀。随着一阵杀猪般的号叫，一个光着身子的日寇站了起来，他一把握住了枪上的刺刀，三麻子大声喊道："快来，这儿有日本兵！"随手把枪朝后死命一拉，把这个赤身裸体的日寇拉了出来。这时，几个战士到了跟前，三两下就把那日寇活捉了。若不是三麻子把枪握得紧，那家伙就夺走了三麻子手中的枪，后果真的不堪设想。原来这个日寇正在上茅房，见遭到了袭击，就躲在茅坑旁边的破席堆里。三麻子恨鬼子恨得牙痒，他用细铁丝捆住了鬼子兵的手，又用剩下的铁丝缠在了那家伙的脖颈上，还把铁丝头窝了个钩，刺进了他的后颈，三麻子一拽铁丝，那鬼子兵就龇牙咧嘴。他兴奋地喊着："哎哎哎，大家看，这就是东洋鬼。"大家见三麻子在这时候还出洋相，不禁哈哈大笑。

狗娃却怎么也笑不出来，他一见这个活口恶气顿生，不由得想起了母亲和孩子，想起了三师父，想起了泮池爷，想起了南孙堡那天的惨景。他端着枪"哇哇"叫着冲上去，使出了吃奶的劲儿朝那家伙的肚子就捅。两个战士见状，一个抱住了狗娃的腰，一个一把拉住了狗娃的胳膊。狗娃到底是练过功的，加上他力气大，还是把鬼子的肚子划了一道口子，白白的肉都翻了出来，疼得那家伙"哇哇"地叫。狗娃挣扎着还要再上，一位排长扳住了他的肩膀，解释说："这位兄弟，息息怒吧，这家伙暂时不能杀，营长还要从他的口中掏些有用的东西呢。报仇有的是机会，到时多杀日寇就是。"狗娃的脸憋得通红，气得他浑身颤抖双眼流泪，一句话也说不出来。

从被俘的日军口中得知，龙王庙是日军的一个后援中转站。独立营摧毁了中转站所有的设备，凡是能带走的给养——罐头和弹药尽量带上，剩余的东西全部就地销毁。由于缴获的武器多，营长下令，给窝子班的成员每人也配备了一杆三八枪和几颗手榴弹，狗娃他们俨然成了抗日战士，只是未穿军装而已。

部队在不断减员，窝子班实际上已经成了独立三营的战士。一天，刘营长接到命令，二十里外我军的一个作战单位因弹药给养奇缺，需要紧急支援。刘营长指令一位排长带领窝子班前往救援。于是，大家每人身负百十斤重的给养和弹药，翻山越岭，来到了一个名叫兔儿岭的地方。按照刘营长的嘱咐，和当地的自己人取得联系之后，他们才知道，这是耿志介师长所辖十七师的防区，并得知有一个姓魏的团长带着三个连的兵力刚刚突围出来，又与一股日军遭遇，厮杀了整整两天两夜，敌我双方伤亡都很大，无法摆脱。魏团长派人来说急需给养和弹药，窝子班的任务是先给前方送些弹药和吃的，随后再把伤员转移到当地老百姓家中。

那排长带着窝子班来到了前沿阵地，这时正逢作战间歇的时候，一个军官让他们放下东西，指令他们先把伤员背下去。他特别指着简易担架上那个昏迷不醒的军人说："看好了，这是我们的魏团长，你务必想尽一切办法将他护送出去。"那军人沉重地告诉大家说："为了掩护大家撤退，魏团长和一位姓齐的连长负责断后，魏团长亲手击毙了六个鬼子，齐连长打死了四个。就在那时，狗日的日寇扔过来一颗手榴弹，为救魏团长，齐连长扑在了手榴弹上……齐连长牺牲了，魏团长也被炸断了右腿……"说到这儿，那军官哽咽得说不出话来……听说魏团长一个人杀了那么多鬼子，狗娃一阵激动，崇敬的心情油然而生，他二话没说，和三麻子抬起魏团长就走，其余的人也各自背着抬着伤员紧随其后。

他们不敢停歇，沿着弯弯曲曲的山路疾走，累得一个个气喘吁吁。大约走了七八里路，终于来到了一个树高林密的山坳里，那排长才让大家坐下来歇缓。一个腿部负了伤的伤员听见狗娃他们一口浓浓的关中口音，甚觉亲切，一问，才知道他们是骊邑县人，便高兴地告诉狗娃说，魏团长他也是你们骊邑县人！狗娃一惊，激动地问："真的？"那伤员肯定地说："那还有假，魏团长是阿搭人全团谁不知道！"美不美泉中水，亲不亲故乡人，何况这还是一个杀敌的英雄。狗娃兴奋地说："骊邑县，好嘛！打日寇俺骊邑县没有狗熊！"那伤员又补充说："人家魏团长可不是一般人，他本来就是你们县民团的团长，要说打仗，魏团长能豁出命地整。当年，刘镇华围城，他一怒之下和刘镇华开了仗，后来才到的三十八军。"民团？魏团长？刘镇华？一听这话狗娃发了愣，似乎想起了什么，回头看了一眼三麻子，上前揭起魏团长头上盖着的军帽，仔细一看，猛然间跟跄地朝后退了几步，刚才还满是笑容的脸"唰"的一下变了颜色。只见他在自己的脸上连着扇了几个耳光，疯了似的双手揪住自己的头发，跺着双脚大声哭喊着："啊！我孙狗娃羞了先人了！大呀，你儿对不起你……"在场的人不知发生了啥事，都回过头惊恐地看着狗娃的举动。三麻子上前抓住他的胳膊，问说："咋了，你这是咋了？"

猛然间，狗娃挣脱了三麻子的手，"嗖"的一声从腰间抽出一把刺刀，紧紧地握着，一步一步地朝魏团长跟前走去。在场的人吓坏了，三麻子忽地扑了过去，一把抱住了狗娃，一只手攥住他的手，另一只手上去就是个耳光，厉声斥责道："驴日的不想活了？还不快放下刀！你没看这是哪儿？这是杀鬼子的战场呀！"紧随着一阵"哗啦哗啦"的拉枪栓声，几个士兵和那个排长也把枪对准了狗娃的胸膛。狗娃见状也不由得一惊，可他仿佛还没从激动的情绪中清醒过来，他愤怒地看了看三麻子，只见平日里风趣可亲的三麻子这时怒不可遏，脸上的肌肉颤抖着，令人不寒而栗。这一生，狗娃从没见麻子叔这样对待过自己。蓦然间，狗娃似乎明白了什么，他满眼含泪，呆呆地站在那儿，握着刺刀的手渐渐地松了，掉到了脚下的草丛中。他在自己的脸上狠狠地抽了几个耳光，哭着说："大呀，你儿对不起你呀——"随之，一扑塌坐在了地上。

原来这魏团长不是别人，正是魏志虎的儿子。狗娃当年曾发过誓，要一仇报一仇一命抵一命的。魏志虎死了之后，狗娃把仇恨记在了魏志虎的儿子身上，他曾发誓要一命抵一命为父报仇。可今日仇人就在当面，他非但没能杀死他，反将其从死亡线上救了下来。狗娃憋屈呀！三麻子此时心中也不好受，他咋能不理解狗娃的心情？他低头闭眼摇了摇手说："天呐！这到底是为啥嘛！"他向在场的人解释说："唉！咋说呢，他们两家有仇呀！"在场的人惊异地睁大了眼睛，所有的目光都投向了狗娃。狗娃蹲在一棵大树底下，双手捂着脸"呜呜"地哭。他身子不住地颤抖，哭得那样伤心。吹手娃想过去劝慰，三麻子伸手挡住了："别管，让他哭吧，哭一阵也好。"过了一会儿，三麻子走了过来，不无怜惜地斥责说："你是个明理的人，不是吃屎的娃娃不懂啥。魏团长是抗日英雄、爱国的勇士呀！你掂量过没，国仇大还是家仇大？再说了，这儿是抗日的战场，今儿个你要是做错了事，在场的人谁都会把你毙了。"

　　经过了一番颠簸和吵闹，魏团长这时也渐渐地苏醒过来，他刚动了动身子，站在旁边的卫生员忙按住叫他别动，接着用勺子给魏团长喂水。这时，狗娃已停止了哭泣，卫生员故意让狗娃帮忙扶一扶魏团长，哪知狗娃像没听见一样一动不动，一点儿都不配合。卫生员生气地说："这人是咋了？这么不懂事！"三麻子见状忙上前一步，满脸赔笑着说："我来，我来，他不好意思。""不好意思，哄谁？看刚才凶的那样子！"卫生员不屑地说。刚才的争吵和狗娃的哭泣魏团长似乎已听到了，他转过头向三麻子招了招手，三麻子凑上去低声问："魏团长，有什么事？"魏团长轻轻地问："这小伙是哪儿人？你刚才好像说我们两家有仇，还国仇私仇的，他哭得那么冤枉？"

　　三麻子还没来得及回答，狗娃几句话像石头一样撂了过去："我叫孙狗娃，骊邑县南孙堡人。你大害死了我大，夺走了俺的菜园子！咱两家是世仇！就是这，还问啥？"一听这话，魏团长一愣，被狗娃的话噎住了，一句话也回不上。沉默了好久好久。忽然他动了动身子，卫生员连忙上前轻轻地按住他，说："魏团长，你有伤不能动。"只见魏团长眼含泪花，嘴唇颤抖，伸出胳膊哽咽着说："狗娃，不，三旋呀，我的亲兄弟呀！"魏团长出人意料的话语，让在场的人都觉着奇怪，连三麻子都被弄糊涂了。

　　狗娃听见了，却冷笑着挖苦说："好了，别装腔作势了！你姓魏我姓孙，你我是做什么的兄弟？用上我了就成了兄弟，当初夺我家菜园子时就不是兄弟了？姓魏的，我告诉你，今天若不是在打日寇的战场，谁抬你谁是王八蛋！"狗娃一句话戗得魏团长说不出话来，许久许久，他指着狗娃的脸，吃力地说："别，别……看看你的头上，若你的头上有三个旋，你就是我的亲弟弟；若不是，就当我错了。我是听咱妈说的。"说到这儿，魏团长又昏了过去。

狗娃蒙了，摸着头半天没有言语……


# 六十八


一天，独立营来到了一个大山深沟，这儿地域偏僻树高林密。刘营长下令关闭了电台，布置好岗哨，让士兵们好好地休整两天。

第二天，当地一个百姓来报告说，离这儿三十里地的三官庙村，有一个日寇的战地医院，仅有一个连的伪军和几十个鬼子兵防守。刘营长一听非常高兴，立即着人前去侦察。侦察兵通过当地的百姓和一个伪军线人，摸清了敌人的明哨暗哨及日伪军的营房，还搞来了医院的防卫图。经过周密的研究部署，刘营长决定在第四天夜里奇袭这个医院，并要求各连务必稳健快捷、速战速决。

这天天一黑，独立营就趁着夜色出发了，不到一个时辰就部署在了三官庙村周围的丛林中，把鬼子的医院团团包围起来。特务连抓来了一个伪军哨兵，那伪军一五一十地说出了战地医院的防御情况，并说村里的老百姓都被鬼子赶跑了，村东由伪军防守，村西住着二十六个鬼子兵，其余都是医护人员。刘营长和几位连长一商量，命令特务连负责消灭敌人的岗哨和周边的警戒，哪里需要随时增援；一连、二连收拾日军；三连解决伪军；命令窝子班的成员预备好担架，协助卫生人员参加战时救护。

特务连接连清除了敌人的数处岗哨之后，负责村东的三连剪断了医院周围的铁丝网，首先冲入了伪军的宿舍。只听到一阵机枪的点射，一个连的伪军被打死的打死，活着的也都一个个投降了。三连留着一个排看管俘房，其余的人又去了村西支援。

在村西执行任务的特务连已经消灭了三个岗哨，刚刚摸到最后一个日寇哨兵跟前时，村东的枪声响了。那日军哨兵发现有情况，抬手就是一枪，打死了独立营的一名士兵。枪声同时也惊醒了早已睡着的日军。有几个日寇顾不上穿衣，拿起了枪跑出了房门，这时独立营早已部署好的步枪机枪一阵猛射，冲出来的日寇全部中枪倒地。一时之间，日寇的宿舍里、铁丝网围着的院子里没有了一点儿声响，安静得令人窒息。可当独立营的士兵冲过铁丝网时，突然从日军宿舍的窗子里射出了密集的子弹，打死打伤了独立营数名士兵。连长招呼窝子班的人把两个伤员抬了下去。当狗娃和敲边鼓的老罗准备抬第三个伤员时，一阵枪响，老罗应声倒下了。狗娃一阵紧张，他蹲下身子把老罗抱在怀里，颤抖着声音呼喊着："罗叔，罗叔，你醒醒，你不能……"可老罗把头歪在一边再也叫不醒了。狗娃觉得手上黏黏的，这时才发现一小股鲜血从老罗的胸膛上汩汩流了出来，他的白粗布衫子已被鲜血染红了。狗娃连忙把卫生员叫到跟前，卫生员摸了摸老罗的鼻子，又拉过他的手摸了摸脉象，背过身心情沉痛地说："放下他吧，他不行了。"

紧接着，传来了几声震耳的爆炸声，狗娃看见日军宿舍的窗子亮了几下，就再也听不到日军反抗的枪声了。原来，刘营长安排了几个士兵，在夜色中匍匐前进到日军宿舍的墙根下，从窗户口扔进去了几捆集束手榴弹，里面的日寇全部报销了，连正在治伤的日寇伤病员也全部上了西天。六月天夜短，为了尽早地结束战斗，刘营长命令大家清扫战场，并命令卫生班和窝子班的成员清理敌人的药房，带走医疗器械和药品，带不走的就地焚毁。

老罗被日寇打死了，狗娃感到非常压抑，他心中的悲痛和仇恨不言而喻，暗暗地流着眼泪。他见了窝子班其余的几个人，没有把老罗的死讯告诉他们，只是强压着心中的悲痛，用颤抖的声音叮嘱大家说："各位听着，这是战场，各位要保护好自己。"说完带着大家又到了医院。院子里到处是鬼子兵赤裸的尸体和血迹，还有被手榴弹炸碎的砖石杂物。大家按刘营长的安排，一个一个查看那些死去的日寇，一是看他们是否死亡，二是从日寇的身上收缴所有武器。狗娃手中握着把刺刀，赤红着脸，狠劲儿地在鬼子的尸体上踩踏，踢踢这个，戳戳那个。一个仰面朝天的鬼子手里攥着把洋刀，狗娃一刀下去剁掉了那家伙的手指，把那把洋刀擎在手中。这时，他发现一个斜躺着的鬼子胸膛微微起伏，似乎还有呼吸，狗娃恶气顿生，照着那鬼子的咽喉狠狠地劈了下去。一位姓韩的排长见状，一把拉住狗娃说："乡党，不能这样！不能这样！叫营长看见了是要受处分的。"狗娃口中呼哧呼哧地喘着粗气，大声说："你怎么替敌人说话？那是杀过中国人的鬼子呀！"韩排长苦笑着说："这是纪律，唉！咋说呢？给你说你也不懂。"再看那鬼子，只见他抽搐了一下就再也不动了。由于狗娃用力太大，洋刀把那家伙的下巴带着脖颈都砍断了，鲜血喷了狗娃一身一脸。

韩排长命令狗娃他们过去帮卫生班搬运药品。他们来到一个放医药的房间，里面摆满了各种装药品的箱子，卫生班的上士安排大家往外搬运，准备带走。他们一人抱着几个药箱往外面走。就在这时，忽然从医院最后面的一间屋子里射出了几颗子弹，随着枪响，怀抱药箱的三麻子和另外一位窝子班成员中枪扑倒在地。霎时，在场的所有枪支一起射向了那间屋子。狗娃见三麻子跌倒在地，扔下了手里的药箱，一把把他抱在怀里，大声呼叫着："三叔，三叔！"他发现三麻子胸膛上中了两枪，鲜血直流，闭着眼睛一动也不动。狗娃大声哭叫着："三叔，三叔！你醒醒，你不能……"也许是三麻子听见了狗娃的呼叫，他的眼睛慢慢地睁开了。他望了望狗娃，嘴唇微微地张了张，似乎要说什么，可忽然头一歪，静静地闭上了眼睛。狗娃急了，声嘶力竭地哭叫着："三叔呀——你不能走呀——"可三麻子永远地闭上了他的眼睛。这位一生性格开朗、玩世不恭的一代名丑卢新琴就这样倒在了黄河之滨，倒在了气势雄伟、层峦叠翠的中条山上。这时，好端端地，忽然间起了一阵狂风，这风出奇地大，使得周围山冈上的树林松涛汹涌，呜呜乱叫，刮得院子里的杂物漫天飞舞，刮得人睁不开眼睛，刮得人心慌目乱。刘营长大声呼叫着说："抓紧时间清扫战场，务必在增援的敌人到来之前撤出这儿！"你说怪不怪，仿佛天解人意，刘营长的话刚一落音，那风就骤停了。

三叔去世了，狗娃哪能接受？这是他尊而敬之、无话不说的长辈，又是他亲密无间、形影不离的朋友，窝子班不能没有他，狗娃更不能没有他呀！狗娃崩溃了，他无法控制自己的感情，他跪倒在地双手朝天声嘶力竭地哭叫着："三叔哇！我的麻子叔哇——你不能走哇——你走了留下娃我可咋办呀！"狗娃疯了，他放下三麻子，操起那把东洋刀，"哇哇"叫着朝后面那间屋子冲去。

之前，早就有两个端着机枪的士兵冲了进来，进屋一看，才发现这是一个军医的家庭居室，屋内的家具和装饰早已被枪弹打得不成样子，靠前窗的桌子上放着一杆三八枪，整个房子连一个人影都没有。狗娃进了屋无处发泄，"嗷嗷"叫着挥刀砍碎了屋子里所有的物品和器具。这时，随着"哗啦"一声响，听见套间里一个士兵骂道："日他妈的！狗日的肯定从这儿跑了！"大家过去看时，只见一个衣柜后面亮出了个黑乎乎的洞口。狗娃性急，拿着刀就要进去。一位班长拦住了他，端着机枪朝着洞里一阵猛射，然后拿着手电筒带领狗娃和几个士兵，一起猫着腰钻进了暗洞，边走边射击。

那班长到底有经验，他猫着腰边射击边摸索着前行，走了大约近百丈远，拐了几个弯之后，看见了前面有亮光，几个人终于走出了暗洞口。这时，天已经亮了，出了洞口一望，只见此处是一个比较隐蔽的呈喇叭形的小山沟，四周荆棘丛生，愈往远处愈显开阔。班长一挥手让大家隐蔽下来，他警惕地环视了一下周围，没有发现一点儿动静。班长又低头仔细察看了一下通往山间的路径，发现洞口带露水的草丛中有人刚刚踩踏过的痕迹，一直通向前方，于是就带着大家顺着草丛中踩踏的痕迹向前搜索追赶。翻过了一道坡梁，他们发现远处有一男一女和一个孩子疾行的身影，那婆娘穿着东洋人的和服，从步履蹒跚的样子可以看出她的怀中似乎还抱着个孩子。大家认定他们是逃走的日寇军医一家，便快步追了上去。那军医似乎也发现了他们，他把女人和孩子让过，自己就地卧倒。只听一声枪响，一个士兵应声倒下。那班长急了，指挥机枪步枪同时射击，不一会儿，那日寇就趴在地上不动了。狗娃吼叫着第一个冲了上去，他双手握刀，一边高声叫骂一边照着那个杀死三麻子的日寇砍个不停，直到那日寇被砍成了一堆烂肉，狗娃才停下手来。他低头一看，自己早已成了个血人。狗娃满腔激愤，他知道那日本婆娘和孩子离去不远，就什么也不顾，拿着刀"嗷嗷"叫着跑步朝前追去。追过了一片树林，他一眼看见不远处那穿和服的婆娘怀里抱着一个，手里还牵着个稍大些的孩子，跌跌撞撞地向前行走。狗娃也是急了，加上他正值年轻力壮，加快脚步三两下就赶了上来。

那日本婆娘回头一看，见一个满脸满身是血的人手持战刀，"哇哇"叫着追了上来，不由得一阵惊恐。忽然，她站住了，稍作思忖之后，猛地把大孩子推倒在一片树林里，将怀里的小孩往地上一扔，一个人转身向前奔去。狗娃快步追了过去，哪知，横在他们面前的是一道望不见底的悬崖。狗娃心说，狗日的东洋鬼，看你还能往哪儿逃！谁知，那婆娘稍一犹豫，一纵身跳下了悬崖。狗娃心中一惊，跑过去往下一看，只见那悬崖足有数十丈高，深不见底，气得他双脚直跺。狗娃扑了个空，难解心头之恨，手握洋刀反身回来到树林子，找到了那两个日本孩子。

这是两个眉目清秀、穿戴整齐的日本男孩，大的有六七岁，小的也不过两三岁。两个孩子抬起头，先是用迷茫惊恐的目光看着狗娃，只见狗娃一身一脸的血，上牙咬着嘴唇，圆睁着双眼，面目狰狞恐怖，吓得那个小孩把头埋在哥哥的怀里，不敢抬头只是哭泣。大点儿的孩子把弟弟紧紧地搂在怀里，两眼直直地看着狗娃。狗娃呼哧呼哧地喘着粗气，他想起被日寇炸死的母亲和自己的两个孩子，牙齿咬得咯咯响，心说，好哇，狗崽子，正好是俩，不多不少，你杀我家人两个，我杀你家人一双，一报还一报，两不相欠！想着，他咬着牙双手高高地举起了洋刀。

忽然，那个大些的孩子抬起头流着眼泪看着他，呜里呜啦说了句什么。狗娃看到两个日本娃娃浑身颤抖，大的把正在哭泣的弟弟搂在怀里，用惶恐祈求的眼神直直地望着他。狗娃的目光和两个孩子的目光一碰，狗娃一阵战栗，他心软了，他犹豫了，举在空中的刀迟迟没有落下，好久好久……

猛地，狗娃胳膊一偏，手中的刀狠狠一挥，一棵胳膊粗的杨树被齐刷刷拦腰砍断，他把手中的洋刀一扔，一屁股坐在地上号啕大哭……


# 尾　声


十多天之后，四十六旅的三支部队从茅津渡过了黄河，而狗娃他们所在的营已被遗落在中条山间。由于不间断地作战，不间断地减员，他们统共只剩下了六十多个人，还有三分之一是伤兵。经过好多天的打听和追赶，他们终于找到了一一七师新兵团，跟随他们继续参加战斗。

南望镇上火光冲天，枪炮之声震耳欲聋，尤其是巷战悲惨而壮烈，一条条街巷、一座座房屋的激烈争夺和反复易手，无不是以生命和鲜血交换的。满身满脸是血的战士"哇哇"叫着冲向敌人，一拨倒下去了，一拨又紧跟着冲上去。当时，无论是从双方人数上还是火力上，日军都远远地超过一一七师。可是这些陕西冷娃们没有丝毫的怯懦，没有些微的退缩，他们要洗刷中国人的耻辱，他们要杀出陕西人的血性。窝子班已剩下五六个人了，有几个还挂了彩，可他们依然像在编的战士一样，抱着一死的决心和敌人殊死战斗，没有给关中父老丢脸。

在一次战斗的间歇中间，为了鼓舞士气，一位浑身血渍、壮壮实实的高个子连长给狗娃说："乡党，能唱不？来段秦腔鼓一鼓士气！"狗娃望了望陈振民，见他已负了伤，胳膊上中了一枪，卫生员正在给他包扎。狗娃应声站起来说："连长，能唱！"说罢，扯着微微沙哑的嗓子吼了起来："单童一死心还在，二十年（啊）报仇（哒）某再来……"

高个子连长拍着手说："唱得美！攒劲儿，叫狗日的小鬼子听听！"这时，一位战士跑来报告说："营部传令让做好防备，敌人就要发起进攻了。"高个子连长目光炯炯，举起一只滴血的大手，向西边一指，大声问道："弟兄们，黄河西边是哪里？"

"陕西！"士兵们齐声回答。

高个子连长挥着手臂，激情地说："对，是咱们的陕西，专出冷娃的地方。现在日本鬼子想过黄河了，不想叫咱老陕活了，那是白日做梦！只要咱兄弟们记得咱白发高堂在陕西，咱先人的老坟在陕西，就明白下一步该咋样打！保卫晋南就是保卫黄河，保卫望南镇就是保卫陕西，保卫咱的家乡！弟兄们，咋整？"

"宰了狗日的！"

"与狗日的小鬼子拼到底……"

说话间，敌人发起了进攻。

战斗异常惨烈，许多战士抱着炸药包或集束手榴弹，不时地从墙角闪出、从屋顶跳下，在剧烈的爆炸声中与鬼子同归于尽。狗娃他们也不是孬种，他们在枪林弹雨中运送弹药，在战火纷飞中救护伤员。在此期间，窝子班又有两个人死于日军的炮击，狗娃也被炮弹皮擦伤了胳膊，被炮火烧光了头发。直到三十八军军长赵寿山将军撤退的命令下来，一一七师才撤出了被日寇四面包围的望南镇。

在突围中，新兵团和师部失去了联系。新兵团缺乏突围经验，被日寇截住，窝子班连同近一千名新兵，被敌人分割包围在黄河岸边的一个高崖上。新兵团弹尽粮绝、孤立无援，一千多中国士兵和两千日寇在古老的黄河岸边扭打在一起，刺刀碰出火星，杀声响彻山崖。杀红了眼的陕西冷娃抱住鬼子连踢带咬，咬掉了鬼子的耳朵，戳瞎了鬼子的双眼。狗娃和窝子班的几位也参与了这场血与火的战斗。一场肉搏持续了一个多小时，河滩上、山崖间血肉横飞，尸横遍野。鬼子人多势众，层层推进，在新兵团二百多名士兵连同窝子班的三个弟兄献出了自己的生命后，剩下的八百多名勇士被逼到黄河岸边一座一百多米高的孤崖上。鬼子兵把孤崖团团围住，大声叫喊着让他们投降。狗娃和八百多勇士站在高高的悬崖上，身后是奔腾咆哮、一泻千里的黄河，面前是密密麻麻、穷凶极恶的鬼子。而放眼望去，东西北三面层峦叠嶂，再往西，云雾缥缈处则是自己的故乡。霎时，一种不可名状的感情瞬间勾起了狗娃浓浓的乡思。黄河那边，远处，再远处，那里有苍翠的骊山，有蜿蜒的御河，有他曾经唱过戏的戏楼，有他们孙家的祖坟龙骨堆，还有倚门而望的水莲和他唯一的一个孩子……

八百勇士丝毫没有失去关中硬汉的血性，他们一个个紧握拳头，目光炯炯，和那些装备到牙齿的豺狼对视着，大家的身子紧紧地贴在一起。他们子弹打光了，刺刀拼折了，军装已经撕烂了，浑身已被血浆糊满了。

这时，站在狗娃身旁的一个满脸稚气的小战士，扭过脸面对着西方，抽抽搭搭地哭了起来。这时只听一个人硬气地说："小兄弟，哭啥呢？不哭！尿咧，十八年后还是一条好汉，怕个锤子！"狗娃抬头一看，还是那位连长，此时他只剩下了一条胳膊，另一边的空袖筒别在腰间，用冷峻的目光望着前方。

小战士哽咽着说："我……我不……怕，我在孙司令面前起过誓。我这会儿想我妈了……"说着他流下了眼泪："我大不在了，我家就我一个男娃，我妈可怜！"听了这话，狗娃一把搂住了这个小战士，眼泪夺眶而出。断臂壮士弯下腰，用他仅有的一只手替那小战士抹了把眼泪，回身向着大家高喊："弟兄们，咱是中国人，咱不能给先人丢脸！大不了是个死，死怕尿哩！听我一句话，宁跳黄河死，不做亡国奴！"说罢，断臂壮士双膝落地，向着西北方向"咚咚咚"地磕了三个响头，说："大，妈，你儿走了！"说完摇晃着身子站起来，一头扑向黄河。

"宁跳黄河死，不做亡国奴！"八百勇士呐喊着齐刷刷地跪在悬崖上，向着西北方向，"咚咚咚"连磕三个响头，齐声说："大，妈，你儿走了！"奔腾的黄河上空，霎时有八百多喋血的雄鹰俯冲而下……

一队日寇到得崖顶，连一个中国士兵都没看见，只留下了几十具中国士兵和百姓的遗体躺在那里。日寇的军官和士兵不由得倒抽了口冷气，一个个呆若木鸡。鬼子兵愣了一会儿之后，立即向黄河射击，扫射了一阵，几个鬼子兵的头目好奇地站在悬崖边向下看着。

就在这时，空中起了风。那风越刮越大，漫天黄尘仿佛从高空落下，起了旋涡，形成狂飙，像巨大的钢鞭从天而降，拼命地抽打着大地。它卷起了沙尘，卷起了波涛，卷起了漫山遍野的柴草、树枝和杂物，刮得人站不住脚、睁不开眼。谁也没有想到，就在这时，从鬼子背后的死人堆里悄悄地站起来一个人，擎起了一面弹痕累累的军旗，借着狂风的助力飞跑着，用旗杆的钢尖对准了一个鬼子军官的后心，使尽全身的力气戳了进去，然后将其紧紧地抱住，高声唱着秦腔扑向了悬崖下的黄河。

那人就是狗娃，他唱着《金沙滩》里的一段戏：

　　两狼山啊——战胡儿啊……啊……天摇地动——
　　好男儿啊——为国家——何惧吧——死——生啊——
　　……

直到今天，据说每逢狂风暴雨到来之际，人们都能从隐隐的雷声中，听见当年激越的厮杀呐喊声和金属的撞击声，还有那铿锵的《金沙滩》的唱段，那声音声闻于天，震撼大地，伴随着黄河的滚滚波涛激荡在世界的东方。

一稿：2013 年 1 月 31 日
二稿：2016 年 4 月 6 日
三稿：2017 年 3 月 18 日
　　阮班鹤于骊山之麓